—————— 阅读之前 没有真相

午夜文库

扫鼠岭

呼延云 著

新星出版社 NEW STAR PRESS

楔子

1

口琴只响了一声!

在黑夜里。

猝然响起,又猝然结束,猝然得让人始料不及、肝胆俱裂。

李志勇一愣,手里的车把没握稳,加上淅淅沥沥的秋雨让道路湿滑的缘故,他一下子从自行车上掉了下来,所幸小腿撑住了地面,才没有跟车子一起摔倒。

他抬起头。已经是晚上十点了,但天空并没有想象中那么黑,而是闪耀着一种晦涩的深灰色。路灯下面,无数细碎的雨丝不辨方向地飞舞着,每一丝都带着冰冷的寒意。

他再一次骑上车座的时候,突然发现自己实在没有力气蹬上眼前这一段上坡的路了。这段路不算很陡,但很长,要搁往常,他宁可绕个远也不走这儿,但是今晚不行,因为在路尽头的望月园,有个人正在等他。

他索性推着车慢慢往前走,这辆黑色二六永久自行车还是上大学时买的,工作后每天上下班他都还骑着,结实而耐用。有很多人劝他,这种钢架结构的车子早就过时了,随便一辆新款的铝合金自行车都比它轻巧,可是他舍不得换,像珍重老朋友一样爱护着它。直到此时此刻，他才觉得，自己微胖的身躯再加上"老朋友"沉重的车身，好像一只狗熊拱着巨石上山，再蠢笨也没有了。

黑色胶皮车轮碾压过湿漉漉的地面，粘上了一些彩条和亮片——相距两条街的雕塑公园最近一段时间举办多场温拿演唱会，这些大概是粉丝们散场后随手抛弃的。道路两边的那些小店：福华肥牛城、嘉事堂药店、衣来客服装店和西郊电子市场，好像给他送葬似的，随着他的每一步上行，依次熄灭了灯光。李志勇被这诡异的熄灯方式搞糊涂了，停住脚步，回头看了看，又左右瞧了瞧，整条大街上莫说人，连一条狗都没有看到。他扬起双下巴，望月园那高台上的汉白玉月牙雕塑就在不远处了。

突然！

口琴声再一次响起，这回，是一串急促而反复的音节，翻来覆去，嘶哑而黏滞，仿佛一个渴望倾诉的人在剧烈的抽泣中再也说不出下面的话。不知为什么，黑夜随着口琴的声音痛苦地颤抖起来，一次次痉挛，一层层阴冷，一步步瑟缩，一点点叵测……

好像是一首很熟悉的流行歌曲的前奏，但就是想不起是哪一首歌了。

然后，一切又沉寂了下来。

原地伫立了很久很久。直到确认口琴不会再一次发出声音，直到回荡在耳鼓里的那些重复的音节彻底消失，直到落雨扑簌簌地把街头巷尾的边边角角冲刷干净，直到整个世界没有一丝刚才那阵悲戚的余音存在过的痕迹，李志勇才像被解除了咒语一般，松了松麻木的小腿，推着自行车，慢慢地来到了望月园的门口。

望月园是一座很小的公园，占地不过一个足球场那么大，但由于地势的原因——恰恰位于这段上坡路的最顶端——反而成了这个地区的"地标性"建筑。整座公园是石墙环绕的一座丘陵，公园大门是一个石头拱门，朝着正北方向洞开，拱门里面，一排宽大的阶梯直通丘陵顶部，在阶梯尽头的制高点卧着一弯汉白玉月牙，月牙上雕刻着一个长着胡须的人的侧脸，寓意着"月亮公公"。只是这位月亮公公的神情实在古怪，眉毛蹙起老高，浓密的胡须章鱼触手似的张扬着，翘起的嘴角笑得十分诡异，在夜色下活像个生了白癜风的守墓老人。

李志勇把自行车支好，抬脚往台阶上走。登顶之后，也许是太累的缘故，他喘着粗气扶了"月亮公公"一把，汉白玉材质挂着深秋的雨水，两样寒凉扎得他掌心一疼，他赶紧松开手，在另外一侧的袖子上摩挲着，抬眼寻找那个约好在这里等待的人。

这里是望月园的顶部，一座铺着大理石的圆形广场，正中央是半扇下潜式喷水池，不锈钢盖板在夜色里发着幽幽的蓝光，广场的南边拱起一面圆弧的花岗岩墙壁，上面嵌着玻璃钢仿铜的浮雕。李志勇穿过广场，沿着浮雕墙走了一遭，也没找到人。正当他习惯性地做出每次一犯难就揪着自己粗大的鼻头的动作时，突然发现要找的那个人正呆呆地坐在广场外面一张墨绿色的长椅上，手里拿着一副口琴。雨水在他周身笼起一层银色的光芒。

"香茗！"李志勇一面喊着他的名字，一面向他走了过去。

2

林香茗大概在沉思着什么，听到呼唤，身体竟颤抖了一下，才抬起头，望着李志勇的两道目光既熟悉又陌生，以至于李志勇嘟囔了一句："是我，咋的？不认识了？"

林香茗从长椅上站了起来，伸出手跟他握了握。

"你也不找个地方躲躲雨?"李志勇皱着眉头说,四下里看了看,才发现整个望月园居然连座亭子都没有,事先约在这里见面是自己提议的,没有考虑到下雨的因素,顿时有些不好意思起来。

"雨不大。"林香茗微笑着说。

"走吧走吧,公园南边有个青塔小区,小区里面有家小馆,别看门脸儿不大,菜的味道特别好,我请你到那儿撮一顿——甭跟我说吃过了晚饭那种话,吃过了也再吃点儿,马无夜草不肥嘛!"李志勇一边说一边走下台阶,出了公园,踹起车支子,推车往青塔小区走去。

林香茗一直跟在他的身边。

两个人走了一段路,起初都不说话,只听到自行车的链条在链轮上咯嗒咯嗒富有节奏的滑动声。这样的气氛让李志勇有点儿紧张,一不留神,脚踝骨被脚蹬子磕了一下。

"哎哟!"疼得他叫了一声。

"没事吧?"林香茗问。

"没事儿!"虽然挨了磕,但李志勇挺高兴他们之间的沉默被打破,"刚才那口琴,是你吹的?"

林香茗"嗯"了一声。

"好像是什么歌儿的前奏……"李志勇嘀咕道,似乎希望林香茗给他一个答案,但是林香茗一声不吭。

李志勇不禁看了他一眼,那张清俊的脸上毫无表情。

这个人真是一个谜。

李志勇想起了"西郊连环凶杀案"办到一半,当受害者越来越多,案件的侦破工作却一筹莫展的时候,市公安局副局长许瑞龙给专案组组长杜建平打来电话:"我这边有个中国警官大学的大三学生,主修犯罪心理学和行为科学的,给你派过去支援一下。"

杜建平正被案件搞得焦头烂额，累得带状疱疹都复发了，对上级的指示有些不耐烦："我这边是鸡毛掸子解毛线——要多乱有多乱，您就别往我这儿派实习生啦！"

"什么实习生！"许瑞龙不客气地纠正道，"是支援！"

"支援"到的第一天，直接上了案情分析会。林香茗给专案组全体成员的第一印象特别好，小伙子虽然眉清目秀得像个姑娘，但是十分谦逊，本来已经打开了笔记本电脑，但一看围绕长桌坐着的刑警们都摊开了蓝皮记事本，立刻把电脑收起，从挎包里掏出了纸笔。整个会议过程中他没有喝一口水，也没有对屋子里十几杆老烟枪的喷云吐雾表现出一丝一毫的反感——尽管他自己绝不抽烟。他认真地聆听每一个人的发言，手中的笔几乎不停顿地在纸上沙沙沙地记录着什么，但直到会议结束时他都没有说话。杜建平都快把他忘了，临到散会前才想起这儿还有个副局长派来的呢："小林，你看你有啥想法没有？"

林香茗摇了摇头。

"别不说话啊，案情分析会就是让大家敞开了说话的！"杜建平笑道，"你是上面派来的'支援'，就得给我们支援支援嘛。"

会议室里响起一片笑声。

"我初来乍到的，没有什么经验，这一屋子都是我的师傅，我先跟着大家多学习、多了解。"林香茗笑着说。

散会后，杜建平跟好几个刑警感叹道："那个小林很懂事，你们多带带他。"又半开玩笑地对李志勇说："你跟小林学学，看人家比你年轻那么多，却一点儿都不毛躁，有规矩、有眼力见儿。"

李志勇不吭声，心说"这回只怕您是看走眼了"。

十年前的李志勇二十八岁，在刑侦一线摸爬滚打了六年，什么苦都吃过，什么苦也都吃得，在刑警队伍里属于"正当年"，

5

按理说应该是领导重点培养的对象，却一直不太入杜建平的眼，甚至给他取了个"狗熊"的外号。这倒不是因为他有多么的膀大腰圆，而是两个原因：一来他脸不洗头不梳，总是灰不溜丢的模样，平日里耷拉个脑袋，只知道埋头干活，不知道抬头看路；二来他脾气古怪，平时闷闷的，不大爱说话，但是一探讨起案情又死倔死倔的，一旦钻起牛角尖，八匹马也拉不回来，纵使杜建平这个顶头上司，他也敢当面顶撞——综合这俩特征，就连李志勇自己也不拒绝"狗熊"这个外号，反正警队里无人没有外号，比起有的男警官外号叫"大嫂"的，自己这个已经好太多了。

不过李志勇是个粗中有细的人，办案喜欢动脑子，偶尔看看《福尔摩斯探案集》，平日里有意锻炼自己的观察能力。比如在这次案情分析会上，他就发现那个一言不发的小林看似"不毛躁、有规矩"，其实是个极有主见的人。

案情分析会是指围绕某一重案，由牵头侦办的主要领导召集相关警务人员召开的会议。这种会上，不管警衔、职位、年龄，只要是与案件相关的见解，必须知无不言言无不尽，有什么说什么，想什么说什么。因为刑侦工作本身就是用证据和推理对真相的还原，在案件侦破之前没有任何人掌握绝对真理，所以必须坚持言论上的自由和民主，集思广益，如果总担心"顶撞了领导会不会给我小鞋穿"，那就什么正事也别做了。因此，为了某一项证据是否可靠，为了某一个推论是否合理而发生争吵，会上闹得脸红脖子粗是常事，会后谁也不会计较……尽管如此，会议过程中，大家还是会对每个发言者的言谈，不由自主地点点头，这种点头未必代表着赞同和支持，更多是一种尊重和习惯。

但是林香茗没有。李志勇发现，整个的会议过程中，他确实听得非常专心，但很少对发言者的发言点头——唯一的一次，竟是对自己说的一段话，而那仅仅是自己一个考虑得非常不成熟的突发奇想。

"前面，法医和刑技组的同志们已经总结过了，罪犯的犯罪模式是相同的，就是在受害人用钥匙打开防盗门和房门的一瞬间，用铁榔头出其不意地猛砸后脑，致其昏厥后，抬入房间内实施奸杀。但是大家似乎忽略了一个问题，那就是犯罪时间——"

杜建平打断他道："刚才说过了啊，犯罪时间多是在晚上十点之后，对晚归的独居女子下手。"

"我说的犯罪时间，是指罪犯从出现在受害者身后到拿出凶器行凶的时间。"李志勇说着，将投影仪上的幻灯片翻到自己想演示的那几张，"大家来看，这三个犯罪现场，都发生在这种六层以下的旧式板楼里，一个在三层，两个在四层，我实地勘查过，这些板楼都是砖混结构的，楼道灯是那种敏感度非常高的感应灯，那么受害者十点左右回到家，一步一步走上台阶，来到自己房门口的时候，感应灯一定是亮着的吧？"

同志们都在点头，目光里也都很茫然，没有听明白他到底想说什么。

只有林香茗眼睛一亮。

李志勇看到了，却装作没看见："既然感应灯是打开的，那么楼道里应该非常明亮，这种情况下，当罪犯发起袭击的时候，为什么受害者连本能的抵抗动作都没有？"他拿起尸检报告，指着上面的一行字说："你们看，尸检报告上写得很明白，受害者的第一个创口都位于枕部，头皮呈星芒状裂伤，周围有圆形挫伤，从周围向中心逐渐变轻，颅骨呈凹陷状骨折，并有放射性骨裂……可是三个受害者没有一个的手部、胳膊或肩膀上出现抵御伤，一个都没有！这是为什么？"

"也许是事发太突然了,她们被惊吓到了,瞬间失去了抵抗的反应?"杜建平猜测道。

"如果是第一个受害者,这样的猜测还合理,问题在于,当第一个受害者出现之后,我们立刻通过各个街道、小区的居委会向居民发出了警示,而且调查中得知,第二个受害者因为单身独居,还接到了居委会主任的上门提示,至于第三位受害者,就更不用说了……那么,她们怎么还一点儿警觉都没有?"李志勇再一次将幻灯片翻回犯罪现场那里,"大家再来看看案发的楼道,这种老楼的楼道台阶比较多,而且楼梯拐角处的空间不是堆着坛子罐子,就是放着自行车,藏不住什么人,罪犯就算发动突然袭击,无论是从下面一层冲上来,还是从上面一层冲下来,受害人都有一个时间档可以用来抵御,这就是我刚才说的被大家忽视了的那个'犯罪时间'。"

有个刑警提出:"感应灯都有一个限定时间,假如罪犯是趁感应灯灭掉的时候,脱掉鞋,穿着袜子上下台阶,对受害者发起袭击呢?"

"且不说这种老楼的防盗门和房门,由于门框变形等原因,开合时都有很大的声音,足以'唤醒'感应灯,更何况我们开门时,假如楼道突然变黑,都会习惯性地跺一下脚让灯重新亮起来,以保证钥匙能插进锁眼儿。当然,最重要的是,刑技的同志提取到的犯罪嫌疑人留在楼道里的鞋印是连贯的,不存在脱掉鞋、穿着袜子去袭击的可能。"李志勇说。

旁边的一位刑技同志补充道:"这些鞋印证明,罪犯大都是从楼门外面尾随着受害者上楼,然后实施犯罪的。另外我们观察到,罪犯上楼的足迹在快要接近受害者的时候,并没有突然变尖、变窄,也没有留痕加重、步幅变长等情况,这就说明他并非冲上去袭击受害者，而是很正常地走上楼——"

"这也就再一次表明，受害者很可能是见到了罪犯，而罪犯是让她可以安心的熟人，这样她才放松了警惕。"李志勇说。

就在这时，李志勇看到林香茗轻轻地点了点头。

不知道为什么，这个点头，让李志勇心中感到一丝惊喜。

"晚上十点，感应灯照亮的楼道，罪犯接近受害者，受害者看到了却毫无警惕，因为是可以安心的熟人……这也许就是受害者被杀的原因，不灭口就存在着被指证的危险。"杜建平自言自语地叨咕了几句，抬头望着李志勇，"按照你的推论，侦查方向有什么改变吗？"

李志勇说："我认为，凶手很可能跟这几个受害人都有某种不为人知的亲密关系，比如亲戚、情人、老同学什么的，所以，如果从三个受害者共同的熟人进行排查，相信很快就会有所发现！"

就在这时，李志勇忽然发现林香茗脸上露出一丝不易察觉的失望。

"难道，我说错了吗？"他的心瞬时间凉了半截儿，回到座位后喝了满满一杯热茶也没有转暖，所以当杜建平在会后让他"跟小林学学"的时候，他脑海里泛起的第一个念头竟是："正好向他问一问，我到底错在哪里？"

3

发生在二〇〇八年九月份的"西郊连环凶杀案"以其案情的恐怖血腥、犯罪手段的残忍狡诈以及侦破的异常艰难，在中国刑侦史上留下了极其沉重的一笔。

"西郊连环凶杀案"一共四起，如果把这四起案件发生的地点在本市地图上串联起来，会发现是集聚在西北方向的一个不规则矩形，而这个不规则矩形的第一个起始点，是成隅里社区某居民楼的四层。受害者名叫杨桦，二十八岁，本市某证券交易所的职员，独居，是个身材丰满但不算太漂亮的女人。案件被发现的当天她本来应该上班，但一直没有来，同事给她打手机，手机是通的却无人接听。因为证券交易所的工作实在太忙，所以经理们想的是赶紧找人补位，而不是去寻找杨桦，加之事后有好几位同事证明"（杨桦）以前喜欢下班后逛夜店，喝多了以后就不知去哪里睡了，第二天旷工不来是常事"，所以更没有人想到她可能出了意外。在警方后来的调查中，发现杨桦之所以经常旷工而又没有被辞退的唯一原因，是她与证券交易所的孙所长有着不正当的男女关系，而第一个发现杨桦被杀的，也正是那位肥胖得皮肤几近透明的孙所长。

当天下班后，孙所长想找杨桦幽会，但打她手机依旧没人接听，索性直接上门。就在门口掏出钥匙的一瞬间，他突然发现防盗门是虚掩的，里面的木头门也没有上锁，竖起耳朵听了听，屋子里毫无声音。一种不祥的预感瞬间袭上了他的心头，当然他不是担心杨桦出事了，而是担心会不会老婆已经发现了自己出轨，在里面设了埋伏，准备守株待兔，抓个现行，所以他没有进去，而是转身下了楼。

孙所长当然不会想到，他匆匆走出楼门的时候被杨桦的一位好友看到了。这位好友也是证券交易所的员工，担心她生病了，所以下班后买了水果牛奶什么的前来探望，正好与孙所长走了个对脸。但孙所长做贼心虚，把脑袋埋在风衣领子里，兼之小区光线阴暗，没有注意到迎面走来的是位同事，而杨桦的好友素来知道他和杨桦的关系，这种事儿撞破不可说破，也就没好意思跟领导打招呼，擦肩而过了。

杨桦的好友上楼后，发现两道门都没有上锁，便径直走进了屋子。黑黢黢的房间里一片死寂，没有开灯，她闻到一股腥臭味儿扑面而来，脑海中还浮现出了一个"买的肉怎么不放进冰箱"的怪念头，然后摸着墙上的开关，打开了灯。老式板楼的狭小客厅只够放一台冰箱和一张餐桌，她叫着杨桦的名字走进主卧，主卧也没有开灯，约略能分辨出床上赤身裸体躺着一个女人。这位好友有点不好意思，觉得是不是杨桦和孙所长刚办完事还没穿衣服，直到她要退出主卧的时候，才察觉到那股浓重的腥臭味儿恰恰来自躺在床上的女人，顿时吓得浑身瘫软，甚至都没敢上前仔细看一看杨桦到底是死是活，就连滚带爬地出了屋子，跌跌撞撞地跑到楼外面，打电话报警。

按照一一〇电话录音的记录，她报警的第一句话是："我朋友出事了，好像被杀了，你们赶紧过来！"

对犯罪现场的勘查表明：杨桦的遇害时间是前一天晚上的十点半到十一点之间，在她的血液中检测出了大量的酒精成分，有目击者证明她当晚在家附近的一家酒吧里喝了不少酒，离开的时候脚底下都不利落了。她上楼回家，在家门口掏出钥匙开锁的时候，突然遭到了来自斜后方的猛击！枕部的伤口表明：凶器应该是一把铁榔头，进行尸检的法医说，因为砸击力度实在太大，杨桦几乎是瞬间死亡的。这之后，凶手将杨桦抱进了室内进行了强奸抑或直接说是奸尸，完事后从容离开，只把两道房门虚掩上了。

令警方震惊的是，凶手在现场没有留下一丝一毫能够表明他身份的证据：由于犯罪过程中他戴了手套，所以找不到他的指纹；由于第一榔头就导致受害者死亡，没有搏斗，也就没有遗留他的血液、头发、皮肤或衣服扣子；由于奸尸时戴了安全套，并在事后将安全套带离了现场，受害者体内当然也就提取不到他的精液。尤其可怖的是，杨桦尸体的下阴部位以及附近的床单有被火燎过的痕迹，应该是用某种便携式高温喷枪焚烧的结果，警方起先推测这是凶手凌辱尸体的变态行为，可是后来当他们悟出真相的时候，不禁毛骨悚然，凶手这样做完全是理性的：他绝不让自己的阴毛被警方提取到，一根都不留！

尽管杨桦的手机、钱包、项链被凶手拿走，但负责侦办此案的区刑侦队长杜建平还是敏锐地意识到，这只是凶手想误导警方所用的障眼法，把犯罪动机引导到劫财为主、劫色为辅的抢劫案上去，经验丰富的杜建平也从一开始就不认为死者死于情杀——比如那个被目击到在现场出入的孙所长，就被他第一个排除了犯罪嫌疑——因为既往的无数案例表明，情杀类的犯罪现场往往呈现对死者的仇恨和"爱怜"这双重矛盾，比如捅了很多刀，但又小心地掩盖死者的隐私部位，绝不会一榔头砸死，奸尸，焚烧下阴，然后任由尸体裸露就扬长而去——这是一起不折不扣的以发泄兽欲为目的的强奸杀人案。

而这样的犯罪，极少"一榔头买卖"。

杜建平在向上级请示并得到批准后，果断地下达了三道命令：第一道是成立专案组，自己亲任组长侦办这一案件；第二道是召开新闻发布会，对媒体公开案件的部分信息，请求他们协助发布警讯，提醒广大市民注意安全；第三道是通知成隅里周边的五个街道、七十二个社区的各个人民武装部、安保部门，做好积极主动的防范工作，对那些单身独居的女性，居委会要做到"两个面"——见面说话、当面提醒。对于个别领导担心第二道和第三道命令会引发公众紧张时，他直接甩过去一句粗话："都出人命了，还怕个毯！"

尽管杜建平意识到，当务之急是要分秒必争地在凶手犯下下一起罪行前，筑起足够高大的防火墙，但紧赶慢赶，还是慢了一步。就在杨桦遇害后的第三天，第二起案件发生了。案发地点位于春柳街道一座偏僻的居民楼里，受害者姓吴，今年只有二十三岁，在听完雕塑公园的温拿演唱会之后，晚归时遭到榔头敲击后脑，也许是当时没有死，所以凶手在把她拖进屋里强奸之后，用榔头在她的脸上又狠狠砸了几下，砸得血肉模糊、脑浆四溢。

当然，凶手依旧没有留下指纹、血迹、毛发等任何有可能提供个人信息的线索，小吴的下体也同样遭到了焚烧。

面对小吴的惨死，刑警们感到心头异常沉重，虽然长年累月面对各类犯罪，有时站在尸体和血泊前难免麻木，但凶手的残暴和几近挑衅的犯罪现场处理方式，还是激怒了每一位参与办案的警察，无论刑侦还是刑技人员，都没日没夜地加班加点：寻找遗留在犯罪现场的微量证据、逐一排查可疑人员、对每条线索深挖细捋、用大数据分析罪犯的个人特征，市局也给专案组加派了人手。而凶手似乎意识到了围捕他的大网正在慢慢收紧，突然蛰伏了起来，整整一个月，没有新的案件发生。

当时，杜建平给李志勇的任务，是和春柳派出所的户籍警高小燕一起调查两位受害者的家庭关系和社会关系。高小燕参加工作不久，是个短发、瘦小、相貌普通的伶俐女孩，笑起来的声音像一串风铃在响。她跟李志勇的搭档倒也相宜，一个见谁都自来熟，嘻嘻哈哈地就能打探出一堆"内幕"；另一个沉默寡言，但记录认真，善于思考和分析。忙了近一个月，虽然连凶手的影子都没踩到，但他们成了特别好的朋友。

"我说！"有一天傍晚，高小燕跟李志勇在路边摊吃拉面的时候，突然开了腔，"您把脸洗一洗，胡子刮一刮，衣服换身干净的，难道会死吗？还有您那一脑袋长毛，既不剃，也不洗，母鸡下蛋都不找您这么乱的窝！"

李志勇有点儿不好意思："我就是太忙……"

"少来！谁不忙？"高小燕嗤之以鼻，"您那不是太忙，是太懒！就您这样的，哪个姑娘要是看上您，才倒了八辈子霉！"

李志勇摸了摸厚厚的鼻尖："所以嘛，我也从来没指望有谁看上我……"

"德行！"高小燕把筷子往面碗里一杵，"赶明儿把自己拾掇利落了再跟我出去啊，不然我可丢不起这个人！"

都一起混了快一个月了，怎么到现在才想起提醒自己注意形象问题？李志勇有点儿发蒙，但他还是"嗯"了一声。

吃完饭，自然是各回各家。李志勇都走到家门口了，刚要上楼，脑袋里缺的那根筋总算找补了一下，转身到了社区理发店，坐下就对理发的小哥说："给我剃短点儿。"

小哥只看了一眼他的头发，都没敢拿指头捻，面露难色："您这个……还是先洗一洗吧。"

"成！"李志勇同意了，等洗完了，重新坐在理发镜前的椅子上。小哥一边给他剪头发，一边劝他留个寸头，"不爱脏，洗起来也方便"。李志勇同意了，于是一番刀剪与头发齐飞之后，镜子里的李志勇活像是第一次上丈母娘家串门的傻姑爷。他乐呵呵地想："看明天高小燕还能说我啥？"

但是，高小燕再也不会对他的仪容做任何指指点点了，她成了西郊连环凶杀案的第三位受害者。

其实高小燕本来完全可以避免这场灾难的，假如她跟李志勇分别后直接回家，就什么事都不会有，但据同事回忆，当晚八点多，她突然回到派出所，别人问她这么晚来做什么，她说最近一直忙着配合专案组查案，好几份刑满释放者的档案都没有来得及处理，所以特地来加个班。等到她加完班离开所里的时候，在传达室签离的时间是晚上十一点十分。

高小燕家住得并不算远，所以接下来她生命倒计时的轨迹基本上可以估算出来：她离开派出所之后，骑着自行车，顶多十分钟就来到自家楼下，上楼开门时，后脑遭凶手用铁榔头的猛击，顿时陷入昏迷，但这个勇敢而坚强的女孩在被凶手拖入室内时，突然醒了过来，与他展开了搏斗，随即被杀死。而她的搏斗只打碎了一个放在客厅高低柜上的玻璃鱼缸，看上去对警方的侦破工作没有任何意义……

在高小燕的追悼会上，李志勇号啕大哭，其他的警察也黯然泪下。对于警察而言，所有为了维护人民幸福和社会安定而出生入死的人都是战友，都是肝胆相照的兄弟姐妹，甚至亲人的去世都不如战友的牺牲更加令他们悲痛。而高小燕的死，则让整个侦破工作蒙上了前所未有的沮丧和尴尬色彩，包括杜建平在内的所有专案组成员都垂头丧气，连追悼会上喊出的"为战友报仇"这一句话都有气无力。没错，警方与犯罪分子的追逐与反追逐固然可以用捕猎比拟，但这一次算怎么回事呢？连豺狼的影子还没找到，就牺牲了猎人，而猎人的牺牲竟不是因为追踪到了豺狼的踪迹，而是被豺狼当成了猎物……

所以，追悼会之后，一位刑警的话被深秋的寒风吹送到了每一个吊唁者的耳畔，这句话被认为粗俗野蛮又寓意深远，虽然搞不清他所指的究竟是那几个花开谢早、香消玉殒的女孩，还是指焦头烂额、手足无措的刑侦工作，抑或是指李志勇和高小燕这对青年男女有始无终的微妙感情，反正，他是这么说的——

"他妈的，还没开始就结束了。"

4

　　林香茗用手电筒照着，仔仔细细观察了半天，才伸出手，摸了一下灯泡的表面，捻了捻指尖，然后从那张破凳子上跳了下来。

　　李志勇站起身，有点儿困惑地望着他："你在找什么？"

　　"看一下最近有没有人拧过这个灯泡。"林香茗说，"你那个受害者为什么在受袭之前没有任何警惕的推理，我是赞同的，只是觉得还不够严谨，假如凶手在案发前查到了受害者的所住楼层甚至房间，然后将该楼层的灯泡拧松，躲在暗处，等待受害者夜归后发起突袭，那么受害者也确实会猝不及防。凶手作案完毕后如果再将灯泡拧紧，那么当警方勘查这里时，就会误认为灯光感应一直是有效果的，忽略了凶手可能在楼道的藏身地点留下痕迹或在灯泡上留下指纹——不过，看起来他没有拧过这个灯泡，也就是说，你推理的结论依然有效，那个凶手确实是能让小吴和高小燕完全放松戒备的人。"

　　参加了第一次案情分析会之后，虽然杜建平让专案组的警官们"带带"林香茗，但林香茗却特立独行，悄没声儿地把三起案件的犯罪现场及其周边都仔仔细细勘查了一番，然后彻夜不休地将每一起案件的现场勘查报告、法医尸检报告、证人笔录和相关照片看了又看，接着重新走访了一遍犯罪现场，这一次他遇到了胡子拉碴地呆坐在高小燕家门口的李志勇，却理也不理他，径直从楼道里搬了张破凳子，蹬上去摸灯泡。

　　听了林香茗的话，李志勇几近麻木的神经突然松弛了一点儿，但是内心的痛楚依然折磨得他浑身无力："都怪我，那天晚上，我要是能送她回家，她也不至于……"

林香茗本来已经准备下楼的脚步，又收了回来。

他望着李志勇问："高小燕是你杀的？"

李志勇蒙了："不是啊……"

"那就办正事。"林香茗说。

不知怎么，李志勇突然觉得身上有了一点力量，或者说林香茗本身具备的强大磁场，吸引着自己不得不跟着他往楼下走……这个年轻的警校学生俊美而忧郁，周身好像风暴前夜的月亮一般，总是笼罩着一层神秘而朦胧的月晕，李志勇坚信他有着某种超自然的能力：能够在黑暗中看透一切，参悟一切，了解一切被掩盖、被遮蔽或者被埋葬的东西，而且越是黑暗，越是透彻……他也许无力改变它们，却能让一切事后才幡然醒悟的人洞见苦厄的根源。很多人修炼一生都换不来一次对命运的未卜先知，而林香茗则旁无挂碍，与生俱来。

"对了，上次的案情分析会上，你好像对我最后建议的侦查方向不是很赞同？"李志勇故意很大声地问，掩饰着自己的心虚。他相信自己真的错了，只是想知道自己哪里错了。

林香茗沉默了片刻才说："高小燕和你一起调查的最重要的事情，就是前面两位受害者的人际关系网，尤其是有没有交集，假如高小燕和她们有共同的亲友或熟识的对象，以她心直口快的性格，怎么会一个字都不跟你说？"

宛如醍醐灌顶一般，李志勇恍然大悟！

更加令他震惊的，还在后面。

那是在第二天的又一次案情分析会上。会议的主题是根据目前掌握的证据和线索，完成对犯罪嫌疑人的心理画像（犯罪个性剖绘）。按理说，这是林香茗的专业，但杜建平只拿他当成"实习生"，照样让他旁听，另外安排专案组一位名叫柴永进的老刑警做剖绘。

柴永进是个嘴里零碎特别多的人，一边抽着烟一边啪啦啪啦翻着几页写有心理画像内容的纸，说一会儿停一会儿，叨叨了半个多小时才把话说完。他认为，犯罪嫌疑人应该具备如下特征：年龄在二十岁以下，身体健壮魁梧，有严重的暴力倾向，很有可能因为强奸或斗殴接受过劳教，所以有比较强的反侦查能力。柴永进特别得意的一点，是用一种不容置疑的口吻强调：犯罪嫌疑人是没有固定职业的流动人员，长期住在地下室，所以在可疑人群的调查基础上还应该继续扩大范围，"比如对西郊南边的几个城中村加大暗访和监控力度，如果需要，把住在那里的人群都摸排一遍"。

围着会议室的长桌坐了一溜儿的刑警们边点头边记录，等他说完了，杜建平布置了几个任务：一是请少管所、看守所和市监狱等相关兄弟部门配合，提供这两年释放的年轻性暴力罪犯的资料，逐　过筛子；二是派包括李志勇在内的部分警力去西郊南边的城中村展开摸排。都布置完了，他循例问了林香茗一句："小林你还有啥意见没有？没有的话咱们就——"

"散会"两个字还没说出来，就听见林香茗问："柴警官，能否说一下你刚才所做的犯罪画像的依据是什么？"

口吻像以往一样地温和，又跟以往不一样地严肃。

已经合上笔记本的李志勇不禁抬起头来，望着林香茗。

包括杜建平在内，一屋子的刑警都愣住了，仿佛第一次发现这个儒雅的青年还有另一张面孔。

柴永进不由自主地把刚刚抽了一半的烟掐灭在烟灰缸里，看了看杜建平。杜建平的目光有点躲闪，让他意识到自己必须认真回答林香茗的问题，于是他挺了挺腰说："那个，是这样，我们用高压静电吸附仪,在受害者的房间和楼道内,提取到了犯罪嫌疑人的足迹。那个,你要知道,只要划定压痕的面积并找出重压点,然后呢,测量前掌球形压痕的纵向长度或后跟压痕的最大纵向直径,将所测长度的厘米数乘以五,就可以得出年龄近似数——"

"这个是可以伪装的,何况现代人的体能年龄和实际年龄差距很大,二十岁的人五十岁的体能和五十岁的人二十岁的体能,都不罕见。"林香茗道,"你认为犯罪嫌疑人不到二十岁,而这个年龄的人,心智发育的成熟度很有限。以往的案例证明,就是再有经验的杀人犯,在不到二十岁时作案都会出现紧张、慌乱等行为特征,但在三个犯罪现场搜集到的种种证据表明,罪犯的手段相当老练,心智十分成熟。特别是在接近受害者时,他的步幅没有出现丝毫变短、变窄等'犯罪临界特征',始终保持稳定……所以我不认为把他的年龄限定在二十岁以下是明智的。"

柴永进顿时傻了眼。

林香茗伸出右手,手掌斜着向上,做了个"请继续"的手势。

柴永进明显紧张起来,从兜里掏出包玉溪,把一根烟抽出来又塞回去,机械地反复做这一个动作:"关于他的身材,那个,是这样,他的行凶手段是拿着榔头猛砸人后脑,一般来说,这样的暴力犯罪者总不至于是个瘦子吧……"

"柴警官,行为科学中有一条剖绘连环杀人犯体态特征的重要公式,简称'AB互证公式':A.案件猝发时间与罪犯体态成正比;B.在A公式成立的基础上,罪犯体态与受害者体态成正比。也就是说,在实施犯罪的过程中,从罪犯发起攻击到击倒受害者的时间越短,罪犯的体态越瘦小;反之如果存在时间比较长的缠斗,则罪犯的体态比较健壮,在此基础上,受害者的体态越瘦小，罪犯的体态越瘦小，受害者的体态如果比较健壮，那么罪犯的体态一定也更加健壮一些。"

李志勇一下子就明白过来，忍不住说道："案件猝发时间短，说明罪犯采取的是偷袭行为，也就证明罪犯对自己的体力和体能估测偏低，怕一下子干不倒受害者，所以必须从背后下手或突然袭击。"

林香茗看了他一眼，轻轻地点了点头："跟电影里演的相反，很少有受害者一下子就被野蛮凶暴的罪犯制服的，出于求生的本能，哪怕面对着像泰森那样的强奸犯，女性也会奋起反抗。我们目前要抓捕的凶手无论对付何种身材的女性，都一律采取背后的突袭，力求一击得中，不给对手任何反抗的机会，恰恰说明他并不十分强壮。"

柴永进彻底泄了气，半天说不出话来，杜建平觉得脸上有些挂不住了："老柴你继续说，小林这也是帮你完善工作嘛！"

"我吧，也是觉得这个罪犯确实很老练，有一定的反侦查经验，才推想他可能折过，受过劳教。"柴永进嘀咕了几句之后，突然又提高了声音，"不过我敢说，我认为犯罪嫌疑人是个没有固定职业的流动人员，长期住在地下室，那可是板上钉钉的。"

林香茗看着他，不说话。

"刑事鉴识报告，想必林警官已经看过了，在犯罪现场提取到的嫌疑人足迹，证明他穿的是一双非常廉价又破旧的'扬帆'牌球鞋，在足迹的间隙，多次且多处地检测到了微量的霉菌，这种霉菌主要存在于地下室或半地下室内。"柴永进说，"与此同时，他作案的地点虽然集中在西郊，但比较分散，尤其是第二起凶案发生的那天夜里，联防队曾经撞见过他，在追捕的过程中，他因为不熟悉路况，所以没有选择比较直接的、附近居民都熟悉的逃跑路径，而是绕了个大远，险些被堵在一条死胡同里，这些都说明他并不是本地人，再联系到那些霉菌，我认为他极有可能是没有固定职业的流动人员，就是俗话说的'盲流'。"

柴永进所说的事情，发生在第二起凶案的那天夜里。一支联防队在巡逻中，在距离小吴家大约五百米的一处街角，发现了一个形迹可疑的人，因为光线太暗，加之他把衣领竖得很高，所以看不清他的面貌。叫他停下检查时，他拔腿就跑，联防队员们愣了一下才追，一下子拉开了距离，这个人有些慌不择路，在一个只要直冲过去就可以进入绿植茂密的街心公园从而彻底摆脱追击者的路口，他反而往右转，钻进了一条胡同，七拐八拐跑脱了……事后，刑技人员将其足迹和鞋印中的霉菌进行了同一认定，证明此人正是那个连环杀手。这场追捕的失败令杜建平痛心疾首，没有什么比到手的鸭子又飞了更让人懊恼的了，为此他把春柳街道年近五旬的治安办主任房志峰叫来，劈头盖脸一顿骂。房志峰吊着一张苦瓜脸，说要辞去这个没日没夜没着没落的倒霉差事，杜建平只好又安抚了他一通，才算没让已经泄气的联防队彻底散了黄儿……

听完柴永进的话，再想想追捕连环杀手失败的情景，会议室里的人都觉得他的这一分析无懈可击，于是把目光纷纷投向林香茗，仿佛在说："这回你总没话说了吧？"不想林香茗站了起来，翻了几页幻灯片，白色投影屏上出现了一大块椭圆形的绿地。

"这里，柴警官你认识吗？"林香茗问。

柴永进只看了一眼就说："认得啊，这不就是街心公园前面的那块草坪吗？"

李志勇猛地把头一抬！

林香茗望着柴永进，慢慢地说："柴警官，你亲自到这里查看过吗?"

老柴眨巴了半天眼睛,然后摇了摇头。

"在座的,有谁在第二起凶案发生后,勘查过凶犯从联防队手中逃脱的路径?"

小吴遇害后,专案组围绕着犯罪现场展开过非常详细的勘查工作。对于凶犯甩脱联防队的逃命之路,也沿着走访过一遍,但后来专案组一致认定,凶犯在逃跑时的路径选择是随机的——说白了就是"瞎跑"。缺乏进一步勘查的价值,也就没再耗费人力和精力,至于幻灯片上的那块绿地,警官们多半是走过路过没有看过……

面对着会议室里的一片面面相觑,林香茗的脸上露出失望的神情。

就在这时,李志勇举起手来。

林香茗笑了:"好吧,那么就请李警官告诉柴警官,这块椭圆形的绿地究竟是什么。"

"那不是草坪。"李志勇说,"那只是一片铺着绿色纱网的椭圆形空地。"

最近,本市正在制作一系列形象宣传片,为此,必须把几年来到处都在破土盖楼、形同一片超级大工地的城市装扮得漂亮起来,至少在航拍中要显得多一些绿意,不能哪哪儿看着都像斑秃似的。但那时无土草坪的培育还没有推广开来,塑料草皮的价格又比较昂贵,于是环卫部门在所有裸露黄土超过一百平米的地方都铺上绿色纱网,航拍时看起来也挺像那么回事儿的。

会议室里骚动起来,刑警们低声议论着,嗡嗡了半天,眉头上的锁却依旧没有打开。杜建平用手指头敲了敲桌子,示意大家安静,然后问林香茗:"小林,我没太听懂,这是不是真草坪,跟咱们的案子有关系吗?"

"当然有关系。"林香茗沉稳地说,"我已经实地考察过了,这种绿色纱网的网眼宽度多在四到六厘米之间,恰好是一双普通球鞋或皮鞋鞋尖的宽度。所以,凶手没有跑进街心公园,绝不是因为不知道那里是良好的隐身之所,而是他不想在横穿那片绿色纱网时,鞋尖被网眼套住而绊倒——他哪里是什么'不熟悉本地路况',实在是对本地路况熟悉已极。因此即便在惊慌失措的逃跑过程中也没有做出错误的选择,我甚至可以肯定:他就是生活在成隅里和春柳街道这一片儿的本地人。"

"也许——"柴永进咬着后槽牙说,"也许是当时他看见了地上铺的是绿色纱网而不是草坪呢?"

林香茗转过身,看着投影屏上的那张照片,叹了口气:"这张白天拍摄的照片,你都没分辨出是假的草坪,何况他是在深夜呢……"

案情分析会结束之后,李志勇跟林香茗一起下了楼,站在刑警队简朴的院子里,透过一棵大槐树枝叶凋零、枯瘦嶙峋的树冠,他们看到了深秋那仿佛挂着霜一般萧瑟、灰蒙蒙的夜空。

"你今天是只破不立啊。"李志勇说,"老柴的结论,你都给驳倒了,但是你却没有提出新的结论。"

林香茗沉默了片刻,缓缓地说:"案情过于复杂,矛盾点和疑点都太多,我还无法对犯罪嫌疑人做出精准的剖绘。"

不知是怕冷还是烦躁,李志勇把手揣进裤兜,原地跺了几下脚,干枯的落叶被踩碎,发出咔嚓咔嚓的响声:"案子一点儿进展都没有,万一凶手就此收手,跟熊一样冬眠起来,是不是我们就再也逮不到他了……总不能让高小燕白白牺牲了吧。"

"从来没有一个警察会白白牺牲的。"林香茗说,"从来没有。"

5

林香茗的话简直就像一个神奇的预言,谁也没想到,恰恰是高小燕的牺牲,为整个案件打开了重大的突破口。

中国警官大学每年都会派遣一些学习成绩优秀的学生,到各个派出所、分局、刑警队"协助工作"。与实习不一样的是,这种"协助工作"并非传统意义上的师傅带徒弟,而是一种平等的互补。工作多年的警察把宝贵的实战经验传授给初出茅庐、意气风发的警校生,而警校生则凭借对世界先进刑侦技术的了解和掌握,帮助奋战在一线的公安人员实现警务工作的"专业化、精细化、数据化和信息化"。

其中有个女生,是林香茗同校不同系的同学,她听说林香茗在忙"西郊连环凶杀案",便主动提出到区分局的刑事技术处协助工作,得到了校方的批准。因为这姑娘实在是太漂亮了,所以初到分局的第一天便引起轰动,结婚没结婚的小伙子都装成无意间从刑事技术处门口经过,只为了看她一眼,但这也使得大家产生了一个误会,那就是这个名叫刘思缈的女孩,很有可能只是个中看不中用的"花瓶"。

结果证明他们大错特错。

多年以后成为中国刑事鉴识科学学术带头人的刘思缈,从大学时代起就表现出在专业领域的一丝不苟和卓尔不群,而她对"西郊连环凶杀案"的介入,很快就被证明是射向铁一样黑幕的第一束光。

罪犯实施犯罪的整个过程,不是单一的、静态的、固化的行为,而是复杂的、动态的、不稳定的一个链条状体系。以一起入室抢劫杀人案为例,必然存在着破门而入、与受害者搏斗并杀害之、搜寻财物、破坏可能暴露个人信息的物证后离开等一系列行为。在这个过程中，最有价值的物证，大多是受害者与罪犯在搏斗时留下的，尤其是那些有经验的罪犯，他们在实施犯罪前早已经戴上了手套，踹开门的那一脚只会留下鞋印，翻箱倒柜中不会留下指纹，所以，唯有在受害者的手指缝和指甲缝里，才有可能找到罪犯的头发、血液等DNA信息。

很可惜，"西郊连环凶杀案"的三个受害者几乎都是被凶手从背后一榔头撂倒，失去反抗能力，被奸污和杀害的，只有高小燕曾经有极其短暂的清醒，在与凶手的搏斗中打碎过一个鱼缸，因此在大部分刑侦和刑技人员看来，在这个案件中，受害者与罪犯的"互动"同样为零。

刘思缈却不这么认为。

刑事鉴识工作跟世上千千万万工作一样，也是"细节决定成败"，刑技人员对某个不起眼的证据的忽视，很可能导致罪犯逍遥法外，所以刘思缈对犯罪现场勘查和物证的鉴识，细致到了令人难以想象的地步。比如在介入"西郊连环凶杀案"的侦破工作之后，她就坚决要求把那个打得粉碎的玻璃鱼缸复原，"因为这是受害者与凶手存在互动的唯一物证"。

玻璃碎片同纤维物质一样，是犯罪现场中最常见的微量证据之一。由于玻璃碎片上很可能附有手印、血迹、纤维等痕迹或物质，所以提取时要分外小心，不能像很多国产剧演的那样，拿笤帚往簸箕里一撮"带回实验室"，那是胡闹。对大块玻璃碎片应当戴上医用橡胶手套后以接触玻璃断裂面的方式直接拿取，而对像打碎的鱼缸这种体积较小的玻璃碎片或碎渣，则应当使用非金属镊子直接夹取。负责勘查高小燕遇害现场的刑技人员确实严格履行了上述证物提取原则，并且在其后的检验中，没有从玻璃碎片上提取到犯罪嫌疑人的指纹或血迹。这时刘思缈突然提出要还原鱼缸,让大家觉得有点儿不可思议,有人甚至当着她的面讽刺道:"一张没有字的碎纸,难道拼起来还能有字不成?"刘思缈权当没听见,在实验室里熬了一天一夜,出来时捧着个用透明胶条纵横交错粘贴的、基本复原的长方形玻璃鱼缸。

"你还真给复原了?"分局一位老刑技有些惊奇,"怎么样,发现这鱼缸上有什么新的证据了吗?"

刘思缈摇了摇头。

老刑技叹了口气:"我就知道是白耽误工夫。"

"那倒也未必。"刘思缈指了指桌子上的一个红色塑料托盘。

老刑技走过去,弯下腰一看,里面有两枚非常小的玻璃,无色透明,跟鱼缸的碎玻璃的唯一区别是——有轻微到不仔细看就根本无法察觉的弧度。

"这是……"老刑技直起腰,一脸困惑地望着刘思缈。

刘思缈冷冷地说:"这两块玻璃虽然掺杂在那一地被打碎的玻璃里,但它们并不属于那个鱼缸。"

刘思缈的发现,让专案组既兴奋又困惑。兴奋的是经过进一步的鉴定,那两块存在弧度的玻璃应该是眼镜的碎片,而高小燕不戴眼镜,独居的她,家中也没有任何眼镜,也就是说这两枚碎片是凶手在搏斗中被打落眼镜造成的;困惑的是认定了这一点又能怎么样,除了在凶手的特征中加上"近视"二字,还有什么其他对破案有所裨益的吗?

就在这个时候,对案件的侦破取得决定性作用的又一个人物出现了。

得知刘思缈在复原的玻璃鱼缸之外发现了两片眼镜的碎片之后,最激动的要属李志勇了,可是跟其他刑警一样,兴奋劲儿一过,他也是一头雾水,不知道这一发现对破案到底有啥用。他去问林香茗,林香茗思忖片刻说:"我也还没想清楚……"正在这时,衣袋里响起一阵悦耳的音乐声,林香茗掏出黑色摩托罗拉V3手机,只看了一眼显示屏上的来电人名字,嘴角就绽开了微笑,接听之后说了几个"好的",然后对李志勇说:"走吧,跟我去见一位朋友,也许他能给我们一些提示。"

已是傍晚,华灯初上。他俩骑着自行车一直往西,布满落叶的道路上散发着奇怪的松木香气。过了西萃路口的过街天桥,他们推车进了一条南北向的小街,小街的左边是市医科大学国际学院,进进出出的多是南亚国家的面孔,右边则是一排由味多美、音像店、池记串吧和老谷烧烤串联起来的店面,其间还点缀着几家卖野菜包子、麻辣烫和驴肉火烧的小馆,一律飘着腾云驾雾似的热气,将小街上的路灯灯光蒸得仿佛在融化。音像店门口的大功率音箱放着迈克尔·杰克逊的摇滚,但烧烤店的鼎沸声则把摇滚乐声都盖住了。北边顶头是一所小学,几个刚刚上完补习班的小学生正三五成群地往外走着,守候在校门外面卖糖葫芦和文具的小贩看见了,赶紧吆喝了几声,声音被寒冷的天气冻得硬邦邦的。

林香茗和李志勇把自行车停在老谷烧烤店的门口,穿着黑色镶黄边工作服的伙计忙着推开门,往里面招呼他们。他们走进去,笑声、吵嚷声、酒杯碰撞声、此起彼伏招呼服务员的喊声,搅在一起好像开了锅的粥。服务员在黄色的木头桌椅间穿梭着,把装在铁盘子里的各色烤串儿端给食客,店里面烟雾弥漫、混混沌沌的,每个人的面孔都带着重影。林香茗径直往前走,在一处已经坐着一个人的位置上落了座,招呼李志勇在自己对面坐下,然后给他介绍占座的那个长着娃娃脸的小伙子:"这位是呼延云,我的好朋友。"

时年二十岁的呼延云，虽然跟林香茗同龄，但看上去远远没有林香茗的沉稳与成熟，嘴角和眼角都微微上翘，更像个目空一切、稚气未脱的菜孩子，只是一双不大的眼睛精光四射，能洞穿每一个人的五脏六腑似的。

李志勇被他盯了一眼，浑身上下都不自在，向他抱拳拱了两拱。

林香茗又介绍了一下李志勇，呼延云向他点了点头，然后给林香茗倒了一杯热水，塞在他手里说："天冷，你先喝点热水。"接着从背包里拿出一本五六十页的印刷品，有《三联生活周刊》那么大，开始巴拉巴拉地介绍自己在大学里跟几个同学办的杂志，"这是样刊，新鲜出炉，先拿来给你看！"他高兴地对林香茗说，然后一面哗啦哗啦地翻篇，一面从发刊词、编辑方针、征稿启事到栏目设置，逐一给林香茗仔细介绍，虽然一脑袋的头发乱得像刚刚睡醒似的，满嘴却都是宏伟蓝图，说得眉飞色舞……呼延云给李志勇的第一印象糟糕透顶：傲慢、狂妄、不切实际，以至于十年之后两个人再次见面时，李志勇的脑海里浮现出的依然是他中二的模样，但是此时此刻，李志勇不看僧面看佛面，既然是林香茗的朋友，总不能当面给予难堪，只能暗暗冷笑，心里埋怨林香茗为什么给自己介绍这么一个家伙，也不知道他能"提示"什么。

林香茗倒是气定神闲，一边笑着给李志勇倒了杯水，一边把酒菜点了，一边听着呼延云唾沫星子横飞，什么都没耽误。直到呼延云说完了，林香茗才轻轻地叮嘱了几句："一开始别铺得太大、冲得太猛、想得太简单。"呼延云给自己满满倒了一杯啤酒，咕噜咕噜咽下肚子说："你放心，我并不想给谁灌什么大道理，我只是看不惯他们那副犬儒主义的德行。"林香茗点了点头："有人狂欢，有人守夜，各司其职就好。"

在李志勇看来，这俩人各说各的，压根儿就没合辙，但居然并未因话不投机而各生烦厌，也是一奇。不知怎么的，话题突然就转到"西郊连环凶杀案"上，林香茗把刘思缈发现眼镜碎片的事情细细讲了一遍，虽然店里面的声浪一波高过一波，但林香茗并未提高声音，呼延云也没有为噪声皱眉，听得很认真。李志勇只当他跟所有大学生一样喜欢听刑侦故事，听到林香茗讲起一些警方内部掌握的机密时，还想拦一拦，又忍住了，低着头一边吃毛豆一边喝啤酒。

林香茗讲完了，正好烤串儿和炒菜都端了上来，呼延云抓起一串烤小黄鱼就开始啃，林香茗盛了三碗蛋炒饭，在他俩面前各放了一碗，然后自己端了一碗，用白瓷勺子舀着慢慢地吃。

面对面坐着，但李志勇看得出，呼延云的嘴巴虽然嚼个不停，目光却很沉静，好像坐在和式茶室内与人对弈的围棋手，全神贯注地思考着什么，只是手指捻动的不是黑白子而是竹签子。在接连吃了两串烤小黄鱼之后，他从桌上的塑料纸巾包里抽出两张擦了擦嘴，对林香茗说："这个凶手应该是一位推理小说爱好者。"

李志勇吃了一惊，还没等林香茗说话，已经叫出声来："啊？你怎么知道的？"

呼延云没理他，继续对林香茗说："假设打碎鱼缸和眼镜，都是高小燕和凶手搏斗造成的，那么刘思缈从那一地碎玻璃片中复原的应该就不只是一个鱼缸，还应该有至少一片完整的眼镜片，但是没有，这说明什么？"

"说明凶手在清理现场时，曾经非常认真地寻找和捡起打碎的眼镜片。"林香茗说。

"对!所以我更倾向于:凶手的眼镜确实是被高小燕在搏斗中打掉的,而鱼缸则是凶手后来故意打碎的。"呼延云说,"凶手本来想把地上所有眼镜碎片都捡起并带走,但是由于眼镜坏了,他看不清地面,不确定自己能找齐并拾走所有的碎片,为了掩饰一棵树木,他只好种下一片森林,于是才打碎了那个鱼缸,让残存的眼镜碎片混在鱼缸的玻璃碎片里,这样警方就会忽视眼镜碎片的存在。"

李志勇不禁一拍桌子:"对!对!对!就是这么回事!"

林香茗也点了点头:"那么,凶手为什么要这样做?"

"因为眼镜碎片很可能会暴露他的个人信息吧?"李志勇忍不住插了一句。

呼延云微笑着看了他一眼。

"我马上让刘思鄋把那两块眼镜碎片再仔细测量和检查。"林香茗刚刚拿出手机,呼延云拦住了他:"香茗,不用,有更容易找到凶手的方法。我不是说了么,他是一位推理小说爱好者。"

"对啊,你还没解释怎么得出这个结论来的呢。"李志勇说。

呼延云道:"凶手采取的这个掩饰物证的方法,出自日本一部著名的推理漫画,但在国内相对小众,所以你们警方肯定很少有人知道。既然他能模仿小众漫画的做法,那么说他是推理迷甚至推理小说爱好者,也不算是什么荒诞不经的猜测吧。"

"这样啊!"李志勇恍然大悟,"可是你说,有更容易找到他的方法……"

呼延云露出"我都说这么明白了你怎么还不懂"的神情,拿起一串烤小黄鱼说:"从凶手的穿着和生活大环境看,他的家境并不富裕,所以不会网购台版漫画,西郊又极少实体书店……让当当网和卓越网协助警方调查，看看有多少住在西郊的人网购过那套漫画，然后一一排查……"

6

林香茗走到喧闹的烧烤店外面，连续拨打了几个电话，请专案组马上联系当当网和卓越网的总部，调出网购那部日本推理漫画的订单和订户名称……等都布置完了，一回头，发现呼延云扶着李志勇走了出来。

刚才听完呼延云的推理，李志勇预感到真凶即将落网，非但没有精神抖擞地奔赴一线去擒凶，反而浑身无力，陷入了某种瘫软状态，一杯接一杯地喝酒，后来干脆对瓶吹。林香茗走出来打电话的工夫，他喝空了五个酒瓶，呼延云看出他心里痛苦，也不拦阻，结果就喝多了，双眼发直不说，走起路来两条腿都打绊儿，一出饭馆大门，蹲在路边就哇哇哇地吐了起来。林香茗赶紧过去拍他的后背，并让门口招待客人的小伙计去接一杯热水来。

"也不知道因为啥就喝成这样……"呼延云怕林香茗责备自己，嘟囔道。

"他的搭档牺牲了。"林香茗低声说，"就在这个案件的侦破过程中。"

李志勇吐得差不多了，一屁股坐在地上，林香茗用纸巾给他擦了擦嘴，又把热水端给他。他接过纸杯，手哆哆嗦嗦的，还没端到嘴边就先洒了一点儿。林香茗伸出手帮他扶住纸杯，等于是喂他喝了下去。

喝完了热水，李志勇耷拉着脑袋，两条胳膊撑在地上，一声不吭，很久很久，嘴里开始叨咕着什么。林香茗听不清，凑近了才听出，他说的是："她总算没白死，总算没白死……"

林香茗觉得地面太冷，怕他坐的时间长了生病，想搀扶他起来，可是他不但不想动，还搡了林香茗几把。呼延云拦了一辆出租车，一直停到李志勇身前，林香茗不容分说把他连抱带扯地推上后排，自己也坐到他身边。

呼延云坐到前排副驾的位置，问了一下李志勇家住在哪里。李志勇含含混混地说了个地名，司机回头看了一眼说："别吐我车上啊！"林香茗立刻说了一句："开车！"口吻严厉，吓得司机赶紧把车开动了起来。

世界安静下来。

从移动的车窗往外望去，城市的上空宛如一条正在缓缓流动的黑色河流，深秋的寒冷正在让这条河流慢慢凝固、结冰，那些在风中瑟瑟发抖的枝丫、电线和路灯，像被遗弃的孩子一样不停地划过视线，它们被冻结在河道的中心，彷徨无依，没有明天。

也许是害怕车厢里的清寂，出租车司机打开了音响，一首老歌幽幽响起，是钟镇涛用沙哑的嗓子在唱：

风中风中，心里冷风，吹失了梦，
事未过去，就已失踪，
此刻有种种心痛……

远处，居民楼一盏忽然熄灭的灯火，犹如卧而不眠的眼睛，显得孤独、忧伤而惆怅。就在这时，窝在后排座椅角落里的李志勇突然嘟囔起来，一开始根本听不清他在说什么，渐渐才听出那是一长串呓语："累了，累了，想亲手抓他，又没劲了……忙死忙活的，也不知图个什么……脸洗了、头剃了、胡子刮了，我拾掇利落了,我不给你丢人……"到最后还跟着音响里的歌唱了一句:"各种空虚,冷冷冷,吹起吹起风里梦……"

全程,呼延云没有回头,林香茗也没有说一句话。

李志勇的家在一栋二十世纪六十年代的老楼里。他父亲去世得早,家中只有一位五十多岁就已经头发花白的母亲,见林香茗和呼延云把酩酊大醉的儿子送回来,千恩万谢的,先把李志勇安顿在床上,然后关上他那屋的门,去厨房倒了两杯水给他俩喝。呼延云说不渴,林香茗接过玻璃杯,一边喝水,一边看着摆在组合柜上面的几个相框,狭小的客厅里灯光昏暗,看了很久,忽然指着一个相框问道:"叔叔曾经做过警察吗?"

相框里的相片上,一个穿着橄榄色八三式警服的粗壮男人,正抱着一个戴着红领巾的胖小子胳肢,爷儿俩都笑得合不拢嘴。

"是啊,爷儿俩都是当警察的命。"老太太叹了口气,"老的心不省,小的不省心。"

"叔叔是怎么走的?"林香茗问得很直白。

"九六年严打,全市警察总动员,忙活了三个多月,刚刚完事,西郊又接连发生了几起拐孩子的案子。本来他爸应该轮休,可是他那人逞强啊,一劝他就跟我发火,横眉竖眼地让我少管他的事,就跟我是他要抓的坏人似的。他没日没夜地调查,水不喝饭不吃的,好不容易把坏人逮住了,审讯时动了气,心脏病突发,送医院耽搁了……这都是命。"老太太又叹了口气,"志勇每天出门啊,我都提心吊胆的,他一晚回来我就各种胡思乱想,得亏你们今晚把他送回来,要不然我——"

话还没说完,林香茗的手机响了,他拿起来刚一接听,就神色凝重,挂上电话还没开口,老太太就说:"有案子了吧,赶紧忙你们的去吧,注意安全。"

林香茗向她告别，跟呼延云一起向门外走去。

出了楼门，林香茗对呼延云说："你先回学校吧，我得接着忙了。"

"抓住罪犯了？"呼延云有些惊讶，"这么快？"

林香茗摇了摇头："不是，那个连环杀人犯又作案了。"

呼延云自告奋勇："用不用我跟你跑一趟？"

"你这话搁在侦探小说里讲讲还行，还得是外国侦探小说。"林香茗笑了一笑，突然又想起了什么，再一次叮咛道，"你们那个杂志，一开始别铺得太大、冲得太猛、想得太简单……"

"哎呀行啦，你比我妈还唠叨！"呼延云推着他的肩膀往前走，"你破山中贼，我破心中贼，容易的事儿都交给你了，还啰唆什么！"

7

春柳街道治安办主任房志峰的牺牲，不仅为"西郊连环凶杀案"画上了句号，还让那个穷凶极恶的杀人狂完全暴露在警方的视线之下。

房志峰今年四十八岁，原系市属水泥公司一名治安保卫干事，因为患肝炎而提前办了病退，恰好春柳街道响应上级号召，实现基层干部的年轻化和专业化，于是原来的治安办老主任主动退休，并推荐房志峰接班。

房志峰患病多年，身体消瘦，脸色总是蜡黄蜡黄的，在上岗治安办主任一职后却尽心尽力，不仅建立了一支训练有素的联防队，根据社区具体情况制定了治安巡逻的路线图与时间表，还请来中国警官大学的老师们为居民开展普法和安全防范教育，极大地改观了社区的治安状况，得到区政府的表扬。如果不是"西郊连环凶杀案"的第二起发生在了春柳街道，区里本来准备授予他"社区先进工作者"称号的。

这起案件给了他巨大的压力，抛开那次疑凶逃脱了联防队员的追击，结果挨了杜建平一顿臭骂之外，有些居民也话里话外讽刺他为社区治安操心费力做出的一切都是"纸糊工程"，这让他不免心灰意冷，好几次跟街道领导提出辞职："我这忙前跑后的半年多，费力不讨好，还不如回家给闺女做饭呢！"

房志峰很早就跟老婆离了婚，独自抚养闺女房玫长大。房玫今年十七岁，上高中。也许是小时候被父母的争吵吓到了，这个看上去病恹恹的女孩寡言少语，从头到脚总是蒙着一层灰色，好像生活在阴影里，让房志峰很是忧烦。

经不住他反复申请，街道领导同意等案子一破就放他回家，"这阵子好歹再盯一盯"。房志峰老大不情愿地嘀咕着："最近总觉得有人在盯着我们家呢……我这治安办主任当的，可别大家没管好，小家也丢了。"

直到案发后，人们才意识到他这句话是何等的不祥。

大约就在李志勇坐在老谷烧烤店的门口呕吐不止的时候，一一〇接到一个老太太慌里慌张的报警电话，说邻居家出了人命，男主人被杀死，他的女儿把自己反锁在房间里，怎么叫都不肯开门……鉴于西郊最近发生的一系列连环凶杀案，市局专门开通了一条内部专线，任何怀疑与此案有关的突发情况，第一时间通知专案组。专案组一干人等正围坐在区刑警队专门辟出的办公室里，一边吃着丽华快餐，一边分配去当当网和卓越网的总部调查可疑订单的任务，听到一一〇转过来的消息和案发地址，柴永进夹着一块红烧带鱼的筷子停在了半空："那不是老房家吗？"

杜建平还有点儿糊涂："哪个老房？"老柴回了一句："还有哪个老房？"

杜建平的脑袋"嗡"的一声，把盒饭往桌子上一扔，跳起来就往楼下跑，几个年轻的刑警跟在后面，差点儿撵不上他。

现场勘查及法医检验结果如下：案发地点位于春柳街道第四社区三号楼四门三〇二房间。死者系户主房志峰，死亡现场位于客厅电视柜前方，尸体头北脚南，呈俯卧状，身上的衣服有几处撕裂，在一枚扯掉的纽扣上提取到清晰的指纹，还在地板上提取到与房志峰的鞋印交错、混杂的球鞋鞋印。客厅的沙发、餐桌和椅子或者被挪动，或者被掀倒，大量的餐具和玻璃器皿被打碎，显示这里曾经发生过激烈的打斗。死者颅骨多处弧形阶梯塌陷骨折和圆形塌陷碎裂，显然是钝器砸击的结果，比对创口之后，与西郊连环凶杀案前面几起案件所用凶器疑似同一把榔头，但在犯罪现场及其附近没有发现凶器。犯罪现场的门锁没有被撬压的痕迹，窗户也都由内侧关闭，没有被破坏的痕迹。

警方赶到时，房志峰的女儿房玫依然把自己反锁在卧室里，怎么都不肯开门，警方只得破门而入。室内只有房玫一人，她衣衫不整、神情恍惚，满脸泪水地畏缩在墙角，浑身发抖。经过检查，她的左肩被榔头砸伤。警方连续问了她几个问题，她都沉默不语，鉴于有可能是出现创伤后应激反应，警方没有再细问，先用车把她送到医院去了。

据报案的老太太介绍，当晚九点半左右，她正在家里看电视剧《大宅门》，突然听见对门的房间里传出吼叫和撕打的声音，还有家具被踢倒和器皿被打碎的巨响。她感到很纳闷儿，因为多年的老邻居，知根知底，那屋子里住的是街道治安办主任房志峰和女儿，父女俩一向都不吵不闹⋯⋯很快一切都安静下来。老太太打开房门,隔着防盗门看了半天,发现房家的两道门都虚掩着,没有关严,屋里面虽然开着灯,却星点儿声音都没有,她叫了几声"老房",没人应,又叫了几声"小玫",也没人应,不禁害怕起来,死活把正在打电脑游戏的儿子从椅子上拽起来,"你给我去对面看看",这才发现了凶案。

另外两个重要的情况是警方在接下来的调查中很快掌握的。一个是当晚区里专门召集各个街道的治安办主任召开了紧急会议,提出积极配合警方,从舆论宣传、发动群众、加强联防、入户巡访四个方面入手,加大对"西郊连环杀人犯"的震慑力度,让他"收手逃不掉,伸手必被捉"。散会时间是在九点,而从区政府到春柳街道房志峰家,骑车需要三十分钟。

另外一个,是一位在春柳街道第四社区室外健身场上骑健骑机的老头儿提供的,他说在九点半到十点之间,看到有个年轻人慌慌张张地从三号楼四门里面跑出来,宽脸方下巴,三角眼,很凶的模样,留着一撮毛茸茸的小胡子,"如果再看到他,能够认出来"。

综合上述情况,警方对房志峰遇害案得出的初步结论是,当晚"西郊连环凶杀案"的罪犯闯入房志峰的家中,对独自在家的房玫发起袭击并试图实施性侵时,恰好房志峰下班回家,与罪犯展开了殊死搏斗,不幸遇害。而父亲用生命换取了时间,房玫趁机躲进了自己的卧室反锁房门,罪犯害怕打斗的声音引起群众报警,于是匆匆逃离了犯罪现场。

不过杜建平也觉察到一个非常关键的问题:这一次罪犯的犯罪模式与前面几起案件明显不同,他没有在目标人物开门的瞬间从后面"一击致命",而是登堂入室之后再展开袭击。更加重要的是,防盗门和室内门窗均没有遭到破坏的痕迹,足以说明,这一次是房玫主动"开门揖盗"。

"房玫很可能和罪犯认识。"杜建平得出结论，马上派出柴永进等人赶往医院，"不管房玫身体情况如何，一定要让她立刻说出实情！每拖延一秒都是留给罪犯更多的逃亡时间！"

但是还没等到柴永进动身，一个突如其来的消息让专案组提前锁定了真凶。

在接到警方的协查通知之后，当当网和卓越网的相关部门积极配合，调出了西郊所有购买过那套日本推理漫画的订单，说来这套漫画也真是小众得可以，整整一年的时间只在西郊售出过三套：一套是区图书馆买的；一套是个蛮知名的国内漫画家买的，这位漫画家是个患有严重自闭症的女孩；还有一套的买家，订单上显示是一个名叫周立平的人，而此人的家庭住址，恰恰位于和春柳街道一街之隔的冬青街道。

专案组与街道派出所联系之后，了解到更加让他们振奋不已的情况：周立平今年十七岁，跟房玫是同一所高中的同班同学。他的家庭情况比较特殊，父母在他上小学的时候就离婚了，然后各自组成了家庭，谁也不愿意管他。最后是姨妈收养了他，却又不与姨妈一家人同住，而是住在同一座楼的半地下室里。此人性格孤僻而古怪，曾经因为猥亵女生而遭到学校记过处分，尤其值得注意的是，街道派出所调出的证件照显示，他的相貌恰恰符合"宽脸方下巴，三角眼，留着一撮毛茸茸的小胡子"的特征！

杜建平带着一队刑警，一脚踢开周立平所住半地下室的房门时，发现屋子里黑黢黢、静悄悄的，一瞬间他们以为周立平已经畏罪潜逃了，也正是因此，当手电筒的黄色光斑照到那张破旧的单人床上时，所有刑警都不禁毛骨悚然，周立平像僵尸一样盖着被子直挺挺地睡在床上，纹丝不动——从警几十年，杜建平还从来没有见到过这么可怕的角色,就是一般的小老百姓被人大半夜的砸门也会胆战心惊,而此人犯下累累罪行之后,竟能高枕安眠,视警察的抓捕如无物!

所以,当柴永进等人奋勇地扑将上去,又吼又骂、连撕带扯地把周立平拽下床,上了背铐的时候,杜建平的内心突然闪过一种很滑稽的感觉。

周立平没有任何反抗,甚至连胳膊被反拧时的疼痛也一声不吭,只是皱了皱眉头而已。

杜建平找到门边墙上的电灯开关,"咔嗒"一声摁开,头顶上的白炽灯嗡嗡了两声之后,"砰"的一下照亮了这间屋子。屋子很小,十一二平米的样子,哪儿哪儿都脏兮兮的:单人床下面扔着大拇趾处破了个洞的袜子,绿色米字格简易衣柜拉链大开,里面的衣服堆得像满到溢出的垃圾筐,一台灰色电脑桌上摆着一台老式的联想五八六电脑,键盘和鼠标的边边缝缝都是灰泥,各种光盘交叉着摞在旁边,除了《三国群英传》和《文明Ⅱ》就是各种日本AV女星的爱情动作片……屋子里散发着一股青春期男孩特有的呛人臭气,而暖气片周围那大片被熏黑的墙壁,仿佛是把这股臭气具象化一般令人作呕。在北墙的墙头开着一排玻璃窗,透过污秽不堪的玻璃可以看到像监狱铁栏一样的排水箅子,窗台上摆了一排鞋子,鞋底的霉菌厚到几乎将鞋子和窗台黏连成墨绿色的一坨……

"知道我们为什么抓你吗?知道你犯了什么事儿吗?凶器藏在哪儿了?还有没有同伙?"面对警方这一连串暴风骤雨似的讯问,周立平缄口不言,穿着背心裤头坐在地上,一副任人摆弄的模样,布满痤疮的宽脸上神情漠然,冰冷的目光仿佛要将每一个问题速冻并永不解冻。

对周立平房间的搜索，既有遗憾，也有收获。遗憾的是没有找到那把要了四条人命的榔头这一关键证物；收获的是在床底下找到一双球鞋，用肉眼就可以看出，鞋底的花纹和磨损情况与罪犯在房志峰家地板上留下的鞋印完全一致，甚至还嵌着几颗玻璃碴儿！更加重要的是，鉴定人员抓住周立平的手摁下的指纹被马上送到分局刑事技术鉴定中心，电脑比对后得出结论：与房志峰衣服上那枚扯掉的纽扣上提取到的指纹系同一人所留！

当柴永进赶到医院，把这些情况讲给房玫，并鼓励她"不要害怕报复，说实话"的时候，房玫抬起那只没有受伤的手，捂住脸哭了很久很久，泪水从指缝里汩汩地流出，然后才承认，周立平跟自己是同班同学，平时喜欢交换看一些漫画。案发当晚，周立平来家里要回他借给她的一套日本推理漫画时，突然用榔头砸向她的后脑，被她闪开了，砸中了她的肩膀，疼得她差点昏死过去。周立平穷凶极恶地扑上来要强奸她，正好父亲从外面回来，一边跟周立平打斗，一边叫她回里屋锁上门。她冲进里屋反锁房门之后，吓得不敢动弹，直到客厅里没有声音了，她还是缩成一团，屏住呼吸，宛如一个蜷在难产而死的母亲子宫里的活胎。

案子破了！

为了"西郊连环凶杀案"夜以继日奋战了近两个月的刑警们激动得抱在一起，有的人甚至喜极而泣。李志勇酒醒后得知消息，已经是第二天的早晨，他没有像其他警察那样欢呼雀跃，也没有因为未能亲手捉到周立平而沮丧难过，只是站在刑警队办公楼的走廊里一根接一根地抽烟。傍晚的时候，有个去食堂打菜回来的同事看到走廊上空荡荡的，不见了他的身影，地上有一堆用脚撮成坟茔状的烟头……

8

　　说不出雨是变大了还是变小了，在走进小餐馆之前，李志勇抬头看了一眼门楣上的灯泡，淡黄色的灯光照射着一些纷乱的雨丝，在不辨方向地乱舞，令他惊讶的是它们如此纤细而透彻，仿佛每一根都有着自己的生命甚至命运，所以才这般敏感而又不安。

　　这座开设在青塔小区里的小餐馆，门面和里头都不大，总共只能摆放四张桌子。打着哈欠的老板娘认识李志勇，先问他们想吃点儿什么，又嘟囔了一句："后厨里也没有什么了，你们要是没啥忌口，我就捡几样给你们随便做做吧！"说完掀开柜台旁边的一条蓝色布帘，走进了厨房。

　　李志勇端起桌上的一个豁了嘴的白瓷茶壶，给林香茗倒了一杯热水："明天就回学校？"

　　"嗯。"林香茗拿起杯子，抿了一口。

　　李志勇突然觉得有好多话想跟他说，却又不知从何说起。林香茗身上始终存在的那种有距离的温度，让人感到亲切却不亲热，也许他跟呼延云在一起是个例外？反正共事这半个多月以来，李志勇跟他越来越熟悉的同时，也越来越陌生，陌生到每次说话都要反复掂量才敢开口。

　　也许是意识到餐馆里如此静寂的根源了，林香茗把一次性筷子掰开，一边划擦着上面的木刺一边问："听说，整个专案组都上了立功授奖的名单，只有你从名单里被撤下了？"

　　"是啊，因为我把周立平打得太重了，按照纪律本来是要给我开除出警队的，老杜跟上面说了情，给我个功过相抵完事。"李志勇从裤兜里掏出一包烟，摸了半天打火机没摸着，"可是我不后悔，我就是要打他，往死里打！"

林香茗淡淡地问："为了逼他说出凶器在哪里？"

"那都是借口，我他妈就是想打他！"李志勇一边说一边把一次性筷子狠狠一撅，撅断了才想到这个应该是用掰的，愤愤地往桌子上一扔，"他杀了那么多人？还不该打吗？！"说这句话时，他挑衅地瞪着林香茗，但在林香茗沉静如水的神情面前，又渐渐收敛了凶恶的目光，转过头去。他望着玻璃窗上映射出的蓬头垢面却又目眦欲裂的自己，良久才长长地吐了一口气，在玻璃窗上呵出一大片无形的白色，掩盖住了那张野兽一般狂躁的面孔。

隔着蓝色布帘的厨房里响起一阵炒菜的锅铲碰撞声。李志勇喝了一口热水，声音低沉地问林香茗："听说你给上级打了报告，坚持认为周立平不是'西郊连环凶杀案'的真凶，有这么回事吗？"

林香茗点了点头："有。"

"为什么？凭什么？"好不容易压下的火气再一次蹿了起来，"就因为没有找到那把榔头，你就要让一个背负四条人命的凶手逍遥法外？别看他是未成年人，四条人命够他关一辈子的！"

"也许你没有看我的报告。"林香茗平静地说，"我没有否定他杀死了房志峰，但另外三位死者：杨桦、小吴和高小燕，我认为并不是他杀死的。理由有很多，除了没有找到凶器之外，最重要的是在房玫受袭事件中，作案者的犯罪手段和行为模式都与前面几起案件呈现了本质上的不同——"

"我怎么没看出有什么不同？"李志勇气冲冲地打断了他道，"不就是这回并非从楼道里突袭，而是敲开门进屋之后再砸头！"

"就你说的这一点，已经是巨大的差异了。根据你在案情分析会上做出的推理，前三起案件的受害者都与凶手认识，但不算太熟，只能让受害者放松警惕，却还远远达不到开门请进、登堂入室的地步——这也恰恰是凶手在选择受害者时设定的前提条件。如果你了解行为科学和犯罪心理学，就会明白，连环杀人凶手对受害者的甄选遵循着极为严格的标准，这不是因为吃惯了咸豆腐脑儿就吃不下甜豆花儿，而是基于自保和隐蔽的需要。有一点可以证明，前两起案件，为什么你和高小燕调查走访了那么长时间，怎么都找不到一个与两位受害者都有关联的嫌疑人，就是因为凶手在选择受害者时，是以自己和受害者在警方的调查中建立不起任何纽带关系为绝对前提的，这是他的隐身衣和防护伞，一个窟窿都破不起的，否则他就要暴露、就要被捕。而房玫对于周立平而言呢，同班同学、互相借书，当晚周立平去房玫家之前还打了她家的座机问她在不在，进屋后'行凶'时不戴手套，逃走时也不做任何掩饰和化装，就算没有呼延云的推理，警方在随后的排查中也会轻而易举地锁定他，这哪里像是一个已经连续杀害三人的凶手所为！何况在他被捕后，警方也没有发现他与前面三位受害者有过一丝一毫的关系和联系。"

"据我所知，对于连环杀人犯而言，当警方或外界环境给予过大的压力时，是有可能导致他的行为出现像基因突变那样的改变的。"李志勇不服气地说，"周立平被捕前，警方、治安联防以及群众已经织好了一张搜捕他的天罗地网，向他不断收拢，他不可能像以前那样对略熟悉的人发起突袭，因为那些人都提高了警惕，但是兽欲又没法满足，所以他只能向对他完全没有防备的熟人下手了，反正他最后也可以杀死受害者，不怕暴露——"

突然，他怔住了。

他意识到了这句话中的巨大漏洞。

"是啊！"林香茗幽幽地说，"问题就在于，既然已经杀死了房志峰，周立平为什么没有一脚踹开那扇薄薄的房门，杀房玫灭口呢？"

李志勇半天说不出话来。就在这时，老板娘端着一盘蒜蓉苋麦菜和两碗米饭，放在了他们的桌子上，转身回厨房去了。两个人探出筷子，慢慢地吃了起来，好一阵子都没有说话，最后还是李志勇先开了腔："你刚刚提到了呼延云的推理，难道不恰恰因为刘思纱在还原碎玻璃鱼缸时发现了眼镜碎片，而呼延云根据眼镜碎片做出了推理，我们才在案发后迅速抓住了周立平吗？虽然那个人渣在被捕后来了个徐庶进曹营——一言不发，但据他的同学说，小燕被害后的第二天，那个人渣确实没戴眼镜，由于上课时看不清板书，还找同学借笔记来抄，同学问他眼镜去哪儿了，他说是打碎了。这个推理在你那里难道也一文不值？"

"我不否认推理是一种基于科学与逻辑的真相还原，但这个还原必须依靠证据的证实，否则就算再精彩也只是真相的最大可能——99%地接近真相也不等于真相。"林香茗说，"呼延云确实推理出了真凶可能是一个喜欢看推理漫画的人，但是喜欢看推理漫画的人有很多，并不能因为周立平喜欢看推理漫画，就把他跟真凶画等号。这个证据是不充分的，对于与凶手做同一认定而言，只有或然性却没有必然性。不错，通过呼延云的推理我们抓住了周立平，但是接下来需要证据的'逆推'时结果又如何呢——我们没有发现任何他与前面三起案件有关联的证据，能够找到的证据都是'疑似关联'：周立平的鞋号与步态与疑凶所留足迹高度相仿，却没有找到同一双鞋；创口疑似同一凶器造成，却没有找到那把榔头；第二起凶案发生当夜追击过疑凶的联防队员们觉得李志勇的体型很像那个被追击者，但也只是很像而已——"

"这么多'疑似'还不够吗？"

"不够！"林香茗温和但又斩钉截铁地说，"古往今来的所有冤假错案，都是因为把'疑似'当成了'事实'。"

李志勇的脸憋得通红，半天才把筷子往饭碗上一拍，冷笑道："我看你就是因为老柴的心理画像做对了，面子上挂不住，才这么一个劲儿给周立平洗白！"

事实上，专案组乃至整个警队内部都是这么认为的。按照柴永进做的犯罪个性剖绘，真凶应该是一个"年龄在二十岁以下、身体健壮魁梧、有严重的暴力倾向、很有可能因为强奸或斗殴接受过劳教、长期居住在地下室、没有固定职业的流动人员"，除了"流动人员"这一点之外，其余和周立平的特征一模一样。"简直神了"！回想起林香茗对这一心理画像的质疑和反对，就连杜建平也忍不住拍着柴永进的肩膀说："说到底，破案还得靠咱们这些真刀真枪干过的老家伙，满嘴洋词儿的娃娃们还是嫩了些，书看得多，事经得少，就是不牢靠。"而得知林香茗给上级打报告不同意周立平是"西郊连环凶杀案"的真凶后，很多刑警都未免齿冷，当面和背后都有冷嘲热讽的难听话，林香茗从专案组离开时，竟没有人说送他一送。还是李志勇站在窗台上看着他走出布满枯枝落叶的院子、落寞离去的背影，心里有些难过，才专门打了个电话约他今晚一聚的。

听了李志勇刚刚说出的话，林香茗既没有惊诧，也没有愤怒，只是双眸中浮起一丝不易察觉的哀伤。

李志勇有些后悔，虽然相处的时间还不算太长，但他已经对林香茗建立起了一种从未有过的复杂感情：既佩服他年纪轻轻就有泰山崩于前而色不变的沉稳、成熟和内敛，深深为他超凡脱俗的个人魅力所折服，又隐隐约约地对他有些畏惧，看不透他深藏不露的城府，猜不透他鬼神莫测的心机……也许还夹杂着些许对他的妒忌吧——不仅因为他是中国警官大学的高才生，更因为他对人心的洞察和世事的洞明远远超过年龄大他许多的自己……李志勇知道自己刚刚那句话伤害不了林香茗，伤害的只能是他们之间远远算不上友情的情谊，这种情谊本来就将随着工作关系的结束而结束，现在因为这一句嘲讽，恐怕是要提前猝死了。于是，五味杂陈的情绪和内疚，化成了一声粗鲁的吆喝——"老板娘，来几瓶啤酒！"

不知不觉又喝多了。

从小饭馆离开时，雨已经停了，只剩下冰冷的水气在半空中浮动。林香茗推着自行车，李志勇扶着车座，跟跟跄跄地跟在旁边……一阵寒风吹过，街边光秃秃的树梢不约而同地发出一种近似哭声的呼哨，几片最后的落叶就在旋转中化为了齑粉，街角一处覆盖在烤白薯用的化工桶上的黑色油毡扑棱棱地吐着舌头，仿佛在笑，却笑得格外狰狞。

两个人这么一路走了很久，谁也没有说话。突然，路边一个纱帘半掩、点着红色灯泡的"休闲按摩坊"响起了一阵劣质推拉门被硬生生拽开的吱呀声，接着一个穿着紧身衣和黑色丝袜的女人出现在门口，发出妖娆的声音："两位帅哥，进来做个按摩不？"

"滚！"李志勇张嘴就骂。

"我×你妈！"那女人立时翻脸，正要说出更难听的，林香茗把市局给他的临时工作证一亮，吓得那女人面如死灰，一边点头哈腰地说着对不起，一边倒退回店里，哗啦一声关上门，拉帘熄灯，一声不吭。紧接着，这条小街上的其他几家按摩店也都像着了风的蜡烛一样齐刷刷灭了灯。

街道瞬间陷入了废墟一样的死寂。

他们继续往前走,不知不觉绕回到了他们见面的地方——望月园的门口。

抬头看着高台上那尊诡异莫名的汉白玉雕塑"月亮公公",不知怎么的,李志勇突然发了脾气。

"我不懂,我他妈就是不懂,咱们当警察的,不就是为了把所有坏人都消灭干净吗?可你为什么非要护着周立平不可呢?!"

"众生皆苦,罪恶容易定性,人却不容易定性。"林香茗平静地说,"周立平不是坏人,他只是走了岔路,做了错事……人生本来就是一段在黑暗中磕磕绊绊的旅程。有人因为巧合而走岔了路,有人因为无奈而走岔了路,还有人因为奇怪的动机而故意走岔了路,岔路不一定是错路,做了错事的人也不一定就是坏人……何况这个世界上最坏的,并不是看起来最坏的那些人。"

"那是什么?"

林香茗想了想,慢慢地说:"是那种'不惜一切代价也要把所有坏人都消灭干净'的想法。"

李志勇的眼睛一下瞪得血红:"难道我们努力的目标,不就是创造一个坏人都活不下去的时代吗?"

林香茗注视着他的眼睛,一个字一个字地说:"一个坏人都活不下去的时代,真的是一个好时代吗?"

一句话,宛如当头泼了盆冰水,激得李志勇心里一哆嗦:林香茗在说什么?我怎么听不懂?他觉得林香茗的话荒谬极了、可笑极了,却又有着某种一针见血的尖锐,就像今晚见面前那突如其来的口琴声一般,足以让他在每个夜深难寐的时分辗转反侧、百思不解……

正在他想向林香茗问个明白时，林香茗却伸出手来与他告别了："太晚了，早点儿回家歇着吧，不然你妈妈又要担心你了，将来我们还有的是一起工作和见面的机会呢。"

李志勇突然就难过起来，伸出一只手，使劲跟林香茗握了握，突然又心有不甘地问："香茗……我怎么总觉得你好像知道'西郊连环凶杀案'的真相，可你就是不想说出来呢？"

林香茗愣了一愣，凝神思忖了片刻，突然望着通往望月园顶部的台阶问李志勇："你说，一个人怎样才能一步就迈上十五级台阶呢？"

李志勇望着那一长条罗列向上的台阶，刚刚下过雨，在蘑菇伞状的公园地灯的照射下，每条台阶都因为坑坑洼洼的积水而闪烁着不规则的光芒。

想了很久很久，他都想不出答案，只好摇了摇头，林香茗却只是一笑，转身离去。

望着林香茗的背影渐渐远去，消失在苍茫的夜色之中，李志勇感到无论对林香茗、对周立平、对"西郊连环凶杀案"、对眼前这十五级台阶，心中都是一片迷惘，这种迷惘是如此强烈，一如他十年之后站在扫鼠岭上。

第一章

1

假如把整座省城比喻成一个仰卧的巨人,那么贯穿这座城市东西线的地铁就是巨人的脊柱,而扫鼠岭地铁站,恰似灵长类动物的尾巴退化后残余而无用的盲肠。

关于扫鼠岭地铁站,在互联网上可以检索到大量恐怖而诡异的传说,这些传说有真有假,在讲述"扫鼠岭案件"这一轰动一时、匪夷所思的奇案之前,有必要为读者做一番梳理,以使诸君不会如坠五里雾中,分不清现实与虚幻的界限,将人间的罪孽误以为是恶鬼的荼毒。

贯穿这座城市的地铁修建于上个世纪七十年代,是我国最早建设开通的地铁线路之一,在长达四十多年的时间里承担着运载市民们出行上班的重要任务。地铁西起樱桃街站,东至四海通站——但樱桃街站只是运营地铁的起点,换言之只是普通乘客乘坐的起点,却绝非这条地铁本身的起点,有一点足以证明,那就是樱桃街站的内部编号是二号站,可想而知在二之前必定还有一。事实也正是如此:在樱桃街站再往西,还有一个鲜为人知的、从来没有投入过运营的车站,那就是编号为一号站的扫鼠岭站。

上个世纪六七十年代,由于历史的原因,本市的各大单位纷纷围绕核心办公区构建了一个个相对独立的"大院",里面包括集体宿舍、食堂、学校甚至电影院,地铁系统亦不例外,其"大院"就设在扫鼠岭一带。所以,在二〇〇八年以前,扫鼠岭站是地铁职工、家属以及在附近上学的学生们的日常通勤车站。外人虽然不能乘坐地铁,却可以下到检票口那一关向内窥探,因此成为城市探险爱好者的猎奇胜地。它的一切都被遮遮掩掩,但遮掩它的又并非密不透风的铁板,而是一层若隐若现的纱布,不许掀开一睹,不妨隔纱细观……于是乎,关于它的各种文字、照片乃至视频层出不穷,很容易在网上检索到,有些是实话实说,更多是杜撰揣测,这也就使它成了这座城市各种奇谈鬼话的衍生之所。

其中最有名的当属"幽灵车站"的传说。据说当年修地铁的时候,这里着火,烧死了两个工人,导致建成通车的时候,车子从扫鼠岭站怎么都开不出去,只好请来"大师"做法。大师转悠了一圈之后,说此处鬼怪怨气太盛,我也无法祛除,不妨封了此站,专供幽灵盘桓之用,它们也便不会再出去害人,而地铁从此便从内部编号为"二号"的樱桃街站出发了。

这个传说流传范围之广、影响之大,以至于很多悬疑小说作家都写进自己的书里,并言之凿凿以为确有其事,却忽视了两个最基本的事实:第一,烧死两人的事件确实发生过,但事故原因是电力系统故障导致的走电起火,烧死的并非地铁工人而是两位抢险者,事发地点也并不是在扫鼠岭站;第二,地铁列车的出发地从来就不是扫鼠岭站,也不是樱桃街站,而是西郊车辆段,地铁的所有列车都在这里日常停车、列检和大修架修,也是从这里出发,将本市东西贯通。

此外还有"末班幽灵地铁"的传说,据说地铁往樱桃街站方向的末班车从四海通站出发之后,后面还会跟有一趟列车驶过，这趟列车除了司机之外，绝无乘客，而且虽然每站照停，却全程不开车灯，好像黑色的巨蟒一样一路向西，在二十三点前到达扫鼠岭站，其作用在于"运灵"。因为当年修建地铁的时候挖掉了不少坟墓，坟墓中的鬼魂怨气很大，地铁里面又不见阳光，阴气很重，所以在地铁封闭试运营那会儿，它们不分昼夜地出来作祟，吓死了很多地铁公司员工。最后是地铁公司请来得道的高僧，连做了好多天的法事安抚它们，并与它们达成一个协议，每晚子时（二十三点）之前空驶一趟列车，送它们回各自原本的坟墓所在站点休息，如果记不得坟墓所在站点的话，就统一到扫鼠岭站安歇……

这个把扫鼠岭站说成收容站的传说也滑稽可笑，且不说地铁往樱桃街站方向的末班车，从四海通站出发时间日常是二十三点四十分，而周五则是零点二十分，早已过了子时，而且考虑到这条地铁线路封闭试运营的时间——一九七二年五月一日，当时哪个胆大包天的单位敢搞什么"高僧做法"这类封建迷信活动？不过传说中跟在最后一班地铁后面，还会发一趟车倒是真的，那只是接送下班的地铁员工回家，列车全程都车灯大开、明亮如昼。

细究这些传说的成因，还不能不考虑到"扫鼠岭"这个听上去诡异的名字。有些不做严谨考据、只为抓读者眼球的无聊文人根据一些材料胡编乱造，说什么此地在清代乃是一座乱坟岗，专门埋葬那些患了鼠疫的人，是故得名"扫鼠岭"。民国初年，日本人在岭上开办了一家精神病院，很多中国患者不明不白地惨死在里面，迄今岭上深夜时分，仍能听见他们的怨灵发出尖锐可怖的哭声……

这些有声没影的传说，堪称是将史实切碎后放进锅里的一场胡乱加料的乱炖。

"扫鼠岭"这一称谓的由来，最早要追溯到清代大儒窦云笏。窦云笏生于乾隆五十二年，自幼聪明好学，稍长之后拜桐城派一代文宗姚鼐为师，与方东树、姚莹、梅曾亮等学者相善，经常在一起诗酒寄兴、林泉酬唱。虽然他数次赴京赶考，却连蹇科场，屡不中第，未免志意颓然。晚年他回到故乡，取姚鼐"出世了无香海界，置身休在碧纱笼"之句，在西山一座野岭上兴建起了"了无书院"，一边著书立说，一边教书育人，直至咸丰二年去世。窦云笏生前，喜欢在阳光好的时候将书院珍贵的藏书铺在岭上一晒，有学生担心这些书会被村民偷走，窦云笏笑曰："读书即是渡人，何妨一晒！"这句话传诸后世，人们便将此岭命名为"晒书岭"。

说晒书岭是什么乱坟岗，专门埋葬鼠疫患者，未免令人好笑。有清一代，晒书岭上从来没有树立过一座墓碑，特别是窦云笏去世后，此地成为海内学子景仰的圣地，岂容遍地坟茔？民国初年，岭上确实开过一家养济院，却是民间商户集资兴建的专门用于收养鳏寡孤独者的慈善机构，并无半文日资注入，更没有住过什么精神病人。后来抗战爆发，此地惨遭战火荼毒，昔日的书院真真应了"了无"二字，只剩残垣断壁兀立斜阳，睹者未免伤心，以为再叫晒书岭徒增悲凉，终因岭上松鼠极多，更名为"扫鼠岭"——扫鼠乃是民间对松鼠的另一种称呼。

综上所述，关于扫鼠岭的种种可怕的传说，多属穿凿附会或荒诞不经之谈，尽管如此，对于人们而言：来说是非者，必是是非人——人如此，地亦如此。倘有一处，乃《聊斋》多发之地、《子不语》常提之所，只能说明它自带吸鬼体质，要么它曾出妖孽，要么它将出妖孽，二者必居其一——扫鼠岭无疑是后者。这也正是在本书所要讲述的奇案发生之后，各种阴森可怖的谣言不胫而走、甚嚣尘上的根本原因。

2

在"扫鼠岭案件"告破之后的一个十二月的早晨,本书作者约老友呼延云一起去扫鼠岭,请他为我讲述这一惊心动魄的奇案发生与破获的经过,在听到我的请求之后,他没有马上答应,只说很久不见了,去岭上走一走吧。

我们在樱桃街地铁站见了面,他依旧是一张年轻的娃娃脸,三十岁的人了,看起来只有二十出头的样子,上身穿着一件韩式短款黑色羽绒服,脖子上扎着文艺范儿十足的白色羊绒围脖,下身是一条深蓝色的紧身长裤,整个人显得精神而干练,目光清澈如故,只是眉宇间萦绕着一股淡淡的哀伤。我想,也许他还没有从一个多月前的那场奇案中走出来吧。

出地铁A口,在西郊市政工程公司门口等公共汽车,没多久,车子就来了。我们在后排的双人座上挨着坐下,车子开动的时候,我看到右边的窗外掠过一座土黄色的小山坡,山坡上有一座灰色的水塔,形状很像一个倒杵在土堆上的手榴弹,这与城里完全不同的景致,让我暗暗产生了一种感觉,那就是扫鼠岭案件和我了解到的呼延云此前破获过的案件相比,有一种截然不同的气质,那是一种城乡结合部特有的气质:残忍、粗犷、荒野、肮脏,活像是半身半人的怪兽,腰以上是狰狞的乡土,腰以下是妖异的都市,光怪陆离且又面目可憎。

公共汽车在银麓街上慢慢驶过,每一站都很短,街道尚算整洁,两旁也罗列着中国移动营业厅、保险公司、锦江之星旅馆、物美超市等尚有文明气息的建筑,但在快到青石口东里的时候,道路像收腿裤一样突然变窄了,路面出现了很多缝隙,临街的楼房渐少而平房渐多,很多都开着二十世纪五六十年代的十二格大方窗，窗外的铁栅栏锈迹斑斑，在砖头的缝隙间长出了各种叫不上名字的野草……

"下车。"车子停下了，呼延云突然拉了我一把。

"还没到站呢。"我说，"下一站才是扫鼠岭。"

"下车！"他不由分说地刷了公交卡，我只好苦笑着跟在他后面下了车。

我们所站之处恰在一座汉白玉栏杆石桥的桥头，桥下是宽阔的无定河引水渠，贯穿东西的河道一片干枯，只有灰黑色的冻土和一些在阳光下闪闪发亮的冰碴子，在水渠的最西头顶着山窝窝的地方，有一座青灰色的、四四方方开着规则孔眼的建筑，呼延云告诉我说：那是一九六四年建成的青石口水电站。过了马路，我们沿着引水渠的北岸往西走，一路皆是向上的陡坡，坡上铺着一块块凹凸不平的火成岩或花岗岩，在特别陡峭的地方会有一两块做成台阶状的条石，踩上去感觉整座山坡都在摇晃。在我们的右手边是一座座与陡坡一起拾级而上、鳞次栉比的低矮砖房，房顶铺着黑色的油毡，散发着留兰香味儿的漱口水沿着地沟缓缓向下蠕动，几个戴着红箍的人正围在一座房屋的门口，跟里面一个穿着紫色秋裤、冻得瑟瑟发抖的妇女说着什么，女人的身边站着一个啃着老玉米的小女孩，她的面颊和她的棉袄一样糙红。

"扫鼠岭这个地方可以看做是西山山脉往南的余脉，你看山势，西山到这里，有一个明显下降的趋势。"呼延云指着远处曲线舒缓的山坡说，"了无书院落成后，窦云笏感慨万千，曾作一文以铭之，但文中只字不提书院，却极言西山的胜境，其中一些词句写得很妙：'晨钟数动，宿鸟乱啼，俄而窗纸通明，渐如脂赤。推户视之：岭上微曦初露，翠黛欲滴，明净如洗，群峰若参拱；岭下万屋沉沉，炊烟人立，偶有犬吠，远闻而近寂……'"

很可惜，一匹被关在铝合金护栏里的黑狗突然对着我们愤怒地叫了几声，惹得整条山岭上一片骂街似的犬吠，全无数百年前的古雅，这让正在抒发思古之情的呼延云十分扫兴。我们边聊边走，不知不觉到了山顶，站在一个写有"山林防火人人有责"的白色牌子边，我有些气喘吁吁。这里是一片平整的水泥地，四周光秃秃的酸枣树和槐树上挂着鸟笼，黄雀、百灵、八哥什么的，一边蹦跳，一边啼鸣，几个老人正围坐在一张石桌子边安静地打着扑克。

歇了一会儿，继续往前走。山岭上出现了几座高高的、好像埃菲尔铁塔缩小版的高压线塔，它们之间密集而又杂乱地串联起的电线，将本来就阴晦的天空切割成一幅幅镶了黑框的照片，也阻挡住了向上的路。于是我们折向北边，走上一条下坡的水泥路，没走几步，面前出现一条宽不到十米的东西向小巷，也许是因为南边的教学楼挡住了阳光的缘故，小巷异常冷清，此时此刻空无一人。小巷的两边是长长的、大约两米高的铅灰色围墙，南边的围墙里是扫鼠岭中学，而北边的围墙里则是——

呼延云看出了我的疑问，点点头说："里面就是扫鼠岭车站。"

没有悬疑小说中在此时此刻惯常出现的一股阴风，但我却觉得头皮发麻，更加要命的是，呼延云恶作剧般补了一句："你看新闻了吧，罪犯那天夜里就是沿着咱们脚下这条水泥路，开车逃向后山，成功地避开监控装置的。"

我的眼前顿时出现了一幕景象，确切地说是两幕景象交织出现在同一个背景里：一幕是一辆黑色的斯派轿车缓缓地、无声地开过这条小巷，在夜色的掩护下向山岭驶去，将四具尸体和一把谜一样的大火永远地留在了围墙之内；另一幕还是在这条小巷里，更深的黑夜，十几辆警车、消防车和救护车犬牙交错地拥挤在一起，闪烁纷乱的灯光将夜空照耀得宛如不定的惊魂，穿着黑色警服、橙色消防服和白色大褂的人们神情紧张地忙碌着、穿梭着，像被捻在一起已经引燃的引线，而引线的另一头，就是岭下那座两千万人口的巨大城市。当时，处于沉睡中的城市还完全不知道这起事件以及它将引发的轰动，直到第二天早晨，当人们擦着惺忪的睡眼在地铁上用手机浏览新闻时，脸上才不约而同地浮现出恐惧和惊诧的表情：到底是谁，为什么，在扫鼠岭上留下了四具被烧焦的尸体？

3

一一〇电话记录显示，那个男人打进报警电话的时间，是案发当天晚上十点三十分。"他的声音很低沉，话很短。"接警的女警回忆说。

只有一句——

"扫鼠岭地铁着火了，你们快点派人来吧！"

然后就挂断了。

女警的第一反应是，这又是一个应该打一一九火警而错拨成一一〇的。按照相关规定，她第一时间通知了在扫鼠岭地区夜间巡逻的城管和联防部门，派他们去查看一下火情是否真实可靠，并尽快反馈消息。

大约五分钟之后，反馈电话打来了："警情是真的，扫鼠岭地铁旁边的一口竖井着火了，火势很大，我们已经请消防中队过来灭火了。"

消防中队二支队赶到的时间是十点四十五分，他们将消防车开进那条东西向的小巷之后，马上看到了已经在巷子口等候的城管，在城管的带领下，往小巷里开了十几米，发现北墙上开了一道铁栅栏门，扫鼠岭地铁站就在里面。由于栅栏门太窄，消防车试了几次，实在是没办法开进去，只好停在门口，几个消防员在支队长的带领下进到里面，找到了着火的地点查看情况——城管眼中的"竖井"，其实是老式地铁站通风换气用的隧道风亭。隧道风亭的整体结构是混凝土构筑的，露出地面的部分好像一个倒写的"L"，在上面那一横的顶端开着一个四四方方很宽敞的洞口，平时覆盖有防护网，而现在防护网被不知什么人摘下，扔在一边，洞口里面则是一片熊熊的火光，在洞壁和洞顶上投射出跳着妖异舞蹈的火影。

支队长有些困惑。因为老式地铁的隧道风亭一般都是直通地铁站台内部的，风亭的底端大多开在地铁隧道的天花板上，目前这样的火势，最直接的判断就是地铁站里面着了大火。扫鼠岭地铁站虽然已经停用了很长时间，但由于它的隧道与樱桃街站是通的，为了预防任何灾害的蔓延，所以安防系统并没有撤，如果站台或者隧道里面着了大火，自动感应装置应该会立刻报警，可是到目前为止并没有接到ＣＯＣＣ（地铁线网指挥中心）的报警电话，难道说这火只烧在隧道风亭内部？这怎么可能呢？

就在这时，负责在扫鼠岭地铁站留守的一位值班人员赶到了。

扫鼠岭地铁站于二○○八年正式停用之后，经常会有城市探险者想方设法钻进站内拍照、摄影，甚至盗走地铁器材"留念"，不仅给管理造成麻烦，而且带来种种安全隐患。于是，地铁公司于二○一三年在隧道内设置了铁栅栏，阻止有些人从樱桃街站下隧道步行过来；在站外修筑了一道围墙，里面种上松树和月季，变成一个苗圃，并将三座地铁入口中的两个用水泥板彻底封死，只留了一个露在围墙外面的出口，安上厚厚的钢板防盗门，平时有一位姓蔡的值班大叔每天早晨八点用钥匙打开防盗门，进入下面的值班室值班，晚上六点再上到地面，锁上防盗门离开，彻底断绝了猎奇爱好者们的念想。

蔡大叔就住在附近，消防中队接到报警后，考虑到对具体火情不大了解，有可能需要进入站内灭火，所以通过地铁公司和他取得了联系。这位扫鼠岭地铁最后的留守者急匆匆地赶来时，脚上穿的居然是一双绣着花的棉拖鞋。

看到是隧道风亭着火，他呼了一口气："没事儿，没啥大事儿。这地铁站修得早，地方又偏僻，所以用的是明挖法，就是从上往下打井。附近地况复杂，本来这扫鼠岭上花岗岩残积土就多，遇水就容易变成泥浆，导致地表沉降甚至塌方，偏偏修地铁之前又在隔壁先修了青石口水电站，整个儿一怕啥来啥，所以除了做降水处理之外，还多做了几道防淹门，这风亭呢也不是直通到底的，而是在隧道墙上开了个口子，有一道防淹门隔着呢。过去地铁还用的时候，防淹门是打开的，后来地铁停用，有些捣蛋的想进进不来，就从地面上把风亭那道防护网摘了，用绳子吊着下到底下，再进到站里面，我就把防淹门锁上了。所以这隧道风亭跟一口竖井没啥两样，井底下着火，烧不到站台里面，那防淹门的钢板可有这么老厚呢！"他一边比画着，一边很自信地说。

支队长点点头，让消防员用大口径干粉灭火器往隧道风亭里灌灭火剂，又对老蔡说："你别高兴得太早，这火里的汽油味儿隔着三条街都能闻出来，汽油燃烧的温度可以高达三千华氏度，不锈钢的熔解温度是两千六百华氏度，所以你还是赶紧去站里面看看那道防淹门吧！"

吓得老蔡一溜烟跑到地铁站下面去了。

在灭火剂的灌压下,烧得像炉膛一样红通通的隧道风亭,渐渐熄灭了火光,当最后一缕白烟从井口逸出、飘散之后,夜的黑暗重新笼罩了这座由围墙圈起来的废弃地铁站。

为了查清起火原因,一位消防员拴好安全绳索,戴好配有LED照明灯的头盔,把一个便携式灭火器别在消防腰带上,钻进了隧道风亭,在战友的帮助下缓缓地吊了下去。

一般来说,发生在都市废井里的火情,大多是家住附近的不良少年或者流浪汉,将烟头或者其他引火物扔进里面导致的,考虑到助燃物是汽油,前者肇事的可能性更大。消防员管这种火情叫"人财两空",听起来很丧,其实是好意,意思是说既没有经济损失也没有人员伤亡,属于日常消防事故。接下来要做的是提醒一下老蔡:既然地铁站都废弃了,不如把隧道风亭的地面洞口也用水泥板彻底封起来,避免出现下一次火情。支队长让其他消防员都回到车上,单等竖井下面的那位消防员找到起火点并查清失火原因,上来就打道回府……

突然传来一声呼喊,是井底那位消防员发出的,声音很闷,嗡嗡的,加上夜风刮得正紧,支队长没有听清,趴到井口问了一句:"啥?"

"井里有死人!"

好像有只手在心里猛抓了一把,支队长浑身一颤,多年的工作经验,让他仅凭同事的声音就知道事情的严重程度——这回,他预感到摊上大事儿了。

接下来,井下那位消防员的话则令他毛骨悚然:"队长,快点儿报警吧,可不止一具尸体!"

"冷静点儿,慌什么!"支队长朝着井下大喊了一声,然后才意识到真正惊慌失措的正是自己。他深呼吸了一口气,觉得这里的气息不仅冷而且阴,吸进鼻腔的一瞬间,浑身的血都凉了,愣是不敢再喘一下,浑身上下摸索了半天手机,才发现就在手上拿着,赶紧报警。

视线所及之处,只有无边的黑暗和一丛丛松树在黑暗中浮出的墨绿色。

这里要特别记录一下那位下井探查的消防员的名字:陈国良,正是他冷静、沉着地采取了正确的处理措施,才使得这起案件最重要的犯罪现场得以相对完整的保护,没有遭到太大破坏,这一点对于扫鼠岭案件侦破上的意义将很快凸显出来。

当他发现竖井下有人类被烧焦的尸体之后,没有对尸体进行任何翻动,而是摘下消防手套,掏出手机,利用头盔上照明灯的补光,对井下情况进行了拍照,然后喊井上的战友们准备一块灭火毯,铺在井口,接着让他们拉自己上去,而在逐渐上升的过程中,他忍住肌肉被牵勒的疼痛,没有踩踏任何一块井壁。刚刚出井口,他就把钢底板消防胶鞋脱下,倒扣在灭火毯上,让所有人都"千万不要动"。

就在这段时间里,接到报警的扫鼠岭派出所所长带着几位民警已经赶到,听完陈国良的汇报,所长用强光电筒照着井下看了几眼,就明白这不是普通的刑事案件,赶紧上报给区分局,其中有一句话让当晚值班的分局局长大惊失色:"下井的消防员说,尸体大约有三具,其中两具可能是孩子……"

案件一旦涉及妇女、老人和儿童,都会引起最高级别的关注,所以区分局局长在第一时间上报给市局。市局传达了两道命令:第一,保护现场,等待市局派专员组织刑侦工作;第二,对现场周边展开搜索,对一切可疑人等立刻扣押。

在不到两个小时的时间里,扫鼠岭上重兵压境。荷枪实弹的数十位武警对周边所有交通要道严密布控，箍得像铁桶一般滴水不漏。急救车、警车也争先恐后地赶到——一开始因为巷子太小还造成了拥堵，但交警队拉走了一些违章停车的车辆之后，很快就疏解了——沿小巷的南侧呈一字排开，这样可以给进出小巷北墙铁栅栏门的人提供便利。"对门"的扫鼠岭中学的领导跑过来了解情况后，组织校务处和学生处对住校学生的动向逐一核实了解。而区政府的主要领导也在最短时间赶到现场，全力配合警方的侦缉工作。

即便是按照最苛刻的标准，扫鼠岭案件爆出后的最初两个小时，全市各个相关部门的反应也可以说是无可挑剔的。

尽管如此，伫立在犯罪现场的人们——尤其是警务人员，依然心情忐忑，这不仅是因为案情的凶险叵测，还因为他们知道：市局即将派来的"钦差大臣"，极有可能是一位以严厉苛责而出名的女警官。

4

杜建平跳下警车的时候，所有警员的脸上都浮现出惊讶的表情，并不约而同地长舒了一口气。

市公安局局长许瑞龙是一个责任心极强且深谋远虑的人物。在警界摸爬滚打了一辈子，他很早就意识到随着时代的剧变，刑侦工作必须与时俱进。除了引入先进的警用设备、改革烦冗的警务制度之外，还必须以"勇敢忠诚、吃苦耐劳"为基础，提拔那些更具有科学头脑和现代化思维的年轻警员。经过多年的精挑细选，他给这座城市未来数十年的安全储备了三位优秀的青年才俊：负责刑侦的林香茗、负责刑技的刘思缈和负责法医的蕾蓉。

他们都毕业于中国警官大学，都有多年的海外深造经历，都是各自领域内的顶级人才。刑侦、刑技和法医是刑事侦缉工作的三大核心主体部门，人称"三法司"，有这三位精英坐镇，许瑞龙不仅能睡个踏实觉，梦里还能笑出声来。谁知人算不如天算，林香茗半截儿出了事，导致刑侦这一块儿豁了个大口子，一时间根本找不到可以匹敌的人才，没办法，只好让刘思缈兼起来，结果一年下来，把刘思缈累得大病一场，连部里领导都打电话给许瑞龙说："思缈要是你亲闺女，你舍得让她这么玩儿命？"万般无奈之下，许瑞龙把已经由于个人原因停职在家的前刑侦处长杜建平请回来，主抓刑侦工作，而刘思缈继续负责她的刑事技术处。

所以，市局在得知扫鼠岭发生了案件，而且受害者中可能有儿童时，毫不犹豫地派出了"三法司"的领头人到达犯罪现场，并明令由杜建平主持刑侦工作。基层警员们消息没那么灵通，以为今天"主事儿"的还是一贯冷面如霜的刘思缈，未免战战兢兢，是以第一眼看见杜建平，都欣喜不已，虽说"杜老板"在工作时也是个火暴脾气，劈头盖脸一顿臭骂是常事儿，但私下里却拿每个警员都当兄弟，破了案大碗喝酒大块吃肉的……不像刘思缈，只有公事，绝无私交，自己工作上拼命，对下属要求也十分严格，针尖儿大的纰漏都不许出，不然有你受的。这一年多来，刑警们忙得水不喝、鞋不脱、脸不洗，睡觉都恨不得睁着一只眼，虽然确保了本市治安形势一片大好，可也都苦坏、累坏了，看到杜建平回来，每个人都如蒙大赦。

杜建平笑着上前跟老部下们打着招呼，好像他们从来没有分开过一样。警员们也纷纷涌上前来跟他握手，投向他的每一道目光都充满了亲热和尊敬，但这些目光里也闪烁过一丝惊疑：两年不见，杜建平老得厉害，过去那个虎背熊腰、铁塔一样身材的

"杜老板"不见了，取而代之的是一个腰身僵硬且有点儿佝偻、头发花白的老头儿，想到他今年才刚刚四十九岁，想到导致他变成这个样子的原因，很多人鼻子发酸。唯一让大家欣慰的是，在刚刚架设好的几盏明晃晃的卤素灯照射下，他那双能把石头攥出水的大手还是那么粗糙红润，握起来温暖而有力。

已经提前到达的刑侦处副处长林凤冲简要地和杜建平介绍了一下自己带来的队伍：由大案要案科抽调出的二十位精明强干的刑警，又把内警戒线和外隔离线的区域连说带比画地讲了一下。看着这个身穿黑色皮夹克、留着一撮小胡子的老部下不自觉地用后脚跟在地面上跺着，杜建平知道他的烟瘾犯了，从裤兜里掏出一包烟递给他："提提神儿，接下来估计要熬整夜，你这老跳踢踏舞可不行。"

"这可不敢。"林凤冲说，"刘处定的规矩，怕污染证据。"

"又没进现场，怕什么。"杜建平笑着说。

"外围也不行。"林凤冲苦笑道。

杜建平把烟塞回兜里，跟林凤冲一起来到铁栅栏门口，一边穿鞋套，一边向扫鼠岭派出所所长、分局负责刑侦工作的副局长以及消防支队支队长了解情况，然后拔腿就要往里走，突然又停住了："等一等。"

等什么，他却没有说。

搞得一班下属一头雾水。

一分钟不到，一辆黑色凯美瑞开了过来，车子靠边停稳后，从车上走下一个非常美丽的姑娘，一身黑色休闲毛呢外套既显得精干，又掩饰不住姣好的身材，里面米色针织衫的高领将一张雪白的瓜子脸衬托得格外高贵，微微昂起的下巴显得孤傲，一双柳叶眼里散发出冰冷的光芒，以至于所有的男警员见到她都神情紧张，又忍不住偷偷看她两眼。

"思缈！"杜建平一面打着招呼，一面走上前去。

刘思缈跟他握了一下手，叫了一声"杜处"，手心冰凉。

望着面庞有些瘦削的刘思缈，杜建平心情复杂。这姑娘刚刚留学回国那会儿，因为过于高傲，遭人排挤，被下放到新闻处做宣传干事，直到本市发生了"连环割乳杀人案"，杜建平才想方设法将她拉进专案组，让她一展才能，也算扶着她走上晋升之路的第一层台阶，但刘思缈丝毫没有感恩戴德之意，对他始终保持着一个下属对上级应有的礼貌和分寸。这之后她立功不断，官职也火箭式上升，尤其在杜建平停职之后，她更是平步青云，没用多久便成为本市警察史上权力最大的处级干部，执掌"三法司"中的两个。此次在很大程度上恰恰是上级心疼她太累，才把自己调回来补缺，可想而知杜建平的心情。此外，有一点是他隐隐作痛又不愿为外人道的，那就是当他家里出事后，包括蕾蓉在内的许多老部下都来嘘寒问暖、尽最大的能力帮他抚平内心的怆痛，只有刘思缈像闻所未闻一样远远避开，这让一向性情粗放的他对人情冷暖有了前所未有的认识。

但是今时不同往日，刘思缈眼下是市里和部里的领导都非常器重的人才，上级的命令是让自己主持扫鼠岭案件的刑侦工作，但既然派了她来，凡事最好还是和她商量着来，这也正是他执意要"等一等"的原因。

这时，从巷子口开进一辆由救护车改装的法医临检车——焚烧和爆炸现场的尸体毁坏往往非常严重，而挪动和运送尸体到尸检室的过程中，很有可能遗落或丢失有价值的尸体证据，所以初步尸检大多就在法医临检车上完成。刘思缈和杜建平以为是蕾蓉来了，谁知车子停下后，从副驾上蹦下来的是一个留着马尾辫的女孩,圆脸蛋上有着像安吉拉猫一样可爱的眉目,她扑上来一把抱住刘思缈,笑嘻嘻地说:"思缈姐,没想到是我吧?"

"小唐?"刘思缈也吃了一惊,"你怎么来了?"

唐小糖曾经是蕾蓉的学生,毕业后就到蕾蓉法医研究中心工作,中间有一段时间出于某些缘故离职半年多,去年年底才回来。在经历了一些事情之后,这个过去又娇气又霸蛮的官二代小姐成熟了许多,工作上特别勤奋努力,成为蕾蓉须臾不可离开的好助手,只是考虑到她毕竟是个女孩,所以出现场这种事儿,蕾蓉大多还是安排男同事做,今天把她派过来,却是一桩新鲜事。

"市局组织学习什么文件,不放蕾蓉姐,其他几个人也都有任务,我这才把活儿讨过来。"唐小糖说。

过去很长一段时间,刘思缈看不起唐小糖,唐小糖也有点儿怕她,俩人见面顶多点点头。但去年某个惊心动魄的夜晚,刘思缈拼尽全力把唐小糖从死亡边缘救了回来之后,唐小糖成为她骂不走打不跑的"死忠粉",搞得刘思缈哭笑不得,慢慢地竟也有了视她如小妹妹般的情愫,当下叮嘱道:"小唐,这起案件可能要检验好几具在井下遭到过焚烧的尸体,你要有心理准备。"

"放心,别的没有,就是胆子练出来了!"唐小糖说。

"杜处,刘处!"又一辆警车开进了小巷,下来的是不久前任市局刑技处犯罪现场勘查科科长的楚天瑛。他本是邻省刑侦处处长,在警界以年轻和卓越的办案能力而闻名,被许瑞龙调到市局任要职,后来出于不知名的缘故被一免到底,在望月园派出所当民警,照样勤勤恳恳为人民服务。作为他在中国警官大学进修时的老师,刘思缈当然不能眼巴巴看着这么一个人才屈居基层,于是想方设法将他调进刑技处,主抓大案要案中的犯罪现场勘查工作。

站在巷子里的所有警员都明白：这一下，市局刑侦口的精锐力量，除了蕾蓉，可以说是到齐了，就等着杜建平发号施令了。

谁知杜建平下达的第一个命令竟是："思缈，你来分配任务吧！"

听到这句话，很多人都吃了一惊，但刘思缈只看了杜建平一眼，就点了点头。她首先了解了一下从案发到现在的基本情况，然后穿上白色的一次性防护外套，戴上鞋套，走进栅栏门里，沿着围墙的内侧巡视了一圈，发现整道围墙把扫鼠岭地铁站完全包围在一个矩形里，围墙的顶端都嵌了玻璃碴儿，根本无法翻越。地铁站共有三座地面出入口，每个出入口的造型都相同：卧倒的长方形，顶端有一个突出边沿的盖子，好像滑盖棺材一样，只是扫鼠岭地铁站缺乏保养，建成后连漆都没重新刷过，所以还是洋灰的原始颜色。其中Ａ口，也就是唯一没有用水泥板封死、预留了一面钢板防盗门的那个口——位于苗圃的东南角，防盗门露在围墙的外面，正对着小巷；Ｂ口在苗圃的东北角；Ｃ口相距ＡＢ两个口很远，位于苗圃的西南角；着火的那个隧道风亭，位于Ｃ口往北走的一个土窝窝里。苗圃里除了架着支撑架的松树和枯萎的月季，就是几十棵年头很长的槐树，掉光了树叶的枝干在寒风中摇曳，妖冶得好像一大群半老徐娘在翩翩起舞，Ｃ口附近的一棵槐树枝上缠了个破旧的风车，伴奏一样咔嗒咔嗒响。一条用于灌溉的水渠贯穿苗圃的东西，里面没有水，塞满了蜷缩的枯叶。

出了苗圃，刘思缈把几个头头脑脑叫在一起，开始布置工作。

"我暂时将勘查范围划定在这个苗圃里面，中心区域是那个隧道风亭。"刘思缈把一张洁白而宽大的绘图纸铺在汽车前盖上，为了防止被肆虐的夜风吹卷了边，特地用两个警用吸顶灯压住两头,她一边用碳素笔在上面勾勒着现场草图,一边用警用图例标示重点,"摄像组尽快从不同的角度进行全景式照相固定,其中现场方位照相、现场概貌照相和中心现场照相都要做好……可惜隧道风亭下面有消防员下去过,没有及时拍照,希望他的工作没有掩盖或破坏原始痕迹。"

"刘处您别担心,那个消防员发现有死人后,不但没有对竖井下面做任何挪动,而且还拍了几张照片,已经发到我手机上了,我现在就发给您。"区分局主管刑侦工作的那位副局长一边说,一边用微信把照片转发给刘思缈。

刘思缈很是惊讶,把收到的照片一一打开看了,立刻说:"那位消防员在哪里?马上把他找来!"

陈国良被几个刑警请了过来,身上的消防服还没有脱。刘思缈盯了他一眼:"以前做过刑警?"

陈国良从来没见过这么漂亮的女警察,而且居然还是个官儿,怔了一下,点了点头,承认自己原来在某省做过刑警。

"我说呢,照片拍得很有章法,就冲没有用手机闪光灯而用头盔灯补光这一点,就值得嘉奖。"刘思缈说,"其他现场保护措施你做了没有?"

陈国良把自己上来时没有碰到井壁,为了防止消防靴底沾到什么证据,上来后把靴子倒扣着放在灭火毯上等等都说了一遍,刘思缈听完后点点头:"非常好,非常好!"然后让他去休息了。

"这么多年了,都没听到刘处表扬过我们一句。"林凤冲笑着说。

刘思缈瞪了他一眼,对区分局主管刑侦工作的那位副局长说:"你挑几个得力的部下,对方圆一公里以内的所有住户,逐门逐户地走访,了解案发前后有没有看到或听到什么特殊情况,现在这深更半夜的，群众可能都睡下了，被叫起来，态度不会很好，但也要抓紧走访，一个都不许少。"

副局长领命之后，她又对林凤冲说："你火速与市交管局和市网安办（网络安全办公室）取得联系，把接到报案前后两小时内，扫鼠岭地铁站附近所有街道、单位的监控视频都调出来，你亲自带员查看，对可疑图像、视频做剪辑处理，随时供我们调阅，要用最短的时间搞清犯罪嫌疑人运尸和逃跑用的交通工具是什么，由此查清他往来的具体路线，需要天眼系统配合的话直接跟局里要求'开路'（提供高清数据处理或人脸识别等全技术支持），不用打申请报告！"

接下来是犯罪现场勘查，这是刑侦工作的核心。也许是预感到案情特别重大，刘思缈不禁转头望了一眼已经拉上黄白相间的警戒线的苗圃大门：此时此刻，高高架起的六盏两千瓦警用卤素灯将苗圃里面照得恍如白昼，无论地面、树木、沟渠还是正在用白色粉笔勾画进出现场通道的警员，都像失血过多一样惨白。而那三个本来藏在密林深处，现在却被暴尸灯下的地铁出入口，看起来都穷凶极恶、蠢蠢欲动，仿佛随时会张开大嘴，把扰了它们好梦的生灵统统吞下肚子。

"天瑛，你把凤冲带来的刑警分成两队，让A队沿着北墙往南，B队沿着东墙往西，分别呈一字排开，以一臂的距离做单向推进，搜索证据——注意绕开隧道风亭周围十平方米的中心区域。AB两组搜索完毕后，交换进行二次搜索，A队沿西墙往东，B队沿南墙往北。"说到这里，她突然加重了口吻，"我把丑话说在前头，A队发现了B队遗漏的证据，我处分B队；B队发现了A队遗漏的证据，我处分A队！"

"这——"楚天瑛觉得有点儿不近人情。

"这是命令，执行！"刘思缈不容分说，"至于你自己，两件事，一是分离和提取进入过这座苗圃的可疑车辆的轮胎痕迹；二是围绕隧道风亭的中心区域走格子，做现场勘查。我和唐小糖进入竖井里面，做勘查和验尸工作。"说完她抬起头来问，"大家都听明白了吗？还有什么问题没有——"

话还没说完，就听见林凤冲轻轻咳嗽了两声。

刘思缈猛地意识到了什么，赶紧站直了身子，问身边的杜建平："杜处，您看我这样安排可以吗？还有什么要补充的吗？"

"我看挺好。"杜建平一笑，"就是这地上的勘查有人做，地下的勘查咋没人做？"

林凤冲和楚天瑛面面相觑，不明白什么意思，刘思缈却恍然大悟，正要说话，杜建平伸手朝她摆了两摆："得啦得啦，你们都有的忙，这事儿就交给我这个大闲人吧。"说完兀自朝着地铁站 A 口露在围墙外面的钢板防盗门走去。

5

救援绳每往下一寸，竖井里的温度就更加寒冷了几分，这也许只是因为恐惧而产生出的臆想，但唐小糖着实有点后悔刚才的"自告奋勇"了。

本来嘛，刘思缈说要下井做勘查，自己非一脸严肃地说："室外犯罪现场受气候影响大，其中最重要的证据——尸体特别容易被破坏，所以应该由法医先进行尸检。"刘思缈看着她，点了点头，叮嘱了四个字"胆大，心细"，就让那个名叫陈国良的消防员用钢丝内芯救援绳在她的腰部和肩部捆束好，扣好螺母钢扣，放她下竖井。

现在可好，她怎么也抑制不住浑身上下每根寒毛的倒竖……

往下是一团深不见底的黑色，抬头是一方令人绝望的铅色，悬空的身体像要被活埋一样慢慢下沉，粗糙的、挂着干粉灭火剂的灰白色井壁犹如巨蟒的内腹，这个想象让她恶心得想要呕吐，胃里不停地向上泛着酸水。腰部和腋下由于救援绳的捆束隐隐作痛，脑海里突然浮现出了肌肤被绳索勒出的丑陋花纹，那花纹就像是上吊自杀的人脖子上勒出的吊索，已经很久不再萦绕她的噩梦再一次袭来，虽然没有让她肝胆俱裂，却足以让她瑟瑟发抖。她真想喊上面的人把自己拉上去，可是嗓子里愣是发不出一点儿声音。

就在这时，脚尖突然踮到了什么软软的东西……

她慢慢站定，拉了两下绳索，告诉上面的人自己已经触底了，然后深呼吸了几口气，本来是想安定一下情绪，谁知鼻腔顿时被一股呛人的恶臭所充斥，那是皮肤和头发烧焦后特有的臭气。她想要打开头盔上的LED照明灯，但戴着橡胶手套的手指触感下降，摸了半天才摸到，"啪"的一声拧开后，井底宛如阿鼻地狱般的残酷景象把她惊呆了。

一大团纯粹由黑色和暗红色组成的泥糊状物体，覆盖着一层薄薄的白色干粉灭火剂，像裹上面粉准备下油锅的生肉一样丢弃在幽邃的井底，尽管LED照明灯的光线非常明亮，依然要很久才能分辨出堆叠的人形。在烈火的焚烧下，这些表面炭化的尸体已经扭曲、变形，好像高速公路上连环相撞并起火爆炸的车子一样，钢筋铁皮绞缠在一起，难以区分。蜷起或裸露的骨骼诡异地突兀着，仿佛犹在这狭窄的井底伸展、蔓延，不甘地挣扎，肉皮和脂肪不时发出的吱吱声，更加剧了这种幻觉。唐小糖毛骨悚然地呆立了很久，才战战兢兢地用一把不锈钢耙子探了探尸体，确认它们已经既不能为人，亦不能为鬼，然后才敢用手指轻轻地翻动尸体，查验基本尸况。

尸体一共有三具，最下面一具是成人的，呈仰卧的姿势，体表炭化得不算严重，但两条胳膊蜷缩得特别厉害，向上勾起，好像一只猴子抱着上面两具尸体似的，令人恐惧的是他烧得黢黑的头骨居然还半张着嘴，在灯光的照耀下，白森森的牙齿向外龇起，显得格外狰狞。上面一具尸体，头骨已经破裂，溢出的脑浆凝固在头骨表层，被火烧成了一条黑色。最上面那具尸体的表面有着刀砍斧剁一样的裂口，烈火不仅烧焦了尸体，而且狂暴的火舌仿佛从咽喉刺入，在肚肠里一顿翻江倒海似的乱搅，以至于一节脏器从裂口里流出，露出七成熟的酱红色。

"小唐。"耳机里传来刘思缈的声音，"情况怎么样？"

唐小糖仰起头看了一下井口，没有看到刘思缈，井口在很高很高的上面，好像另一个望不到尽头的井底。

她叹了口气，对着别在衣领上的警用蓝牙通话器说："一团混乱。三具尸体都烧得很严重，烧伤程度均为Ⅳ度，肉眼可见体表炭化，无生存迹象，系火焰中长期烧灼形成的结果。助燃剂初步判断是汽油，因为裸露骨骼部分成浅灰色，外面有加热的裂痕，这是汽油助燃形成的高温制造出的煅烧骨，这样的尸体状态，显然不适合抬到法医临检车上再做第一次尸检，就在这里做比较好……思缈姐，三具尸体被烧得纠缠在一起，跟麻花似的，我想把它们分开，逐一查看尸况，又怕破坏原始痕迹，怎么办？"

"小唐，你要仔细看过后再下结论。"刘思缈的口吻突然有些严肃，"尸体到底是纠缠在一起，还是因为扭曲变形的缘故，看似纠缠在一起，其实都是可以脱分开来的？因为前者往往是被火烧死的多人向火场出口挣扎的反应，而后者则是死后集体焚尸出现的情况，这直接关系到案件的侦缉方向，一点儿错都不能出……我看陈国良拍的那些照片，怎么感觉尸体只是堆砌得比较乱，并没有实际上的纠缠？"

唐小糖定了定神，对着那三具尸体看了又看，才不好意思地说："呃……思缈姐，你又正确了。"

"记住我跟你说的'胆大，心细'！"刘思缈说，"现在你慢慢地翻开尸体，然后口述尸检情况，我来做笔录。"

耳机里响起一阵窸窸窣窣的声音，大概是刘思缈在拿笔记本。

唐小糖仔仔细细观察了一番最上面那具尸体后说："尸体编号A，男性，根据骨骼和牙齿的发育情况推算，年龄十二岁左右，身高约一百三十厘米，死因不明。陈尸状态为仰卧，Ⅳ度烧伤，体表无衣物或其他纺织品覆盖，组织变硬脆、发黑、无结构，可见顺皮纹的直线型破裂创，部分脏器从创口流出。"

接着，她扶住这具尸体的体侧，慢慢地翻了个个儿，使其滚落到一边，烧得分辨不出五指的手掌"啪"地打在她的鞋上，吓得她忍不住"啊"了一声。

"小唐，没事吧？"刘思缈的声音再一次在耳机里响起。

"没事。"唐小糖观察了一番第二具尸体后，声音低沉地继续唱报："尸体编号B，女性，年龄九岁左右，身高约一百一十厘米，死因不明，陈尸状态为仰卧，Ⅳ度烧伤，体表无衣物或其他纺织品覆盖，组织变硬脆、发黑、无结构。头骨沿自然骨缝破裂，有血液和脑浆溢出，在头骨表层形成条状凝固。"

"啊？"耳机里突然传来刘思缈惊讶的呼声。

唐小糖连忙解释道："颅骨好比一个密封的容器，里面是液体和湿润的脑组织，当高温焚烧时，里面的液体一旦达到沸点，就会产生巨大的压力，儿童的头骨受不了这种压力，整个头骨就会沿自然骨缝破裂甚至爆裂……"

"这个我自然知道。"刘思缈说，"我只是惊讶这两个孩子的身高和年龄有点儿对不上……没事，你继续。"

唐小糖把第二具尸体放到一边，观察了一番第三具尸体后说："尸体编号 C，男性，年龄五十岁以上，身高一百七十厘米，死因不明。陈尸状态为仰卧，Ⅳ度烧伤，死者原来穿的衣服和鞋都已经炭化，证据样本提取价值不大。尸体上肢呈现明显'拳击姿态'，这是肌肉遇到高温之后凝固收缩，屈肌（导致肢体弯曲的肌肉）的力量大于伸肌（导致肢体伸直的肌肉）的结果，不能作为鉴定生前烧伤或死后焚尸的依据，但能说明高温作用较长……哎呀，尸体的手边好像有个东西！"

"什么？"刘思缈一边问一边叮咛，"重要物证不要用手直接拿，用镊子夹起来观察。"

唐小糖很听话，从腰间拉开证据提取工具包的拉链，拿出镊子，蹲下身子，从地上夹起了那个虽然蒙着一层粉尘但依然明亮的东西："思缈姐，发现一只成人腕表，江诗丹顿的，表带烧得只剩一点儿，表蒙已经破裂，时针和分针停止的时间是在十点三十一分，应该就是编号 C 的男尸生前所戴。"

"这个不好说，也有可能是凶手戴的，在把尸体抛到井下的过程中滑落或被剥脱——"

刘思缈的话还没说完，突然被唐小糖的一声轻呼打断了："等一下，这具尸体有点儿不对劲，怎么比地面高出这么多？这是……我的天啊！"

对于唐小糖的一惊一乍，刘思缈早已习以为常，但这回却不大对劲，因为耳机里突然就陷入了死一样的静默，以至于刘思缈以为耳机坏了,还用手指叩了叩,依然没有声音,正当她把蓝牙通话器往嘴唇边掰近了一些,准备呼叫小唐的时候,耳机里突然传来了抽泣声……

不远处,正在把石膏浇筑到轮胎纹印里的楚天瑛,猛地抬起头来望着刘思缈,一双眼睛里放射出惊诧的光芒。

一般来说,在犯罪现场勘查过程中,警用蓝牙通话器是要做到让区域内所有警员都可以收听和通话,但是扫鼠岭这个现场比较开阔,集中的警力比较密集,刘思缈一来担心互相干扰,二来担心泄密,只开通了唐小糖、楚天瑛、林凤冲、杜建平和自己这五个人的对话频道,所以楚天瑛才对唐小糖突然的抽泣感到吃惊。紧接着,耳机里传来了林凤冲的声音:"小唐,出什么事儿了?赶紧说话!"

一阵仿佛从地底冒出的阴风,腰斩一样突然切过扫鼠岭,在虚空中发出尖厉的叫声,荆棘和枯草都在瑟瑟发抖。

刘思缈背对着风,冲蓝牙通话器道:"小唐,如果你再不说明情况,我将马上下井支援你——"

"还有……"唐小糖终于发出了带着哭腔的声音,"还有一具尸体,被压在C号尸体的下面,是个小女孩,看上去只有三四岁的样子……"

刘思缈感到胸口一紧,尽管她勘查过数不清的犯罪现场,尽管她耳闻目睹过最惨绝人寰的犯罪,但跟所有的刑警一样,哪怕是生就的铁石心肠,哪怕是到了可以退休的年纪,也很少能在幼小的孩子的尸体前控制住愤怒和悲伤。

也许正是因为说出了不忍说出的景象,一如打开了情感的阀门,唐小糖终于嘤嘤地哭出声来。

刘思缈很想安慰她一下,可是一时之间竟找不到合适的词语，所以只能沉默。随着时间一分一秒地过去，唐小糖的哭泣还没有停止的迹象，这让刘思纱有些烦躁。就在这时，耳机里突出传来粗重的声音："小唐，在吗？"

这个声音是杜建平的，但又不像杜建平，因为完全没有往日的简单和粗暴，反倒有一些笨笨磕磕的温柔，好像看见女儿犯了错，更加不知所措的老爸。

唐小糖被吓了一跳，赶紧用袖子擦擦泪水："杜处，我在！"

"先把工作做完。"声音依然那么又粗笨又温柔，"别害怕，我下到地铁站里面了，就在你的隔壁呢。"然后，竖井井底旁边的那扇也被烧得黢黑的防淹门上，传来了轻轻的敲打声。

唐小糖顿时觉得心头一热，老狮子一样的杜处，可是所有警员心中的泰山石敢当，有他在身边，那就意味着有所凭恃，也必须坚强。

"是！我继续验尸！"她说。

6

"尸体编号D，女性，年龄在三四岁左右，身高约九十厘米，体表无衣物或其他纺织品覆盖。因为她是俯卧且又被压在最下面的缘故，所以尸体焚烧情况没有那么严重，烧伤级别为Ⅲ度，体侧尤其是四肢烧伤比较严重，皮肤呈凝固性坏死。"唐小糖慢慢伸出手，轻轻将她翻过来：这是个长得很好看的小女孩，眉毛细细的，嘴唇薄薄的，下巴尖尖的，好像《儿童版红楼梦》里的那个小林黛玉，只是面颊有些瘦……她的眼睛还半睁着，说明她是死后遭到焚烧的。如果是生前被烧死的人，高温的灼烧会使受害人本能地紧闭双眼，睫毛尖端被烧焦而根部却不受损伤——死后遭到焚烧的人则不具备这种情状。

唐小糖视线慢慢下移,突然发现了一个十分重要的情况,她把LED灯的光线调亮,扒开小女孩喉颈部的皮肤看了又看,然后低声说:"受害人的喉部有明显勒痕,索沟较深,且在后颈部出现八字相交,死亡原因是机械性窒息,他杀。"

耳机的另一端传来刘思缈低沉的声音:"好的,初步尸检完毕,接下来还要把所有尸体带到法医研究中心去做实验室尸检,这个回头就交给蕾蓉完成吧。"

唐小糖如释重负,长长地吁了一口气:"思缈姐,我现在上去吧,换你下来做犯罪现场勘查——"

刘思缈打断了唐小糖:"不,小唐,还是你来。"

"啊?"唐小糖愣住了,"我?我不是犯罪现场勘查专家啊。"

"但是犯罪现场勘查只有一次机会,后面无论再有多少人下去,都只能算复检或复核。"刘思缈说,"这个隧道风亭属于狭窄型现场,现在已经下去过两个人,你上来再换我,这个过程保不齐会在无意中破坏掉一些重要证据。你是中国警官大学的毕业生,犯罪现场勘查是必修课,基本要领你是掌握的。既然你刚才自告奋勇第一个下到犯罪现场,那么我请求你也是命令你,完成对犯罪现场的初勘。"

唐小糖看了一眼那个小女孩的尸体,对着蓝牙通话器说:"收到!只是当年的课程忘得差不多了……思缈姐你教我怎么做吧。"

"好的。犯罪现场勘查的基本工作可以用两个词来概括,那就是:观察、搜索。这也是犯罪现场勘查的顺序,下面我们就按照这个顺序来进行。"刘思缈说,"首先,你把竖井底部和井壁仔仔细细看一遍,不要遗漏任何一个角落。照明上别依靠头盔灯,而要用手持电筒，头盔灯也不用关，做补充光源即可。如果发现什么，先不要动，用手机拍下其原始位置后，再用镊子提取——特别需要提醒的是：注意你自己的脚下，那里是最容易被勘查人员忽略的地方。"

按照刘思缈教的，唐小糖打开手电筒，蹲下身子，像CT扫描一样，一寸一寸地观察着这个正方形的竖井底部。竖井的横截面积有三到四平方米，由于以前地面入口一直有防护网的缘故，所以虽然井底积了厚厚一层尘土，间或可以从灰烬的形态中分析出有树枝、树叶、老鼠尸体什么的，但并没有其他垃圾。尸体之外没过火的地方，如果抹去浮在上面的干粉，甚至还能看出水泥的本色。相较之下，井壁的情况要糟糕得多，在接近尸堆的那面井壁上，也许是火势太大，或者罪犯往下倒汽油时，汽油溅到了上面的缘故，烈焰一起就附着升腾，烧成了泼墨似的一大片黑，加之井壁本身凹凸不平的缘故，又挂着干粉，好像一大群灰色幽灵在挣扎着往井口攀挠，十分瘆人。

"思缈姐，我观察完了，边边角角乃至我自己的鞋底都没落下，除了井壁烧得比较黑之外，没发现什么特殊的迹象，除了那块江诗丹顿手表之外，唯一找到的东西就是一个黑色Zippo防风打火机，很可能就是引火之物，此外没有其他发现。编号C那具尸体的衣服焚毁得相当厉害，我探查了一下，没发现手机、钥匙、钱包或者其他能证明他身份的东西……当然，不排除可能留有指纹、毛发、纤维等微量物质，不过基本上也都被大火烧了个干净。"

听了唐小糖的汇报，刘思缈沉思了片刻说："那扇防淹门呢？"

"防淹门？"唐小糖一愣，手持电筒的光芒不由自主地打在了防淹门上面,那面狭长的钢板严丝合缝地嵌在一侧井壁上的门框里,下半部分被烧得黢黑,上半部分却还保持着铅蓝色的涂饰,"门……门没怎么样啊?"

"小唐。"刘思纱说,"你认为罪犯是怎样把这四具尸体扔进隧道风亭的?"

"当然是打开上面那个防护网,然后一具一具抛下来的!"

"表面上看,诸多迹象确实都表现出罪犯是打开防护网,从上面抛尸的,但别忘了还有一道防淹门,所以就不能否定凶手是从扫鼠岭地铁站里面把尸体运进隧道风亭后烧尸的可能,而摘下风亭入口处的防护网,只是罪犯为了扰乱警方侦查视线而刻意制造的假象——"

突然,耳机里传来了杜建平的声音:"思纱,容我插一嘴,你说的这个可能性不大。我跟老蔡打听过了,这道防淹门平时是锁死的,只有三把钥匙能打开,一把在地铁安监部门那里,一把在西郊车辆段,还有一把在值班室,因为经年累月也不开一次,连老蔡都不记得放在哪里了,现在正回值班室找呢。何况,如果罪犯想潜入扫鼠岭地铁站,他必须要打开 A 口的防盗门,防盗门的钥匙也有三把,跟防淹门的钥匙一样,分别放在安监部门、车辆段和老蔡手里,这把钥匙老蔡可是拴在裤腰带上片刻不离身的,罪犯怎么可能连续搞到两扇门的钥匙,又来回背着四具尸体下到又黑又深的地铁站里放火呢?而且我刚刚从地铁站口下到防淹门这里走了一遍,站台地面上积了老厚一层土,可没有看到什么陌生人的足迹啊。"

刘思纱沉默了一下道:"杜处,我承认您说得有道理,但是为了保险起见,还是要麻烦小唐检查一下那道门,看看在起火前后有无打开过的迹象。"

唐小糖重新蹲下身子，用手电筒照着门底部与门框咬合的部分查看了半天："思缈姐，从门底部与门框咬合部分的积灰来看，没有整体分离的痕迹，至少这扇门在起火后肯定没有打开过。至于起火前，还是那句话，就算有什么痕迹也被烧得一干二净了。"

刘思缈叹了口气，老刑警常说犯罪现场有"三怕"：一怕浇，二怕烧，三怕群众看热闹。这三样都是破坏甚至毁灭犯罪证据的最好方法，如今摊上了，也真的没辙。

就在这时，竖井底部的唐小糖突然听见防淹门的另一边传来跑动声和"找到了找到了"的呼喊声，接着钥匙孔"哗啦啦"一阵响，门爆土扬烟地摇撼了几下，从里（地铁站里）往外（隧道风亭）推开了——由于那几具尸体挡着，所以只推开了一道很窄的缝，将将够杜建平把他的大脑壳探进来。

"杜处！"唐小糖高兴地和杜建平打着招呼。

杜建平冲她点了点头，目光缓缓地往竖井里扫视了一遍，嘟囔道："你看我说什么来着，这门本来就窄，只能往外推，竖井里面也不大，凶手要是想从地铁站里往这儿抛尸，得把防淹门大开，可是堆完这么几具尸体，门可就关不上了……思缈，小唐要是勘查完了，你就派人下来把尸体运走吧。"

7

望着装有四具尸体的法医临检车在巷子口拐弯，开去蕾蓉法医研究中心，刘思缈轻轻地叹了一口气。究其根本，所有凶杀案的刑侦工作，第一要务都是对受害者的身份认证，这需要法医和现场勘查人员分别从尸身和尸身所处环境这两个方面入手，寻找答案。而唐小糖的尸检和井下勘查都表明：凶手不仅扒光了三个孩子的衣服，把那个成人受害者身上能表明身份的物品全部拿走，还用一把大火把痕迹和证据都烧了个干净……这样一来，就算是全国顶级的法医官蕾蓉，恐怕也未必能通过实验室尸检找到尸主，因此，自己肩上的担子就分外沉重了。

这时，林凤冲和楚天瑛一起向她走来，看样子是要向她汇报工作进度，她摇了一下手，示意等待，然后用蓝牙通话器把还在扫鼠岭地铁站里跟老蔡聊着什么的杜建平请了回来，一起听取。

四个人钻进杜建平的座驾———一辆警用帕萨特里。杜建平拿出烟，一边跟刘思缈道歉一边点着了，使劲嘬了两口。刘思缈看了看仪表盘上的时间，显示是凌晨两点，一把抢过杜建平手中的那包烟，摇下车窗递给路边一个双眼通红的刑警："杜处给的，除了有站岗任务的，其他同志可以到巷子外放松一下。"听完这话，林凤冲赶紧从兜里掏出烟，点上抽了起来，满脸的喜悦像洗了个热水澡的矿工。

"我先说一下。"楚天瑛毫无倦意，一双剑眉下的双眼依然炯炯有神，"按照刘处的指示，A队和B队在苗圃内进行了带状搜索，并在其后交换进行了二次搜索，除了找到嫌疑车辆进出的车辙之外，没有其他的发现，轮胎纹路我已经提取完毕，目测是米其林3ST浩悦，安装这种轮胎的家用车和商务车很多，一时无法锁定嫌疑车辆的具体品牌和型号。至于这个苗圃，据我们找来的管理员介绍，是二〇一三年围起来的，扫鼠岭地铁站二〇〇八年停用后，有很多小年轻的钻进里面探险，还搞什么直播，宣传恐怖迷信什么的，地铁总公司就把三座地铁口中的两个用水泥板彻底封锁了，种上松树和月季之类的。苗圃那个铁栅栏门是不上锁的，平时只象征性地挂个铁链子，因为即使进了苗圃也下不到地铁站里面，渐渐也就没什么闲杂人等来了。现场勘查表明，犯罪嫌疑人很可能是了解到这一情况，把车开进巷子之后，推开铁栅栏门，再把车开进苗圃实施抛尸的，那个铁栅栏门上倒是提取到了不少指纹，但平日里管理员、园林工人都经常进进出出的，所以对那些指纹只能一一核对，且不知道犯罪嫌疑人是否戴了手套。"

"知道那个铁栅栏门不上锁的人多吗？"刘思缈问。

"应该不少。"林凤冲说，"负责走访群众的分局领导说，虽然扫鼠岭这一带近年来拆迁，老住户多搬到别的地方去了，但这里是出了名的缓坡，一到周末和节假日，很多喜欢健身的人喜欢坐头班车到这儿，清晨五六点钟沿着无定河引水渠爬到岭上，再拐个弯从这条小巷下来，甚至走几个来回，都能看到铁栅栏门不上锁的。"

刘思缈问他："监控视频的查看情况如何？有没有找到嫌疑车辆？有没有发现嫌疑车辆逃跑的路径？"

"市交管局和市网安办接到我们的协查请求，非常配合，立刻把接到报案前后两小时内，扫鼠岭地铁站附近街道的监控视频都调出来传给我们了。但这里毕竟远离主城区，真正的街道只有一条，就是这儿。"林凤冲一边打开平板电脑里的警用地信系统，一边用手指点画着介绍道，"这条街道呈南北向，以无定河引水渠大桥为界，往南是银麓北街，往北是银麓山路。银麓北街还有点儿城市街道的模样，银麓山路可就真是路如其名了，就是一条山路，又窄又荒，连个像样的十字路口都没有，只有一些丁字路口。离这儿最近的一个监控器，安在银麓北街的青石口东里的红绿灯上。而通往苗圃的这条小巷位于银麓山路上，又是东西向的，所以嫌疑车辆如果是由银麓北街从南往北开过来的，经过青石口东里的红绿灯，我们还能拍到，如果是由银麓山路从北往南开过来的，根本没有监控器能拍到——"

楚天瑛打断他道："林处，我们用静电吸附仪对小巷水泥地面上的轮胎痕迹进行了提取，发现了米其林3ST浩悦轮胎留下的痕迹，根据车辙的动向形态来看，可以肯定嫌疑车辆是由银麓北街从南往北开过来，再从东口进入这条小巷的。"

"也就是说，嫌疑车辆被青石口东里红绿灯上的监控器拍到的可能性很大。"刘思缈说，"从火情和报警时间推算，起火的时间应该在十点半前后，那就把昨天晚上八点——不，六点以后那个监控器拍摄到的所有通过青石口东里红绿灯的车辆一一排查！"

"我倒有个主意。"杜建平说，"所有红绿灯上的监控器都是双向的，这样一来，只要查看哪辆车在昨晚六点以后由南往北开上银麓山路，十点半以后又由北往南开往银麓北街，不就可以锁定它有重大的犯罪嫌疑了？"

"杜处，您的这个方法确实好，但必须建立在一个前提下，那就是嫌犯作案后原路返回了城里。"楚天瑛说，"问题在于，我们对小巷内米其林3ST浩悦轮胎痕迹的提取结果证明，嫌疑车辆逃离的路径，基本可以肯定是从苗圃开出后，一直向西开上了扫鼠岭——它没有原路返回城里。"

杜建平的脸上浮现出失望的神色："那么，能否沿着浩悦轮胎的痕迹实施长距追踪呢？"

"只能说试试看。"楚天瑛苦笑道，"扫鼠岭上有很长一段沙石路，难以提取到车辆轮胎的痕迹……"

杜建平心有不甘："扫鼠岭上不是有个雷达站么，难道没有安装监控器？"

楚天瑛指了一下巷子西口，黑沉沉的夜幕下，扫鼠岭起伏的身影犹如兽脊一样叵测："扫鼠岭上的雷达站也好，隔壁的中学也罢，它们的监控摄像头都设置在门口或院区里面，拍摄不到道路，而沿着这条路再往西就进山了，更没有什么监控装置了……"

"狡猾的罪犯。"杜建平嘬了口烟说，"看来他早就把撤离路线和怎样躲避监控考虑得一清二楚了。"

刘思缈轻轻地摇了摇头。

"思缈，你不同意？"杜建平问。

"我是觉得，假如他真的考虑周全，为什么不一开始就走山路绕扫鼠岭，从西口进小巷，那样不是可以彻底躲开青石口东里红绿灯上的监控器吗？"

"也许是事情紧急，不能绕远吧……"

"四条人命，三个还是孩子，一旦抓到，势必难逃一死，跟这个相比，绕个远又算得了什么。"

车厢里一时间沉寂下来，没有人能回答刘思缈的问题。过了一会儿，刘思缈先开了腔："林处，还是我刚才说的，昨晚六点以后那个监控器拍摄到的所有通过青石口东里红绿灯的车辆，你要一辆一辆地核实去向，查清其所属的单位或个人，凡是有重大嫌疑的，市交管局要给我清晰的踪绘图[①]。"

"好的！"林凤冲说，"我已经安排人在办了。"

"天瑛，你围绕隧道风亭的中心区域走格子情况如何？"刘思缈问。

楚天瑛刚要说话，刘思缈一伸手推开了车门："走，咱们去现场一边看一边说。"说完起身就往苗圃里走，三个大老爷们儿

---

①通过各个路口监控器拍摄的图像描绘出的受监控车辆运行路径。

只好抬屁股的抬屁股，掸烟灰的掸烟灰，跟在她后面，又来到了隧道风亭那里。附近地面上用金属支架和几面白色塑料布撑起了数个十厘米高的"平顶帐子"，这是为了防止地面物证被风雨等自然气候破坏而搭起的非接触性覆盖，现在被夜风吹得起伏不定。

楚天瑛小心翼翼地拔出了金属支架，把几块白色塑料布掀开，指着几个标有数字的黄色楔形插旗说："我对这个中心区域走了两遍格子，没有提取到任何一组有嫌疑的鞋印，这倒不是说凶手穿了鞋套，而是他事后用标号为'1'的树枝扫过这片地方，把足迹都破坏掉了，连上下车的足迹都没留下一个。由于他戴了手套或事后进行了擦拭，所以无论是那根树枝，还是被拆下的标号为'2'的隧道风亭防护网上，都没有发现他的指纹。不过，虽然他狡猾，还是留下了蛛丝马迹——你们注意看标号'3'的那块地方。"

标号"3"的地方，是呈倒写的"L"状隧道风亭的侧面，一开始还看不出什么，走近了才发现，在底部向上三十厘米到六十厘米的高度之间，大约有A4纸那么宽的熏黑了的一片。

"这是什么？"林凤冲有点儿糊涂。

"火燎过的痕迹很新，应该就是几个小时前留下的。"楚天瑛说，"我怀疑是凶手把受害人按在这里卡住脖子，受害人背靠风亭，在挣扎中剐蹭的结果——"

"这不是受害人剐蹭的结果，而是凶手剐蹭的结果。"刘思缈蹲在地上，用手指轻轻地触摸着那片熏黑的地方，"凶手采用背靠隧道风亭的坐姿，用胳膊勒住受害人的咽喉，受害人必然要挣扎，所以凶手的后背就会在水泥壁面上留下剐蹭痕迹。"

林凤冲依旧一头雾水："凶手拿火燎这块地方做什么？"

"凶手要燎掉自己后背的纤维物可能残留在水泥壁面上的微量证据！"杜建平说，"思缈分析得对：假如剐蹭痕迹是受害者留下的，反正他也要连人带衣服被扔进竖井，一把火烧了，凶手也就没必要燎这里了。"

林凤冲恍然大悟，继而锁紧了眉头："这么说，凶手真的是拥有非常丰富的反侦查经验。"

蓦地一阵狂风，将一片白色塑料布吹得飞了起来，黑漆漆的夜空下，宛如幽灵一样抻长了手脚，在半空中疯狂地飞舞着！引得苗圃里的几个刑警一片惊呼，奔走追逐，有一个还不小心陷在水渠里摔了一跤。当他们以为快要在围墙边抓住那块摇摇欲坠的白色塑料布时，不知怎么的又一阵海浪似的狂风，将塑料布高高扯起，跃过墙头，不见了踪影……

一种不祥的预感袭上了刘思缈的心头，她觉得那个抛尸焚尸的凶手就像这白色塑料布一样，终将从她的手中逃脱。

不！绝不能发生这种事！

想到这里，她看了看手表，转身对楚天瑛和林凤冲说："你们去忙各自的事情吧，时间紧任务重，现在是凌晨三点，再过三个小时，六点整，我要召开第一次案情分析会，那时，你们要交上真材实料的干货来！"

8

第一次案情分析会召开的地点，就在小巷东出口马路对面一个废弃的印刷厂里，这里也被设置成侦办扫鼠岭案件的临时指挥部。

为了环保而停工的印厂车间高大而空旷，除了几台蒙了灰尘的印刷机、一台用来拉印刷品的木架子车和墙角一个脱了漆的灭火器以外，没有什么别的残留。高高的天花板上，一盏仿佛是为了制造阴影而刻意点亮的灯泡，嗡嗡嗡地放射出说灰不灰、说白不白的光芒，照得几十位刑警的脸色一俱病恹恹的蜡黄。一夜未眠的他们没有找到坐的地方，就那么站着开会，裤脚上几乎都挂着苗圃的泥土和枯枝，他们的影子在水泥地面上轻轻颤抖着，从一个特殊的角度证明着车间内是何等的寒气逼人。窗户玻璃被狂风摇撼得哐啷哐啷山响，以至于正在一块临时架起的黑板上勾勒并讲解犯罪现场的楚天瑛几次停下来，不由自主地往窗外望去。深秋的黎明在窗棂上挂起一丝纤毫毕露的鱼肚白，好像寒夜没有洗净的一抹眼霜。

刘思缈和杜建平一进车间，楚天瑛赶紧停止了讲话，其他的刑警也都把腰挺直了一些。

"你继续讲。"刘思缈对楚天瑛说。

楚天瑛赶紧说："我只是把我围绕隧道风亭的中心区域走格子的情况向同志们介绍一下……现在讲完了。"

刘思缈看了杜建平一眼，杜建平伸手做了个"还是你来"的手势。

"好的，那么各个分组的负责人开始汇报新的情况。"刘思缈强调了一句，"我只听新的。"

然而三个小时过去，虽然刑警们通宵忙碌，但收获依旧不多。区分局主管刑侦工作的那位副局长带着走访调查组，挨家挨户敲门了解案发前后是否看见可疑人物或可疑事件，但所有揉着惺忪睡眼的人们都给出了否定的回答。而对附近几个单位——扫鼠岭中学、热力公司西郊分公司和公交自动化设计研究院的师生和员工的调查正在进行中，从目前的情况看来，似乎既没有什么人涉案，也没有什么人对案情有所了解。楚天瑛带领的犯罪现场勘查组，没有在苗圃和隧道风亭内提取到新的有价值物证，只好按照杜建平的指示，对嫌疑车辆沿扫鼠岭逃走的路线展开了长距追踪。果不其然，轮胎痕迹在沙石路上消失得无影无踪。林凤冲带队的电子信息收集组，最终确认了昨晚六点到十点半之间，一共有二百一十七辆车从银麓北街由北向南开过青石口东里红绿灯，排除公交车以及轮胎尺寸明显不符的车辆外，剩下一百九十四辆车的去向和所属有待核实，这是一个相当可观的数字，断不是短时间内能够查清的……难怪刘思缈听完上述汇报之后，眉头紧锁一言不发，而杜建平在附近一家早餐摊上买来的五大塑料袋油条、油饼和豆浆，直到散尽了腾腾热气，也没有人碰一下。

正在这时，院子外面传来了刹车声，紧接着一阵匆匆的脚步声由远及近，市局新闻处处长李弥的面庞出现在了车间门口，他的到来更加证明了扫鼠岭案件引起了上级领导的极大关注。他上前跟杜建平和刘思缈握了握手，顾不上寒暄就问："二位，对外的话，我该怎么说？"

杜建平跟刘思缈对视了一眼，还是由杜建平说话了："老规矩，扫鼠岭昨晚发生特大刑事案件，侦办工作正在进行中，其他无可奉告。"

"老杜。"李弥盯了他一眼，"案子太大了，要考虑到公众关注的力度和密度。"

"那就开个口子，市局留个举报热线，让市民提供有价值的线索。"杜建平说。

李弥点了点头，又不无忧虑地说："可以想见，顶多两个小时，大量的媒体就会蜂拥而至了。"

"我这边会跟刑警们交代：看好场子管好嘴，不该说的一个字都不许说，谁秃噜出去谁负责！"杜建平拍了拍李弥的肩膀，"也请老弟跟媒体打好招呼：新闻报道一律按照格式和规矩来，不许想当然，不许做猜测性报道。至于网上那帮唯恐天下不乱的，只要传播谣言踩到红线，一律依法处理！"

"这个自然，这个自然！"李弥说完，又压低了声音，双手合十道，"二位能否估计一下破案大约需要多长时间，我好在舆论导向上适时调整。"

杜建平和刘思绱一时间哑口无言，案件发生到现在，已经过去了整整八个小时，对于大部分刑事案件而言，八个小时足够锁定犯罪嫌疑人了，最起码也可以锁定几个嫌疑目标。眼下这起案件虽然严重，但狡猾的罪犯并没有给警方留下什么可供追踪的证据或痕迹。从刑侦学的基本规律来看，任何案件的侦破，前二十四小时最为重要，往后每过二十四小时，侦破难度就会增加一倍，一旦超过七十二小时，破案的希望就将非常渺茫……

一片死寂的车间里，突然响起了一阵手机铃声。

刑警们踅摸了半天，才发现是刘思绱刚才听取汇报时，因为要勾绘出隧道风亭的剖面图，随手把自己的iPhone X手机放在黑板装粉笔的凹槽里了。

楚天瑛拿起手机看了一眼来电人名称，赶紧给刘思绱拿了过去："刘处，蕾主任打来的。"

刘思绱接通手机。里面传来蕾蓉有些沙哑的声音："思绱，实在抱歉，因为市局组织学习文件，我没有去现场。小唐把四具尸体运回来后，给我大致介绍了一下情况，我抓紧做了一下尸检，时间紧，尸体被损毁得又过于严重，所以只得到了一部分结果，我简要给你说一下——"

"我们正在召开案情分析会。"刘思緲低声说,"参与办案的刑警们现在都集中在临时指挥部,尸检结果能否向大家公开?"

"没问题。"蕾蓉说。

刘思緲打开了手机的免提功能。

"实验室尸检证明:唐小糖的现场尸检结果正确无误,此外,我着重检验了四具尸体系生前烧死还是死后焚尸,以及确切死因,具体情况如下。"蕾蓉清了清嗓子说,"四位死者的黏膜组织均无充血、水肿和坏死,呼吸道内没有发现烟灰、炭末儿与黏液混合后的黑色线条,提取心脏内血液没有发现过量的碳氧血红蛋白,这些都充分说明:四位死者均是死后遭到焚尸。"

她停了一停,继续说:"唐小糖的现场尸检认为,编号 D 的那个三四岁小女孩的尸体,死因是他杀,系用绳索勒颈造成的机械性窒息,我赞同这一结论。编号 A 和编号 B 的两具尸体,心脏、肺浆膜下存在多处散在出血斑点;血液浓缩,呈暗红色,不凝固;内脏器官呈瘀血改变,这些征象也都说明他们是因机械性窒息死亡,但由于颈部皮肉炭化非常严重,不能发现索沟及扼痕等暴力损伤,无法查验是否存在八字不交等情况,因此无法确认是自杀还是他杀。"

刘思緲知道,蕾蓉刻意错过的编号 C 的成年男性尸体上,可能有些不一般的发现。

"编号 C 的成年男性尸体,颈部皮肉同样呈现严重炭化,但剖验颈部时发现舌骨体及左侧大角断裂及出血,甲状软骨上角骨折,颈总动脉内膜呈现横形断裂,咽后壁黏膜有出血斑点,会厌软骨有出血点,这些变化都说明死者生前颈部曾经遭受扼、勒等暴力压迫或牵引,导致机械性窒息死亡。"

楚天瑛猛地想起了隧道风亭的侧面那一大块被熏黑了的痕

迹……还有刘思缈的判断——

"凶手采用背靠隧道风亭的坐姿，用胳膊勒住受害人的咽喉，受害人必然要挣扎，所以凶手的后背就会在水泥壁面上留下剐蹭痕迹。"

他不禁对刘思缈投以钦佩的目光。

蕾蓉继续在电话里说："至于死亡时间，只能通过尸体的胃内容物来推断。那三个孩子的尸体，胃已完全排空，食物残渣明显进入大肠，且已经被部分消化吸收，证明他们昨天一整天都没有吃饭，所以死亡时间我估计是在昨天的凌晨，而编号C的成年男性尸体，胃内容物呈乳糜状，相当量进入十二指肠和空肠一部分，这证明他昨天晚上吃过晚饭后两三个小时才遇害，死亡时间在晚上十点左右。"

四具尸体同坠一井，死亡时间却有如此大的差距，这让刘思缈有点儿没想到："你的尸检对死者的身份认证有无帮助？"

"还是那句话，尸体焚毁过于严重，所以只能通过DNA信息的采集寻找尸主，一来需要时间，二来也要尸主生前在DNA数据库里留下过样本才好。那么小的孩子几乎不可能有什么犯罪前科，至于那个成年男性，只能说碰碰运气了……"蕾蓉似乎在电话的另一端感受到了刘思缈的失望，赶忙补充道，"不过，我在验尸过程中发现了某个疑点，也许能给你们寻找尸体的来源提供一些参考。"

"什么？"刘思缈急忙问。

"营养。"蕾蓉言简意赅，"三个孩子都存在严重的营养缺乏问题。"

刘思缈眼睛一亮："你说的这个，我在唐小糖现场验尸的时候就发现了，三个孩子的身高和年龄都有点儿对不上。按照我国的儿童身高标准,十二岁左右的男孩标准身高应该在一百五十一厘米,一百三十七厘米就算矮小了,可编号A的尸体只有一百三十厘米;九岁左右的女孩标准身高在一百三十四厘米,可编号B的尸体只有一百一十厘米;就算那个四五岁的小女孩,标准身高也应该是一百零三到一百一十厘米,可她只有九十厘米——他们的发育都太不健康了!"

"是啊,这年头,要说营养过剩的孩子,一抓一大把,可营养缺乏的孩子就太少见了——何况是集体出现。"蕾蓉说,"所以思缈,我建议你调查一下本市的孤儿院、残障儿童救济中心等慈善机构。"

刘思缈"嗯"了一声,突然感到一股异样。

异样的感觉来自开着免提的手机。

电话的那一头出现了不该有的沉默,仿佛印刷的文字间突然出现了空白,却又没有任何标点。

如果没说完,应该继续说下去,如果说完了,就可以打个招呼挂上电话了,但是蕾蓉都没有,她只是沉默着,失声一般。

印厂车间里的刑警们忙了一整夜,都因为困倦和疲惫而泄泄塌塌的,你弯着腰,我插着兜,他佝着背,这时都感觉到有点儿不对劲,先是面面相觑,又因为在彼此的脸上找不到答案,不约而同地昂起了脖子,将目光对准了刘思缈手中的手机。

"姐姐,你怎么了?"刘思缈把脸凑近了手机问。

"思缈,我在尸检中发现了一个情况,一定要告诉你。"蕾蓉缓慢地说,声音艰涩而低沉,"那个三四岁的小女孩的尸体,因为烧伤不算太严重,所以我检查得比较仔细……她的处女膜有陈旧性破裂,也就是说,她生前曾经遭遇过性侵,而且很可能不止一次。"

仿佛耳边响了一个霹雳！刑警们震惊得瞪圆了眼睛！

刘思缈仰起头来，看着天花板上的那盏电灯泡，千万把利剑一样的光芒射在她的脸上。

她低下头，对着手机说："我知道了。"

"好的。"蕾蓉停顿了一下说，"抓住那个狗杂种！"

一向温文尔雅的蕾蓉居然飙了脏话，在场所有刑警的斗志顿时燃爆！他们抖擞精神，将数秒前的疲态一扫而光，摩拳擦掌，好像一群饿红了眼的狼，随时准备扑向猎物，用尖利的牙齿把它撕个粉身碎骨！

刘思缈看了一下手表，目光凛凛地扫视了一遍众人："刑事案件的黄金侦破期是案发后二十四个小时以内，现在已经过去了九个小时，所以大家要抓紧时间，务必在今晚十点前——抓住那个狗杂种！"

第二章

1

刘思缈拧开自来水管子,哗啦啦的水流了出来,她伸出手想掬一捧,却被冰得一个激灵,寒气从指尖灌输到全身。她等了等,再一次伸出手,水还是那么彻骨的冰寒,但肌肤却没有那么大的反应了,而这种冰寒感正是她所需要的。当水在她双手掬起的窝窝里盈满的时候,她看见自己的掌心在水下焕发出一种凄清的白色,像要融化一般。她低下头,把水狠狠地扑在脸上,几个来回之后,熬了一夜的疲惫神经被刺痛得清醒了几分。她从裤兜里掏出一包面巾纸,慢慢地将脸上的水蘸干,然后,从墙上挂着的一面布了裂纹的圆镜子里,看到一副瘦削、苍白而憔悴的面容,尽管眼睛布满血丝、眉梢有些低垂、嘴唇略显青紫,但年过三十的她,眼角一丝鱼尾纹都没有,跟那些一天到晚抹着美肌霜打着美白针吃着保养品的同龄女性相比,这张一向高傲的脸蛋用一种纯天然的方式拒绝着时光的任何磨研……

自从林香茗失去消息之后,她的内心没有一天不是痛苦的,那种痛苦就像心脏移植患者出现排异反应一样生不如死,只能用拼命工作来麻醉和忘却,有时候她甚至希望像很多战友一样突然猝死或牺牲在工作岗位上,可是这样的事情并没有发生。虽然随着年龄的增长，亚健康状态越来越多地出现，感冒、眩晕、胃病乃至心律失常竟相折磨着她，但根底的生命力依然像牛筋一样坚韧。她不得不继续日复一日地与各种违法犯罪做西西弗斯式的斗争。所幸近两年本市的社会治安越来越好，这让她欣慰不已，但也正是因此，发生在扫鼠岭的这起案件，让她感到格外的突兀与不安。

刘思缈一边想着，一边把湿漉漉的面巾纸扔进了水池边的塑料筐，踮着脚走出了印刷厂逼仄而肮脏的洗手间。

已经是上午八点钟了，一些媒体已经播发了扫鼠岭案件的简讯。她心里有数，一墙之隔的马路对面，大批的新闻记者恐怕正在涌向那个苗圃。她先到作为临时指挥部的印刷车间了解了一下有没有新的情况，在得到否定的回答后，走出了印刷厂的大门。

这是一个没有太阳的早晨，天空被深秋的冷空气冻得发青，银麓山路本来就人迹罕至，此时此刻更是连狗都绕着走，地面上唯一在动的只有临街的平房房檐上一蓬蓬衰草的影子。难得有一辆黑色轩逸开了过来，停在了路边，从车里钻出一个人，那辆轩逸兴许是滴滴快车，司机眼毒，看出附近几个穿便衣的人都是公安，以为他们是在查黑车，一溜烟儿地开走了。

刘思缈看从轩逸上下来的人眼熟，就叫了一声："张伟！"

《法制时报》记者张伟大概是从被窝里被拽出来的，蓬头垢面不说，一双小眼睛还迷迷糊糊地半睁半闭，听到有人叫他，居然原地绕了一圈才看到招呼他的人，忙不迭地跑了过来点头哈腰的："刘处，早晨好！"

"就你一个人？"刘思缈问。

"啊？"张伟还没反应过来，"就我一个人啊。"

"你们报社的跑口记者不是郭小芬吗？她怎么没来？"

"您还不知道？她辞职了。"

刘思缈大吃一惊！郭小芬是《法制时报》的首席记者，专门跟大案要案的，虽然在采访中没少跟自己怄气，但多年来经常合作，早已成了朋友："她什么时候辞职的，我怎么不知道？！"

"就前一阵子的事儿。"张伟说，"她来本市漂了这么多年，一没买房，二没嫁人，搞得居无定所的，半年多换了好几次住处，据说还大半夜的流落街头，在公园长椅上忍过一宿，总之心情本来就不好，稿子又接连被毙了好几篇。她跟总编大吵了一架，就辞职了。"

刘思缈一时间不知道该说什么好，张伟趁她发愣的当儿，赶紧跑到马路对面那条东西向的小巷子里去了。

不知出于什么心情，刘思缈跟在他后面，慢慢地走过马路，也进了那条小巷，远远地看着一大群记者像没头苍蝇一样聚拢在苗圃的门口，举着手机往里面拍摄，虽然铁栅栏门没有关上，但他们没有一个人往里面迈进半步。等杜建平从苗圃里出来，他们乖乖地让开一个半圆，听杜建平盐不咸醋不酸地介绍了两句情况，然后便如蒙大赦般一哄而散。

想想郭小芬当年死缠烂打式的采访，刘思缈一时惘然。

回到印刷厂，她在院子里沉思了片刻，拿出手机，找到郭小芬的号码，正要摁下去，手机突然响了起来，屏幕上显示出的来电人姓名是"李三多"。

刘思缈的神情顿时一凛。

李三多原本是市政法委副书记，去年退休的。近几年的反腐风暴特别注重对退休干部的审查，凡是在职期间有过贪污腐败等违法行为的，绝不允许再像过去那样"退休即上岸"，而是追查到底，这样揪出了不少贪官污吏。李三多的岗位是贪腐重灾区，审查也就格外严谨和认真，查来查去，发现这老小子当了十年的领导干部，竟比白开水还要清廉！很快一道红头文件发了下来，任命李三多为市综治委顾问，协同市公安局督办大案要案的刑侦工作，继续为党和人民发挥余热。按照编制，综治委是隶属于政法委的职能部门，所以老小子一面嘀咕着"返聘了还他妈的降半级"，一面拍拍屁股走马上任去了。

现在他亲自打来电话，用脚趾都能想到来者不善。果不其然，刘思缈接通电话之后，听到的第一句话就是："案子啥时候能破？给我个准信儿！"

跟李三多这种人打交道，不能怕、不能怂，不然他真往你嘴上套嚼子，所以刘思缈硬怼了一句："奇怪，我是专案组组长？"

李三多一愣，虽然打了多年交道，知道刘思缈不好惹，却没想到她不好惹到这个地步，不怼则已，一怼就正怼在梗节上——负责侦破扫鼠岭案件的第一责任人是杜建平，就算立军令状限期破案，签字的也不是刘思缈。李三多不禁笑了："好吧，刘处，老夫真心请教，你从刑技层面估计一下案件的侦破时间，行不行？"

"这我估计不出来！"刘思缈软硬不吃，"这个案件非常复杂，犯罪现场显示，罪犯凶狠残忍，而且具有很强的反侦查能力，没有留下什么有价值的物证，目前我的侦办方向还是利用天眼系统查找嫌疑车辆，对嫌疑人相貌进行识别与分析，估计最终案件的突破口也是在这里……以目前警方投入的空前巨大的刑侦力量，那个罪犯绝无逃脱法网的可能，但您要我说他落网的具体时间，我说不出来。"

"思缈！"李三多的口吻突然沉重起来，"涉及儿童的案子，最容易引起公众的关注，我们一定要抱着对人民高度负责的态度,尽早破案、尽快破案!"

听到"对人民高度负责的态度"这句话,刘思缈就像所有对自己的职业抱有神圣感和崇高感的警察一样,变得认真和庄重:"李书记(她叫的还是李三多的旧职),刑事案件的侦破,以案发后二十四个小时为黄金期,我保证在今天十点前把犯罪嫌疑人铐在刑侦处的暖气管子上!"

"我要的就是你这句话,好啦,你忙吧!"李三多挂断了电话。

刘思缈望着手机屏幕返回的上一页面,那是郭小芬的联系电话,不禁苦笑了一下,把手机收回了衣兜,心中暗想——

刚刚在电话里对李三多的承诺,我真的能做到吗?

2

令警方万万没有想到的是,案件的破获比他们预想得要容易得多,而且正如刘思缈所料,是利用天眼系统查找嫌疑车辆并对嫌疑人相貌进行识别与分析,找到了案件的突破口——更准确地说,是根据刘思缈的布置,警方在两条线路上展开了追踪,并最终殊途同归。

今天早晨的案情分析会结束之后,刘思缈突然有了一个想法,她认为制造这起案件的凶手处处都表现出极强的反侦查能力,而这种能力绝不是仅仅通过多次作案就能获得的。贼行讲话"得手一年,不如失手半天",说的就是失手被擒对一个罪犯"成长"的重要性,只有面对警方的审讯乃至坐牢,才能真正学习到怎样逃避警方的缉捕,就像虎口余生的兔子更善于躲避天敌——换言之,扫鼠岭案件的作案者,应该是一个被捕过并在警方留有案底的人。想到这一点并不难,难得的是刘思缈立刻将之与林凤冲的工作联系了起来：电子信息收集组通过架设在青石口东里红绿灯上的监控装置，确认了从昨晚六点到十点半之间，一共有二百一十七辆车曾经从银麓北街由北向南开过青石口东里红绿灯，其中一百九十四辆车的去向和所属有待核实，这本来是一个需要大量人力、物力和时间才能完成的工作，但刘思缈认为，尽管本市广泛采用的中兴智能监控系统拍到的视频清晰度不够高，但对每个司机的面部大致轮廓是能勾勒清楚的，如果将这一百九十四辆车的司机照片输入公安部数据库，与数据库中存储的罪犯照片进行比对，虽然也需要一些时间才能得出结果，但肯定要比根据车牌号逐个找司机了解昨晚动向要高效得多，因此她立刻布置林凤冲去做这件事。

还有一条线，也是刘思缈发现的。那还是她跟在张伟后面来到苗圃门口，看媒体记者们采访杜建平时，随便往苗圃里面瞟了一眼，突然产生了一种不对劲的感觉，具体这种感觉从何而来，她也搞不清楚，直到跟李三多通完电话，她才猛地意识到了什么，赶紧又跑到苗圃门口，恰好楚天瑛正在那里，问她需不需要帮忙，刘思缈一指苗圃说："从门口这里，是看不到隧道风亭的。"

楚天瑛顺着她的手指看了一眼，确实，位于苗圃西南角的隧道风亭，于苗圃门口而言是一个视觉上的死角……可是，这又有什么要紧？

但刘思缈下面一句话，却让他神情一悚："你马上去查一下昨晚打一一〇报警者的身份！"

从消防队发现隧道风亭下面的尸体到现在，警方一直处于高度紧张的工作状态，这些工作主要是围绕犯罪现场勘查、入户走访和电子信息的采集而进行的，也正是由于神经紧绷和忙碌不停，警方忽视了一件看似微不足道的小事——到底那个打一一〇报警的人是谁？即便是有些心细的人想到了，也会潜意识中认为那也许是一个夜晚路过小巷，从苗圃门口看到隧道风亭着火了的过路客。但刘思缈的发现彻底否定了这种可能性。当然，也有另外两种可能，一种是某个人进苗圃"方便"时发现了火情，但昨晚月黑风高，偏僻小巷已经足以背人，实在想不出非要进这个阴气森森的苗圃里"方便"的必要；另外一种是住在岭上的人居高临下发现了火情，继而报警，这种可能性是有的，但不大，因为扫鼠岭位于苗圃的西南方向，而那个隧道风亭的开口是朝东的。当然，不排除有些热心居民发现隧道风亭口浓烟滚滚，就下到苗圃来查看究竟，继而报警。可是警方在随即展开的入户走访中并没有发现这位活雷锋。

楚天瑛赶紧联系一一〇报警台，很快找到了刚刚下夜班的那位接线员，接线员极其认真负责，立刻回到接警中心，找到那个报警者的报警录音和电话号码，发给楚天瑛。

听完言简意赅的报警录音，楚天瑛清醒地意识到接线员理解错了，报警者绝不是错把一一〇当成了一一九的误拨——他很清楚这是一起何种性质、需要哪个部门处理的事件。

楚天瑛认为，既然这位报警者极有可能与案件存在着密切的关联——甚至他就是凶手本人也未可知，那么，他报警所用的手机号码八成是个查不出来源的太空号，谁知一查之下，竟是个实名登记的号码。机主名叫邢启圣，男，今年五十五岁，家住A省，目前在本市"童佑护育院"任院长，资料显示：这是一家名为"爱心慈善基金会"管理的残障儿童救济机构。

当楚天瑛把这个信息报告给刘思缈的时候，刘思缈立刻想到了蕾蓉的那个判断——

"我建议你调查一下本市的孤儿院、残障儿救济中心等慈善机构……"

案件上线了!

刘思纱的内心十分激动,直接向杜建平做了汇报。听到"爱心慈善基金会"这七个字,杜建平的眉宇闪过一丝不易察觉的怆痛。刘思纱猛地意识到,自己忽略了某些本不应该忽略的事情,她的心里有些抱歉,脸上却十分平静,毕竟工作就是工作。杜建平也很快恢复了正常的神色,点点头表示知道了。

一番准备之后,刘思纱用安装了追踪系统的手机拨打了邢启圣的电话号码,不出所料,他的手机已经关机。

杜建平把老部下柴永进找来说:"你带上几个得力的人,马上去那个'童佑护育院'一趟,搞清楚邢启圣现在人在哪里,我估计他已经逃之夭夭,那就拿到他的体貌特征等详细资料,对他在本市的临时住址彻底搜查。另外,你把护育院的工作人员全都召集到一起,昨天晚上人在哪里、做了什么,每个人都要一五一十地说清楚,拉屎都要说出分成几段来!"

柴永进刚刚转身要走,刘思纱补了一句:"带上一个已经当妈的女警,把护育院里的孩子们保护起来!"

三十分钟后,柴永进打来电话汇报说,他已经带人查封了童佑护育院,按照人力部门提供的员工通讯录逐一核实,除了邢启圣和一个副院长之外,连门卫一共八位工作人员全都在岗,护育院里现有残障儿童十二名,大多是来自 A 省的患有先心病、脑瘫等疾病的孩子,已经得到警方的保护。

"邢启圣现在人在哪里?"杜建平最关心的是这个。

"这里的工作人员都不知道。"柴永进说,"不过,据保洁阿姨反映,说昨晚十点多还听见院长办公室里有动静,门卫也说院长是十点半离开护育院的。"

如果邢启圣十点半才离开,他无论如何也不可能在十点半跑到扫鼠岭报警去。当然还有两种可能,一种是他的同伙放火之后打电话给他,让他报警——虽然搞不清这么弯弯绕的意义何在。警方从电信部门调出了邢启圣手机的通话记录,发现他的手机在昨晚十点半左右并没有接到任何打进来的电话,打出的电话倒是有两个,一个是一一〇,还有一个竟是打到他自己的办公室去,而且还接通了!但护育院的门卫和保洁阿姨都信誓旦旦地说,昨天晚上护育院并没有来访的客人,十点以后除了院长本人之外,也没有任何人进出过他的办公室。那么邢启圣为什么要用自己的手机打给自己的办公室?接电话的那个人又是谁?

考虑到这种可能性有诸多的不可解之谜,另外一种可能性陡然变大,那就是邢启圣把手机借给了凶手,凶手放火之后用他的手机报警,然后再用手机将在办公室等信儿的他叫出来,一起逃亡。

杜建平正在皱着眉头思忖,身边的刘思缈对着开了免提的手机问:"老柴,你有没有查一查护育院最近几天有无失踪的孩子?"

"刘处。"柴永进说,"我到了之后,除了查问邢启圣的去向,就是了解有无孩子失踪,但是,说出来简直没人信,整个护育院竟没有一个人说得清到底这里有多少孩子……"

"怎么可能?"刘思缈吃了一惊,"不就十几个孩子吗?手指头掰两轮都能数得清啊!"

"是这个理儿不假,但护育院里的工作人员,怎么说呢……一水儿的糊涂虫。门卫是一牙都掉了的老头儿;保洁阿姨那嘴里跟塞了半斤棉花似的,呜噜呜噜什么都说不清;一个财务兼人力的女的坐在办公室里打王者荣耀,一问三不知;院长秘书更是一个花瓶,说一句话能补三次妆;司机是个二十出头的愣头青,噗噜噗噜就知道喝粥;剩下三个保育员,都不知道从哪里搜罗来的老妈子,个顶个满脸横肉,问什么都说'你问领导去'……"

"难道孩子们来来去去的,都没有个登记吗?"杜建平也惊诧不已。

"没有,真的没有……"柴永进说,"那秘书说,这些孩子都是受'爱心慈善基金会'资助,从A省的偏远地区来本市一家指定医院治病的,以孤儿居多。每次总部会派人把孩子们送过来,治病期间就在护育院里住,完事儿就回去,起先还有个登记,时间一长,院长觉得反正总部那边也有登记,就松懈了……"

"这他妈是可以松懈的事儿吗?!"杜建平忍不住骂了出来,"那就调护育院的监控视频——"

"没有监控视频……"

"不可能!"杜建平真的火儿了,一双豹眼瞪得溜圆,"本市所有的幼儿园、游乐场以及儿童教育机构全部要安装监控视频,而且直接跟各个派出所联网,这是市里面下了红头文件的!"

"我现在也搞不清楚是怎么回事……"柴永进说。

杜建平叫来一位警官说,"你亲自去一趟护育院的属地派出所,调查了解情况,如果发现他们胆敢玩忽职守,没有落实市里的指示,没有督促和检查童佑护育院安装监控视频,派出所所长和相关民警就地免职,等待查办!"

"这恐怕不合程序吧……"刘思纱轻声说,"派出所所长的免职命令要由市局领导下达,并获得区分局班子集体通过,今时不同往日,凡事都要讲规矩、讲程序,不然就是犯了组织纪律上的错误。"说完她对那位警官说："你去一趟派出所，如果发现问题，先上报再决定怎样处理。"

杜建平看了刘思缈一眼，不作声了。

柴永进继续在电话里汇报道："邢启圣租了离护育院不远的一套三居室住，我已经派出两名警员前去搜查。另外，我从秘书手里要了一张邢启圣的生活照，微信发到了两位领导的手机上。"

刘思缈打开微信一看，果然新收到了一张照片：照片上是一个大腹便便的中年男人，个子不高，头发有点儿自来卷，短胳膊短腿，身穿白色运动服，正在高尔夫球场的草坪上做出挥杆的动作，一张柿子形的大脸盘子气色红润，眼睛和鼻子像被门挤了一样捻成一撮儿，肥厚的嘴唇咧开老大，露出一口烟熏的黄牙，没有几根的头发居然还梳了个油腻腻的偏分，望着手机镜头的眼神和笑容都有些猥琐。

刘思缈把手机递给杜建平："你看这个人的体型，是不是有点儿像编号 C 的尸体？"

杜建平只看了一眼就说："像！"

"老柴，你给派去搜查邢启圣住所的警员说一下，注意提取头发、指甲、血迹等可以用来做 DNA 比对的有价值检材。"刘思缈说，"另外，你了解一下护育院的孩子们前天晚饭吃的是什么，以及昨晚邢启圣的晚饭吃了哪些东西，蕾蓉对四位死者胃内容物的分析结果很快会出来，我要进行比对。"

挂断电话后，杜建平自言自语道："如果死者是邢启圣，那么这个案子就更古怪了……"

刘思缈也觉得一大堆谜团像夏日丛林中的蚊蚋一样扑面而来：假如编号 C 的死者真的是邢启圣，昨晚十点半还在童佑护育院院长办公室的人又是谁？尸检结果表明邢启圣的死亡时间应该就在一一〇接到报警电话的前后,假如报警者是邢启圣本人,他为什么不说自己遇到危险而是报火警,又为什么要给自己的办公室打电话?假如报警者是凶手,他跟邢启圣到底是什么关系,为什么要将他杀害并抛下隧道风亭?

本来就一夜没睡,这会儿想问题想得脑仁儿疼,刘思缈用拳头轻轻地磕打了几下后脑勺,又咯吱咯吱地挤着睛明穴。

杜建平见了道:"不行你去车里打个盹儿,有事儿我再叫你。"

刘思缈摇了摇头:"现在睡也睡不着,熬过这股困劲儿就没事了……"睁开眼睛的一刻,她发现杜建平看她的目光有些奇怪,便问:"怎么了?"

杜建平慢慢地说:"没什么,我突然觉得你比以前好像成熟了许多。刚进市局那会儿,你就是个很高傲的小女孩,这两年不见,你考虑问题周全起来了……"

"您的意思其实是说我也开始变得圆滑、世故了吧。"刘思缈站在布满污垢的玻璃窗前,望着印厂院子里那棵在一夜寒风中落光了树叶、只剩光秃秃枝丫的老杨树说。

杜建平想说什么,话到嘴边又咽回了肚子。正好市地铁总公司的一位领导专程过来了解情况,他赶紧出去接待了一下,回到作为临时指挥部的印厂车间时,一系列最新情况都反馈了上来:首先是搜查邢启圣住宅的那一组警员,根据查看物业监控视频和入室搜索的结果,都证明昨天晚上邢启圣没有回家,而且他的住所内,无论衣物、旅行箱、保险柜内的证件、现金和银行卡都保存完好,没有任何显示他有逃亡或做了逃亡准备的迹象,在洗手间的梳子和枕头上提取到了头发,已经送到刑事技术处与编号C死者的DNA进行比对;其次是柴永进报告说,他们盘问了两个保育员半天,才知道孩子们每天吃的三顿饭是从附近一家饭店订的,但她们都回忆不起来前天晚上孩子们具体吃的是什么,只含含糊糊地说"很丰盛",与外出的护育院副院长已经取得联系,她正在赶回来的路上;最后是楚天瑛与位于 A 省的"爱心慈善基金会"联系过了,让他们马上提供最近一批送本市治病的孩子们的名单,对方推三阻四地打官腔,一会儿说名单不能对外公开,一会儿说要请求上级批准,由于案件需要保密,楚天瑛不能跟他们把案件的严重性讲得太具体,连哄带吓,磨破了嘴皮子也没有用……

"甭跟他们废话!"杜建平板起脸来说,"给 A 省公安厅发协查通报!"

不过,最让杜建平没想到的,是派去童佑护育院属地派出所的警官报告说,童佑护育院的性质十分模糊,既不是幼儿园也不是福利院,既不属于政府主办的事业单位,也不属于民办盈利或非营利性机构,所以根本就没有在本市教委、民政部门任何一家单位登记注册,"说难听点儿就是一个黑民宿",别说监控视频了,连消防安全合格证都没办过。为此派出所的民警曾经多次上门,督促他们履行相关审批手续,但这个护育院具有一定背景,又有慈善福利性质,经常组织一些社会团体来参观慰问,院长邢启圣"是一个比玻璃球还滑的家伙",警方也不能贸然取缔,结果一拖再拖,拖到现在。

听完这些情况,一向办起案来虎虎生风的杜建平,感到自己好像陷进了一个巨大的毛线团里,手脚根本不得施展不说,而且越想挣扎着摆脱困局,反而被缠绕得越紧。他用粗糙的手掌在同样粗糙的红脸膛上搓来搓去,本来就发红的眼珠子越搓火越旺。

"老柴不行!"刘思纱断言道,"他的办案风格太传统,太保守,这个童佑护育院上上下下都被邢启圣训练成了混不吝的牛皮糖，得找个更狠更混的角色过去，才能打开局面。"

杜建平一愣，接着点了点头："把马笑中派过去！"

马笑中是望月园派出所的所长，全市有了名的能员，逮住蛤蟆能挤出脑白金的角色，一想到他参与这个案件的侦破，杜建平有从冰窟窿里露出了半个脑袋的感觉，可是还没容他透口气，案发以来最沉重的一记铁拳即将砸到他的脸上。

"老板，"不知什么时候，林凤冲突然站在了他的身后，手里拿着个iPad，屏幕朝里，"我们把中兴智能监控系统拍摄到的一百九十四辆汽车通过的视频，进行了画面截取和放大，然后将司机照片输入部里的数据库进行比对，现在，比对结果出来了……"

他的声音很奇怪，好像刚刚走下手术台的主刀医生要对病人家属宣布手术失败似的。

杜建平和刘思缈对视了一眼，然后不约而同地问："找到嫌疑人了吗？"

"找到了……"林凤冲说着，把iPad翻了过来——

"啊？！"杜建平震惊得叫出声来，刘思缈也不禁倒吸一口冷气！

尽管那张宽脸上的痤疮已经变成了一个个坑洼，尽管嘴唇上一撮毛茸茸的小胡子已经剃掉，但手握方向盘的人那双三角眼里放射出的光芒，在十年之后依然阴冷和残忍，甚至更加惨毒可怖——

没错，此人正是"西郊连环凶杀案"的犯罪嫌疑人周立平！

3

下午三点半左右，两辆装有镀膜玻璃车窗的别克GL8缓缓地停在了润唐高科技孵化园区D座的门口。

润唐高科技孵化园区是西郊近年来为了招商引资特别兴建的一个房地产项目。园区面积很大，入口处能并排停下四辆大巴车，整体格局是以一个俗不可耐的罗马柱环形喷泉广场为中心，围绕的一圈灰白色的半圆形建筑。从天空俯视的话，活像是一大堆恐龙蛋正放在九宫格里煮。设计者将整个园区全都铺上草坪，插上矮矮的小树苗，间杂以不规则的石板路，这儿添一条小溪，那儿安一座假山，山顶上再装上几个太阳能电池板，借此突出科技、时尚和环保的主题。只可惜，近两年很多企业纷纷倒闭和搬走，导致园区异常清冷和萧瑟，偶尔有个过路者一声咳嗽，竟弄出好几个回音来。

"D座除了这个西门，还有一个东门，另外南边有一个用来运输清洁废料的小门，但一般只有保洁员会用来进出。"园区办公室主任，一个有点儿斗鸡眼的小个子坐在GL8车里给杜建平介绍道，"名怡公关公司就在一层把北头的办公区，用不用我先进去打探一下你们要找的人在不在？"

杜建平看了看他微微颤抖的手指尖，想起刚才把他从办公室叫出来时，他惊恐万状的模样，估计这小子不是与人通奸就是私吞公款，心里藏着的鬼能演半部《聊斋》，但现在不是计较这些事情的时候。

在发现昨晚十点左右，周立平曾经开着一辆黑色斯派轿车由南往北驶过青石口东里红绿灯以后，警方立刻调出了那辆车的相关资料，车辆的所属单位是名怡公关公司。浏览该公司的官网，发现这家公司的老板姓郑，曾经在某公益类报纸担任广告部主任，辞职后开办了这家公司。公司的主要业务就是承办官方或民间的各类慈善组织在本市组织的募捐、晚会等公益活动，而工商税务部门提交的报表证明，"爱心慈善基金会"是这家公司最大的金主。

尚不知道周立平在这家公司到底担任什么职位、具体做什么工作，为了防止走漏风声，也不好胡乱打听。时间紧迫，杜建平当即决定马上对周立平实施抓捕："只要把人逮住，石头我们也能审出条缝儿来！"

这句话纯粹是为了给部下打气。扪心自问，杜建平知道自己面对的绝不是一个可以轻视的对手，是的，抓住周立平也许不难，但打败他是非常非常困难的，十年前发生的一切已经证明了这一点。这个疑似"西郊连环凶杀案"真凶的家伙，凭借被捕后的一言不发和警方的证据不足，加上林香茗出面干预，最终法院只认定他犯下了杀死房志峰这一宗罪状，加上他未满十八岁，只被判刑十年……当时很多刑警就愤愤不平，比如李志勇，一年以后喝多了酒还红着眼睛跟自己吼："你信不信周立平坐不满十年牢就会被放出来？你信不信他出来还会杀更多的人？！"那一声声责问言犹在耳。

现在扫鼠岭上发生的惨剧，足以证明李志勇的责问绝不是杞人忧天。

到底该怪谁呢？

杜建平下意识地看了刘思缈一眼。

刘思缈装成没看见。

很短的时间里，市第一监狱、周立平住地的派出所、街道、帮教机构都把相关情况汇报上来：周立平在两年前因为在狱中改造良好而提前获释后，既没有去找自己的生身父母，也没有打扰曾经收养过他的姨妈，而是另外找了个便宜的房子租了下来。起初他租房子很不顺，合同签了，定金交了，房东不知从什么地方得知了他是个坐过牢的杀人犯，立刻毁约。几次之后，连房产中介公司的业务员都不好意思了,帮他租了套小一居,房东长年在美国居住,很少回来,一切委托中介公司代理,也就少了很多麻烦。彻底安顿下来之后,周立平按时向住地派出所报到,民警们都恨他不死,就算是公事公办也没让他好过过,但他面对任何冷嘲热讽和白眼斥责,永远是沉默不语,面无表情地按照别人的支使一次次穿梭在各个基层政府部门之间,登记,签字,盖章,最终重新办了户口和身份证,并在帮教机构的帮助下,找到了一份交通协管员的工作。二十多岁的大小伙子,每天早晚戴着顶小红帽,穿着橙黄两色的马甲,手里举着面红旗,站在红绿灯下指挥交通,渴了就到附近公厕喝口自来水,饿了就在百姓餐亭买个馒头啃……也许是因为这头野兽看起来真的变驯服了,派出所和街道渐渐减轻了防备之心,甚至在不久之后发生的"寻枪事件"中,街道主任还出来帮他说了几句话:"那小伙子我看应该是改造好了。"

这一切,杜建平有些知道,有些不知道,因此他既痛恨那些基层干部,痛恨他们怎么能相信一只嗜血的虎变成了温顺的猫,也痛恨自己,那次"寻枪事件"中,如果自己相信李志勇的话,对周立平穷究不舍,直至绳之以法,就不会酿成今天扫鼠岭上的惨剧,还白白地折损了一位战友……

抓捕周立平的小组分成两个:A组由林凤冲带队,前往周立平的家中,楚天瑛也跟他一起去,这样无论能否在家中抓到周立平,都可以立刻对他的住处展开搜索和勘查;B组则由杜建平亲自带队,到名怡公关公司去,因为根据对周立平手机的追踪定位,那部手机目前在润唐高科技孵化园区一带。

来到润唐高科技孵化园区之后,警方找到园区办公室主任,详细了解了D座的内部结构、进出路径以及名怡公关公司的具体方位。杜建平对车里的刑警们说："大家知道，这个周立平是我们的老对手了，十年前就曾经杀害了多名群众——其中包括一位女警，只是由于种种原因，没有让他把牢底坐穿。这一回他还能不能继续这么好运，就看你们的了！"

一位膀大腰圆的刑警冷笑一声："老板你放心，这回我们不仅要抓住那个狗杂种，还要把他剁碎了打包快递给阎王爷。"

"是这个话！"杜建平点点头，"不过要注意，在抓捕行动中要尽可能避免开枪，争取将周立平生擒活捉，不然直接给他个痛快就太便宜他了。考虑到此人极度危险，身上可能携带武器，所以遇到对方开枪拒捕，万不得已时可以开枪，只是要避免打到其要害，还要注意群众安全。"

这时林凤冲打来电话，说在周立平的住处并没有发现他，这样一来，几乎可以肯定周立平就在D座里面了。

刑警们一个个虎目圆睁，等候着杜建平下达进攻的命令，但临战一刻，杜建平却心头沉重起来。一个穷凶极恶的未成年杀人犯，坐牢八年，足以让他在犯罪技巧、犯罪心理甚至体能上都得到显著的"提升"，一旦拒捕，手下的兄弟们就面临着死伤的危险，而无辜群众更是难免遭殃……最好的办法是派一个人先进到名怡公司里打探清楚周立平的工位、状态，甚至提前把名怡公司乃至整个D座的员工都疏散，但这一车刑警都是多年抓捕重案犯的老捕头，脸上都挂着相，莫说经验丰富的周立平，就是普通人见了都绕着走，而周立平刚刚作案，稍有风吹草动都会有所觉察，对疏散群众这种事儿绝不可能无动于衷。实在不行……只好猛闯硬撞了。

正在杜建平把心一横，准备下达作战命令的时候，突然有人砰砰砰地拍GL8的车门。

这把车里所有人都吓了一跳，杜建平扭头朝着窗户外面一看，又惊又喜，呼啦一下拉开车门，站在门口的正是老部下李志勇！

两年不见，李志勇变得更胖了一些，小鼻子小眼看上去还是那么倔强中透着一股子憨劲儿，头发梳理得整齐了一些，胡须也都剃得干干净净，身上的黑色西便装虽然有些皱皱巴巴的，但比起当刑警那会儿不知利落了多少倍。见到老领导以及车里的几位旧同事，李志勇特别高兴，跟他们热情地打着招呼。

"你怎么在这儿啊？"杜建平问。

"我还想问您怎么在这儿呢！"李志勇说，"别的不认得，这两辆GL8可是咱们刑警队的老伙计了——有案子？"

杜建平"嗯"了一声就不再说话。李志勇知道规矩，警方要办案的时候，对"外人"是一滴水都不能往外露的。

他突然说了一句："你们是来抓周立平的？"

杜建平看了他一眼："你咋知道的？"

"这是什么地界儿？高科技孵化园。"李志勇说，"要说出个经济犯、诈骗犯啥的，我信，可那也用不着咱们刑警大队龙虎豹的出动这么多人，既然要抓的是刑事罪犯，这阵势还得是犯了大案的，整个园区我能想到的就是周立平了。"

"老刑警果然眼毒。"杜建平一笑，又追了一句，"你怎么知道周立平在这园区里？"

李志勇说："我和他都在D座的名怡公司上班。"

猫和老鼠居然在一个洞里，而且那只猫还曾经被那只老鼠生生地剥下了猫皮——所有人听了都目瞪口呆！

虽然一时半会儿搞不清这是怎么回事，但杜建平知道，自己一直盼望的那个对名怡公司知根知底的人就在眼前了："周立平在公司里吗？"

"在！"李志勇也严肃起来，"我这是提前下班。出来时，他还在工位上。"

杜建平点点头："能不能配合一下我们的抓捕行动？"

"早就盼望着这一天了！"李志勇说，"我回办公平台一趟，您派弟兄们守住东西两个门，等我打您的手机报告情况再行动。"

"好样的！"杜建平高兴得狠狠拍了一下他的臂膀。

"哎哟！"李志勇疼得叫了一声。

"咋了？"杜建平一愣，"我这没使多大劲儿啊？"

"没事儿，昨天公司搬家具扭到了。"李志勇说完，转身向D座走去。

等李志勇进了D座，杜建平立刻跳下了车，两辆GL8里的刑警们也都涌了出来，他们一个个身穿棕色或黑色的皮夹克，神色严肃而警觉。杜建平把手一挥，刑警们像捕猎的狼群一样，弯着腰迅速冲向D座，一队把住了西门，一队从南边绕向东门，然后在门口齐刷刷刹住了脚步，静静地等待着下一步命令。

就在这时，杜建平的手机响了，接通后，里面传来了李志勇有些焦急的声音："周立平跑了！"

杜建平的脑袋"嗡"一下子，立刻从腰间拔出手枪，撞开玻璃门冲进D座，身后的刑警也跟着他涌进了一层大厅，手里都举着子弹上膛的手枪，擦得锃亮的白色大理石地板上倒映出了他们纷乱的倒影。

他们径直冲进了名怡公司的大门。装饰着鹅黄色背板的前台后面，坐着一位打扮入时的漂亮姑娘，吓得从座位上跳了起来，还没喊出声，就见同一个公司的李志勇从里面跑了出来，跟这群杀气腾腾的不速之客接上了头。

"你不是说他刚刚还在吗？"杜建平问。

"对啊，我出来时瞟见他坐在工位上看电脑呢。"

"那怎么这么快就跑了？他的公文包什么的还在工位上吗？"

"他一个司机，上下班从来都是空着手的……"

"东门东门，你们有没有看见周立平出来？！"杜建平对着警用通话器喊道。

"没有看到！没有看到！"

不知道是不是刚才李志勇在车门口跟他们打招呼时，被周立平隔窗看到了，所以逃跑了……杜建平硕大的脑门儿上沁出了一层汗珠，如果就这样放跑了这个重大的犯罪嫌疑人，再想活捉他可就难了。杜建平一跺脚，转身往门外走，与一个正在慢悠悠往门里走的人撞了个满怀。

杜建平定睛一看：居然是周立平！

杜建平一把抓住周立平的胳膊，咔嚓一个反拧，右脚再伸出一绊，周立平烂泥一样"啪"地摔在地上，一群刑警扑了上来，摁脑袋的摁脑袋，掐脖子的掐脖子，戴手铐的戴手铐，周立平起先还"哎哟哎哟"地喊疼，后来也许是脖子被卡的缘故，嗓子眼儿里发出一种奇怪的呜呜声，像狗似的。

前台的姑娘惊恐万状地啊啊大叫着，名怡公司的员工纷纷从前台与办公区的隔断后面探头探脑，想看又不敢看。

"老板。"一个刑警望着杜建平，摇了摇头，意思是在周立平的身上没有搜到任何武器。

杜建平蹲下身，薅起周立平的头发问："姓名？"

"周立平。"

"知道你犯什么事儿了吗？"

"不知道。"

"行！换个地方让你知道知道！"

几个刑警像拎小鸡子一样把他拎起来,几乎是足不沾地地架到D座外面去了。

从始至终,楼道里其他的办公区都静悄悄的,连出来看热闹的人都没有,好像一具具静候来访的水晶棺材。

4

周立平被捕的消息传到临时指挥部,印厂车间里欢声雷动!忙碌了一夜的刑警们虽然一个个眼圈发黑,但此时此刻脸上都绽开了笑容,有的靠在墙上,掏出烟来嘬瘪了腮帮子地吞云吐雾,有的给媳妇打电话,低声下气地为昨晚没回家道歉,有的原地做着扩胸、扭肩和转头的运动,顿时全身上下咔吧作响,还有的从那台木架子车上解开塑料袋的扣,拎出一根已经变得又冷又硬的油条,费劲地嚼着,狼吞虎咽。

由于是重特大刑事案件,接下来的审讯工作将在市局刑侦处预审科进行。有刑警走到刘思缈面前请示:"刘处,这边儿是不是可以收拾一下了?"意思是要不要做撤销临时指挥部并撤离的准备?刘思缈冷冷地看了他一眼,没有说话,那刑警很识相,赶紧闪到一旁去了。

案子就这么破了?刘思缈有点儿没想到。杀了四个人,放火焚尸,作案者还是一个具有丰富反侦查经验的"老手",居然就这么轻而易举地落网了……想想唐小糖在隧道风亭下惊心动魄的尸检,想想隔一条马路的苗圃里同袍们彻夜繁忙的身影,想想清晨在这间屋子里召开案情分析会时面面相觑、手足无措的场景,特别是想到那片被狂风吹过围墙的白色塑料布,她顿时产生了恍如一梦的感觉。

就在这时,她的手机响了,接通时里面传来了李三多兴奋的声音:"思缈,好样的!"

"同志们的功劳。"

"甭谦虚了,我已经知道了,能这么快抓到人,主要归功于你正确的办案思路……接下来就是预审科那边的事情了,你赶紧回家休息一下吧!"

汤是热的,只是汤底掺着一根头发丝儿,别人看不到,刘思缈却察觉得一清二楚。

"您有话直说,是不是不让我碰这个案子了?"

"你看看你,心眼儿比林黛玉还窄。"李三多笑嘻嘻地说,"许局长跟我商量过了,让你休息一下是怕你累病了,市局刑技处一大摊工作你让我们找谁替补?再说了,地铁换乘站,各管各的线,哪儿兴像宋丹丹那样逮着一只羊从头薅到脚的?"

撒谎!刘思缈明白,李三多的话里半真半假,抓捕到了重大犯罪嫌疑人,确实标志着案件进入了一个新的阶段,不要说刑技了,就是刑侦也要让位于审讯,但绝不意味着刑侦刑技就此可以大撒把。且不说还存在着真凶另有其人的可能,就算是周立平真的是杀人犯,那么接下来侦查终结移送检察院审查起诉直至法院审判等一系列司法程序,每个环节都需要刑事技术处出具各种物证的鉴定报告,虽然这些工作绝大多数不需要自己亲自来做,但刻意强调让自己"休息一下",还是能听出弦外之音。

如果搁在过去,以刘思缈的脾气,她一定会跟李三多打破砂锅问到底,追究个明白,但最近这一年来,她时时产生一种倦怠的感觉……因此,一向对事业、对生活都那么一丝不苟的她,竟越来越多地产生"差不多就行了""难得糊涂"之类的想法,而这种想法的大量产生也让她日益烦躁和矛盾,她不想妥协,但又不得不妥协。

"好吧。"她说。

李三多挂上了电话，刘思缈猜他一定长长地松了一口气。

放下手机的那一刻，她突然产生了一种异样的感觉，举目四望，印厂车间里刚才还露出放松之色的警员们，似乎都在一瞬间忙碌起来，半合的笔记本电脑重新打开敲击着乱字符，铅笔在模拟画像本子上刷刷地摩挲出不规则的线条，已经拆到一半的犯罪现场重建EPS发泡模板拼回去又拆下来，低着头像松鼠一样反复点数着那些一眼即明的犯罪现场勘查检材，看似聚在一起商讨着案情其实在说跟案情毫不相干的废话……刘思缈明白，这一定是他们知道了自己被命令离开扫鼠岭案件的专案组，所以只能这样假装埋头工作，不让自己注意到他们眼中的困惑与尴尬。

心领了。

刘思缈看了看手表，已经是下午四点半了。

如果现在回家，或许还能赶上瓦冈诺娃俄罗斯芭蕾舞学校的线上舞蹈课。

可是……现在专案组的几个主要领导都不在，自己就这么一走了之，合适吗？至少，应该跟杜建平打一声招呼吧。

正在这时，印厂车间的墙角突然传来一声吼："什么？怎么能发生这种事？！"

刘思缈朝声音的方向看去，原来是一位负责协调专案组与案情相关属地派出所关系的警官在发飙："这也太不像话了，姓马的疯了？"

刘思缈走了过去问："出了什么事？"

那警官好像没听见，还在对着手机大发雷霆："你马上派人带那个厨师去验伤，另外，把马笑中看起来！什么？你办不到？

你干什么吃的你办不到——"

"我问：出了什么事？！"刘思缈的口吻瞬间变得凌厉。

那警官再不敢装聋作哑，挤出个笑脸，指着手机说："刘处，马笑中闯了个大祸……"

刘思缈一把抢过他的手机，问电话那一端的警员："我是刘思缈，你们那边到底出了什么事？"

事情是这样的：得到杜建平的调令后，马笑中带着一个名叫丰奇的手下迅速赶到童佑护育院，接替了柴永进的工作。他下的第一道命令就是把那几个横眉立目地守在前后门口的便衣警员撤走，然后将护育院的员工们叫到一层大厅里，让他们坐在门口那张草绿色人造革面的软包长椅上，自己搬了把椅子坐到他们对面，跟他们拉家常：护育院工资高不高啊？居住条件怎么样啊？孩子们好不好带啊？聊得那叫一个热乎，搁进去冻饺子三分钟就能出锅。员工们本来不知道出了什么事情，都战战兢兢的，现在见到这么个长得奇丑无比、有点儿二了吧唧的矮胖子东拉西扯，顿时放松了下来。马笑中对那个名叫池凤丽的院长秘书尤其青睐有加，一口一个"妹妹"叫得好不亲热。池凤丽本就是个混欢场的，这会儿见这矮胖子跟前面那些一身正气的刑警摆明了两条道儿，更像是看场子的大哥，自然花随水柳迎风，一边跷着二郎腿，不停地用小手指摩挲着打底裤上一个似有若无的窟窿，一边以手掩口跟马笑中打情骂俏，旁边的丰奇清了好几下嗓子提醒马笑中注意身份，矮胖子却像没听见似的，继续和池凤丽调笑不休。

打扰了马笑中雅兴的是一个电话，专案组打来的，通报一下案情侦破工作的最新进展：已经锁定重大犯罪嫌疑人周立平，现在刑警们正兵分两路，一路去他家，一路去他所在单位实施抓捕。

听到"周立平"这个名字，马笑中一愣，可还没容得他细想，护育院的大门开了。

走进来的是一个四十多岁的女人，个子不高，短发，上身穿一件驼色翻领皮外套，里面是将身材包裹得凹凸有致的白色一字领羊毛衫，下身是一条九分流苏牛仔裤。她那颧骨奇高的脸上，刷了大白似的涂着厚厚一层粉，也许是刻意掩饰发黑的眼圈，所以眼底周围涂得比其他地方要更白一些，两瓣外凸的嘴唇抹着肥厚的唇膏，好像白瓷餐盘的中间搁了一块刚挖出来的鸡心。

她一进大厅，坐在软包长椅上的那些员工，都站了起来叫"崔总"。

马笑中知道这就是童佑护育院的副总崔玉翠，颠颠儿地站起身，笑嘻嘻地上前伸出手："崔总您好，我是咱们这片儿的民警，姓马，您跟我叫老马就行。"

气场上就先输了一筹，崔玉翠伸出手搁在他掌心里，又马上抽回，眼神警惕："紧巴巴地把我叫回来，什么事？"

"瞧您说的，能有什么事儿？能有什么事儿？"马笑中一副对不住的模样，"这不，昨天半夜出了一起交通事故，撞死了人，肇事车辆逃逸。您也知道，快到年底了，各行各业都为了年终业绩攒任务量呢，交警队赶紧调查，怀疑肇事车辆是邢院长开的那辆车，所以就王朝马汉的一股脑儿来查，结果刚才得到信儿，肇事车辆找到了，跟邢院长那车毛线关系没有，想剁手剁脚丫子上了，把我派来扫扫尾，一会儿没啥事儿，我跟我这小老弟就撤了。"

坐在软包长椅上的员工们听得一头雾水，刚才警方调查时盘问了很多问题，确实大都集中在邢启圣的去向上，但是也问了很多涉及护育院管理方面的问题,所以一时之间搞不清这矮胖子说得几分是真几分是假。崔玉翠也被他搞糊涂了。不过她是扔进锅里能榨十斤油的老江湖,最会的一套本事就是见人扮人相、见鬼说鬼话,毕竟对方是个官家人,话里话外又很给面儿,自然不好再摆个冷面孔,于是换了一副笑模样,亲自给马笑中点了根儿烟,俩人真真假假地客套着攀谈了起来。马笑中提了几个问题,大都涉及邢启圣的个人生活习惯,不触及案件核心,属于绕着井沿儿跳舞,崔玉翠见招拆招,既不踩脚也不踩线,只在提及邢启圣的感情生活时随口来了一句:"他就喜欢个嫩的,越嫩越好。"突然意识到好像说错了什么,偷眼看马笑中,见矮胖子正色眯眯地盯着池凤丽打底裤上那个窟窿,赶紧把话题岔开了。

就在这时,突然从他们的身后传来一个声音:"饭来啦!"

马笑中抬眼看去,一个穿着军绿夹克外套、里面露出白色厨师服的粗胖男人从护育院的后门走进了楼里,他的面庞红润,绿豆眼,肥嘟嘟的肚子鼓得像怀孕似的,手中提着几个超级大的塑料袋,一走路哗啦哗啦直响。

"这位是?"马笑中指着来人问崔玉翠。

"咱们护育院没有食堂,就跟附近一家饭店签了个长期供饭的合同,这位就是负责做饭和送饭的包师傅。"崔玉翠说,"您要是没别的事儿,干脆留下来一起吃晚饭吧?"

摆明了是慢走不送的客套话,马笑中却没听出来似的,笑嘻嘻地说:"那敢情好!我这中午饭还没吃呢,现在正好一锅烩了。"说着起身从包师傅手里接过塑料袋,把一个个白色餐盒端出来搁在大厅里的一张长桌上,挨个儿打开来:馋嘴蛙、软炸里脊、黑椒牛柳、清蒸鳜鱼……许是饭菜刚出锅的缘故,烫得他直搓手指头。其中有一个圆形餐盒里的冒菜让他哈喇子淌了半尺长：红通通的辣汤中间，填满了大虾、滑牛肉、毛肚、蟹肉棒、金针菇、血旺……他掰了一双筷子，夹了块巴沙鱼塞进大嘴巴里，一边嘬啰着舌头一边忍不住喊："好吃，真他妈好吃！"

包师傅没见过这矮胖子，见他吃相鄙俗，不禁从鼻孔里往外不屑地一哼，然后提着一个小一点儿的塑料袋往楼道里面走。

"哎哎哎！"马笑中一边吃一边招呼他，"别走啊，那塑料袋里是啥好吃的？给我瞅瞅。"

"有啥好看的！"姓包的不耐烦地说，"给小孩吃的。"

崔玉翠赶紧走上前来，笑容可掬地对马笑中说："老马，那袋子里是给孩子们吃的，一把年纪了咱总不能吃儿童餐吧……老包，这位民警同志跟你开玩笑呢，你快点儿把饭给孩子们送去！"

姓包的一听是民警，神色顿时慌乱起来，拔步就往楼道里走。

马笑中端着冒菜，两步就截到他面前，笑呵呵道："你这人忒不痛快，让你打开你就打开，老马这辈子还没见过儿童餐啥样呢，让咱开开眼嘛！"

姓包的看着崔玉翠，崔玉翠又要插到他俩中间打圆场，站在一旁的丰奇斜里跨出一步，拦住了她。

姓包的没办法，把塑料袋放在地上，蹲下，慢慢解开塑料袋的扣，拿出一个餐盒，好半天才抠开盖子。

呈现在马笑中面前的是满满一盒很难说是饭菜的糊状物，要仔细看才能分辨出，大约就是把客人吃剩下的各种菜倒在一盆同样是吃剩下的疙瘩汤里，跟泔水没有任何区别，表面上竟还清晰可见地浮着半截烟头……

丰奇浑身的血一下子涌到头顶。

正当他用手指甲狠狠抠着掌心暗暗告诫自己"作为一名警察

绝不能滥用暴力"的时候,旁边的马笑中吼了一声,将手里那盆冒菜"呼"地拍到姓包的脸上,滚烫的红汤顿时在他脸上燎起无数个水泡,疼得他"嗷嗷"惨叫着弯下腰,双手还没捂到脸上,马笑中腾地抬起膝盖,狠狠撞在他的鼻梁正中间,可以清晰地听到鼻梁骨"咔嚓嚓"粉碎性骨折的声音!姓包的顿时倒在地上昏死过去,满脸红的紫的不知是血是汤,已经完全分不出五官,竟跟他给孩子们吃的那一盒盒泔水差不多的模样!

护育院那个二十多岁的愣头青司机刚喊了一声"警察怎么打人啊?"就被马笑中一脚踹倒在地上,劈头盖脸地扇了几巴掌,像受到攻击的狈狉一样缩成一团不敢再言语,其他的员工见这个原本和蔼可亲的矮胖子突然面目狰狞、狂性大发,一个个都吓傻了。到底是崔玉翠见过世面,拿出手机就要拍照,被丰奇一把夺了过去。她本就是一个泼妇,这会儿扑上来就跟丰奇撕扯,马笑中一句"丰奇你腰里那手铐子是过家家用的啊",一下子提醒了他,他抻出手铐,将崔玉翠的胳膊反拧过来铐上,掐着脖子摁在地上,崔玉翠蹬着腿儿尖叫了一会儿,见啥用没有,才不挣扎了,嘴里兀自用脏话骂个不休。

"你们!"马笑中对那些发了瘟的鸡一样瑟瑟发抖的护育院员工说,"面朝墙都给老子蹲下,不许说话!"

听到外面地动山摇的,原本在办公室里翻检材料、在教室里看护孩子们的警察都纷纷走了出来,见是马所长大发淫威,赶紧装成没看见,各忙各的去了,丰奇叫了两个人,把姓包的送到附近医院去,然后愁眉苦脸地过来跟马笑中说:"所长,这回您娄子可捅大了……"

马笑中一边揉搓着打人打疼了的指骨,一边说:"你去给专案组打个电话,把这事儿原原本本、一五一十地汇报一下。"

"您还嫌事儿不够大?"丰奇瞪圆了眼睛,看了看面朝墙蹲成一排的护育院员工,把马笑中拉到远处低声说,"这要让上面知道,非把您给撤职查办不可,现在咱们得想怎么大事化小,小事化了……"

马笑中龇牙一乐:"听我的,打电话给专案组,只许添油加醋,不许往小了说。"

丰奇跟着他在派出所工作了好几年,深知这位所长大人放个屁都不带逆风的,论及奸诈狡猾、诡计多端,普天之下几乎没人能比,眼下虽然搞不清他葫芦里卖的什么药,但按照他说的办准没错儿,于是打电话给专案组汇报完了情况,一抬头,突然不见了他的踪影。

这人去哪儿了?

丰奇四下里寻找,才发现马笑中不知什么时候来到了一间屋子的门口,正隔着门缝往里面看。

丰奇走到他的身边,顺着他的视线看去,见一个女警察正在微笑着给孩子们念一本名叫《来信了》的绘本,那些肢体或智力存在疾病的孩子们围坐在她的身边,看看她的脸,又看看她手中的绘本,听得非常专心,他们的目光既有些兴奋,又有些好奇,有个脑袋很大、脖子软软的小女孩依偎在女警察的怀里,紧紧抓着她的衣角,怕她离开似的,黄昏的天光透过窗户照在他们的身上,让人感到迷离而辛酸。

"所长,"丰奇轻声说,"刘思缈处长接的电话,让您马上停职,等待上级的调查和处理,会派红山路派出所的所长孙康来接替您的工作。"

"糠大萝卜?"马笑中一听点了点头,"自家兄弟。等他来了,你记得跟他说:那个院长邢启圣,不仅仅是受害者。"

丰奇有点儿没听明白："不是说他就是扫鼠岭上的四个死者之一么？"

"崔玉翠说邢启圣'就喜欢个嫩的'时，没有看池凤丽，而池凤丽也神色平静，并没有心虚或生气，说明崔玉翠说的'嫩'不是指她。"

"嗨，我还当您那会儿看池凤丽是为了——"丰奇突然明白了马笑中话里的意思，脸色顿时变得惨白，看了看教室里面的孩子们，"您是说——"

马笑中从兜里掏出一把钞票塞在他手里："出门往北第二个红绿灯，有家西贝莜面村，你去买十二份儿童餐，顺便再买些铁板粉丝包菜、小锅牛肉、胡麻油炒鸡蛋什么适合孩子吃的，不要放辣椒……也问问这里值班的同事们想吃什么，一起买了带回来。"

丰奇十分吃惊，他知道马笑中一向粗中有细，却没想到他细到这个地步，在来的路上就考虑到了孩子们的晚饭。

他拿着钱往外走，走到楼道口，回过头，见马笑中还站在原地，神色阴郁，望向教室的目光十分凝重，完全不像那个一向玩世不恭的他……

丰奇提着一大兜子饭菜回到童佑护育院的时候，马笑中已经走了，代替他的是红山路派出所所长孙康，一个眉眼粗犷、大手大脚的家伙，他跟丰奇一起来到孩子们所在的那间屋子里，女警察讲故事已经讲得口干舌燥，见他俩来了，像见了救星一样，对孩子们说："小朋友们，现在咱们先去洗手，然后吃饭好不好？"

孩子们望着摊开在桌子上的一盒盒香喷喷的饭菜，都露出喜出望外的神色，只是没有一个人上前，也没有一个人去洗手。

女警察明白了，平时孩子们就算吃泔水，也会遭到那几个保育员的打骂责罚,而且,根本没有人照顾他们养成饭前洗手的习惯,于是自己到洗手间打了盆水,用肥皂挨个儿给他们把小手洗干净,然后让他们去拿餐具。

孩子们涌到暖气片旁边的一个布满裂纹的包柜前,打开柜门,拿出了他们的"餐具",大孩子一个个地拆开,分给小孩子。

女警察只看了一眼,就呆住了。

那根本不是什么"餐具",只是一个个用过的方便面盒和面叉子,也许是每次吃完饭只简单用水冲了一下而没有洗的缘故,每个饭盒的底部都肮脏不堪,不是结了嘎巴,就是一圈绿毛——只有一个不锈钢饭盆例外,稍许干净些。

孙康拿起一个方便面盒看了看,气得狠狠骂了一句脏话,看孩子们有些害怕,又赶紧蹲下来跟他们解释:"叔叔是骂坏人,不是说你们。"女警察对他说:"我到旁边找个超市或便利店什么的,买些餐具来,好一点儿的,不容易打坏的,木头的或搪瓷的。"

女警察刚往门口走了两步,那个脑袋很大、脖子软软的小女孩一下子就哭了,扑过来揪着她的衣角不让她走,接着几乎所有的孩子们都哭了,屋子里一片哭声。

女警察蹲下身,抱着那个小女孩温柔地哄着,渐渐地,她自己的眼圈也红了。

孙康把丰奇拽到屋子外面:"这什么情况?!"

丰奇把马笑中打人的前后经过给他讲了一遍,然后说:"马所长让我告诉您:那个名叫邢启圣的护育院院长,不仅仅是受害者。"

孙康先是一怔,继而明白了什么,脸色铁青地点了点头,把自己带来的一个下属叫来说:"你让所里派辆车来,把蹲在门厅里的那帮傻……那帮人渣全都给我拘到所里去!多分几间屋子,派专人盯着,整夜盯,不许他们串供,这草台班子上星光大道,不定后面憋着什么大戏呢!"

女警察忽然从屋子里探出头来:"孙所长,您进来一下。"

孙康走了进去,孩子们情绪已经稳定下来了,正在安安静静地等着吃饭。

"啥事儿?"孙康问。

女警察指了指桌子上一排已经摊开的"餐盒"。

孙康没懂,皱着眉头说:"赶紧扔了吧,看着就恶心,孩子们要是没事儿,你就去买餐具,这儿我盯着——"

"不是,孙所长。"女警察说,"我数了一下,这里一共有十二个孩子,但餐盒却有十五个。"

"那又怎么了?"孙康只嘟囔了一句,就猛地瞪圆了眼睛!

他突然明白了多出的那三个餐盒是谁的。

第三章

1

"丁零零",清脆的一声响,咖啡店的玻璃门被推开了,走进来的是一个里面穿着白衬衫和牛仔裤,外套粉色长款针织衫的漂亮女孩,她留着一头披肩卷发,半掩着雪白而圆润的面庞,也许是没有睡好觉的缘故,一双漂亮的大眼睛在眼窝里陷得有点儿深,虽然嘴角总是可爱地微微上翘着,但眉宇间不经意的轻蹙,却让这笑容显得有些忧伤。

上午十点的咖啡店空空荡荡,她在咖啡店里扫视了一番,很快就发现了那个斜靠在椅子上看书的人,走过去,在其对面坐下。

看书的人才发现自己等的人到了,放下书:"小郭,很久不见!"

"好久不见,思缈。"郭小芬笑着说,"怎么样,最近还好吗?"

"这个问题,好像应该是我问你才对。"刘思缈说。

她们两个是一对奇怪的朋友,一个是年轻有为的刑事鉴识专家,一个是蜚声业界的媒体记者,在过去的时光里,她们在工作上是某种对立的关系,就像所有都市报的采访者与公立单位的被采访对象一样,一个要想方设法刺探到独家新闻,一个要严防死守避免走漏消息。她俩因为工作没少吵架,彼此到对方单位的领导那里投诉也是家常便饭，但随着时间流逝与年龄增长，她们终于发现，就本质而言，她们都是渴望治疗这个社会种种疾病的医生，只是内外分科不同罢了，于是渐渐忽略掉那些纯属性格和生活习惯造成的分歧，彼此理解和合作……她们依然是船上和岸上两种不同的人，但朝着同一个方向前进，搁浅时又不妨拉对方一程。

"我挺好的啊。"郭小芬摸了摸自己的脸蛋，"辞职就像失恋，最初总是轻松的，每天沙发薯片刷网剧，感觉像泡在水里的豆子一样在发胖……思缈，你可是又瘦了不少，是不是因为扫鼠岭那桩案子？我听说你在破案之后就离开专案组了啊。"

"所以说你人在家中坐，消息天上来。"刘思缈笑着说，然后冲着柜台扬了一下手，一个侍应生走了过来，问她们喝点什么。刘思缈给自己点了一杯椪柑雪梨茶，郭小芬要了一杯拿铁。付完账后，侍应生将一只小驯鹿玩偶放在了她俩的桌子上，当成点单待上的凭证，郭小芬一把抓了过来，使劲胡撸了几下，看似不经意地说了一句："因为香茗？"

刘思缈一愣，目光停留在木头桌面一条不知是刀割还是自然裂开的裂隙上，久久没有移动。

咖啡店里正袅袅地回荡着一首不知名称的韩语歌曲，柜台那边响起一阵叮叮当当的杯子碰撞声，咖啡豆磨粉的嗡嗡声，打奶泡器搅动牛奶的哗哗声，一切都轻切悦耳，似有若无，仿佛是在回味着某个永远不能忘怀的旧梦。

郭小芬知道自己说对了。扫鼠岭案件发生后的第一时间她就得知了消息，很快又从微博上看到市局发布的通告，重大犯罪嫌疑人周立平已经被捕。作为长期跑法制新闻的记者，她对十年前发生的"西郊连环凶杀案"有比较深入的了解，当时心里产生的第一个念头就是"坏了，恐怕要连累到思缈"。一来，从媒体和公众的角度讲，对一个曾经的连环杀人凶手的二次犯案，肯定要追究他当初为什么被轻易放过，那么就一定会挖出林香茗当初的纵敌；二来，全市公安系统都知道刘思缈对林香茗怀有什么样的感情，这种情况下，无论从哪个角度考虑，肯定要让她回避此案。

沉默了好久，刘思缈才慢慢地说："上级领导有更加周全的考虑。十年前的'西郊连环凶杀案'，我也参与了一些侦破工作，香茗认为周立平确实杀死了房志峰，但是和另外三位女性的死没有关系，这个结论我也是认同的，至少迄今为止，还没有发现能推翻这一结论的新的证据。"

"但是公众不会这么考虑。"郭小芬说，"在公众的眼中，一个刑满释放犯的再次作案，只会更加坐实他之前的罪行。"

"刑侦工作具有一定的特殊性，不可以感情用事，不可以用揣测代替真相。所有的结论必须建立在科学的证据和严密的逻辑之上。"刘思缈说，"公众可以质疑，但无权干预。"

"但是，你自己现在就有质疑——我说得对吗？"郭小芬突然说。

这是斜刺里的一剑！稳准狠，且来势极快！

换成其他人，当时就被豁开心扉了，可刘思缈却只一笑就闪过了："说说你自己，为什么辞职？那天在扫鼠岭见到张伟，他说你被连续毙稿……你可是跑口的老记者，怎么会出现这种事？"

也许是一剑刺空了的失落感吧，郭小芬有些惆怅，就在这时，侍应生把椪柑雪梨茶和拿铁都端上来了，各自散发着香气。刘思缈端起茶杯，轻轻地吹了吹，嘴唇沿着杯沿儿啜了两口。郭小芬用小勺慢慢地搅动着咖啡，看着本是心形的拉花变成了一团乱糟糟的奶泡，突然说："也许是因为我只喜欢喝调制咖啡吧……"

刘思缈没有听懂她的意思。

"所有的事情，归根结底都可以分成两类：制式的和非制式的，从服装到职业到教育到餐饮……媒体工作也一样，制式的叫新闻稿，非制式的才叫新闻。新闻稿就像速溶咖啡，水、咖啡粉和伴侣都是调配好的，你照着喝就行了，也许牌子不一样，也许口感不一样，但说到底都是被动的接受；真正的新闻应该是调制咖啡，由新闻记者根据采访到的素材，辨析、整理、加工、撰写，从不同角度还原出事件的部分真相，这才是有价值、有意义的。"郭小芬说，"但现在，我们报社的总编只许卖速溶咖啡，我认为这是对真正的咖啡调制师的一种侮辱——当然，大部分顾客是无所谓的。"

"可能是你们总编担心人工调制的咖啡存在卫生问题吧。"刘思缈说。

"事实证明，大规模的公共卫生事件永远只出现在制式咖啡里，尤其是咖啡遭到企业垄断并配方保密的时候。"郭小芬说。

"看来我没有找错人。"刘思缈又啜了一口椪柑雪梨茶，"你告别了新闻行业，但没有告别新闻理想，而我想要做的事情，恰恰就需要一个就算辞职了也依然保有新闻理想的记者来完成。"

千里来龙，至此结穴。郭小芬瞪圆了眼睛："终于说到正题了，你今天约我来到底想要我做什么？"

刘思缈望着郭小芬说："我想让你协助调查扫鼠岭案件。"

2

扫鼠岭案件从发生到现在，已经过去两天了，在这两天的时间里，假如用一个词来概括警方在逮捕周立平之后的状态，大概没有比"蒙圈"两个字更合适的了。

当然,一开始不是这样的,真的,所有人都以为既然抓住了周立平,接下来整个案件将像庖丁解牛一样容易。所以专案组士气高涨,为了将这个案子办成铁板一块,采取"先外围后攻心"的策略,督促各个相关部门加班加点,把所有与案情相关的证据都搞到手、弄扎实,然后再集中精力审讯周立平。

先来看物证。

首先是法医中心传来消息:通过在邢启圣住处提取到的头发,与扫鼠岭隧道风亭里发现的编号C尸体进行DNA比对,确认编号C尸体确系童佑护育院院长邢启圣本人。

通过在童佑护育院住宿室提取到的头发、医院进行先心病治疗中采用自体血回输技术留存的血样,与编号A、B、D三具尸体分别进行DNA比对,也已确认他们都是护育院的孩子。

其中,编号B的女尸名叫董心兰,今年九岁,生前患有轻度脑瘫,父母双亡,有一个姐姐早已不知去向;

编号A的男尸名叫赵武,十二岁,也是个孤儿,患有严重的先心病;

编号D的那个被压在最下面的小女孩名叫李颖,五岁,生前患有唐氏综合征,智力存在障碍,被父母遗弃。

对童佑护育院工作人员的审讯证明,这群孩子是一个月前从A省来到本市的,为的是参加本市一家民营医院"爱心医院"的福利治疗和体检活动。"爱心医院"亦属"爱心慈善基金会"出资承办的综合性民营医院,以收治儿童疑难病症患者为主,在治疗儿童先心病、脑瘫、重症肌无力等领域都颇有口碑,每年的秋天和冬天,医院都会从A省的福利院接过一批孩子来,给他们做全免费的治疗和体检,根据媒体报道,这一善举已经持续几年了。当然，由于医院的条件有限，不可能让孩子们住进医院，就在医院附近租了座小楼，让孩子们临时居住，这就是童佑护育院的由来。

紧接着，刑事技术处对唐小糖从隧道风亭下面找到的那块江诗丹顿手表和黑色Zippo防风打火机进行了检验，根据池凤丽、崔玉翠等人的辨识，以及对邢启圣昔日照片的比对，可以确认这两样东西都是邢启圣随身携带的物品。不过除此之外，在犯罪现场的反复多次勘查，并没有发现任何新的有价值物证——别说这些了，楚天瑛带着几个刑警撅着屁股在苗圃忙活了两天两夜，连蚂蚁洞有几个都能数得一清二楚了，却没有发现半个可以做同一认定的指纹或足迹。

也许米其林3ST浩悦轮胎留下的车辙是个例外。专案组对名怡公关公司的车辆情况进行了调查，通过购车单的记录和斯派4S专卖店提供的资料，认定苗圃里的车辙，正是案发当晚周立平开过青石口东里红绿灯的那辆黑色斯派留下的，这是案发以来最有价值的同一认定！一般来说，单凭这一证据足以让犯罪嫌疑人无可抵赖，低头伏法，但面对的是周立平这样一个对手，专案组不敢掉以轻心。按照他们的设想，那辆车里一定藏有可以指证周立平的物证，不妨多获取一些"弹药"再进行审讯，以便在周立平百般抵赖时将其一举击溃。所以警方花了很大力气，在周立平的居住地、童佑护育院、名怡公司所在的润唐高科技孵化园区等一切能想到的停车地点展开了搜索，天眼系统把从案发到周立平被捕这段时间的本市所有交通监控系统拍摄到的图像进行了大筛查，但好几天过去了，就是找不到那辆车。专案组转变思路，从"弃车"的方向考虑，联合交警大队、消防大队以及西郊治安保卫大队，把扫鼠岭里里外外搜了个底儿掉，甚至还组织了六个搜山小队沿扫鼠岭往西山方向的公路搜索，都快搜到邻省了，依然一无所获。考虑到周立平在案发第二天是正常上班的，他无论把车开出多远，扔到什么荒郊野外，都存在着一个要"回来"的问题，所以不可能跑出太远，因此那辆黑色斯派轿车的不翼而飞，更是让所有人困惑不已……

物证的搜索到此就算彻底梗阻了，虽然一把大火造成的毁灭性后果早在专案组预料之内，但有价值的物证这么少，还是令不少警员气沮不已。

再来看人证，包括对受害者的个人情况的调查，以及案件关系人的证言。

首先是邢启圣的个人情况，他今年五十五岁，年轻时曾经是A省省会医院的医生，结过一次婚，老婆跟他离婚后出国了。他有一个弟弟名叫邢启贤，任"爱心慈善基金会"的副会长，也许正是通过这层关系，邢启圣后来离开了省会医院，来到本市，在"爱心医院"任职皮肤科主任医师，做了一段时间之后，不知为什么又从医院离开，做了童佑护育院的院长。虽然"爱心医院"只是家民营医院，但规模不算小，从重点科室的主任医师改去当一个实质上不过是"黑民宿"的主管，这比坐过山车的下坡出溜得还快，究竟是什么原因，还有待调查。

邢启圣的前妻给他生了一个儿子，名叫邢运达，二十八岁，目前任名怡公关公司的副总。周立平被捕的当天，警方对名怡公司展开了初步的调查，发现邢运达没有上班，费了好大劲，才在他的同居女友家里找到了他，在把其父丧命扫鼠岭的消息告诉他之后，他的表现很是奇怪，苍白的瘦脸上一开始非常麻木，后来突然嘴角抽搐起来，不停地问是谁杀了他爸，恶狠狠地说要亲手宰了凶手给他爸报仇，说着竟从腰间拔出一把开了刃的关兼常①。警方对此毫无准备,好几个人一拥而上才把他摁住,将刀夺了下来……他的麻木和狂躁都不像是装的,但一个年近三十的大小伙子,又是公关公司的副总,表现出了这么不成熟的心智,还是让警方困惑不已。林凤冲甚至悄悄派人调查他在扫鼠岭案件发生时有无不在场证明,后来发现当晚这小子正在和几个朋友玩儿绝地求生,刷了整整一夜,而且开了虎牙直播,一切都有视频记录,在网络游戏里杀人过瘾的他,绝无去扫鼠岭上一逞凶威的可能。

得到邢启圣的死讯后,邢启圣的弟弟邢启贤和A省福利院院长崔文涛立刻坐高铁来到本市,他们表示一定积极配合警方的调查。邢启贤今年四十八岁,一个文质彬彬的中年男子,衣着整洁,谈吐文雅,只是说话声音压得很低,不竖起耳朵根本听不见。谈起哥哥的死他忍不住流了泪,但泪流得很有节制,恰在干纸巾一擦即湿和湿纸巾一擦即干之间。对于刚刚发生的案件,他提供不了太多的信息,只是不停地强调两件事:第一是哥哥长年在外地居住,自己和他联系甚少,偶尔有联系也纯粹是工作性质的;第二是哥哥是个好人,从来就没听说过他有什么仇家。

相比之下,A省福利院院长崔文涛跟邢启贤完全是两种风格。依林凤冲的想象,在福利院任院长的应该是慈眉善目的老爷爷或老奶奶,所以初见崔文涛时,他比见到卸妆后的网红还要震惊:此人不仅个子矮小,而且长得獐头鼠目,活像一只饿了一冬天的黄鼠狼,由于龅牙的缘故,两片薄薄的嘴唇总合不上似的,这张合不上的嘴里话特别的多,见到警方后就不停地点头哈腰,"是是是,好好好,一定一定一定,没问题没问题没问题",要不拦

---

①日本名刀。

着能说满"中国有嘻哈"整个赛季，但仔细一听全都是废话。

崔文涛对邢启贤毕恭毕敬，这让林凤冲感到有些奇怪，因为从组织架构上来说，省福利院院长是公家人，而"爱心慈善基金会"说到底不过是个民营的慈善机构……直到柴永进悄悄提醒他"你忘了，杜老板的女儿就是被这个基金会下属的校园贷公司逼死的"，他才恍然大悟。

值得一提的是，接待邢启贤和崔文涛的全程，杜建平都没有出面，一直让林凤冲代理。

林凤冲有心给杜建平出口恶气，所以对邢启贤和崔文涛一点儿没客气，所有的话都是横着出来的，但这俩人一个神情冷漠寡言少语，一个啰里啰唆却答非所问，时间一长搞得林凤冲也觉得不是办法，只好换了副不那么敌对的口吻，这才摸出了一些情况：A省属于经济不发达的贫困省份，直到改革开放前都存在着诸如近亲结婚、儿童免疫工作下县不下乡等问题，残障儿童特别多。之后靠着采矿业和印刷业的发展，经济上有所好转，但这两个工业都属于污染大户，所以又导致畸形儿的出生率不断增加。这些孩子被大量遗弃，当然还有不少是父母双亡，或者父母外出打工留给老人照顾，而老人去世后又联系不上其父母……省内现有的福利院再增加十倍都不够，民政部门只能号召各县、乡、镇"自行解决"，其主要办法就是民间募捐，再用善款支持福利院的各项开销，爱心慈善基金会就是这时成立的。总会设在省会，每个县都有分会，通过慈善募捐等方式获取了大量资金，实际上成为A省福利院及其设立在各县、乡、镇分院的金主，并逐渐掌握了各个分院建设和管理的控制权，而A省福利院总院也越来越成为一个纯粹的办公机构。说到这一点，崔文涛打了个比方："我们总院就像是网上商城，没有自营平台，打开网购页面全都是加盟分店，只不过监管和物流归我们负责。"——像遇害的董心兰、赵武和李颖，都是从分院挑出来的患儿，集中到总院，再送到本市的。

物流看来确实是省福利院负责的，但监管就不一定了。当林凤冲问起"把这些孩子从省里送到本市的人是谁"时，崔文涛说了个名字。林凤冲又问："这个人为什么没有留在本市，对孩子们的安全进行监护？"崔文涛说有童佑护育院就不需要再留人了，一切由童佑护育院负责，等孩子们体检和治疗完毕，护育院会通知省福利院派人把孩子接回去。林凤冲的口吻立刻严厉起来："童佑护育院负责？它负得起责吗？那么现在出了这么大的事，应该由谁来负责？"崔文涛眨着眼睛不说话，余光瞄着邢启贤，却又不敢多瞄。邢启贤沉默了很久才说："必须承认，确实存在监管上的漏洞，所幸亡羊补牢，犹未晚也，应该如何查漏补缺，改进工作，杜绝此类事件再一次发生，将是我们爱心慈善基金会下一步工作的重点。"

林凤冲听完这番话，不禁目瞪口呆。

这两人从市局离开时，林凤冲明确告知他们：在案件没有全部查清之前，请不要离开本市，以备警方随时征询。

邢启贤没有说话，崔文涛则忙不迭地说："是是是，好好好，我们还要等陶会长回来，向她汇报工作。"

崔文涛口中的"陶会长"，是指爱心慈善基金会会长陶灼夭，今年三十八岁，单身，其父陶秉曾经担任 A 省民政厅社会福利和慈善事业促进处处长，虽然退休多年，但在地方上依然是可以呼风唤雨的人物，并且还挂着基金会名誉会长一职。陶灼夭每年会有相当长的一段时间在本市居住——陶家在本市原来有三套住宅，反腐风暴开始之前，不知得了什么消息，把房子的产权都转移或清退了，致使纪委在调查中扑了个空——她现在居住的地点在五星级的荷风大酒店E座四层的一个套间里。需要说明的是，"爱心慈善基金会"把整个E座都租了下来，作为驻本市的办事处，有二十多名工作人员在此工作。另外，荷风大酒店距离童佑护育院和爱心医院都不算太远，三者虽然在地图上不属于同一个街区，但是彼此之间步行距离都不超过十五分钟，这一点随着时间推移，在案件侦破中将凸显出越来越重要的意义。

陶灼夭在扫鼠岭案件发生的第二天凌晨一点，乘坐法国航空公司的航班前往巴黎了，她走得非常突然，实在不明白她何以要乘坐这一班红眼航班匆匆出国，对此，就连身为副会长的邢启贤也一脸茫然。面对林凤冲提问的"陶灼夭急着出国到底有什么事"，他支支吾吾，顾左右而言他，这让林凤冲明白了：陶灼夭出国没有跟他以及爱心慈善基金会的任何领导打招呼。但订票系统显示她是在前一天晚上九点半订的机票，尸检结果证明，那时邢启圣还活着，所以警方也就没有将她的出走与扫鼠岭案件联系起来。当林凤冲打通她的手机时，她已在巴黎，在电话里她的声音疲惫，有一丝不易察觉的惊惶，得知扫鼠岭案件之后，手机里一片死寂，很久很久，在电话里她突然大声抽泣起来，不停地说："我不知道，我真的什么都不知道……"老刑警林凤冲凭着直觉做出了两个判断：第一，陶灼夭可能真的不知道扫鼠岭案件；第二，她一定知道一些跟扫鼠岭案件相关的东西。

当林凤冲要进一步追问时，陶灼夭做出了一件令他啼笑皆非的事情：她居然把手机挂断了！再打过去，已经关机！

这让林凤冲想起了小时候跟同学下棋，经常发生下不过了就掀棋盘的事儿，但眼下四条人命陈尸扫鼠岭，岂能棋盘一掀就当什么事儿都没发生过？他连续拨打陶灼夭的手机多次显示关机之后，又向邢启贤要来她的微信，加对方好友不予通过，只好写了一条短信发过去，不外乎希望你早日回国配合警方调查，不要隐瞒案情，否则将承担法律责任云云，不过陶灼夭始终没有回复。

林凤冲联系巴黎警方，对陶灼夭的行动有所监控，但这条线就此暂时中断了。

3

负责审讯童佑护育院工作人员的孙康那边，也是一个头两个大。

尽管被护育院垃圾一样的饮食和餐具气得血管突突直跳，但是单凭这些，连《刑法》第二百六十条之一的"虐待被监护、看护人罪"都构不成，对此孙康十分清楚，糟糕的是副院长崔玉翠也很清楚，所以任凭孙康怎么拍桌子瞪眼睛，她就是抱着胳膊跷着腿，一问三不知，有些问题实在绕不开就敷衍几句，敷衍时也是夹枪带棒的："我从来不过问同事下班后的私生活！""我一个副院长怎么可能管正院长的事？""孩子的登记注册由办公室王菁管，起居饮食归护育员管，体检治疗归邢院长管，你问的这些超出我的责任范围了！""你问我负责什么？我主外不主内，这护育院的房租、水电、一日三餐不花钱啊？钱从哪儿来？天上掉不下来，土里种不出来，得我一个子儿一个子儿厚着老脸从外面讨回来（说到这儿她用右手手背啪啪啪地拍左手手心）！""看孩子是个体力活儿，何况这些孩子还都有病，不让我的员工吃好点儿，哪儿有精神头看孩子？""您甭吓唬我，我懂法！老天爷打雷，劈的都是该死的，劈不到我头上！"

孙康问不了几句就得冲出审讯室，在楼道里深呼吸几口再进去,"不然我非揍她个老泼妇不可"!

崔玉翠所提到的王菁,就是那个坐在办公室打王者荣耀的财务兼HR。这个女人长着一张马脸,脸上的肉像死了一样,没有任何表情,只有嘴角总挂着一丝嘲讽,问她任何问题,她的回答都绝不超过三个字:"不知道""不清楚""没看见""没保存"……就算孙康发了脾气,瞪起眼睛山吼:"突然少了三个孩子,晚上没有回护育院,难道你不管吗?!"她也照样是一副参透了生死的模样,唯一不同的是回答多了两个字:"这归院长管。"

那三个满脸横肉的保育员,更是久经沙场的老妈子,比电视剧里走出来的还能演戏。跟她们好好讲话,她们就一口一口"咋儿":"我咋儿能知道呢?""我咋儿能管这个事儿呢?"板起脸来教训两句,她们就撒泼打滚,真敢坐在地上拍着大腿哭,干号没眼泪。但她们别有一项本领,就是能准确地把握住警察即将发火的"临界点",恰在那个点上突然收声,把脸一抹,像什么事儿都没发生过一样。如果警察再问,就把从"咋儿"到干号的大戏从头重演一遍,搞得孙康哭笑不得。

至于那个愣头青司机,挨了马笑中一顿臭揍之后,老实了不少,但面对警察的审讯依然有明显的抵触情绪,硬顶不敢就装怂,耷拉眼皮,无精打采,有问必答,答非所问,只对一件事情特别关心:"我被你们打了,打得还挺重,这医药费该谁出?"

他们没有一个人关心那三个失踪孩子的去向(警方对媒体发布的扫鼠岭案情,并未提及童佑护育院,出于审讯策略,警方也没有向护育院员工透露扫鼠岭上的死者身份),甚至在辨识了那块江诗丹顿手表和黑色Zippo防风打火机之后,他们对院长邢启圣到底出了什么事也漠不关心……审问这帮人的过程,让孙康感到绝望。他是个老民警,贼偷流氓泼皮无赖什么人都见过,但是眼前这群人仿佛一堆没有任何感情的石头,冷漠无情,麻木不仁,针插不进,水泼不湿。搁在从前,至少对那个愣头青司机,他肯定敢上去扇两巴掌,但现在不行,不要说刑讯逼供了,稍有暴力嫌疑,都会引起上级司法部门的调查。像马笑中干的那种事儿,也只有马笑中那等人才干得出来,孙康可不敢,孩子上补习班的学费、老妈的血糖试纸,还有患淋巴瘤的老婆每个月要吃的美罗华,件件都指着他那点儿工资和警衔津贴呢。

不过,磨破了嘴皮子也并非完全没有收获。

至少在门卫老徐头、保洁张阿姨和院长秘书池凤丽那里,孙康还是挖出了一些有价值的信息。

门卫老徐头的牙几乎掉光了,说话漏风得厉害。对警方的问题,他的回答尚算积极,就是每句话都要说上个三四遍才能听清。他说昨天院长是下午两点多开着一辆黑色斯派轿车离开的——那辆车属于名怡公关公司所有,名怡公关公司除了承担爱心慈善基金会的公关工作之外,跟爱心医院和童佑护育院也有很密切的合作往来,所以有时就把车借给他们使用,当然,名怡公司需要的时候,也会派周立平过来把车开走——院长开车回来的时间是晚上九点左右,车就停在院子里。后来自己闹肚子上了趟茅房,蹲坑时间有点儿长,所以车什么时候开走的他就不知道了……不过他说了一句令警方十分震惊的话,"院长离开医院吗?十点半的样子吧"——考虑到邢启圣在相差不过三分钟的时间里就尸横扫鼠岭,这一证言不禁令人毛骨悚然。孙康反复问老徐头能否确认十点半离开医院的就是邢启圣本人,老徐头支棱着脖子说:"那还能有假,院长就从传达室门口过去的,他那身衣服我还能不认得?!"

孙康发现他说话时总喜欢眯着眼，怀疑他老花眼，仔细一问，果然如此，所以他言之凿凿的"院长本人"就要大打折扣，毕竟经传达室走出大门只是一闪而过的事情。

但是，保洁张阿姨的证词则从侧面证实了老徐头一番话的可信度。张阿姨是个面容敦厚的胖女人，跟那三个保育员相比要质朴和善良得多，看上去五十多岁了，其实才三十出头。她说昨晚十点多自己从宿舍起身上厕所的时候，看见位于同一楼层的院长办公室的门里面亮着灯，屋里有走动的声音。

"你没进去看看是谁？"孙康问。

"大半夜的又没什么事，我怎么可能闯院长的门啊！"张阿姨皱着眉头说，"院长经常在办公室待到很晚，有时候就住在里面了。"

"他的办公室平时锁门吗？"孙康又问。

"有时锁，有时不锁……"张阿姨说，"但除了早晨八点、中午十二点和晚上六点要打扫一下之外，也没什么人敢随便进去。"

一个"敢"字，含义隽永。坐在张阿姨对面的孙康，轻轻地把身子往前探了探问："你们很怕院长吗？他是一个什么样的人？"

张阿姨似乎觉察到自己说了什么不该说的话，脸涨得通红，憋了很久才说："他是领导嘛，领导就是要凶一点儿，别的就没什么了……挺好的。"

孙康知道张阿姨肚子里一定是有货的，但不可逼之太急，审讯的技巧之一是：如果放弃追问一个让对方高度紧张的问题，一定要抛出一个让对方感到松懈从而愿意回答的问题，所以他问："张阿姨，邢院长的事儿咱们回头再说，但我就不懂了，你们护育院大晚上的仨孩子不回来，保育员都不带着急的，这像话吗？"

张阿姨眨巴了几下眼睛说："那个小武老是挑头儿跑，我们都习惯了。"

"挑头儿跑？"孙康一愣，"什么意思？"

"就是赵武那小子，嫌护育院这儿不好那儿不好的，经常带着几个小朋友就溜出去了，几天就回来了，年年都这样。"

"年年？"孙康问，"赵武每年都来本市体检和治疗吗？我怎么听说省福利院每年都要换一批新的孩子送过来啊？"

"这我就不知道了，每年换一批孩子来是不假，但小武、董心兰、李颖他们几个，反正是每年都要来。"

"既然逃出去了，为什么还要回来呢？"

"都是生病的孩子，能跑多远啊，没有药吃，没有饭吃，反正末了不是自己回来了就是被人送回来了……"张阿姨说。

"回来会受责罚吗？"

"最初我记得他们确实挨过院长和保育员的打，尤其小武，带头那个，被打得很重，棍子打、皮带抽的，打完得在床上躺好几天才能动，后面几次逃跑，回来也不打了，只当他是出去玩儿了几天。小武那孩子后来也学皮了，一说要打他就脱了裤子把小鸡鸡亮出来，直挺挺的，挺大个孩子了，一点儿也不害臊……"张阿姨说到这里，脸上难得地浮现出一丝笑容，"警察同志，他是不是在外面犯了什么事儿了？那孩子可不是个坏孩子啊！你们多批评教育，可他毕竟身上带着病呢，别说孩子了，就是大人，一天到晚总带着个病，那人也好不了啊，您说对不对？"

孙康望着张阿姨，很久才轻轻地点了点头。

对于小武的看法，池凤丽和张阿姨迥然有别："那就是个坏坯子，坏透了！掀我的裙子，偷我的丝袜，用烟头在我的口罩上烫窟窿，总之就是个小色魔、小恶棍！"

说这话时，她杏眼圆睁，柳眉倒竖，一张本来俊俏的脸蛋拧巴得能做表情包。

"现在你不用再担心了。"孙康冷冷地说，"他已经死了。"

不对童佑护育院工作人员透露他们的被拘押与扫鼠岭案件有关，是专案组制定的审讯策略，唯一的例外是池凤丽，因为专案组通过外围调查和内部观察，一致认定池凤丽是这个护育院最薄弱的一环。她是那种典型的花瓶女孩，头脑简单、物质欲强，但又胆小怕事，心地不坏，所以适时抛出一个重磅炸弹，也许能在瞬间瓦解她的心理防线。

不出所料，听到赵武已死，池凤丽瞬间僵住了，张着嘴巴半天说不出话来。

"赵武死了，还有另外两个孩子，以及邢启圣。昨天晚上在扫鼠岭上发现了他们的尸体。"孙康的口吻更加严厉，却不再往下说，只观察池凤丽的反应。

池凤丽低下头，肩膀轻轻地颤抖起来，发出抽泣的声音，很久很久，才抬起头来，眼里闪烁着泪花，喃喃道："有一次我姨妈来了，肚子疼，口又渴，拿了瓶矿泉水要喝，小武见了一把夺过去，说女生来例假时不能喝凉水，然后去给我打了杯热水来，我问他怎么知道我来例假了，他说他什么都知道……那个小坏蛋……"

对于三个孩子的夜不归宿，她的回答与张阿姨相仿，也是因为此前发生过这样的事情，但最后出走的孩子们总是能自己回来。出事那天晚上，她一直在本市的天堂夜总会跳舞，对邢启圣的动向完全不知情。

"我问得直接一点儿。"孙康顿了一顿说，"你和邢启圣是单纯的工作关系吗？"

池凤丽掏出纸巾擤了擤鼻涕:"有过几次……但他有些障碍,每次都很快就结束了,没什么意思,他好像对我兴趣不大。"

"邢启圣是个什么样的人?"孙康问,"让你随便说三个词形容他,你会选哪些词?"

池凤丽想了想说:"猥琐、贪婪、好色。"

"好色?"孙康望着她说,"可是你说他对你没兴趣……说句可能不大尊敬的话:我觉得你不是一个让男人没兴趣的女人。"

池凤丽说:"这我就说不好了,虽然我是他的秘书,但也就是带出去应应场面,我从来没有走进他最私密的那个生活圈,这方面,你与其问我,还不如去问张春阳,他们俩只要在一起,满嘴都是腥臊恶臭。"

"张春阳是谁?"孙康第一次听到这个名字。

"爱心慈善基金会的普通员工。"池凤丽说。

孙康注意到,她把"普通"两个字说得很重,而且嘴角浮起一抹别有意味的冷笑。

看来这里面别有内情,但眼下不是追问的时候,因为有更加重要的事情需要核实,孙康拿出手机,点开"语音备忘录",一段音频在审讯室里回响起来,简简单单只有一句——

"扫鼠岭地铁着火了,你们快点派人来吧!"

连续放了三遍,孙康才问:"这个声音,你能听出是谁在说话吗?"

池凤丽点了点头:"这是邢启圣的声音。"

刑事技术处在对这段语音进行了分析处理之后,从背景音中提取到了一段咔嗒咔嗒的声音,经过现场比对,证明这声音来自苗圃内地铁C口附近的那棵槐树枝上缠着的破旧风车,这铁一样的证据,加上池凤丽的证词,足以证明当晚在扫鼠岭上给——

○打报警电话的，正是后来陈尸隧道风亭的邢启圣！

那么，那个穿着邢启圣的衣服，在他的办公室滞留到十点半才离开护育院的人又是谁？这是一个尚无答案的谜团，从院长办公室的抽屉没有被撬开、财物没有丢失来看，这个人肯定不是什么窃贼；另外，应该正是此人接通了邢启圣从扫鼠岭上打出的第二个电话。

就在孙康表示审讯暂时告一段落，池凤丽可以回家休息的时候，她站起身，走到门口，突然转过身来说："孙警官，我认为有个人十分可疑，很可能就是他杀害了老邢和那三个孩子。"

"谁？"

"名怡公关公司司机周立平。"

"你为什么怀疑他？"

"他以前就是个连环杀人犯，这一点不光名怡公司，连爱心慈善基金会和我们护育院都知道，大家平时都躲着他走，只有小孩子们不懂事，喜欢跟他一起玩儿。有几次我们护育院的人有事，没时间送孩子们去爱心医院，临时托他开车送一下，就这么的，护育院的孩子就跟他好上了，尤其是小武……"池凤丽说，"为此老邢曾经跟周立平吵过架，吵得很凶，我们都听见了，一开始周立平还凶巴巴的，后来老邢说他要再敢碰孩子就报警抓他，周立平才被吓跑了。老邢还提醒老徐头，让他把好门，不要放周立平再进来，禁止他跟孩子们接触。"

孙康点了点头："你提供的这个信息很有价值！"

当孙康把上述审讯的厚厚一摞笔录交到杜建平手里之后，杜建平仔仔细细看了一遍，然后把林凤冲叫来，神色凝重地说："跟周立平短兵相接的时候到了！"

4

所谓"短兵相接",就是对犯罪嫌疑人进行面对面的审讯。杜建平把从案发到现在自己所做的所有工作、证人的口供和搜集的证据反反复复想了好几遍,才发现什么都准备好了——除了他自己之外。

当了几十年的警察,破获的案件成百上千,但即将面对的对手,却是有史以来最让他感到棘手、头疼甚至——他永远不会在别人面前承认——紧张的一个。十年前他们曾经交过手,那时周立平还是个高中生,作为"西郊连环凶杀案"的重大犯罪嫌疑人,被捕后一言不发,形如僵尸,以为自己这样就能逃过法律的制裁,结果还真就被他逃过了,只判了有期徒刑十年!这是杜建平一辈子都感到遗憾的事情。每个罪犯都像一块肥皂,你如果一次抓不牢他,被他从手心里滑走了,他可能一下子就滚进某个阴沟或暗角,从此逍遥法外,以一个守法公民的形象出现在社会上,阳光下他的影子绝不比别人黑暗半分。所以能够再次擒获周立平,几乎是个奇迹,但这同时也意味着,杜建平将要面对的是一个无论在犯罪能力还是反侦查技巧上都有顶级经验的高手——要知道,当年周立平可是把警方的心理攻势、交叉讯问、生物钟干扰、测谎仪等审讯技巧领教了一溜够的——换言之,警方的一切他都熟悉,而他的一切,警方已经无比的陌生……

最能说明这一点的,莫过于对周立平住处的搜查结果,尽管林风冲带队,并调去了楚天瑛这样一位非常优秀的犯罪现场勘查专家做副手,但在周立平的屋子里还是一无所获。那是个破旧居民楼的顶层一居室,站在门口,整个房间一览无余:单人床、椅子、折叠桌、衣柜,都是老气横秋的木纹色,充满了出租房特有的气质，衣柜里除了几件衣服，还有雨伞、双肩包和做交通协管员时剩下的几面小旗，褥子下面压着两千多元现金和一张工商银行的储蓄卡，卡里面已经存了几万元。从床底下搜出了三双跑鞋和一套可拆卸电镀哑铃，邻居证实：周立平酷爱健身，每天早晚都要在小区里跑步，夏天的时候半开着门，看见过他光着膀子举哑铃，一身的腱子肉上汗津津的。

李志勇专门打电话给杜建平问："有没有找到那把手枪？"

杜建平的回答令他失望。

刑事技术处恨不得把整间屋子都打包带走，可是用显微镜把每根掉在地上的头发丝儿都查看过，却仍没有找到一星半点儿能跟扫鼠岭案件挂上钩的物证，而且几个负责现场还原的工作人员一致认定，从物品的摆放、垃圾的清理尤其是被褥的折叠情况来分析，周立平从案发当晚回家到第二天出门上班，没有任何的异样。

这一切都令杜建平头疼不已。所谓证据，在法律上是个很复杂的概念，但说到底无非分成两种：直接证据和间接证据。直接证据就是用一条直线就能把犯罪嫌疑人和罪行联结起来的证据，而间接证据则是要拐好几道弯才能将犯罪嫌疑人和罪行建立联系的证据。无论刑事审讯还是司法判决，最有价值的永远是直接证据。但目前警方所得到的一切，都是间接证据而不是直接证据：其中最有价值的就是监控摄像头拍摄到的周立平开着斯派驶过青石口东里红绿灯的图像，除此之外还有什么？什么都没有！你总不能在法庭上跟法官说"因为他以前杀过人，所以现在扫鼠岭上的四具尸体也很可能是他的杰作"吧！

这样一来，就只能指望面对面的审讯来撬开周立平的嘴巴了。

为了加深对对手进一步的了解，杜建平亲自问讯了名怡公关公司老总郑贵，让他讲述一下周立平的工作和生活情况。经过整理和核实，大致能坐实以下几件事。第一，周立平能来名怡公关公司上班，是出于一位名叫孙静华的女士的举荐。孙静华是本市某高级宾馆的会展部经理，名怡公关公司为客户策划的会议或活动基本上都在那里举办，所以郑贵一向很给孙静华面子。周立平来公司的第一天就说明自己曾经因杀人罪坐过多年牢，郑贵当时吓了一跳，但答应孙静华的事不好反悔，所以还是把他收下了。问了一下他有什么技能，他说自己在监狱里学过开车和修车，刚好公司有三辆车，却没有固定的司机，郑贵就让他做专职司机。第二，周立平平时很少说话，在公司里除了跟邢启圣之子邢运达关系不错之外，跟其他人没有任何私交，不过郑贵喜欢他的嘴严，出外办事总带着他。第三，周立平没有女朋友，他对公司的女同事一向敬而远之，就像女同事们对他的态度一样。第四，周立平确实喜欢孩子，有一次郑贵亲眼见到赵武来润唐高科技孵化园区D座找他，当晚邢启圣给郑贵打电话，大发雷霆，郑贵好说歹说才把事情压下去，返回头来狠狠训斥了周立平一番，周立平只是沉默不语。

上述这些，不但没有驱散笼罩在周立平身上的迷雾，反而加重了迷雾的浓度，特别是他与邢运达之间的关系，让警方再一次将视线集中在完全没有作案时间的邢运达身上，难道周立平的杀人动机是受了一个忤逆子的指使？那么又何必牵累另外三个无辜的小生命呢？此外还有第四点，周立平"喜欢"孩子，这"喜欢"二字很不简单……多年从警的直觉，让杜建平怀疑：曾经有过强奸杀人嫌疑的周立平，这一次的犯罪动机，很可能是猥亵甚至奸污儿童被邢启圣掌握了实际证据，因此才将他们杀人灭口！

一想到这里，心头的火就噌噌噌地往上冒，杜建平喝了好几口搪瓷缸子里的茶水,才把火压下去,问坐在对面的林凤冲:"周立平从被捕到现在,是个什么表现?"

林凤冲说:"一切都很正常。"

"正常?"杜建平把搪瓷缸子一放,"怎么个正常法?"

"吃饭喝水,拉屎撒尿,反正他住的那一居室也比单人小号大不了多少,我看他待得倒挺习惯的。"林凤冲不无讽刺地说,"情绪上他倒也很稳定,不吵不闹的,也不问啥时候提审他,好像知道自己早就有这么一天,只是——"

林凤冲话到嘴边有些犹豫,杜建平不耐烦地说:"想啥就说!"

"只是我觉得,他似乎知道自己犯了事儿,但不是什么了不起的大事……"

"扯!"杜建平把眼一瞪,"四条人命还不是大事?!"

"您别急,我这不是给您分析吗?"林凤冲笑着说,"照行话说,周立平是个老蹚客了,最深的水都蹚过,所以对自己犯了什么事儿,会受什么惩处,那肚子里绝对是提着灯笼打算盘——一本明账,他要真在扫鼠岭杀了四个人,那稳稳地吃枪子儿,任谁都会紧张,但他似乎没有一点儿紧张的感觉,顶多拘个十天半拉月就会出去的样子。"

杜建平愣了片刻,叹了口气:"告诉预审科,马上提审周立平。你也参加,我在审讯室隔壁的监视室全程观看,我就不信啃不下这块硬骨头!"

5

由于刘思缈并未参加对周立平的审讯,审讯的具体情况还是后来听林凤冲转述的,所以她在讲给郭小芬的时候,就省去了很多对细节的描述，只是把事实简单地罗列了一下。

审讯开始前，预审科做了很多预案，基本思路是设想周立平抵赖的方式：比如装傻充愣，仗着自己将物证清除得干净而矢口否认一切，尤其不承认自己当晚去过扫鼠岭；比如转移视线，用一个完全无法核实的事情来给自己提供不在场证明；比如丢车保帅，因为估计到警方在调查中一定能掌握他"喜欢"孩子这个情况，而承认自己有过猥亵儿童的行为，用小罪来脱大罪……甚或采取完全沉默的态度，就像十年前在"西郊连环凶杀案"中所表现的那样。而警方决定，最重磅的那枚炸弹——周立平开着斯派驶过青石口东里红绿灯的图像，一定要到最关键的时刻才打出来，以达到一举击溃其心理防线的作用。

谁知周立平的表现，还是远远出乎警方的预料。

审讯一开始，周立平坐在审讯室那张固定在地面的铁椅子上，无论上脚铐还是锁挡板，他全程都很配合，林凤冲竟用了一个"不卑不亢"来形容他的表现。

主审官在问了他一些个人基本情况之后，采用了最保守但也最稳妥的开场白："周立平，知道你自己犯了什么事儿吗？"

周立平摇摇头。

"那你先好好想一想吧。"说完主审官把胳膊一抱，冷冷地看着他。

周立平大概没想到警方对自己是这么个"爱说不说，不说拉倒"的态度，有些吃惊，但他依然很镇静。

按照事先商定的策略，负责唱红脸的副审员把桌子一拍："周立平！你给我放老实点儿，都套上铁枷枷[①]了还装什么哑巴？

[①]指审讯室的铁椅子和挡板。

你做了什么伤天害理的事儿，你自己心里没数？！"

周立平看了副审员一眼，没有说话。

"你瞪我干什么？瞧你那个凶巴巴的样子，都到了这个地步，还不老实交代，妄想顽抗到底？！"副审员劈头盖脸一顿训斥，但周立平一直沉默着，这时又轮到主审官唱白脸了："周立平，你说你二十多岁的年纪，别人家风华正茂，大好青春，你呢，我给你掰着手指头数数，从十七岁到现在你都干了些啥，在西郊强奸杀人，弄死三个女孩和一个治安办主任，这是你干的吧？两年前偷袭一位警官并抢了他的手枪，这也是你干的吧——"

"我没有偷袭他，也没有抢他的枪。"周立平说。

这是周立平一以贯之的态度，对于犯下西郊连环凶杀案这一罪行，他既不承认也不否认，而对"抢枪事件"，他是坚决不承认的。

但是主审官就是要让他的注意力转移到先前的案件上，让他误以为警方没有掌握任何证据，只能通过"翻旧账"来迫使他承认扫鼠岭案件是他所为，因而放松警惕，然后再出其不意地拿出青石口东里红绿灯上的监视器拍下的照片，让他低头认输……在预审的前期准备中，特别强调的一点是，无论如何要让周立平开口说话，说什么都行，就是不能让他陷入沉默，拖延只会留给他更多思考怎样应对审讯的时间，对警方有百弊而无一利。

主审官见周立平上钩了，便从容不迫地开始收线，但线收得很慢很慢，给他分析两年前"抢枪事件"中他的作案动机、作案方式，而周立平有来有往，寸步不让，说当时警方找自己问讯过，甚至也搜查了自己的临时住处，没有找到任何犯罪证据："这个事情跟我没有半点儿关系——"

就在这一瞬间，主审官突然转换了话题："那昨天晚上是怎么档子事儿?!"

"我就是咽不下这口气!"周立平说。

没有预想中的顿挫犹疑,反倒直抒胸臆,这让主审官深感意外,赶紧追上一句:"就因为当初他骂过你?"

"要是光骂我也就忍了,还打我!"周立平恨恨地说,"这笔账我肯定要跟他算的!"

邢启圣不仅骂过周立平,还打过他?这个情况倒是此前的调查中没有掌握的,林凤冲赶紧在本子上记了下来,心里也有点儿犯嘀咕:无论从年龄、身材还是体能,邢启圣都完全不是周立平的对手,另外应该知道他此前因为杀人坐过牢,怎么还敢动手打他?

"就因为他打过你,你就疯狂地实施报复?"

"这话说的,报复还有不疯狂的?"

"完事儿呢?"主审官乘胜追击。

"完事儿我就回家了啊。"周立平说。

"车停哪儿了?"

"车?什么车?"

"你们公司那辆黑色斯派!"

"我哪儿知道停哪儿了?我又不是开车去的!"

"你敢保证你不是开车去的吗?"

"敢啊。"

"我有必要提醒你,审讯中你所说的每一句话,我们都有全程的录音、录像,你是要负法律责任的。"

"这我清楚。"

"那我再问你一遍,你敢保证,昨晚你不是开车去的吗?"

"我敢保证!"周立平斩钉截铁地说。

主审官把手伸进档案夹里,已经准备把周立平开车经过青石口东里红绿灯的那张照片甩在他面前了,就在这时,周立平一声嘀咕让他呆若木鸡——

"不就是打个架吗?多大点儿事啊,我还用得着开车去吗?"

在审讯室隔壁的监视室,透过镀膜单反玻璃观看审讯实况的杜建平,脑袋"嗡"的一声,立刻抓住话筒对主副审官以及林凤冲说:"审讯暂停,你们马上到监视室来!"

通过无线耳机听到杜建平的指示,主副审官和林凤冲赶紧起身,来到监视室,一看杜建平的脸色铁青,就知道问题很严重。

"千算万算,还是没有算过他!"杜建平指着审讯室里的周立平,阴沉沉地说,"我们想通过转移视线的方法,让他误以为我们是用翻旧案的方法来算新账,没想到他将计就计,干脆把话题转移到其他事情上去了,虽然还不知道他说的'打架'是什么意思,但可以肯定,这是他制造不在场证明的方法。"

"老板,我觉得无须担心,如果周立平想用伪造不在场证明的方法给自己脱罪,那么就意味着他必须用更多的谎话给自己圆谎,早晚有被全部戳破的那一天。"林凤冲停了一下说,"除非他真的没有杀人。"

这句话,杜建平只听了前半句,没听清后半句,所以点了点头:"说得对,那就继续审讯吧,注意接下来必须让他给自己的每句话加上注脚,一个逗号都要验明正身,绝不能任由他牵着我们的鼻子兜圈圈!"

主副审和林凤冲点了点头,走出了监视室。

透过镀膜单反玻璃,杜建平凝视着坐在铁椅子上的周立平:十年不见,他的脸没有从前那么宽了,似乎瘦削了一些,但是下巴凸得更厉害了,像铁铲一样充满了攻击性,绷在头骨上的薄薄一层面皮紧致得发青,昔日的痤疮降沉成了一个个老年斑似的黑点,嘴唇上那撮毛茸茸的小胡子不见了,一双三角眼里放射出混沌的光芒,糊着一层淤泥似的。

周立平也望着镀膜单反玻璃,神情呆滞,杜建平知道他看不见自己,但却被他看得浑身都不舒服。

回到审讯室,副审员首先提问:"周立平,坐牢那些年,把你培养出来了是吧,学会避重就轻、丢车保帅了。好,既然你说你就是打个架的事儿,那你说说,你昨天晚上,在哪里,跟谁打的架,有谁看见了,一五一十讲清楚,别扯那些云里雾里查无实据的废话,你有工夫说,我们还没工夫听呢!"

周立平看着他,一言不发。

很明显,周立平是用拒绝回答这位副审员的任何提问来告诉警方,他吃软不吃硬。

主审官开了腔:"周立平,你已经不是当年的高中生了,你应该知道,逃避不是解决问题的办法,不要认为零口供,公安机关就拿你没辙了。你拒绝回答我们的问题,我们照样可以根据《刑事诉讼法》第五十三条向法院对你提起刑事诉讼。所以你还是老老实实地说,昨天晚上你到底在哪里、跟谁打了架,有没有人证、物证,我们去调查你说的是真是假。政府绝不会放过一个坏人,但也绝不会冤枉一个无辜的人。"

周立平望了他片刻,慢慢地说:"昨晚十一点左右,在杏雨路路口的那个街心公园里,我嘴角这个伤,当物证总行了吧!"

由于受到挡板的束缚,他无法抬起手臂,但做了一个歪脑袋的动作,其实就算他不做,嘴角那块紫红色的瘀痕也清晰可见……警方在抓捕周立平之后,很快就发现了他嘴角受伤,为此杜建平专门问了每一位参与抓捕的同事,没有人承认打过周立平的嘴角,但是抓捕罪犯一向是生死相搏,混战之中比这更严重的伤害都发生过,警方只能睁一只眼闭一只眼,却万万没想到真相竟在这里。

"你跟谁打的?"

周立平扬起眉毛:"你们不就是因为这个才抓的我吗?"

"我们要你自己说,是跟谁打的?"

周立平讲出了一个名字,审讯室里的林凤冲和监视室里的杜建平都大吃一惊!

杜建平马上派一个下属去核实这件事。

很快,核实回来了,跟周立平打架的那个人承认确有其事,时间、地点都没有任何问题。

"抓周立平的时候他又不说!"杜建平怒气冲冲地嘟囔了一句,然后对着话筒说,"核实过了,周立平说的打架事件属实,但他打架发生在十一点左右,而扫鼠岭案件发生的时间是十点半,所以无法构成他的不在场证明,你们继续审。"

接下来,主审官问的几个问题都不着边际……几个回合的交手下来一无所获,他好像一只准备袭击犀牛的狮子,既不知道从哪里下口,也不知道下次攻击又会遭到何种程度的反击,所以在声势和力度上都比刚才弱了不少,而副审员也知道恫吓对周立平无效,只能坐在审讯室里当摆设。林凤冲意识到这样下去不是办法,便突然对周立平说:"周立平,你还认得我吗?"

望着这个坐在审讯室里一直没有说话的小胡子警官,周立平慢慢地点了点头。

"两年前的'抢枪事件',我在派出所里跟你聊过,虽然你拿不出不在场证明,但我们也没有证据证明那支枪是你抢的,所以谈完话就把你放了,想必你还记得。"林凤冲直视着他的眼睛说,

"可能你认为警方抓你,是因为对你存在偏见,事实证明不是这样,我们只看重证据,只尊重事实,既然把你抓来,就一定是因为掌握了大量对你不利的东西,但是我们希望你自己交代,给自己一个立功赎罪的机会;假如你没有做,那么也敞开了说,早说清楚早出去,我相信你跟我们一样,都希望在有生之年少见面的好。"

周立平听得很认真,听完皱起眉头:"该说的我都说了啊,还要我交代什么?"

"警方这么大阵仗,就为你一个报私仇?"林凤冲冷笑一声,"是你觉得我们很傻,还是你自己坐牢坐坏了脑子?"

"那我就不知道了,反正你们冤枉我也不止一次了。"

搁别人,一听这话兴许就火冒三丈,但林凤冲有个"林婆婆"的外号,遇到什么挑衅都能四平八稳、不急不躁:"好吧,那咱们就顺着竹签捋一捋你昨天的行动,我问你答,一丝不差,不剩一点儿筋头巴脑的,你看怎么样?"

周立平点了点头。

"你昨天早晨几点上班的?"

"九点到的公司。"

"然后干吗去了?"

"跟郑总出去了一趟,办点儿事情。"

"说具体一点儿,去哪里?办的什么事情?"

"健一保健品公司,我们公司下星期承办了他们的一个会议,会上要给所有参会人员送保健品,郑总要去看一下样品,另外跟他们商量邀请的专家学者、媒体记者的名单以及车马费的金额,等等。"

"你开的什么车?"

"公司那辆奥迪 A6。"

"然后呢？"

"中午就回来吃饭了。"

"说具体一点儿，在哪里？跟谁吃的？"

"就公司不远处的那个食分钟快餐店，跟郑总一起吃的。"

"下午呢？"

"下午没事儿，我就在公司电脑上打网游。"

"打的什么？"

"穿越火线。"

"打到几点？"

"那我记不起来了，反正五点下班，我问郑总还有啥事儿没有，他说没有。我又玩儿了一会儿，就回家了。"

"到家几点？晚上吃的什么？"

"具体时间我没看，估计跟平时差不多，六点多吧，吃了一碗康师傅红烧牛肉面。"

"后来呢？"

"后来九点多的时候吧，我接到邢启圣的电话，让我去童佑护育院接他，说有急事。"

所有警员的心里都是一震，知道说到褃节儿上了。

"邢启圣是谁？"林凤冲平静地问。

"童佑护育院院长，跟我们郑总是朋友，但我不喜欢那人。"

"他找你什么事？"

"他晚上喝多了，开不了车。"

"你去了吗？"

"有啥办法……我打了个车赶到童佑护育院，找到邢启圣，他说让我先在车里等着，等了有二十多分钟他才出来，然后我开车带着他——"

"开的什么车？"

"斯派。"

"据我们调查，那辆斯派是你们公司的车吧，那么应该是你开着车去接他啊，怎么变成你当代驾了？"

"斯派是公司借给邢启圣的，他一直当他的私家车开，但公司要用车的时候，就要回来我开。"

"除了那天晚上，你最近一次开那辆斯派是什么时候？"

"再往前一天的晚上，去机场接一个客人，奥迪A6限号，我开着斯派去的。"

"好，你接着说，邢启圣让你在车里等了二十多分钟，然后你开车带他去了哪里？"

"扫鼠岭。"

三个字一出口，纵使隔着玻璃坐在另一个房间的杜建平也不禁吃了一惊，没想到这个在警方看来周立平抵死都会撇开不谈、避之三舍的敏感词，竟被他这么正常地说了出来，既不语气加重也不轻描淡写，好像是旋开可乐瓶子必然会有的"哧"一声。他死死地盯着周立平，试图从他的神情——尤其是嘴唇的翕动和眼皮的眨动中发现异样，但是周立平没有任何异样，一点儿都没有。

审讯室里的林凤冲显然也被惊到了，出现了短时间的停顿，他调整了一下情绪，才接着问："车上都有谁？"

"就我和邢启圣啊。"

"邢启圣大晚上的叫你拉他去扫鼠岭干吗？"

"我哪儿知道。"

"后来呢？"

"到了扫鼠岭附近，他说酒醒了，他还有点儿事，自己开车去，甩给我一张一百元的钞票，让我打车回家，我没要，就直接回家了。"

"回家了？"林凤冲声调轻轻一扬，"你刚才不是说你打架去了？"

"对啊，没走几步，我觉得有些事儿总要解决，还不如来个痛快的，就给那人打了个电话，约他到杏雨路的街心公园，本来我想能动嘴就别上手的，结果他上来就打我，我也没客气——"

"你离开扫鼠岭是几点？"这时主审官突然发问。

"我没看表，大约十点或者多一点吧。"

"你把车停在哪儿了？"

"邢启圣指的道儿，黑灯瞎火的我也没看清楚，好像就是一个路口，我就下车走了。"

"你下车之后，邢启圣把车开哪儿去了？"

"我不知道。"

"那你怎么去的杏雨路？"林凤冲问，"打出租车、叫车APP还是摩拜单车？"

这三种途径都可以迅速查辨真伪：出租车有行车记录，全市的出租车公司可以大排查；周立平的手机已经被没收，目前作为证物存放在刑事技术处，很容易查到上面的叫车APP和摩拜单车的记录。林凤冲甚至想过，即便周立平说他打的黑车，都可以通过天眼系统逐一核对，最终一定能查出他说的到底是真是假。

但林凤冲绝然没有想到，周立平的回答竟是——

"我是跑着去的。"

6

听到周立平说自己是从扫鼠岭跑着去杏雨路的，刚喝了一口咖啡的郭小芬"扑哧"一声喷了出来！她一面用纸巾擦着桌子，一面说着"抱歉抱歉"，咯咯咯地笑个不停，过会儿刚刚强忍着不笑了，马上又笑了起来，扬着手对刘思缈表示对不住。她的笑声是那样富有感染力，搞得刘思缈也笑了起来。

"我都能想象到，老杜鼻子被气歪了的那副模样。"郭小芬笑着说。

刘思缈点点头："是啊，当时凤冲也差点儿坐不住了，恨不得从椅子上跳起来揍周立平一顿，可是他一向沉得住气，想起搜查周立平房间时了解到的一些情况，反而觉得，周立平说的可能是真话。"

"床底下那三双跑鞋，还有邻居们证明，周立平早晚都有在小区里跑步的习惯。"郭小芬说。

刘思缈"嗯"了一声："而且凤冲查询了周立平的档案，发现他早在学生时代就多次获得学校的长跑冠军，入狱期间他坚持了这个习惯，在牢房里他原地跑，放风在院子里绕圈跑，出狱之后他还参加过市里举行的马拉松和半马，虽然没有拿过名次，但肯定具备相当的实力——更加重要的是，有'马友'证明：周立平周末曾经到扫鼠岭一带参加越野训练，锻炼体能，训练完了就干脆直接跑回市里。"

"你们有没有对周立平从扫鼠岭跑到杏雨路的时间进行过检验？"

"进行了，找了警队里一位在市马拉松比赛拿过奖的警官，他捡了一条最便捷的小路，从扫鼠岭到杏雨路，测算了一下时间，耗时四十三分钟。如果是周立平跑，估计可能要四十八分钟甚至更长时间。也就是说，如果按照周立平所言，他绝无十点半在扫鼠岭杀人焚尸，然后十一点整到达杏雨路街心公园的可能。"

郭小芬沉思了一下:"但是依然有其他的做法,比如——"

"比如他实施杀人计划前就在附近准备了一辆自行车,杀人焚尸后,骑上自行车,在杏雨路附近下车跑到街心公园……这个我们考虑到了,也试验过了,可行性是有的。"刘思缈说,"问题在于,天眼系统的设计和设置,固然是针对机动车道的违章事故进行监控,但也能拍摄到非机动车道的情况。从扫鼠岭到杏雨路,如果是跑步,抄近道、走小路、穿胡同,确实可能全程处于天眼系统的盲区或死角,但如果骑车,想在半个小时内抵达,绝对地避开监控是不可能的——"

"怎么不可能?"郭小芬打断她道,"只要骑行的就是跑步的那条路不就成了。"

"真的不行。"刘思缈说,"我们仔细调查过,从扫鼠岭到杏雨路,走小路的话,好几段路况特别复杂,不是在修路就是在挖沟,跑步么,就是深一脚浅一脚的事儿,要是骑车的话,有些地方必须下来推着车走,加在一起的时间肯定要超过三十分钟了——总之我们试过多种组合的方法,都证明:骑车的话,想半小时内赶到,就逃避不了天眼;逃避得了天眼,就不可能半小时内赶到。"

"这样啊……"郭小芬浮现失望的神色。

"他这么一说,审讯其实就进行不下去了,我们掌握的唯一能够证明他与扫鼠岭案件有关的,就是他开着斯派驶过青石口东里红绿灯的照片,现在人家承认当晚去过扫鼠岭,也承认是开着斯派去的,然后人家说了,车是邢启圣自己开走的,林凤冲特地带周立平去了一趟扫鼠岭,他大致回忆,车就停在通往银麓山路和苗圃小巷交叉的那个路口的马路东边,也就是说,他离开后,邢启圣只要左转直行就能把车开进小巷里,完全符合现场车辙运行的痕迹——"

郭小芬突然打断刘思缈的话:"我说,林凤冲那个傻实在该不会因为周立平一番话,就没有排查他是否采用交通工具赶往杏雨路了吧?"

"凤冲实在,可是不傻。"刘思缈说,"警方不仅通过几个叫车APP和摩拜单车的终端系统,调出了案发当晚扫鼠岭地区所有的使用记录,证明周立平当晚没有使用过这两样交通工具,而且还利用天眼系统对案发当晚所有从扫鼠岭地区开往杏雨路一带的车辆进行了排查,没有任何司机记得搭载过这样一位乘客——包括黑车司机在内。我知道你还想到了公交车,且不说坐公交车在时间上难以把控,而且警方也调出了从扫鼠岭开往城里的几班公交车的监控视频,连周立平的影子都没有发现。"

郭小芬用手杵着下巴想了想,突然眼睛一亮:"假如周立平事先在扫鼠岭附近准备了一辆汽车,犯罪后不是直接开车进城,而是往西绕了一段山路,然后再从其他道路回城的呢?"

"依然存在时间上的难点:从扫鼠岭往西进山,想绕山然后进城开往杏雨路,最快捷的方式是绕翠微山,从翠微山的北麓下来……所谓'望山跑死马',更别提绕山了,晚上十点半,就算不顾交通安全的超速驾驶,到达杏雨路也要超过十一点了。"

郭小芬一时间傻了眼。

刘思缈轻轻一叹:"所以说,现在周立平等于是把难题甩给了我们,怎么证明他不是跑步去的杏雨路……"

"或者说,找到他在三十分钟内从扫鼠岭到达杏雨路的办法。"郭小芬说。

刘思缈轻轻地摇摇头:"排除杀人焚尸到路上其他耽搁的时间,也许留给他的只有二十五分钟——这还不算他把那辆斯派藏起来的时间。"

"骑自行车和开汽车,从扫鼠岭到杏雨路大约需要多少时间?"

"我们计算过,骑自行车,二十到二十五分钟可以赶到;开汽车,考虑到时间是晚上,不存在堵车的问题,但一路上红绿灯较多,需要十到十五分钟吧。"

郭小芬从挎包里拿出一支笔和一个粉色皮面的小本本,在上面划拉了半天,轻轻叹了口气,突然想起了什么:"那个跟周立平约架的人,有没有发现周立平当晚赶到时有长跑后的迹象,比如气喘吁吁、浑身是汗什么的?"

"他那天情绪很激动,新仇旧恨,见到周立平没说两句就开打了,所以回忆了半天也不敢打保票,只依稀记得周立平那天显得很疲惫,只是——"刘思缈苦笑了一下接着说,"只是杀人焚尸、清理现场也会使人很疲惫的。"

两个人一时间都沉默下来。

咖啡店侍应生走过来,问她们要不要加水,刘思缈示意在自己的杯子里加一些,椪柑雪梨茶在水柱的冲压下翻滚着橙白色的浮沫,等侍应生走远了,浮沫也渐渐淡去,她才端起杯子,轻轻啜了一口,觉得有些烫,又放在了桌子上。

"那么,根据审讯的结果,专案组对案件的进一步勘查得出了什么意见呢?"郭小芬问道。

"专案组其实出现了分裂,杜建平以及大部分办案警员,都主张加大审讯的力度,务必让周立平交代实情,但林凤冲和楚天瑛认为,不能一棵树上吊死,在周立平身上耗费了太多的时间和精力,反而让真正的罪犯逍遥法外……不过由于蕾蓉出具了一份鉴定报告,导致专案组又统一了认识,大家一致认为:对下一步工作，确实应该调整一下方向和思路。"

"法医鉴定报告？"郭小芬有些惊讶，"不是蕾蓉早就拿出来了吗？"

"不是，是一份根据周立平受审视频所做的心理鉴定报告，通过周立平对每个回答的语速、语态、表述方式、神情变化等，分析了他的回答有哪些地方可能存在疑点。"

"这么厉害！谁做的？"

"蕾蓉说是因为案情重大，部里特批，找了一位旅居国外、身份保密的行为科学专家做的，但老杜他们看完都觉得很有道理。"

"说说看。"

"那位行为科学专家把周立平每一次接收问题后的反应时间和对答语速进行了比对，发现是一个很均衡的状态，并不很慢，但也不很快，而且可以说是对答如流，毫无破绽，很明显是有所准备，甚至是进行过预演的。不过这在有过前科的犯罪嫌疑人身上很常见，不能说明什么，但其中有一处回答，出现了一个不易察觉的前后矛盾。"

"哪个回答？"

"周立平说自己当晚九点多接到邢启圣的电话，让他去童佑护育院接他，用了'说有急事'四个字，由于林凤冲问邢启圣是谁，打断了一下周立平的思路，所以重新问起'他找你什么事'时，周立平的回答是'他晚上喝多了，开不了车'，言外之意，邢启圣找他的'事'只是个代驾，跟'急'字完全无关，这里出现了一个非常明显的'语态递减'；更加微妙的是，后面他又说自己赶到护育院以后，邢启圣让他在车里等了二十多分钟才出来，这哪里是有什么急事？但很可惜，由于林凤冲当时把注意力全部集中在周立平将怎样'掩饰'自己的行为上，而对他'坦白'中的这一明显矛盾之处，没有进一步追问。"

郭小芬瞪圆了眼睛。

"此外，还是这段回答里，出现了整个审讯过程中罕见的两根'bony spur'。"

"'骨刺'？"郭小芬不大明白，"什么意思？"

所谓审讯，就是审讯人员挖掘案件中的疑点，让受审人解释这些疑点，从中寻找那些无法弥缝或者弥缝后漏洞太大的"窟窿"。因此，受审人的应答模式大体上可分为两种，一种是铆钉式的，一种是橡皮泥式的。顾名思义，前者是你挖一个洞，我就可丁可卯、严丝合缝地填一个洞，不多不少；后者往往出自那些心理素质很差或者渴望立功赎罪的嫌疑人，审讯人员问一个他恨不得回答俩，弥漫或发散得厉害……而周立平的所有应答都是铆钉式的，绝不游离问题之外，但有两处出现了例外：第一，当林凤冲问"邢启圣是谁"的时候，他本来只需要回答"童佑护育院院长，跟我们郑总是朋友"就足够了，偏偏又加一句"但我不喜欢那人"；第二，在林凤冲问"你去了吗"的时候，他没有正面回答，而是说"有啥办法"……

郭小芬眼睛一亮："也就是说，在这两个地方，周立平的回答画蛇添足，而且表现出了鲜明的感情色彩。"

"对！从犯罪心理学的角度讲，这表明受审者存在着心虚或心慌，甚至是某种'逢迎''讨好'审讯人员的心理倾向，结合刚才那个语意上的前后矛盾，等于是在连续四个问答里集中出现了多处心统失调，对于具有丰富的受审经验、心理素质绝佳的周立平而言，这是极不正常的。"

"那么，上述分析能得出什么结论呢？"

"那位行为科学专家认为,从整个对话来看,周立平的一系列心绪失调,就是从'说有急事'开始的,这是一个非常重要的起点。很可能,周立平无意间地说出了真实的情态,也就是说,当晚邢启圣确实用'急事'为借口叫来周立平,让他去做了什么不可告人的事情,但周立平马上意识到:这是不能对警方讲的,讲出来是对自己不利的,所以瞬间乱了方寸,才有接下来一系列的回避、淡化,并连续两次刻意表达自己对邢启圣的反感和厌恶,试图撇清自己与邢启圣的关系,使警方不去深究邢启圣找他到底有什么'急事'——这恰恰说明他对扫鼠岭案件绝不像他表现出的那样一无所知,只是存在着难言之隐。"

郭小芬的脸上不由得露出钦佩的表情:"这个分析我服气。"

"对这个分析,大家都很服气,而且也颇受启发,专案组一致认为:之前审讯和调查的重点完全放在'去扫鼠岭之后发生了什么',接下来应该把案件看成一个整体,还要搞清楚'去扫鼠岭之前发生了什么',比如邢启圣跟周立平到底是什么关系,邢启圣当晚叫周立平去护育院究竟有什么'急事',黑色斯派在当天早些时候有过什么样的行驶轨迹,等等,这样才能找到案发的本因,查清案件的真相。"刘思缈说。

郭小芬点了点头,然后把脑瓜儿往前探了一探:"那么,现在你可以说了吧,你到底希望我协助你做什么?"

7

刘思缈望着郭小芬,好像在她那张美丽、聪慧而可爱的面庞上寻找着什么,然后,不知是找到了还是没有找到,她慢慢垂下眼皮,目光在那杯椪柑雪梨茶上凝注了许久,才缓缓地说:"我被调离专案组了，你知道。"

"嗯。"

"什么原因，你也知道。"

"嗯。"

"每个人在别人眼中都是一个定义，就算她已经改变了，错的也不是定义，而是被定义的人。"

郭小芬瞪圆了眼睛。

"我也是一个被定义了的人。"刘思缈神情平静地说，"虽然我和香茗从来没有在一起过，但是在每个人的心中，我就是他的女朋友，所以哪怕是十年前他对一个案件做出的判断，我也要承担对与错的责任。"

"这是不公正的。"郭小芬说。

"一面指望别人公正地对待自己，一面自己又不公正地对待别人，这就是人性。"刘思缈冷冷一笑，"我对人性从来不抱希望，所以也从无抱怨。"

"那你又何必再涉足这个案子？"

"两个原因。"刘思缈说，"第一，我觉得最近这两年，在刑侦工作中出现了科学至上主义，这个不对头。"

"我的天啊！"郭小芬一声轻呼，"我没听错吧，你这个一向最崇尚科学精神的刑事鉴识科学家，居然说科学至上主义不对头？！"

"科学精神和科学至上，根本就是两回事，前者是一种实证主义，而后者则是一种宗教式的盲从和依赖。"刘思缈说，"白银连环杀人案和湖州抢劫杀人案的侦破，在中国刑侦史上都是划时代的大事件，它们标志着采用现代科学手段尤其是DNA生物技术，哪怕是几十年前的犯罪也能捕获真凶。与此同时，天眼系统的架设、大数据和信息化技术构建的社会安全防火墙，更让很多警员误以为，从此可以法网恢恢、无所遁形，万事大吉、天下太平，这种把预防和打击犯罪完全寄托在科学手段上，以为科技可以解决一切问题的思想苗头是非常可怕的，这也正是在逮捕周立平之后，警方从一开始的信心满满、斗志昂扬，到现在如堕雾中、晕头转向的根本原因。"

郭小芬听得十分专心。

刘思缈继续说："就其本质而言，犯罪是一种复杂的人性与扭曲的社会环境相互作用下的变态反应，我们也许能通过一个个监控视频，看到一张张生动活泼或者麻木不仁的面孔，但这些面孔下隐藏的内心是什么，用任何科学仪器和装置也绝无探究的可能。一起犯罪事件发生了，抓捕罪犯不容易，但比这更不容易的是搞清他犯罪的动机。你是做法制报道的，最清楚人们犯罪的动机有多么的五花八门、荒诞可笑，绝不仅仅是图财图色，'不图什么'的犯罪常常让经验最丰富的警官也瞠目结舌。这种情况下，把案件侦破的过程等同于'犯罪→科技手段→破案'是一种不负责任的简化，但偏偏有越来越多的人喜欢这种简化。年初在某商城，一个疯狂的歹徒持刀砍人时，有位优秀的女警冲向前去，被誉为'最美的逆行'，这无疑是非常英勇的，可是别忘了，那个凶残的歹徒的所作所为，对于全社会而言才是真正的'逆行'！单纯赞美高尚和善行，而无视或忽视那些诱发暴行的动因，对预防犯罪毫无意义。"

"你说得非常非常有道理！"郭小芬连连点头，"只可惜这样发人深省的话，没有几个人听，听也听不懂。"

"这也正是扫鼠岭案件发生后，我想到你并希望你来协助我完成一个工作的原因。"刘思缈望着郭小芬说，"那天早晨在苗圃门口,我没有看到一个新闻记者,只看到一群录音机器……我看不起没有职业精神的人;相反,哪怕是个和我曾经拌嘴吵架的家伙,只要她具备职业精神,那么我也尊敬并信任她。"

很明显,郭小芬深深地为刘思缈的这番话感动了。

"当然,还有一个很重要的原因,是我了解到两年前导致杜老板女儿自杀的那起校园贷事件发生后,你采访过'爱心慈善基金会'驻本市办事处,只是没有见到陶灼夭本人,就被郑贵给拦截住了。我在网上找到了那篇稿件,感觉相比之下,你的报道火药味儿没有其他媒体那么浓。"

"那是因为新上任的总编在'爱心慈善基金会'挂了个理事的头衔,每年年底有一百多万元的分红拿,所以把我的稿件删了个乱七八糟。"

"不过我相信也正因此,'爱心慈善基金会'乃至郑贵对你没有太多恶感。"

"这倒是真的,事后郑贵还给我快递过礼品卡,被我拒收了……"郭小芬似有所悟,"你是想让我从'爱心慈善基金会'和名怡公关公司切入,协助你调查出扫鼠岭案件的真相?"

刘思缈摇了摇头:"我所谓的请你协助,绝不是请你协助我调查扫鼠岭案件的真相,那是警方的工作。我是希望你能够从一个新闻记者的角度,对周立平这个人全面、具体和系统地了解一下,说白了就是调查一下他到底是怎么成为一个罪犯的,尤其是他怎么从一个侥幸逃脱法网的连环杀人犯,不但不知悔改,还变本加厉,演变成一个虐童杀人狂的——假如这些罪行真的都是他犯下的话。"

"然后呢?"郭小芬还是有些糊涂,"写出稿子来发表在报纸、杂志或公众号上吗?"

"稍等，"刘思缈看了一下手表，"时候不早了，咱们就在这里一起吃午饭吧。"然后扬了扬手，叫来侍应生，点了原味松饼、比萨、意面、咖喱牛肉饭什么的，郭小芬让她少点一点儿，她却只是微笑，然后继续话题："你写出稿子，如果有必要，我可以向有关媒体推荐发表。不过，我认为更大的意义在于，可以把它归入香茗所做的那份没有完成的调查当中。"

郭小芬恍然大悟。

林香茗留美归国后，曾经主持开展过一个犯罪学课题研究，对国内在押的变态杀人重犯进行访谈，从而对我国连环杀人案件的特点以及罪犯特征有深入的了解，以便在引进犯罪个性剖绘技术用于刑侦工作时，更加适合我国的国情。可惜，这个研究随着他的出事而中断了，但很明显，刘思缈绝不放过任何一个将这一工作进行下去的机会。

"所以说，别人把你定义成……跟香茗联系在一起，也不是没有道理的。"郭小芬说。

刘思缈苦笑了一下。

她们商量了一下具体的工作方案，基本思路是从郑贵开始回溯，把周立平这些年接触过的人都采访一遍，包括那位曾经介绍他到名怡公关公司工作的孙静华、出狱后安排他当交通协管员的街道主任、给他找房子的房产中介公司业务员……刘思缈提出，如果有可能，最好采访到"西郊连环凶杀案"唯一的幸存者房玫。郭小芬承认难度很大，但值得一试。

"对了。"郭小芬貌似不经意地提起，"你对当年香茗坚持认为周立平只杀了房志峰一个人怎么看？"

"我刚才说了：这个结论我是认同的，迄今为止还没有发现能推翻这一结论的新的证据。当然，如果香茗是错的，那就意味着他也要对周立平新犯下的罪行负责。"刘思缈把目光投向宽大的落地窗外,五线谱一样悬在半空的电线上,停着一只灰色的小麻雀,扑棱了两下翅膀,却又没有飞起来。

这时侍应生用一个巨大的银色托盘端来了刘思缈点的所有餐,把桌子上铺得满满的,郭小芬看得垂涎欲滴,忍不住嘟囔起来:"让你少点一些,我参加减脂训练营,汗流浃背地累了半个月,好不容易才恢复了小蛮腰,这一下又要变成五花膘了……"

"五花膘我也喜欢!"

随着痞里痞气的一句话,郭小芬的身边"哐"地坐下了一个秤砣似的矮胖子,嬉皮笑脸地望着她。

"马笑中?!"郭小芬十分惊讶,看了一下刘思缈,从思缈的微笑中明白了他是被她叫过来的。

"正是在下!"马笑中一个抱拳,"小郭妹妹,许久不见,甚念!"

郭小芬做了一个捂住脸欲哭无泪的微信表情:"怎么哪儿都少不了你,你不是因为用冒菜伤人被抓起来了吗?怎么这么快就放出来了?"

"这话说得!"马笑中皱起眉头,"为了你,难道还不兴我越个狱?"

"呸!"郭小芬狠狠啐了他一口。

"行啦行啦!小郭你看我面子,就别跟老马一般见识了。"刘思缈打圆场道,"你现在辞职了,记者证都交上去了吧,我想你采访中需要亮明身份时,肯定不方便,身边最好能有个什么场面都能镇得住的家伙,正好,老马也停职反省,我就请他来给你打下手了。"

"就是就是,搁过去咱俩都属于待业青年,除了婚介所,到哪儿都买一送一的。"马笑中亲热地对郭小芬说,"我都想好了,我的'马'加上你的'小',咱俩从此就叫'马小二人组',你看咋样?"

"滚一边去!"郭小芬嗤之以鼻,"怎么不叫'簋街一锅烩'呢!"

俩人又拌了几句嘴,才算踏踏实实地拿起刀叉吃饭,马笑中老想往郭小芬身边蹭,被小郭用胳膊肘狠狠怼了一下,才老实了几分。

刘思缈问郭小芬的银行卡号,郭小芬一头雾水,问她要这个干吗。刘思缈说,这次采访是她个人安排,所有款项不可能公费报销,所以打算从自己的账户支出一笔钱给郭小芬做采访的经费。郭小芬推辞了两句,却被她一句话说得不再言语:"小郭,你还要交房租呢,总不能再在公园长椅上忍一宿吧……"

"咋回事儿?"马笑中抬起被番茄酱糊了一嘴的胖脸蛋。

"没你的事。"郭小芬淡淡地说。

然后,她把银行卡号给了刘思缈。

吃完饭,三个人一起走出了咖啡店。

这家咖啡店位于远洋时代广场的二层,对面开着一家儿童早教中心,正值周末,一大群孩子正在里面嬉耍玩闹:有的穿着空手道服跑来跑去,有的沾了一鼻子颜料走出美术室把新作拿给爸妈看,有的叮叮当当地敲着挂在墙上的小木琴,有的在圆形游泳池里一边踢着水花一边吱哇乱叫,欢笑声隔着一扇扇肥皂泡形状的玻璃窗都能听见。一个穿着粉色夹克的小女孩勇敢地从象鼻子滑梯上出溜了下来,然后招呼战战兢兢地坐在滑梯顶端的弟弟往下滑,跟她清脆的叫喊声一起传入耳际的还有一首蛮好听的歌:

"小鸟说山顶的白雪悄悄化了,河流在叮咚唱着歌谣,奔跑的小鹿眼睛真漂亮。

森林的花儿起得真早,春天的风儿暖得刚好,叶子在枝头向太阳问声好。"

望着这些在父母和老师的庇护下无忧无虑的小朋友,刘思缈突然想起了童佑护育院里的孩子,特别是马笑中告诉她的,那些泔水一样的食物和肮脏不堪的"饭盒"……

"思缈,你怎么了?"郭小芬发现她神色突然黯然下来。

"没什么。"刘思缈一边走上滚梯一边说,"我只是在想,扫鼠岭案件还是早点儿结案的好,别引起公众舆论危机。"

"你放心,不会的。"郭小芬说。

"怎么不会?要知道现在的家长都把孩子当成宝贝,儿童问题是最容易引起公众关注的,你看那些幼儿园扎针事件——"

"农村每年发生多少起性侵女童的案件,有几个引起公众舆论危机了?"郭小芬一声冷笑,"说到底,每个人只关心跟自己的利益切身相关的事儿,幼儿园扎针事件被引爆,也是因为触到了中产阶级这一大众媒介主要用户群的痛处,童佑护育院的事情跟他们有什么关系?死再多的残障儿童,那是快递员、农民工、清洁工、家政员这些离乡打工的爹妈该操心的,中产阶级恐怕连微信转发一下的兴致都没有!"

这番话让刘思缈格外震惊,恰好扶梯已经到了一楼,推开远洋时代广场的大门,她感到有些冷,抬起头,天上看不到太阳,电线上的那只小麻雀,不知道什么时候飞走不见了。

"好了,我还有些事,要回局里一趟。"她对郭小芬和马笑中说,"咱们随时沟通——小郭,采访中一定注意安全;老马,你好好保护小郭。"

"放心吧。"郭小芬说。

"必需的!"马笑中笑嘻嘻地说。

望着刘思缈开车远去,郭小芬突然自言自语了一句:"思缈变了。"

"啊?"马笑中没听懂,"哪儿变了?还是超级大美女一枚啊!"

"笨蛋!"郭小芬瞪了他一眼,慢慢地说,"过去,香茗是她心中永远的伤痛,但今天,她突然流露出另外一种意思:香茗是她背上永远的负担。"

8

马笑中开着自己的新能源汽车,带着郭小芬到一路往西开,到位于西郊的润唐高科技孵化园区去,打算按照跟刘思缈商定的,先找名怡公关公司老总郑贵聊聊。一路上,马笑中的嘴就没闲着,不停地嘚啵嘚啵,跟坐在副驾的郭小芬说有一阵子没见她了,多么多么惦记她,怕她一个人不会照顾自己,想跟她联系又担心她想多了误以为自己心怀不轨,不跟她联系又担心她会不会孤枕难眠以为自己把她忘了,当初买下这辆新能源汽车就是为了今天能载她一程,正所谓百年修得同船渡千年修得新能源……听得郭小芬脑仁儿疼,把窗户开了道缝,耳朵贴在窗户边不停地揉着太阳穴。终于到地方了,她拉开车门下了车,捂着胸口喘了好几口气,好像刚从矿难中逃生的矿工。

"你咋了?晕车?"马笑中锁好车,哈着腰跑过来殷勤地问。

"没事儿,我恶心!"

"恶心？"马笑中眨巴着小眼睛，"莫非你没有经过我的允许，就在人生中下载了恶意插件？"

郭小芬勃然大怒："姓马的，你知道为什么很多人宁可摇不上号，也不买新能源汽车吗？"

"不知道啊？"

"因为它长得蠢！"

"但是，架不住也有特斯拉啊……"

说这句话时，他有意无意地指了指自己，郭小芬这一下可真的是被恶心到了，捶胸顿足地干呕了很久，直起腰时突然愣住了。

顺着她的视线往前望去，马笑中也是一惊——

一座侧面标有"D"字的灰白色半圆形建筑门口，站着一个穿着天蓝色牛仔衫的人，微笑着跟一位瘦瘦的保洁员聊着什么。他长着一张娃娃脸，神态安详，目光沉静，翘起的嘴唇却又流露出几分傲气。

"呼延云？"马笑中忍不住问，"这个家伙怎么也在这里？"

郭小芬转身就走，来到新能源汽车旁边咔咔咔地拉车门，马笑中赶紧追了过去："咋地，你不去名怡公关公司采访郑贵了？"

"不采访了！"郭小芬满脸涨得通红，神情又怒又怨，"我不想跟一个比你还讨厌的人打照面！"

马笑中的大嘴刚刚咧开一道缝，又闭上了，一边用车钥匙开车门，一边皱着眉毛小声嘀咕："我招谁惹谁了？"

第四章

1

十年过去了,他竟一点儿都没有变。

这是隔着润唐高科技孵化园区 D 座的玻璃门看到呼延云时,李志勇心中浮生出的第一个感受:还是微微上翘的嘴唇,还是精光四射的眼睛,还是昂首挺胸的站姿,还是乱蓬蓬一头炸毛似的短发,也许……他也依旧是那么一个傲慢、狂妄、不切实际的中二青年。

他推开玻璃门,两个人目光相对的一刻,他看到呼延云绽开了露出一排小白牙的微笑,这笑容是那样的温和可亲,毫无当初在老谷烧烤店谈起做杂志时,那股摆平宇宙、横扫千军的冲劲儿,也许,时光终究会磨平哪怕是最坚硬的石头的棱角?他不禁有些心存侥幸。

他们紧紧地握了握手。

李志勇说:"接到你的电话,我吓了一跳,这一晃十年不见了吧,你怎么招呼也不打一声就跑过来了?"

呼延云一笑。

这一笑又让李志勇觉得心里有点儿没底,不知不觉寒暄了几句自己也不知道什么意思的客套话,呼延云应答得不多,有些只是点点头，在谈到近况时，他多说了几句，说自己目前没有固定职业，就是一个自由撰稿人，写写鲁迅研究之类的文章赚些稿费，此外就没有别的收入了。

"可是近几年你的名声可是越来越大，我和过去的兄弟们一起喝酒时，他们经常提起你，夸你帮警方又破了不少案子。"李志勇说。

呼延云突然停住了脚步。

宽敞的楼道里静悄悄的，两旁的青色玻璃幕墙后面传来的传真机接收传真的吱吱声和撕开胶布的刺啦声，反而更增添了静谧感。李志勇望着呼延云，发现他正在端详着自己，目光里流露出一丝嘲讽。

猛地，十年前那种被他一眼看穿五脏六腑的感觉又回来了。

这种感觉真让人不舒服。

果然，十年过去了，这个家伙不但没有丝毫的改变，而且更难对付了。

然而呼延云还是没有说什么，一笑而过，又继续跟着李志勇往楼道的北头走，进得一扇门去，便见装饰着鹅黄色背板的前台后面，坐着一位漂亮的姑娘，正在电脑上噼里啪啦地敲着什么，看嘴角的盈盈笑意，肯定是跟工作无关的闲聊。

绕过摆有一些艺术品的樱桃木隔断，出现在眼前的是一个两百多平方米的办公平台，用白色办公隔板分成几十个隔间，虽然现在是上班时间，但工位上没有几个人，在岗的看上去也都不是很忙，几个女孩子聚在最后一排靠墙一张长条桌前，将好几摞报纸、材料分拣成单独的一份份的，装进一个个手提袋里，手提袋上印有健一保健品公司的名字和Logo，这应该是名怡公关公司为即将举办的活动做准备。

"这边请。"李志勇将呼延云让进右手一间小型会客室里，请他坐下，并在旁边的饮水机上接了杯水，"说吧，找我啥事？该不会是找我们公司做什么广告业务吧？"

呼延云喝了一口水笑道："我是来找你了解扫鼠岭那件案子的。"

李志勇转过身，把一杯盛得有些满的水放在了呼延云的面前："那件案子不是已经破了吗？就是周立平那个人渣做的，警察来抓他的时候，还是我领的路。"

"想必你也听说了。"呼延云喝了一口水，"警方对周立平的审讯并不顺利，周立平矢口否认他犯下了这桩罪行。"

"否认有个屁用！十年前他还否认'西郊连环凶杀案'是他干的呢！"李志勇冷冷一笑，"不过话说回来，当年也多亏了你那个关于漫画的推理，才能那么快就把他抓住，只可惜——"

虽然没有再往下说，但可以想见，李志勇的意思是可惜那一次周立平逃过了终身监禁甚至死刑。

呼延云沉默了片刻道："其实，我的那个推理是有漏洞的……"

"无所谓！"李志勇有些不耐烦，"反正最后把他逮住了，我倒要看看这一次他还怎么死棋里出活招儿。"

"虽然我看不到警方的审讯记录，但是听一些朋友说，没有发现周立平的供述中有什么大 bug，眼下还很难断定他就是扫鼠岭案件的真凶……"

"呼延！"李志勇在他的对面坐下，目光和口吻都有些不大友好，"咱们算是老相识了，今天你来，我欢迎，但是我绝不希望从任何人的口中听到任何替周立平辩解的话！他是一个卑鄙无耻的杀人狂，就这么简单，这个结论比地球是圆的、煤球是黑的还要不容置疑！"

"对我而言，没有什么不容置疑的事情。"呼延云平静地说，"而且，我也并没有替周立平辩解，我只是想说，现有的证据还不能证明周立平是扫鼠岭案件的真凶——"

"证据？还要什么证据？！"李志勇粗暴地打断了他，"据我所知，案发当晚青石口东里红绿灯上的监控视频拍到了一张他开车上扫鼠岭的照片，这还不够定他的罪吗？"

"我要纠正一下，监控视频拍到的只是他开车经过青石口东里红绿灯，并没有拍到他上扫鼠岭，而据周立平说，他只是把邢启圣送到扫鼠岭的路口，然后就被打发下车了。"

"一个满嘴谎言的杀人犯说出的话，也能相信吗？"

"目前并无证据证明周立平满嘴谎言。"呼延云说，"况且每个人都可能因为各种各样的原因说谎，但这不代表说谎的就是杀人犯。"

李志勇被激怒了："你这话是什么意思？"

"我的意思是说，判断一个人有罪或无罪，不应该以道德作为评判标准，这是两条轨道上的两回事。同样，也不应该以个人好恶作为判断标准，这样很可能导致错误。"呼延云心平气和地说，"就好比你李志勇，我不可能因为你说了两句谎话，就说你才是扫鼠岭案件的真凶。"

李志勇勃然大怒："我说什么谎话了？"

"抓捕周立平那天，杜建平发现你的臂膀受过伤，你说是前一天帮公司搬家具扭伤的，其实是你前一天跟周立平打架受的伤，我说得对吗？"

仿佛挨了一记勾拳，李志勇的神情顿时颓然了几分，慢慢坐在呼延云对面的椅子上："这……这是谁告诉你的？"

"没人告诉我,这只是个不大严谨的推理而已。"呼延云说,"我听说了你受伤的事,刚才在楼门外等你时,顺口问了一下保洁员,他说最近几天你们公司没有买进或卖出家具,也没有内部搬动家具后叫他去清扫,进来之后,我看了一下可移动家具的底部,没有凸出或缩进的灰尘带,也就是说你撒了谎,公司这几天并无搬动家具的事宜,于是就猜你受伤可能是因为跟什么人打架了——打架受伤又不好意思跟杜建平明说,十有八九是嫌丢人,而且导致你丢人的家伙近在眼前,就想到周立平了。"

李志勇目瞪口呆。他跟周立平打架的事儿,在周立平受审时被抖搂出来,他只好承认了,杜建平虽然气他一早不说,但答应帮他保密。本以为这篇儿就算翻过去了,没想到竟被呼延云轻而易举地指了出来,脸上很是挂不住,一时间胖嘟嘟的腮帮子都耷拉了下来,习惯性地揪着粗大的鼻头嘟囔道:"那又怎么样……那跟扫鼠岭案件无关。"突然他想起了什么,猛地抬起头来瞪着呼延云:"等一下,这跟你又有什么关系?你是警察吗,你有什么资格过问扫鼠岭的案子?"

"当然有关系。"呼延云喝了一口水,慢慢地说,"扫鼠岭案件发生后,先是刘思缈被迫离开了专案组,接着有些媒体开始含沙射影地攻击十年前一位警官纵敌,这两件事分别牵涉到了我最好的两位朋友,我不可能坐视不理。"

"瞧把你能个儿的!"李志勇冷笑一声,"你不坐视不理,还能咋地?你以为你在写侦探小说:案子办不下去了,警方就会巴巴地上门来求你?"

"这就是你说的第二句谎话。"呼延云说。

"什么?!"李志勇又懵了。

"刚才在楼道里,你说和过去的同事们一起喝酒时,他们经常夸我帮警方又破了不少案子——这是不可能的。不要说现实世界里，就是在侦探小说中，你什么时候听说雷斯垂德和葛莱森公开承认福尔摩斯才是真正的破案者——没有一个警察会认可一个外人在刑侦工作中的功绩，就好像当年绿营兵哪怕被太平军揍得屁滚尿流，也不会承认湘军的战斗力一样。"呼延云笑着说，"不过这件事倒是让我很好奇，说真的，你在我当年的记忆里是一个古板、倔强的家伙，什么时候开始，你也学会看人下菜、曲意逢迎了？或者说，是因为某些不可言说的原因，你必须努力争取到我的好感，才不至于卷进一些麻烦之中？"

李志勇的脸涨成了猪肝一样的紫红色。

"我有个提议：咱们俩不妨把那些对彼此、对他人的成见统统放到一边，好好谈一谈。"呼延云似乎完全没有看见他怒不可遏的表情，"我今天来，丝毫没有跟你吵架的意思，纯粹是讨教，希望你能解开我心中的一些谜团……人生本来就是个不断积累谜团的过程。何况十年过去了，绝大多数谜团恐怕永远都找不到答案。只有极少数的谜团，因为机缘巧合，出现了解开的可能，我们都不应该放弃这个也许是唯一的机会，你说呢？"

狭小的会客室里鸦雀无声，很久很久，李志勇的脸色渐渐恢复了正常。

隔着桌子，他主动伸出一只手来，西便服的袖口里露出了已经开线的衬衫袖子。

呼延云一笑，伸出手来，跟他紧紧地握了握。

2

两年前，在工作岗位上表现优异的李志勇有了一次升职的机会，如果不是那天晚上突然发生的事情，同袍们都已经准备在他升任刑侦支队副支队长的庆祝晚宴上一醉方休了。

两年过去了，对那件事的很多细节，李志勇依然没有回想起来，他只记得那是个大雨瓢泼的深夜，他下班回家，穿着雨衣，骑着自行车到楼门口时，刚刚下车，听到身后有人叫他，他"哎"了一声，后脑就重重地挨了一棍子，登时昏倒在地，醒来时已经躺在医院，是附近的街坊把他送来的。检查表明：在他昏倒后，袭击他的人又踢了他几脚，没有更加严重的伤害……他正在暗自庆幸，刑侦支队的支队长来了，神情凝重得像来吊唁似的，周立平以为这位老上级是担心自己的伤势，谁知支队长口吻冰冷地宣布：他被停职，并要立即接受警队纪律部门的审查，因为他右腰上的枪套里空空如也，那把九二式警用手枪丢失了，与之一同丢失的，还有弹匣里满满的十五发子弹。

警员丢失枪支是非常严重的渎职行为，按照我国枪支管理法的有关规定，如果能在有限时间内找回，那么可以从轻处理，否则肯定要"双开"。

自此，李志勇开始了近乎疯狂地找枪，警界的兄弟姐妹们纷纷出手相助，黑白两道都托遍了人，但就是打听不到一点儿有关那把枪的下落。支队长找他谈话，希望他能回忆起受袭那一晚的细节，通过找到袭击者，再由人找枪。李志勇想得脑仁儿疼，觉得那个叫他的声音有些熟悉，却也很是陌生。

警方分析，袭击者先叫李志勇的名字再动手，这说明袭击目标是非常明确的，而在李志勇昏倒后并未下"黑手"，只是拿走了他的配枪，这又说明袭击者比较"节制"，他恨李志勇是一定的，但认为对他的"惩罚"应该仅限于不让他再当警察为止——换言之，在这一系列行为中，袭击者反而扮演的是一个审判者的角色，那么他一定是切身体会到了李志勇从警中的"不公"，这也就排除了袭击者是受雇于人的可能。循着这个思路，警方对李志勇以前抓捕和处理过的罪犯进行了排查，渐渐地将嫌犯名单缩小到半张A4纸的范围之内。

而在从上到下把那份名单看了一遍之后，紧锁眉头的李志勇突然双眼冒火，手指头差点儿把A4纸戳破了："就是他！我想起那个声音了，就是他！"

他戳的正是周立平的名字。

因为在狱中改造良好，周立平提前两年获释，袭击李志勇的事件恰恰发生在他出狱四个半月之后，这不能不引起警方的重视。林凤冲把周立平"请"到派出所，亲自进行了问询，并趁机派人搜查了他的临时居住地，但一无所获，周立平表示对袭击李志勇一事毫不知情，警方只能将他放了。在此后一个多月的时间里，三名警员轮盘蹲守在周立平家附近，密切跟踪他的出行，没有发现一点儿他和那把枪有关的行迹，只好放弃了这条线索。

而李志勇也被"双开"，彻底离开了警队。

很多人都记得，他离职那天，依依不舍地交出了警服、警帽和证件等，大家把他送到门口时，他突然转过身，对着飘扬在楼顶的国旗敬了一个礼，眼圈红红的，却没有流一滴眼泪。

这个动作在事后被认为是一个无声的誓言。也就是从离开警队这一天开始，李志勇展开了对周立平寸步不离的追踪。他买了望远镜、照相机以及红外夜视仪等装备，每天早晨提前一步赶到周立平家的楼门口，找个僻静的地方埋伏起来，等周立平一出来，他就像影子一样紧紧跟在后面，观察着他的一举一动。周立平那时在做交通协管员，整日价站在十字路口的红绿灯下面打小旗，晨起晚归。李志勇就搬个小马扎在附近的一棵大树下坐着，直到周立平回家，他必须看他进了楼门，再等上半个小时才回家，不分寒暑，披星戴月……以至于到了周立平练长跑，他也跟在后面跑步的地步。"别的不说，愣是把我的一身囊囊肉给练精壮了。"说起这个，他的脸上不禁浮现出苦笑。

这么一天到晚地不着家，早晨拎个马扎出去，晚上拎个马扎回来，面颊瘦个稀瘦，俩眼熬得通红，可把李志勇他妈心疼坏了，追在他屁股后面不停地念叨："你这老大不小的了，既没个固定工作，也没女朋友，你到底是想要咋地？"

"妈您不是最喜欢看刘佩琦和王志文演的《无悔追踪》吗？你儿子现在就是里面那肖大力！"李志勇说，"我知道，我那把手枪就在周立平手里，我要死死地咬住他不放，绝对不能让那把枪再响一声，肖大力追踪了冯静波四十年，我要盯周立平盯到死！"

这话不说还好，一说老太太肝儿颤得更厉害了："儿子啊，那都是电视剧，不能当真啊！再说你爸死得早，你要是不早点儿给你老李家续上香火，赶明儿我到了那边见到你爸，我可怎么跟他交差啊！"说着说着，脸上就老泪纵横的。

李志勇低下头，沉默不语，过了很久才慢慢地说："妈，您这身体硬朗得很呢，甭净说那些不着边际的话。"

儿子对母亲永远是误判。就在不久后的一个傍晚，毫无征兆的，老太太在厨房刷碗时，"哎哟"了一声突然就倒下了。李志勇追踪了周立平一天，回来时看见自家门口淌成了一条河，冲进去看到了躺在水泊中不省人事的母亲。

接下来的一个多月时间里，他一直在医院陪伴着脑溢血的妈妈治疗和康复，多亏医生的救治，把妈妈从死亡线上拉了回来，但老太太就此半边身子偏瘫了，要搀扶着才能勉强走一段路，说话呜噜呜噜的听不清楚她要表达什么……直到这时,李志勇才意识到,昔日妈妈那些烦人的唠叨是多么的可贵和动听。

出院那天,大雨倾盆,他一手搀着妈妈,一手撑着伞,站在路边打出租车,等了二十分钟也等不到一辆空车。一向生活保守的他被迫开始下载滴滴打车的APP,湿漉漉的手指在屏幕上戳不动程序,急得他额头上直冒汗。就在这时,他感到靠着自己肩膀的妈妈身体在颤抖,老太太有些站不住了……

突然,一辆黑色轿车在他们的面前停了下来,车窗摇下,露出了一张脸。

"上车!"开车的是周立平。

李志勇有些发愣,这当儿,周立平已经冒着雨跳下车,拉开后门,伸手要搀着老太太上车时,李志勇狠狠搡了他一把,满眼都是仇恨!

如果不是为了追踪你这个杀人犯,妈妈病倒时我也许就能在家,不至于贻误她的病情了!

"先扶你妈上车!"周立平面无表情地说。

李志勇扶着妈妈坐到了后座,"哐"地关上车门,外面嘈杂的雨声和刚才乱糟糟的心绪,一下子都被隔离到另外一个世界去了。

周立平坐回到驾驶位,开动了车辆。隔着车窗向外望去,一切景象都好像被雨刷器不停地刷过似的,无论是奔走的人们、豕突的摊车、疾驰的轿车还是在风雨中濡墨一般影绰了边沿的高楼广厦,都在一遍遍的搅扰、剐蹭和冲洗中变换着面孔;景中的人和观景的人心无二致,都是那么的纷乱、模糊、捉摸不定。

一路上,李志勇和周立平谁都没有说话,直到车缓缓地停下,李志勇往外看了一眼,冷笑道:"你怎么知道我家住在哪里?"

周立平从后视镜里看了他一眼,目光冰冷。

"那天在这座楼下袭击我并偷走了我配枪的人,就是你吧?!"李志勇厉声责问。

周立平还是没有说话。

车厢里安静极了,不知什么时候,妈妈蜷缩在车座里睡着了。李志勇把外套脱下,盖在她身上。周立平下了车,拉开后门,李志勇抱着妈妈往楼里走,一路上周立平都撑着一把大黑伞,给他娘儿俩遮着雨,直到他们进了楼门,才反身回到车里,开车离开。

李志勇转过头,记住了那辆黑色斯派的车牌号。

不久后,李志勇来到了名怡公关公司,找到总经理郑贵。郑贵这小子此前在媒体当广告部总经理时,因为一笔生意跟人结仇,被人用霰弹枪把家里的玻璃窗打了个稀巴烂,吓得他半死。多亏李志勇领着一帮刑警迅速破案,才让他放弃了举家搬回湖南老家的计划。这会儿见到恩人,郑贵十分高兴,死说活说也要拉着李志勇喝酒去,李志勇说:"你要真想请我吃饭,就干脆给我个长期饭票——我不当警察了,跟着你郑大老板挣钱咋样?"郑贵眼珠儿一转:"李Sir,您别是到我公司卧底来的吧?"李志勇一听,转身就走,郑贵一把将他拉住:"酒今天一定要喝,饭票从明天开始领,咋样?"

就这样,李志勇开始在名怡公关公司工作,挂了个经理的职位,其实就是打打杂,尤其举办会议或活动时帮助做做安保什么的,工资很低,但也比当警察要高得多。也许职业真的会逼迫一个人做出改变,渐渐地,一向倔驴一样脾气很臭的他,言行也外场了起来:接人待物不再那么冰冷僵硬,说话也不再带着一股子冷嘲热讽的"审讯腔",就连穿起西装来也有模有样,不像刚开始那样,怎么看都像是个便衣警察了。

只是,几乎没有人注意到:李志勇的作息时间似乎总在跟公司另外一个同事——郑贵的司机周立平同步:周立平上班他也上班,周立平吃午饭他也去吃午饭,周立平下班他也下班。

"你跟周立平既然在同一个公司工作,彼此间有过交流吗?"呼延云问李志勇。

李志勇摇摇头:"我们在公司从来没有说过话,这么说吧,面对面走过去,眼神的交流都没有一个,对于我来这里上班的目的,他心知肚明。"

"周立平在公司里到底是个什么表现?"呼延云又问,"有什么可疑的地方吗?"

李志勇皱着眉头,嘴唇嚅动了很久,才慢慢地说:"扫鼠岭案发后,得知是周立平作案,我有几天没睡好觉,我觉得自己花了这么大的精力,还是把他'跟丢了',心里挺愧疚的,但仔细又一想,我觉得跟周立平同事这么久,确实没有发现他任何疑点,他每天按时上下班,有事跟郑总出去办事,没事就在自己的工位上坐着,上网或者打游戏,从来不跟同事们有什么交流,不过眼里有活儿,看见哪里需要帮忙了,肯定会上去添把手,上班下班的路上,低着头往前走,被谁碰到撞到了也从不说什么……我觉得他知道我就在身后跟着,但是他也从来不回头'找我'。这样一个人,在众人的眼里确实会渐渐丧失警惕,让人以为他改造好了——至少是不敢再惹是生非了。"

"但你没有丧失对他的警惕,对吗?"呼延云说。

"当然!"李志勇口吻坚定,"因为我知道那把九二式警用手枪就在他的手里!"

"扫鼠岭案件那天晚上,他把你约出来时,承认枪在他手里了吗?"

"那倒没有。"李志勇摇摇头,"那天晚上我们见了面之后,没几句话就动手了。"

"没几句话……具体一点儿,都有哪几句话呢?"

"我想想……见面之后,他问我还要纠缠他多久?我说你没做亏心事你怕什么;他说他的案子已经结束了,不希望身后总长个尾巴,我说还没结束,你只偿了一条人命,还有三笔血债没有还呢!他说有证据你就抓我,没证据就闭嘴什么的……我火了,给了他一拳,正打在他的嘴角,他也没客气,给了我一脚,反正最后扭打在一起……"

"谁赢了?"

"啊?"

"我是问,最后你们俩谁打赢了?"

李志勇有点儿不好意思,摸了摸大鼻头说:"只能说那小子坐牢八年,没断了健身……"

呼延云不禁笑了起来:"凭直觉,你认为那天周立平约你出来有没有制造不在场证明的意思?还有他跟你的对话中,有没有故意激怒你跟他打一架,好让你印象深刻,为他提供不在场证明留下伏笔?"

李志勇想了想说:"好像有,又好像没有……我说不大准,毕竟我俩这仇结了十年了,见面想不打架都难。"

"他约你到杏雨路是几点的事情?"

"十点四十吧。"

"你怎么那么快就到杏雨路了?"

"我有辆捷达,就停在我家楼下,开车到杏雨路也就十五分钟。"

"周立平电话约你时,你一定很惊讶吧,当时他在电话里的口吻着急吗?有没有急剧的喘粗气什么的?"

"说实话,那天晚上接到他打来的电话,我确实挺惊讶的,也就没在意他的口吻、喘不喘粗气什么的……我问他什么事,他问我在哪儿,我说在家,他说有些事儿该清清了,我冷笑着问他怎么个清法,他说十一点整咱们到杏雨路街心公园的小树林里见,我说行,谁不去谁是孙子!"

"你就这么去了?"

"对啊,那还能怎么着?"

"你就不怕他带上那把九二式警用手枪?"

"我就等着他开枪呢!"李志勇恨恨地说,"他不开枪,我一辈子都证明不了自己的清白!"

"你到了街心公园,他多久出现的?"

"我刚到,他就冒出来了。"

"他当时有没有显得很疲惫,一身汗什么的?"

"本来就是晚上,公园里虽然有路灯吧,但我们见面是在小树林,黑乎乎的能看清对方眉眼就不错了,哪里还顾得上别的?"

"你们打了多长时间?"

"没多久,三拳两脚,虽然都下了狠手,但都没占到多大便宜,于是对骂了几句就结束了。"

"你们都骂什么了?"

"我一向笨嘴拙舌的,不大会骂人,就骂他是千刀万剐的杀人犯,不得好死什么的,都是常见的台词,周立平吗——"李志勇想了想说,"他就是骂我蠢货……"

屋子里安静了片刻，呼延云眨巴了一会儿眼睛："没了？"

"没了……他就骂我是个蠢货，别的就没了，可是说真的，这俩字要是搁其他脏话里一起骂出来还不觉得咋地，单独骂，相当伤人！"

望着李志勇郁闷的样子，呼延云有点儿想笑，就在这时，会客室的门开了，门缝里露出一张胖乎乎的脸蛋。

3

"郑总，有啥事儿？"李志勇扬扬手，跟他打了个招呼。

呼延云知道来人就是名怡公关公司的总经理郑贵。

"没事儿，没事儿。"郑贵一边说一边钻了进来，他四十多岁，个子不高，上下一般粗的身材，好像从脖子往下曾经有很长一段时间钻在一只桶里生活过似的。他的两颊有些下坠，眼睛和眼袋都很大，可能是熬夜太多的缘故，都有些发黑，嘴唇厚得发肿，嘴角挂着一丝殷勤的微笑。

李志勇介绍道："郑总，这位是我的老朋友，名叫呼延云。"

还没等呼延云站起身，郑贵已经一个箭步跨到他的面前，用柔软的小胖手一把握住了他的手："哎呀哎呀，久仰久仰，我看过你写的小说！"

呼延云有些不好意思："其实，我不是作者，那些书是我的一位朋友根据我的一些事迹写的，当然，内容基本属实。"

"嗨，反正你就是我心里最牛的神探，比福尔摩斯和东野圭吾还要厉害！"郑贵说。

能把这俩人凑在一起，呼延云有些哭笑不得。

郑贵强拉着他来到自己的办公室，这里比那间小会客室要宽敞得多，全套花梨木的办公家具，显得颇为古雅，只是博古架上的"摆件"颇为古怪：左一格是玉质貔貅、右一格是黑檀木雕关公像，上一格是普洱茶的圆形茶砖、下一格是《三体》《时间简史》和《论语别裁》的混搭……在办公桌的斜对角，摆着一座嵌有水车的假山，水车骨碌骨碌地转动不已，将哗啦啦的流水带上来又翻下去，大概就是所谓的"风水轮"，假山的下面，躺着一座根雕状的实木茶桌，桌上开着层次不一的弧形沟壑，桌角趴着一只三足紫砂金蟾蜍，背上的金色已经剥落光了，活像洗澡时间太长洗秃噜皮儿似的。

郑贵请他和李志勇在茶桌边的圆木墩上坐下，煮开了水，泡好了茶，用茶夹夹着紫砂茶杯摆成一排，拿开水冲洗了一遍，然后将茶壶里的茶汤倒出两杯，端给呼延云和李志勇，跟他们东拉西扯地闲聊起来，熟络得好像多年不见的老朋友："你不知道，这阵子可把我忙坏了，接了一个保健品公司的会，跑前跑后地疏通会场和嘉宾不说，突然又来了周立平这么一档子事儿，被警察同志叫过去好一顿盘问，可是咱真的是完全不知情啊，再问我也问不出什么来的！"

"他毕竟是你们公司的员工嘛，犯下这么大的案子，警方多问两句也是正常的。"呼延云喝了一口茶，慢慢地说，"不过，郑总这么长时间把一个连环杀手放在身边当司机，这胆量可真就没谁了。"

郑贵苦笑道："还不是燕兆宾馆孙经理的推荐，我哪儿敢驳她的面子啊！"

"你说的是不是燕兆宾馆会展部经理孙静华？"呼延云问。

"对啊，那是我们公司的老关系了，马上要召开的保健品公司的会，也要在燕兆宾馆举行，从场地费用到各种通融，都在她一句话。"

"孙静华跟周立平是怎么认识的,为啥要给他推荐工作?"

"这个,我也说不清……"郑贵皱起眉头,"就跟我说,她那儿有个人想换份工作,问我这里有没有岗位,人家开口问我,就是给我面子,我哪能不识好歹?"

"周立平在你身边工作这段时间,你对他是个什么印象?"呼延云问道。

"怎么说呢,我觉得他是个挺……挺'靠谱'的人。"郑贵下这两个字的评语很是谨慎,"平时话很少,但是眼里有活儿,带出去不招灾不惹事的,安排他做什么,他都能完成。有几次我喝多了,钻桌子底下了,醒来就躺家里了,老婆说全程都是他把我带回来的,吐了他一身,让他换件衣服他都不肯,直接回去了。公司几辆车,他都保养得很好,他在监狱那几年学了好多手艺,不光会修车,公司不管哪样电器坏了,他三两下就能鼓捣好了。咱们这公司女同事多,难免事儿叽叽的,可是周立平从来不往里面掺和……别的就说不出什么了,这么长时间了,很少跟他交流,唯一发生过一次不愉快,还是因为邢启圣跟我告了他一状。"

"我听说,是童佑护育院的孩子总来找周立平,惹得邢启圣不愉快了?"

"差不多吧……"郑贵有些遮遮掩掩,"大半夜的邢启圣给我打电话投诉周立平,都是兄弟单位,我也不能不管啊,就把周立平训了一顿。"

"你们一个公关公司,跟童佑护育院算哪门子兄弟单位?"

郑贵伸出小胖手,又开三根手指头:"说到底,我们跟爱心医院、童佑护育院,就是爱心慈善基金会驻本市办事处这树干上长出的三根树枝,凡事要听陶灼天会长和邢启贤副会长的话。原本树枝只有两根，爱心医院和童佑护育院。我做公益报纸那会儿，跟陶邢两位会长都认识了，郭美美那事儿一出，我赶紧找到他们，跟他们讲，慈善这碗饭从此以后不好吃了，少不了有人盯着。陶会长一开始还不在乎，说大家都这么做的，后来听我掰开了揉碎了这么一讲，明白过来，说老郑我懂你的意思，你说该咋办。我说我弄个公关公司，把媒体都拢成一家子，出了事儿，一家子还能说两家话？陶会长说行，老郑我就听你的，我们出钱办个公关公司，你最有能耐，你来管理……所以这名怡公关公司，看起来是我的，其实是爱心慈善基金会的。"说到这里他突然意识到自己跑题了，赶紧找补了一句："所以说，我们跟爱心医院、童佑护育院都是兄弟单位，尤其邢启圣又是邢副会长的哥哥，他投诉周立平，我得给面子不是？"

"既然公司是爱心慈善基金会的，怎么还接保健品公司的活动？"呼延云有些好奇。

"嗨！说来说去，公司只是打着爱心慈善基金会的招牌，对外说起来好听，显得权威；另外，有个公益单位的背景能免些税。"郑贵不大好意思地呵呵了两声，"公司办起来之后得挣钱啊，镖局也不能只保一家的镖对不对？外面一大屋子人都指着我吃饭呢。"

"是啊，任何创业都不容易，这年头，背靠大树也不一定好乘凉了。"呼延云表示理解，"问题在于，你收周立平是为了还孙静华的人情，其他的人呢？公司的同事们知道了他是连环杀人犯，不感到紧张和害怕吗？"

"周立平刚来公司那会儿，没几个人知道他以前犯过事儿，他又一直表现不错，等到后来听说他因为杀人坐过牢时，大家紧张了一阵子也就过去了，活到这把年纪，谁都一样，没吃过脏脏包还没干过脏脏事儿?像邢运达,以前理都不理周立平的,知道以后还对他另眼相看呢!"说到这儿郑贵一拍李志勇的肩膀,"再说还有这样儿的,专门为了周立平才主动来我公司上班的呢!"

李志勇刚喝了一口茶,被他这么一拍,呛得直咳嗽,郑贵摩挲着他的后背笑着说:"当初你来的时候,我就猜你是来卧底的,你还不承认。"

呼延云一笑:"邢运达是邢启圣的儿子吧,他对他爸向你投诉周立平这事儿怎么看?"

"他们爷儿俩关系很一般。"郑贵说,"邢启圣早早就跟老婆闹离婚了,邢运达被两口子推来推去的,都不想拖这个油瓶,所以他跟爹妈都没什么亲情,等到他长大了,邢启圣也老了,才想起还是有个儿子的好,托我给邢运达在公司里找了个副总的位置……话说回来,在整个公司,好像也就他跟周立平算是有些交情。"

"怎么个交情法儿?"

"过去,邢运达总喜欢把自己整出点儿黑社会老大的气势,剃平头,文个身,走到哪儿都揣把刀,公司聚餐时就听他各种吹,跟谁拜过把子、砍过多少人,其实他就是从小没爹妈照顾,缺少安全感,给自己壮胆呢。后来他听说周立平真的杀过人,而且是个'连环杀手',崇拜得不得了,非要拜周立平当师傅,你想周立平哪会理他,但一来二去,不知怎么的,俩人关系就越走越近,邢运达平时见到他张口闭口都是'周哥'——只是不知道,这回他知道是'周哥'杀了他爸,会怎么想……"

"是啊,蚯蚓竟是一条恶龙,这个'突变'肯定会让不同的人产生不同的反应。"呼延云笑道,"所以邢运达得知周立平是

'连环杀手'会心生崇拜,而邢启圣在得知这一点后,却还敢跟他发生冲突,并且到你这里告他的状,恐怕导致他'恼羞成怒'的,不是一般的小事吧。"

郑贵端起茶壶,给呼延云续杯,水流得且缓且慢:"呼延先生,人在茶满,人走茶凉,这是没法子的事儿。我是个老老实实的生意人,过去做生意讲究的是拉关系、给面子。关系到位了,面子给足了,大家才能一起发财……现如今你也知道,好多老关系都断了,新关系不带咱玩儿了,生意越来越难。老邢生前一喝多了就喜欢说一句话:'这几年,除了婚礼和葬礼,已经很少有什么能把我们这些人聚拢在一块儿了',现如今他不在了,活人的面子我要给,死人的面子我更要给,你说,是不是这个道理?"

办公室里静悄悄的,只有风水轮的转动声不绝于耳,咕噜咕噜,哗啦哗啦……

4

正聊着天,李志勇的手机响了,他接听后对郑贵说:"郑总,社保中心的电话,说我妈的大病医疗保险有点儿问题,他们五点下班,我得赶紧过去。"

"你去你去。"郑贵说。

呼延云也起身向郑贵告别,郑贵死活非要送他一盒健一保健品公司新出品的改良版五行阴阳镜,说是即将召开的新闻发布会就是为了推出这款新品,呼延云哭笑不得,拒了半天才拒掉了。

往停车场走的路上,李志勇对呼延云说:"老郑不是啥坏人,就是个伏窝子,话说得很大,胆子却很小。不过你们俩的推手也都够水准,你是绕来绕去不离主题地攻,他是云山雾罩见招拆招地守。"

呼延云笑着问:"那么你觉得,谁更高一筹呢?"

"我觉得是老郑,因为你并没有套出你想要的……"李志勇说,"不过老郑从一开始就误判了形势,他跟你套近乎,肯定是看多了你的那些小说,认为你和警方说得上话,能帮他撇清自己跟扫鼠岭那件案子——乃至跟爱心慈善基金会的关系,可惜他并不知道,中国警方对私家侦探从来都不感冒。"

呼延云点了点头:"老郑确实是个琉璃做的,精光水滑,很多话只说了一半,但话里话外摆明了他知道全部。"

"生意人嘛,他得留下一半等合适的价钱呢。"李志勇说。

"在你看来,我探求的那个问题,真实的答案到底是什么?"

这时他们来到了停车场,李志勇一边用钥匙打开一辆灰色捷达的车门,一边说:"我到了名怡公关公司之后,俩眼就盯着周立平,对其他的事情没有很在意。老郑今天跟你说的很多东西,我也是第一次听到。不过据我的推断,邢启圣跟周立平吵架,八成是因为周立平性骚扰甚至性侵了护育院的孩子,被邢启圣发现了,这也是后来周立平在扫鼠岭上杀人放火的根本原因——他要灭口嘛。"

呼延云慢慢地说:"大部分人——包括警方在内,都是这么看的。"

"当然了,因为周立平有前科啊!"李志勇说着,坐上了驾驶位。

呼延云坐上了副驾,车里面一股臭烘烘的味儿,他的脚踢到什么东西,低头一看竟是一双脏球鞋,估计正是臭气的"策源地"。

"对不住啊！"李志勇说，脸上可是毫无愧疚的神情，"我这车里也很少搭别人，所以一直当半个垃圾箱用。"

"看得出来，就你这车况，符合单身汉的一切特征……话说你今年也快四十了吧，没找个女朋友吗？"

李志勇开动了汽车："女朋友？现在的女孩子找对象，条件是'有车有房没有妈'，我就这么一辆二手的捷达，没有自己的房子，家里还有个病妈，谁跟我？"

"我看你们公司的女孩子就不少啊。"

李志勇笑了笑："那些女孩子，说句不礼貌的话，大都是凑单的，既不中看也不中用。"

呼延云有些好奇："凑单的——什么意思？"

"你上网买东西，总盼着多一些优惠吧，好，满一百减二十，购物车里的东西不到一百元，挑个鸡零狗碎的凑够一百元吧，不顶用，但也不能不要……公关公司，说难听点儿就是《茶馆》里那黄胖子，专业和事佬儿，吃的就是关系这碗饭，你用人家，人家也要用你。老郑一没背景二没靠山，能混到今天这个地步，不容易，平日里对谁都得点头哈腰三分笑，不敢得罪谁，小心翼翼伺候着各路老爷，不知道哪天能求人家行个方便，人家要用钱，他得塞钱，人家孩子找工作，他得给安排岗位，哪怕这孩子屁都不会，你也得给安排，为的不就是能'减免'些麻烦嘛。邢运达就是啊，一个天天装流氓的货色，能当上副总，凭啥？凭的还不就是他有个当院长的爸和当副会长的叔……你看我们公司那么大面积，那么多工位，真正每天来干活儿的，就那么三五个人，其他人八百年不露一回面，可老郑照样得给上保险、发工资……越是来得少的，工资越高，因为人家后台硬，所以谱儿才大啊。"

呼延云很吃惊："这是什么逻辑？"

"什么逻辑？公司要想活命就必须遵守的逻辑！"李志勇叹了口气，"不过比起爱心慈善基金会，这就不算什么了……"

"还有比这更夸张的？"

"有！"

李志勇只说了一个字，就不再言语了。

车子一路向南，下午四点的辰光，说堵不堵，只是恰巧小学放学，三三两两的孩子们像泼洒了一地的水银珠子似的，在路上闪烁着、跳跃着、穿梭着，车速不得不忽疾忽缓，时不时还要顿挫一下，李志勇有些烦躁，嘴里哔哔着，等停到社保中心门口时，他忙不迭地跳下车，冲了进去。呼延云在车里等了好一阵子，才见他走了出来，手里拿着一张"个人参加城镇居民大病医疗保险信息登记表"，站在门口，神情茫然。

呼延云下了车："怎么了？"

李志勇指着手里的表格说："我前几天提交的，社保中心打回来了，说是不许参保人亲属代缴，必须参保人自缴。"

呼延云看了一下表格："这里有参保人自缴和参保人亲属代缴两个选项的啊。"

"说是新规定。"李志勇叹了口气，"我跟他们说了，我妈得脑溢血偏瘫了，不能自己来缴，老太太也一直没有办银行卡，他们说让我自己想办法……"

呼延云一把抢过表格，推门进了社保中心，李志勇跟在他的身后。

空荡荡的大厅里没有什么人，只有一排工作人员坐在一个个玻璃隔断里无所事事地打着哈欠。

呼延云随便找了一个，拿着表格问："既然表格上规定了，参保人员可以选择自己缴费或亲属代缴，为什么现在又不让亲属代缴了？"

"这是最新规定。"

"规定在哪里？请给我看一下。"

"你是什么人？凭什么要给你看规定？"那个工作人员不耐烦地说。

瞬间，呼延云的口吻变得异常严厉："我是公民，既然这件事情牵涉到公民的合法权益，我当然有权利要求你们出示相关文件！"

空荡荡的大厅被他的声音震得嗡嗡作响，有几个工作人员像受惊的蝌蚪一样，身体往这边倾斜，但又不敢离开工位。

对面的那个工作人员好像矮了半头，声音也低沉并柔和了几分："其实，这个也不是硬性规定，主要是有些代缴的人忘了往卡里续费，结果保险就断了，影响到被代缴人。"

"啊？"李志勇很震惊也很气愤，"刚才你们不是说绝对不能代缴吗，这会儿怎么又说不是硬性规定了？"

呼延云回头望了他一眼，目光里流露出息事宁人的意思，然后转过头，继续对那个工作人员说："那么这张表格是不是没有其他问题了？"

工作人员嘟囔了一句不知什么话，把表格收走了。

呼延云和李志勇走出了社保中心，他们惊讶地发现，就在这么短的时间里，下午倏然变成了傍晚，寒云如老，夕阳无光，街上来来往往的每辆车的车顶都覆着一层浅浅的黄色，欲暖还凉。

上了车以后，李志勇很不好意思地对呼延云说："哥们儿，谢了。"

呼延云忍不住道："你好歹也曾经是公家的人，怎么连这种事儿都能被他们唬住？国家的政策本来是为老百姓考虑，可下面这些部门私下里多设一道槛。"

"当刑警拼的是真刀真枪,有什么麻烦事儿,单位也帮忙解决了,不让咱们有后顾之忧。离开队伍后才发现,好多事儿真的很难。"李志勇叹了口气,"我送你回家,你住在哪儿?"

呼延云往副驾座位上一靠:"走,去你家,看看阿姨去。"

李志勇一愣,随即发动了汽车。

汽车停下的时候,眼前是一栋带电梯的高层,蓝灰色的楼体上,处处可见墙面脱落形成的斑驳,呼延云问道:"你家怎么搬到西郊这边来了?"

"前几年城里雾霾重,我妈一咳嗽就是一冬天,我跟她商量了一下,把老房子卖了,在这边换了个大一点儿的,带电梯,老太太散步、买菜啥的也不用爬上爬下的了……她这一中风偏瘫,可也不用上下楼了。"

呼延云往西北方向望了望,隐约可见一道兽脊般的绿色起伏:"那道山岭,是不是就是扫鼠岭啊?"

"对。"李志勇说,"这里离扫鼠岭很近,跑快一点儿,六七分钟就能到。"

呼延云点了点头,跟李志勇一起坐电梯上了楼,进了他的家里。看上去,这间屋子并不比他过去住的那座二十世纪六十年代的老楼宽裕多少,甚至像是把那间旧屋整体搬移了过来,只是多了一股子偏瘫老人因各种不便必然会散发出的溲臭气味儿。

望着高低柜上的那几个相框,呼延云想起了十年前和林香茗一起把喝醉酒的李志勇送回家的情景。其中有个相框,嵌着一张短发、瘦小、相貌普通的女孩的照片,笑得很可爱……呼延云记得这是十年前没有的。

李志勇走到里屋,低声说了句什么,然后招呼呼延云进来。

呼延云进去一看，老太太坐在一张双人床上，佝偻的上半身好像被火烧卷了的一张纸，当年头发花白的她，而今头发不仅已经全白，而且稀少了许多，她腰以下掖在一个花布面的小薄被里，令人心酸的是被子几乎是平平地贴在床上，仿佛里面是空的。不过，虽然老太太长期卧病在床，但身上的衣服乃至被单、床单、枕头面都非常干净，显然是李志勇给老妈勤于换洗的缘故。

呼延云跟老太太打了招呼，然后搬了张椅子坐在床边，和她聊了起来，老太太愈后恢复得不错，说话虽然有些含糊，意识却很清楚。她记不起这个十年前有过一面之缘的年轻人，但既然是儿子的朋友，就热情地和他拉起了家常。呼延云注意到，当李志勇在这屋子里时，她就显得精气神儿十足，而李志勇一出房间，她就像提着一口气必须放下歇歇似的，神情黯然了下来。

厨房里传来了叮叮当当的切菜声，很快，抽油烟机的风扇声、炝锅的爆裂声、翻勺炒菜的哗哗声也此起彼伏地响了起来。

"阿姨，贴墙这一溜是怎么回事啊？"呼延云指着贴墙边摆放的一长溜板凳问。这些板凳一直延伸到客厅，仿佛是给整个屋子的底部镶嵌上了一层内框。

"这些啊，是志勇摆的，他怕他不在家的时候，我遇到什么急事儿要出屋子，就贴墙摆了这些凳子，我这身子直不起腰，拄不了拐，但是扶着凳子却一步一步往前挪，累了还可以就地坐在板凳上歇歇……难为这孩子，什么都替我想得周到，我却只能拖累他。"说着说着，老太太的眼眶里盈起了泪水。

"您也别太难过，您得这么想：老天爷给您找这个病，是逼着志勇回归家庭，过去他拿枪，现在他拿锅铲，过去他天天抓坏蛋，现在他天天练家务，您觉得哪个让您更舒坦？哪个更有利于他将来找媳妇过日子？"

这句话算是说到了老太太的心坎上,她不禁破涕为笑:"你说得对,你说得对!"

"下午志勇跟我一起给您办大病医疗保险去了,有这么孝顺的儿子,您怎么能浪费他的一番心血——不过这个大病医疗保险怎么现在才给您上啊?我记得男性年满六十岁、女性年满五十岁之后,都要上的啊?"

"以前我就上的,后来不是搬家了吗,住址跨区了,就得重新办,赶上志勇丢了工作,接着我又病了,这个事情就一直拖到现在了。"

"这样啊。"呼延云点了点头。

在李志勇家蹭了一顿晚饭,呼延云帮忙刷完了碗,向老太太告辞,李志勇倒了一杯水,又拿了一瓶药放在母亲床边的床头柜上:"我去送送呼延,您半小时后记得吃药啊。"老太太拿起药瓶晃了晃:"这里面又没有几粒啦。"李志勇说:"没事儿,代购的药很快会到,不会给您断了顿儿。"

电梯下行的时候,呼延云问李志勇:"阿姨吃的什么药啊,怎么还要代购?"

"一种外国产的溶栓药,每天吃一粒,对中风患者的康复特别有效。我一直网上找人帮我代购呢。"

"为什么不一次多买些囤着?"

"代购药有限量的,一次买不了太多,否则过不了海关……况且,不能给患有慢性病的老人囤太多药放在家里……"

"为什么?"

"不为什么……怕他们总觉得自己对孩子是个拖累……"

呼延云明白了:"难为你想得这么周到。"

"我已经活得很失败了。"李志勇把后背靠在电梯的扶杆上,苦笑道,"不能连妈都丢了吧。"

电梯一顿,停下了,电梯门打开的一刻,一股夜风从楼门口豁开的玻璃窗里吹了过来。两个人肩并肩走到外面,呼延云深深地呼吸了一口新鲜空气,清凉的感觉沁入肺腑:"志勇,扫鼠岭案件发生的那天晚上,你在做什么?"

提问来得猝不及防,李志勇愣了愣道:"不是跟你说过了,十点四十左右吧,我接到了周立平打来的电话,他约我十一点到杏雨路街心公园的小树林里'清清事儿',然后我就开车去了——"

"我问的是,十点四十之前,你在哪里?"呼延云打断他道。

李志勇有点儿糊涂,他望着呼延云在黑暗中熠熠生辉的双眸,突然看懂了他的目光:"你怀疑扫鼠岭案件是我干的?"

"为什么不能怀疑你?"呼延云说,"你家高低柜上的那张女孩子的照片是高小燕吧?十年过去了,你依然忘不了她,你也依然没有放下对周立平的满腔仇恨,何况他又很可能是袭击你并盗走你枪支、导致你离开警队的罪魁祸首,所以你一心想置他于死地,不管用什么手段;你对邢启圣也没有什么好感,觉得他和他的儿子都是社会的蛀虫,你离开公职后,看上去西服革履,实际上连办个保险都会阻碍重重,内心充满了沮丧、茫然和绝望,这些原因都可以让你形成扭曲变态的反社会人格……出事那天晚上,假如你跟邢启圣约好,让周立平开车送他到扫鼠岭,被红绿灯上的监控视频拍照留证,然后等邢启圣单独上山时将他杀害,并抛尸、焚尸,这一切不是也都能解释得通吗?"

"你疯了!"李志勇张大了嘴巴,"我为什么要杀害那些孩子?!"

"也许孩子是邢启圣杀害的,而你和他私下里并不像表面上那样互不来往，他知道你是警察，具备反侦查经验，所以重金买通你帮他想办法脱罪，你索性一不做二不休，把他杀掉后，和那些孩子的尸体一起扔进隧道风亭焚烧……反正你最终的目标是嫁祸给周立平。"

"可是邢启圣是十点半之后遇害的啊，我怎么才能在半小时不到的时间里，从扫鼠岭赶到杏雨路呢？"

呼延云指了指停在院子里的那辆灰色捷达："我相信你为了防止被监控视频拍到，没有开自己的车去扫鼠岭，但是你也说了，跑快一点儿，只要六七分钟就能从扫鼠岭赶回家，同样是你自己说的，从你家楼下再开车去杏雨路，用不了十五分钟，这样十一点肯定能够赶到。"

李志勇目瞪口呆，半晌才结结巴巴地说："如果是那样的话，我接到周立平的电话，不去杏雨路不是更好吗，何必要多一道程序——"

"这道程序未必多余。"呼延云说，"首先，周立平打电话约你，也许是白天受到你的某种暗示，'应邀'打给你；其次，你这一去，虽然挨了顿打，但怎么看都像是周立平刻意制造的不在场证明，更加重了他的嫌疑。"

李志勇气得浑身直哆嗦："你……你空口无凭！"

"每个行为都有动机，但每个动机并不一定都合理，所以怀疑一个人犯罪并不需要凭证，证明一个人犯罪才需要凭证。"呼延云慢慢地说，"当然，你并不是扫鼠岭案件的真凶。"

李志勇绷紧的神经这才放松了下来，不禁长出了一口气："哟，你怎么又放我一马了？"

"因为我觉得你还没有做好准备。"

"什么意思？"

"人可以掩饰一时的行为，但很难隐蔽长久的习惯。"呼延云说，"从某种意义上讲，你照顾生病的母亲已经是一种习惯，这也是你在屡战屡败的人生中唯一获得成就感的事情。假如你犯下那么大的案子，不可能不考虑到一旦被捕，母亲怎么办？一向在照顾母亲上心细如发的你，一没有找女朋友，二没有找保姆，甚至连阿姨每天要吃的溶栓药都没有囤积，你怎么能放得下心去杀人放火。"

"真他妈奇怪！"李志勇歪着脑袋看了看他，"你居然是从这个角度解除我的嫌疑……难道你没有考虑到我根本就是个好人？"

"你别忘了，我曾经有一位朋友，表面上看是世界上最善良最完美的好人，却犯下最邪恶、最可怕的罪行。"

李志勇一时间哑口无言。

"好啦，现在你可以告诉我，扫鼠岭案件那天晚上，你在接到周立平电话之前都做什么了吗？"

"我要是告诉你，我伺候我妈睡着觉，就回自己的房间里玩儿'跳一跳'，你信吗？"

呼延云一笑："我信。"

"那好，我能不能问你个问题？"

"你说。"

"你是从什么时候怀疑上我的？"

"从见面你说很多警察夸我帮他们破案子开始，我对任何刻意讨好我的行为都抱有警惕，当然，真正让我起疑的，是你告诉郑贵，你正在给阿姨办大病医疗保险的时候……我就在想你为什么早不办晚不办，非要现在才办，难道是在'做准备'吗？"

李志勇气得一跺脚，转身回楼里面去了。

呼延云扬起头，望着西北方向，夜幕下那道起伏的兽脊，在寒风中颤抖着轮廓，时而模糊得妖冶混沌，时而清晰得令人发指，噩噩如厉，蠢蠢欲动。

他走下台阶，来到李志勇那辆灰色捷达前，打开手机的电筒，绕了一圈仔仔细细查看了一番，最后停在了车屁股后面，蹲下身，向后备厢的钥匙孔望去……

就在这时，身后突然传来炸雷似的一声吼——

"不许动，警察！"

接着他就被人拎着脖子拽了起来，"砰"一声狠狠地摔在后车盖上！

5

"马笑中你个浑蛋想干吗？！"呼延云怒气冲冲地吼了一声。

正在从上衣到脚踝展开搜索的警察听到这话，手停了下来，放声大笑："姓呼的，居然被你听出来了。"

"不是呼，是呼延，复姓。"呼延云站直了腰，一边纠正着一边转过身，惊讶地发现在矮胖子的身后不远处，站着郭小芬。

"小郭，好久不见。"他尴尬地跟她打着招呼。

郭小芬冷笑了一下。

"姓呼的，好好接受警察问讯，不许中途把妹！"马笑中瞪起了眼睛。

"怪事，你不是被停职了吗？"

"职务可以停，为人民服务的心不能停！"马笑中嘴硬，"老实交代，你跟李志勇那厮混了一个下午加半个晚上，你俩都做什么见不得人的事情了？"

"就你这张嘴,绑飞机上往下喷,全国农田都不用施化肥了!"呼延云说,"再说了,我凭什么要告诉你?"

"凭啥?凭你妨碍我们执行公务!"

"小郭一个离职记者,你一个停职警员,能执行什么公务?"

"说出来吓破你的狗胆,是你们家刘思缈私人安排的公务。"

照理说,"私人安排"和"公务"明显存在着矛盾,但"刘思缈"三个字确实具有极大的威慑力,令呼延云吃了一惊,他稍一思忖就有所醒悟:"我听说思缈离开专案组了,这么说她还想继续调查扫鼠岭案件?"

"这你就别管了,反正这是在下一盘很大的棋,至于有多大,就不告诉你。"

"行!"呼延云拔腿就走,"大路朝天,各走一边。"

马笑中岂能放过他,把他拖到小区外面,塞进自己那辆新能源汽车后排,郭小芬也进了来,坐在副驾上。呼延云免不了一番连踢带打,马笑中嬉皮笑脸地说:"赶紧告诉警察叔叔,你到底因为啥找李志勇啊?"

他们本来就是相熟的好友,一向都把打打闹闹当寒暄的,于是呼延云把下午跟李志勇在一起的前前后后,详细地讲了一遍,然后说:"看样子你们俩是一直跟踪我来着,现在交换一下情报吧,思缈委托你们什么公务了?"

"别把自己看得太高,不是我们跟踪你,而是我们想去找李志勇了解一些情况,发现你捷足先登了。"郭小芬冷冷地说,然后把上午刘思缈约谈她和马笑中的经过也说了一遍,并无丝毫隐瞒。

呼延云听完,沉思了片刻道:"看来思缈请你们协助调查,并非眼下这个案件另有内情,反倒是因为十年前的那桩案子另有内情。"

　　这真是一语惊醒梦中人，郭小芬顿有醍醐灌顶之感！虽然上午刘思缈谈的主要是扫鼠岭案件的办案情况，并没有太多提及十年前的西郊连环凶杀案，但是百转千回之后，却让他们把调查的重点放在周立平"是怎样成为一个罪犯"上面，并且调查方案也是一直回溯到房改，说白了不就是因为周立平犯罪的那个"起点"存在着另外一种可能吗？

　　马笑中不禁拍了一下大腿："我说呢，明明应该擦掉马赛克的事儿，思缈却让我们开启怀旧模式，原来'梦里寻她搜百度，那人却在大栅栏住'。"

　　这句话说得真可谓荤素搭配，不伦不类，呼延云和郭小芬听是听懂了，却不禁面面相觑，目瞪口呆。

　　马笑中全无愧臊："呼延，照你看，扫鼠岭这案子是不是就算坐实了周立平是真凶，没有反转的可能了？"

　　这个问题也是郭小芬最关心的，她盯住呼延云，却见呼延云皱了很久的眉头，才慢慢地说："很难……但也不是完全没有可能。"

　　"你是说，周立平有可能是完全无辜的，真凶另有其人？"马笑中惊讶地问。

　　"从目前警方掌握的来看，除了青石口东里红绿灯拍摄到的那段视频，并无其他可以指控周立平的证据，而周立平解释自己没有犯罪时间的借口，虽然听起来像是耍赖，但正因为太像耍赖了，所以反而有可能是真的——如果想坐实周立平是真凶，眼下必须找到他不到半个小时就从扫鼠岭赶到杏雨路的方法。"

　　"你找到了吗？"郭小芬问。

　　呼延云看了一眼李志勇住的那栋楼："我找到了一种办法，

但也仅仅是一种可能……"

"呼延，别怪我没提醒你，话说半句，搁侦探小说里可死得快。"马笑中说。

郭小芬知道这时候呼延云是不会把话说完的："那你接下来有什么打算？"

"这样好不好，咱们兵分两路：你们继续按照跟刘思缈商量的方案，回溯周立平这十年经历过的人和事，一直找到他犯罪的起点和根源；我则调查扫鼠岭案件，发现任何新的情况，随时交流和沟通。"

"可是……"郭小芬犹豫了一下说，"你要知道，思缈委托我们做的这个事情，说到底就是一个正常的新闻调查，而你要做的可不一样，法律规定得明确，没有刑事侦查权的人，不得介入司法调查。而且……你连思缈的私下授权都没有，出了事她都不能保你的。"

"哎呀，这么多年了，小郭你怎么还不明白！"马笑中不耐烦地说，"呼延就是看见思缈受气不能忍，枪林弹雨也要往上冲，你就甭替他操心了。"

呼延云望着郭小芬，口吻沉重地说："我跟李志勇说的话，是发自肺腑的。扫鼠岭这个案子，牵涉到我的两位好友、十年人生。十年，多少物是人非，早已被定性的事，突然有一天以另一种面目浮现出来，证明着我们的青春不过是一场毫无意义的误判……对此，我怎么能无动于衷呢？"

郭小芬慢慢地转过身，坐正，把视线重新投到车窗外的茫茫夜色之中。

呼延云下了车，马笑中换到驾驶位上，发动了汽车。他摇下车窗对呼延云说："别说哥们儿不讲义气，扫鼠岭这案子太大了，以往你怎么过侦探瘾我不管,现在可必须得知法守法,没有警方的许可,你就是不能擅自展开调查。我给你支一招,要么你找个负责此案的警察,给人家暂时拎包,要么你找个曾经做过警察的当搭档,这样遇到什么事儿至少能挡一挡,毕竟和尚不亲帽儿亲,在不违法的前提下,警队多少会给老兄弟一点儿薄面。"

呼延云眼睛一亮,嘴角绽开了微笑,做了个敬礼的手势:"明白!多谢马所长指点。"

望着马笑中开车远去,呼延云在黑暗的街道上站了一会儿,慢慢地从兜里掏出了手机。

第五章

1

"马所长、小郭同志,你们喝水。"居委会齐主任把两个装着水的纸杯放在了马笑中和郭小芬的面前,胖胖的圆脸蛋上堆满了笑意,"有啥问题你们尽管问,我知道的一定讲。"

这里是周立平租住房屋所属的街道办,一排砖砌的平房甚是朴实,只是被南边的楼房遮挡了阳光的缘故,屋子里散发着一股潮气,而且现在虽然是上午九点半,但照样要开着白炽灯才不显得昏暗。马笑中和郭小芬赶来的时候,齐主任已经站在门口等候他俩,往自己办公室带的路上,嘴里不停地念叨说管片儿民警打了招呼,必须做好接待工作。郭小芬望着面有得色的马笑中,心想这矮胖子在警队里的人脉和能量还真是不能小觑。

马笑中一边捧着纸杯喝水一边说:"主任您坐,咱们警民一家亲,我来您这儿,就当是远房亲戚来串门儿,虽然头一回见面,但我不拘着,您也别瞎张罗,行不?"

这话搁谁都听着舒服,齐主任笑得一脸褶儿,赶忙把马笑中他们想要了解的情况一五一十说了出来。

周立平被释放后,姨妈家早已经把房子连同那间地下室一起卖掉,不知搬到什么地方去了,他回不了也不想回冬青街道——

很少有刑满释放犯愿意再回服刑前的住地，承受周围人的指指点点。但是坐牢这八年，外面的一切都已经天翻地覆，他为了能尽快适应环境，在得到相关部门的批准后，就把落脚点选择在了离冬青街道不算太远的夏荷街道，毕竟这里也是他曾经骑着自行车走街串巷的地方。他拿着释放证明来报到的时候，齐主任亲自接待的他，问了他几个问题，比如对自己的将来有什么打算等，也给了他几句半软半硬的警告，大约就是现在的社会风气很正，近几年都没有出现过恶性犯罪了，"西郊红箍队"的大爷大妈们不是白给的，绝对不会给任何违法犯罪的行为以可乘之机。周立平除了用最简单的语言回答了几个问题之外，对那些申斥性的话只是面无表情地听着。

不过从第一次接触开始，齐主任就觉得他很不一样。

"怎么说呢……以前我接待过的刑满释放犯，不管面子上的还是骨子里的，总之都是一副很谦卑的样子，你说一句话，他点两个头说三次'是'，叫他坐下他一定站着，脸上的笑永远在讨好你，周立平可不是。他给我的第一印象是很有礼貌，面对面坐着听你说话时很认真，虽然看不透他是赞同还是反对，但能感觉到他是真的在听，而不是敷衍，这倒让我对他产生了一点儿好感——当然，我不会因为这点儿好感就忘了他是个杀人犯。"

不光齐主任，所有的基层部门也从来没有忘记过周立平的双手曾经沾满鲜血，一直对他严加防范。在他入住了现在这个住处之后，曾经有一两个月，白天楼下总有三个以上的"红箍队"队员装成聊天下棋的样子把守着，晚上联防队也恨不得围着那栋楼绕圈圈，不过他们的担心是多余的。周立平除了买一些必要的日用品，整日宅在家里，几乎很少下楼。

"我听说他找房子时遇到了不少麻烦？"郭小芬突然插了一嘴。

齐主任点点头:"谁愿意把房子租给一个杀人犯啊。据说好几次,合同都签好了,定金都交完了,房东听说了周立平的身份,又违约了,宁可交违约金,也不把房子租给他。不过具体我不太清楚,你得问圆满地产的中介小罗,他帮周立平跑前跑后的,最后租下了现在的住处。"

"现在的房租一天比一天贵,周立平怎么付得起?"郭小芬接着问。

"那套小一居的租金本来就不贵,房东在国外做生意,不缺钱花,所以这几年也没怎么跟着国内的行情往上涨;另外周立平坐牢那些年,做工也挣了一点儿钱,正好用来交房租。"主任说,"当然他也害怕坐吃山空,所以安定下来之后,经常到居委会打听工作的事情,可惜我们一直都没有给他找到合适的岗位……"

"啥没有合适的岗位啊,就是怕给他找到工作,一出家门就不好监控了呗。"马笑中一脸坏笑地说。

齐主任也笑了,有点儿不好意思。

不过,最后齐主任还是给周立平找到了工作。

这事儿说来也是一个巧合。夏荷街道的社区中间有栋小白楼,原本是想办一所幼儿园的,后来被区考试中心占了做办公楼,有一辆货车经常中午十一点半来运送材料什么的,山呼海啸地在狭窄的楼群之间穿梭,正赶上小学放学,非常危险,居委会提醒了司机好几次,但无济于事,齐主任亲自出面,那司机仗着自己是"区里的",连她也不放在眼里。这天中午那货车又风驰电掣地开过来,学生们尖叫着跑散开时,有个小女生被绊了一跤坐倒在地上,多亏去社区食堂打饭的周立平路过,一把将她拉开,车轮几乎是擦着身子驶了过去。

货车停下之后,司机刚刚打开门下了车,周立平就扑了上去!

"你没见他那个样子,攥着拳头,咬牙切齿,满脸的肉拧巴着。要不是我正好路过,喊了他一声,没准儿他立时就把那司机生吞活剥了!"齐主任回忆道。

周立平一看齐主任,气焰顿时矮了三分,耷拉着脑袋慢慢地走掉了。

"这人谁啊?"那个司机也吓得够呛,"凶神恶煞的。"

齐主任说:"我们这儿刚刚接收的一刑满释放犯,手上有好几条人命的,你今后别这个时间来送货了,躲着他,开慢点儿。"

这个一向嚣张得不行不行的货车司机,连连点头:"谢谢主任,谢谢主任!"

从此货车进出社区改成了上午十点,而且慢进慢出的。

这件事解了齐主任一个心结,她找到周立平说:"要不,你去咱们社区门口那条大马路做交通协管员吧,早晚岗钱少一点儿,全天岗钱多一点儿,你愿意做哪一个?"

周立平选了全天岗。

这又让齐主任感觉很踏实,因为全天岗需要从早晨六点到晚上八点站在十字路口执勤,反而更利于对周立平的监控。

从此周立平就头戴小红帽、身穿橙黄两色马甲,手拿小红旗,站在红绿灯下面指挥交通,主要是拦阻行人和骑车人的闯红灯行为,另外遇到机动车出什么事故,及时配合交警疏导交通。这个工作很简单,面临的压力主要是长时间站立的身体疲惫和部分不守交规者的辱骂甚至殴打。对于周立平的体力,齐主任是有信心的,让她没想到的是周立平工作的几个月里,从来没有跟任何不守交规者发生过争执,对于违反交规的行为,他是坚定地拦阻的,但碰上那些不听拦阻,反唇相讥甚至撸胳膊挽袖子的,他只是忍让。

"他挨过打没？"郭小芬问。

"有几个交通协管员没挨过打的？"齐主任苦笑道，"打人的多半是开豪车的大老板，打完撒一地钱就走人。"

"我听说，有位刑警受袭丢枪，警方把周立平列入怀疑对象，到咱们居委会调查时，您还帮他说了句话？"

齐主任对这句话有些敏感："其实……也算不上什么替他说话，我就是觉得他改造得还好。"

齐主任承认，随着时间推移，她对周立平的印象是越来越好。特别是去年七月底的一天，四十二度高温，她中午外出办事时，看见别的交通协管员都坐在树荫下乘凉，只有周立平站在太阳地儿指挥交通，后背的汗水把马甲都浸透了，心里挺不落忍的，觉得可惜了个大小伙子。转念又一想，唉，谁让他当年杀了那么多人呢？这都是报应啊！

郭小芬问："难道你们不知道，判刑的时候只坐实了他一起谋杀吗？"

"其实他到底杀了几个人，大家心里都有数，十年前那起案子太大了，盖上三层棉被都捂不住的。"

"那么，有没有周围的群众或干部对咱们社区收留了这么个人表示反对呢？"

"嘀嘀咕咕的牢骚，那是一定有的，但是案子毕竟发生在十年前，现在时代变化这么快，眼巴前儿的都忙不过来，谁还在意十年前的事儿啊？再者说了，就周立平那么一个服服帖帖的样子，连我们办公室的小姑娘都说了，他还连环杀人呢，递他把指甲刀怕他都不敢拿……所以扫鼠岭那事儿一出来，真的把我们都惊到了。老祖宗说得有道理：江山易改，本性难移啊！"

"后来周立平怎么又去了名怡公关公司呢？"

"有一天他突然找我,说找到新工作了,不做交通协管员了。我的第一反应是有些警惕,他找到啥新工作了?会不会想甩掉我们的监控?不过他很老实,把新工作单位的相关材料交给我一份,我让负责刑满释放人员帮教工作的同志去名怡公关公司调查了一下,回来说是一个正规的公司,我才放了心,但具体他是怎么去这个公司的,我就不是很清楚了。"

郭小芬看了马笑中一眼,示意自己已经问完了。马笑中笑嘻嘻地站起来,对齐主任说:"得,差不多了,我们去周立平的住处看看。"

齐主任连忙起身:"我带你们去吧。"

"甭价,您忙您的,那边应该有同志留守着呢,我们直接过去就成。"马笑中一再让齐主任留步,可她还是把他们送到了门口。

"对了。"马笑中突然想起了什么,"您或者咱们居委会的其他同志,有没有看见过周立平和什么人走得特别近啊?"

齐主任皱着眉头想了半天,摇了摇头。

"您再想想,哪怕不算来往密切的,只是看上去有些可疑的也算。"

这么一点,齐主任想起来了:"有两个人,一位是西郊二中的退休教师朱敏,白发苍苍的一个老太太,曾经当过周立平高中的班主任,她来居委会打听过周立平的住处,应该是去看过他;还有一个……我说不大清楚,只是有一天傍晚下班时扫过一眼,就在咱们社区花园里面,隔着绿植墙,是一个长头发的女孩,我从来没有见过,挺漂亮的,跟周立平说着什么,一边说一边擦眼泪……"

马笑中乐了:"得嘞,每个案子都应该有个女人,最好是漂亮女人,顶好是爱哭的漂亮女人,这案子才有点儿意思。"

2

马笑中跟郭小芬来到周立平所住的楼下,这楼有五层,看外墙皮剥落的状态,应该是有些年头了。走进楼门,扑面一股子沤溲气味儿,他们沿着几乎每一层都残缺不全的水泥台阶拾级而上,突然听到上面传来的叱责声:"你是干吗的?把证件拿出来!"马笑中三步并作两步,快到顶层时,看见周立平所住的房间门口站着两个人,门里面的是一个肚腩很大的刑警,门外面的是呼延云。

"老普!"马笑中叫了那大肚腩的刑警一声。

老普一看立刻就乐了:"哟,马所长,刚才头儿通知说你要过来,我还想中午请你去哪儿撮一顿呢!"

"撮个屁,最近净他妈撮火了!"马笑中指着呼延云,瞎话张口就来,"这位是局里请的警官大学刑侦专家,帮忙瞜瞜周立平的屋子,看看能不能找到什么新证据,你就别门口堵着了。"

老普悻悻地让开了路。

呼延云走了进去,在这间并不宽敞的一居室里仔仔细细地查看着:除了椅子、折叠桌这些面上的器物之外,他还特别注意打开衣柜的柜门,把每件衣服的衣兜都翻出来;掀开壁橱的布帘,把里面堆得不多的杂物拿出来,一一看过之后,用戴上橡胶手套的手把壁橱的边边角角都捋上一捋;对于书架上的那几本杰夫里·迪弗、迈克尔·康奈利、保罗·霍尔特的侦探小说,他逐一翻检,当然他也没有放过墙角那台嗡嗡作响的老式双门冰箱,几乎把里面所有盆盆罐罐的盖子都拧开查看,搞得一屋子腐乳味儿;最后他钻到床底下,用手机灯光照着亮,叽里哐啷一阵翻腾,出来时脸上蒙了一层灰。郭小芬递给他一张湿纸巾,他似乎在思索着什么，只擦了擦手就塞在了裤兜里。

就在这时，他把目光对准了折叠桌旁边的一个墨绿色的垃圾筐。

他蹲下身，看着那个套着塑料袋的垃圾筐，筐里面除了几张搓成一团的小广告、火腿肠肠衣、纸巾，还有两个燕京啤酒330ML装的空易拉罐。不过他倒没有在意这些，而是捏起了一张泄泄沓沓的塑料包装："这儿有个方便面的外封，怎么没看见吃完方便面的盒子？"

"好像是市局刑技处的楚警官提取证物时拿走了。"老普说。

马笑中补充了一句："周立平自己说，扫鼠岭案件那天晚上，他先回的家，晚饭吃的就是泡面。"

呼延云"哦"了一声，拿起垃圾筐里的两个空易拉罐，突然发现其中一个易拉罐下面粘着一张纸条，是超市收银机打出的结账小票。他把那张小票上的每一个字都看了又看，渐渐地皱起了眉头。

"怎么了？"郭小芬蹲在他身边问。

呼延云指着上面的一行时间说："这里显示，扫鼠岭案件那天晚上，他在这家好邻居便利店买了方便面、啤酒和火腿肠，购物时间是晚上六点多。"

郭小芬吃了一惊，瞪圆了眼睛看了看："有没有可能是他作案之后才回来……"

"不大可能。"呼延云摇了摇头，"他饿不了那么久，这屋里又没有什么别的食物，小票上也没显示他当晚买了其他食物垫肚子。"

"也许他买了两份，但只在垃圾筐里留下一份给我们看？"

"如果是这样，那么这个对手就太可怕了……"呼延云沉思了一下，抬起头来对着老普说，"普警官，麻烦你，能不能拿着这张小票，找一下附近的好邻居便利店，让他们调出扫鼠岭案件当晚的监控录像，六点左右的，看看周立平到底买了几份东西？"

老普嘟嘟囔囔的，一脸"你算老几凭啥指使我"的不满神情。

"麻溜儿的！"马笑中掏出一把钱塞在老普手里说，"顺便买点儿零食饮料啥的，看守现场又不是坐牢，凭啥让咱兄弟苦哈哈的？"

老普推让了两下没推掉，下楼去了。

马笑中对呼延云和郭小芬说："你们俩别当着我穿连档裤，赶紧说你们发现了啥，我听得一脑门子问号。"

郭小芬说："按照那张小票上的时间和商品显示，结合周立平的供述，他在案发当晚是买了这些东西，吃喝完毕后，才接到邢启圣的电话，去童佑护育院接他的。"

"那又咋了？"马笑中说，"干坏事儿之前还不让人吃顿饱饭啊？"

"他吃方便面和火腿肠都没问题，问题就出在那两罐啤酒上……且不说做这么大的案子，需要绝对集中精力、谨小慎微，不能让酒精对意识造成任何干扰，就从一个普通司机的职业习惯讲，假如知道当晚有需要开车的工作，他也不应该喝酒。"

马笑中恍然大悟："也就是说，周立平至少在那天晚上六点左右，根本不知道自己当晚会接到工作，所以才吃吃喝喝，准备洗洗睡了？"

"别忘了他不满十八岁就做下惊天大案，别忘了他坐过整整八年牢，很大意义上他是职业罪犯，有超人一等的冷静和理性，所以他绝对不会在明明知道当晚要在扫鼠岭杀人焚尸的情况下，还喝了两罐啤酒。"呼延云站起身来说。

"既然他喝了啤酒,为什么邢启圣找他开车的时候,他不以防查酒驾为借口拒绝呢?"郭小芬有些困惑。

"两罐啤酒,很多司机不好意思拿出来挡事儿的,何况邢启圣叫他的时候是九点,已经过了仨小时,代谢好的都吹不出来了。"马笑中转头又问呼延云,"有没有这种可能:他知道警方一旦发现他涉案,肯定会搜查房间,所以特地买了两罐啤酒,作案前他只吃了方便面和火腿肠,作案之后回到家才喝了啤酒,故意让警方往'酒后不会作案'的方向上去想。"

"事实证明警方并没有往这个方向上去想。"呼延云皱起眉头说,"不过,每一种可能都应该排除……"

正在这时,提着一塑料兜食物的老普回来了,气喘吁吁地说:"好邻居便利店就在楼后面,找到那段监控录像了,我用手机拍下来了。"

监控录像显示:当晚六点多,周立平进了便利店,神情很放松地在货架边转了转,挑了方便面、火腿肠和啤酒,去柜台结了账,也许是口渴的缘故,出门前就打开一罐啤酒,喝了一大口。

"我靠!"马笑中忍不住说,"这哥们儿完全没有作案的意思啊。"

呼延云眉头紧锁,没有说话,默默地去厨房和洗手间转了一圈,出来对马笑中和郭小芬说:"走吧,这里发现不了什么其他的东西了。"

3

出了楼门,正对面是一个小花园,围成一圈的绿植墙已经挂上了几许苍色,里面的各种花木多已凋零,枝丫稀疏得能用来剔牙，偶尔挂着的一两朵残花仿佛是蘸了墨汁的纸团。

"齐主任说看到那个长头发的漂亮女孩跟周立平说话，是不是就在这个花园里啊？"马笑中嘀咕了一句。

"对了。"呼延云被提醒了一下，"你们找齐主任了解到什么情况了？"

马笑中把跟齐主任聊天的经过说了一遍，然后埋怨呼延云道："我昨天晚上临走前不是给你出了主意吗？你怎么还是单枪匹马跑到周立平家里来了，要不是我和小郭及时赶到，老普那愣头青真敢把你铐起来。"

"我听你的了，但是那人上午有事，说是中午才能赶过来，我怕耽误时间，就提前行动了。"呼延云说。

"别说这些没用的了。"郭小芬说，"现在咱们去哪儿？"

马笑中道："刚才齐主任不是说关于周立平租房子的细节，得问圆满地产的中介小罗吗？小区对面的马路上就有一家圆满地产的分店，我估计就是那家，咱们去看看吧。"

他们三个出了小区，过了马路，走进了暖黄色门脸儿的"圆满地产"，一个穿西服打领带的工作人员赶紧迎上来："您好，是租房还是买房？"

"找人。"马笑中眯着个眼睛，"谁姓罗？"

从一台电脑的后面站起来个戴着黑色宽边眼镜的小个子："您好……您是？"

马笑中亮了一下警官证："跟我们走一趟。"

有个看起来像店长的人拦了一下："这位警官，您找小罗有什么事？"

"你想知道？"马笑中一个狞笑，"成，那你也跟我们走一趟吧。"

店长吓得赶紧闪到一边儿去了。

小罗慌慌张张地绕过一排电脑桌走了出来,腿脚丁零当啷磕到了好几张椅子上,疼得他龇牙咧嘴的。

马笑中昂首阔步地往前走,小罗跟在后面,一路上不停地跟他鸡零狗碎地搭搭话,马笑中理也不理,一直把他带到周立平租住房楼下的那个花园里,一屁股坐在一张铺着报纸的石板凳上,跷起二郎腿,摇着脚丫子对小罗说:"讲吧。"

"我……我讲啥?"小罗眨巴着眼睛问。

"都到了这儿了,你要是还不知道该讲啥,那要么是你把人民警察当傻瓜,要么就是你干不了看人吃饭这套活儿,二选一,你选哪个?"

小罗讪讪地笑了笑:"您是为了周立平那案子吧,他的房子确实是我给找的,但他那案子我真是一点儿都不知情啊。"

马笑中也不说话,就那么斜着眼睛看着他。

小罗哭丧着脸说:"真的,我真不知道,早知道当初我说什么也不给他找房子了,本来拿他当鱼饵——"他似乎意识到自己说漏了嘴,急刹车,却从马笑中冷笑的嘴角明白了开弓没有回头箭,只好老老实实地说,"最初,他让我帮他找房子时,上来就告诉我他是个刑满释放犯,杀过人,我一听好哇,鱼饵啊这是——我们这个行当,专有这种买卖,找几个特别晦气的人当'托儿'租房,房主都签了合同,收了定金了,才告诉他租客杀过人坐过牢什么的,一般房主宁可赔违约金也不出租了,怕惹事啊,当然违约金我们会跟当'托儿'的租客对半劈,可是周立平这种刚从牢里出来的不懂行情,违约金我们就可以独吞,当然他付的定金我肯定还是要还给他的,我也怕他急眼了捅我一刀不是?"

"接着说。"马笑中道。

"这么用了周立平四五次吧,我就准备收手了,万一被他觉察出来我拿他当鱼饵,就不好看了。后来他再找我,我就跟他低头作揖说确实不好帮他找房,中介行的规矩,多硬的事儿也得往软里办。他很失望,但是也没责怪我,还一个劲儿地说给我添麻烦了,打算自己去找房住。有一阵子我经常在附近的社区里遇到他,穿着一身晃晃荡荡的旧衣服,走街串巷找房子,被红箍队的老头儿老太太像盯老鼠一样盯着,没事儿就叫过来连盘问带训斥,他也没什么表情,就那么听着……"

"那后来你为什么又帮他找房子了?"旁边的郭小芬忍不住问道。

"因为我欠他一个好大的人情。"

马笑中眼睛一亮:"说说看,怎么回事儿?"

小罗说:"有一次,我们公司做一个两米长的泡沫板广告牌,要得很急,上午定制的,下午去取。我骑了个电动车就去了,回来时把广告牌横在腿前边,一手扶车把,一手扶牌子往前走,有个骑车逆行的女的,不知怎么的,跟我迎面过去之后倒在地上了。别看她胖得跟个南瓜似的,小腿儿倒腾得倒挺快,追上我非说是我把她蹭倒的,附近居民对我们这些天天骑电动车串来串去的中介都很有意见,所以围观的一大堆人都挺那女的,急得我一头汗都下来了,正在这时,人群里突然有人说他看到那女的是扶把不稳自己摔倒的,跟我没关系……"

"周立平?"

"对,就是他。"小罗说,"他正好路过,就来给我做证。那女的还蛮横呢,说就是我的广告牌撞在她膝盖上,把她撞倒的。周立平说这不可能,一来泡沫板很软很脆,发生这类碰撞不可能没有损坏,而现在广告牌完好无损;二来广告牌一看就是刚做得的,而且做得比较急,底漆还没干透就罩了面漆,油漆不容易干,所以——他用手指头在广告牌上这么一抹,指头上一层油漆——如果真的刚蹭到人的膝盖,不可能一点儿油漆都蹭不上,可是那女人的白色裤子上连个油印儿都没有。"

郭小芬不禁"哟"了一声:"这个推理不错嘛。"

"是啊,当时那女的就说不出话来了,我出了一口大气,正想开溜呢,突然那女的盯住周立平喊了起来:'我认得你,你不就是那个连环杀人犯吗?大家都来看啊,这个人就是当年在咱们西郊杀了好多人的那个坏蛋!他的话哪儿能信啊?!'我看周立平的脸色瞬间变得很难看,赶紧拉着他走了,后面那女的还在骂骂咧咧,好在围观群众虽然也指指点点的,但是没人敢追上来扔石头子儿。"

马笑中不禁骂了起来:"有些泼妇就是这样,你给她讲道理,她给你脱裤子,等你也脱裤子了,她他妈的提上裤子跟你讲道理!"

"说真的,不管周立平在别人眼里是个多么十恶不赦的坏蛋,至少那一天,在那么多围观的人没有一个替我说句公道话时,他站出来了,事后我跟他一个劲儿道谢,他说没啥,他就是看不得有人被冤枉,我就更觉得欠他好大一个人情。"小罗指了指花园对面那栋楼房,"这栋楼的顶层有个一居,房东出国前委托我帮他出租,我呢,存了个私心,留下自己住了,于是就搬了出来,以很低的租金租给周立平了……天知道他怎么又犯下这大的案子。"

"周立平在这里,一直是一个人住吗?"郭小芬问,"他有没有带其他人回来过,比如女朋友什么的?"

"有一段时间,我往小区里带其他看房的客户时,倒是看见有个长头发的女孩来找他,俩人就在这花园里坐着聊天,看不出是什么关系。"

"那个女孩长什么模样?"

"还行,挺漂亮的,坐台小姐嘛,相貌哪儿能差了?"

马笑中一锤子钉了过来:"你怎么知道她是坐台小姐?"

小罗支吾道:"她和另外几个女孩都在一个夜总会坐台,去年我在其他分店时,她们托我找个好多人合租的房子,我给找了个三居室,安置好以后,她们请我去吃过一次饭,我对她有点儿印象,但不知道她叫啥名字。"

"什么夜总会?你给她们找的那个合租房在哪里?"马笑中问。

"叫金夜满堂夜总会……不过你们甭去找了,那个夜总会去年年底就被封了,几个女孩又待了一段时间,赶上打击合租房,估计全都回老家去了……"

郭小芬看了呼延云一眼,呼延云望着她,虽然没有说话,但目光里有一些很坚定的东西,于是郭小芬对小罗说:"这个女孩很重要,你务必要帮我们找到她。"

"是这个话。"马笑中补了一句。

小罗想了想说:"这样吧,我改天回那个分店一趟,我们公司不管租房买房,客户都要提供身份证复印件和联系方式并留下备案,我应该能找到当初托我租房的那个女孩,通过她再打听长发女孩的消息。"

"别'改天',这俩字儿我一向是当'没戏'听的,你下午就去办,明天给我信儿。"

小罗一番点头哈腰之后,匆匆离去。

望着他的背影,马笑中说:"这帮中介,一个个都鬼精鬼精的。"

"这几年市场还算规范多了呢,我还记得我刚刚来本市的时候,光租房子的定金就被中介吞了多少次啊。"郭小芬看了一眼正在低头沉思的呼延云,"你想什么呢?"

"没什么……"呼延云抬起头来,朝远处扬了扬手。

郭小芬转过身,顺着他的目光望去,只见一个肉墩墩的家伙跑了过来,粗肥的腰身把西便装撑出了大袿的褶子,每个鞋印都在地上砸出一个浅坑,他的脸膛很宽,鼻头很大,眼睛和嘴巴却又都非常小,别别扭扭地挤成一簇堆儿,只有眉毛离它们都非常远,似乎是对它们的奇形怪貌感到惊诧似的。

马笑中从石板凳上站了起来,迎过去握住来人的手:"老李,好久不见啦!"然后给郭小芬介绍道:"这是我的老伙计李志勇。"

昨天晚上,在马笑中的提示下,呼延云给李志勇打了个电话,说明自己准备进一步深入调查扫鼠岭案件,但又缺乏警方许可的情况,问他愿不愿意作为自己的搭档,在遇到来自警方的质询时,帮自己分流一些阻力。呼延云本来以为李志勇会犹犹豫豫,自己得费上不少口舌才能请得动他,万万没有想到,李志勇叹了一口气说"周立平已经被捕,我的'无悔追踪'可以结束啦,再在名怡公关公司待下去也没什么意思,干脆帮帮你吧",就这么同意了。

上午他照样去公司帮郑贵筹备保健品公司的会,完事儿请了假,抓紧跑了过来。

李志勇当刑警的时候,曾经跟马笑中短暂共事过一段时间,觉得这矮胖子太匪气,不怎么喜欢他,此时重逢,倒是多了几分热情。马笑中看看快到饭点儿了,开车把几个朋友拉到附近一家小饭馆里,点了几个菜,一边吃一边交流各自目前掌握到的情况,并商量下一步工作怎么展开,郭小芬做记者的习惯,不管商量出什么结果,都要用手机里的记事本做记录,然后微信拉了个群,发到群里。

马笑中郭小芬一组近两天的工作:

1. 找到周立平的高中班主任朱敏,了解他在西郊二中上学时的情况。

2. 从朱敏老师那里打听房玫现在的情况,争取与她取得联系。

3. 去市第一监狱了解周立平在狱中服刑的情况。

呼延云、李志勇一组近两天的工作:

1. 去燕兆宾馆找一下会展部经理孙静华,了解她为什么给周立平介绍工作。

2. 根据小罗打探到的消息,找到跟周立平有过密切过从的长发女孩。

3. 去荷风大酒店E座调查一下"爱心慈善基金会驻本市办事处"的情况。

"大家看看,有没有什么异议?"郭小芬问。

每个人都拿起手机看她发在群里的内容,其他人倒没说什么,李志勇却叹了口气。

"怎么了?"郭小芬问,"别叹气,有困难尽管说。"

李志勇说:"困难倒是没啥……我跟'爱心慈善基金会驻本市办事处'不少人都认识,带着呼延去荷风大酒店E座也没什么问题,只是既然是调查,就必然要向相关人等了解情况,一旦有人怀疑了，报告给邢启贤、崔文涛和办公室主任翟铁男，我被开除倒是小事，只怕会连累到郑总……"

饭桌上的其他三人都不禁面面相觑，最后还是马笑中开了腔，他不紧不慢地说："老李，不瞒你说，呼延请你出山是我撺掇的，我为什么这么干？因为我权当这些年你在名怡公关公司是卧底查案，人退心不退，别说你这年纪的，多少退休多年的老警察，看到人民群众的安全与利益受到损害，拄着拐杖还往上冲呢……眼下发生了这么大的案子，一个成人和三个小朋友横尸扫鼠岭，作为公安人员，你应该先把个人交情啥的搁在一边，把缉捕和惩处犯罪分子放在首位，这个你要是都做不到，那你可真是彻彻底底退出警队了。"

李志勇的脸微微有些涨红，憋了很久才憋出一句："老马你说得对！"

4

从西郊二中人事处那里拿到朱敏老师的联系方式，郭小芬和马笑中商量了半天怎样措辞才能不让朱老师拒绝他们的探访，谁知拨通电话之后，刚刚说明来意，朱老师就用水萝卜一样嘎嘣脆的声音说："来吧来吧，我家离学校不远。"

在楼下买了点儿水果，拎着敲开了朱老师家的房门。朱老师将他们请进书房，倒了水，还每人削了一只梨让他们吃，郭小芬觉得让一个老太太忙来忙去的，很不好意思，而马笑中则一边望着书柜和书桌上堆得连刀片都插不进去的书山，一边吭哧吭哧地啃梨。

"坐着聊，坐着聊。"朱老师指着沙发说。她今年六十出头，虽然很瘦削,但双目有神,一头花白的短发显得十分干练。

马笑中一屁股坐下,指着摊开在桌面的一摞作业本说:"您都退休了,怎么还这儿发挥余热啊?"

"退休没事儿干,就在社区开了个补习班,给要参加高考的学生加把劲。"朱老师看他直嘬牙花子,不禁笑了,"我猜,你过去肯定不是个爱学习的学生,对不对?"

"其实我打小就挺聪明的,就是跟课本犯克。"马笑中不嫌害臊地撇着大嘴说,"要说起来都怪我妈,她生我前儿去庙里拜过文曲星,后来琢磨可能拜错了,拜的是武曲星……"

正在喝水的郭小芬一口水喷在地上,朱老师也笑得合不拢嘴。

"话说周立平高中时学习咋样?跟我是不是一路货?"马笑中看似不经意地把话题突然拐到了正事上。

朱老师一愣,神情突然有些恍惚,仿佛是坠入对往事的回忆之中,很久,才慢慢地说:"周立平啊,学习成绩一般,不过他跟你可完全不一样,他是个很懦弱的孩子呢……"

马笑中和郭小芬不禁相视一惊,这是接触扫鼠岭案件以来,他们第一次听到有人形容周立平"懦弱"——而在他们看来,"懦弱"二字跟一个惨无人道的杀人犯应该是永远联系不到一起的。

朱老师站起身,走到贴墙那排由旧式组合柜改造而成的书柜面前,打开一扇柜门,拿出一本相册,掸了掸上面的尘土,慢慢地翻开,然后抽出其中一张:"你们看,这是高二那年,我带同学们去云水洞玩儿的时候拍的集体照,最上面一排最左边的那个,就是周立平。"

照片上,前几排的学生坐在台阶上,最后一排站立着,有的在别人脑袋后面比剪刀手,有的跟同伴比心,有的互相揪着耳朵龇牙咧嘴,还有的甜甜蜜蜜依偎在一起,一个个或者一对对都笑逐颜开的,唯有穿着一身黑色夹克的周立平与其他同学都拉开距离,一个人直挺挺地站着,面无表情,好像一根木头桩子。

"刚刚上高中那会儿,他就挺另类的,孤僻,不爱说话。他本来就长得不大好看,脸上痤疮比较严重,嘴唇上一撮儿小胡子又脏兮兮的,像个怪物似的,所以同学们都不喜欢他,但也没人敢惹他,都被他那副凶巴巴的样子唬住了。后来校外有个流氓在放学路上劫他钱,他身上没钱,被人家打了几下,我们班里'闹将'特别多,而且集体意识很强,觉得同学被人欺负了就得替他出头,一大帮子人逮到那个流氓,喊周立平来揍他一顿出气,等周立平来了,说其实那个流氓没打自己,就是闹着玩儿……那以后,班里所有同学都看不起他了,觉得他怂。后来我问周立平,为啥同学们让你打那个流氓你不打呢?他说'我怕他回头再报复我',等了等又说'我觉得那小子当时也挺可怜的,吓得直哆嗦,就想还是算了吧'……"朱老师说,"他就是这么个人,看上去很凶,接触一下就觉得很懦弱,不喜欢惹是生非,就活在自己的小世界里……"

"那是一个什么样的世界呢?"郭小芬插了一句。

"每个中学生的内心世界,归根结底都是封闭与开放结合在一起的矛盾体,既想敞开胸怀,又怕受到伤害。相比之下,周立平可能封闭得更多一些。"朱老师说,"一开始我也不了解他,后来发现他放学总是不爱离开学校,一个人在窗台上坐着,呆呆地望着渐渐昏暗下去的校园。有时候我加班批改作业,下班都晚上八九点钟了,他还在教室坐着呢,我就问他怎么不回家,他说他没地方可去……他被亲生父母遗弃了,收养他的姨妈待他很一般,只给他最低的生活费,就说不是虐待吧,也未必比养一条狗更好。照片上这件黑夹克,他从高一穿到高三,都洗得发白了也没换过一件，这样的家庭出来的孩子都缺少温暖，容易性格扭曲……你们也看出来了，我是个直脾气，尤其对男孩子，就教他们要有个男孩子样儿，我就鼓励他要勇敢，告诉他好多了不起的人都是在孤独和困境中成长起来的，他特别喜欢听我讲这些，慢慢地跟我聊开了……我把每个学生当自己的孩子，当然学生并不一定都把我当妈妈，可是周立平肯定是对我更亲近和信任一些。"

马笑中忍不住说："有您这么个老师，是学生的福气！"

朱老师笑着说："其实想走进学生的内心，有个秘诀，那就是看他们的作文。越是不爱说话的孩子，越容易在作文里流露心声。周立平没什么文采，写作文不喜欢描写、比喻，但是视角很奇怪，我还记得有一年春游，我带同学们去公园赏花，回来布置作文，别人都写花多么漂亮，文艺点儿的也有写黛玉葬花的，只有周立平写的是夜里的花园。"

"夜里的花园？"马笑中没明白，"他后来又半夜到花园里串游了一趟？"

"没有，他就是想象夜里花园的景象，风、阴冷、伸手不见五指什么的，他说花最好看的不是绽放，而是凋零，但花朵凋零大都在夜晚，偏偏又让人看不到，这种'黑暗中绝不自怜的决绝'才是真正的美……"

"有点儿意思……"马笑中嘀咕道。

"有意思？我看了之后可吓得要命，怕他自杀，青春期的孩子都拿生命当干脆面，以为捏得越碎吃起来越香呢。"朱老师苦笑道，"后来我慢慢放了心，因为周立平开始健身了。哑铃、双杠、打沙袋什么的。课间休息，外面下着雨，别的同学都在屋里待着，他一个人光着脊梁围着操场跑圈儿，回来淋感冒了，被大家笑话，他也不说什么，闷着头擤鼻涕……这么跑了一年，别说顶着雨了，顶着雪跑他都不再感冒了。"

"确实挺另类的。"郭小芬说，"听说，他曾经因为猥亵女生被学校处分过，这是怎么一回事啊？"

"那件事啊，就是一个误会。"朱老师说，"有一回上课，有个跟周立平同一排、但隔着一位女生的男同学跟他借笔记抄，等抄完要还给他时，正好那个女生站起来回答完老师的提问要坐下，借笔记的男同学犯坏，故意把笔记本扔在女生的椅子上，周立平去拿，女生往下一坐，屁股正好坐在周立平的手上……那女生是校领导的孩子，平时就跋扈，这下没完没了，最后给了周立平一个记过处分才算完事。"

"可是，西郊连环凶杀案的侦办过程中，这个处分可是证明警方所做的犯罪个性剖绘真实有效的重要依据啊！"郭小芬瞪圆了眼睛，"难道当初给他处分的时候，他没有替自己辩解吗？"

"他分辩了两句，看没有用，就不再言语了。"朱老师说，"也许是心里积的苦、受的委屈太多了，周立平对给他的处罚什么的，表现得很麻木。我记得那个处分决定，是教导主任在大操场上拿着麦克风，对全校同学宣布的，众目睽睽之下，周立平完全没有表情。那个借他笔记又坑了他的同学，后来一直很怕遭到报复，但周立平完全没有，只是，他从此更少跟班里的同学说话了。"

"这样一个人……"郭小芬一声轻叹，"在班里，有喜欢他的女孩子吗？"

朱老师犹豫了一下："我不知道房玫算不算……"

"房玫？就是那个后来差点被他奸杀的女同学？"

"对，就是她。"朱老师说着指了指那张集体照上的一个女生：她坐在台阶上，很瘦，满脸病容，笑得有些拘谨，手紧紧地抓着红色旅行包的挎带,好像怕被人抢走似的。

"这孩子挺可怜的,父母离婚,她跟着爸爸过,胆子特别小,说话办事像只老鼠一样畏畏缩缩的,被人欺负了,哭都不敢哭出声。高二的时候周立平跟她同桌,两个人也许是同病相怜吧,慢慢地好了起来,高三学习紧张,俩人还一起相互补课,有些调皮的同学满世界嚷嚷说他俩是一对儿,房玫怕得不行,跟周立平有些疏远,但没过多久又经常在一起了。我记得房玫很喜欢看漫画书,周立平就用平时在饭馆、便利店打工的钱买了书借给她……说是借,跟白送也差不多。"

郭小芬突然问:"朱老师,您还记不记得周立平自己喜欢看什么书?"

朱老师想了想:"武侠小说他看了不少……跟别的同学比,他可能更偏爱侦探小说,福尔摩斯什么的。我还记得,高三刚开学的时候,学校对学生进行摸底调查,看看他们的高考志愿,周立平表示要上警校,我还跟他开玩笑说他是不是看多了侦探小说,他摇摇头说:穿上警服就没人敢欺负他了。"

听说一个杀人狂的高考志愿竟是当警察,马笑中和郭小芬再一次感到不可思议,同样不可思议的还有周立平报考警校的理由,竟是为了不受欺负。

朱老师叹了一口气:"谁知才过了两个月,他就犯下那么大的案子。警察来找我了解周立平的在校情况时,我还坚决地表示周立平绝不可能是凶手呢。谁知他出来之后,又在扫鼠岭……可我始终觉得有什么地方搞错了,我的学生我知道,他不是那样的人啊!"

郭小芬试探地问道:"我了解过那个案子,凶犯大多数作案时间都选择在晚上十点左右,您还记得那些日子周立平有什么反常吗？他不是经常在教室待到很晚吗？您能不能回忆起来，比如某个案件发生的时候，周立平可能并没有离开学校……"

"这个啊，当年警察来学校调查的时候，我就回答过，那几个案子发生的时间，我不知道周立平在做什么，高三学习任务紧，当班主任的就盯着成绩，其他真的无暇顾及……周立平的学习成绩一般，属于学校'放弃'的目标，他自己心里也有数。当时温拿乐队来本市开演唱会，他做过几天黄牛，倒腾演出票什么的，因为没有把抽成及时交给黄牛头子，还挨了一顿暴打。我去派出所领他的时候，他脸上的血还没擦干净，我很生气，回来的路上问他'就你这样还想考上警校吗'，他半天没言声，后来才慢吞吞地说，他知道自己的成绩，考不上警校了……"

"这种事儿，派出所通知领人的首选对象不应该是家属吗？他那个姨妈怎么没来？"马笑中有些不大懂。

朱老师苦笑道："他那个姨妈，我给周立平当了三年班主任，只见过一次，家长会从来都不来，依我看周立平跟孤儿压根儿就没什么两样，被黄牛殴打那次，周立平直接给民警的就是我的手机号。后来我给他姨妈打电话想沟通一下这件事，他姨妈老不耐烦地说她不想管，高考完，打算把那间地下室出租出去，跟周立平就没什么关系了，然后唠唠叨叨自己在周立平身上花了多少钱、费了多少心，听起来就跟碰瓷儿的大妈说自己的伤情似的。"

郭小芬想了想，继续问道："出狱之后，他来找过您吗？"

"一开始没有，我知道他出来了，等着他来看我，可是左等不来，右等不来，好吧，那我就去找他去，到了居委会打听到他住哪里，爬上楼一敲门，他不在家……等我回到自己家，晚上他来看我了，个头儿比八年前长高了，黑瘦黑瘦的，但显得更壮实了，表情也更冷漠了，结果倒是我先掉了眼泪，我就忍不住问他当年为什么要做那么坏的事,害那么多的人。他一看我哭了,脸上抽搐着,眼眶子红了,一个劲儿地说'老师我不是坏人,那些人并不都是我杀的',我说你讲的还是人话吗,你杀一个人也不对啊!"讲到这里,朱老师摘下眼镜,使劲地擦拭着眼角。

屋子里静悄悄的,午后的阳光透过窗户洒进屋子,一些尘埃像被撩起的往事,在半空中飘荡。

"临走的时候,我问他需要不需要什么帮助,他说不需要……那之后,他就再也没来看过我,也许是觉得辜负了我的期望吧,可我总还是惦记着他,想起他就难受得不行……我当了一辈子老师,教出的学生有特别优秀的,大多数都是平平凡凡一辈子,挺好,只有这个学生,只有这么一个,让我想起来就又恨又心疼。"说着说着,朱老师泪珠子又滚落下来,"今年八月底他们那一届同学聚会,庆祝毕业十周年,喊我去,我多嘴问了一句要不要叫上周立平,害得班长还专门跑到家里来跟我说,同学们都不希望周立平参加,因为他给学校、给班级、给所有的同学抹了黑……"

郭小芬问:"您跟房玫还有联系吗?她现在情况咋样?"

"咋没联系呢?她爸爸死后,学校派出好几个老师照顾她,包括我在内,轮流给她补课,最后她考上了很不错的大学,毕业后努力工作,现在已经在一家大公司当上HR了。今年春天结的婚,婚礼在四季酒店办的,我还去参加了。"

"那么,周立平出狱后没有找过房玫吗?"

听到这个问题,朱老师很明显地顿了一下,然后含混地说:"没有……我不大清楚。"

郭小芬和马笑中不约而同地感到,也许朱老师是知道些什么的,但是很明显,从她这里是打不开这道口子的。

临别时,朱老师把他们送出门,在昏暗的楼道里,她突然问马笑中:"马警官,这一次是不是周立平难逃一死了?"

"如果扫鼠岭案件真的是他做的话……"马笑中停了一停问道,"您还会去看他最后一眼吗?"

朱老师没有回答,绝望的神情好像一位拿到儿子病危通知书的母亲。

5

就在马笑中和郭小芬敲开朱老师家门的时候,呼延云和李志勇来到了燕兆宾馆,准备找会展部经理孙静华打探她帮助周立平找工作的原因。

燕兆宾馆是在二十世纪五十年代一座苏式建筑的基础上改造而成,以前只承接官方的会议和活动,后来出于搞活经济的需要,也对那些财力雄厚的私营或外资企业打开了大门,在这里开完会后印到宣传册上,往往显得更有"权威感",所以特别受到那些保健品贩子和养老保险推销商的青睐……走进院落的大门,沿着散碎落叶的林荫小道向前,很远就能看见高耸的尖顶、灰色的楼体和宽大而古板的窗户。深秋,恰是爬山虎的色泽最煎熬的时节,绿到苍绿、红到苍红,半绿半红的笼着一层灰,细细看时,阳台上那些纹理不清的砖雕间竟还挂着残破的蜘蛛网,一切都仿佛把时间浇筑在了水泥之中,僵化、保守、固执而又带着那么一点儿自嘲,以至于从门厅入口处的高大塔柱下走过时,竟有穿越到另一个时空的感觉。

很可惜,会展部的一个工作人员直截了当地对呼延云和李志勇说:"孙经理今天不在,外出办事去了。"

两人的脸上露出白跑一趟的失望神色，那位工作人员说："你们找她什么事？是要预约会展大厅吗？"说着从办公桌上的浅蓝色文件屉上拿出一个登记本来。李志勇赶紧说："我们不是预约会展大厅的。"

工作人员面色一沉："那你们找孙经理干吗？"

李志勇拉了拉呼延云的袖子，两个人赶紧溜出了会展部的办公室。

"怎么预约会展大厅还要在本子上登记？"呼延云嘀咕道，"就连小学生在补习班上课，都是用电脑预约了啊……"

他们只好改变计划，先去荷风大酒店E座调查"爱心慈善基金会驻本市办事处"的情况。路上，李志勇一边开车一边叮嘱呼延云："我跟那里的人说熟也不算太熟，毕竟人家是我们的'上级单位'，个顶个都觉得我们的饭碗是他们赐的，一向对我们拿腔作调的。你去了别瞎说话，露馅儿可就麻烦了。"

荷风大酒店跟燕兆宾馆完全不是一个气质，假如把后者比喻成一位牢骚满腹的遗老，前者就是藏在深闺却又风情万种的熟妇，虽然外面的高墙是用西山特产的虎皮石砌成，看上去威风凛凛，但走进一看，除了大酒店金碧辉煌的主体高楼之外，枕荷花池而憩、倚假山石而栖、卧万花丛而眠的，却是一座座建筑风格各异、至多不过四五层的小洋楼，好像把青岛八大关的别墅拓宽加高之后，重新散落到庭院的各种景致之中。

相较之下，E座隐藏得最深。先要穿过白色的月洞门，然后走过一段迤逦折转、披挂藤萝的长廊，才见到一座白色的小楼，门口的保安见到李志勇，点了点头就放他们进去了。从楼门口到楼道深处都铺着厚厚的红地毯，走上去一点儿声音都没有，而楼里也静悄悄的，仿佛被坚实的墙壁、深棕色的木门和黯然的壁灯搞乱了时差似的。

在电梯口,他们撞上了一个脑袋很大、身体细弱的男人,长得很像颗豆芽菜,而令呼延云忍俊不禁的是,李志勇这样介绍道:"这位姓窦,是咱们这儿的办公室副主任,主要负责内部——具体说就是这座楼里的各种事务。"姓氏和身材如此相宜,却也难得。

窦主任看上去身体不大好,愁眉苦脸的,不停地从裤兜里掏出皱皱巴巴的卫生纸擤鼻涕:"志勇,你今天怎么来了?"

"还不是因为周立平的事儿!"按照事先策划好的,李志勇笑着说,"他在扫鼠岭犯了那么大的案子,公安局一天恨不得来我们名怡公司八趟,搞得郑总头大三圈,生怕有什么事情说漏了被警察抓住小辫子,所以派我和这位新来公司的小张(他指了指呼延云)一起,问一问这两天警方有没有来这边调查什么新的问题,咱们这边是怎么回答的,我们好统一口径。"

窦主任想了想:"案子刚出来那几天,警察倒是来得比较勤,都是老翟接待的,我也没怎么管,后来邢副会长给上面打了招呼,所以这两天警察就来得少了……"

"打啥招呼了?"李志勇问。

"还能打啥招呼?"窦主任擤着鼻涕,"打招呼就是打招呼,又不是什么了不起的事儿。"

"还是邢副会长厉害。"李志勇笑道,"对了,陶会长回来了没?"

"没有,应该还在法国吧,没联系上……"窦主任突然想起了什么,"志勇,你这两天看见张春阳没有?"

李志勇摇了摇头:"没瞅见——陶会长没带他一起去法国?"

"没有,他也配?!"

"咋了？他跟陶会长又闹别扭了？"

"他敢！"窦主任一瞪眼，可能是瞪眼的力气太大，抻得鼻子发酸，掏出卫生纸来又是一顿好擤，"那小子就是一吃软饭的，会长拿他当个玩具，他自己还真就把自己当个玩意儿了，我看会长结婚后，他保不齐得披个麻袋片子到地铁上卖唱去。"也许是意识到自己激愤之下有些话说出了格，赶紧遮掩道，"我还有点儿事，先出去一趟，今天陶老要来，邢副会长和崔院长都去机场迎接了，我得安排一下食宿什么的。"说着忙不迭地走掉了。

"这么说陶秉来了？"李志勇自言自语道，他见呼延云不大了解这里面的人事关系，便低声说，"陶秉退休前是 A 省民政厅社会福利和慈善事业促进处处长，'爱心慈善基金会'就是他创办的，会长陶灼夭是他的女儿。陶灼夭滞留法国不归，她爹倒急匆匆地赶来本市，看来父女俩都明白这回的事儿不小。"

"窦主任不是说给上面'打了招呼'吗，他们还担心什么？"

李志勇讳莫如深地一笑："走，咱们上三楼找老廖去，那个人还能说上几句正经话。"

走进电梯，呼延云问："张春阳是什么人啊？"

"过去是个健身教练，后来跟陶灼夭好上了。那小子长得不错，但很阴损，心黑手辣，鬼点子和坏主意特别多，他跟邢启圣走得比较近。"

电梯在三楼停下，打开，他们一起去往老廖的办公室。老廖也是办公室副主任，大高个儿，以前是军人，复员转业来到基金会工作。李志勇推开办公室门的时候，他正在电脑上打纸牌，见到李志勇很高兴，让他和呼延云落座，又倒水又递烟。

李志勇把刚才跟窦主任说明的来意又重复了一遍，老廖笑呵呵地说："这几天警察来得确实少了，咱这是特殊机构，各种关系硬得很，不怕啥！"

"可是，毕竟受害者和行凶者都是咱们基金会下属单位的人啊。"呼延云望着他说，"舆论压力还是有点儿大，所以郑总才特别发愁呢。"

老廖又笑了："郑总的公司就是帮咱们对付舆论的嘛，再说了，舆论那就是个空包弹，听着挺响，屁用没有——你们郑总就是胆子太小！"

"话说回来——"李志勇摆出一副八卦的神情，往前探了探身子，"我听说扫鼠岭出事的那天晚上，是你在这楼里值夜班，到底你都看见啥？"

"值啥夜班啊，就是跟这办公室里待着，刷刷微信，打打电脑，谁也不知道会出那么大的事儿，根本就没有注意到什么……不过，快八点吧，我到主楼的小卖部去买啤酒，看见邢启圣坐在大堂酒吧那儿吃东西来着。"

呼延云还没开口，李志勇抢先一步发问了："就他一个人？都吃了什么？"

"就他一个人，离得太远，他又坐得挺靠里的，没看清他吃什么。"

"那天你看见周立平了吗？"

"没有。"

"警队里的哥们儿跟我说，那天晚上，陶会长九点半左右突然订票去巴黎，她那天在这楼里住吗？"

老廖点了点头，又摇了摇头："我说不大准，一般来说，陶会长晚上肯定要回四层她的私人套房里住的，但也保不齐她去别的酒店了，这个具体得问一下客房部负责给陶会长打扫房间的小胡。"

"我看楼下有保安站岗啊。"呼延云说,"晚上除了您值班,这楼门口没有保安吗?"

老廖眯起眼睛:"老弟,你是不是关心得有点儿多了?"

李志勇连忙打圆场:"小张是新来我们公司的,不大懂事儿,他也是好心,想全面了解情况,现在风声不大对,有些人可能想把事儿往陶会长那边引,所以要弄清楚陶会长出事当晚的动向,万一污水泼到她身上,我们才能帮她撇清。"

老廖一愣,看了一眼关闭得严严实实的房门,压低了声音说:"邢启贤、崔文涛和老窦?"

"你心里有数就行。"李志勇不清不楚地回答了一句。

"妈的,我就知道他们不是好东西!"老廖气愤地骂道,"自打陶老退休那天开始,邢启贤就想把灼夭挤出基金会,自己当会长,这次他哥哥一死,他这个受害人家属更可以漫天开价了。我说老翟怎么最近老阴沉着个脸呢,保不齐他们的第一步就是让老窦顶替老翟当办公室主任。"

这里面的人事纠纷,呼延云完全不懂,只好闭口不言。老廖又骂了几句才说:"咱们这楼有个后门,直通步行梯,当然离电梯间也很近,只是钥匙只有陶会长、我、老翟和老窦四个人有。另外,由于咱们这儿一楼到三楼是办公区,而四楼是陶会长的住宿区,所以步行梯到四楼楼梯口有一扇防盗门,电梯一般人只能坐到三楼,要凭卡才能升到四楼,防盗门的钥匙和卡也都是只有陶会长、我、老翟和老窦四个人有。"

"廖主任。"呼延云突然说,"您能否带我们去四楼看一下陶会长的房间?"

老廖连连摆手:"那可不行,那可不行,这要是被陶会长知道了——"

呼延云盯住他的双眼："难道您就没有想过，也许老窦已经趁您不知道，带人上去过了，保不齐还在里面放上点儿什么能证明陶会长和扫鼠岭案件相关的东西……"

老廖张着嘴巴半天没说话，突然站起身说："走，我带你们上一趟四楼！"

尽管心里有所准备，但是四层装修的奢华程度还是让呼延云吃了一惊：且不说玫瑰浮雕壁纸装饰得宛如仙路的楼道，也不说象牙白欧式书柜打造的一体式书房，亦不说陈设着乌金木真皮沙发的私人影院，仅仅那个衣帽间就比呼延云家的客厅还大，而隔壁单独一间鞋房里的各种名牌女鞋，在开放式橡木鞋柜上一直整齐地堆砌到天花板，熠熠生辉、光彩夺目，正中间那个布艺试鞋墩，四只黑描银的支脚好像四条裹着黑丝的小腿，实在是曼妙和性感极了。

呼延云问老廖道："陶会长的卧室在哪里？"

老廖带着他和李志勇来到了楼道把头的一个套间，这个套间通往楼道只有一扇门，进去先是一个会客厅，摆着沙发、电视、办公桌什么的，里面是一间卧室，一个深褐色的推拉门将其与会客厅隔断，那个推拉门的门板是实木的，相当厚实，想必有很好的隔音效果，而呼延云发现，卧室的玻璃窗也是双层的……从卧室内粉红色的壁纸、天花板上的整面圆镜和几幅极具挑逗性的裸女油画来看，设置这些隔音效果显然不是为了专心学习。

就在这时，刚刚打了一个电话的老廖走上前说："我让客房部的小胡马上过来，还真得让她看看，灼夭去巴黎后，这屋子有什么变动没有。"

呼延云伏在窗口往楼下望去，正是E座的后院，这后院与楼的后门相连，院子很是僻静，停着几辆车。他收回视线，在套间的里里外外走了一圈：所有的垃圾桶都是空的，洗手间的牙刷牙缸摆放整齐，驼色地毯显然用吸尘器清洁过，没有一粒碎屑，新铺的床单散发着一股淡淡的薰衣草香味儿，电视遥控器笔直地躺在茶几上，他还特地查看了办公桌上的便签本，似乎只是个摆设，雪白的纸张上并没有写过字的痕迹。

"小张。"老廖皱起眉头问，"你该不会是个警察吧。"

呼延云极有自信地说："你放心，我百分之百不是！"

李志勇用胳膊杵了老廖一把："咋地，看不起我？真要勘查现场，我这个原来当警察的还要找人替一把？"

老廖笑嘻嘻地说："我这不是看小张挺专业的嘛！"

"不瞒你说，小张确实上过警校，学的是物证检验，所以他看一看，便能知道这屋子里有没有不利于陶会长的东西。"李志勇说。

老廖似懂非懂地点了点头。

一个身穿浅灰色保洁员制服，脸有点儿长的女人走了进来，老廖介绍道："这位就是负责给陶会长居住的整个四层打扫的小胡，有什么不明白的事儿你们可以问她。"

呼延云问老廖："您不是说步行梯四楼楼口的防盗门钥匙和电梯卡只有四个人有么？小胡是怎么上来的？"

"哎呀，你还挺敏锐的。"老廖拍了拍后脑勺，"忘了告诉你，客房部还有一套钥匙和卡，小胡个人佩戴在身上，方便她上来打扫。"

呼延云点了点头，转身问小胡："这个套间，你最后一次打扫是什么时候？"

小胡想了想说："陶会长出国的第二天一早。"

"都打扫哪些地方了？"

"还不都是那些老地方。"

"能否说得具体一点儿。"

"就这屋子呗,还能怎么具体……"

呼延云看出这个小胡也许自恃是陶灼天的"私人保洁员",所以有些骄横,正在琢磨怎么办才好,旁边的李志勇把西服扣子一解,一向憨憨的脸孔突然变得严厉:"小胡,我知道你能来这屋子打扫卫生,多半是因为跟陶会长攀个远房亲戚之类的,但是现在我老老实实告诉你,有人想趁陶会长出国,在背后开她的黑枪!我们找你了解情况,就是为了给她挡枪,你别不知好歹,你琢磨琢磨,她要是倒了,别说这E座的四层了,E座的楼门你还能不能进?"

小胡顿时浮现出惊惶的神色:"我……你们想问啥尽管问吧。"

"很好。"呼延云问她,"陶会长出国的第二天一早,你来打扫这间屋子的时候,这间屋子是什么样子——换句话说,晚上陶会长住过没有?"

"住过。"

"一个人住还是两个人住的?"

"两个人住的……"

"可是陶会长不是第二天凌晨一点就坐上飞机出国了吗……"呼延云说,"你清扫的时候,还记得牙膏和牙刷是什么样子吗?"

"牙膏和牙刷?"小胡不大明白他的意思。

"当晚有没有使用过?"

小胡想了想:"好像没有用过。"

"能否确认?"

小胡又一思忖,点了点头:"肯定没有用过。"

"好的。"呼延云说,"你再想想,你清扫衣帽间和鞋房的时候,有没有觉得比平时乱一些?"

"确实有点儿乱。"小胡说,"陶姐喜欢干净,从前挑衣服和鞋子,挑完把不穿的都归置好,但那天晚上似乎翻了个乱七八糟就没再管……"

呼延云沉思了片刻,盯住小胡的眼睛问:"小胡,我再问你一个问题——那天晚上跟陶会长一起来到这里的人,是谁?"

也许是觉得这个问题太"敏感"了,老廖想拦,反倒被李志勇拦住了。

小胡摇了摇头:"这我可就不知道了……"

"怎么会呢?以陶会长的身份和地位,总不至于在大街上找个人就往这儿领吧?"呼延云道。

"我真的不知道。"小胡说,"以前张春阳总来,最近一阵子陶姐不是准备跟那个姜磊结婚了吗,偶尔也把他往这儿带,张春阳就来得少了,而且过去我早晨收拾屋子,总能在卧室或洗手间的垃圾筐里发现卫生纸裹着的那个……套子,但那天早晨我收拾的时候,只看到床铺特别的乱,却没有看到用过的套子……"

"难道那天晚上跟陶会长滚床单的是个女人?"李志勇眨巴着小眼睛问。

"不会!"老廖马上说,"没听说灼夭新添了这嗜好,保不齐用完了就直接扔马桶里冲了。"

"姜磊是什么人?"呼延云问。

老廖说了个国企的名字:"姜磊是董事长的独生子,原来一直在国外,半年前回国之后,就跟灼夭好上的,这不最近准备谈婚论嫁了……小张你这快赶上查户口了,还有什么问题没?没有咱就抓紧撤吧。"

他们一起走到门口,将要出屋的时候,呼延云突然停下了脚步,回头看着那间卧室,又重新折回,抬着头在四壁上寻找着什么,很久都一无所获,可是他不甘心,还是找着。李志勇忍不住问了一句"你在找什么",他也不说话,只是眉头拧得越来越紧,忽然抬起右手,用食指和中指并拢着哐哐哐地敲着脑壳,似乎是敲通了什么,走出卧室,站在会客厅,哗啦啦地把那扇深褐色的实木推拉门关上了。

会客厅里的光线陡然暗淡了几分,呼延云搬着一把凳子,放在推拉门前,跳了上去,仔细地查找着——

找到了!

犹如荧光表的表盘,半明半暗时看不分明的,却会在一切光线被彻底遮蔽后真相大白!

呼延云望着那个只有在推拉门彻底打开后,才会在两个重叠的门框上方洞现的、食指指肚那么大的透孔,微微一笑。

6

"那个洞孔,是不是谁挖来偷窥用的?"跟呼延云走出E座后,李志勇忍不住问道。

"差不多,不过并不是。"呼延云说得有些含糊。

李志勇知道他们这号人不到彻底搞清楚真相,从来说话都是这么个囫囵样儿:"现在咱们去哪儿?"

"老廖不是说那天晚上看见邢启圣在主楼的大堂酒吧吃东西吗?咱们去调查一下,最好能调出当晚的视频来。"

"成,这事儿交给我。"李志勇说。

荷风大酒店的物业主要分成两种:一种是类似E座那样的

小楼或别墅，主要提供给长期包房的客人；另外一种就是给短租的散客提供的客房，集中在主楼。呼延云和李志勇走进主楼的时候，正是下午三四点钟的光景，大堂里没有什么人，袅袅的轻音乐回荡在耳际，像游泳池的水面一样有着柔靡的浮力，令人昏昏欲睡。

李志勇走到位于大堂西侧的酒吧，径直走到经理面前，一扬下巴："你是负责的？"

经理一看他那气质和做派，以为他是公门里的人，赶紧说："您好，需要我提供什么帮助？"

李志勇说了个时间，就是扫鼠岭案件那天晚上："有人报案，说当晚八点左右在你们这儿吃饭时丢了一块价值五十多万元的劳力士，你把监控视频调出来我看看。"

经理立刻将他们带到位于主楼地下一层的安保部，调出了当晚大堂酒吧的监控视频，可以看出，那天在酒吧吃饭的客人不少，端着盘子的侍应生们在穿梭不停。

"哪个是邢启圣？"呼延云低声问李志勇。

李志勇找了一下，指了指把边靠里的一个座位，视频局部放大后可以看出：一个满面油光、谢顶严重的矮胖男人正在用叉子把一大块烟熏三文鱼往嘴里塞，他视线很警觉地望着大堂，似乎是不大想让人发现他，不时地看看手机，像是在等待什么人给他打电话。用快进的方式放了一遍，从始至终都只有他一个人坐在那里吃饭。八点十分左右，他接到一个电话，从接听的速度来看，这个电话正是他等待已久的，接完之后，他匆匆结账走人了。

酒吧经理忍不住说："怎么你们要查看的也是这个人啊？"

"少管闲事！"李志勇瞪了他一眼，然后伏在呼延云耳边说:"案发之后,警方肯定也调出过这段视频。"言外之意是没有看出什么有价值的内容。

呼延云没理他,对那位经理说:"这个人当晚用餐的小票,你们的收银机里应该还有记录吧,能否调出来给我看一下?"

经理没办法,只好又带他们回到大堂酒吧,调出了当晚邢启圣结账时的小票,上面写着他喝了一碗奶油蘑菇汤,吃了一份澳洲小牛肉沙拉、煎鹅肝和烟熏三文鱼,主食吃的是松露烩饭——这和法医解剖尸体后分析他的胃容物结论是一样的。

"这家伙还真是个饭桶。"李志勇嘟囔了一句,发现呼延云神色凝重,不禁问道:"你发现什么了?"

"没有什么。"

"没有什么你这脸还跟挂了铅似的?"

呼延云叹了口气:"就是因为没有,才越发古怪呢。"

说完他就往外面走去,李志勇一头雾水地跟在后面。

绕过主楼正前方的汉白玉莲花群雕,正要走出荷风大酒店的大门的时候,突然听到有人喊李志勇的名字,定睛一看竟是柴永进。

李志勇和柴永进有日子没见了,上前跟他握手寒暄,柴永进却用眼角不停地瞟着呼延云,突然问道:"勇子,你跑这儿干吗来了?"

李志勇笑道:"名怡公关公司不是一直挂靠着爱心慈善基金会嘛,扫鼠岭出了案子以后,我们领导焦头烂额,让我三天两头过来一趟跟上级单位汇报情况——"

柴永进打断了他:"汇报情况?汇报情况你带着呼延云做什么?"

李志勇面子上有些挂不住,柴永进的话锋却越发的不客气:"勇子,刑侦工作不能由非公安人员介入,这个规矩,你知道的,你是老兄弟，又当过刑警，是吧，你要是想了解这桩案子，我可以在不违反组织纪律的前提下给你讲讲，但是其他人要是想玩儿侦探游戏，最好还是去密室逃脱游戏屋去！"

接着他把脸转向呼延云，冷冷地说："呼延先生，要不是十年前你那位好友力保周立平，现如今扫鼠岭也不会躺下那么多具尸体。说句你不爱听的话，周立平的手上要是沾满血污，林香茗就是给他递刀的。我要是你，就乖乖回家反省交友不慎，别出来招摇现眼了。这都什么年代了，写小说的都不提'四大推理社团'了，您还充的哪门子名侦探柯南啊？！"

李志勇的脸涨成了猪肝一样的酱紫色，呼延云却毫不生气，望着柴永进，慢慢地说："老柴，我不否认刑侦工作需要专业化和精英化，但随着互联网普及和智能技术的发展，人类必将步入一个信息获取更加便利、专业界限更加模糊、犯罪模式更加多样化的时代。在这样一个时代里，社会工种不断细分，犯罪动机日益复杂，公安人员在办案过程中也需要更加广谱、多元的支援，这些支援有些来自各行各业的专业人士，也有些像我这样的，可以从一些独特的角度提供特殊的思维方式，帮助公安人员及时认清办案过程中的盲点、校正刑侦工作中的误区——近年来，上级领导多次要求公安工作必须发动群众、组织群众、依靠群众，你为什么不能把接纳和包容编外人士提供的线索和建议，也理解成一种践行群众路线的方式呢？"

一番话说得柴永进目瞪口呆，他嘿嘿干笑了两声道："好，呼延先生说得好，说得我哑口无言！那么现在我手上就有一件头疼的事儿，需要您从独特的角度提供点儿特殊的思维方式，您看您这个热心群众能不能帮我这个忙？"

李志勇赶紧对着呼延云挤眼睛，意思是千万别接柴永进的茬儿，呼延云只当没看见，点了点头。

"那好，我就直说了。"柴永进道，"大概你也听说了，案发当天，周立平是驾驶着一辆黑色斯派上的扫鼠岭，按照他所说，他半路下了车，让邢启圣自己一个人开车上岭去了……不管他说的是真是假，反正警方把扫鼠岭地区以及周立平一切可能藏车的地点地毯式地排查了个溜够，就是没有找到那辆车，这辆车是重要的物证，里面很可能依然保存着什么犯罪信息，所以我给你一天时间，你帮我把它找回来好不好。一天，只要你能把车找回来，我给上级打报告，申请聘任你为扫鼠岭案件的协查顾问，你看怎么样？"

李志勇急了："老柴，你们那么多人搜了这么多天都没找到那辆车，现在让呼延一天就找出来，这不是难为人么——"

"这事儿你别管！"柴永进粗暴地打断了他，"呼延先生想给我们支援，我不赶紧递个牛皮过去，他拿什么吹啊？怎么样，呼延先生，您是同意还是不同意呢？给个痛快话儿！"

呼延云一头雾水："那辆车不是在你们手里吗？我帮你们找什么？"

"废话！"柴永进没好气儿说，"要是在我们手里，我还让你找个狗屁？！"

呼延云有点儿着急，举起手来，做了个把玩具火车的轨道拼接在一起的姿势："那个，可能是咱俩说话没说到一条道儿上去……我的意思是，我看过扫鼠岭的地图，通往那个苗圃的小巷很窄，案发当晚，警车、消防车、救护车赶到扫鼠岭之前，为了便于它们停车，交通队肯定拖走了小巷里的违章停车吧……"

仿佛雷击一般，柴永进的脸僵住了。

李志勇狠狠一拍巴掌："老柴，你赶紧的，打个电话，让交通队查一下这几天有没有无人认领的违章停车啊。"

柴永进的脸部抽搐着,浮现出一种欲哭无泪的表情:"这个,这个……"

呼延云拉着李志勇就走,临走前撂下一句话:"老柴,你赶紧让人封了E座,把案发当晚的监控视频调出来保存好,里面可能有非常重要的发现。"

直到他们走出很远很远,柴永进还在原地杵着,呆若木鸡。

第六章

1

在周立平被捕整整七天后,市局召开了"半程会议"。

按照我国刑法的相关规定,哪怕是特大刑事案件中的重大嫌疑分子,刑事拘留的最长期限也只有十四天,之后要么释放要么批捕……当然,十四天后公安机关可以向人民检察院提请延长拘留时间至三十七天,但必须拿出非常确凿的证据——在我国法治建设不断加强的今天,各个司法机构都高度负责,提请延长拘留时间将面临着人民检察院的严格审核,公安机关说起这个也头疼,所以都希望在十四天内"搞定",于是就把从抓捕嫌犯开始到第七天作为"半程"。如果到了这个时候,案件的侦查还没有重大突破,还拿不出可以将犯人"钉死"的铁证,那么公安机关就要召开内部会议,对案件的侦办手段、思路和方向进行总结、检讨和调整,是谓"半程会议"。

也正因此,扫鼠岭案件的"半程会议"与会人数之多,层级之高,可谓近年来之最。除了杜建平、蕾蓉、林凤冲、楚天瑛、柴永进、孙康等一众办案警官之外,市局局长许瑞龙也列席,这无形中形成了一股巨大的压力,搞得会还没开,杜建平就把搪瓷缸子里的茶水喝得见了底儿。

"开场锣"是许瑞龙敲的，言简意赅："今天的会议，请同志们畅所欲言，各自发表观点，但是都要拿出支持自己观点的真凭实据来。开始吧！"

参与办案的警官们迅速分成了两派，一派以柴永进为首，主张"周立平有罪论"；另一派则以林凤冲为首，认为目前所掌握的证据还不足以认定周立平是真凶。前者把青石口东里红绿灯拍摄到的视频画面，定格在幻灯机投映的屏幕上，反复提及周立平十年前因为连环凶杀案坐牢这个"前科"，仿佛会议室里其他人都忘了这件事似的；后者不仅指出周立平的口供没有大的纰漏，而且揪住"周立平怎么可能只用半个小时抛尸焚尸又赶到杏雨路"这一点，反复强调他没有足够的犯罪时间。双方吵得不可开交，会议室里的几十位烟民吞云吐雾的场景，仿佛是把硝烟弥漫的激辩拟了态，呛得蕾蓉一个劲儿地咳嗽。

许瑞龙皱起眉头，用手指头敲敲桌子："我说，这儿坐着个女同志呢，你们能不能把嘴上那杆烟枪都给我熄会儿火？"

市局跟其他办公场所一样，室内禁烟，但刑警们夜以继日地办案，实在太累，讨论案子时要不抽上两口，都得趴桌上睡着了，所以领导们一向睁一只眼闭一只眼，但这会儿大头儿真一瞪眼，大家全都把烟给掐了。

"蕾蓉。"许瑞龙说，"他们这儿吵翻了天，你怎么看这个案子？"

蕾蓉理了理鬓角的短发，打开面前的文件夹，低头看了一会儿，才慢慢地说："尸检的结果，已经送交到杜处以及各位警官手中了，目前没有什么新的发现。"

许瑞龙说："这些我们都知道了，我就是想问问你，你觉得周立平是不是真凶？"

满屋子的警官都眼巴巴地望着蕾蓉：一来，蕾蓉在警队中的威望极高，虽然刚刚三十出头，但是专业能力带来的气场让一帮四五十岁的老刑警都服帖；二来，她是出了名的情商高，说话办事从来都不得罪人，所以眼下大家也想看看她面对许瑞龙这个提问，怎么能避免非此即彼的回答。

蕾蓉不假思索地说："十年前的连环凶杀案，最终只认定周立平对一起案件负责，跟眼下的扫鼠岭案件不构成任何关系；至于用半个小时能否抛尸焚尸又赶到杏雨路，目前只能说还没发现实施的方法，不能作为周立平的不在场证明——双方争执了半天，都有观点，但也都没有做到许局长说的用'真凭实据'支持自己的观点。"

许瑞龙连连点头，屋子里一班警官听得目瞪口呆，楚天瑛忍不住捅捅旁边的林凤冲："哥们儿，跟紧蕾主任吧，我看她将来至少能当个部长。"

咬耳朵却被许瑞龙抓了个正着："天瑛，你跟林凤冲说什么？大会上禁止开小会，有事儿拿到桌面上来。"

楚天瑛赶紧站起来说："报告局长，我跟凤冲说，虽然那辆黑色斯派里没有找到什么有价值的证据，但有一个新的发现，值得我们重视。"

在柴永进的追问下，扫鼠岭地区交通队果然在扣留违章车辆的停车场上发现了那辆黑色斯派——本来，凡是扣留的违章车辆都会将牌照录入电脑，找到车主讯息后，通知车主前来认领，但由于队里最近忙着配合调查扫鼠岭案件，竟把这个工作忘在脑后了，致使那辆车成了不折不扣的"灯下黑"——这个发现轰动了整个警队，简直像在已经废弃的矿井里挖到了金子似的。尤其是监控显示，这辆车在被拖到停车场以后没有任何人接近过，也就是说它在相当程度上保留了案发后的"原始状态"。一时间专案组兴奋极了，但是刑事技术处勘查表明，除了在后备厢发现了三个孩子尸身躺过的痕迹、乙醇空气探测仪发现车厢内有浓重的酒精气味之外，这辆车上没有提取到任何新的有价值物证。最最重要的是，方向盘、车门把手在案发后被人用消毒湿巾擦拭过，没有留下可疑的指纹，而这一点则又一次降低了周立平是凶手的嫌疑度，因为假如他是真凶，以他司机的身份，经常开这辆车，在方向盘和车门把手上留下指纹纯属正常，并无在当晚时间紧张的情势下，还做如此细致擦拭的必要。

警方对此非常失望，因此大家现在听楚天瑛说有个新的发现，齐刷刷地把目光投向了他。

楚天瑛拿出一个透明的证物袋，递给许瑞龙说："局长，这是我们在荷风大酒店的大堂酒吧找到的一张案发当晚邢启圣结账的小票，小票显示，刑启圣吃了澳洲小牛肉沙拉、煎鹅肝、烟熏三文鱼和松露烩饭等食物，还喝过一碗奶油蘑菇汤。"

许瑞龙透过证物袋看了看小票："这能说明什么？不是跟蕾蓉在尸检报告上出具的邢启圣胃容物一模一样吗？"

"关键在于，这张小票上没有出现本来应该有的东西。"

"什么东西？"

"按照周立平的供述，当晚九点左右，他接到邢启圣打来的电话，让周立平马上去童佑护育院接他，因为他喝多了酒无法自己开车去办事。那么问题来了，这张小票上以及酒店安保部的监控视频都证明：当晚邢启圣滴酒未沾！"

会议室里，每个人的脸上都浮现出惊愕的神情。

"需要注意的是，在交通队大院找到那辆斯派的时候，由于扫鼠岭案件发生以后车门都没有开过，所以拉开车门的一瞬，扑鼻有浓重的酒精气味儿,我们采用乙醇空气探测仪探测的结果表明,那是一种名叫'顿河巴斯'的度数极高的伏特加烈酒挥发出的。"

"有没有可能是邢启圣从荷风大酒店离开后,回到童佑护育院喝的?"有位警官问道。

"有趣的就在这里。"楚天瑛说,"发现这张结账小票上的问题之后,我们马上向蕾主任汇报了,她告诉我们,对邢启圣的尸检结果证明,他的血液中并没有检测出酒精。"

"那么……"那位警官愣了一愣说,"难道是周立平喝的酒?"

"在周立平住地楼下便利店提取到的监控视频表明,周立平在案发当晚买过两罐燕京啤酒,没有买伏特加,而且这种'顿河巴斯'非常昂贵,国内几乎买不到,不是周立平这样的人喝得起的,后来我们在童佑护育院院长办公室的装饰柜里发现了这种酒,也就是说,酒肯定来自邢启圣。"

会议室一下子沉寂下来,许瑞龙沉思了片刻说:"天瑛,你认为这能说明什么?"

素以精明强干而著称的楚天瑛,回答问题也是简明扼要、条理清晰:"三种可能,第一种是周立平在撒谎,当晚邢启圣叫他去童佑护育院接他,并不是因为邢启圣酒后无法驾车,具体是什么原因则不清楚,上车时邢启圣带上了伏特加,周立平在扫鼠岭杀害他之后,钻进车内,将酒洒在自己的衣物上任其挥发,制造假象;第二种还是周立平撒谎,车上可能还有第三个人,这个人也许在童佑护育院的院长办公室喝了酒,然后跟邢启圣一起坐上了斯派,但这个人是谁,在哪里下了车,现在是死是活,都要打上问号;第三种就是邢启圣撒谎,他故意把周立平诓到童佑护育院，然后在衣服上洒上伏特加，装醉让周立平把自己送到扫鼠岭——"

许瑞龙打断他道："邢启圣为什么要这样做？"

楚天瑛摇摇头："不知道。"

会议室陷入了死寂。

2

从会议开始到现在，杜建平一直没有说话。他深知作为专案组的组长，案件办到今天这么个不清不楚的样子，他要负第一责任，但他又有什么办法呢？多年来在刑侦一线摸爬滚打，使他早已生成了一种神奇的第六感，对于大部分案件的嫌疑人，往往凭着直觉就能准确判定对方是不是真的犯了罪，但周立平太不一样了！杜建平觉得逮捕他就像是三更半夜用捕虫网捞了一团雾，不仅没有看透这个对手，而且随着时间推移，周围的光线越来越暗，视线越来越差，捕虫网倒是还拿在手里，那团雾却渐渐稀薄，保不齐什么时候就能漏个干干净净……

眼下还不是深思这些的时候，作为会议的主持人，他无论如何不能让冷场的时间太长："凤冲，你把对斯派'行程追溯'的情况跟局长汇报一下吧。"

"行程追溯"是指交通部门利用天眼系统，对嫌疑车辆在某个时间段的全部行程进行逆向追踪，由此勾勒出该车辆的行程图。本来，警方利用天眼系统对斯派"行程追溯"的起始点是从案发当晚九点四十分左右，该车辆从童佑护育院所在街道北出口驶出开始的，因为自此该车由周立平驾驶一直开往扫鼠岭，但在行为科学专家根据周立平受审视频做出了心理鉴定报告之后，警方决意将这一追溯大幅提前到案发当天早晨六点钟。

林凤冲汇报如下,根据对设置在邢启圣所住公寓停车场、荷风大酒店、童佑护育院附近街道红绿灯、青石口东里红绿灯以及其他主要交通路口上的监控装置拍摄到的监控视频的提取,基本上可以勾勒出扫鼠岭案件当天,黑色斯派在如下几个时间点有这样的行程:

当天上午九点整,邢启圣驾驶着斯派离开所住公寓停车场,前往护育院。

当天下午两点二十分,邢启圣驾驶着斯派通过护育院所在街道南口的红绿灯,一直往南,并于两点二十八分驶入荷风大酒店大门,将车停在E座后面的停车场里。

当晚八点四十五分,斯派驶出荷风大酒店,监控视频显示开车的人是邢启圣。

当晚八点五十分,斯派驶入爱心医院西南门所在街道,直到九点整才从另一端驶出。由于爱心医院西南门通往太平间,按照风俗习惯,这里不设监控,所以不知道邢启圣何以在这里停留十分钟。

当晚九点五分,斯派驶过护育院所在街道南口的红绿灯,向北行驶,但却没有从北口驶出,应该是停在了护育院的院子里。

当晚九点四十分,斯派驶过护育院所在街道北口的红绿灯,往青石口东里开去。

"这辆车在护育院停了将近四十分钟,这期间邢启圣在做什么?周立平是九点整接到邢启圣让他去护育院的电话的吧,他几点到护育院的?"许瑞龙问了一连串的问题。

"我们联系了出租车公司,有位司机回忆,当晚九点左右在夏荷街道接到过一位打车的男子,一直开到了童佑护育院门口,出租车行驶记录显示，耗时二十分钟，而且那位司机从一堆照片中很快就找到了周立平的照片。周立平自述，他到了之后，去办公室找邢启圣，邢启圣说自己还有点事没处理完，让他到车里等着，他就在车里坐了二十分钟玩手机，邢启圣上车后躺在后座上，让他开车去扫鼠岭。"

"咨询个技术问题。"有位警官问，"监控系统难道不能拍摄到车内后座的情况吗？这样一看不就知道车里当时是否还有其他人了。"

林凤冲苦笑道："我们的监控系统分辨率有限，对于驾驶员还能拍摄到正面，但是如果车内光线差或者没有开车内灯，是拍不到后座情况的，假如邢启圣是躺在后座上，甚至坐在驾驶员身后的座位上躺低一点儿，都有可能由于角度的原因，完全拍不到他——事实上有关部门采取了技术手段，对所有监控视频拍摄到的图像调高了分辨率、改善了画面质量，也只约略能看出周立平身后的座位上确实有个什么，是不是人都不好说……"

"有没有可能，我们是把简单的事情搞复杂了？"柴永进突然开了腔，"其实这个案件很简单，汇总各方面的信息，不难看出周立平此前涉嫌骚扰甚至性侵护育院的孩子，并因此受到邢启圣的拦阻。案发当晚，邢启圣把周立平叫过去，可能就是要跟他算算账，也许脑袋一热，说出了要把他送派出所的话，周立平害怕了，把邢启圣骗到车上击昏，又把他玩弄过的三个孩子找来，关在后备厢，然后开车上了扫鼠岭，将他们一一杀害，抛尸再焚尸，不是完全可以解释得通吗？"

一番话虽然说得鲁莽，却说出了很多刑警的心里话，在他们看来，这就是扫鼠岭案件的真相。

"我还是觉得，不应该这么武断地给扫鼠岭案件下结论。"林凤冲严肃地说，"当然按照你这么解释，貌似一切都可以说得通，但是除了缺乏直接证据的支持外，有两件事依然无法说清楚：一个是周立平用了什么方法，事后仅用半个小时就从扫鼠岭赶到杏雨路；另一个是以周立平的犯罪经验，绝不会不知道他从护育院一路开车到扫鼠岭，天眼系统一定能拍到他，就算尸体焚烧得再严重，警方也能很快锁定死者身份，并顺藤摸瓜找到他，而他既没有逃跑，也没有采取任何反侦查措施，这些都太反常了——我不是说周立平的犯罪嫌疑可以排除，而是说：我们不能对别人搞疑罪从有，对自己搞疑点从无。"

"林婆婆"在警队里是人人皆知的老好人，他这番话说得就算很重了，于是又一阵窃窃私语在会议室里响起。

许瑞龙端起茶杯，吱溜了一口，所有的议论像被他一下子吸走了，会议室里顷刻间变得鸦雀无声。

许瑞龙慢慢地说："这段时间，同志们都很辛苦，也都很努力。应该说这么大的案件，在这样短的时间里取得这样多的突破，还是值得肯定的。至于围绕其中的疑点展开的各种争论，是好事，我一向主张，要鼓励办案人员争论，不能太早'统一思想'，否则就要犯错误，就要出冤假错案……接下来我有这么两个想法，请大家斟酌。第一，这个案子说到底是一起'焚尸灭迹'案，灭的什么迹？肯定不是'杀人'的迹，'杀人'这个'迹'就摆在那里，跑也跑不了，灭也灭不掉，所以灭的很可能是孩子们遭受过性侵或者其他伤害的'迹'，有些同志认为这个'迹'一定是周立平做的，这是一种主观臆断，不妥。下一步应该对护育院的员工再加大调查力度，搞清楚真相。第二，这个案子我们'破'得太早、太快了，同志们不要觉得我是在说笑，我的意思是说，我们太早地发现了周立平涉入此案，而由于他的特殊身份，又过早地将绝大部分注意力集中在了他的身上，无意中做了很多指向性和目的性明确的、专门为了'证明'周立平是凶手的工作。现在看来，这样做固然取得了一些成绩，但也有欠妥之处，最起码，我们集中了这么强大的人力物力，到现在还找不到周立平是真凶的铁证，本身就说明很多问题。那么我们能不能换个思维方式——假设周立平不是真凶，那么这个案件中最值得怀疑的人又是谁呢？"

会议室里的人们面面相觑，没有人敢贸然回答。

"我认为是邢启圣。"

一个声音突然响起，会议室里的数十道目光都集中在了楚天瑛的身上。

对这位爱将，许瑞龙当然不能在众人面前表现得"偏心眼"，所以只是平平淡淡地说："说说理由。"

"首先，从调查的情况来看，除了邢启圣的秘书池凤丽对周立平有所怀疑之外，护育院里的其他员工并没有指出周立平对孩子们有什么不轨的行为，而池凤丽的证言，只能说明邢启圣和周立平因为孩子发生过冲突，但冲突的原因并不知道，单纯从性侵孩子的条件来讲，无论时间、地点和'便利性'，邢启圣都比周立平更具备'优势'——"

坐在他斜对面的孙康忍不住说："我插一句，我在问询池凤丽的时候，她强调邢启圣的特点之一就是'好色'，但池凤丽又说邢启圣对她本人没有什么兴趣，这让我挺惊讶的，因为池凤丽是个蛮性感的女人，邢启圣如果对她没兴趣，又不是个同性恋，那么很有可能是个恋童癖。"

楚天瑛点点头，又把目光投向许瑞龙："这里我也提出个申请，希望市局能够向Ａ省省厅提出协查通报，让他们调查一下邢启圣过去有没有过针对儿童的性犯罪，我担心地方上因为种种原因，就算邢启圣有过违法犯罪的劣迹，也被家里动用关系网掩盖住了。"

"批准。"许瑞龙对林凤冲说，"会后你立刻落实。"

"除此以外，就是刚才我说的伏特加的事儿。"楚天瑛说，"虽然我说了三种可能性，但我个人觉得，第三种可能性最大，那就是邢启圣说谎——因为第一种太幼稚，第二种有瑕疵。先说第一种：焚烧尸体并不能影响法医检测血液中的酒精含量，这对外人也许是个很冷门的知识，但是周立平在坐牢前后读过的法医学书籍，我想未必比在座的很多人少，单纯在车里洒点儿酒，就能让警方相信邢启圣喝了酒，这个谎还不如不撒；再说第二种，以车里那股子酒气，假如车上真的还有第三个人，那么他一定在车里坐了很长时间，我们都知道醉鬼是控制不住自己的意志的，除非沉睡，手脚一定会胡乱扭动，在奇特的位置留下怪异的痕迹，这在现场勘查学中单有一种说法叫'醉态痕迹'，比如触摸一些正常人不会触碰的死角、比如车座头枕出现鞋印，再比如指纹多有拖拽、抻拉的特征等，但是在勘查车辆时，我在车内完全没有发现这类痕迹——要知道凶手虽然擦拭过方向盘、车门把手，但他没有擦拭过其他地方。"

这一番分析，让很多同僚听得津津有味，心服口服。

"如果这个案子顺着周立平可能被栽赃陷害的思路讲，那么单凭没有喝酒却喊周立平来'代驾'这一点，邢启圣恐怕就逃不了干系。"楚天瑛继续说，"于是又有一个问题冒出来了，邢启圣自己也遇害了，是谁杀的他？势必存在着一个同谋或黄雀式的人物，那么这个同谋、这只黄雀是谁？首先可以排除周立平，因为周立平不仅跟邢启圣一向不和，邢启圣找同谋也不会找他，而且在他打一一〇报警后的半小时内就出现在了杏雨路，不具备足够的作案时间。而在邢启圣的狐朋狗友之中，最最可疑的就是张春阳。"

张春阳这个名字在先前的侦缉工作中，一直没有被纳入犯罪嫌疑人的名单，所以在座的很多刑警都是一愣。

楚天瑛先把张春阳的大致情况介绍了一下，然后说："据我们了解到的情况，张春阳早年当过健身教练，腹黑、心狠、身体素质很好，他喜欢爬山，平时没事就沿着扫鼠岭上西山，对那一带的路况非常熟悉，所以，他在杀人行为的策划和实施上都没有问题。有知情者说，张春阳的最大特点就是'胆大妄为、自作聪明'，他利用陶灼夭的关系帮邢启圣搞钱，邢启圣帮他瞒着陶灼夭在外面渔色，两个人狼狈为奸，干了不少坏事，虽然因为社会地位不同，一直以来邢启圣是'主'，张春阳是'仆'，但实质上张春阳才承担着'大脑'的工作——扫鼠岭案件发生后，没有人再见过张春阳，这本身就极端反常——"

许瑞龙打断了他："这个张春阳最后一次出现是在什么时候？"

"我们对他的手机进行了追踪，目前处于关机状态，最后一次通话是在扫鼠岭案件发生的当天下午四点多。"

这个时间点非常敏感，许瑞龙继续问道："通话的对象是谁？"

"陶灼夭。"楚天瑛说，"据负责打扫房间的保洁人员回忆，案发第二天早晨，E座四层的陶灼夭卧室有私会的痕迹，陶灼夭往这里带过两个男人，一个是未婚男友姜磊，另一个就是张春阳。但我们调查发现，当晚姜磊正在香港出差，根本不在本市，所以那个人十有八九就是张春阳——值得注意的是，当晚七点多,邢启圣来到了大堂酒吧吃饭,一边吃饭一边不停地看手机,直到在八点十分接到一个电话,然后匆匆离开,而通话记录显示,这个电话正是陶灼夭打给他的。此后发生的事情,可以看成是黑夜里从同一个车站出发却驶往不同方向的高铁,一趟是邢启圣,他开着斯派开上了去往扫鼠岭的不归之路;另一趟是陶灼夭,她在九点半订了去往巴黎的机票——"

"而张春阳就此消失得无影无踪⋯⋯"许瑞龙沉吟了一下,"找!挖地三尺也要把这个人给我找出来!"

3

散会后,许瑞龙把杜建平他们几个单独叫到自己的办公室,又开了个小会,把下一步工作的重点强调了一下,然后突然问楚天瑛:"最近思缈在做什么?"

楚天瑛一愣:"刘处?最近几天好像一直在物证保管中心。"

"她是不是让马笑中和郭小芬在查扫鼠岭的案子?"

"没有,不可能。"楚天瑛不假思索地说,"刘处知道纪律,已经退出这个案子了,就不会再插一脚。"

"你少替她打掩护!"许瑞龙说,"早晨第一监狱给我打电话,说马笑中和郭小芬昨天下午去他们那里了解周立平坐牢那些年的情况。要是没有思缈在背后撑腰,马笑中敢有这么大的胆子?"

"也许是郭小芬想根据这个案子写一篇人物特稿,找马笑中帮她搭线吧。"楚天瑛说,"您也知道,只要一出事儿,那帮记者总要从多年以前挖病根儿。"

"问题是,郭小芬已经从报社离职了,这个你不知道?"许瑞龙瞪了他一眼，"会后你给马笑中打个电话，让他注意分寸。"转头又问杜建平："陶灼夭怎么还没回国？"

杜建平赶紧说："我们已经联系了巴黎警察总局和驻法大使馆，让他们尽快找到陶灼夭，敦促其回国……"

许瑞龙看他欲言又止，有些不耐烦地说："有什么困难，你直接说。"

杜建平小心翼翼地说："我听说爱心慈善基金会跟上面打了招呼……"

"鬼扯！"许瑞龙一下子火了，"什么上面？哪个上面？现在上面就四个字'依法治国'！没有潜规则，没有私下交易，一切都光明正大、亮亮堂堂。你守法，国家就保护你；你违法，天王老子也罩不住你，就这么简单！"

杜建平连连点头称是。

"建平。"许瑞龙本来有一番重话，但话到嘴边又放缓了下来，"不能工作时间越长，胆子越小，瞻前顾后的怎么行。你是老公安了，人民的利益高于一切，要把这句话刻在骨头上。"

从局长办公室出来，楚天瑛给马笑中打了个电话，传达了许瑞龙的告诫，又请他转达自己对呼延云的感谢，并说明爱心慈善基金会可能确实"打了招呼"，但毫无意义。挂断电话之后，马笑中眨巴了半天小眼睛，对屋子里的一群人说："老楚这个电话，内涵丰富啊！"

呼延云在荷风大酒店大堂酒吧发现邢启圣的就餐小票显示他当晚并无饮酒之后，把这一情况连同自己和李志勇勘查E座四层的经过告诉了刘思缈。刘思缈虽然对他深恶痛绝，但又不能不承认这个家伙在推理上确实有一套，而且也认为陶灼夭和张春阳在案发当晚的所作所为，确有可疑之处，于是指派楚天瑛在"半程会议"上把就餐小票作为新发现的重要物证出示,并适时将案件的调查方向往陶灼夭和张春阳的身上引导。

此时此刻,郭小芬、马笑中和李志勇正在呼延云的家中,一起沟通这两天调查走访的情况。当马笑中把楚天瑛与他的通话内容告诉大家之后,郭小芬不禁笑了:"许局长这是重重拿起,轻轻放下啊,'注意分寸'这四个字等于是给咱们的调查开了绿灯。"

"也是说给杜建平听的,让他知道这个案子不止他一个人在办,敦促他抓紧吧。"呼延云把目光转向李志勇,"我倒不懂了,那天咱俩去荷风大酒店,老窦说邢启贤'给上面打了招呼',老廖也说'各种关系硬得很',俨然爱心慈善基金会撑着一把钢筋铁骨的保护伞似的,怎么听许局的意思根本没这回事儿啊?"

李志勇笑了笑:"呼延,你去过动物园,见过猴山吧,一个大笼子,千百只猴子蹦来跳去的,大大小小,男女老少,它们吃、喝、玩、乐、奖惩、晋级,都有自己的一套规矩……爱心慈善基金会,那就是一群自己把自己圈在猴山里的猴子,他们自成一个体系,在那个体系里自娱自乐,对外人甚至外面的世界充耳不闻、一概排斥。这个体系本身就是靠着各种关系建立和维系的,所以就以为世界上所有的事儿都可以靠着关系解决,一旦出了什么事儿,他们不是凭本事解决,而是找关系摆平,找得到也好,找不到也罢,摆得平也好,摆不平也罢,总之最后总能把话说圆了,他们互相欺骗,却又都对别人的话信以为真,每天就活在各种各样的谎言里,幸福安逸、快乐无比。可有一点,谁也不能拆他们的笼子,哪怕是为了他们好,也不能拆,你只要敢拆,他们就敢跟你拼命,当然长期圈养的结果,他们也没什么战斗力,就是叫声刺耳、哭相难看……"

"这样一群人，怎么能在这个社会上长期存在下去？"

"问题就在这里，这样一个群体，不仅活着，还活得很好，还能轻轻松松把很多优秀、但关系不到位的竞争对手淘汰掉。"李志勇苦笑道，"就说公关公司这一行吧，像蓝标、奥美的员工，都是'5+2''白加黑'的疯狂工作，不眠不休，累到吐血，狼嘴里夺食一样抢客户抢单，而我们那个名怡公关公司呢，那天去你也看见了，上班时间没几个人，大多数员工就是上班打游戏，下班KTV，吃饱了混天黑，可只要我们一打出爱心慈善基金会的招牌，多少公司上赶着找我们，我们还要挑挑拣拣呢……"

"为啥？那些企业贱皮子？"马笑中也很好奇。

"因为我们是爱心慈善基金会的下属单位啊，爱心慈善基金会有'减税资质'——"

"国家不是给慈善单位免税吗？"郭小芬惊讶地问，"怎么又出来个'减税资质'？"

"企业给慈善机构捐款，大多数纯粹是为了做公益，但也有一些是为了减税——国家有相关政策，企业给慈善机构捐款一定数额，就可以获得相应比例的减税。但也不是说企业给谁捐都能减税的，很多民营慈善机构是没这个资质的，而爱心慈善基金会不一样，说是民营慈善机构，其实背后靠着大树，有'减税资质'——"

"说白了还是他妈贱皮子！"马笑中骂道，"有点儿骨气，不要那减税又能咋地？！"

"这你就不懂了，老马。"李志勇道，"爱心慈善基金会及其下属单位的员工，有几个没有背景？你捐钱就是养他们，有的时候你把宠物喂美了，比直接孝敬宠物主人还容易讨欢心——所以那帮企业才争着抢着巴结我们，靠我们跟基金会上层挂上钩。"

听到这里,呼延云不禁一声长叹。

"这几年国家反腐力度不断加强,他们的日子也越来越不好过了,但是说到底,他们还是抱成一团,能混一天是一天。"李志勇道,"那天咱俩去燕兆宾馆找孙静华,你还好奇,怎么这年头了,预约会展大厅还要在本子上登记?因为那种宾馆的会展部也是我说的'猴山',对他们而言,没有比进化更可怕的事情了,只要维持现状不会影响吃喝玩乐,在树上再趴一万年才好呢。"

郭小芬喃喃道:"我简直不敢想象,在二十一世纪还会有这么一群人存在……"

李志勇的口吻十分沉重:"过去我当警察,看到的都是显性的恶,脱了警察这身衣服,才发现隐性的恶。显性的恶吃人,隐性的恶吃人不吐骨头,说不上哪一个比哪一个更坏……"

"你和呼延后来没再去燕兆宾馆吗?"郭小芬问。

"去了,但工作人员还是坚持不预约就不让见,我们只好预约了后天。"李志勇无奈地说,"对了,你和老马去找房玫了吗?"

"我们俩昨天上午去的,可惜也没见到人,说房玫去上海出差了,下周才能回来,我和老马就坐车去了市第一监狱了解周立平坐牢期间的表现。"

接待郭小芬和马笑中的,是市第一监狱十六管区的狱警老冯,老冯长了一张奇长无比的脸,说话很慢,有点儿拖腔,但表达很准确。按照他的说法,周立平作案时未满十八岁,拘审期间一直在少管所,但等结案时已经超过十八岁了,所以转到第一监狱,一关就是八年。

监狱有监狱的阶级,强奸犯是垫脚的,而杀人犯绝对是最顶端,何况周立平这种"疑似连环杀人犯",虽然年轻,但从坐牢的那天开始就没人敢惹他，而且按照规矩，犯人称呼他，得在他的名字后面缀上一个"爷"字。

"平爷"刚来时，监狱管理方专门围绕"给他安排什么活儿"开了一次会。对"暴力指数极高"的犯人，不能让他接触任何工具，厨房做饭需要菜刀，不行；修整花木需要园丁剪，不行；土工作业需要锹镐，更不行……但又不能让周立平闲着，闲久了一定会出事，最后干脆安排他去管理图书室，谁知一个月不到，图书室焕然一新。"周立平每天把桌椅书架擦得锃光瓦亮，凡是破旧的图书都先修补再包上书皮，还申请了一套图书管理软件进行借阅登记，看他每天埋着头给每一本书贴条形码，然后扫描输入电脑的样子，真想不出他穷凶极恶杀了那么多人。"老冯说。

在老冯看来，周立平属于最好管的那种犯人，干活不偷懒，从来不惹事，监规狱纪背到做到，甚至比狱警们要求的还要好。不过有一点他比较特殊，监狱这地方，说难听点儿像炼蛊一样，把各种毒虫搁在一个密封的罐子里，虽然有监管人员看着，但搞不好就是头破血流甚至暴毙牢房，所以犯人们都暗地里拉帮结派，以求自保。唯有周立平是个例外，他是非常非常独立的，按照老冯的话说"好像有点儿孤傲，根本看不上其他那些犯人"。整整八年，他没有结交任何一个狱友，别人想拜他的山他不理，别的山头想拉他入伙他也不尿，要是搁其他犯人这个样儿，早就被收拾了，但周立平毕竟是"连环杀人犯"，整个市第一监狱但凡还喘气儿的，就没有一个比他更狠的，就算再凶的狱霸也只能对他敬而远之。

"平时他很安静，不爱说话，总在想事儿，有空闲的时间都用在读书和锻炼身体上，在牢房里他俯卧撑、原地跑，拉着高低床的上梁做引体向上，身体锻炼得非常好。"老冯说，"监狱生活不像外面想的那样，就是吃饭、睡觉、劳动改造——不是的，从犯人出狱后回归社会的角度出发，我们给他们安排了大量的课程来进修和学习，当然教员主要也是服刑的犯人。周立平报了好几门课，学得特别认真，尤其是汽车修理和电器维修，很快就出师了，而且青出于蓝，到后来我们监管干部自己的车子或家用电器坏了，都请他帮忙，就没有他修不好的，时间一长，大家也就对他没那么警惕了……谁知就在他服刑的第五年，出了一次大事儿。"

有个犯人"老黑"，抢劫加强奸进来的，这种双料恶棍，犯人们反而不敢像对待强奸犯那样凌虐。该犯不但不知悔改，还天天跟其他犯人吹嘘他强奸了好几个幼女，绘声绘色地讲那些小女孩的流血与惨叫……有的犯人向管教干部报告，关了老黑几天，他出来照样吹。有一天他正在操场上跟一帮忠实听众又讲述自己的丰功伟绩呢，正在旁边修补栅栏的周立平走了过来。据其他犯人回忆，说他走得很正常，神色也很正常，就是那么个应该擦肩而过的样子，可也就是从老黑面前经过的一瞬间，周立平的手里突然多了什么东西，对着老黑的阴囊闪电般地戳了几下，然后就用正常步速走了过去。

望着老黑捂着鲜血四溢的阴部在地上打着滚惨叫的情形，围观的好几个犯人都忍不住呕吐了出来，还有几个年轻的吓得坐地嗷嗷大哭……

虽然管教干部没有看到这一幕，但得知事件的一瞬间，他们突然意识到，周立平还是周立平，他的出手之迅速、手段之凶狠、招式之毒辣，依旧是昔日那个惨无人道的变态杀人狂。

调查证明，周立平手中的凶器是直接从栅栏上拔下的一根长钉。

周立平被上了脚镣，关进小号，接下来的几天他开始绝食，但是在监狱里，这样的行为只会招致更严厉的处罚……

"后来呢？"呼延云忍不住问。

"你绝对猜不到是谁把周立平给救了。"郭小芬说。

"谁？"

"林香茗。"

"香茗？！"呼延云大吃一惊。

"对，是香茗。"郭小芬说，"那阵子，林香茗刚刚回国，启动了国内首个'变态人格访谈行动'，计划对在押的变态杀人重犯进行访谈，以了解中国此类犯罪的特征，他从前经手过周立平的案件，甚至可以说是周立平被减轻刑罚的直接推手，但在周立平被捕后从来没有单独见过他，听说这件事以后，专门来约谈周立平。"

呼延云瞪圆了眼睛，呼吸都加重了："监狱那边有没有保留谈话记录？"

"没有。"郭小芬摇了摇头，"香茗的访谈计划申报了国家重点科研项目，并获得资金支持，具有一定保密性质，他跟周立平的访谈是单独进行的，没有留下任何文字、图像或视频材料……"

呼延云的脸上顿时浮现出失望的神色。

"老冯回忆，访谈进行了两个多小时，结束后不久，林香茗出具了一份精神鉴定报告，指出周立平袭击老黑是间歇性精神障碍导致的突发行为，在法律上有免责的。香茗在这个领域是权威，加上他又是许局长从国外请回来的大红人，监狱方面很给面子，马上把周立平从小号里放了出来。"郭小芬说，"被放出来之后的周立平，在精神面貌上发生了很大变化。"

显然是对林香茗又一次帮助周立平有些不满,李志勇嘟囔道:"他是不是更加得意扬扬了?"

"不是。"郭小芬说,"老冯说,那以后直到刑满出狱,周立平在行为上跟过去没什么区别,认真劳动、积极改造,但是以前他的神情总是绝望、冷漠和茫然的,而见过林香茗以后,一双眼睛里有了光芒,偶尔竟还露出一丝笑容,这是之前五年从来没有过的。"

李志勇皱紧了眉头,困惑不解。

呼延云慢慢地走到书桌前,掀开压在桌面上的玻璃板,从下面拿起一张发黄的照片,那是他高中时代和好友们去青岛旅游时的合影。乌云密布的大海边,一块陡峭的巉岩上坐着一群无所畏惧的学生,每个人都笑得那么豁达爽朗、意气风发,只有坐在他身边的那个英俊的少年,虽然同样是在微笑,但是那笑容中却流露出一缕哀伤……

"呼延,你怎么了?"郭小芬轻声地问。

呼延云站了很久很久,才发出一声叹息:"难道你不觉得,每次发生案件,只要有香茗出现,哪怕只是一道侧影,也一定会有一个出人意料的结局吗?"

4

因为在狱中改造良好,服刑第八年,监狱方面多次提请减刑并获得市中级人民法院批准,周立平被提前释放了。对于他的释放,确实存在不同的意见,"西郊连环凶杀案"尚处于追诉期,办案民警也一直在继续努力侦办,但八年过去了,并没有发现周立平杀害除房志峰以外其他人的证据,那就只能也必须释放他。

出狱的时候，周立平没有想象中的激动，也没有任何戏剧化的场景，他的情绪非常平静。办好了手续，他换上了老冯给他买的一身新衣服，就这么离开囚禁了他八年的地方。八年前被捕时他身上什么都没有，八年后释放时口袋里多了一纸释放证和一张银行卡，那是监狱方面把他劳动挣到的钱打进卡里发给了他。

"没有人来接他，我把他送到门口，他就那么自己走了。"老冯说。

听完郭小芬的讲述，屋子里安静了很长时间，呼延云还在盯着那张老照片，似乎依旧沉浸在昔日的光阴中不能自拔。

窗外，秋风刮得正紧，院子里那几棵高大的杨树在剧烈的摇摆中，无奈地抛洒着一片片泛黄的树叶，在半空中仿佛流过一道道湍急的浊浪，哗啦啦，哗啦啦啦……

"呼延，呼延……"郭小芬喊他，"接下来我们该做什么？"

呼延云没有说话。

"按照咱们制订的工作计划，我和呼延应该找到那个和周立平认识的长发女孩。"李志勇看了一眼马笑中。当初，马笑中可是拍着胸脯保证，他能通过中介小罗搞到那个长发女孩的联系方式的。

马笑中骂骂咧咧道："那个小罗不知道死到哪儿去了，怎么都找不到他。这样，这个活儿转手了，我和小郭来办，我一会儿就去一趟圆满地产那家分店，逼店长交人！"

"这倒也不是什么急事。"呼延云慢慢地说，"当务之急是最好能深入爱心慈善基金会的高层，了解一些情况……这个案件调查到现在，我感到无论警方还是咱们，一直都围绕着表象打圈圈，真正的核心，连碰都还没碰到。现在应该做的是掉转方向，把视线集中在爱心慈善基金会，集中在陶灼夭、张春阳和邢启圣身上，因为周立平很可能只是个中途上车的人，车子的始发站跟他毫无关系……"

李志勇叹了口气说："这个难度还是挺大的，不要说爱心慈善基金会的高层了，就连设在荷风大酒店的那个分部，都是一个独立王国，一般人根本进不去。整个名怡公关公司，大概也就只有郑贵能在里面混混，可是你要让郑贵帮着打探消息，就等于砸他的饭碗，想都不要想了。"

就在这时，他的手机响了，拿起一接听，脸色顿时变得非常难看，挂断后他叹了口气："我出去一趟。"

"怎么了？"呼延云问。

"社保中心打来电话，说是我妈那张登记表得附一下被缴人的身份证复印件正反面，我得赶紧回趟家，去拿一下我妈的身份证复印，然后送过去。"

"上次去他们怎么不说？"呼延云有些生气。

"谁知道，他们也没说理由，就说让我赶紧去交。"李志勇苦笑了一下，转身走了出去。

聊了一上午，这时感到有些饥肠辘辘。呼延云去厨房煮了一锅方便面，直接连锅端进房间里，三个朋友坐在一起吃，也许是因为刚才的话题牵涉到了林香茗的缘故，他们的心头都很沉重，吃得有些闷。马笑中平生最怕不热闹，所以突然挑起了一个话题："呼延，你小子跟思缈咋样了？"

呼延云吓了一跳："我跟思缈……什么咋样？"

"你少装！"马笑中笑嘻嘻地说，"这么多年了，你心里真正喜欢的是谁，你以为我们都看不出来？"

"别胡说八道。"呼延云脸有些红。

"还我胡说八道，每次思缈只要有一点儿事，你小子就算千里之外也要往前冲,你那点儿小九九瞒得过谁啊?"他用胳膊肘捅了捅郭小芬,"小郭,你说我说得对不对?"

郭小芬看了呼延云一眼,低下头继续吃饭。

呼延云嚅嗫道:"我主要是怕思缈万一出了什么事,香茗回来了,我没法跟他交代。"

马笑中把筷子往桌上一拍,竖起大拇指:"仗义!千里送皇嫂,当代关云长——只要最后别把皇嫂送到自个儿炕上就行!"

呼延云不吱声了。

马笑中见他服了软,咧着大嘴笑了起来,拍着他的肩膀说:"哥们儿别介意哈,你小子什么都比我强,就有两点不如我,一是不如我英俊,二是不如我直爽。比如我喜欢小郭,我就直接告诉她,然后使劲儿追,追到了算我的,追不到算她没福气——香茗出事儿一转眼都三年了吧,守寡的都可以改嫁了,你还真想让思缈一直戳那儿当望夫石啊?"

"哎呀,可不是,一转眼都三年了……"郭小芬突然有些惆怅,"咱们这些朋友,最近可是越来越难得聚在一起了。"

"是啊!"就连马笑中也不禁感慨起来,"我还挺怀念咱们在一个专案组办案的时光的。"

郭小芬望着窗外,喃喃地说:"我还记得,成立专案组,是在警官大学北门不远处的一个牛肉面馆外面,那天香茗刚刚给学生们做完犯罪个性剖绘的讲座,出门被蹭课的许局长和李书记逮到了……他把我们叫到一起,我、蕾蓉、思缈,就在牛肉面馆外边,一边吃饭一边分配工作,后来他开车拉着我们去接呼延,呼延喝得酩酊大醉的,吐了一地……"

呼延云有点儿不好意思,可是又觉得郭小芬的神情和语态有点儿奇怪:"小郭,你怎么了?"

郭小芬站起身："没什么……你们吃完了吧,我去刷碗。"

郭小芬把碗筷拾掇到锅里,端去厨房了,听着自来水哗啦啦的声音,呼延云和马笑中面面相觑。

"是不是被谁欺负了?"呼延云问马笑中。

"你可看四九城打听打听,我老马喜欢的女孩,哪个吃了熊心豹子胆的敢欺负?"马笑中恶狠狠地说,"不过,最近她是有些不对劲,过去她多阳光啊,脸上总是挂着笑容,采访的时候拼命往前挤,左手相机,右手录音笔的,别提多带劲了,可现在弄得跟多愁善感的林妹妹似的……"

"是不是因为丢了工作的缘故?"呼延云问。

"有可能……不过我听说她这半年多不停地搬家,连一直养的那只猫都送人了,好像还曾经在公园的长椅上挨过一夜,我问她怎么回事,她也不说。"

呼延云正在发愣,手机响了,一接是李志勇打来的:"呼延,社保中心这边我办完事了,可是回不去你那边了。"

"怎么了?"

"刚才郑贵给我打了个电话,让我马上回公司找他一趟,口气挺着急的,也不知道出了什么事儿。"

"成,你有什么消息随时跟我沟通!"

撂下电话,李志勇开车去润唐高科技孵化园区,等进了D座,走进总经理办公室,看见郑贵正在用食指哐哐地戳着手机屏幕,好像在玩儿什么游戏,只是脸色比破了产还难看。

"郑总,您找我?"李志勇问。

"李志勇,自从你来公司,我老郑待你不薄吧?"郑贵瞪起有点儿肿的金鱼眼,"你为啥背地里摆我一道?"

李志勇一头雾水:"郑总你说的啥啊?"

"是不是你带着呼延云到荷风大酒店E座去了？"郑贵肥胖的眼袋和双颊好像暴怒的沙皮狗一样颤抖着，大吼道，"老窦报告了邢启贤和崔文涛，他俩马上就找老廖了解情况，你也知道老廖是个纸糊的盾牌，看上去跟美国队长手里边拿着那个似的，其实一戳就破，他把你和呼延云抖搂了出来，邢启贤和崔文涛又把我给传了去，劈头盖脸一顿骂。多亏我反应快、嘴巴硬，咬死了呼延云是咱们公司来的新员工，这才扛了过去。万一被邢启贤他们发现了真相，肯定以为我是吃里扒外，跟警察串通一气调查基金会，别的不说，万一他们当场解除公司跟基金会的关系，没了基金会这棵大树，我寒冬腊月能被活活晒死你信不信？！"

李志勇望着郑贵，很久很久，长叹了一口气说："郑总，这个事儿确实是我对不住你，我辞职就是……谢谢你这么久的关照。"

说完，他转身走出了办公室，来到自己的工位，收拾了东西，就往人力的屋子走去，在门口却被人一把拉住了，扭头一看，竟是郑贵。

"走，走，到我那屋去！"说着，郑贵连扯带拽地把他拉回了自己的办公室，关上门，将他摁在根雕茶桌边的木墩上，一边煮水泡茶，一边埋怨道："你都多少年不做刑警了，怎么脾气还这么大。我当哥的说你两句，你就撂挑子了，像什么样子？看我干吗？喝茶，喝茶！"见李志勇没有抬屁股就走的意思，才掰着手指头给他盘算："你又不是不知道，咱们这基金会，表面看上去跟一家子似的，其实呢，恨不得有多少人分多少派！小的不说，就说大的，邢启贤、崔文涛和老窦是一伙儿，陶秉、陶灼天和老翟是一伙儿，邢启贤他们想把陶秉他们搞掉，掌握基金会的实权，老廖是墙头草，风往哪边吹就往哪边倒。张春阳和邢启圣这俩，一个给陶灼夭当面首，一个给陶灼夭当私人医生，没什么大的企图，就想傍着陶灼夭多捞些好处，万一陶灼夭倒了，他俩就算没了摇钱树……可他俩的情况又不一样，邢启圣好歹也是邢启贤的弟弟，邢启贤上来了，不能眼睁睁看着哥哥饿死，他照做他那护育院院长；张春阳就不一样了，说句难听的，插座都没了，插头还有个屁用！所以前一阵子陶灼夭准备跟姜磊结婚，把张春阳愁得什么似的。"

郑贵喝了几口茶，接着说："我呢，能挂上基金会，凭的是当年在大学当老师的时候给陶灼夭上过课，有这么一层师生关系，说亲不亲的，所以这些年我是小心翼翼伺候着陶家，不招灾不惹事，谁我都得赔着笑脸，这才能在人家散席后捡点残羹冷炙的填饱肚子……老弟，我不容易啊！我不想站队，可是在邢启贤那帮人眼里，我就是陶家的人，就是陶灼夭的左膀右臂，就是必欲除之而后快，现在扫鼠岭出了这么大的事情，死的是邢启贤的哥哥，杀他的是我手下的员工，趁着这股劲儿，邢启贤不说把陶秉父女俩彻底踢出基金会吧，肯定要重新分盘子切蛋糕，你看过香港黑帮片吧，两个帮派打起来了，总有叫停的那一天，怎么叫停？那得拎个最衰的小弟出来背锅，保不齐我就是那个牺牲品，这种情况下，我哪儿还敢让人拿住一点儿把柄啊！我刚才冲你发脾气，是我不对，可你带呼延云去查案子，总应该给我打一声招呼吧。我说你两句，你不爱听了，拍屁股走了，可你也得知道，这公司的员工都是这关系那关系来的，只有你是我的关系进来的，你要一走，我今后要是有苦水可跟谁倒啊？"

说到这里，郑贵的喉结使劲吞咽了几下。

李志勇望着郑贵，想说什么，又说不出口，最后低声道："郑哥，难道您就真的甘心一辈子绑在基金会这棵树上？咱们不靠他们，重打鼓另开张，跟别的公关公司似的，扎扎实实埋头苦干，我就不信没客户、没生意……"

郑贵摸了摸头顶开始稀疏的头发，苦笑道："不行啦，老喽，最麻烦的是，跟基金会这种单位合作时间长了，毁人啊！人家是关在笼子里的金丝雀，咱们是躲在笼子后面帮金丝雀假唱的，人家光张嘴不出声，饿了渴了有人喂，咱们唱完了也能在笼子边捡点儿剩米啥的啄啄，时间一长，看起来咱们在笼子外面，其实跟笼子里面的一样，早就飞不动了。"

李志勇叹了口气。

"你就别叹气啦，我这儿还有个发愁的事儿呢。"郑贵说。

"什么事儿？"

"邢启贤说最近频繁有记者采访他，他一律拒绝，那帮记者就想方设法找基金会的普通员工了解情况，问题是甭管什么员工，只要在基金会里面的，统统没有应对记者的经验，保不齐哪句话就被人套出来，惹出大麻烦。邢启贤让我跟媒体打招呼，不许采访，纸媒我能疏通疏通，新媒体我可是一点儿招都没有，他就让我找个以前做批评报道、现在已经离职的记者，去荷风大酒店给员工们讲讲怎么应对记者和采访，他和基金会的高层和中层也要参加学习……我哪儿给他找这记者去啊！"

李志勇眼睛一亮。

"怎么着，你这是想起了什么？"

李志勇有些犹豫，他怕又给郑贵惹麻烦。

"哎呀我这儿急得火上房，你就忍心端盆水在下面看热闹？"

这可是你逼着我说的，李志勇心想，然后说："我记得几年前有个记者因为校园贷的事件，要采访基金会，被你给拦住了，她后来还是写了篇稿子，但发出来之后，火药味儿没其他媒体那么浓……"

郑贵想了想:"是有这么个记者,女的,叫郭……郭小芬,做批评报道挺有名的,怎么,她不在媒体干了?"

李志勇点了点头:"我也是听朋友说的,她好像离开媒体了。"

郑贵高兴得一拍大腿:"天助我也,天助我也,就找她了!"

5

郭小芬走下出租车的时候,已经在荷风大酒店门口恭候多时的郑贵和老廖,赶紧迎了上去。

在接到郑贵的电话,邀请她来爱心慈善基金会驻本市办事处做一场"危机公关中的媒体应对"的讲座时,她立刻意识到,他们一直在发愁如何打入基金会的高层了解情况,而今,千载难逢的好机会来了!她压抑住内心的激动,装模作样地推辞了半天,才勉强同意,约定的讲座时间是第二天下午四点——这个时间是她决定的,因为一般来说,讲座以一个半小时到两小时为限,讲座结束时倘若恰好是饭点儿,主办方就极有可能请客吃饭,要知道酒席上的消息往往比专访还有价值,更具备可信度。

为了这场戏演得逼真,她专门抽出整整一个晚上做了PPT,第二天上午又和呼延云、马笑中和李志勇商量了一下细节,临出门的时候,马笑中突然不放心起来:"用不用我跟你一起去?总感觉你这像深入虎穴似的。"

"瞧你说的,我这又不是去暗访,是光明正大地应邀前往。"郭小芬说,"再说了,带你去成什么样子,还不被人一眼就看出蹊跷?"

李志勇点点头:"老马,你就别跟着裹乱了……不过,小郭你也要注意，不要主动问什么，基金会那几个高层——尤其邢启贤，特别奸诈狡猾。别让他们对你起疑心，不然他们可什么事儿都干得出来。"

郭小芬一笑，她想李志勇八成是在吓唬自己，一个慈善基金会，还能干出什么下三烂的事儿来。没想到跟着郑贵和老廖刚刚穿过白色的月洞门，就听见不远处传来激烈的叱骂声，郑贵和老廖相视一眼，都露出惊诧的神情，俩人赶紧往长廊那头冲，连累得郭小芬的脚步也加快了几分。

只见 E 座小白楼的门口，一个面庞瘦削的中年男子一边喊叫着什么，一边拼命往楼里面闯，几个保安撕掳着他的衣服，把他使劲往外拽。正在这时，有个方墩墩的汉子从 E 座里跑了出来，上去就给了中年男子狠狠一记耳光，打得他嘴里猛地喷出一口血来，还有两颗牙齿混着血沫子扑落在了地上！

这一记耳光，似乎彻底打掉了中年男子的斗志，他颓废地垂下了脑袋。

"姓岳的，你他妈睁开你的狗眼看看，这是什么地方？！你当是你们镇的镇政府呢，遇到啥事儿了，哭一哭、闹一闹，就有人给你端屎倒尿！这儿随便一临街小卖部都能顶半拉衙门，轮得到你撒野？"方墩墩的汉子骂道。

"邢启圣、崔文涛，当初，你们用推土机把我们的福利院铲平了，我跪在地上求你们，你们不理不应的，我最后跟你们说什么来着，孩子，你们可以带走，但要真的待他们好，我知道我说也是白搭，你们拿他们当摇钱树，不会真的待他们好，但我想，你们那么大的能耐，那么大的势力，至少不会让孩子们冻着、饿着吧……"中年男子说着，眼泪扑簌簌地滚落下来，"可是结果呢，我的孩子们呢，一个十二岁，一个九岁，最小的那个才五岁，就这么没了，就这么没了……"

方墩墩的汉子龇开一口大黄牙冷笑道："这都是命，小孩有小孩的命，大人有大人的命，所以说人活着得认命——"

他正要接着往下说，老廖三步并作两步赶上前去，对那汉子使了个眼色，那汉子愣了一下，才看到郭小芬，对着几个保安说："把这人给我拉走，跟酒店门口打个招呼，别什么乌七八糟的人都往里面放！"然后上前握住郭小芬的手说："郭记者你好，我是爱心慈善基金会驻本市办事处主任翟庆，咱们这就上楼吧。"

郭小芬点了点头，跟着他往楼里走，就听见那个被保安拖走的中年男子还在骂着："你们这群浑蛋，你们不得好死！"

上到三楼，走进会议室，里面围着椭圆形的红木长桌坐着二十多个人，大部分是女性，从二十岁到四十岁，眉宇间都有一股慵懒的气质。她们有的在发微信，有的在玩手游，还有的在跟旁边的人轻声调笑，郭小芬的入场既没有改变她们的行为，也没有叨扰她们的兴致。

文质彬彬的邢启贤、獐头鼠目的崔文涛和病病歪歪的老窦走了上来，和郭小芬握手问好，崔文涛握手时还色眯眯地用小拇指在她的掌心里划了一下。翟庆低声对邢启贤说："已经打发走了。"邢启贤毫无表情，只请郭小芬落座。

邢启贤清了清嗓子，做了个简短的开场白，大意就是扫鼠岭案件发生后，每天都有不少记者想要采访他和其他基金会领导，一概被拒之门外，但是据了解，仍有一些不明身份的人妄图接触基金会的工作人员甚至潜入办事处里面（说到这儿他用眼角瞄了一下郑贵和老廖）搞暗访。"今天把郭记者请来，就是希望她能给我们普及一下怎样应对媒体的知识，现在我们鼓掌欢迎郭记者给我们讲话。"

会议室里响起了稀稀拉拉的掌声。

郭小芬从手提包里拿出U盘，插进桌面上的电脑，随即将已经做好的PPT文件打开，抬起头时突然有些发蒙：桌子上没有投影仪，对面的墙上也没有投影用的幕布。

郑贵看出不对劲："郭记者，怎么了？"

"昨天电话里，我不是告诉你，我会做一个PPT吗？"

郑贵赶紧转过头，问一个腰比肩膀还宽的胖女人："小何，我给你发的微信你没有收到吗？怎么没准备投影仪啊？"

胖女人皱皱眉头："收到了啊，这不是准备电脑了吗？"

"不是的，PPT就是用来演示文稿的，你们没有准备投影仪和幕布，让人家郭记者咋讲啊？"

"我哪儿知道这些啊……"胖女人不满地嘟囔着，"你又没有提前给我说清楚。"

老廖急忙打圆场，对郭小芬说："郭记者，不好意思哈，小何是我们办公室的，不是很懂你说的那个什么T，我们开会也很少用到投影仪和幕布，现找和现装可能都有点儿来不及，你看能不能就这么白嘴讲？"

办公室的工作人员居然不知道演示PPT需要投影仪和幕布？！郭小芬半张着嘴巴半天没有合拢，她把视线茫然地在会议室里盘桓了半圈，发现所有参会者都没有觉得这是件不可思议的事情，甚至有人在望着她掩口偷笑，仿佛是看到第一次进城的农民因为不知道坐公交车从前门上车，而面对紧闭的后门不知所措似的。

没办法，她只好用鼠标点击着PPT，讲了起来。

她首先强调了在信息时代，危机的信息传播比危机本身发展要快得多，然后从突发事件的意外性、聚焦性、破坏性和紧迫性，引申出了危机管理中的两个重要法则："一个是'先发优势'，一个是'黄金时段'。'先发优势'意味着，最先定义危机的人将在危机中获胜。'黄金时段'法则来自急救医学，当一个人心脏病突发时，如果在二十分钟内将他送上急救车，四十分钟内送入医院，他的获救概率很高，超过这个时间，幸存机会就变得很低。"也正因此，她强调，"很多管理者在危机前期保持沉默，面对媒体来访，采取不解释、不沟通、不理睬的'三不主义'，导致丧失了先发优势，将之拱手让人，令竞争对手、社交媒体、批评者获得了先发优势。"讲到这里她看了一眼邢启贤，但是，邢启贤依旧正襟危坐，脸上依旧毫无表情，似乎完全没有意识到这番话是针对他将记者一概拒之门外而讲的。

更加令她没有想到的事情，就在这时候发生了。

会议室里突然传出了非常轻切的"咔吧"一声。

起初，郭小芬没有意识到那是什么声音，但是很快，又是两下"咔吧"声接连响起，直到这时，她的余光才发现，原来是坐在长桌右侧方的一个穿红裙子的女人在嗑瓜子！而坐在红裙子身边的翟庆，竟从那女人撮起的指尖上飞快地衔了一枚瓜子仁咽下肚去。

郭小芬生气了，她当记者这些年，经常去其他媒体进行业务交流，也给一些学校、企业讲过课，可是从来没有受到过这样的对待——简直连失礼都算不上，就是一种充满了侮辱意味的无视……自己仿佛是清末到王府唱堂会的戏子，你在台上卖力地演出，台下的公子王孙们该聊天聊天、该喝茶喝茶、该吃点心吃点心，只把你当成一挂装饰、一种点缀、一个可有可无的道具。

一时间她忘记了自己今天来此的目的，她要给这些家伙一点儿颜色看看!

"当然,比拒绝媒体采访更加愚蠢的,是公开和媒体、公众进行对抗。"她陡然提高了声调,"我举个例子,刚才我来讲课,走到楼下时,发现翟主任在出手教训一位中年男子,一耳光打得他吐了血,牙齿都掉了两颗。我不知道这位中年男子的身份与职业,我只是假设他是一位前来采访的媒体记者,那么翟主任的应对方式肯定是最差劲的一种。"

果不其然,会议室里的所有人都齐刷刷地把目光对准了她,翟庆有点儿发呆,像后脑勺挨了一闷棍似的,他旁边那红裙子捏着一粒瓜子,不敢嗑了。

"中国有句古话叫'福无双至、祸不单行',说的就是危机具备某种'涟漪反应'。一块石头砸在水面上,不是溅起几个水花就完事的,一定会像涟漪那样一圈一圈逐步扩大。这是因为危机的出现也许偶然,但绝不孤立,是多种因素共同作用的结果,也正因此,危机一旦发生,其影响不会止步于危机本身,而是会促使其他更多危机的生成。这种情况下,公众的目光会紧紧地盯着危机的源头,'看热闹不嫌事儿大'是人类好奇心的必然。此时此刻,'息事宁人'都来不及呢,绝不可以做出任何让事态扩大或恶化的行为。"郭小芬望着翟庆,用一种教训的口吻说,"近年来,我们经常看到一些类似的事件发生,记者去采访某些企业事业单位,然后遭到辱骂甚至殴打,全过程被拍摄下来传到网上,引起更加严重的舆论风波,最终的结果几乎百分之百是以肇事一方道歉、赔偿,相关责任人被法办而告终。"

翟庆咧开嘴笑了,黄板牙中间的舌头火苗子一样跳跃着:"郭记者,你不知道,那个人不是记者,而且我们也不怕——"

"闭嘴——你这个蠢货!"

邢启贤突然大吼了一声,把所有人都吓了一跳!

翟庆气得脸孔都扭曲了,可是他不敢顶撞邢启贤,磨了几下牙齿,把头低了下去。

"郭记者,不好意思,麻烦你继续讲下去吧。"邢启贤扶了扶金丝眼镜,恢复了儒雅的姿态和口吻,"能不能请你讲一讲,假如对记者的采访不方便拒绝时,应该怎样接受采访才是正确的呢?"

郭小芬才知道这个看似石塑一样坐在那里的人,其实自己讲的每一句话都听进去了——看来李志勇提醒要小心此人,还真不是吓唬自己。

"接受记者采访之前,要问自己四个方面的问题。"郭小芬提了提精神,慢慢地讲,"首先,我知道什么、知道多少,避免在掌握内部信息比媒体还要少的前提下接受采访;其次,出现的问题是个别的还是全局的,如果是个别的,可以具体问题具体分析,如果是全局的,应该尽快申报上级领导;再次,是否做好与媒体进行良性沟通的准备,如果做好了就接受采访,否则宁可拖一拖,也不能做出什么当众失态的事儿来;最后,对来访媒体是否有足够的了解,媒体性质不同,采访的方式和角度可能完全不同,受众的态度也会不一样,你给纸媒一篇新闻稿是尊重,你当着电视记者念新闻稿,肯定会触怒观众。"

邢启贤连连点头:"说得对,说得对!"

"好,下面我们来做一个小测试。"郭小芬说,"我看见大家的面前都有笔记本电脑,那么请大家打开电脑,我提一个问题:'当发现记者在采访之后写出的报道中,存在与事实不符的情况时,应该怎么办'?大家写一下各自的答案,自由发挥即可,然后可以用微信或QQ传给我。"说着她把自己的微信号和QQ号都告诉了与会者，然后登录了微信网页平台和QQ——

突然她觉得有点儿不对劲。

怎么会议室里这样安静？

完全没有正常情况下在键盘上敲字的噼啪声……

她抬起头，惊讶地发现所有人都在呆呆地看着自己。

这是怎么了？

就在这时，那个胖胖的何姓办公室职员说话了，她嘟着个嘴，腔调很是不满："郭记者，这又没纸没笔的，你让我们把答案写在哪儿啊？"

"用Word就行啊，写好了传给我——"

"Word？"何姓办公室职员皱紧了眉头，"什么是Word？"

不仅是她，整整一屋子的人，都用困惑的眼神望着她，仿佛在异口同声地问她——

"Word？什么是Word？"

一时间，郭小芬以为自己穿越回了大清，她无论如何也不可能跟一群留着辫子的人说清楚什么是Word……这是在哪儿？这是什么年代？这到底是一群什么样的人？她不知道自己到底该哭还是该笑，最后只觉得浑身的血都冷了……

6

正如郭小芬所料，培训结束后，邢启贤执意要留郭小芬"吃顿便饭"，郭小芬等的就是这个机会，假装推辞了两下就同意了。令她没想到的是餐厅就在三层，位于楼道的另一端。刚一进去只是个看起来普通的职工食堂：用于后厨出餐的玻璃隔断，蓝色塑料连体桌椅等，但是推开角落一扇不起眼的原木色小门，里面别有洞天。厚厚的绛红色波斯花纹地毯，踏在上面浑身酥软，桃花芯木复古描金的欧式餐桌上已经摆了一圈冷盘：烧鹅素方、花菇板栗、蜜汁海鳗、酒酿鲜螺什么的，对门墙上的挂毯绘着一汪碧水和几条硕大无朋的锦鲤，下面的长几上摆着几个造型各异的紫铜檀香炉，袅袅的轻烟从里面升起，一嗅飘然，一个穿着粉色旗袍的漂亮女服务员端着红酒侍立在墙角，仿佛也是这个房间的装饰品，全铜玉石的莲花吊灯放射出和暖而温润的光泽，将整间屋子照耀得如梦如幻，每个人的脸孔也都像用美图秀秀修过一般，淡化了棱角与褶皱，却有几分和光同尘的意境。

"郭记者，请上座！"邢启贤招呼郭小芬落座。

郭小芬坐下，望着服务员接连端上来的蟹粉烩鱼翅、香煎龙虾、豉汁石斑、鲍汁焖鹅肝，不禁目瞪口呆。邢启贤微笑道："现在查得太严，咱们就不去外面的馆子了，自己家里吃顿便饭，请恕招待不周啊！"

崔文涛、翟庆、老窦、老廖、姓何的胖女人、郑贵等也都围绕着餐桌坐下。不久又来了三个人，一个是邢启圣的儿子邢运达，瘦瘦的脸孔特别苍白，从坐下的那一刻起就不停地喝酒；一个是爱心医院的院长，姓李，身材很匀实的一个中年男人；还有一个是童佑护育院副院长崔玉翠，这位半老徐娘似乎是特地穿了一身紧致的衣服，把胸和屁股绷得特别大，引得餐桌上其他几个男人对她投出淫邪的目光，而交杯换盏间很多话也就荤的素的一起上。只有邢启贤一直陪着郭小芬，给她夹菜、亲自倒酒，并不时地打听媒体的"规矩"。

"我觉得，基金会在媒体应对方面，整体上还是太落后了，遇到问题总是采取鸵鸟政策，只会让问题越来越大。"郭小芬说。

翟庆喝了点儿酒，胆子又壮起来了，摇着酒杯，撇哧大嘴说:"郭记者,刚才培训我说了几句话,不大中听,被邢副会长打断了,教训了我两句,这个理所应当,他是领导嘛,教训我是应该的。但是培训完了,屁帘一扔说句敞亮话,我们真的不怕什么舆论,从古到今,有钱、有权、有势,才是真格儿的,舆论那玩意儿是个啥?他们能咋样?他们不能咋样!"

"翟庆,你要是再管不住你那臭嘴,你就给我滚出去!"邢启贤勃然变色。

"你看看你看看,邢副会长,当着外人你多少给我点儿面子嘛……"

"你要什么面子?你自己都不要面子,我凭什么给你面子?"

"凭什么?凭我翟庆跟着陶会长鞍前马后跑了很多年,功劳苦劳我都有!"翟庆一边说一边撕开了衬衫扣子,露出了胸口的一绺黑毛。

就在包间里的气氛越来越紧张的时候,那扇原木色的小门被人推开了,走进来一个秃顶的老头儿,其实他的年纪也许并没有很大,保养良好的脸上精光水滑,只是背有些驼,眼珠子总在看着地,总给人一种患了老年痴呆找不到家的感觉。

邢启贤叫了一声"陶老来了",然后带头站起身,包间里的其他人也都站了起来。

郭小芬知道,这个老头儿应该就是爱心慈善基金会的名誉会长陶秉。

"吃饭也不叫我。"陶秉不满地嘟囔了一句,然后往里面走,在邢启贤的那个座位旁边站定。邢启贤只好往旁边错,这下子所有人都要换一下位置,最终桌椅丁铃哐啷一阵,又加椅子加餐具,好半天才又重新落座。

邢启贤给陶秉介绍郭小芬的时候,陶秉一边点着头,一边开始用筷子夹菜吃，他的手抖得厉害，但是让郭小芬吃惊的是，这丝毫没有影响他吃饭的效率。他几乎是筷子当成抛石机，筷子头接触到食物的同一秒伸出舌头，一抛，一卷，精准进嘴，迅速、果断，绝无漏网，而喝海参粥的时候，他几乎是把半张脸埋进碗里，噗噜噗噜地几口就把黑的黄的一起吞进了肚子，抬起头时，下巴的胡碴儿上还挂了几粒小米……自从童年时在龙岩家乡看到一只拱竹笋的野猪后，郭小芬至少有二十年没有看到过如此野蛮而贪婪的吃相了。

"慢点儿吃，别噎着。"邢启贤笑着劝道。

"慢？再慢就不知道进了谁的肚子了。"陶秉用纸巾擦了擦嘴巴，他看了看郭小芬说，"你是记者？"

"以前是，现在已经离职了。"郭小芬说。

"离职了好，离职了好……"陶秉慢慢地举起装着葡萄酒的玻璃杯说，"归根结底，是不利于团结的。"

邢启贤扶了扶眼镜，微笑道："陶老，为了基金会的团结起见，您看，是不是让灼夭尽快回来的好？"

"我也巴不得她早点儿回来。"陶秉喝了一大口葡萄酒："也不跟我打个招呼，就突然跑到巴黎去，我现在也找不到她啊！"

"想找，总还是能找到的。"邢启贤说。

"急急忙忙让她回来做什么？"陶秉眯起眼睛望着他，"盼着她早点儿腾地儿？"

此言一出，郭小芬发现这老头子的两道目光异常尖锐和阴冷，仿佛突然亮出了两把刀子。

然而邢启贤却毫无惧色："陶老，我这也是为了基金会啊，这阵子风风雨雨，外面人看着咱们是磐石一块，但是您老问问这帮兄弟姐妹，哪一个不是压力山大？无论从哪个角度讲，灼夭也应该尽快回来，案子跟她有关系，她早晚得跟警察解释清楚；案子跟她没关系，她是基金会的领导，她总要替兄弟姐妹们扛起事来——"

"扛事，扛事，你们掰着指头算算，这些年我帮你们扛了多少事？！"陶秉腮帮子颤抖着，"就说你哥哥，当年在省里要不是我替他摆平，他现在还在大牢里关着呢吧！"

"人都死了，陈年旧事还提它做什么！"邢启贤闪躲着目光。

"你当然是不希望提了，可我偏要提，不说别的，就这次惹出这么大的祸，你一天到晚跟人说是小郑对手下员工监管不力，可是你哥哥到底为什么落得那么个下场，你心里没点儿数？"陶秉用手一指崔玉翠，"你问问她，她最清楚！"

崔玉翠筷子上夹着的一块肉，扑哧掉进了盘子里，她的嘴巴半张着，保持着将吃而未吃的姿态，闪烁的目光显得十分慌乱。

郭小芬本来以为陶秉这一番话摆明了是在攻击邢启圣，那么邢运达在旁边听着，肯定会发作，保不齐闹将起来把桌子都掀了，可是令她没有想到的是，邢运达只是喝酒，一杯接一杯，虽然没有说一句话，但整张脸不停地扭曲和抽搐着。

"陶老，您再喝一点儿。"老廖站起身，从服务员手里拿过红酒，走到陶秉面前，一边往他的玻璃杯里斟酒，一边看似无意地瞄了一眼郭小芬。陶秉顿时醒悟，一时激动居然忘了这包间里还有个"外人"，赶紧清了清嗓子，换了副温和的口吻问邢启贤，"启贤，毕竟眼下死者为大，启圣的丧事什么时候办啊？"

邢启贤回答说："我今天去过一趟公安局，他们说刑事案件尸检报告出来后，家属如果没有异议就可以火化了，我跟文涛、老翟他们商量过了，先把那任孩子的尸体火化了，至于我哥的遗体什么时候火化，看看情况再说。"

陶秉自然知道，所谓的"看看情况"是指邢启贤要拿他哥哥的死尸为要挟，跟基金会讨价还价，如果不答应他的条件，那么宁可让尸体摆在那里放臭，直到把自己这个名誉会长彻底搞臭为止。他不由得一阵心慌，喝了一口酒定了定神，然后长叹一声："唉，能火化就早点儿火化了吧，然后挑一块好一些的墓地，基金会出钱，让启圣早一天入土为安。他活着的时候，每次回省里看我都要喝多，这几年，他只要喝醉了就是那句话：'除了婚礼和葬礼，已经很少有什么能把咱们这些人聚拢到一块儿啦！'这一回，咱们好不容易聚拢到一块儿了，就都去送送他吧！"

这番话让包间里一片寂静。片刻之后，传来低低的叹息，还有抽泣声，是崔玉翠，在用中指轻轻擦拭着内眼角。

只有邢启贤，嘴角浮起一抹冷笑。

陶秉装成没有看见，偏过头问爱心医院的李院长："老李，这次的事情对你们医院接下来的外宣工作有没有影响？"

"肯定还是有的，不过倒也没什么太大关系，出事之后，邢副会长已经在第一时间指示我们，撇清与童佑护育院的关系，我们照做了，有几个孩子从省里坐火车过来了，明天就到……只可惜像小武那样能说会道的，恐怕一时半会儿是找不到了。"

"没关系，孩子嘛，可塑性很强，很快又会培养出新的小武来。"陶秉点了点头，对崔玉翠说："这段时间你辛苦了，现在护育院处于被查封状态，出了这么大的事，即便是风声过去了，也不方便恢复，回头你找老翟领一笔钱，把员工们安置一下，然后你就来这边办公吧！"

崔玉翠喜上眉梢，连连称谢，坐在她身边的翟庆忍不住在底下拧了一下她的大腿，被她"啪"地狠狠打了一下手背。

这时，郑贵战战兢兢地说："陶老，您看，我们名怡公司这边……"

陶秉看了看他，慢慢地说："小郑，这个事情不管怎么说，都是你没有管好你的手下造成的，咱们基金会成立这么多年，为什么一直都顺风顺水，就是因为有什么矛盾，从来都是在内部消化处理，不能让外人看笑话。可是扫鼠岭这一把火，等于是自己人烧自己人给天下看，奇耻大辱啊！从我个人的角度讲，我肯定希望你和名怡公司继续在基金会的领导下正常工作，当然有些特殊情况，我们也要做好思想准备。"

这番话云山雾罩的，郑贵好像听懂了，又好像什么都没听明白，嚅嗫道："陶老，您说得对，您说得对，可是我真的没想到周立平是那么一个人啊……"

"你想不到，你就要承担想不到的责任！"崔文涛突然龇着龅牙骂了起来，"你知道不知道扫鼠岭这一把火，把基金会的天都烧塌了一半！你自己养的狗，纯种还是串儿你自己心里没点儿逼数吗？！"

"崔文涛我操你妈！"邢运达突然横眉立目，发出一声怒吼，"你丫骂谁是串儿呢！"

崔文涛眨巴了半天眼睛也没明白自己为什么挨骂，邢运达是邢启贤的亲侄儿，这层关系让他不敢得罪，但是自己好歹也是有职位的公家人，随随便便让一个毛头小子操了娘又不回嘴，传出去在官场怎么混，所以硬挺着回了一句："我骂周立平——"

话音未落，邢运达一酒杯砸了过来！

崔文涛往旁边一闪，也该着邢运达喝多了，瞄得不准，这杯酒正洒在了坐在崔文涛身边的郭小芬身上！

包间里一片惊呼，邢启贤和崔文涛忙着给郭小芬递纸巾，翟庆更是跳过来要给郭小芬擦拭,郭小芬一边说着"没关系"一边跑出包间,来到楼道里。

其他的员工早已经下班了,空无一人的楼道,静谧得让人心上发毛,声控灯随着她的脚步声依次亮起,反而将通途衬托得更加晦暗。

郭小芬找到洗手间,进去关了门,对着镜子用纸巾擦拭着衣服上的酒渍,擦了半天也没有擦干净,好像洇着一片血似的……她想多亏是晚上,不会有什么人注意到,等会儿回家换身衣服就好了。

转过身,拉开洗手间的门,只往外走了一步,就看到靠墙站着一个人。

吓得她"啊"地叫了一声!

一嗓子,楼道灯全亮!

是邢运达,他揣着个兜,惨白的脸上,一双眼睛红红的:"对不起啊,我就是来跟你说一声对不起的。"

"没关系的。"郭小芬突然有点儿可怜他,"你怎么搞的,周立平是你的杀父仇人啊,你还护着他?"

"我喝多了……"邢运达浑身上下散发出浓重的酒气,神情痛苦而颓唐,"我到现在也不敢相信,周哥会杀我爸,周哥那人仗义、磊落,我活了这么多年,就佩服他一个人……我爸是坏蛋,没错儿,他干的那些事儿,早晚会遭报应,可是为啥是周哥呢,为啥是周哥呢……"

7

从荷风大酒店出来,也许是葡萄酒的后劲儿上来了,郭小芬觉得头有些沉,尽管如此,她也坚定地拒绝了翟庆和崔文涛主动提出开车相送的殷勤，说男朋友很快会来接自己，望着那两个色眯眯的男人有些沮丧的神情，她越发觉得自己做得正确。

沿着荷风大酒店门口的大街一直往北走，为了防止被人跟踪，她有意拐了几拐，拐到一条小路上去。小路的路灯不甚明亮，秋风一紧，投射在开裂的地面上的每一道光芒都颤颤巍巍的，两旁种的道边树早已落尽了叶子，在夜色中像一个个瘦骨伶仃的站街女。临街的各种服装店、美食屋、按摩店什么的都黑着灯，挂着锁的门上贴着支离破碎的布告，上面依稀能看出"停业""致歉"之类的字样，也许正因为如此，有家还亮着灯的面条铺就显得特别打眼。

郭小芬走过面条铺之后，又转身折返回来。

因为她看到里面坐着一个人。

她登上台阶，拉开玻璃推拉门，走了进去。果不其然，坐在长条桌后面正在慢慢地吃着一碗西红柿打卤面的，正是那个在E座门口被翟庆殴打的中年男子，在惨白灯光的照射下，他原本瘦削的脸孔显得更加瘦长而病弱，嘴角凝结的血块尤其分明。也许是伤口依然非常疼痛，而那碗冒着热气的面条又有点儿烫的缘故，他一边吃着面条一边向受伤的一侧咝咝咝地咧嘴皱眉。

郭小芬在他对面坐下的一刻，他有些惊讶，目光闪过一丝警觉。

"岳先生是吧？您好。"郭小芬还记得他姓什么，"今天在荷风大酒店，我见过您一面。"

姓岳的把身上那件单薄的旧夹克紧了紧，呆呆地望着她。

"您不用多心，我不是爱心慈善基金会的，我只是因为扫鼠岭案件前去采访他们的一位记者。"郭小芬说。

姓岳的将信将疑。

"我听到您对他们的指责，也看到翟庆打您了，我很好奇，这到底是为什么？"

"你身上有点儿酒气，看来他们请你吃饭了吧！"姓岳的观察很仔细，"当然，他们对记者一向很慷慨的，（他看了看郭小芬没有拎什么提袋）直接给的卡？"

郭小芬愣住了。

"那么，他们让你写什么？写那个杀人凶手只是名怡公司的临时工？写他们去年年底就跟名怡公司解除了合作？写童佑护育院属于私人承办，所以扫鼠岭案件跟爱心慈善基金会一点儿关系都没有？然后再开列出爱心慈善基金会近年来所做的种种善举和获得的大小奖状，号召大家继续给他们捐款？"

"我想您误会了——"

"不用解释。"姓岳的冷冷一笑，"咱们是两条道儿上的人，你吃你的大餐，我吃我的面条，不送！"

郭小芬慢慢地站起身："看来邢副会长他们说得没错，'同行是冤家'这句话，到哪儿都适用。"

姓岳的猛地抬起头来："你说什么？"

"邢副会长说，你不过是自己办慈善组织搞不到钱，就妒忌爱心慈善基金会，听说人家出事了，专门跑到这里来，打着给媒体爆料的旗号敲诈勒索，看来是真的。"

姓岳的气得嘴唇颤抖："你……你别血口喷人，我们自己的慈善组织几年前就被他们整垮了！我搞的哪门子钱？！"

郭小芬一边拉开玻璃推拉门往外下台阶，一边说："你刚刚说的，咱们是两条道儿上的人，没什么好谈的了。"

姓岳的跳起来，绕过桌子跑上前，想拉她的胳膊，犹豫了一下拉住了她的挎包带子："你回来，你回来……咱们把话说说清楚。"

直到郭小芬坐回到他的对面，姓岳的才放下心来。郭小芬坦诚地向他介绍了自己的身份以及今天下午去荷风大酒店所为何事，姓岳的神情显得平和了许多，也渐渐打开了话匣子。

作为资深记者，郭小芬接触过形形色色的采访对象，很多受访者一开始都表现得非常不配合，这种情况下，刻意讨好对方，反而会让对方看不起，最好的方式是先激怒之，形成某种敌对的状态，然后再设法缓和……人的心理很奇怪，曾经的对手一旦化敌为友，反而容易惺惺相惜，产生好感和亲近感——这一招用在姓岳的身上，果然好使。

"我叫岳绍，原来在A省的一所民办小学做校长。A省偏僻落后，仅有的几个产业都是污染大户，导致这些年各种患畸形、先天病、罕见病的孩子出生率特别高，到乡间走一遭，家家户户门口都蹲着几个俗称'白蜡杆'的孩子——因为这种患儿往往神情呆滞像白痴一样，面色蜡黄，营养缺乏瘦成了麻秆。在山间、野地、河流，经常能看到他们的尸体，一问爹妈，都说是自己跑出家门，失足摔死或溺死的，到底是怎么回事，只有这些爹妈自己知道……几年前，我们几个民办小学的校长到市里开会时，一合计，那些患儿有病是有病，但很多智力发育并没有问题，病也没到治不了的地步，如果放着不管，就是等死。于是我们给市里写材料、打报告，申请救助，可根本没人搭理我们，我们一看这样下去不行，干脆联合起来，自己组织了一个名叫香樟树的慈善组织，在每个镇里承包一处废弃的院子，重新搭上围墙、盖起房子当护育院，让那些患儿的爹妈把孩子送来，交上一点钱，我们再到处找有良心的企业和个人募捐，雇人照护他们和给他们治病。董心兰和小武都是这么来的，虽说从开办那天起，香樟树就一直缺吃少穿、缺医少药，但是孩子们很听话、很懂事，其他民间慈善组织也都愿意伸手拉我们一把，所以我们有干劲，孩子眼里也看得到希望，日子过得挺快乐。特别是小武，有一次赶上北京儿童医院的先心病专家来省人民医院会诊，我们听说了消息，雇了辆车把他送过去，那专家免费给他做手术，居然把病给他治好了。小武特别高兴，从此对香樟树死心塌地的，赶都赶不走，我们就干脆让他留下来帮忙照顾其他小朋友……"

岳绍望着外面的夜色出了一会儿神，仿佛是在怀念曾经的美好时光，然后叹了一口气："后来，爱心慈善基金会办起来了，说是跟我们一样的民办，但他们有后台、有背景……接着突然之间，我们接到通知，说是为了加强管理，所有的民办慈善组织都要纳入爱心慈善基金会，成为其下属机构，接受其领导，我们非常生气，跑到市里反映情况，就问我们也是民办，他们也是民办，凭啥他们领导我们？"

"结果呢？"郭小芬问。

"结果？结果就是包括我在内的好几位老师被罢免了。免了就免了吧，拢共就那几百块钱薪水，有它没它还不一个样……可万万没想到，很快，拆迁队开着推土机来了，把我们辛辛苦苦、一砖一瓦搭建起来的护育院给拆了，就一眨眼的工夫啊，那些我们和孩子们一起种下的花草树木，喊里咔嚓全铲没了。看着那一堆堆碎砖乱瓦，还有埋在土里的小黑板、手风琴、孩子们的画儿，自制的轮椅和拐杖，我们哭，孩子们也抱在一起哭，可是哭又有什么用啊！"

说到这里，岳绍有些哽咽，郭小芬跟面条铺老板要来一壶白水，给岳绍面前的玻璃杯慢慢斟上。

岳绍喝了几口，心情平复了一点，继续讲道："我们正在发愁怎么安置孩子们呢，谁知爱心慈善基金会早就帮我们'考虑'

好了,就由那个崔文涛和刚死了的邢启圣带队,到各个护育院'挑人'带到福利院去——"

郭小芬有些吃惊:"挑什么人?"

"当然是挑他们'用得上'的人,比如长得漂亮的小女孩,像董心兰,还有那些有可能随着长大而病况自愈或改善的,这可以作为他们将来向社会夸耀自己功绩时的'人证'。像小武这样的,他们尤其重视,因为只要把病历什么的改一改,就成了他是在爱心医院治好的先心病,每年都可以拿出来现身说法,对外展览,以骗取更多的社会募捐。"

"原来是这样!"郭小芬恍然大悟,"我说为什么爱心医院每年都会把他们从 A 省带到这里呢……那么,剩下的孩子呢?"

"剩下的孩子他们就不管了,反正是我们的护育院不许办,他们的福利院也不收,而患儿的家长也多半不肯再把孩子领回家,最后只能眼睁睁看着那些没有着落的孩子失踪或死去……"岳绍的神情一片黯然,"后来,我们也尝试过私下组织几个人,按照护育院的模式收养孩子,但是只要他们得到风声,就带着一群地痞流氓来打砸,把看上眼的孩子抢走,小李颖就是这么被他们掠走的——"

郭小芬皱起眉头:"岳老师,我不大懂,不过是一群患病的孩子,爱心慈善基金会何苦要来争抢,把其他的民办护育院搞垮了,到底对他们有什么好处?"

"说来说去,这里面还是个利益问题。"

"利益?"郭小芬越发不明白了,"既然是公益慈善组织,能有什么利益问题?"

"在外人看来,公益慈善组织是个没有什么'油水'的地方,其实大错特错。"岳绍用手指戳着长条桌的桌面,低声说,"从国家的层面讲,每年对公益慈善组织会有财政拨款,会对款项的流向进行严格的审计,但是国家需要救助的人很多,仅从孤儿和被遗弃的儿童来看,就是一个庞大的数字,国家拨款再多也只是杯水车薪。这种情况下,国家是支持公益慈善组织向社会募捐的,对于募捐数额比较大的企业和个人,也给予相关的减税政策——应该说我国绝大部分公益慈善组织都是奉公守法,扶危济困,全心全意投入公益慈善事业的,但也有极个别爱心慈善基金会这样的,想方设法钻国家政策的空子大捞特捞一笔。"

"怎么个捞法?"

"这么说吧,那些渴望获得减税政策的企业和富豪们,如果有很多公益慈善组织可以选择,那么他们当然是对比哪家在社会上的口碑好、救助的孩子多,就捐款给哪家——那么,假如一个省只有一家公益慈善组织呢?"

郭小芬恍然大悟!

岳绍继续说:"这样一来,本来捐款企业是甲方,一下子变成了乙方,因为对于公益慈善组织而言,你爱捐不捐,你要不捐有的是人捐,你要想获得减税政策,非捐给我不可——而且不给我个人好处,我就有拒收的权利!于是募捐的款项中存在着大量的返点和抽成——"

"这些返点和抽成的比例是多少?"

"照爱心慈善基金会定的'规矩',一般是3到5——"

"百分之三到百分之五?"郭小芬十分吃惊,"那岂不是企业捐款一个亿,他们就能捞到三百万到五百万?"

"不是百分之三到百分之五,而是百分之三十到百分之五十。"岳绍冷冷地说。

郭小芬半天合不上嘴巴。

"捐款一个亿，半数进了陶秉和邢启贤他们的个人腰包，当然这还不算完，在爱心慈善基金会的'业务'中，还有相当一部分是洗钱。由于是社会募捐，对款项的流向，审计和监察都有一定难度，于是就有一些黑钱以募捐的名义从爱心慈善基金会手中洗过，陶秉和邢启贤他们当然要雁过拔毛，像翟庆之流，过去都是混黑社会的，现在专门帮爱心慈善基金会打理洗钱的业务……"岳绍道，"除此之外，爱心慈善基金会在赚钱方面还有校园贷和房地产这两项，但两年前校园贷逼死了一个女学生，那学生的老爸据说是警界的大官，所以校园贷被迫停了一阵子，最近又死灰复燃，而房地产现在他们可是照样在做。"

郭小芬打断他道："我不太懂，一个慈善组织搞的哪门子房地产，又怎么赚钱呢？"

"房地产的利润主要在哪里？无非就是地价和售价之间的差价，政府出售土地的价格越高，楼盘的售价也就越高，对不对？那么好，假如政府给的建设用地不收费，而楼盘照样以商品房的高昂价格售出呢？"

郭小芬摇摇头："这怎么可能？但凡是建设用地，政府一定是要出售的啊，怎么能不收费呢？"

"有个例外。"岳绍慢慢地说，"国家有明文规定，慈善组织建设养老院、福利院的土地，在地价上可以享受巨大的优惠甚至可以免除收费。"

"这是个好政策啊……我不懂了，爱心慈善基金会他们又能怎么钻空子？"

"他们可以建设老年公寓啊。"

"老年公寓？"

"你看，比如国家批了一块可以盖五栋楼的土地给他们，他们建起一个有围墙的独立小区，拿出其中一栋盖起了养老院或福利院，剩下四栋建成之后按照市场价销售，这不等于拿国家白给他们的地皮建商品房出售吗？"

"可是这样的房子能取得大产权吗？"

"这样的房子当然无法马上获得'大产权'。"岳绍说，"不过，这类房屋在出售时会签另外一份合同，就是购买者会获得'养老居住权'七十年甚至更长，而且会享受那个小区里唯——栋真实养老院的各种福利，水、电、网线、物业全部免费，你说有没有诱惑力？"

听到这么多闻所未闻的内幕，郭小芬原本就沉甸甸的脑袋，不觉有些胀痛："所以他们才要把其他的民办慈善组织全部搞垮，把获得财富的渠道统统抓在自己的手里，然后就可以为所欲为：利用税收政策诈捐、利用善款实施金融犯罪、利用土地优惠政策投机倒把、洗黑钱……可是这几年国家反腐力度空前强大，难道他们不害怕吗？"

"当然害怕，他们怕得要死呢，但是他们已经习惯了，况且他们做的每一件坏事，都要牵扯无数个部门和个人，那些给他们开绿灯的都要分一杯羹，想收手为时已晚，而且越是知道自己快要完蛋，越是要拼命地捞，反正最后不是自己的，也不能留给别人……其实这些事情，我们都明白，但毫无办法。他们抢走孩子的时候，我是难过，但转念一想，他们的福利院比我们的条件好得多，虽说孩子们是被利用，但比跟着我们这些穷教师吃糠咽菜强吧。可既然你们利用孩子，就好好利用啊，别要了他们的命啊……"说着说着，岳绍眼中突然涌出了泪水。

郭小芬从旁边的纸巾盒里抽出两张纸巾递给岳绍，岳绍使劲揉搓着，而那纸巾一如他胸中的块垒，无论怎样都揉不平、搓不顺:"听说扫鼠岭的案件后,我赶紧动身赶过来,就想找邢启贤和崔文涛问个明白,结果反而被翟庆打了一顿……文人无能,不过这笔账可没么容易算完!"

"下一步你有什么打算?"郭小芬问。

"反正我已经来了,怎么都要往上面告一告,这几年国家风气越来越正,扫黑除恶又动真格的,我就不信爱心慈善基金会那帮人能一直嚣张下去!"

郭小芬想了一想说:"我估计你所谓的'告一告',其实拿不出多少实际的证据,对吗?"

岳绍苦笑着点了点头:"咱一个老百姓,到哪儿去找什么实际的证据啊!"

"眼下倒是个千载难逢的好时机。"郭小芬沉吟片刻道,"搁在平时,无凭无据的,警方想查爱心慈善基金会也找不到借口,现在不一样了,扫鼠岭案件闹得这么大,按照侦查程序,任何人提供的任何跟案情相关的线索,警方都不能放过,必须投入人力物力反复核实,所以你现在去举报爱心慈善基金会,警方可以搂草打兔子,一股脑儿地查了——"

岳绍连连点头:"好主意,好主意!"

郭小芬掏出手机,给马笑中打了个电话,让他来附近接自己一趟,然后对岳绍说:"这段时间,你要注意自己的个人安全,从今天开始你住到我的一位当警察的老朋友家中去,他会教你怎样按照程序举报爱心慈善基金会的违法犯罪问题。"

岳绍高兴极了,除了"谢谢"二字又不知道说什么好,最后自己大概也觉得光说"谢谢"实在尴尬,就埋着头把碗里剩下的面条吱溜吱溜吃光……望着他笨拙的样子,郭小芬觉得又好笑又辛酸。

8

结了账,出了门,已经是晚上十一点左右,街道比刚才更黑暗了一些。郭小芬跟马笑中约定的接头地点,在拐几个弯以后稍微宽敞些的一条主路上,她跟岳绍肩并肩地一起往前走,一边走一边聊着什么,街上没有车,也没有别的人,空荡荡的,分外安静。

"我也在民办小学当过代课教师。"郭小芬说。

岳绍有点儿没想到:"你?"

"是真的,还是上大学那会儿,放假了,没别的事情可做,就跟志愿者组织联系,去偏远的小山村当一段时间的代课教师,那段时间很苦,不过也留下了很多美好的记忆,孩子们读书倒都读得一般,但不管男女,都跳得非常好的皮筋,我都跳不过他们。"

"哈哈,一听你这个话,就是真在偏远山区的民办小学待过的,穷啊,买不起别的体育用品,就是跳皮筋……"

郭小芬把手揣在兜里,望着夜空中的流云回忆道:"我带的那个班也有一个残疾的孩子,是个女孩,得了一种叫神经纤维瘤的怪病,驼着背,走不动路。可是她特别想上学,我就每天早晨到她家门口去背她上学,放学再把她背回家,临别她总不忘了跟我说:'郭老师,谢谢您,明早一定要记得来接我……'后来假期结束了,我回到大学,还收到了她的信,她说我走后,她哭了很久很久,因为没有人再去接她上学了……直到现在,我偶尔还是会想起她,不知道她过得怎么样了。有时工作太累了,或者遇到不开心的事,也想买张火车票,回到那小山村去,看看我教过的孩子们,也许他们还在等着我去接他们,当然我知道这一切只是幻想，不切实际的幻想……"

"是啊，既然你已经把家安在这大城市了，就别老想着回农村了。"岳绍劝她道。

"可我的家不在这里。"郭小芬慢慢地说，"我在这座城市工作了很多年，但没有户口，买不起房……"

"女孩子么，找个有本市户口的人一嫁，不就行了。"

"我想嫁给一个自己喜欢的人，可是他真正喜欢的是另外一个女孩……"郭小芬扬起脸庞，惆怅地说，"我又不愿意将就，就一直这么一个人。"

岳绍不知道这种话该怎么往下接，只好沉默不语。

再过一个十字路口，就能到达和马笑中约定的地点了。

行人灯熄灭了红色，亮起了绿色。

郭小芬跟岳绍一起走过马路，她突然说："要是爱心慈善基金会被查了，你们那个香樟树也许能重新办起来，到那时，我去给你们当民办教师吧！"

岳绍点点头，又苦笑着摇摇头："就算是陶秉邢启贤他们倒了，'补位'的恐怕也不是我们。"

"振作起来！"郭小芬望着他鼓励道，"要相信一切都会好起来的，要相信终有一天我们会把孩子们都接回来——"

轰隆隆隆！

一阵巨大的轰鸣声突然扑向耳际！

黑暗中，一头巨大的怪兽从街道另一端风驰电掣地冲向他们！

由于速度太快了，整个大地都在颤抖！

郭小芬还没看清是怎么回事，已经被岳绍猛地推开，她仰面摔倒在地上，剧烈颠簸的视线只看到几个片段：岳绍飞到半空中，翻滚了几下，然后整个身体狠狠地砸在地上，"砰"的一声巨响!

接着,那头巨大的怪兽已经消失在了街角,远远地传来它狞笑一般的呼啸……

郭小芬撑着地面,艰难地站起身,跟跟跄跄地向岳绍走去。

岳绍脸朝下趴在地上,身体像通电似的一颤一颤的,每颤抖一下,他的嘴角就往外喷出一口血水,最后血喷光了,就开始吐红色的血沫子,在嘴角边积成一个小血注。

"岳老师,岳老师……"郭小芬跪倒在他身边,一边咳嗽,一边用微弱的声音呼唤着他。

岳绍望着她,笑了一下,嘴唇嗫嚅着什么。

郭小芬趴在他的耳边:"你别急,你慢慢说……"

"接回来,把他们,接回来……"

"我答应你,我把他们接回来,一个不少,都接回来。"

郭小芬坐起身,摸索着寻找手机,想打一二〇求救,可能手机在刚才岳绍推开她的时候摔出衣兜了,怎么都找不到……

行人灯熄灭了绿灯,亮起了红灯。

红色的灯光在柏油路上淋漓出狭长的一条。

郭小芬呆呆地坐在地上,她知道手机找不到了,就算找到也已经摔坏无法呼救了;她知道呼救没有用了,就算救护车赶来也救不活岳绍了;她知道这不是一起意外的交通事故,就算他们遵守交通规则也难逃一死,黑暗的本质就是吞没一切色泽,无所谓红灯绿灯……

第七章

1

迫于警方和爱心慈善基金会内部的强大压力，陶灼夭终于从巴黎坐飞机回国，一下飞机就被专案组刑警们直接带回了市局进行突审。

也许以她的地位从来没有进入过这样的环境、受过这样的"待遇"吧，陶灼夭的表现甚至比第一次站街就被扫黄组逮住的小姐还要惊慌失措。林凤冲还没问上两句，她就从椅子滚坐在地上，捂着肚子喊疼，说来例假了。旁边的女警把她带到洗手间之后又说并没有，等回来再审两句她又说自己失忆了，什么都想不起来，接着突然竖起两道修成猪尾巴的眉毛，问警方到底想要干什么，凭什么"无缘无故"地抓自己，嘴里吐了一串名单，似乎都是些大人物，然后凶巴巴地问林凤冲认不认得他们。林凤冲的口吻严肃了一点儿，她就开始号啕大哭，一把鼻涕一把泪的，说自己多么多么可怜和无辜，把衬衫的袖子撸起来给他们看胳臂上一条细细的红线，讲述在巴黎自杀未遂的经过。见警方还是无动于衷，又忽然温柔起来，低着脑袋、怯生生地问爸爸陶秉什么时候来接自己出去，瘦削的腮帮子上还挂着一滴泪水……以至于旁边的副审员用铅笔在纸上写了"巨婴"两个字悄悄推给林凤冲看的时候，他忍不住点了点头。

一个三十八岁的女人，身体瘦成了麻秆，套着造型时尚、颜色鲜艳的巴黎秋冬新款风衣，一张长脸上涂着厚厚的脂粉和血样的口红，略微外凸的龅牙让嘴唇怎么都闭不上。这么一哭一闹一折腾，脂粉和口红算是彻底花了，暴露出眼角的鱼尾纹和粗成通心粉的毛孔，这么四下里一搅和，脸上跟抹了一碗炸酱面似的。

正在林凤冲被这矫揉造作的女人搞得有些烦躁的时候，陶灼夭做了一个他万万没想到的姿势，居然模仿莎朗·斯通在《本能》中的表演，眼神妖媚地把穿着黑丝的两条瘦腿慢慢地劈开，又跷起二郎腿。

林凤冲绰号"林婆婆"，意思是他脾气极好，可这一回他怒了，猛地把审判桌一拍："陶灼夭，你给我站起来！"

声音震得审讯室的四壁嗡嗡直响，陶灼夭被吓得从椅子上跳了起来。

"你看看这是什么！"林凤冲指着墙上金灿灿的警徽，昂首怒目道，"这是国法！十几亿人必须都遵守和捍卫，没有一个人能例外，没有！甭管你是谁，甭管你多大的官儿，见到国法都得放规矩！跑到这儿来撒野，你算个什么东西！"

陶灼夭站在原地，浑身直哆嗦。

"从进来到现在，你看看你演了多少戏！有用吗？屁用没有！你触犯了国法，你就老老实实地认罪并接受法律的惩罚，别的，想都不要想，想了也白想！"林婆婆到底不是个擅发脾气的人，见陶灼夭掐着衣角痛哭流涕又不敢哭出声的模样，慢慢放缓了声调，"知道错了没有？知道了就坐下，老老实实交代问题，甭再整那些用不着的！"

陶灼夭使劲点着头，坐回了椅子上。

"说吧。"

"我……我说什么啊?"

"都闹出人命了,你都跑到国外躲着去了,现在你问我说什么?!"

这句话是预先设定好的,警方侦查过程中,基本上排除了陶灼夭和扫鼠岭命案的关系,但是"诈一诈"有时能有意外收获,也是审讯中常行之举,结果今天这一诈可诈出了真格的。

"他自己生病死的,不能怨我啊!"陶灼夭哭丧着脸说。

一句话让审讯员们都大吃一惊,万万没想到陶灼夭竟知道重大案情。林凤冲内心也是翻江倒海,表面上却十分沉静:"生病死的?早不死晚不死偏偏那个时候死,你觉得说得过去吗?"

"我没有说假话啊,他过去当健身教练时,就曾经因为运动量过大,突发心脏病急救过,所以后来就没法再在健身房工作了。那天晚上我也不知道怎么回事,他突然就开始浑身抽搐,嘴里往外吐白沫,我一开始以为他跟我开玩笑,没理他,后来他倒在床上不动了,我推了几下他没反应,一探鼻息,啥都没有。我赶紧打电话给邢启圣,邢启圣来了一摸脉搏,再一扒眼皮,然后也吓傻了,说是死了。"

"过去当健身教练"这一句,分明指的是张春阳。一直失踪、找不到下落的张春阳死了?这让林凤冲又一个没想到,但是死要见尸,尸体又在哪里?他定了定神,决定不做跳跃式的思维和提问,还是把每一个问题夯实在。

在他和其他审讯人员稳扎稳打的进攻下,陶灼夭终于把自己在扫鼠岭案件发生当晚的所有行为都说了个一清二楚:

那天下午,大约四点,正在以嘉宾身份在某市重点小学参加青少年安全意识教育活动的陶灼夭,突然接到了张春阳的电话。

自从她和姜磊订婚后，便没有再跟张春阳私下来往过，张春阳在电话里说了一些很挑逗的话，听得陶灼夭面红耳赤，想到姜磊去香港出差，自己很快就要结婚，到时候很难再有机会和张春阳偷情，于是便同意了他的要求，散会后开车回到荷风大酒店，与早就等候在酒店大门口的张春阳私会。两个人从后门进入 E 座，步行到达四楼陶灼夭的卧室，一起吃了点儿东西就准备翻云覆雨，这时她接到了邢启圣的电话。电话里邢启圣说有要紧事，要来一趟酒店跟她当面汇报，陶灼夭估算了一下时间，让邢启圣先到主楼等自己的电话——

"邢启圣打这个电话，是几点？"林凤冲插了一句。

"我记不大准了……应该是七点多一点。"

"邢启圣说他正在赶过来的路上？"

陶灼夭表示肯定地点了点头，她说虽然邢启圣的电话有些扫兴，但张春阳热情似火，所以他们俩的情绪很快就又到达顶点，可是就在一起登到高峰时，张春阳突然大叫了两声就倒在她身上，浑身抽搐着，口吐白沫，然后就不省人事了。

活了三十八年，陶灼夭的人生就是一列被父亲陶秉及其手下把一切都安排得顺顺利利、畅通无阻的高铁专车，想去哪儿就去哪儿，舒适、平稳、疾速、安全，所以当身上趴着一个死人的时候，她受到的震撼和惊吓，丝毫不亚于火车出轨。她吓呆了，推开张春阳的尸体，滚落在地毯上不知过了多久，才想起应该给邢启圣打个电话，让他来看看张春阳是不是真的死了。

邢启圣赶到后，发现整个卧室黑洞洞的，他刚要把灯打开，陶灼夭就尖叫着喊"不要开灯"。邢启圣说你这个样子，我没法给张春阳看病，陶灼夭这才畏缩到角落里。邢启圣开灯，把趴在床上的张春阳翻来覆去检查了一遍之后，确认了他的死亡……虽然已经知道是这个结果，陶灼夭还是忍不住哭了起来，她倒不是为情人的死而感到难过，而是知道死了人不是小事。邢启圣显得十分烦躁，在屋子里来回地兜圈子，嘴里不停地念叨："怎么偏偏在这个时候，怎么偏偏在这个时候……"

"他念叨这句话是什么意思？"林凤冲问。

"邢启贤最近频频向我爸的地位发起挑战，恨不得把我们父女俩都清出基金会，而我爸能否保住地位，关键就看能不能给基金会拉到一大笔慈善资金。这不是我要和姜磊结婚嘛，姜磊他爸是一个大型国企的董事长，只要两家结成亲家，姜磊他爸就能拿出一大笔钱来。这个时候发生这种事儿，一旦传出去，这门亲事十有八九要吹，所以邢启圣才那么说。"

"邢启圣不是邢启贤的哥哥吗，怎么他不站在自己的弟弟一边？"

"邢启圣跟邢启贤一向不和，总觉得弟弟在基金会里故意压制他，导致他没有邢启贤爬得高、赚得多，所以一直比较偏向我爸这边。同时，他还是我的私人医生。"

"后来呢？你和邢启圣商量是怎么办的？"

陶灼夭说：邢启圣给她仔细分析了整个事情的危害，总之，无论如何不能走漏半点儿风声，否则和姜磊的亲事告吹，以及她和她爸被清出基金会都是分分钟的事儿……现在的最好办法，就是让张春阳的尸体"尽快消失"。

陶灼夭看了看依旧趴在床上一动不动的那具肉体，本来是那么健美，眼下每个部分都在松弛下来，像在案板上一样丑陋而懈怠，而散乱的乳白色被褥中间一摊的浅黄色液体，不知是两个人狂欢时溢出的体液还是尸体失禁后流出的尿液，让整个房间的氛围更加邪恶可怖。张春阳半闭半合的眼睛里没有一点儿光芒，微张的嘴巴向下一侧还积着很多白沫，刚刚猝死时的满面潮红已经渐渐褪色，苍白中带着几许狞厉的青黑……她不禁毛骨悚然，跳起来把灯重新关上，然后带着哭腔问邢启圣怎么个"尽快消失"法儿，邢启圣说："直接送到咱们医院太平间去。"

"咱们医院"指的是距离荷风大酒店不远的爱心医院，这家医院隶属爱心慈善基金会，在对外宣传和树立形象上，邢启圣每年把赵武等孩子"借给"他们用，没少帮忙，医院管理层知道邢启圣是陶灼夭的亲信，也经常跟他套交情。"一切都包在我的身上！"邢启圣拍着胸脯说，"趁着天黑，我把张春阳背到楼下，用车运到医院西南门的太平间去，先放在停尸间，然后找院长开个死亡证明，再安排个冰柜，把尸体往里面一放，神不知鬼不觉这个事儿就算完了……"

陶灼夭有点儿不敢相信："这可是死了个人啊！这么简单就处理完了？"

邢启圣笑了笑："他不过是个在本市没有户籍、没有房产、没有亲属的外来流动人口，这样的人，跟家里早就断了联系，是死是活谁关心他？只要没有人找，就跟大街上死了一条野狗没什么区别——说不定还不如死了条野狗引起的关注多呢！"

陶灼夭还是有些恍惚，邢启圣蹲在她面前，抱住她裸露的肩膀说："会长，您只当是丢了个玩具，不就是这么回事儿吗？"

陶灼夭没别的办法，只好同意了。

与此同时，邢启圣建议陶灼夭去国外"散散心"，反正她以前也经常来一场说走就走的旅行，这时候突然出国，不会有人觉得有什么不妥，而对她本人而言，可以起到精神放松的作用。邢启圣异常温柔地说："你放心，等你回来的时候，一切就像从没发生过一样。"

陶灼夭巴不得赶紧离开，对于一个从小到大没有尝试过独立解决问题的人而言，遇到问题之后，最本能的处理方式就是逃避。她用手机买了去巴黎的机票，翻箱倒柜地寻找护照和银行卡。而邢启圣则用室内的座机给爱心医院院长李士铎打了个电话，然后把衣服给赤身裸体的张春阳一件件穿上，甚至不忘给他套上袜子和鞋，接着背起他走出门，突然又把尸体放在楼道里，折返回陶灼夭的卧室，在贵妃椅上找到了张春阳的手机，塞进自己的裤兜，重新走出门去，把尸体再次背起，一步步往楼下走去……听着步行梯里的脚步声越来越远，越来越远，整个楼道陷入死一样的寂静……陶灼夭说："那一刻，我觉得被放进太平间冰柜里的不是张春阳，而是我，是我，我感到全身上下的血都冻住了，刚才我说我失忆了，你们不信，可至少有一段我说的是真的，我到现在都想不起来，我是怎么下了楼、走出荷风大酒店、打车去机场的，能做出这些事的不是我，只是一具名叫陶灼夭的僵尸而已……"

2

原来扫鼠岭案件发生的当天，不只有四具尸体。

在那个伸手不见五指的夜晚，到底有多少恶鬼从冥界释放，向人世间肆虐着它们惨无人道、腥风血雨的屠戮？

想到这里，饶是林凤冲这等老刑警，也感到不寒而栗，他立即派柴永进去爱心医院太平间，查找张春阳的尸体，并特别强调，一旦发现，马上通知蕾蓉法医研究中心，请他们派法医过来验尸。

嫌疑人一旦"撂了"，审与被审都会有一个心理放松的间隙。

林凤冲让人给陶灼夭倒了杯水，看她指尖发黄，又点了根香烟递给她。陶灼夭的脸上浮现出感激的神情，一边抽烟一边跟林凤冲聊起天来。

"周立平，你认识吗？了解吗？"

"就是那个杀了邢启圣和好多小孩的司机？不认识，一个司机我认识他做什么！司机归老廖管，你们可以去问他。"

"周立平不是你们基金会的司机，而是名怡公司的司机。"

"名怡公司？郑贵的那个公司是吗，那更不归我管啦。"

"遇害的那三个孩子，你以前见过他们吗？"

"我从来不去童佑护育院的，怎么会见过他们？"

"不对吧，我们看过你跟他们的合影。"

"不可能啊，我一点儿印象都没有。"

林凤冲拿出一张照片递给她。

上面一圈孩子围着陶灼夭合影，孩子们一个个手捧鲜花却神情麻木，而陶灼夭则笑逐颜开，仿佛是花丛锦簇中最大的那一朵。

"这个啊，是参加爱心医院的活动时跟那些孩子们的合影，合完影就散了，我哪儿记得住啊。"

"你是爱心慈善基金会的会长，你们基金会的主要工作就是募捐各类社会资金用于救助孤儿、弃儿和患罕见病、重大疾病而又无钱治疗的孩子。对他们，你一点儿都不关心吗？"

"我自己都没孩子，我对孩子也找不到感觉啊，说真的没有比孩子哭闹更让我心烦意乱的了……那个，你们找到张春阳的尸体，证明他是病死的，是不是我就可以被释放了？扫鼠岭上的案件，可跟我一点儿关系都没有啊！"

"怎么能说跟你没有关系？杀人的和被杀的都是你们爱心慈善基金会下属单位的员工，你是会长，要负领导责任的啊！"

"我这个会长其实都什么都不管,什么都不会。所有的事儿都是邢启贤和翟运他们打理的,我负不起什么责任啊……"

林凤冲让女警带陶灼夭去拘留所临时拘押,临出门前,陶灼夭突然对林凤冲提出了一个要求:"您能不能给我找几本书?"

"找什么书?"林凤冲问。一般来说,临时拘押的嫌疑人由于对自己所犯罪行将会受到何种程度的刑罚心里没底,都会要一些法律方面的书了解和参考。

但陶灼夭说的却是:"《宁可孤独,也不庸俗》《我不怕迷茫彷徨,只怕虚度这好时光》《一切都是最好的安排》……"

"你看这些做什么?"

"关在里面不读书,岂不闷死?"

林凤冲不禁苦笑道:"你在里面不会孤独,也不会虚度时光,放心,对你而言,一切都是最好的安排。"

陶灼夭走后,副审员忍不住骂了出来:"这整个一寄生虫!都智障成那个样子了,还不忘装逼呢!"

"可就是这些人,住着最好的房子、开着最新的豪车、吃着最贵的大餐,那么多残障儿童的死活就攥在他们的手心里……"林凤冲一声长叹。

就在这时,柴永进的电话打过来了,声音中紧张带着一丝激动:"林处长,我们在爱心医院太平间的冰柜里找到张春阳的尸体了。"

林凤冲赶到爱心医院西南门的时候,这里已经停了好几辆警车,身穿制服的民警和协警驱离着围观的人群,而几个便衣刑警见林凤冲来了,赶忙迎了上去。按照中国古代奇门遁甲之学,门朝西南属死门,所以一般医院的太平间都设在这里。门口左右各有一株槐树,虽然并不粗壮茂盛,但那门较小,两株树的距离也很窄，反倒枝蔓交缠，在门的上空遮起了一道绿森森的天棚。林凤冲往里走，柴永进往外走，俩人撞了个满怀。柴永进说："天瑛和唐小糖来了，正在勘查现场和做尸体的初步检验。"

时间已经过去了这么多天，还能勘察出什么？林凤冲苦笑了一下，继续往里面走。整个太平间分成三个部分，最外间是一个过厅，左边摆着一套简陋的实木桌椅，墙上钉有一排拴着绳的老式登记簿，在桌椅的后面堆着香烛、纸花、纸钱、金锞子、铜盆、瓦片什么的，卖给那些没有准备的死者家属，让他们在临时祭拜时焚烧用；过厅的右边有个挂着布帘的小隔间，林凤冲掀起来看了看，里面放着两张钢丝床，床上的被褥枕头俱已起毛脱色，应该是值班人员休憩的地方。从过厅往里走，推开两道左右对开的、掉了漆的玻璃门，就进入了太平间的第二个部分：停尸间，这里码有六辆锈迹斑斑的白色停尸床，四辆是空的，两辆上面用白布遮着遗体———一般还没有安排"住"进冰柜的死者，就临时停放在这里。从这里再推开一道铅灰色的铁门，一股寒气扑面而来，温度陡然降低了至少五六度，这里的四面墙壁，有三面整整齐齐码放着用于长期存放尸体的数十个冰柜，冰柜看上去比较新，柜门上的液晶屏显示着柜内温度。此时此刻，一个标示牌上写着"T-E-3"的柜门连同冷冻屉被整体拉开，乳白色的寒气不停向外翻涌着，冷冻屉上躺着一个脸上覆满冰霜的人，虽然他的脸色惨青，面皮像核桃皮一样又缩又皱，加上死亡时定格的神情十分痛苦，看上去显得异常狞厉，但眉目间还是不难辨认出，他正是失踪多天的张春阳。

楚天瑛给尸体拍照后，跟唐小糖一起，一个搬头一个搬脚，将张春阳的尸体抬出了冷冻屉，放在一个铺着塑料布的停尸车上，因为冻的时间太长，尸体十分僵硬，放下时还有冰碴儿被压碎的嚓嚓声。在这个过程中，他们发现了一台被压在尸体下面的黑色iphone8，楚天瑛把手机装在证物袋里，又用一把镊子将张春阳衣兜里的东西慢慢夹出，钥匙、钱包什么的也分别装袋，再想做进一步的检查时，却发现衣服和肉都粘连在了一起。楚天瑛和唐小糖商量了一下，认为应该在尸体解冻前，尽快送到法医研究中心去，以免尸体发生变化而对尸检结果产生影响，于是在跟林凤冲打了招呼并得到允许后，将尸体装入带铝膜层的特制盛尸袋，抬到法医临检车上带走了。

这时，柴永进已经给匆匆赶来的爱心医院院长李士铎做完了笔录，李士铎说他们与童佑护育院有很密切的合作关系，他本人跟邢启圣也有些私交。扫鼠岭案件发生的当天晚上八点半左右，他接到过邢启圣的电话，只说是有个熟人突发心肌梗死了，需要先送到太平间停尸房，然后再找他开死亡证明，并没有提到死者是张春阳，他就给太平间打了个招呼。因为当晚有夜间查房，他很快就把这事抛在脑后了，直到后来才得知了邢启圣的死讯。

"这么大的事情，你怎么不早一点儿跟警方说？"柴永进非常恼火。

"因为我不认为这件事跟扫鼠岭命案有关联啊。"李士铎温文尔雅地微笑道。

一起接受警方质询的两个太平间的值班人员，听到这段对话，望着柴永进，脸上浮现出嘲讽的神情。

林凤冲走上前看了看李士铎，不紧不慢地说："按照公安部、卫生部和民政部的相关规定，医院只能给死于本单位诊治过程中的死亡者出具《死亡证明书》，凡是死于院外者，在死因不明或存疑的情况下，必须由司法部门判定死亡性质并出具死亡证明——我想问问是谁给你的权力和胆量，让你同意给随随便便送来的一个死者开具死亡证明的？"

李士铎万万没想到，这个留着小胡子、相貌平平的警官居然规章背得这样熟，登时说不出话来。

"而且，恕我冒昧地做个猜测。"林凤冲盯着他的眼睛说，"邢启圣真的要开死亡证明，也未必需要你或其他医生亲自来尸检，也许是给他个空白的死亡证明书，盖好医院的大印，让他自己填就是了，对吗？"

李士铎刚想要辩解，林凤冲追了一句："你要敢说不是，我就把这一年你们医院开的死亡证明都一一核查，白纸黑字，我都不用查签字的医生在验尸时是否在场，只核对一下笔迹，能把你这乌龟盖子彻底揭了你信不信？！"

李士铎的脸上浮现出告饶的谄笑，林凤冲挥挥手让他走了，然后回过头盯住那两个太平间的值班工人。他俩一见院长都怂了，双双换了一副乖巧的笑容。林凤冲指着他俩，对柴永进说了一句"你来问"，然后忙别的去了。

这一招敲山震虎果然奏效，那俩工人很快就把扫鼠岭案件当晚的情况叙述如下：

当晚八点四十左右，他俩正在太平间外的小院子里喝酒聊天，突然值班室的电话铃响了，接通后是李士铎打来的，说等会儿邢启圣会带一位猝死患者的尸体过来，先存放在停尸间。他俩赶紧推了辆停尸车守在门口，不多久，邢启圣开车来了，车停在门口，他从车上背下一个人来，两个值班工人帮忙抬到停尸车上，推进停尸间，蒙上白布——他俩虽然不认识张春阳，但很肯定当时推进停尸间的就是警方从"T-E-3"里找到的那个人。

之后邢启圣就开车走了，临走前在登记簿上登记签字，说尸体先放在停尸间，等回头"弄来"死亡证明交给他们，再把尸体存入冰柜。"

柴永进在登记簿上找到了邢启圣的字迹：他很潦草地在死者姓名那一栏写下了"张春阳"的名字，死因是"心肌梗死"，然后签上了自己的姓名和时间。

"后来呢？"柴永进问。

"后来我们哥儿俩就接着喝酒，那天晚上陆陆续续又有死在医院的尸体运来，家属们进进出出的哭祭、烧纸，还有要来看死者最后一眼的，我俩就跟着忙活，到十一点整，进了值班室，从里面锁上门就睡了，直到第二天早晨九点才开门。"

"这个门从里面锁上后，外面打得开吗？"

"打不开。"

"当晚还有没有人敲过门或者进太平间？"

"没有。"

"那么你们是什么时候把张春阳的尸体放进'T-E-3'的冰柜里面的呢？"

"那天晚上天冷，我们俩都有点儿喝多了，可能是想张春阳的尸体总不能老这么搁着，邢启圣又一直没回来，所以在存放其他尸体的时候，捎带手就把张春阳的尸体也抬进冰柜里了。"

柴永进觉得这个回答太囫囵，皱起了眉头。

"对了，我们的冰柜内置有开关记录，从液晶屏上就可以查到。"说着，一个工人跑到"T-E-3"的冰柜面前一阵操弄，然后指着液晶屏上显示的时间对柴永进说，"您看，这上面显示，这个冰柜只在那天晚上十点五十分开关过一次，再来就是刚才你们打开了——所以一定是那天晚上我俩关门前对停尸间的尸体'清场'时抬进冰柜里面的！"

柴永进弯下腰看了看液晶显示屏，嘀咕道："你们这时间记录靠谱不靠谱啊，不会出什么差错吧？"

"您放心，绝对错不了！"那个工人拍着胸脯保证。

柴永进还是不放心："万一晚上突然停电了呢，不是就只能留下有电时的开关记录了吗？"

那个工人带着他走出太平间，来到旁边一座低矮的红砖房门前，推开门，长着青苔的地面上戳着一座嗡嗡作响的墨绿色发电机，墙上还挂着一排锈迹斑斑的施耐德配电箱。工人告诉他："太平间的供电跟医院不走一条线，是用这台发电机发电的，医院停不停电，跟咱们没关系。而且，冰柜的计时系统是独立内置的，自带电池，就算把咱们这太平间的电闸拉了，人家还照常计时呢！"

3

张春阳的尸体被发现，非但没有让扫鼠岭案件的侦破工作获得进展和突破，反而导致专案组在刑侦方向上的分歧进一步扩大。柴永进等人认为，张春阳之死只是一起普通的"马上风"（性交时过度兴奋引起急性心肌梗死而猝死），与后来的邢启圣以及那几个孩子的遇害没有直接关系，所以不必深究，接下来还是要坚定不移地查找周立平的犯罪证据；而林凤冲这一派则主张，张春阳之死绝不是一个孤立的突发事件，很可能是扫鼠岭案件的导火索，至少也是重要的组成环节，所以应该把侦查工作前移，并建议市局经济侦查处立刻介入，对爱心慈善基金会有无经济犯罪问题展开全面的调查——双方在会上吵得不可开交，而在他们同时请主持会议的杜建平裁决时，一直沉默不语的杜建平却说出了让林凤冲意想不到的话：目前仍旧以查找周立平的犯罪证据为重点,此时不宜贸然转移侦查方向、扩大侦查范围……

散会后,柴永进等人离开了会议室,林凤冲把充满了困惑的目光对准杜建平,却发现杜建平站在落地窗前,背对着自己,窗外是一棵叶子已经凋零净尽的大树。

林凤冲退出了会议室,并顺手关上了门。

没过多久,门外响起一阵急促的脚步声,接着门被一把推开了,有个人走了进来,把门关上道:"杜处,你真是让我太失望了!"

杜建平转过身,正撞上刘思缈两道严肃的目光。

"你怕人家说你是为了杜莺的死公报私仇,所以你明明知道爱心慈善基金会有问题,也不敢支持查他们,对吗?!"

"思缈,思缈……"杜建平那张铁匠一样赤红的脸膛现在却异常苍白,嘴唇哆嗦着,哀求她不要讲下去。

看着他这个样子,刘思缈只觉得又可气又可怜:"到底从什么时候开始,你变得这样胆小、懦弱、畏首畏尾、瞻前顾后!你连你女儿的死亡都不敢面对、不敢调查、不敢替她报仇,你到底还算不算一个父亲?!"

杜建平坐在了椅子上,抱住了自己巨大的头颅,手指慢慢地拢过花白的短发,像用铁犁翻开霜冻的土地。

刘思缈不忍再说下去,空旷的会议室里一片死寂,墙上的石英挂钟跳秒的嘀嗒声,听起来格外清晰。

门再一次被推开,林凤冲走了进来,神色凝重,他看了看杜建平,又看了看刘思缈,不知道该不该当着刘思缈的面向杜建平汇报工作。

"说!"刘思缈命令道。

"是!"林凤冲赶紧说,"A省公安厅那边刚刚打来电话,说经过调查，几年前有一起猥亵儿童案疑似与邢启圣有关。"

杜建平猛地抬起头来。

林凤冲详细说道："当时邢启圣还在爱心医院任职皮肤科主任医师，回到省里参加总会的活动期间，负责一项给省福利院儿童的体检活动。这个体检本来只是在内部进行，但爱心慈善基金会那阵子刚刚把省内其他民办福利院都吞并或搞黄了，舆论质疑很多。他们为了树立形象，就请了一帮记者来做正面宣传，谁知有个省报的记者在采访结束后没有走，躲在洗手间，结果偷拍到了邢启圣把一个脑瘫的女孩带到洗手间猥亵甚至是奸污的视频……"

"后来呢？"

"后来那个记者回到报社，要求把视频截取关键画面见报，被总编辑压了下来。记者打算去公安局报警，他怕万一，没有把视频带在身上，警方根据报警去福利院传讯邢启圣，记者回家拿视频，结果路上被一辆无牌汽车撞死，警方在他的身上和家中都没有找到视频，只好将邢启圣释放了。"林凤冲停了一下说，"我想，这大概就是邢启圣后来从爱心医院离开，去童佑护育院做院长的原因，对于爱心慈善基金会而言，这是家丑，虽然没有闹大，但不能不内部处理，以防邢启圣再犯下类似的丑行，毕竟爱心医院对于基金会而言是一级下属机构，而护育院则只是个可以随时切断关系的外围机构。"

"这一下，恐怕对爱心慈善基金会，不想查也得查了。"刘思缈盯着杜建平说，"就连灭口的方式都跟岳绍之死一模一样。"

杜建平缓缓地摇了摇头："刘处，你已经退出专案组，我欢迎你继续提供刑事技术上的支持或建议，但是对于具体的办案方式和程序，照规矩，你还是不宜发表意见的好。"

刘思缈愣住了，林凤冲也没想到杜建平竟然说出如此决绝的话，一时间觉得会议室里的空气都凝固了。

刘思缈转过身去，走出了会议室。

听她的脚步声在空旷的楼道里渐去渐远，林凤冲忍不住对杜处、刘处说：“杜处，刘处也是一片好心……"

"这里面的情况很复杂……"杜建平望着门口说，"爱心慈善基金会，你不要碰，但是张春阳的死，你可以接着查。"

林凤冲一开始没有懂，仔细一想突然明白过来了，杜建平的意思是，可以由张春阳的死查爱心慈善基金会，但不能由爱心慈善基金会查扫鼠岭案件。说到底，前者是由刑事案件入经济犯罪，好像温水煮青蛙，陶秉、邢启贤等人自认与扫鼠岭案件无关，一定抱有侥幸心理，所以不会销毁经济犯罪的证据，而且办案的主动权始终牢牢把握在专案组手里，如果贸然把经济侦查处引入，反而会打草惊蛇，搞得爱心慈善基金会销毁一切证据，最后很可能连刑事案件都调查不下去。

林凤冲点了点头说："A省省厅的汪副厅长说他准备马上过来一趟拜会您。我想小莺那件事，他帮了很多忙，所以……"

林凤冲说不下去了，因为他发现提到杜莺的死，杜建平的脸上浮起一层极其凄恻的神色。

很久很久，杜建平才重重地喘了一口气，没有接林凤冲的话茬，而是问："小郭怎么样了？"

"小郭身体没大碍，只是有些擦伤，但精神上受了很大的刺激，不过也多亏她'打入'爱心慈善基金会内部，才了解到一个重要的情况，"林凤冲低声说，"按照陶秉所言，童佑护育院的副院长崔玉翠似乎知道邢启圣之死的内情。"

"查！"杜建平说了一个字。

林凤冲"嗯"了一声又问:"对于那位姓岳的民办教师的死,是按照交通肇事逃逸查,还是一并纳入扫鼠岭案件调查?"

"先按照交通肇事逃逸查吧……"杜建平闭了一下眼睛,满脸都是疲惫,睁开眼后叮嘱林凤冲,"等会儿你给小郭打个电话,代我问候一下,下午要是没什么事,你就去看看她。"

走出会议室,林凤冲给郭小芬打了个电话,手机响了很久都没人接,当他快要挂断的时候,却突然接通了,传来小郭"喂"的一声。

声音有些羸弱,林凤冲担心起来:"小郭,你还好吗?"

"还好。"

"杜老板让我给你打个电话表示问候……你在家吗?我下午去看看你。"

"不用,我在外面。"

"怎么不好好在家里休息?现在你外出可要注意安全啊!"

"没事的,马笑中在我旁边呢。"

一句话让林凤冲放了心,有马笑中跟在小郭身边,无论哪路妖魔鬼怪都要退避三舍的。

挂上电话,郭小芬对着对面的女孩说:"你接着讲讲董玥的情况吧。"

在"圆满地产"中介小罗的帮助下,马笑中找到了跟那个长发女孩一起租房的女子的个人信息。她叫刘妍,过去跟长发女孩都在金夜满堂夜总会坐台,现在住在定福里小区九号楼。郭小芬听说这一消息,无论如何也不肯遵照医嘱"继续在家静养",而是跟着马笑中一起找上门去。

刘妍打开门的一刻,望着郭小芬和马笑中的眼睛里充满了狐疑之色,郭小芬说明了来意,她依然把手揣在浅粉色波点家居服的兜里，歪着肩膀，没有让他们进去的意思："我知道你们找的是谁，董玥嘛，她早就不在本市了，我也不知道她现在在做什么……"

马笑中一把将她推开，直眉瞪眼地往房间里走，挨个儿门推开查找，刘妍在这一行做得久了，最会看人，一看这架势就明白了马笑中的身份，虽然嘴里哼哼着"干吗呀？干吗呀你"，可是气焰却比一开始矮了很多。

这套房子是个一居室，厨房的墙壁上全是黄色的油污，但灶台和抽油烟机上蒙着厚厚一层尘土，显然刘妍住进这里就没有开过火做过饭。洗手间也同样肮脏不堪，但梳妆镜却擦得锃亮。卧室的地板上放了四只很大的纸箱子，还没用胶带封起来，能看出里面装的主要是衣服和化妆品，桌子上码放着一套银白色的魅声直播套装，看样子也准备装箱了。

"你要走？"马笑中问刘妍。

刘妍点了点头。

"去哪儿？"

"回老家……"刘妍的神情有些黯然，"姐妹们早就走得差不多了，就差我一个还一直赖着，现在也不行了，租房户要查工作证和个人记录，我在你们那儿留过底，居委会通知房东让我走……"

"房租退你了吗？"郭小芬问。

刘妍苍白的脸上浮现出一丝惨笑："我交了一年房租，只在这里住了三个月，我让房东退我房租，他说又不是他赶我走的，一分钱也不退给我，他是本地土著，我惹不起……"

郭小芬沉默了下来，正在这时，手机响了。她心事沉沉，在挎包里摸了很久才找到，与林凤冲通完话后，继续请刘妍提供董玥的情况。

刘妍看出她和马笑中对自己并无恶意，紧张的神经放松了一些，靠着床坐下："董玥跟我过去都在金夜满堂夜总会上班，她胆子小得很，客人动手动脚她不敢叫，霸王硬上弓她不敢闹，所以吃了不少亏，我可怜她，能照看就照看她一些。她一开始跟我不熟，从来不跟我说她家里面的情况，后来才悄悄告诉我，她爸妈都得病死了，只有个亲妹妹，患了轻度脑瘫，住进了他们省的福利院，因为福利院收养残障儿的条件之一是孩子必须是孤儿，所以她好多年都不敢回家。家那边的乡亲都以为她死了，她也特别害怕做这行被抓住遣送回家……她想过改做正行，但学历不高，没有什么技术，何况现在很多行业都不景气……"

刘妍停了一停，接着说："那会儿我们几个女孩都租住在一套三居室里，有几天董玥突然消失了，打她手机不是关机就是无人接听，公司都要把她开除的时候，她又突然回来了，呆呆傻傻的，脸上都没有人色了。我问了她发生了什么事，她很久才说，有个在这儿打工的老乡看见她了，回家时把她还活着的消息告诉别人了，结果福利院联系上了她，让她把妹妹接走，她赶紧回了趟家，见了联系她的人一面，那人姓邢，虽然在福利院里没有职位，但是是什么慈善基金会副会长的哥哥，她一再哀求，姓邢的才答应把她的妹妹留下，但每个月要把五千块钱打到他的账户上，而且她还要继续隐瞒身份，不能随便来探望妹妹，否则随时可以把她妹妹赶出福利院。"

郭小芬和马笑中对视一眼，他们知道刘妍所说的"姓邢的"应该就是邢启圣。

"我跟小董说，现在扫黄这么严，咱们挣钱本来就很不容易了，房租饭费都快交不起了，一个月还得给他五千块钱，哪儿弄这么多钱啊！但小董只求我不要把这件事告诉公司……夜总会出台的小姐全靠这张脸挣钱，所以得注意保养，白天必须休息，但是从那天起，她除了晚上在公司上班，白天还注册了一个远一点儿的区域当送餐员。她身体本来就不好，还这么没日没夜地工作，我们几个姐妹都担心她熬不了多久，谁知她居然挺下来了……而且，找到了一个她喜欢的人。"

凭着直觉，郭小芬觉得刘妍说的可能是周立平："是一个姓周的吗？"

刘妍想了想："好像是。"

郭小芬拿出手机，找到周立平的照片，给刘妍看："是这个人吗？"

"我只见过他一面……"刘妍一边嘀咕着一边看了看照片，"没错，就是他。"

"他们俩怎么认识的？"

"小董从侧面打听到省福利院每年会把一批治疗得比较好的孩子带到本市的爱心医院，就留了心，她妹妹虽然病没有治好，但长得很好看，也许会被挑中做'展示'。去年这个时候，她跟公司请了几天假，偷偷跑到福利院设在本市的一个护育院门口，想着妹妹如果能来就看她一眼，她那个人又笨又老实，躲在护育院对面灌木丛的后面，结果被在基金会工作的一个司机发现了，问她干吗的，她怕被姓邢的知道，哭着不敢说，经不住司机一再追问就说了实话，结果那个司机不但没有告诉邢启圣，还把她妹妹从护育院里带出来，让多年不见的姐妹俩团聚了一下，小董别提有多高兴了。自那以后，小董对那个司机特别感激，觉得他是个好人。"

"小董怎么评价姓周的司机？"

"她不是很喜欢说自己的私事，只有特别高兴时才念叨两句，按照她的说法，姓周的是个很正派的人。"

"很正派的人？"

"嗯，小董很喜欢他，但他却一直没有什么表示，有一次小董以为他是嫌弃自己的工作和身份，哭了，他才说自己有犯罪前科，害怕连累她……"

"那么，姓周的到底喜不喜欢小董呢？"

"你真笨。"刘妍白了郭小芬一眼，"他说的是'害怕连累'，而不是'不想连累'。"

郭小芬有点儿不好意思："后来呢？"

"后来小董还是很主动地去找他，但今年那次租户清查以后，小董就离开这里了，他们俩有没有再联系，我就不知道了……"

"原来那次租户清查，你们也……"小郭说到一半，意识到马笑中在旁边，欲言又止。

刘妍似乎没有觉察到什么："其实这几年，小董在本市待得很辛苦，挣钱越来越难，天天担惊受怕，怕得遭送回家，有点儿风吹草动就觉得是对着自己来的，吓得整夜整夜睡不着觉，所以租户清查的一登门，她就要走，彻底离开本市。我们姐妹几个都知道自己也待不长了，但都觉得小董走得太急了，可是谁也留不住她。临走前，她让我陪她去了一趟护育院，偷偷把妹妹找出来，跟她告别。她妹妹挺好看的，就是表情呆呆的、傻傻的，寒冬腊月敞着外套，流着鼻涕。小董蹲下身子，给她妹妹系好最下面的一个扣子，叮嘱道：女孩子最怕冻，所以衣服上的每一个扣子都要系紧，小腿也不能冻到，记住啊……然后看着妹妹走回护育院的小楼里，很久很久，才眼圈红红地离去。"

"然后她就离开本市了？没有找姓周的告别吗？"

"没有，我问她是不是应该告诉姓周的一声，她说不用了，然后就提着箱子走了，我记得那天是个很冷的日子——"

"是啊，很冷的日子，前半夜大风，后半夜下起了小雪……"郭小芬似乎回忆着什么，口中喃喃道。

刘妍惊讶地望着她。

"你接着说。"

"我送她下了楼，站在寒风里，看着她坐上出租车去火车站了，心里难受得直哆嗦。回到出租屋里，我们姐妹几个都不说话，开始打包自己的东西，没多久，门被推开了，进来一个很精壮的人，下巴像铲子一样外凸得厉害。我问他找谁，他说找小董，我一下子就猜到他是谁了，问他找小董什么事，他说听说在搞什么租户清查，特地来看看小董有没有事，不行就搬过去跟他一起住。我告诉他小董刚刚离开了，他一愣，问去哪儿了，我说我也不清楚，只知道她离开本市了。他原地站了很久，然后问哪张床是小董的，我指给他，小董走得匆忙，被褥床单都没有带走，还铺在那张床上，姓周的就坐在床上，一声不吭地那么坐着，像块石头似的，坐了不知有多久，才站起来，发现床单被坐皱了，转过身，弯下腰把皱的地方一点点摩挲平整，然后走出了屋子。"

——坐了不知有多久，才站起来，发现床单被坐皱了，转过身，弯下腰把皱的地方一点点摩挲平整，然后走出了屋子……

郭小芬写了那么多稿件，竟发现没有比这么一句从小姐口中说出的话更加凄恻。

"我想，你也许有小董的联系方式和地址吧……"郭小芬慢慢地说，"我想找到她，当面了解周立平的事情。"

"可是，都过去这么久了，也不知道他们俩还有没有联系……"

刚才进门前说明来意时，因为怕走漏风声，郭小芬没有说寻找董玥与扫鼠岭案件的关系，而且看刘妍的样子，生计尚且自顾不暇，恐怕也没有关心什么扫鼠岭案件，所以一时间不知道该怎么说服刘妍。

就在这时，一直靠墙站立没有说话的马笑中突然开腔了："刘妍，你知道我是干吗的吧？"

刘妍慢慢地点了点头。

"我们正在调查一起案子，需要找董玥核对一些周立平的情况，就这么简单。"马笑中说，"也许董玥和姓周的真的已经彻底断了，但也许他们俩还想着对方——很多分手的情侣不都是这样，嘴里说了一万遍忘了，一见面还是忘不了——何不给他们俩一次重新联系和重新选择的机会呢？"

这句话说得刘妍和郭小芬同时目瞪口呆，大概是都没想到这个皮糙肉厚的家伙能说出这么深谙男女之情的话。

"好吧……"刘妍被马笑中的话打动了，把董玥的手机号给了他们，"她还是老样子，电话很少接，短信很少回，有微信号但从来不发朋友圈。我上次联系她，她说她回A省了，只是没有回自己所在的镇，而是另外一个地方（说着她把地址写在了一张纸条上递给郭小芬），我觉得你们干脆直接去找她一趟，否则就算是电话联系上了她，我估计她十有八九会拒绝见你们的。"

"非常感谢！"郭小芬双手合十冲她拜了拜，然后跟马笑中一起告辞离开。

时近中午，天空没有太阳，寒风凛冽，头顶的浓浓铅云仿佛冰河在流动，光秃秃的树梢传来尖厉的呼啸，裸露在外的皮肤像被鞭子抽打一样隐隐作痛。

他们俩往停车场走，郭小芬低着头不说话，马笑中关心地问："怎么了？是不是身上的伤又难受了？"

"没什么……"郭小芬的神情漠然，"我只是在想，她们都走了，这座城市到底还能剩下谁？"

马笑中道："你也别想太多，这么大一座城市，这么多的人口，进行租户清查，也是为了预防恶性犯罪，维护社会稳定。"

"我理解清查，也支持清查，我只想问一句话——为什么荷风大酒店E座那满满一栋楼的寄生虫没有一个被清查？！"郭小芬说着说着突然激动起来，"也许你看不起刘妍、董玥这些卖笑的，但她们至少是在出卖自己所拥有的全部价值来养活自己。而邢启贤、陶灼夭那些人呢？他们出卖什么？凭什么被清走的不是他们？！"

她的眼睛里闪烁着泪光。

马笑中缩着个脖子，一副挨了女朋友训斥不敢还嘴的孙子样，大概是觉得这口窝囊气不能不出，拿出手机拨通了一个电话，张嘴就开骂："老耿，你管片儿有个定福里小区九号楼的房东收了一个女孩十二个月的房租，女孩住了仨月要走，那流氓不退人家租金，你管不管？女孩是谁？你嫂子她们家亲戚！你麻溜儿的把这事儿给我蹚平了，不然今后少跟在老子屁股后面一口一个大哥！"

马笑中挂断电话，望着郭小芬，一脸讨好的笑。

郭小芬没理他，大步向前走，走了几步回过头，见马笑中还原地杵着，皱起眉头，"你到底走不走？"

"走走走！"马笑中赶紧屁颠儿屁颠儿地追了上去。

4

当孙静华走进接待室的一刻，李志勇和呼延云不约而同地觉得，与其说她是一位经理，毋宁说更像是一位官员。

她中等个子，穿一身浅灰色但质地很好的工作装，梳着齐耳的短发，黢黑而扁平的脸上有几粒淡淡的雀斑，神情严肃，一举一动都像上了发条一样刻板。当她在李志勇和呼延云对面落座时，他们觉得自己不像是被接待，更像是被接访的。

"你们找我什么事？"孙静华的语气十分生硬。

呼延云说："孙经理您好，我们是想跟您了解一下周立平的情况——"

"周立平？"孙静华想了想，"我记不起来这么个人。"

她"想"的模样太戏剧化了，以至于呼延云立刻判断出她不仅清晰地记得周立平，而且最近很为此而焦虑，但他也不想戳破："是这样，名怡公关公司的郑总跟我们说，周立平的工作是您介绍给他的，而且还希望郑总给予关照……"

"我经常给人介绍工作，而且我都会托付关照。"孙静华一句话堵了过来，"等一下，你们到底是什么人？如果你们想预约会场，我可以给予安排，否则的话，我很忙。"说着她站起身就要走。

"坐下！"

一直乜着眼睛看孙静华的李志勇突然吼了一句！

呼延云吓了一跳，孙静华也愣住了，不敢动弹。

"我让你坐下，听见没有？"李志勇冲椅子点了点下巴，"让你坐这儿说，你不说，那咱们就换个地方说？"

孙静华咽了口唾沫，慢慢地坐在了椅子上。

"我们是干什么的,不用问了吧?"李志勇冷笑道。

孙静华点了点头。

"说,你跟周立平是怎么回事?"

"我真的跟他不熟……"

"嘿!我说你不见棺材不下泪是吧,扫鼠岭那么大的案子,市里多少领导不吃饭、不睡觉盯着破案,怎么着,你想杠一把?"

"不不不!"孙静华彻底慌了,"那个案子跟我可是一点儿关系都没有啊……"

"知道跟你没关系,所以才来找你在这儿谈,而不是请你去那儿谈。"李志勇有些不耐烦,"你大小也是个公职人员,积极配合政府工作最起码的要求吧,怎么这么不懂事!给你个撇清的机会,你还生怕往自己身上糊泥糊得不够?"

孙静华连连点头:"谢谢您!谢谢您!"

"得,你说吧!"李志勇道。

孙静华跟周立平认识,纯粹是出于一个偶然。

事情发生在一年前。孙静华在冬青街道有套房子,本来是出租的,谁知租户家里有事,退了房,她那阵子因为丈夫出轨心情不好,干脆就搬到这边来住了一段时间。恰好燕兆宾馆承接了一个重要的活动,她忙得四脚朝天,每天回到家都要夜里十一二点了。

这天她开车回到住处,又是深更半夜的光景,快要进小区,发现大门口被一辆胡乱停着的悦动挡了半截,她开的是一辆保时捷SUV,车身比较大,进不去,这么晚了叫人挪车也不方便,于是就把车往前开了一段,拐进了一条黑漆漆的巷子里,把车停好后走出来时,在巷子口遇见了一伙儿流氓。

孙静华长得不好看,可是身材不错,春夏之交的时节,为了会展活动的需要,她穿着一身职业装,短裙黑丝的。这群流氓喝多了酒,正想找个女人"败败火",一看孙静华,顿时围了上来。一边拦着去路在她身上乱蹭,一边嘴里说些不三不四的话。孙静华从来没遇到过这种事儿,一开始还义正词严地叱责他们,可发现用正气压不倒他们时,就彻底慌了神儿,想挣扎着夺路而逃,却哪里逃得掉,被流氓们撕扯着推进了巷子里,她拼命喊叫着,却发现周围居民楼里仅有的几盏亮灯也都迅速熄灭,知道自己这下子在劫难逃了。

就在她被为首一个流氓脸摁在车前盖上,扒掉短裙时,巷子口突然传来一声喊:"干什么呢你们?!"

声音不大,在黑夜中却像一记突如其来的橡胶锤,又闷又狠。

几个流氓拔出了弹簧刀和甩棍,骂骂咧咧地往巷子口走,想把站在黑暗中的那个人赶走,谁知走近一看都愣住了,没人吱声。有个流氓跑回巷子,流氓头儿一边按住孙静华撕打的手,一边跟他说:"谁他妈敢来坏老子的好事儿?给丫灭了!"

"老大,是那个姓周的……"

"哪个姓周的?"

"就是杀了好多人的那个……"

孙静华觉得流氓头的手瞬间软了下来。

"周立平?"流氓头问。

"嗯,就是他……咱们人多,要不要干他?"

"干你妈干!那是真格儿的杀人狂!"流氓头骂道,"平常吹吹牛逼也就算了,别说杀人,真让你们杀只鸡你们他妈敢吗?!"说完他揉揉孙静华的屁股:"今天算你老娘们儿走运!"然后带着那几个流氓灰溜溜地走出了巷子,一声都没有吭。

孙静华慢慢地滑下车盖,坐在地上喘息了一会儿,她想哭一场，可是又觉得自己能够幸免于难，已经很走运了。当她站起身往巷子外面走的时候，看到有个人靠墙站着。"黑暗中，我只能看出他脸部的线条很坚硬，下巴像个铲子似的往前凸着，显得特别凶狠。"

孙静华惊魂未定，又隐约记起流氓头儿说过一句"那是真格儿的杀人狂"，所以很怕刚出狼窝又入虎口，背靠着巷子口的墙，一动都不敢动，战栗的小腿传来轻微的窸窣声……那个时间其实很短，十秒钟都不到，但她回忆起来却比自己的前半生都要漫长。

然后周立平转身走了。

直到他的背影彻底消失在黑夜中，孙静华才满脸泪水地逃回家去。

第二天她没敢报警，怕惹来流氓报复，只是把衣着换成像个政工干部，才敢上班去。一大早在十字路口，她凭着对脸部线条的记忆，认出了周立平——其实直到这时她才真正看清了他的相貌：小小的眼睛，外凸的下巴，坑坑洼洼的脸上，两片闭得紧紧的厚嘴唇有一种极力克制的粗野味道，反而显得更有攻击性，也许是因为他头戴小红帽、身穿橙黄两色马甲、手拿小红旗的缘故吧，看上去"挺滑稽的"。

不知道为什么，孙静华突然对这个救过自己的人好奇起来，忙完会展活动以后，她抽出工夫去居委会侧面打听了一下周立平的情况。大家的说法不一，有的言之凿凿说他就是多年前"西郊连环凶杀案"的真凶，有的则指出警方只认定他与一起杀人案有关……但对于孙静华而言，杀一个人和杀几个人都是一样凶残可怕的，不过她总觉得欠周立平一个很大的人情，而她的工作性质恰恰决定了她要接受和偿还各种私底下的人情，并确保绝不拖欠人情，于是，当有一次郑贵请她吃饭，无意中说自己打算聘请一名司机时，她就推荐了周立平。

周立平得知她的举荐之后，表示感谢，但神情很冷淡，这倒正合孙静华的心意，反正她只是还人情而已，还完就算完，并不想和被偿还者再有什么纠葛，尤其对方又是这么一个身份复杂的人。

"真的就是这么简单。"孙静华对李志勇和呼延云说，"周立平到郑贵那里上班后，我很快把冬青街道的房子又租出去，很少再去那边了。偶尔郑贵找我预定会展大厅办活动，跟周立平见过几次面，但也就是点点头而已。我跟周立平没有任何私交，你们要相信我。"

"扫鼠岭案件发生前，你最后一次见到周立平是什么时候？"李志勇问。

孙静华想了想——这次是真的想——然后说："应该是在案发一两个月前吧，郑贵来预定健一保健品公司新产品发布会的时候，带着他一起来的。"

李志勇看了一眼呼延云，意思是我问完了，你还有什么想问的没有？

呼延云把身体向前探了探，问孙静华："孙经理，假如让您给周立平一个词或一个字的评价，只能用一个，您会用哪个？"

孙静华愣了一下，慢慢地说："我觉得他有点儿'轴'。"

"轴？"

"嗯，脑瓜不灵活，一根绳上吊死那种。"

"何以见得呢？"

"有一次，爱心慈善基金会在燕兆宾馆开会，用金杯车从他们下面那个什么护育院拉了一车孩子来会场表演节目，散会后外面下起了大雨,金杯车去办别的事了,那些孩子们没人管,就站在大厅的角落里,望着外面发呆。本来有的孩子就患有脑瘫什么的,脸上化的妆又没人给卸,看上去跟丑八怪似的,惹得好多人笑。我自己的车放在外面停车场了,一时借不到伞,正想蹭谁的车去停车场呢,就看见郑贵的奥迪A6开过来了,停在门口,周立平从车上跳了下来,把孩子们往车里面塞,七八个孩子全塞进去了,自己才钻到驾驶位准备开车走。我上去拉开副驾的门——副驾上也坐了两个孩子——问他能不能搭我一程,他很粗暴地挥挥手说'看不见都坐满了吗?我把他们送到护育院再来接你'!我刚关上门,他把车一溜烟儿开走了。"孙静华道,"你们说,要是没我,他哪儿来的这份工作啊,怎么这点儿小忙都不帮一下呢?怎么这点儿人情世故都不懂呢?我正生闷气呢,郑贵从后面走过来安慰我说,他也一样,本来让周立平开车来接自己的,人家给他打了个电话说先把孩子送回护育院,就把他给撂在这儿了……我毕竟是周立平的引荐人啊,我还能说什么,只能陪着他苦笑……你们说,这个周立平是不是有点儿'轴'?"

从燕兆宾馆出来,李志勇显得心事重重,明明地铁站在西边,他却闷着头往东走,呼延云也不知道他要去哪儿,莫名其妙地跟在后面,直到来到一个车水马龙的十字路口,李志勇才发现走错了路,一时间满脸的眉眼又像棕熊似的在脸上挤弄成了一团。

呼延云知道他有心事,也猜到他是为了什么事情而愁烦,却沉默不语。

站在十字路口,望着熙熙攘攘的人群和来来往往的车流,李志勇揉着大鼻头自言自语了一句:"这周立平……到底是好人还是坏人啊?"

然后他把目光投向呼延云,似乎这道题太难了,想请监考老师给个标准答案。

呼延云轻轻地叹了口气:"十年前的那个案子,我了解得不是很深……后来我问过香茗,他总是把话题绕开,我觉得他知道事情的真相,只是出于什么原因必须保守秘密——难道你没有直接问过香茗这个问题吗?"

李志勇这才想起了什么:"我记得香茗十分肯定地说过'周立平不是坏人',只是走了岔路,做了坏事,他还说'人生本来就是一段在黑暗中磕磕绊绊的旅程。有人因为巧合而走岔了路,有人因为无奈而走岔了路,还有人因为奇怪的动机而故意走岔了路,岔路不一定是错路,做了错事的人也不一定就是坏人'……听得我稀里糊涂的。"

呼延云把这番话琢磨了半天,亦觉得云里雾里,索性不去想它,拉着李志勇掉头往地铁站走,一边走一边说:"刚才你突然吼孙静华那一下,没想到还挺管用。"

"嗨,这些人都是扯大旗做虎皮,蒙着自己吓唬别人,要是真被弄进局子里去,就跟姜昆相声里说的似的'进去了还说得清楚吗',没事儿领导也觉得你是犯了事儿,肯定会影响前程,所以我一拿出警察的腔调说话,她立刻就怂了。"

呼延云一笑:"你不是也经常跟着郑贵一起跑各种活动吗,怎么,孙静华从来没有见过你吗?"

李志勇摇了摇头:"老郑精明得很,他做公关这么多年,吃的就是一碗关系饭,最怕手下跟他见了'一条龙'的客户——就是办某一类活动所需要的所有环节的关系人——然后自己搭上关系,再开公司低价抢他的客户、呛他的行,所以能跑的业务都自己跑,即便是见客户时需要带个人,也只带着见个别环节的个别人,绝不让他'打通经脉'。所以我从来没有见过孙静华,不然今天非穿帮不可。"

呼延云笑道:"我觉得你这些年在体制内外这么走了一遭,对各种门道儿都能把得准脉搏、摸得清行情,很了不起啊!"

李志勇苦笑了一下:"我这不也是被逼无奈吗,要不是我那把枪被……被人给抢了,我也不至于混到只能冒充警察过过瘾的地步。"

"其实我也很好奇。"呼延云看似不经意地说,"你对付孙静华显得游刃有余,怎么那天在社保中心被一个普通工作人员却搞得无计可施呢?"

恰好折返经过燕兆宾馆的大门口,李志勇长吁了一口气,指着宾馆道:"那是因为,在这里我是个外人,而在社保中心我可有个'人质'。"

"人质?"呼延云一愣。

"我妈的社保还得指望着人家给办呢……"

5

在地铁里,呼延云接到马笑中打来的电话,说是跟郭小芬正在往他家走,希望能跟他"碰碰情况",而且"凤冲和天瑛也要过来"。呼延云和李志勇赶紧加快了脚步,换乘站都是连跑带颠儿的,到楼下时,与郭马二人正撞了个照面。

"小郭,你还好吧?"呼延云问郭小芬,他没有直说,但每个人都明白他是在问昨晚的险情和惨剧。

郭小芬的反应有些迟钝,美丽的大眼睛目光呆滞,过去好半天才低声说:"没事。"

马笑中在后面指了指自己的脑袋瓜子，暗示呼延云：这姑娘受到的惊吓不轻。

呼延云的神情顿时黯然。

进了房间之后，呼延云先把跟李志勇一起调查孙静华的情况说了一遍，说得很慢，全程都在望着郭小芬的眼睛，仿佛是对她一个人讲似的，但郭小芬依然呆呆的，好像始终没有从浑浑噩噩的梦境中醒来。等他讲完了，轮到郭小芬讲她和马笑中一起调查刘妍的情况了，她一起头就怎么都想不起刘妍的名字了，马笑中果断地接过话题来讲述了一遍，呼延云没有心思听，只是忧心忡忡地盯着郭小芬。相比之下，李志勇倒是心无旁骛，听得格外认真，当听说小董用"正派"二字评价周立平时，他没有像以往那样流露出厌恶的表情，眉宇间攒起了无数道褶皱，仿佛把自己的内心当成湿毛巾拧干一样痛苦而茫然。

"呼延，勇子，我说完了。"马笑中道，"你们俩有啥看法？"

李志勇直截了当地说："小郭，你要去A省找董玥吗？我想跟你一起去。"

呼延云有些吃惊，因为在很长一段时间里——整整十年，周立平这个人在李志勇心中是定型和固化的"恶"，对于很多人而言，一旦完成了这种定型和固化，那么对于"恶"后面的形成原因是不需要探究也不值得花费时间和精力去探究的。但李志勇现在说出的这句话，表明了他内心的定型和固化发生了松动，虽然他已经不是警察，不能亲自去审讯身陷囹圄的周立平，但他想尝试着通过其他人来了解周立平，这说明最近一段时间的调查结果，已经让李志勇对"周立平是西郊连环凶杀案真凶"这一结论，产生了怀疑。

一向聪敏精灵的郭小芬，这个时候却显得不知所措，不要说去不去A省，似乎对自己身处何地都一脸懵懂。马笑中鬼得很，他知道李志勇还没有搞对象，怕他一路上照顾郭小芬再照顾出啥情况来，所以斩钉截铁地说："勇子，A省是一定要去的，可是你看小郭现在这个样子，还是熟人跟在她身边照顾比较好，咱们还是各司其职，你跟呼延搭档，我跟小郭去一趟A省找董玥，我保护她。"

李志勇哪里知道他的花花肠子，点了点头说："那好吧。"

正在这时，有人敲外屋的门，呼延云开门一看，是林凤冲和楚天瑛一起来了，两个人都穿着便衣，也许是秋寒的缘故，他俩周身散发的寒气竟呛得呼延云打了个喷嚏。

"没事吧？"楚天瑛道，"最近降温，你这一天到晚地往外跑，可得注意点儿身体。"

林凤冲却顾不上跟呼延寒暄，进屋径直走到郭小芬身边问："小郭，你身体怎么样？杜老板让我专门来探望你一下。"

"问候顶个屁用！"马笑中在一旁乜着眼睛说，"有那工夫你们赶紧把撞死岳绍的人抓住好不好？"

林凤冲厚道，打嘴仗不是马笑中的个儿，所以干瞪眼不说话，楚天瑛帮他打圆场："所长，你也知道最近为了扫鼠岭的案子，林处长他们没日没夜地奔波，不放过任何一条线索，现在案子越办越大，人力物力都明显跟不上了，岳绍这事儿是谁干的，咱们都心知肚明，奈何实在抽调不出更多的力量去追查了，毕竟这么大一座城市，每天多少案子等着办呢——"

马笑中毫不客气地打断他道："知道案子越办越大，就该往回收收，鸡毛蒜皮的先扔一边儿去，拣要紧的办。你们这不是捞鱼，而是逮老虎，捞鱼网眼够密，网撒得越大捞得越多，逮老虎正相反，满山跑没有用，累死不讨好，你得把老虎往一条沟、一个坑里赶，拼的是'收'而不是'放'！"

楚天瑛和马笑中的关系可不一般，当年楚天瑛被一撸到底，"发配"到望月园派出所当民警，马笑中不仅收留了他，还处处关照。一开始，楚天瑛有些看不起这位长期在基层工作的"马所长"，但时间一长发现，论及办案经验和对世道人心的揣测，这矮胖子远超自己，不禁越来越佩服他，俩人由上下级渐渐成了铁哥们儿。后来楚天瑛被重新提拔，担任市局刑技处犯罪现场勘查科科长，但他对马笑中的尊重和友情，星点儿也没有改变。

这会儿听完马笑中的话，他越琢磨越有道理，搬了张椅子在他身边坐下："所长，那你说说，什么该收，什么该放？"

"我没在专案组，不了解全面情况，不好乱讲话。"马笑中说，"调查了这么久，结论只有一个：杀人嫌疑最重的周立平未必是一个坏人，而被杀的邢启圣则是他妈彻头彻尾的王八蛋，普天下所有的大案子，你记住喽，作案的有可能是坏人，也有可能是好人，但'祸根儿'一定是坏人。所以你们不要把过多精力用在周立平身上，重点查邢启圣，剥皮抽筋敲骨头地查，从头到尾从里到外地查，要我看，想弄清扫鼠岭案件的真相，查死人比查活人更重要。小郭昨天晚上是遇了险，差点儿送了命，但她也打探回来了最重要的情报，你们可不能让她白忙活了一场。"

林凤冲点了点头："我跟杜老板汇报过了：陶秉话里话外，暗示崔玉翠似乎知道邢启圣之死的内情……"他犹豫了一下又说："但是眼下，柴永进他们跟马所长的观点相反，他们认为应该收紧的是周立平身上的绑绳，而对爱心慈善基金会那条线则是采取放任的态度。不过，我们一时间都搞不清周立平用什么方法，能在十点半杀人焚尸于扫鼠岭，然后仅用半个小时，在十一点整赶到杏雨路的，所以，就算是柴永进他们也不能断定案子是周立平做的,而且就在刚才——"

一直沉默不语的呼延云,突然打断了他的话:"凤冲,你理解错了老马的话,他让你们重点查邢启圣,不是为了查清扫鼠岭案件的真凶,而是为了搞清扫鼠岭案件的真相。从现有证据来看,就算我知道周立平是怎么仅用半小时就从扫鼠岭赶到杏雨路的,也依然不清楚整个案件的真相……"

林凤冲不禁叹了口气:"杜老板现在不知怎么了,畏畏缩缩的,好像生怕这个案子牵连到或牵连出什么人似的——"他突然发现马笑中、楚天瑛和李志勇的神情都不大对劲,"你们怎么了?"

"凤冲,你耳朵里塞棉花了?"楚天瑛忍不住大声说,"没听呼延说吗,他知道周立平是怎么仅用半个小时就从扫鼠岭赶到杏雨路的!"

"啊?!"林凤冲吃惊得瞪圆了眼睛。

毫无疑问,在整个扫鼠岭案件的侦办过程中,"周立平怎样才能仅用半个小时就从扫鼠岭赶到杏雨路",一直是最大的谜团之一。周立平一直坚持说他是在十点多一点把车开到扫鼠岭下面,被邢启圣打发走的,然后他跑步到了杏雨路,跟李志勇约架……假如他是真凶,那么由于一一〇报警电话接警时间是当晚十点三十分,报警录音显示报警人正是邢启圣,就算那之后邢启圣立刻被杀害并遭到焚尸,那么周立平离开隧道风亭所在的苗圃也要十点半以后了。而警方在如篦梳发的筛查中,当晚凡是经过扫鼠岭地区的出租车、网约车都没有接送客人去杏雨路的记录,由于扫鼠岭一带相对偏僻,黑车也极少能打到,周立平手机上的摩拜单车等 App 在案发当晚根本没有使用过……一切一切,都否定了他仅用半个小时就从扫鼠岭赶到杏雨路的可能,也就否定了他是真凶的可能。

这个让专案组头痛不已,甚至在后面几次审讯周立平的过程中刻意回避的问题,居然被呼延云找到了答案?

虽然上次当着柴永进的面,一句话点出黑色斯派的位置,让李志勇对呼延云的推理才能震惊不已,但他依然无法相信这个娃娃脸能"两连击"地破解令无数刑警一筹莫展的问题:"呼延,那你说说,周立平是怎么完成那个'不可能的任务'的?"

"我承认,每一起刑事案件的过程往往都有突发的'情节',或多或少地影响了整个案件的最终走向,比如抢劫者摘头套时被路人看到了脸孔,行窃到一半突然有人开门进屋,等等,但那大都是被动的而不是主动的。经验越丰富的罪犯,越喜欢有条不紊地按照预定的计划来犯罪,绝不画蛇添足。"说到这里,呼延云把目光投向李志勇,"而周立平找你约架则不同,这是典型的'节外生枝',那么就一定有其目的所在。这个目的是什么,起初我并不知道,但我断定,一定跟他为自己脱罪的'证据'相关,直到我看了你的那辆灰色捷达,并从小郭和老马探访市第一监狱得到周立平曾经学习过汽车修理的情况之后,我明白了,周立平找你约架的目的很简单,就是要你帮助他把'不可能'变成'可能'——"

"我……我怎么帮助他了?"李志勇依旧一头雾水。

"你还记得不记得,上次我去你家时,发现你家西北方向不远处就是扫鼠岭,你说你家离扫鼠岭很近,跑快一点儿,大约六七分钟就能赶到?"

"记得啊。"

"案发当晚,周立平是几点给你打的手机?"

"十点四十分左右吧……"

"他第一句话是不是问你在不在家？"

"对啊。"

"你每天开车上下班？"

"对，除了限号的日子。"

"我明白了！"马笑中眼睛一下子就亮了。

楚天瑛一拍大腿："我也明白了！"

"你们……你们明白什么了？"李志勇还是丈二的和尚摸不着头脑。

楚天瑛掰着手指头给他分析："周立平打你的手机是十点四十分，距离十点半刚好过去十分钟，从扫鼠岭跑到你家也只用六七分钟，他问你在不在家，其实是在问你的车在不在，你还不明白？"

李志勇猛地醒悟过来："你们是说……周立平是提前一步躲进了我的车里？"

"准确地说是后备厢。"呼延云说，"我看过你捷达车的后备厢，里面有铺过什么的痕迹，我怀疑是周立平为了避免留下任何物证，提前在半路上扯了块塑料布什么的，撬开后备厢后铺好，然后躺进去再关上厢门。你开车后，他用手机GPS定位，等车子到了杏雨路，听你下车后，他再从后备厢里钻出来，扔掉那块塑料布，跑到和你约好的地点。这样，他只用半个小时，就完成了这个不会留下任何痕迹的'时刻表诡计'。"

听完这个推理，李志勇的脸上不但没有丝毫"终于可以将周立平拿下"的欢欣，反而有些沮丧："这么说，还是他干的啊……"

大家都搞不懂他咋想的，面面相觑。

一时间，屋子里安静极了，就在这时，突然传来一声叹息。

放眼望去,谁都没有想到,发出叹息的竟是林凤冲,他的表情有些古怪,哭不哭笑不笑的。

"怎么了凤冲?"呼延云觉得不大对劲。

"呼延,对你的推理,我一向是非常非常佩服的。"说完,林凤冲咬了半天后槽牙,才说出了下面的话,"但是今天你的这个推理……是真的错了!"

呼延云大吃一惊,这个狂妄的娃娃脸从来都是深思熟虑才说出自己的推理,然后坐待公众充满仰慕之情的掌声的,万万没想到今天有人竟敢直指他的推理是错的——而且这个人还是毫无亮点、在任何场合都是万年配角的林凤冲!

情急之下,他也有点儿失态,声音很大地问了一句:"我哪儿错了?!"

"刚才我说到一半儿,被你打断……呃,我说'就在刚才',然后你就批评我错误理解了老马的话……"

呼延云皱起眉头:"那好,你接着说,'就在刚才'发生什么事儿了?"

"就在刚才——"林凤冲说,"在来你这儿之前,专案组提审了周立平,他承认他隐瞒了一部分非常重要的事实,而且拿出了一个铁证,证明他绝对不可能在十点四十分前后钻进李志勇的捷达后备厢,跟着车一起来到杏雨路……"

眼前,突然浮现出了周立平那张脸。

那张瘦削的、青黑色的、没有任何表情的脸。

谁也看不透他在想什么,而他,仿佛就站在自己的对面,脸对着脸,那双糊着一层淤泥似的三角眼里,放射出混沌而冰冷的光芒……

他早已经猜到了自己的推理,早已经猜到了自己下一步的棋……甚至整个棋局。

呼延云强装镇定,但连他自己都听得出,自己的声音有一丝颤抖:"他拿出了什么'铁证'?"

林凤冲慢慢地说:"他说他当晚受邢启圣委托,于十一点前来到爱心医院殡仪馆,把放在停尸间的张春阳的尸体,装进了编号'T-E-3'的冰柜里面。"

第八章

1

在呼延云的强烈要求下，经过市局领导特批，林凤冲给他和"专案二组"的朋友们播放了一段周立平最近一次受审的视频。

这次审讯，警方本来没打算取得什么突破，只是由于陶灼夭交代了张春阳的死亡经过，虽然没有发现周立平与此事有任何关联，但毕竟负责运尸的邢启圣在稍后被杀害于扫鼠岭，周立平有重大的犯罪嫌疑，所以需要做一次"骨肉相连"——这是警方的行话，意思是把几起看似无关但可能在时间轴上呈现承接关系的案件串到一起审一审，虽然吃起来口感不统一，但有时能咂摸出些特殊的滋味。

从视频上看，周立平的状态和刚刚被捕时没有什么太大的不同，只是稍微瘦了一点，穿着黄色马甲的他坐在铁栏后面，被剃过的确青头皮上已经泛起了一层黑碴，也许是重大犯罪嫌疑人放风时间少的缘故，他的皮肤显得有些苍白，这使他本来就冷硬的神情更添了一层寒气。

审讯员刚刚提到张春阳的名字，就发现周立平的神色有些不对，原本麻木的脸孔颤抖了一下，目光也不再是冰冷的直视，而是向斜下方有所闪躲，虽然很快就恢复了正常，但还是被敏锐的审讯员觉察到了。

这几乎是这个遍体鳞甲、顽固不化的嫌疑人第一次显示出"被戳到了痛处"。

按照事先的布置,对于周立平这样具有丰富的受审经验且拒绝合作的嫌犯,出现任何一个豁口都要立刻集中火力发动强攻。因此,审讯员对周立平展开密不透风的审问:"你跟张春阳认识吗?""你最后一次见张春阳是什么时候?""说说陶灼夭跟张春阳的关系,知道多少说多少!""据你所知,除了陶灼夭,在爱心慈善基金会里还有哪些人跟张春阳保持着密切关系?"……而周立平的态度也跟此前大相径庭,不再是那么一块顽石般地对抗,而是对每个问题都有问必答,只是声音低沉,且言辞中大量出现"嗯、啊、这个、那个"等赘语,很明显是在突如其来的巨大压力下方寸大乱,甚至他在椅子上的身体也频繁扭动和更换姿势,那种"怎么坐都不得劲"的形态最能暴露出受审者内心的紧张、慌乱与不适。

前面多次围绕扫鼠岭凶案的审讯,周立平都没有过这种现象,反而在张春阳的事情上张皇失措,难道说他在前者上并无任何犯罪行为,反而在后者上有难以启齿的行径?

最近一段时间在和周立平的交锋中屡战屡败的警方,顿时士气大振,不停地加大审讯力度,几个回合下来,周立平显得疲惫不堪。最后,他满脸的横肉痉挛似的狠狠一抽,释放出了一个无奈至极的苦笑,强直的脊柱靠在了审讯椅的后背上。

"我能不能提个要求?"他说。

"你说。"

"我想见一下陶会长。"

一般来说,犯罪嫌疑人"撂了"之前提的要求,只要合理,都可以满足。但现在陶灼夭也在拘押受审的阶段，万万没有让两个犯罪嫌疑人面对面的道理，所以审讯员摇了摇头："其他要求我们可以考虑，这个不行。"

周立平的脸上顿时流露出失望的神色，嘀咕了一句，但似乎也没有反悔的打算："好吧，那我就如实交代，那天晚上我离开扫鼠岭之后，确实是跑到杏雨路跟李志勇约架去了，不过半路上拐了个弯儿，办了件事。"

"什么事？"

"我把张春阳停在爱心医院太平间的尸体推进冰柜里去了。"

审讯员大吃一惊："张春阳怎么死的？谁让你办的这件事？"

"其实，我到现在都没搞清楚到底是怎么回事……"周立平停了一停接着说，"邢启圣本来醉醺醺地躺在后车座，车开到扫鼠岭下面，他突然醒了，跟我说，有个事情让我去办一下，我问他什么事，他说跟陶会长相好的那个张春阳死了，马上风猝死的，尸体就停在爱心医院太平间的停尸床上，本来他想办完眼前的事儿，自己回去找爱心医院院长李士铎开了死亡证明，再让值班工人把尸体放进冰柜，但突然想到那些值班工人一到十一点就给太平间上锁，而他十一点前肯定办不完事，就让我跑一趟。我说我不去，一来我跟邢启圣本来就关系不好，不想替他办事；二来我是蹲过大狱的，出来后什么事儿都能干，违法的事儿绝对不干，我可不想唱一出'二进宫'。邢启圣说他跟张春阳交情深，不忍心看张春阳死了就那么'露在外面'，所以连哄带求地非让我去办一趟，还拍着胸脯保证，张春阳绝对是突发急病死的，我去了只是把尸体挪进冰柜，不牵涉任何刑事问题，我又说我也没开死亡证明，凭啥值班工人让我挪尸啊？邢启圣说他跟李士铎打过招呼了，再说太平间出来进去各种祭拜死者的人多了去了，那俩值班工人才不管那么严。经不住他好说歹说的，我只好同意了，他一边千恩万谢的一边叮嘱我，张春阳死了这件事千千万万不能往外传，还问我有没有什么要求，他去跟陶会长说，肯定能答应我。本来我不想跟这种人讨价还价，但是突然想起确实有个事儿，也许陶会长能搞定，所以就提了出来——"

"你提了个什么要求？"

周立平那双凶恶的三角眼，上眼皮忽然耷拉了下来："有个原来在夜总会工作的女孩，前一段时间清查租户，离开了本市，我很喜欢她，希望能给她办个户口，让她回来……"

正跟呼延云等人围坐在电脑前看这段视频的马笑中，忍不住轻声说了"董玥"，李志勇点了点头。

审讯员接着问："然后呢？邢启圣怎么说？"

"邢启圣一口答应下来，说这么点儿小事，陶会长一个电话就能解决，并保证我走后，他立刻就给陶会长打电话，还塞给我一百元打车钱，然后开车上了岭。我在路边等了一会儿，打不到车，想反正平常这时候也要夜跑，算了算时间，怎么着十一点之前也能赶到爱心医院，就撒丫子开跑了，那天晚上风很大，但我是顺风跑，舒爽得很，我一边跑一边想，等那个女孩知道我能把她的户口办进城，不定多高兴呢，一时兴起，就给李志勇打了个电话，新账老账一起算完，开始新生活。我先跑到了爱心医院那个西南门，直接往太平间里面走——"

审讯员打断了他："爱心医院那么大，你怎么会直接找到太平间？"

"太平间那套冰柜是进口的，有一段时间老出故障，找原厂修要花一大笔钱，爱心医院知道我在监狱学过冰箱冰柜的维修和保养，所以找我帮过忙，不信你们问李士铎去，他知道这个事情。"

"你接着说。"

"我进了太平间，把停尸间里的几具躺在停尸车上的遗体，挨个掀开蒙着的白布看了看，很快就找到了张春阳，然后把车推进里间，拉开一个空着的冰柜，把张春阳的尸体搬了进去——"

"没人拦着你，管你要死亡证明吗？"审讯员打断他问道。

周立平摇了摇头："那俩值班工人坐在院子里喝酒呢，根本没人管我。"

这与林凤冲从太平间了解到的情况又"对"上了。

"这个情况你为什么不早一点儿交代？"审讯员问。

周立平怔了片刻，脸上再一次浮现出了苦笑："我想，你们早晚会查清楚我根本没在扫鼠岭犯事儿，等我放出去，就找陶会长落实邢启圣答应我的事情，反正不管邢启圣死之前有没有把我的要求带给陶会长，总之张春阳死了的事情我是知道的，关了这么久都没说出去，陶会长多多少少总要赏我一点什么吧……"

听完周立平的交代，警方非但没有感到谜团终于破解的喜悦，反而陷入了空前沮丧和迷茫的境地：沮丧是因为浪费了这么多的时间，花费了这么多的力气，居然抓错了人，搞错了侦查方向；迷茫则是因为这一下前功尽弃，到底谁才是扫鼠岭命案的真凶，又要从头开始调查。尤其力主周立平是杀人凶手、始终坚定不移地"查找周立平的犯罪证据"的柴永进一派，像斗输了的公鸡一样垂头丧气，而林凤冲这一派也不见得有多么高兴，他们虽然一直主张不能过早地锁定周立平是扫鼠岭凶杀案的真凶，且不能把张春阳之死作为一个孤立的突发事件，但本意是主犯可能另有其人，或者虽然周立平是主犯但还有帮凶，应该全面仔细地侦办，借此打开对爱心慈善基金会全面调查的口子，却没想到周立平在此案中的角色居然如此"路人"……

也许是不甘心就这样放弃,柴永进和林凤冲两派观点不同的警员联合起来,希望能够找到周立平当晚并没有去过爱心医院太平间的证据,但是无论耗费了多少力气,终归是颗粒无收:停尸床的推拉杆和冰柜的把手上确实没有提取到周立平的指纹,但案发已经一周,太平间工作人员的指纹早已层层覆盖住了旧的指纹,所以这个不能算数;想调出医院的监控视频查找案发当晚周立平有无出入,可是太平间附近不安装监控视频是各大医院的通例;那两位当晚值班人员想破了脑袋,既想不出周立平来过,也想不出他没来过,但是他们终于承认,那天晚上他们酒是喝了不少,但绝对没有在没接到死亡证明的前提下,把任何一具停尸车上的尸体运进冰柜,换言之,这个世界上知道张春阳的尸体停进爱心医院太平间的只有三个人,陶灼夭、邢启圣和周立平。既然案发当晚,T-E-3 冰柜的计时系统记录,只在十点五十分开启过一次,而那时陶灼夭正在机场过安检,邢启圣已死,那么就算是个傻瓜,也能推理出运尸者只能是周立平——同理可推,扫鼠岭案件的真凶可以是地球上的任何一个人,唯独不能是周立平,因为他完全没有作案时间。就算他真的像呼延云推理的那样,藏在李志勇的捷达车后备厢里,当李志勇的车开到爱心医院附近时偷偷下车,去太平间把张春阳的尸体放进冰柜来制造不在场证明,也依然不行,因为天眼系统拍摄到的画面显示,李志勇开车到达爱心医院附近的路口时,已经是十点五十三分。

总之,警方绞尽脑汁,把每一种可能性都想到了,但就是解不了这个谜——周立平怎么可能在十点三十分(甚至更晚一些时候)在扫鼠岭上杀人焚尸后,仅仅用了不到二十分钟就赶到爱心医院太平间——不管他们是否愿意承认,最"合理"的解释,只能是相信周立平的话,他早在十点多一点就在扫鼠岭的下面与邢启圣告别，一路跑着去把张春阳装尸入柜的。

也就是说，扫鼠岭凶杀案与他完全无关。

视频播放完毕，房间里鸦雀无声，特别是呼延云，眉头紧锁，久久地说不出话来，屋子里的每个人都看出他内心的纷乱如麻。是的，迄今为止，他还没有跟周立平正面交锋过，但居然被一个从未正面交锋过的对手打败，无论从哪个角度讲，都是这位心高气傲的推理者遭受的重挫。

就连一向对各种罪案的真相有着惊人直觉的马笑中，一时间也做不出判断，正在嗑牙花子，坐在他身边的郭小芬突然说话了——

"我觉得周立平说的是实话。"

呼延云猛地抬起头来，满眼的惊喜，倒不是赞同她的结论，而是觉得一个下午都傻呆呆的她，终于苏醒过来了："小郭，你感觉好些了吗？"

郭小芬没理他："我上午跟刘妍聊完，最大的体会就是，周立平对董玥的感情非常深，董玥的突然离开，一定让他难过极了。所以，为了解决董玥的户口，让她重新回到这座城市，回到自己的身边，周立平完全有可能去完成邢启圣交给他的任务，也完全有可能在被捕后隐忍这么久，就是不肯说出张春阳的事情，好在获释后找陶灼夭，凭借这一隐私和自己坐监的代价，讨要应得的'奖赏'，这个动机是合情合理的——"

李志勇打断了她的话："可是小郭，你别忘了，假如周立平一直不说张春阳的事，万一警方最后真的认定他是扫鼠岭案件的凶手怎么办？这个险冒得也太大了吧……"

"不会的。"林凤冲摇了摇头，"这几年狠抓法治建设，公安部门对刑事案件的侦查和复核工作非常严格认真，人证、物证有一点儿纰漏或不到位，都要疑罪从无，决不允许出现新的冤假错案，所以就算周立平到最后都不说张春阳那件事，那么最多延长拘留到三十七天，该放人还是会放人的。"

"所以——"

呼延云说出的这两个字，虽然吐字轻切，却犹如针刺一般，让每个人都不禁一悚，把目光齐刷刷地投向了他。

娃娃脸上，浮动着因沉思过深而明暗不定的恍惚："所以，我在想，为什么周立平早不说晚不说，偏偏在这个时候说出了'实情'。"

2

当天晚上，市公安局局长许瑞龙亲自召集专案组全体成员，召开了一次紧急会议。在对扫鼠岭案件的下一步侦办工作进行指示和布置之前，许瑞龙要求大家对前一段时间的工作要"该继续的继续，该清空的清空"。所谓继续，是把有价值的证据接着搞下去，有意义的线索接着追下去，不要因为一些失误，就把既往的工作一概否定；所谓清空，是把那些已经证明与案件关系不大的人和事彻底清除出外，不要让他们再占据和耗费警方的人力、物力与精力。

面对一根一根抽烟、一杯一杯喝水，神情一个比一个凝重的专案组同志，许瑞龙一改往日严厉的口吻，温和并耐心地说："大家不要垂头丧气，更不能灰心放弃，要打起精神来，不要觉得抓错了人，搞错了侦办方向，就压力大得好像天塌下来似的，真塌下来还有我替你们顶着嘛。我办了四十年案子，觉得刑侦工作说到底就是一个试错的过程，把搞错了的一个个都排除出去了，真相也就不远了。"

本着这一会议精神，专案组的同志一致同意，在对相关案情做最后一遍核实无误之后，按照司法程序，对周立平予以释放。

散会以后，许瑞龙把杜建平、林凤冲、楚天瑛等几位专案组的重要成员留了下来。杜建平有些紧张，他知道这几年局领导的工作习惯：大会和风细雨，小会天打雷劈，所以做好了被许瑞龙劈头盖脸一顿臭骂的准备。谁知关上门，许瑞龙只对他说了一句："现在看来，过早地把周立平锁定为主要犯罪嫌疑人是不合适的，这几年平反的冤假错案一再证明，很多搞错了的案子，都是因为办案人员依据对犯罪嫌疑人的'坏印象'，主观上将其提前锁定为真凶，结果失去了客观的立场，导致整个办案过程，只找对嫌疑人不利的证据，忽视对嫌疑人有利的证据，结果一错再错，终于不可收拾。"

杜建平站了起来："局长，专案组搞错了办案方向，导致这么多的同志，花了这么长的时间，下了这么大的功夫，却徒劳无功，这个责任，应该由我来负。"

"现在还不是追究责任的时候，况且遇到挫折就要追究责任，那公安工作就没法做了。"许瑞龙压了压手让他坐下，"说说你准备把下一步的工作重点放在哪里？"

杜建平把两只粗红的大手放在膝盖上说："局长，我们会前讨论过，之所以前一段时间的工作出现严重的失误，怪就怪我们急于抓捕真凶，而忽视了寻找真相。"

许瑞龙额头上的皱纹一抬："哦？说来听听。"

其实这个观点是呼延云的。刚才在会前会上，林凤冲说起来，杜建平觉得很有道理，现在搬出来，果然引起了许瑞龙的兴趣："从案发迄今的种种情况分析，扫鼠岭案件绝不是一个单一的刑事案件，其间可能牵扯到非常庞大的人群、存在着错综复杂的缘由、涉及盘根错节的关系，而扫鼠岭上的那几具焚尸，只是这些人群、缘由和关系，最终交织在一起突然引燃的一个爆点。这种情况下，寻找真凶固然重要，但真凶很可能并没有浮在表面，而是被层层叠叠的网络给覆盖和遮蔽住了，我们再怎么努力往下试探，都会被细密的网眼给阻拦。这种情况下，不妨换一种策略，变捞鱼为收网，反正鱼就在网里，收上网，自然就能找到鱼了——所以，我们可以变找真凶为查真相，把涉及这起案件的人群、缘由和关系都搞清了，捋顺了，整明白了，真凶也就水落石出了。"

"说具体一些。"许瑞龙道，"你们打算怎么办？"

杜建平看了林凤冲一眼，林凤冲说："许局，根据杜处长跟您汇报的办案思路的调整，我们重新梳理了一下交织在案件深层次的各种关系网，重新总结了一下与案件相关的几个区域的调查情况，发现由于童佑护育院不是案发地，所以尽管存在的疑点很多，但在前面的工作中对其有所忽视。我们下一步的重点，就是把童佑护育院查个底儿掉，甭管它穿了几层保暖内衣，统统扒个一丝不挂。"

"可是我听说，那个叫崔玉翠的副院长，每次叫她来协查，态度都很恶劣，问不出什么，是这样吗？"

林凤冲点了点头："确实如此，所以，杜处长有个提议……杜处长还是您来跟许局说吧。"

许瑞龙端起桌子上的保温杯，喝了一口茶水，透过氤氲打量着杜建平。

杜建平沉顿了片刻，抬起硕大的头颅："我想把马笑中召回专案组，让他来审崔玉翠。"

这也是"专案二组"和林凤冲、楚天瑛商量的结果，当时大家都觉得，既然周立平不是凶手，一切要从头开始，那么童佑护育院一直是个没有撬开口子的"潜力股"，不妨重新对那里的工作人员展开一轮调查。而且郭小芬在爱心慈善基金会的那次晚宴上，曾经听陶秉指着崔玉翠对邢启贤说"你哥哥到底为什么落得那么个下场，你问问她，她最清楚"，这就证明对邢启圣的死因，崔玉翠掌握着别人都不了解的"内幕"。但是说起崔玉翠，林凤冲未免头疼，觉得她是个刀枪不入、软硬不吃的老泼妇，审了几次都一无所获……这时马笑中说："实在不行，让我试试吧！"

林凤冲一愣，继而大喜："所长出山，那一准儿搞得定！我回头去跟许局说一下，让他特批，把您请回专案组。"

马笑中笑道："你去跟许局说，那不等于给老杜上眼药吗？将来还想不想在刑侦处混了？"

"要不，我去跟许局说吧，我是刑技处的，不归老杜直接管。"楚天瑛道。

"跟我身边这么久，说话前还是不上机油。"马笑中皱着眉头说，"正因为你是刑技处的，就更不能跟许局说了，你去说，别人会认为是思缈在背后撺掇的。"

楚天瑛恍然大悟："那咋办？"

"让老杜自己去说！"

"这怕不大可能吧……"楚天瑛道，"老杜对你还有你们这个'专案二组'是很有意见的。"

"此一时也，彼一时也。"马笑中道，"许局对咱们'专案二组'做了些什么，肯定门儿清，他默许这个组存在，不是要废掉'专案一组'，而是要给老杜一些隐形的压力，老杜现在案子办不下去了，把我召回来，显得他胸膛敞亮能容人，更重要的是，甭管我能从崔玉翠嘴里撬出点儿什么，功劳都要算在他的头上，他求还求不来呢！"

楚天瑛斜乜着眼睛："所长，你老实说，当初你拿冒菜扣那个厨子，是不是就算到今天这步棋了？"

马笑中一个坏笑。

果然，林凤冲把这个提议跟杜建平一说，杜建平犹豫了一下就同意了，此刻对许瑞龙讲出来，顿时得到了局长的夸奖："很好，老杜，很好，就照你说的，让马笑中回专案组吧。"

"局长，还有个事儿。"林凤冲说，"如果这么查下去，难免要牵涉到爱心慈善基金会驻本市办事处——甚至整个基金会，这方面，有没有需要注意的……尺度和范围？"

"没有什么尺度，也没有什么范围！"许瑞龙斩钉截铁地说，"这几年的反腐早就给我们的工作指明了方向，不管任何组织、个人，遵纪守法就没事，违法乱纪就抓你，谁也没有特权！"

林凤冲和楚天瑛赶紧从椅子上站了起来，一边说"是"一边朝许瑞龙敬礼，杜建平也慢吞吞地站了起来。

许瑞龙示意会开完了，他们三个人一起往办公室外走，走到外面，杜建平随手要把门关上时，屋子里突然传来许瑞龙的声音："老杜，你等一下。"

杜建平赶紧回到屋里，许瑞龙从办公桌后面站起身，走到离他很近的地方，用一种绝非低声细语但别人也听不清楚的声音说："既然陶灼夭涉案不算严重，又没有什么具体的犯罪行为，你就给她办一下手续，把她给放了吧……"

3

身披酒红色羊绒披肩，把丰满的身体裹在一件白色的高领针织衫里,可崔玉翠还是觉得有点儿冷,抱着两个胳膊,望着坐在对面的两个人。颧骨奇高的脸孔板得十分僵硬,肥厚的嘴唇紧紧地闭着,一副刀山火海也休想叫老娘开口的桀骜样子。

她认得坐在桌子后面的那两个穿便衣的警察,一个叫孙康,据说是个派出所的所长,临时被借调到专案组,另一个上嘴唇留着小胡子的姓林,官衔大一些,不过,跟她经常在酒宴上交杯换盏的人一比,可也大不到哪儿去,这么一想她就放心了。她深知,公家的每一个人都像军棋里的棋子一样,根据职位的高低而严格遵循某种规矩,只能在自己的"属性"里进退,而不能有丝毫的逾越,在很大程度上,自己作为受审者比这些审讯者的权力还要大、可以使用的手段还要多,因此——看你们能把老娘怎么样!

"崔玉翠,该说的话,我们已经跟你说了很多,既然你一直是这个态度,那我们也没有什么别的办法。"孙康说完,对林凤冲轻声道,"交给老马吧?"

他的声音虽然很低,但在静谧的问讯室里,还是十分清晰地传进了崔玉翠的耳朵。

林凤冲点了点头。

不知道为什么,崔玉翠打了个哆嗦。

不要怕,她想,她对自己说,他们绝不敢做什么出格的事儿,何况是对我一个女人……只是,那个"老马"怎么听起来有些耳熟?

孙康起身,打开门,对着楼道里喊了一声"老马",接着,一个笑嘻嘻的家伙钻进了屋子。

是他?!

崔玉翠一下子就认出了这个嘴巴有点儿歪的矮胖子,想起了他在不到半秒的时间从嬉皮笑脸变成凶神恶煞,想起了那盆漂着一层红油的滚烫的冒菜,想起了被整整一盆冒菜扣在脸上而在地上打滚嘶号的厨师老包,甚至想起了老包的鼻梁骨被他一膝盖撞成粉碎性骨折的咔嚓声……他不是被停职了吗?据"内线"打听到的消息,他也不是扫鼠岭案件专案组的成员啊,怎么会突然出现在这里?

她像一只受到刺激的毛虫,蜷了蜷身体。

"交给你了。"林凤冲起身就往外走。

马笑中拉住孙康,从裤袋里掏出几张皱巴巴的钞票塞在他手里:"我还没吃晚饭呢,你到楼下给我打包一份儿冒菜来,要特辣的。"

等他俩都走了,马笑中把门关上。

转过身,他把椅子从桌子后面拖拉到崔玉翠的对面,坐下,笑着说:"崔姐,有日子没见您啦,怎么瘦了?"

崔玉翠不敢说话,可是屋子里的空气让她连"不敢说话"都不敢,脸上强挤出笑来:"老马……兄弟,你看,最近出了这么大的事儿,我连饭都吃不下,连觉都睡不好,可不就瘦了……其实这个案子跟我真没什么关系,我在护育院里的职责是跑外口儿的,外场的事儿要靠我撑着,内部管理啥的,邢启圣一向把得很死,不许别人插手……"

马笑中就那么歪着个肩膀靠在椅背上,看她唾沫星子横飞,直到她讲完才懒洋洋地问了一句:"那个谁,小池,池凤丽,有男朋友没?"

说着隋唐,问了孟良,这道儿是哪儿扳岔的?崔玉翠一时脑子没转过弯儿来,眨巴了半天眼睛才说:"我不大清楚啊,好像……没有吧。"

"不会吧!"马笑中扬了扬短粗的两道眉毛,"她牌儿那么靓,我不信没人睡——呃……不是,没人追。"

崔玉翠还是没想清楚他把话题转到池凤丽身上是因为什么,但既然他愿意问这么个跟扫鼠岭案件毫无关系的问题,终归是给自己松了松压。崔玉翠暗自长喘了一口气,跟他说起池凤丽平时多么喜欢出入风月场所,身上穿的肩上挎的脖上挂的脚下踩的都是名牌,喜欢去哪些饭店最爱点什么菜……马笑中听得津津有味,崔玉翠突然问道:"怎么着,老马兄弟,你是想要泡她?我劝你可别起这个念头,那可是个多少金子都填不满的坑啊!"

听完这话,马笑中有些沮丧:"妈的,当警察的最怕碰上这路女人,开局是捕快,最后成乞丐……可是您看我,哪个当的也三张多了,连个对象都没有,一到半夜就抱着枕头挠墙,这下去早晚不得成变态啊!"

"老马兄弟,你听老姐姐一句劝,甭找对象,找对象图什么?玩玩儿还行,可千万别奔着结婚去……结婚有啥好的?我结过婚,后来离了,不结婚的分手叫分手,结了婚再分手那就是分尸,没意思,没劲,没劲透了!"崔玉翠说。

"我知道,没办法,家里老妈催得紧啊,一天到晚跟我提抱孙子,我跟她说:看守所里的孙子比哪儿都多,哪天我给她带俩回家来让她抱,嘿,老太太拎着擀面杖追了我半条街……"马笑中说完,崔玉翠不禁笑了起来,覆盖着浓重脂粉的脸上顿时浮现出无数道粗纹。

"对了。"马笑中突然想起了什么,"您是有个儿子吧?小学还是初中?"

"小学六年级。"崔玉翠叹了口气,"明年小升初,要命的裉节儿上。"

"小学六年级，十二岁……"马笑中掰着指头一算，"哎，那不是跟赵武一样大吗？"

一句话，让崔玉翠从头寒到脚，她呆呆地望着满脸堆笑的矮胖子，才知道对方扯了半天闲篇，根本不是忘了主题，而是将扼在自己脖子上的手松了松，恢复弹性，以便在下一次的扼杀中，一下子把自己的脖子卡断！

就在这时，哐哐哐，有人敲门。

马笑中站起身，打开门一看，是孙康，提溜着一个塑料袋，里面装有一个米黄色的圆形外卖餐碗，斜插着筷子和餐巾纸："老马，你要的冒菜。"

马笑中一手接过袋子，一手去托餐碗的底，饶是隔着塑料袋，他还是被烫得骂了一句脏话。

转过身，他重新关上门。

然后插上了插销。

他把塑料袋放在桌子上，取出外卖餐碗，揭开盖子，一股浓郁的麻辣气味儿顿时充溢了这间小小的问讯室。接着，他掰开方便筷子，擦了擦木刺儿，用好几层餐巾纸托着餐碗的底，在崔玉翠的对面坐了下来。

先是指尖，然后是手掌，接着是两条胳膊，最后整个身体都忍不住瑟瑟发抖……望着那碗冒菜，崔玉翠满眼的恐惧和绝望。

马笑中却好像没看见一样，用筷子夹了一块血旺，放进嘴里，又被烫得龇牙咧嘴地拿了出来，一边吹一边对崔玉翠说："您家儿子十二岁，赵武也是十二岁，将心比心，您家儿子要是今天晚上被人活活勒死了，扒光了衣服扔在某个废弃地铁站的隧道风亭里焚尸，您会怎么想？您去学校问，我儿子怎么死的？副校长把手一摊说我不知道啊，我在学校里是负责跑外口儿的，这个案子跟我真没什么关系，你看我最近吃不下饭睡不着觉我都瘦了，您肯定要剥她的皮抽她的筋敲碎她的骨头剜了她的心吧？当然赵武是个没爹没妈的孤儿，死了都没人管，可孤儿也是人，刑法上可没说孤儿、残障儿就可以被人往死了弄而没人管，不但如此，出了这种事，政府还要往严了管！为什么？因为政府就是负责给老天爷造的孽打补丁的！"

说完，他把那块血旺塞进了嘴里，嚼都没嚼，就吞进了肚子。

浮着一层红油的碗里，蒸腾起热气，笼罩住了马笑中的胖脸。

"从我进门开始，我就知道你在想，这矮胖子不是停职了吗？怎么又来审我了？对啊，没错，实话告诉你，我是被停职了，可是调查结果出来了，是那个厨师先向我发起攻击的，我是在依法处置的过程中，失手造成丫面部重伤的，所以我可以不负任何刑事责任。你别以为政府偏心眼儿向着我，咱们人民政府最公道最讲良心了，法比天大，可是有些事儿，比法和天加在一起还要大！"马笑中又夹了一大筷子毛肚，填进嘴里，一口糙牙嘎吱嘎吱嚼着，嘴唇往外直溢红沫子，"一群没爹没妈的孤儿，一个个从出生开始就被各种病痛折磨得死不死活不活的小娃娃，丫居然把泔水给他们吃，丫居然把泔水给他们吃！牛逼丫一辈子别从医院出来，不然我还要找几个兄弟，半夜打折丫的狗腿！"

说到这里，马笑中突然说不下去了，望着天花板，巨大的喉结使劲吞咽了两下，然后低下头，一双血红的眼睛盯住了崔玉翠。

不知从什么时候开始，崔玉翠望着他托的那碗冒菜，已经被吓得满脸泪水，抽噎不止。

"姓崔的，那些孩子是怎么死的？"马笑中把粗壮的脖子往前探了探，狞厉的脸孔投射下巨大的黑影，覆盖在了已经缩成一团的崔玉翠的身上，他一个字一个字地说，"我只问你一遍。"

"我说，我说，我都说……"崔玉翠一边哭一边说，"邢启圣早就糟蹋过那些孩子，不光死的那几个，其他的孩子也都被糟蹋过。他不是人，他疯起来真的不是人，变着花样折磨那些孩子。孩子们流血，喊疼，有几个聋哑的哭都哭不出来，特别是那个五岁的，叫李颖的脑瘫孩子，每次完事就缩在床上呜呜呜地叫一夜，像条小狗似的。我也劝过邢启圣，差不多就行了，他说没事儿，根本没人管。他就是有点儿怕周立平，好像是赵武跟周立平说过什么……扫鼠岭那案子发生的前一天，他又强奸了那个李颖，据说几个孩子实在受不了了，赵武算是孩子们的头儿，一直当着大哥哥的角色，他把李颖和另外一个名叫董心兰的女孩勒死了，然后自己在暖气管子上吊死了……第二天早晨，保洁张阿姨发现了，报告了我和邢启圣，邢启圣让我和张阿姨千万不要往外说，他自有办法……"

屋子里静悄悄的。

马笑中在崔玉翠的对面坐了很久很久，慢慢站起身，打开了门。

门口，站着林凤冲和孙康，已经通过监视器听到崔玉翠供述的他们，神色严峻。

"辛苦了。"林凤冲拍拍马笑中的肩膀，"去休息一下。"

马笑中点了点头，往楼道的另一头走，走到半路，突然站住，猛一拧身，飞奔到问讯室门口，一碗冒菜就砸向了崔玉翠！

崔玉翠一声尖叫，把身子一闪，总算没被砸中，但砸在墙上的冒菜还是溅了她一身红油点儿，吓得她魂飞魄散，又哭又叫。

马笑中指着她，指尖颤抖，嘴里反复咒骂着什么，但用力克制住了声带，所以没有出声，脖子上绽开一道道青筋，每一道都像将要爆裂一般鼓胀，赤红的脸上，五官俱已扭曲变形，仿佛一盆炽热的烈火在燃烧！

孙康跟他相识多年，还从来没有见到他这样愤怒过，抱着他一边往楼道里拖，一边低声说着"老马，老马，你冷静一点儿，你冷静一点儿"！

来到楼道里，马笑中靠在墙上，慢慢地蹲了下去，他大口大口地喘着粗气，身体剧烈地抖动着，以至于上下牙齿"哒哒哒哒"磕得山响，如堕冰河。

4

崔玉翠的招供，使发生在童佑护育院里的罪恶像泄洪的水一样四溢出来。警方经过整整一夜的突审，获得了更多令人不忍直视的内幕：多年以来，邢启圣把护育院里的残障儿童当成发泄兽欲的后宫，肆意性侵这些因为先天性疾病而无法用语言和文字表达痛苦的孩子。那些夜深人静的时分、那些暗无天日的角落、那些令人作呕的行径，那些混合着惨叫、哭泣与哀鸣的鲜血和泪水，令很多历案无数的老刑侦都感到怒不可遏。有几位义愤填膺的女警对局领导表示，要收养那些孩子，可是她们到护育院一看到孩子们，又都犹豫起来，因为孩子们实在已经被翻来覆去且连绵多年的痛苦折磨得不成人样，见到陌生人来了就怕得不行，可当发现这些女警对他们很好时，又像小猫一样温顺和依偎，脸上那种讨好的微笑，让女警们不寒而栗……

不过，护育院里的工作人员对此表现出的冷漠和麻木，令人吃惊。无论是办公室主任王菁、门卫老徐头、愣头青司机还是那三个满脸横肉的保育员，虽然在崔玉翠溃坝后，也不得不交代了一些他们或多或少了解的实情，但是他们强调更多的是邢启圣的所作所为和自己无关。在他们看来，护育院的工作只是一份工作，干活拿钱，其他的事情属于院长的"隐私"，他们无权也不好多管，至于孩子们，"反正也是有病的"——言外之意，他们能被邢启圣玩弄似乎还是有价值的表现……他们言语中那种把残障儿"非人化"的倾向，气得孙康差点儿把拳头攥碎了。

反倒是那个打扮得像交际花一样的池凤丽，听说了三个孩子死亡的真相，大哭了一场，一边哭一边咒骂邢启圣是人渣和畜生。

至于保洁张阿姨，听说崔玉翠招了的时候，扑通一声就跪在了地上，哐哐哐地在地上磕头，泪流满面地说自己有罪，不该隐瞒真相……据她交代，赵武早就跟她说过邢启圣干的坏事，还说看那些小妹妹们太苦了，活着还不如死了的好……那天早晨一进集体寝室，看到孩子们的尸体，吓得她浑身冰凉，赶紧向邢启圣和崔玉翠报告，那俩人跟她说，这个事儿必须盖下去，一旦被警察找上门来，护育院就得关门，到时候你也得失业，所以张阿姨才一直没有对警方吐实。

"恐怕不止这么简单吧。"孙康突然想起了第一次去护育院时，在装餐具的包柜中，一大堆方便面盒子做的"饭碗"里，有一套是不锈钢的，"是不是因为你自己也有孩子在护育院，你为了陪他治病并保护他的安全，才来护育院做了保洁员。出事后，你怕护育院垮了，自己的孩子也没地方去，才帮着邢启圣和崔玉翠保密的？"

沉默了很久，张阿姨才慢慢地点了点头。

"你的孩子是孩子，别人的孩子就不是孩子吗？！"孙康忍不住大声说。

见张阿姨捂着脸,呜呜呜地哭着,他才没有再申斥下去。

令警方不解的是,既然赵武知道邢启圣的罪行,为什么一直没有报警?张阿姨说那是因为赵武此前多次逃出护育院,都是被协警什么的抓到送回来的,所以他对警方产生了误解,认为他们跟邢启圣串通一气。赵武也找过周立平,让他帮忙报警,周立平听说后十分愤怒,但非常为难,因为以他一个"变态杀人狂"兼刑满释放犯的身份,难以获得警方的信任,搞不好还被邢启圣倒打一耙,将性侵罪行栽赃在他的头上……由于周立平已经洗清了犯罪嫌疑人的身份,所以,这件小事对于警方进一步侦破扫鼠岭案件没有什么意义,只能姑妄听之了。

这一夜秋风怒号,第二天便见满地落叶,在大地上铺起枯黄的一层,气温骤降,天穹之上浮着冰冷的铁青色。上午,"专案二组"的几个朋友们又在呼延云的家里聚了一下,碰了碰最新的情况。听说警方准备释放周立平的时候,李志勇面无表情,但当马笑中讲完童佑护育院里发生的惨剧时,李志勇突然咒骂起了来,骂周立平为什么早就知道了邢启圣的罪恶而无所作为。这番咒骂让其他几个人不免面面相觑。

也许是感觉到了自己情绪的失控,李志勇揉着太阳穴嘀咕起来,说昨晚大半夜的被郑贵拉去喝酒,结果郑贵喝多了,滚到桌子下面狂呕不止,直吐得一佛出世二佛升天,没办法,只好把他送回家。一路上郑贵都在骂,骂邢启贤、崔文涛,骂他们想把自己活活搞死,也骂陶秉、陶灼夭,骂他们出了事儿就让自己当替罪羊,还骂邢启圣和周立平,骂他们闹出这么大的事儿害得自己多年打拼的公司要黄……最后李志勇才听明白,原来陶灼夭被释放后,邢启贤和陶秉两派人马紧急召开了闭门会议,最终达成妥协,陶秉继续当爱心慈善基金会的名誉会长,正会长由邢启贤做，陶灼夭改任副会长，其他人的职位保持不变。但为了"挽救爱心慈善基金会的社会形象"，决定终止和名怡公司的合作，并禁止名怡公司再打着基金会的招牌搞活动、拉广告……尽管郑贵苦苦哀求，但那些昨天还笑容可掬的熟人，今天都像陌生人一样冷若冰霜，尤其翟庆，撸胳膊、挽袖子，连拉带拽地把他拖出了会议室。

"勇子你不知道啊，我就像一条老狗，给他们看了那么多年的门，他们说宰了我就宰了我啊！"说到这里，郑贵忍不住号啕痛哭。

李志勇对他又同情又可怜，问他下一步有什么打算。郑贵说要去邢启圣的葬礼上闹。

在很大程度上，为邢启圣办一场体面的葬礼，也是邢启贤和陶秉两派达成妥协的条件之一，虽然每个人都知道邢启圣是一个不折不扣的恋童癖和强奸犯，但他已经死了，法律不会再追究他所犯下的罪行，而邢启贤偏偏要通过为这样一个人举办隆重的葬礼来在整个爱心慈善基金会树威。这两年，邢启圣特别喜欢说一句话："除了婚礼和葬礼，已经很少有什么能把我们这些人聚拢在一块儿了。"现在陶灼夭的丑闻流出，男朋友姜磊家里已经提出退婚，婚礼是办不成了，那邢启圣的葬礼反倒成了爱心慈善基金会改朝换代的标志性"大典"，这就显得格外具有象征意义和讽刺意义。

"不知道那些死去的孩子，有没有人替他们办一场葬礼……"呼延云幽幽地说。

他站起身，望着窗外：几棵大杨树的树叶俱已落光，光秃秃的枝丫白得发青，仿佛是一大束失血过多的血管，对面楼的斜坡屋顶上，灰黑色的烟囱孤单单地兀立着，对着天空呵出一口口寒气……突然他想起了什么，转过身，对着坐在沙发上的郭小芬说："小郭，这两天南边也降温了，你带的衣服够不够啊？"

重归警队的马笑中，出手就搞定了崔玉翠，这让杜建平觉得自己颜面有光，感到十分高兴，因此同意了马笑中提出的一个要求，去A省玗城县寻找董玥的下落。马笑中买了两张票，一张是自己的，一张是郭小芬的，中午坐高铁出发，下午五点左右就能到达玗城县了。

郭小芬似乎依然没有从目睹岳绍死亡所受的惊吓中缓解过来，听到呼延云的发问，只是呆呆地望着他，没有回答。呼延云走到她的身前，单腿跪下来，视线正落在她的双眸上："小郭，你是不是觉得还是不大好？如果是，就别去玗城了，老马一个人去也能找到董玥的。"

郭小芬只是凝视着他，依然不说话。

听了呼延云的话，马笑中老大的不高兴，但是他也真替郭小芬的健康担心："我说丫头，你到底行不行啊，别出去一趟再生个病啥的。"

正在这时，他的手机响了，他拿出手机一看，把屏幕冲呼延云摇了摇，屏幕上显示来电人姓名是"刘思缈"。

呼延云的目光立刻凝结在了那部手机上。

"思缈，啥事儿？没有，我跟小郭中午才走呢，对，那可能来不及了，让他们过去？现在？"他看了一眼呼延云，呼延云赶紧点了点头，他对着手机说："成，没问题！"

挂上电话，他站起身对呼延云说："思缈说她有一个非常重大的发现，让你和李志勇去她的办公室一趟。"

呼延云几乎是跳了起来，跑到门后面，把衣钩上的外套拽了下来披在身上，回身望着屋子里的其他人，仿佛在说：还坐着干吗？我现在就要出发啦！

这一次，还没等马笑中和李志勇反应过来，倒是郭小芬先从沙发上站起身，对马笑中说："走吧，咱们去火车站。"

5

站在刘思缈的办公室门口，呼延云把天蓝色牛仔夹克衫抻了又抻，又用手指将上面的每一道褶皱捋了又捋，搞得李志勇莫名其妙："我说，你又不是来相亲的，整得这么利整干啥？"呼延云有点儿不好意思，深呼吸了两口气，轻轻地敲了敲门，听到里面传来一声"请进"，才拧开门把手走了进去。

刘思缈应该是刚刚从刑事技术处的科学实验室出来，一身白大褂还没有脱，正坐在办公桌的后面翻阅一摞卷宗，她连抬眼看一下呼延云都不看，直接用手里的钢笔指了指靠墙的那排沙发，李志勇坐下了，呼延云又站了一会儿，见刘思缈还是没有搭理他的意思，才尴尬地坐下。

"咱们长话短说。"刘思缈抬起头，望着李志勇，"你一定很惊讶我今天为什么叫你来，只因为这段时间我一直在重新调查十年前的西郊连环凶杀案，并取得了一些突破。"

口琴，只响了一声！

李志勇的耳畔突然响起了口琴的声音。

在黑夜里。

猝然响起，又猝然结束，猝然得让人始料不及、肝胆俱裂。

十年过去，整整十年！多少世事已经蒙尘，多少梦境已经模糊，多少情愫已经褪色，唯有这一声口琴，在脑海里依旧清晰。十年来他总是想忘掉这个声音，却每每挥之不去，尤其在那些飘着雨丝的深夜，他走在阒无人声的街道上，总会想起它，想起望月园广场外面那张墨绿色的长椅，想起那个手拿一副口琴，任雨水在周身笼起一层银色光芒的青年。

李志勇的手不禁微微颤抖起来。

"整个案件，不需要我再做更多的介绍了，作为当年专案组的主力干警，相信你永远不会忘记这个案子。"刘思缈说，"当年专案组的成员当中，杜处长和柴永进他们，眼下正在忙着办扫鼠岭的案件，我不想自己的工作对他们造成干扰，打算先征求你的意见，再向上级领导做相关的汇报，至于呼延（她依旧没有用正眼看他），我觉得我的发现跟你多少有些关系，所以也叫你过来听听。"

呼延云久不见她，只是凝视着她，眼睛连眨都不眨。

刘思缈戴上乳胶手套，拉开抽屉，取出一个白色透明的圆形微量证据保存盒，打开盖子，用镊子从里面夹出一片玻璃来："这个，你们还记得吗？"

李志勇眯缝着眼睛看了半天。这片有着轻微弧度的玻璃，锋利的裂口在他的记忆中划开了一道伤痕，隐隐作痛，但却怎么都想不起来它是什么。

"记得。"呼延云说，"这是你把高小燕遇害现场的那个被打碎的玻璃鱼缸复原后，发现的两片不属于鱼缸的眼镜碎片之一！"

"嗯，正是根据这两片眼镜碎片，你推理出了凶手是模仿日本某部推理漫画中的手法，掩饰自己是个戴近视眼镜的动漫迷这一重要线索，警方在调集了当当网和卓越网的订单之后，锁定了周立平这一重大犯罪嫌疑人。恰在这时，房志峰遇害案发生，警方在调查其女房玫的社会关系时，再次发现周立平的体貌特征与罪犯高度相似，于是将他抓捕归案。在接下来的取证过程中，发现他所戴眼镜的度数，与我提取到的这枚镜片的度数完全一致，所以最终警方认定他就是西郊连环凶杀案的真凶，并予以起诉，尽管在一些同志的坚持下，法院最终认定周立平与四起凶杀案中的前三起存在着证据不足等问题，而只获刑十年，但在绝大多数刑警眼中，他依然是西郊连环凶杀案的唯一真凶。"

李志勇觉得喉咙干燥得像要冒火，吞咽了好几口唾沫也无济于事，嘶哑着嗓音问："这个结论……有什么问题吗？"

"有问题！"刘思缈说，"我对这一物证的最新分析，彻底推翻了这一结论。"

呼延云眨巴着小眼睛："难道是我的推理有错误？"

"你的推理没有错。"刘思缈冷冷地说，"但是你的推理却直接导致警方犯下了一个严重的逻辑错误。"

如果是别人这样说，这个一向自负的娃娃脸早就一蹦三丈高地跟对方吵起来了，但眼前是刘思缈，他只能嘟囔了一句，甚至听不清他嘟囔的是什么。

"一片被刻意混淆在打碎鱼缸中的眼镜碎片，确实能推理出犯罪嫌疑人喜欢看日本推理漫画，也确实能推理出他是个近视眼，但是这一推理应该止步于此了。不错，周立平同时具有这两个特征，但不能因此认定他就是犯罪嫌疑人——因为同时具有这两个特征的不仅仅只有周立平一个人。"刘思缈说，"本来，这是一个稍一思考就能明白的问题，这是一个违反充分条件假言推理规则导致的逻辑谬误，偏偏房玫遇袭和房志峰被杀，再一次牵出了周立平，导致警方轻率地认为既然两条线索指向了同一个目标，那么周立平为西郊连环凶杀案的真凶就是板上钉钉的事情——这是错上加错，因为就算房志峰的被杀真的是周立平所为，也不能反推出他是前面三起案件的凶手，即便是他在很多地方表现出了与真凶相同的特征。"

刘思缈停了一停，接着说："其实，十年前侦查这一案件时，我就注意到了一个问题，警方在锁定周立平为西郊连环凶杀案真凶时，过于依赖'特征'而不是'物证'，比如鞋号相仿、体态相似，可是这些都不能成为证据层面的同一认定，唯一能够将周立平与前面三起案件联系起来的，只有高小燕遇害现场的这枚眼镜碎片，此外全都是'疑似关联'，多亏香茗顶住了各种压力，才没有让周立平走上刑场。"

说起林香茗的时候，刘思缈的口吻显得从容而平静。

"那么，案件的真相，到底是怎样的？"李志勇焦急地问。

"当初，周立平被判刑后，我本来还想继续调查一下这件案子，但是被香茗拦住了。我说前三起案件的真凶还逍遥法外呢，他说一切已经结束，不必再追。我很惊讶于他的态度，因为他从来不是个含混过关的人，他也看出我的质疑，便说有些真相不揭发出来对受害者更好，我说万一将来需要找出真相时，尘封太久已无迹可寻怎么办？他说无须担心，每个案件都像食品包装袋一样，哪怕包装袋的材质再结实，也终究留有一个易撕口……"刘思缈苦笑道，"扫鼠岭案件发生后，我觉得有必要重新追溯西郊连环凶杀案的真相，从市局档案馆和物证保存处那里重新查阅和调取了相关卷宗和物证，花费了大量时间和精力，就是找不到突破，最后反倒是香茗十年前的那句话提醒了我，所谓易撕口不就是有缺口的地方吗？而西郊连环凶杀案上最大的逻辑缺口，无疑就是这枚眼镜碎片！"

呼延云点了点头："只要能证明这片眼镜碎片并不属于周立平佩戴的眼镜，那么就可以洗清他与前三起凶杀案的关系。"

"这要怎么做？"李志勇皱紧了眉头，"除非——"

"除非找到这副镜片所属的眼镜品牌，并找到十年前的销售记录。"刘思缈说，"我就是这样做的。"

李志勇张不禁大了嘴巴："这恐怕要跑断腿吧？"

"办案本来就是要跑断腿的工作。"刘思缈拿起一个牛皮纸信封，拆开上面的线扣，抽出了一片折叠的纸张，小心翼翼地打开：薄薄的一张发票，年长日久，已呈半透明，能透过纸背看见签字的凸痕。

李志勇的心提到了嗓子眼儿上，他知道自己这十年来始终没有放下的真相就在眼前了。他看了看呼延云，又看了看刘思缈，他们都神色平静，那是因为他们跟这桩案件的关系远远没有自己这样密切……正是这起案件，让我失去了一生挚爱的女孩，甚至失去了一生挚爱的工作，而那张薄薄的纸上，就写着这一切的源头，这一切的缘起，当我真正要面对它的时候，才发现我竟如此害怕面对它……不，不不，我不是害怕面对血腥、尸骨、黑暗和罪恶，我所真正害怕的，是发现自己用了整整十年时间痛恨、谩骂和诅咒的，竟是一个错误、一场虚无……他用手紧紧地抓着自己的膝盖，十根手指抠得那么用力，直抠得波罗盖疼。

"那枚眼镜碎片是'明珠眼镜公司'当年新推出的一款产品，由于镜片的材质采用了新的技术，顾客佩戴后出现了色散等问题，导致刚刚上市没多久就召回了，销量非常有限。明珠眼镜公司是比较大的品牌店，对购物发票的保管十分完好，在他们的积极配合下，我翻查出了本市所销售的这款眼镜的全部发票，其中一张上面，发现了一个与本案相关的人的签名。"刘思缈一边说，一边把那张发票递出。

呼延云赶紧起身接了过来，看了看落款的签名，有些吃惊，抬起头望向刘思缈。

刘思缈声音低沉地说:"确实是这个人,他不仅具备一切作案条件,而且符合林香茗所做的犯罪个性剖绘的特征:年龄在二十岁以上、心智成熟、体态瘦小、具有一定的反侦查经验,是生活在成隅里和春柳街道这一片的当地人,甚至可以完美地解释出,他为什么能多次规避联防队的治安巡逻路线,并让受害者完全放松戒备……"

呼延云把那张发票递给了身边的李志勇。

李志勇抬起一只手,接过发票,手原来抓住的裤子膝盖部分,一片汗湿。

努力了很久,才像纫针一样,把模糊的视线聚焦在了发票的落款处,那个踏蓝签名并不清晰,依稀能看出三个字,却不是"周立平"——

口琴声再一次响起,这回,是一串急促而反复的音节,翻来覆去,嘶哑而黏滞,仿佛一个渴望倾诉的人在剧烈的抽泣中再也说不出下面的话。不知为什么,李志勇的心随着口琴的声音痛苦地颤抖起来,一次次痉挛、一层层阴冷、一步步瑟缩、一点点叵测……

6

女人走进会客室的时候,呼延云怎么都无法把她与朱敏老师收藏的那张照片上的房玫对号入座。她的个子很高,身材修长,V型脸上的五官十分标致,只是眉毛修得过细、眼影画得过重、唇线勾得过深,看上去精致得有些不尽真实。她上身穿一身藏青色的职业装,肩领一体的卡其色饰带显得妩媚,下身穿一条黑色修身喇叭裤,浑身上下散发着外企高管才具有的时尚、干练气质。昔日照片上的那个瘦弱,满脸病容,笑得有些拘谨的女学生,可是一丝痕迹都找不见了。

她看了一眼坐在会客室对面的两个人,有些困惑地望向站在门口的前台小姐。

"我说你正在忙,他们两个就硬闯进来……"前台小姐低声说,"他们俩来了好几次了。"

"你们是谁?找我有什么事?"房玫问,每个吐字都礼貌得拒人千里。

"我们来,是想找你了解一件发生在十年前的旧事——"呼延云的话还没有说完,房玫的脸色就是一变,但很快恢复了微笑:"抱歉,我今天真的特别忙,稍晚时候,我要在商业部领导主持的投洽会上做一个发言,现在正在准备。这样,你们留下电话,会议结束后我再跟你们联系,预约时间面谈好吗?"然后对前台小姐说:"你送一下这两位先生——"

"房玫!"呼延云站起身,叫了她一声。

房玫转过脸来,在他的双眸里看到了铁一样的坚定。

"你先出去吧。"房玫对前台小姐说,等她走后,关上会客室的门,在呼延云他们的对面坐下,"抱歉,请尽量长话短说,我真的很忙。"

"你认识周立平吗?"呼延云问。

"知道,我的高中同学,十年前因为杀人罪被捕入狱,未成年所以服刑时间不长就出狱了。最近我看新闻,好像他又犯了一个什么大案被抓起来了。"

呼延云望着她问:"十年前,他到底杀了什么人?"

房玫皱起眉头:"请问你们到底是什么人?十年前的事情,

我不想再谈。"

呼延云继续说道:"他被捕的直接原因,按照警方勘查现场并结合你的口供做出的结论,是当晚他以要回一套借给你的漫画为借口进入你家,趁你不备,对你发起了突然袭击,试图侵犯你。而你的父亲房志峰在这时回来,与他展开了搏斗,被他杀死。由于你逃到里屋反锁房门,他只得放弃对你的进一步侵害,逃离了你家,请问是这样吗?"

"差不多吧……时间过得太久,我记不清了。"

呼延云摇了摇头:"这恐怕不大可能吧,警方给你做的笔录显示,你对当晚发生的每个细节都记得非常清楚,而且心理医生做过评估,你在案发后并没有出现严重的心理应激反应,比如抑郁、失眠、健忘、厌食等症状,反而像是彻底获得了放松,并在接下来的高考中取得了非常优异的成绩……"

"那是因为我摆脱了周立平对我的骚扰,行吗?!"也许是被戳到了痛处,房玫猛地喊了一嗓子,她迅速意识到了自己的失态,说了一句"对不起",回到了最初那种定制化的礼貌,"高中时代,周立平一直想要追求我,被我拒绝后,就没完没了地骚扰我,搞得我很痛苦,我采取了种种办法回避、躲避、逃避,但是他一直对我死缠烂打,搞得我精神压力非常大,根本无法认真学习……而那次事件后,虽然我的父亲为了救我而死,让我十分悲痛,但是至少我不用再受周立平的骚扰了,所以才集中精力复习,在高考中取得了好成绩。"

"你是说,你对他一直采取坚决的拒绝态度?"

"对!"房玫毫不犹豫地说。

"那我就不懂了……"呼延云慢慢地说,"既然如此,为什么你还跟他借漫画,为什么还在案发当晚九点半打开家门?那段时间连环凶杀案正处于高发期,你爸爸是治保主任,应该提醒过你,他不在家的时候多加小心,你为什么还会开门揖盗、引狼入室?"

房玫这才意识到呼延云绕来绕去是给自己挖了个大坑,宛如满脸妆容被人用湿抹布狠狠擦了一把,她再也按捺不住心头的怒火,呼啦一下子站起身来,把椅子都丁零哐啷地带倒了:"你们到底是谁?请你们马上离开这里!不然我就叫保安了!"说着她大步向门口走去。

"房玫,你真的不记得我了吗?!"一直没有说话的李志勇站了起来。

望着这个身材像狗熊一样敦实,一对儿小眯缝眼里闪烁着痛楚目光的中年人,房玫似乎被唤醒了一些记忆。不知道为什么,她迟疑了、犹豫了,满腔的怒气像被泼了一盆水般熄灭,她嚅嗫道:"好像认得……请问你是?"

"你忘了,当年你从刑警队做完笔录出来,又怕又饿,站在路边哭,我带你去吃了饭,又把你送到朱老师家……"

"啊,是勇子哥!"房玫这一声昔日的呼唤,瓦解了屋子里一燃即爆的气氛,也卸去了她用整整十年铸就的包身铠甲。

李志勇绕过桌子,把那张倾倒的椅子扶起来,指着椅子说:"你给我回来,坐下、坐好!"

他的口吻严肃而又带着那么一点点温柔,像是兄长教训离家出走而终于找回的妹妹。

不知是什么情愫,房玫的眼睛划过一道水光,但是她轻轻甩了一下头,又恢复了最初的模样,昂首走回原位,用一种非常职业的姿态坐回到了椅子上,双臂交叉抱在胸前,满脸的桀骜和倔强。

李志勇看了一眼呼延云,呼延云点了点头,对房玫继续说道:"我们在此前访问过朱敏老师,她的说法,跟你刚才所讲的完全不一样。她说你那时胆子小,经常受人欺负,而周立平也是一个在同学中受到排挤的另类,所以你们俩同病相怜,关系很好,曾经一起相互补课,你喜欢看漫画书,周立平就用平时在饭馆、便利店打工的钱买了书借给你,以至于有同学把你们俩的关系说成情侣——不不不,不要急于反驳。"呼延云伸出手,阻止了房玫要说的话,"朱敏老师没有理由对我们撒谎,而且我坚信,假如我们再去寻访你们班的其他同学,一定会听到相同的表述,你刚才说自己很忙,我们也很忙,既然大家都忙,就不要浪费时间了吧。"

房玫张了张嘴巴,最终还是没有发出声音。

"如果一切如朱敏老师所言,你们存在着某种恋爱关系,那么出事那天晚上发生的一切就令人费解,周立平跑到你家,要回借给你的漫画书,就算他存着色心,想要跟你有些亲密的举动,那么应该带的是美食、鲜花或者更多的漫画书吧,揣着那把行凶的榔头做什么?假如说他从一开始就做了'来硬的'的准备,所以带上了榔头,那就更加匪夷所思了,作为西郊连环凶杀案的真凶,他应该非常认真地勘查过警方和联防队员的巡查和作息时间,怎么会选择在你父亲这位治安办主任回家的时间对你实施侵害?还有最重要的一点,为什么他对你实施侵害的地点不是卧室而是客厅?按照你在笔录中陈述的,周立平是选择在你给他拿漫画书的时候,从你的背后对你砸了一榔头的,可是我看过犯罪现场的勘查记录,你所有漫画书可都放在卧室的书橱里……"

房玫哑口无言。

呼延云知道自己这一连串的"将军"已经将她逼到死角了:"不知道你看没看过一种名叫'三仙归洞'的传统戏法,两只碗,三个球,以碗扣球,用筷子一指,再开碗时,碗中的球已经增加或减少。不妨做个比喻,那天晚上在你家里发生的事情也是一场'三仙归洞',球有三个,碗还是两只,一只碗上写着'凶手',另一只碗上写着'受害者和保护者',十年前我们看到,'凶手'那只碗里扣的是周立平,而另一只碗里扣的是你和你父亲,十年后我们重新打开两只碗时,却发现内容变了,当然,你还在'受害者和保护者'那只碗里,但是周立平却已经不在'凶手'那只碗里。发生了这么大的凶案,'凶手'那只碗不可能是空的,那么请你告诉我们——"他盯住房玫的眼睛:"碗里面扣的究竟是谁?"

房玫却不敢正眼看他,刻意回避的倾斜目光里充满着惊惧,仿佛是躲在箱子里的人听到了有人在叩击箱子盖。

"相信你还记得西郊连环凶杀案中牺牲的那位女警高小燕吧,她在与凶犯的殊死搏斗中,打碎了他的眼镜,迫使他不得不打碎了高小燕家中的鱼缸来掩盖地上的碎镜片。警方最近将这枚镜片的来源做了回溯。老天有眼,由于那副眼镜存在质量问题,所以售出很少,虽然十年过去,警方还是找到了当年的销售发票,在顾客签名栏上出现了这个人的名字,你看看——"说着他把自己的手机推到了房玫的面前,手机屏幕上,正是那张发票的照片。

不用看。

房玫的双眼噙起了泪水,她强忍着没让它们落下。

不用看,我也知道是谁。

"那么,就让我来讲述一下那天晚上发生的整个事情的经过,如果其中涉及一些可能刺痛你的回忆,请你原谅。"呼延云把手机慢慢地拉回,他站起身,走到饮水机旁边,拿出一个纸杯,倒了一杯温水,放在房玫面前,"你的父亲房志峰在和你妈妈离婚后,其实一直都对你有着侵害行为,作为一个严重的暴力性变态者,他利用治安办主任的身份,在西郊犯下了累累罪行,但是随着警方布下的天罗地网一点点收紧,他不可能再像犯下前面三起案件那样为所欲为,但是又欲火中烧,所以那天晚上试图再次对你实施侵害。恰在这时,周立平来到你家中找你要回借出的书,他目睹了这一幕,十分震惊,而房志峰恼羞成怒,意识到一旦周立平把这个事情抖搂出去,自己多年的伪装会立刻暴露,警方也一定会将查找西郊连环凶杀案的侦破重点集中到自己的身上,于是他杀心顿起,趁着周立平不备,用榔头袭击他。但是周立平平时喜欢运动、锻炼身体,反应敏捷,又在身强力壮的年纪,所以不仅夺过了榔头,还反过来击杀了房志峰。"

房玫双手紧紧地搂住纸杯,低着头,眼睛直直地望着杯中因颤抖而漾起的水纹。

"望着倒在地上的房志峰的尸体,周立平并不害怕,他知道自己是正当防卫,而且他肯定听说最近发生在西郊的杀人恶魔就是用榔头作案的,很可能自己在无意中为社会铲除了一害。他走到你的身边,问你怎么样,谁知,这时你提出了一个令他大吃一惊的要求:不要对警方说起房志峰侵犯你这件事——因为你本来就已经饱受摧残,活得畏畏缩缩,如果再被人知道摧残你的竟是亲生父亲,恐怕一辈子都摆脱不了世人的白眼和嘲讽,这是本来就精神压力极大、几近崩溃边缘的你,想都不敢想的。"呼延云说,"这可给周立平出了个大难题,他在屋子里跟房志峰搏斗时,留下了大量的指纹、脚印甚至血迹,警方不可能查不出,而且闹出这么大的动静,邻居一定已经报警,无论是打扫还是伪造犯罪现场都来不及,再说他也明白,他看的那些侦探小说或者推理漫画终究只是虚构,现实中真正的罪案很难设计出什么警方勘破不了的诡计，他想来想去，只有一个办法能帮到你，那就是自己把这个案子'顶下来'！"

站在会客室墙角的李志勇望着呼延云，嘴唇闭得紧紧的。

"我还不知道周立平是出于什么原因做出这个会改变他一生命运的重大决定的，但其中至少有一点是肯定的，那就是他非常喜欢你和同情你。当然他也不傻，他确实准备为了帮助你而坐牢，但是他却并不想因此而丧命，他很清楚警方一定会将房志峰之死与西郊连环凶杀案联系起来甚至并案，所以他必须小心翼翼地建立起一套'虚虚实实'的证据链，让自己和西郊连环凶杀案的真凶存在着一种'若有还无'的关系。所谓证据，无非人证和物证，在人证上，他走了'实'的一步，根据新闻上对连环凶杀案的报道，他教你编出一套说辞，甚至还用榔头朝你左肩砸了一下，让他看起来很像是连环凶杀案的真凶；与此同时，在具有决定性意义的物证上，他又走了'虚'的一步，他知道警方在你家里所能找到的指纹也好、足迹也罢，仅仅是他杀害了房志峰的证据，凭着这些证据，在司法判决中无论如何也不可能把房志峰之死与其他三起案件并案，加之他当时又未成年，法院只能轻判。为此，他还特地拿走了那把榔头，因为虽然前面三次犯案已经隔了很长一段时间，但他依然担心榔头上有可能验出前面三起凶案受害者的DNA，一旦被警方提取到，就会建立起他与前面三起凶案的逻辑关系——难为他看了那么多侦探小说和推理漫画，在关键时刻确实帮他成功地走了一段钢丝。

"但是无论多么工于心计，他终究只是个毫无犯罪经验的高中生，在随后警方展开的侦查工作中，有两点超出了他的预料，使他身处险境。首先是他晾在窗台上的鞋底有大量霉菌，而前面三起凶案的犯罪现场，也在罪犯留下的足迹中检测到了霉菌；其次就是根据凶手在高小燕遇害现场打碎鱼缸采用的掩饰性手法，我推理出他是一位推理日漫爱好者，通过这一点，警方甚至在把你家发生的凶案与周立平建立起联系之前，就已经锁定了他为犯罪嫌疑人——再加上他在高小燕遇害的第二天因为眼镜被打碎所以没戴眼镜这样的巧合，这些对他都非常不利。"说到这里，呼延云看了一眼李志勇，"好在，警局中一位有着卓越洞察力的警官，坚持为周立平辩白：每双长期见不到阳光的球鞋鞋底都容易生长霉菌，很可能真凶也把自己作案时穿的鞋子藏在了某个不见天日的地方；此外，真凶可能确实是一个喜欢看推理日漫的人，但是喜欢看推理日漫的人有很多，并不能因为周立平喜欢看，就把他跟真凶画等号——顺便插一句，我可以肯定房志峰正是因为看了周立平借给你的漫画，才在高小燕打碎他的眼镜后，突然想出了那个掩盖的手法——还有周立平的体型和步态很像西郊连环凶杀案的真凶，可是在接下来的科技鉴证中无法做出同一认定，最终，让已经在走钢丝的半程失去平衡的周立平，再一次找回了平衡，并成功地走到了终点——他被判处有期徒刑十年。"

讲到这里，呼延云长出了一口气，他站在会客室宽大的落地窗前向外望去，铁青色的天宇之下，都市的高楼广厦和折街叠桥，都抹了一层锈色，那些在傍晚的街市上纵横有致却又扭曲无定的车流，艰涩而缓慢地移动着长长的身躯，好像久未上油的时光迷失了方向，不辨来路，更不知归途……

他转过身，望着神情恍惚的房玫："请问，我说得对吗？"

久久地，房玫沉默着，仿佛置身于手术台上的被麻醉患者，直到她明白就算麻醉药劲过去了，屋子里的两个人也不会离开，才慢慢地开了口："都过去这么久了，我作为受害者，已经不想追究了……每个人都有不堪回首的往事，你们又何必把这些旧账翻出来呢？"她抬头看了一眼呼延云，见他神情严肃，换了一副哀求的口吻，"好吧，我承认刚才你说的这些一点儿都不差，十年前的那个晚上，确实是你说的那样，我当时怕极了，周立平明白我不想被人知道我被那个浑蛋侵犯过，就主动提出顶这个案子，不是我强迫他的，我在警方做笔录时给出的口供，也是他教我的……但我是受害者啊，都过去十年了，总不至于现在再来追究我做假口供吧，而且周立平在扫鼠岭新作的大案，跟十年前的案子真的一点儿关系都没有，你们把他抓起来或者关起来都行，但我再也不想听到这个人的名字——"

"喂！"呼延云一声怒喝，吓得她闭住了嘴。

也许是怒气塞胸的缘故，呼延云这一声"喂"后却又半天说不出话来。

房玫望着他，也不敢吱声，会客室里再一次陷入了死寂。

呼延云深呼吸了几口气，才压低了声音对房玫说："不是只有你才是受害者，周立平也是受害者啊！而且他纯粹是为了保住你的声誉，才在大牢里度过了最宝贵的青春年华……如果没有他当年挺身而出，帮你彻底摆脱了旧日的阴影，你能心情放松地考上大学？你能坐在这栋高档写字楼里成为职场达人？我当然不是说要你感谢他什么，旧账要还，旧情却无所谓赊欠，但是你怎么能谈起往事时，把一切责任都推给他呢？！"

也许是被这番话刺痛，房玫突然激动起来："你以为我有今天的一切，靠的是周立平的恩赐？胡扯！我能坐在这栋写字楼的这个位置上，完完全全靠的是我自己！我付出了多少努力你知道吗？我起早贪黑，一年又一年，加班加点，没有休息日，没有放过长假，每天我无论上班下班，路上的街灯都是亮的！不错，当年周立平确实帮我摆脱了那些阴影，我得感谢他，没有他我不可能精神放松地考上大学,但摆脱只是暂时的,你用'彻底'二字来形容,大错特错!没有谁能彻底摆脱肉体被玷污后内心的怆痛,没有谁!我必须不停地奔跑,才能跟那些阴影拉开一段距离,但是只要我停下歇一口气,比如听一首老歌、回一次学校、独自撑着伞在雨中走上一走,甚至像你刚才那样站在窗口望望下面那个黄昏的人间,那些阴影就会像毒蛇一样从我的心里钻出来,绞缠在我的脖子上,简直能把我活活勒死!外人看来我是多么的努力和勤奋,其实我只是在逃命……终于,我有了独立的办公室,我在市中心买了房,我有了心爱的人并跟他结婚,可是我内心深处总有一根弦绷着,就像牙缝里剔不出的肉,我怕被周围的人知道十年前的事,我真的怕极了!这个社会,不管是对手还是爱人,都在想方设法挖你的隐私、找你的软肋,直到你猝不及防的时候,给你致命一击!对于一个女人,还有什么比亲生父亲的强暴更加惨痛?!偏偏在这个时候,你们——还有朱老师,追了上来,把那段阴影重新粘到我的脚下,大声告诉我说'喏,你丢了东西',这又何必呢?!"

不知什么时候,她的脸上挂满了泪水。

呼延云望着她,不知是流淌的泪水还是渐渐暗淡的光线,让她的妆容变浅了一些,直到这时才能看出,年纪只有二十八岁的她,脸上的皱纹竟比很多三十八岁的女人还要多、还要深、还要重……

他长长地叹了一口气,在房玫的对面重新坐下,慢慢地说:"不,房玫,你错了,我们今天来不是要谴责什么,更不是要发掘什么,我们只是想搞清周立平到底是一个什么样的人,因为这对侦破扫鼠岭上发生的那起惨案,有着非常非常重要的意义,更因为,直到今天,再一次身陷囹圄的周立平,依然没有试图通过把十年前的案子翻过来替自己脱罪……本来他可以这样做,只要他能证明自己跟十年前的西郊连环凶杀案无关，证明自己杀死房志峰其实是铲奸除恶的义举，那么就会多少减轻他在扫鼠岭案件中的嫌疑，但是他没有这么做，宁可在监牢中接受刑警们一次又一次的审讯，他都没有说出跟你有关的一个字……多年以来，我看到了太多太多人性中的恶，人性的复杂使我很难再对一个人做出'好'和'坏'这样的判断，更使我倦于谴责谁或者批判什么，但扫鼠岭这个案件太奇特了，无论从哪个角度讲，这个案件都是那么的彻底和决绝，能做出这样的大案的人，不是彻底的坏人，就是彻底的好人，总之他应该是一个彻底和决绝的人，我们只是想搞清楚周立平到底是不是这样一个人……至于其他，请你放心，我们已经和找到那张签名发票的警官打过招呼，并获得保证：她只会把相关物证提交上级备案，等周立平被证明并非扫鼠岭案件的凶手之后，由有关部门出面，恢复周立平的无罪之身，并给予他一定的经济补偿，帮他找一份更好的工作。只要周立平不主动提出要求，就绝不会向媒体和新闻界公布旧案的真相——我坚信他会继续帮你保守已经保守了十年的秘密，所以——绝不会影响到你现在和未来的生活。"

一番话，瞬间搬走了压在房玫心上的巨石，她捂住脸，呜呜呜地哭出了声："我知道我对不起他，我知道他是个好人，他为我坐了那么多年的牢，我却一直不敢站出来替他说一句话，我真的不敢……我婚礼那天，正在给嘉宾敬酒的时候，看见朱老师站在窗边望着外面，满脸的哀伤，我顺着她的目光望过去，看到周立平站在酒店对面的街道往我这边看。我害怕极了，可是一转眼，他不见了，他再也没来打扰过我，我知道他可能就是想看看他用整整十年保护的女孩变成新娘的样子，看到了，放心了，就走了……"

7

李志勇把车开得飞快，在傍晚泥滞的车流与人流中，像喷着火的野牛一样横冲直撞，有好几次都差点剐到车或撞到人，但他不管，把上半身伏在方向盘上，脸几乎贴到玻璃窗上，就这么摆出一副要跟谁拼命的姿态往前开着，他的小眼睛从来没有瞪得这么圆、这么大过，但眼珠子里一片空洞和茫然，好像一位患了白内障根本看不见东西的患者……

这可把坐在副驾上的呼延云吓得不轻。刚才从写字楼下来时，李志勇就一直把后背贴在电梯厢板上，弯着腰，大脑袋耷拉着，脖子像被斩断一样直不起来。刚一出电梯，他的手机响了，接听了没两句，他本来就苍白的脸孔变得更加灰白，大步往停车场走去，呼延云要小跑着才能追上他。上了车以后，他就像F1赛车手一样开上了街，问他出了什么事他也不说话，就这么直眉瞪眼地往前开，呼延云只好偷偷地扣紧了安全带。

直到车子停下时，呼延云才发现他们又一次来到了社保中心门口，李志勇跳下驾驶位就往里面冲，连手刹都忘了拉上。呼延云赶紧从副驾绕过来，把手刹拉上并锁好车，再往社保中心走。刚走上台阶，就听见了里面传来刺耳的吼叫声，他赶紧推开门进了去，见李志勇手里拿着一张表格，正疯狂地挥舞着手臂，嚷着什么，他的脸涨得通红，连耳根都是红的，一头乱蓬蓬的头发乍猛着，因为过于愤怒，脖子、胳膊和手背上的血管一根根暴起，眼角也绽开了红丝，好像被怒火撑裂了一样。

"就这么一件事儿，就这么一张表，就这么一个月不到，你们来来回回让我跑了三次了！第一次你们说不许参保人亲属代缴，必须参保人自缴，结果闹了半天，是你们自己定的章程，国家根本没有规定；第二次你们说登记表必须附上被缴人的身份证复印件正反面，我问你们早怎么不说，你们说早先没有硬性规定，现在严格了，我倒霉，我认投，我回家拿了我妈的身份证，复印了正反面给你们交上来，临走前怕你们又出幺蛾子，还特地问了有没有其他更改的地方，别老让我一回回跑，你们说没有；今天又跟我说表上面登记的这个银行不行，必须填写指定的本市商业银行，没有这家商业银行卡的还得先去办卡——你们自己说说，你们是不是折腾人玩儿呢？！"

那些坐在玻璃隔断后面的工作人员，还是差相仿佛的面貌和神情，他们好整以暇地看着李志勇暴跳如雷，嘴角似乎还都挂着一丝笑意。有个脸孔狭长、戴着黑边眼镜、身穿深灰色工装的女人从隔断后面慢条斯理地走了出来，手里捧着个胖硕的玻璃缸，缸子里泡着枸杞、金橘、桂圆、红枣之类的东西，她走到李志勇面前，用一种故意拖长的腔调说："小伙子，我们这都是工作，你何必发这么大的火气，还什么折腾人玩儿，这话说得可太不合适了啊！"

"你们就是折腾人玩儿！就因为第一次你们叫我来时，为了参保人代缴的规定，我的朋友帮我说了几句公道话，你们就报复我！"李志勇喘着粗气，愤恨而又无奈地说，"你们天天就坐在这个大厅里，什么事儿都不用做，盖几个戳、喝几杯茶，闲得无聊就给我们找各种各样的麻烦，从中找乐子、寻开心，你们照照镜子，看看现在你们脸上的笑，那么得意，那么优越，你们就笑吧，放开了笑、敞开了笑，有本事就永远这么笑下去！"

那位身穿深灰色工装的女人优雅地点了点头，喝了一口玻璃缸里的养生茶，然后把喝进嘴里的一粒枸杞"噗"一声唾回了玻璃缸，抬起头望着李志勇，脸上浮着微笑，用下巴点了点他手里的那张表格:"那您这事儿今天还办不办?不办的话我们可就要下班了啊……"

呼延云怕李志勇真的揍她一顿,硬拖着他离开了。

回到车里,坐在驾驶位上,李志勇还在浑身发抖,他几次想把那张表格撕了,临了却又撕不下去,最后把额头重重地撞在方向盘上,半天没有抬起来。

"实在不行的话,回头等老马回来,让他帮你办这个事儿吧。"呼延云小心翼翼地把那张表格从李志勇的指头缝里取了过来。

又过了好一会儿,李志勇抬起头来,他的眼珠子红红的,喉咙里咕噜咕噜的,不停地、使劲地吞咽着什么。

一时间,呼延云也不知道该劝他什么好,只是这么默默地坐在副驾上,看着原本拥挤杂乱的街道人烟渐稀、喧嚣渐寂。

不知什么时候起风了,满地的落叶被成片成片地从街头掀到街尾,仿佛是暮光在大地上掀起的涟漪……

车子重新发动了,一直朝西开去,在驶过无数个闪烁着红绿灯的十字路口,将鳞次栉比的高楼大厦甩在身后,因而天空更加开阔之后,西山那有如兽脊般雄阔而连绵的身影渐渐浮现出来,并且越来越近,越来越近……凛冽的空气中散发着一种清新的、只有春天的柳树刚刚抽出嫩芽时才会发出的气味儿,这不应时的气味儿闻起来有些苦,有些甜,又有些酸,在这萧瑟的深秋,令人感觉到了凛冬那新硎初发、兴奋不已的杀意。

出乎呼延云所料,车子在经过李志勇家的门口时,并没有停下,反而继续朝西北的方向开去。七拐八拐之后,突然一个急转,钻进了一条小巷,呼延云这才认出,这是通往扫鼠岭地铁站的那条小巷。但再一次出乎他所料的是,在经过那扇进入苗圃的铁栅栏门时,车子依然往前,没有停下,一直开到巷子的西头左转,李志勇狠狠一脚油门,车轮在沙土路上嚓啦啦啦纵身一跃,开到了一个水泥高台上停下。

李志勇和车子一起呼哧呼哧地喘了很久的粗气,才渐渐恢复了平静,然而一片此起彼伏的狗叫声,再一次打碎了山岭的寂静,听起来让人格外心慌。

李志勇跳下车,迷惘的目光先是投向高台下面的苗圃:三座地铁入口像是永久遗弃的三口棺材,被围墙圈禁在一片荒烟蔓草之中。接着他又望向更加辽远的东边,那座灯火辉煌、流光溢彩的巨大都市,在被狂风吹打得一片纷乱的夜色中泼洒着灿烂的虚像,恍如梦境。

"十年,整整十年啊……"他嘴里喃喃着,"我到底都干了些什么啊……"

第九章

1

走出高铁车厢的一瞬间，郭小芬后悔衣服带得少了，天气预报说这场突然袭来的寒流是中国南方十年不遇的，所言不虚。车站的地面、站牌和护栏上浮着一层瑟瑟的银色，LED电子屏不知道什么时候坏了，哆哆嗦嗦地滚动着一串莫名其妙的字节，一阵又一阵的寒风切开天棚，直灌下来，像用刀子削着刀削面一样，飕飕飕地，把温度越削越低。手和脸这些裸露在外的皮肤就不必说了，浑身上下冷到她怀疑所有衣服都是镂空的，就连用鞋袜套着的脚丫也冻得生疼。她竖起风衣的领子，把手揣在兜里，窝着脖子，一瘸一拐地跟在马笑中身后走出出站口，来到空旷的站前广场上。这里除了一辆黑色的警务车和一个穿着军大衣卖煮茶叶蛋的老头，连条狗都没有，脚下是冻得硬邦邦的铅灰色水泥地，仰头是同样铅灰色的、宛如把脚下的水泥地敷了一层冰倒挂上去的天空。

马笑中骂骂咧咧地拿出手机打了个电话，还没说几句，一辆跟这倒霉天气十分般配的灰色途胜就冒了出来，一直开到他们面前停下。司机跳下车，是个穿着褐色皮夹克的小个子，瘦瘦的腮帮子包着棱角分明的脸骨，眼窝凹得有些深，嘴巴却又冒得有些凸，笑起来像是强撑起一把伞骨坏了的伞，要多别扭有多别扭。

马笑中拉开车门，让郭小芬坐进后排，自己跑到副驾坐下，待小个子回到车里，给他们做了介绍。小个子名叫肖春华，县公安局刑警，几年前曾经在望月园派出所实训过一个月，马笑中待他如同兄弟，此次来县城之前，专门给他打电话请他帮忙，肖春华当然是屁颠儿屁颠儿来招呼了。

"这鬼天气，真他妈冷！"马笑中打开车上的暖风，往后背座椅上一靠，问肖春华，"让你帮我查那董玥，找到没有？"

"查了，她的手机一直关机，我还在找……"肖春华一边开车一边说，"最近返乡的年轻人特别多，上边要求我们加强管理，哪儿那么容易啊，就县局这点儿人手，连统计人名都统计不过来……"

"都是在大城市锻炼过的年轻人，别把他们当包袱，用到位了都是人才。"马笑中掏出一包烟，刚要拎出一根，回头看了一眼郭小芬，又把烟塞回了兜里。

"人才又咋样，在你们那里站不住脚，回来就业更难，国企机关早就被一个萝卜一个坑占得满满的了，私企民企的又都是家族的，你跟人家不是一个姓，就算本事大到天上也坐不了老板椅……"

"那咋办？也不能看着他们无所事事地在社会上漂着吧？"

"所以说头疼呢。"肖春华苦笑道，"不过其实倒也没有那么糟糕，政府在政策上给他们自主创业不少扶持，贴息贷款、减免税收啥的，但苦干一两年没收获，有些年轻人就气馁了，觉得在外面拼了个头破血流，回到家乡还是一败涂地，酗酒吸毒、自暴自弃的人就越来越多，都跑到'鬼城'去，活得跟群鬼似的……"

"'鬼城'是什么?"马笑中一愣。

"前些年,县里为了政绩,拼命贷款造新城,万丈高楼平地起,烂钱坏账一大堆,这两年国家整顿房地产市场和金融市场,那些新城建设到一半就烂尾了,根本没人住,也没人管,没水没电,一到晚上黑幢幢一大片,戳在郊外跟要闹鬼似的,流浪汉、失业青年甚至逃犯什么的就都往那里去,你们知道香港那九龙城寨吧,这些新城就是一个个新的九龙城寨。"

"那还了得,长此以往不就成了法外之地了?将来搞不好容易出大麻烦啊!"马笑中说。

"还用将来?现在就够麻烦的了!"肖春华说,"黄赌毒,还有些诈骗团伙什么的都往那里汇聚,跟下水道似的。"

"早点儿抓啊,这个跟洗衣服一个道理,刚沾上脏东西马上洗,还洗得掉,时间一长可就跟烙上似的,怎么都弄不干净了。"

"谁说不是呢,可是我们的警力不足啊!光维护老城区的治安就累够呛了,新城属于郊区,本来就是三不管的地界,现在一烂尾,更没人想捅这马蜂窝了。"肖春华好奇地看了马笑中一眼,"所长你一向社会,这些咋都不知道啊。"

"我这纯粹是在大城市里宅的,不了解外面的情况。"马笑中敲了敲自己的大脑壳,"对了,现在咱们去哪儿?"

肖春华看了看手表:"这都快五点了,一会儿太阳落山就更冷了,我给你们找个饭店吃顿饭,然后附近宾馆住一晚,明早我再开车来接你们,要是有了董玥的消息,咱们再一起去找她。"

马笑中说了句"行",然后继续跟肖春华聊着地方治安上的一些事儿,郭小芬却有些心神不定。车里面虽然呜呜地开着暖风,但车子外面的寒风还是蛇一样咝咝咝吐着信子从窗户缝钻进来,把好容易攒起来的一点儿热乎气儿又挤了个干净。很久不动的手脚起初冰凉，后来是麻木，接着，麻木的感觉悄然袭上心房，让她的心口像被剜了个窟窿一样空空荡荡的……

她把目光投向车窗外面：傍晚的县城像大漠中被遗弃的古城一样荒凉，临街新旧不等、高低不一的楼盘和藏身在它们后面低矮破败的砖瓦房，一俱没有灯光，死气沉沉。街上几乎看不到行人，一辆涂着无痛人流广告的小巴车缓缓驶过，显得诡异莫名。也许是天气太冷，没有客人上门的缘故，沿街的商家早早就关了门，就连县政府隔壁那条最繁华的商业街也不例外：银行、邮局和保险公司落了锁不说，百货商场门口挂着的黑色挡风帘，像肌无力患者的眼皮一样耷拉着，根本无人进出，只有电影院门前横着一溜烤肉串、烤红薯、烤豆泡的车子，闪着明明灭灭的炭火，一家水果店的女店主把一箱冻烂了的梨往垃圾筐里倾倒，冷漠的神情中流露出一丝恶毒的嘲笑，仿佛早就盼着那些梨死掉而它们竟终于死掉了。快要驶近街心公园时，突然听到一阵震耳欲聋的广场舞的音乐声，近了一看，原来只有三个站得参差不齐、衣服裹得像粽子一样的大妈在跳舞，如此稀疏且上了年纪的队伍，跳的竟然是火箭少女的《卡路里》，她们挥舞着粗壮的手臂、扭动着肥厚的腰肢、摇摆着垮塌的屁股，一丝不苟地将每一个舞蹈动作用尽可能丑的方式做到位，尤其是跟着拉杆音箱里的杨超越一起喊出那句高亢无比的"燃烧你的卡路里"的时候，她们奋力推出的凌空一掌，倘若不是一丸昏沉沉的夕阳实在惨淡，竟颇有几分敢教日月换新天的雄壮。

"停一下！"马笑中突然指着街边对肖春华说。

"咋了？"肖春华赶紧靠边停车。

马笑中跳下车，钻进了唯一一家还没有打烊的服装店。

就在这时，郭小芬抻了抻僵硬的手指，把手机从兜里拿了出来，搜出一个地址给肖春华看："这个地方，离县城远吗？"

"不算远。"肖春华说。

"那，明天咱们去这儿一趟行不？"

肖春华点点头："没问题。"

就在这时，马笑中回来了，一上车就把一件厚实的雾粉色毛呢大衣扔在了郭小芬的怀里，然后对肖春华说："开车。"

郭小芬看了一眼矮胖子的后脑勺，山坡一样隆起的枕骨，硬得不容分说。

她慢慢地把毛呢大衣披在了身上。

2

第二天一早，肖春华来到宾馆，告诉正在吃早饭的马笑中和郭小芬，还是没找到董玥，"不行我先带你们去郭记者要去的地方吧？"

马笑中有些吃惊地问郭小芬："你要去哪儿啊？"

郭小芬低着头把碗里的白米粥一口一口喝完，没有说话。

途胜在公路上开了半个多小时，拐进一座镇子里。虽然已经是上午八点半了，但除了供销社和信贷社门口的大树下聚着一些下棋的老人之外，整个镇子显得空荡荡的，就连正在举行升旗仪式的小学操场上也看不到几个孩子。"年轻人都到外面打工去了"，肖春华这样解释道，但当马笑中问他"你不是说这两年他们都回来了么"的时候，他尴尬地一笑说："他们回也不会回到这里了。"

直到郭小芬打开手机里的图库，指着一个人的照片向一位乡民问路时，马笑中才知道她要找的是岳绍的家。

岳绍的家在一个大水塘的后面，门口种着一棵很大的桂花树。车子直接开进他家院子的时候，一个正在水池边洗衣服的女人惊讶地抬起头来，郭小芬跳下车一问，得知她是岳绍的妻子，连忙介绍自己的身份。一开始岳绍的妻子还有些困惑，不知道她来自己家里做什么，等到听说这个女记者目睹了丈夫出车祸的情形之后，她一面手足无措地讪笑着，一面从眼角滚出豆大的泪珠来。有个正坐在屋檐下的小方桌前画画儿的女孩跑过来，一边叫着"妈妈"，一边很懂事地搂住了女人的腰。

女人把郭小芬带进屋子，客厅正中央的一张木头桌子上还摆着岳绍的遗照，照片上的岳绍很是瘦削，脸上挂着一丝笑容，和善而文弱。

郭小芬望着那张遗照，肃立很久，然后深深地鞠了三个躬，岳绍的妻子忍不住哭出了声。郭小芬上前本想安慰她几句，但话到嘴边只觉得说什么都是虚伪和无力的，所以只是用自己一双雪白绵软的手抓着她的一双粗朴厚实的手，就这么紧紧地抓了很久。看那女人好一些了，郭小芬从挎包里拿出一个白纸信封塞到她的手里，里面有两千元钱，女人一开始死活不肯收，最后还是郭小芬说了一句"算是给孩子的买书钱"，她才勉强收下了。

一句话倒把肖春华提醒了，他问岳绍的女儿："你今天怎么没上学？"

还没等小女孩说话，马笑中直眉瞪眼地走出了院子，往四下里看了看，见水塘后面的竹林边停着一辆黑色起亚，立刻跑了过去，从车里面揪出三个十六七岁、头发染成狗屎黄的杀马特来。

"干什么你？！"一个穿着瘦腿裤，从脸到屁股都干瘪得要命的男生对马笑中喊道，他的牙齿很黄，嘴巴臭得要命。

马笑中照着他的小腹就是一拳，这一拳是老刑警对付最危险的敌人才用的"闷拳",出拳快、短促、劲道大,击打的位置很讲究,要保证五脏六腑在一瞬间"全痉挛",打得那男生倒在地上,蜷缩成一团,痛苦到连呻吟的声音都发不出来,嘴巴像钓上来的鱼一开一合的。

另外两个男生冲上来想动手,但当马笑中从后腰拽出一副亮闪闪的手铐时,他们都惊呆了,一动不敢动。

马笑中把地上的男生铐上,然后扬了扬下巴,问另外两个男生:"你们干吗的?"

两个男生说没什么,"就是出来耍",马笑中毒毒地一笑,指了指水塘对面的院子:"这家人是烈属,受公安保护,你们换个地方耍好不好?"

那两个男生吓得开上车,一溜烟儿就跑没影了。

这时郭小芬和肖春华赶过来了,马笑中拎起地上的那个,扔在途胜后座,他坐在旁边。肖春华和郭小芬分别坐在正副驾驶位,往县城开去,路过一处只剩下破砖烂瓦的院子时,郭小芬让车停一下,她下了车,走进院子里转了一圈,从瓦砾间翻出了一副残缺不全的小黑板,上面依稀可见粉笔千百遍涂饰又擦掉的浅浅一层灰色,她就这么蹲着,呆呆地看了那块黑板很久才放回原处,站起身,目光在这片久已废弃、就连丛生的野草都已枯黄的院子里慢慢扫过一遍,才回到车里。

"这是哪儿啊?"马笑中问。

"香樟树护育院。"郭小芬说。

不知道这句话搓起了马笑中哪路火,他照着躺在座位上那杀马特就是一耳帖子:"起来!装他妈什么死!"

杀马特捂着肚子慢慢坐了起来,长满痤疮的脸上写满了恐惧。

"本事啊你,跑烈属家门口蹲点儿,吓得人家老婆孩子都不敢出门，这要传到上面去，非扒了我的皮不可。"马笑中用巴掌拍拍他的脸，"怎么着大爷，给个面子，说出来是谁让你揽的这脏活儿，我好跟上面有个交代，保住饭碗啊。"

"我们真的就是出来耍的……"杀马特小声说。

"成嘞！"马笑中点点头，拍了拍正在开车的肖春华的肩膀，"高铁站，带这货见见大世面去。"

"啊？咱们不找董玥啦？"肖春华还没明白过来他的意思，旁边的郭小芬赶紧使了个眼色，他才恍然大悟。

"不找了，有这一个就够交差了。"马笑中笑嘻嘻地说。

"我……我想找我妈！"杀马特哀求道。

"找妈就算了，到了我们那儿，包你一年三百六十五天，天天叫妈。"马笑中把两只手往脑袋后面一枕道。

杀马特居然一下子哭了起来，满脸稠糊糊的鼻涕眼泪："我说实话，我说实话，这是黑瓢儿给我们找的事儿，让我们盯着那母女俩，她们要是想出远门啥的，及时给他打电话，怕她们去上访啥的……"

肖春华一听，对马笑中说："黑瓢儿是县里有名的流氓，看守所、监狱进进出出好几趟了。"

"抓！"马笑中恶狠狠地说，"三年五载的别让他再出来，还有，黑瓢儿背后的人我现在没工夫管，想也知道是哪路货色，但岳家母女周围三十里，我不想再看到不该看到的玩意儿，要是她们再受一点儿骚扰或惊吓，你告诉你们刘局，我准能找个借口，把他的乌纱帽给摘了！"

明知道这话是说给杀马特听的，但马笑中这股子狠劲儿，还真有震人心魄的气势，肖春华非常配合地喊了句"是"。

听说这矮胖子对一县公安局长都能生杀予夺，想来是个微服私访的大官,杀马特吓得浑身直哆嗦:"报告……报告政府,我能戴罪立功不?"

马笑中斜睨着他,轻蔑得像看一只毛虫:"你能立什么功?"

"你们刚才说的那个董玥,我知道她在哪儿……"

3

"鬼城。"肖春华指着正前方说。

遮天蔽日、层峦叠嶂的铅灰色楼群,像是地壳运动拱出的大片群山,就这么突如其来地出现在了地平线上。楼群方圆几公里连一棵树都没有,放眼望去就是铅灰色的一大坨,因为烂尾的缘故,所有的围墙都残垣断壁,所有的沟壑都没有填平,所有的土堆都尘舞沙扬,所有楼座的底层都开膛破肚一样洞开着四四方方的豁口,因为没有安装玻璃,一座座楼体上整整齐齐密密麻麻的窗口,看上去好像一个个巨型的蜂窝,当狂风吹过时,里面发出蜂鸣般震耳欲聋的嗡嗡声,听来令人胆寒。

途胜沿着一条布满碎石子和土坷垃的道路缓缓向前开去,巨大的楼体遮住了本来就稀薄的一点儿阳光,因而在眼前展开了一条笔直的阴森。两旁的墙面尿迹斑斑,地面开裂的缝隙里长出了一些杂草,偶尔飘过几只黑色的垃圾袋和几条白色的卫生纸……车子开了很久很久,没有看到一个人、一条狗、一只鸟,甚至连一个鬼影子都没见到,也许是过分静谧的缘故,一个空易拉罐骨碌骨碌滚过,声音大得像擂鼓似的。路口的红绿灯全都是灭着的。便利店、报刊亭、警务室也都空无一物,完好无缺的玻璃窗竟比打碎了还要瘆人。马笑中怀疑自己来到了纪录片《人类消失后的世界》之中,竟有些心慌,直到在一个履带都锈烂了的挖掘机后面,看到了一群把头发染成红色、黄色或紫色,挂着骷髅项链,穿着黑色皮衣,蹲在地上抽烟的流氓,他的心才稍微踏实了一点儿。

也许正是因为他分神的缘故,身边的杀马特突然抠开车门跳下了车,摔在地上打了个滚儿,又撑着地站了起来,朝那群流氓跑去,一边跑一边喊:"沈爷,沈爷!救命啊!"

马笑中骂了一句,也跳下了车。

流氓中站起一个瘦高的男人,虽然只有四十出头的模样,却头发花白,他的脸盘很圆,戴着一副普普通通的眼镜,看上去像个文质彬彬的文人,只在咧嘴一笑的时候,暴出一口被烟熏得黄黄的坏牙,使得那笑容也显得格外残忍。当杀马特跑到他面前的时候,他一把拎住了手铐上的链子,疼得杀马特一声惨叫,而他却懒洋洋地说了一句:"你勒的这是什么新首饰啊?"

"这人是个警察,抓我,还打我!"杀马特指着正在走过来的马笑中说。

蹲在地上抽烟的流氓们都站起身,恶狠狠地瞪着马笑中,一个个的满脸杀气。

"黑瓢儿?"马笑中指着姓沈的,低声问身边的肖春华。

肖春华摇了摇头:"这人是'鬼城'的老大,一向还算规矩。"

这时郭小芬也下了车,有个流氓见她长得漂亮,吹起了下流的口哨。

姓沈的看了马笑中一眼,虽然通过他走路的架势,确信他是个警察,但又觉得他有些邪性,所以犹豫起来。

马笑中走到姓沈的面前,一把薅住杀马特的头发,把他像小鸡子一样拎过来,然后掏出钥匙,给他打开手铐,又重新把他推给姓沈的。

这是一种给面子的表示。姓沈的自然懂，掏出一根烟给马笑中点上，马笑中嘬了两口，点点头，俩人走到远离众人的一个墙角单聊起来。

"我们这儿不欢迎你。"姓沈的说。

"办完事儿我就走。"马笑中说，"你们这儿有没有个名叫董玥的？"

姓沈的显然是没听过这个名字，朝人群招了招手，叫过一个满脸脂粉涂得比屁股还白的伪娘："有个叫董玥的，在咱们这儿么？"

"刚来的，开工没多久。"那个伪娘忽扇着长睫毛说。

"我们找她有事儿。"马笑中盯着姓沈的说，"半小时，谈完就走——你可以在旁边听着。"

姓沈的点点头，对伪娘说："带路。"

直到走进这个巨大的蜂窝里面，马笑中才发现这是一个完全陌生的世界。因为是烂尾楼，既没有电，也没有电梯，不管多少层只能拾级而上，水泥台阶却连扶栏也没有，走在上面颤颤巍巍的，一个不小心就会坠到一层的洋灰地上摔个粉身碎骨。下面几层都是空的，爬到六七层的样子，突然闻到一股奇怪的气味儿，又骚又臭还有点儿馊，好像是把屎尿混合在一起封存了一个夏天后散发出的，闻之令人作呕，伪娘和姓沈的习以为常，往平层里面走，马笑中他们跟在后面大皱眉头。

这一层的所有毛坯房屋都没有安门，仅有少数几间拉了布帘或挡了块木板，但窗户上都钉着半透明的塑料布，被风一吹，鼓起老大一个包，好像每个窗口外面都扒着个孕妇似的，本来今天光线就不好，再这么一遮挡，显得特别阴郁。屋子分成不同的功用，又因为不同的功用而聚集着形形色色不同的人，有的在摆满小食品的屋子里骂骂咧咧地讨价还价，有的围在棋牌桌旁噼里啪啦地搓着麻将，有的抱着笔记本电脑看黄片或打网游，有的趴在黑乎乎的被窝里摩擦下体，还有的就那么靠墙坐着挤脸上的疗疮，胳膊上满是注射的针眼。在一个放着四台饮水机和很多蓝色饮用水桶的屋子里，一个醉鬼抱着个空水桶酣睡，不时扭转身体只为更舒畅地放出一串儿响屁……从不知道哪个房间里发出突突突的响声，应该是供给这一层电力的简易汽油发电机在工作，听上去却像是更多的醉鬼在排出更多的废气，把本来就腥臊的楼层熏得愈加恶臭。

走到楼道的尽头，几个房间里不约而同地传来了粗重的喘息和淫靡的呻吟，姓沈的站住了，马笑中他们也停住了步子。伪娘钻进一个屋子没多久，领出一个女孩来。她的个子不高，眉眼很好看，披着个浅粉色的针织衫，腿上穿着很性感的肉色丝袜，但由于营养不良和面色憔悴的缘故，看上去整个人像是脱了水的白萝卜。

"董玥？"马笑中问。

女孩的目光里闪烁出一丝惊恐，似乎不愿意再听到这个名字，她看了一眼姓沈的和伪娘，在他们僵硬的脸孔上什么都看不出来，所以木然地点了点头。

"咱们换个地方说话。"马笑中带着她来到一处稍远些的屋子，郭小芬和肖春华也进了去，但姓沈的没有进来，伪娘往里刚探了一步，被他一把薅出去了。

"我们是公安。"马笑中给她出示了一下警官证，"你不用怕，我们只是想找你了解点儿情况……周立平这个人，你还有印象没？"

本来黯然的眼睛里，突然闪烁了一下光芒，董玥点点头："他……出什么事儿了？"

"是这样，大概你也知道，他因为十年前的一宗连环凶杀案坐过大牢，但是最近我们调查发现，他很可能是无辜的。在走访中我们得知，最近这一年你跟他走得比较近，所以专门找过来，想向你详细了解一下，他到底是个什么样的人，希望你不要有任何顾忌，实话实说，这样也便于我们全面掌握他的情况，该给他平反就给他平反，相信你也不希望他一辈子都背着个黑锅吧。"

这套说辞是马笑中和郭小芬商量好的。扫鼠岭的案子虽然闹得很大，但由于警方对媒体报道的控制，并未成为舆论关注的热点，估计董玥不可能知道周立平的被捕。为了减轻她的心理压力，干脆给出一个比较"正面"的讯问理由。

听完马笑中的话，董玥愣了很久很久，嘴角浮起淡淡的一笑："要是……要是早一点儿，该多好。"

"什么早一点儿？"马笑中一头雾水。

董玥没有继续往下说。

郭小芬却听懂了她的话："你是说，周立平因为自己曾经是杀人犯的身份，怕连累你，没有跟你在一起，可是等你已经离开他了，才知道了这个消息？"

董玥望着她，慢慢地点了点头。

郭小芬神情凄怆地说："别在意，人这辈子就是不停地和自己喜欢的人错过……"

一句话，董玥的眼睛里就泛起了水光："从我第一次见到他那天开始，我就知道他是一个好人，他把我妹妹从护育院里带出来，让我们姐妹团聚。我在夜总会工作，被人揩油占便宜，他帮我出头，别人知道他以前坐过牢，是重刑犯，都怕他怕得要死，也就没人再敢欺负我，他知道我喜欢他，但跟我在一起那么长时间，从来没有不规矩过……他那么善良、那么正派的一个人，怎么能是什么连环杀人犯呢？"

"他跟你聊过十年前的案子吗？"郭小芬问。

董玥点了点头："有一阵子，我觉得我对他像一团火，他对我总是一块冰，就生气了，不理他，手机不接，微信拉黑，可是又天天盼着他来找我。本以为他那么一个硬邦邦的性格，最后还是得我主动联系他呢，谁知道两天联系不上我，他就急了，跑到夜总会来找我……大半夜的跟我在街头讲了好多好多以前的事情，可是我听不大懂，我问他既然不是连环杀人犯，为什么当年要主动担那么个罪名？他说那会儿高中快要毕业了，估计自己考不上大学，也很难找到一份像样的工作，姨妈要把他赶出去，连个住的地方都没有，对前途特别失望，总觉得活着没意思，就想自暴自弃，最好能有个救人的机会死了才好呢，结果正好遇到那么个事儿，为了那个女孩的名声，脑子一热就扛下来了，就这么简单，也没太多考虑后果……我问他，现在十年过去了，为什么不去公安机关说明情况呢。他说当年西郊那个案子很大，一旦翻案，肯定会有好多媒体报道，对那个女孩不利，那个女孩刚结婚，过得挺好的，再等等吧。我一下子生气了，我问他是不是还喜欢那个女孩，他呆呆地望了我好久好久，才说'不是'，就这么两个字，他说得认真极了，我一下子就明白了，他真正喜欢的是我……"

董玥侧过脸，抹了一下眼睛，接着说："我直接问他，既然你不再喜欢她了，为什么对我总是那么不好，他又说了个'不是'，就不吭声了，我心里那个气啊。当时在一座大桥上，我背过身看着远处，不理他，也不说话，那天晚上风挺大的，我眼睛被风一吹，不知怎么就哭起来了，他一下子慌了，跟我使劲解释：说他坐了八年牢，想明白了很多事，人这辈子做什么不做什么都是有定数的，都是老天爷安排好的。坐牢那会儿，他天天盼着出来，等出来了发现外面的人大多也不过是困在另一种笼子里动弹不得，'早高峰的地铁比牢房还臭呢'，所以他变得对啥事都没想法了……这时，我们站的大桥不远处，有一座铁路桥，正好开出一列出站的火车，绿皮车，咣当咣当开得很慢很慢，看着那列火车走远了，我说你就不怕我有一天坐着火车走了，就不回来了，他在后面轻轻揽住我的肩膀，说不会的，不管我走到哪儿他都会来找我的……我离开之后，一直等着他来找我，可他没有来，再也没有来……"

一种悲伤的情愫攫住了郭小芬的心，她一时间说不出话来，马笑中赶紧对董玥说："你离开后，他真的跟你一点儿联系都没有吗？"

董玥摇了摇头："没有短信，没有微信，也没有打来一个电话，我想可能就这么结束了，就像我离开一样，突然一下子，就走了，就跟过去待了几年的地方告别了……其实我一直在挂念他，担心他……"

"担心他？"马笑中冷不丁抓住了要点，"他一个大老爷们儿，你担心他什么？"

"那阵子，就是我离开前一段时间，他总在我面前骂一个姓邢的，说那人是个人渣，应该千刀万剐，我问他到底姓邢的怎么得罪他了，他也不说，就在街心花园的长椅上那么一坐，驼着背，眼神直愣愣地发呆很久，特别愤恨又没办法的样子。我突然想起，我妹妹所在的那个护育院的院长姓邢，当初为了把我妹妹继续留在护育院，我可没少求他，打了好几份工，给他塞了好多钱……我赶紧问周立平,他骂的姓邢的是不是那个院长啊,那个院长是不是对我妹妹做了什么。他赶紧安慰我,说根本不是一个人,让我别胡思乱想,我还是怕,他拍着胸脯大声说'有我在,谁敢碰你妹妹一根指头',我才放下心来。"

"后来呢?"郭小芬问。

"后来,很长一段时间他都闷闷的,不爱说话,只是有一次,他好几天没出现,再次见到我的时候,满脸疲惫。我问他去哪儿了,他说去找一位朋友,走了很远的路,找了很多地方都没有找到……这是我第一次听说他还有个朋友,他说那是这个世界上他唯一的朋友,一个特别智慧的人,当年他被捕后,所有人都说他是连环杀人犯的时候,只有这位朋友尽全力替他辩白,最大限度地帮他缩短了刑期,后来他坐牢的时候又来探望过他,如今他遇到了很苦恼的事儿,希望找到这位朋友,问问他该怎么办……"

"他一点儿都没有透露,让他苦恼的是什么事儿吗?"郭小芬问。

"没有,他本来就不爱说话,不想说的时候,你拿根棍子都撬不开他的嘴的。"董玥想了想说,"不过,他倒是跟我说起过一篇高中作文……"

"高中作文?"

"嗯,他说他上学时写过很多作文,但就那篇他印象最深,是写春游的,别的同学写的都是春光多么明媚,游人多么高兴、花朵多么娇艳,只有他写的是夜里的公园,伸手不见五指的黑暗中,花瓣洒了一地,没有人看到它们是怎样凋零的,但那种'黑暗中绝不自怜的决绝'才是真正的美……然后,他问我这篇文章是不是写得很中二,我说有点儿,他就大笑起来。那是我认识他以来看到他唯一一次大笑,不知道为什么,在他的笑声里我听不到一点儿开心，只觉得他的心里难过极了，悲伤极了……"

结束了谈话，准备离开"鬼城"的时候，董玥把马笑中、郭小芬和肖春华一直送到楼下。不知什么时候，太阳不见了，阴沉如铁的天空刮起了北风，无形的大风宛如汹涌的波涛一般，灌进这座由钢筋水泥组成的"鬼城"，奔流过所有的街道、席卷起漫天的飞沙、穿梭过所有的孔洞，爆发出震耳的咆哮，像要把一切都统统刮走，刮不走就鞭笞、肢解、撕裂、粉碎，总之不能在这座以"鬼"为号的楼群里，留下一丁点儿生命的迹象。

他们贴着墙走到途胜旁边，郭小芬问董玥："你真的不打算回去了？"

"不回去了，我现在这个样子，回去还能做什么？"董玥看了一眼自己身上的衣服，羞怯而凄惨地一笑，"本来我以为返乡能找点儿事做，至不济做点儿小生意赚点儿钱吧，哪知经济不景气，只好跑到鬼城这么混着，每个月还得给邢院长的账户上打过五千块钱去，再过几个月银行卡里的钱用光了，我都不知道该怎么办……"

郭小芬不忍，也不知道该怎么把董心兰的死讯告诉她。

旁边的马笑中倒是痛快得很："董玥，那个邢院长因为工作上犯了错误，已经被免职了，新院长非常廉洁，你今后不用再往邢院长的账户上打钱了。"

董玥有些惊喜，又有些不敢相信："真的假的？你们可不要骗我。"

"我们跟你非亲非故的，骗你做什么？！"马笑中把眼睛一瞪说。

"那可太好了！"董玥高兴极了，"这个世界上我最牵挂的就是我妹妹了，不过我也不是很担心，有周立平在，他会保护我妹妹的，他不会改变对我的承诺。我知道他那个人，他承诺的事情，十年、二十年、三十年……一百年也不会变。"

她苍白的脸上浮起一点红色。郭小芬快速转过头去，怕她发现自己眼中的泪光。

关上车门的一刹那，咆哮的风声像被剪断了一样，变得稀薄了许多，只是车身还像惊涛骇浪中的舢板一样摇晃不停。

车子开动了，直到开出很远，郭小芬回过头，看见董玥还站在街道中间，抱着瑟瑟发抖的身体望着他们。

左右两排楼座犹如冰冷粗粝的井壁，昏暗的远方犹如深不可测的井底，董玥站在那里，好像一个被扔进隧道风亭的孩子……

"等一下！停车！"郭小芬突然大喊了一声。

肖春华吓了一跳，一脚踩了刹车，途胜"嘎吱"停住了。

郭小芬跳下车，顶着风跑回董玥面前，头发被吹得一片纷乱。

董玥呆呆地望着她，不知道她回来做什么。

郭小芬把身上那件雾粉色毛呢大衣脱了下来，给她穿上，大衣暖得董玥全身不由得一颤。

郭小芬把大衣上的扣子一个一个系好，菱形的水晶扣子系进扣眼有些不易，但一旦系好就特别紧实，可以挡住一切寒风……这么一直系到最下面一个扣子时，郭小芬蹲下身子，跟上面的扣子一样系紧。

——小董蹲下身子，给她妹妹系好最下面的一个扣子，叮嘱道：女孩子最怕冻，所以衣服上的每一个扣子都要系紧，小腿也不能冻到，记住啊。

全都系好了。

郭小芬站起身，轻轻说了一句"再见"，就跑回途胜车，关上车门，车子重新开动，这一回它越来越远，再也没有停下，再也没有回头。

董玥转身往楼里走去,可是没走出几步,她就慢慢地蹲了下来,两只手抱住膝盖,失声痛哭,她哭得那么伤心,好像一个再也见不到姐姐的妹妹……

4

坐在高铁列车上,显然是被冻坏了的郭小芬窝缩在座位上不停地发抖,青紫的嘴唇里,两排银牙捉对儿地打着。马笑中把自己的衣服给她披上,又找列车员要了毛巾被给她盖上,看她还是冷,就一杯又一杯地给她倒热水喝,渐渐地,她的脸色总算和缓了过来,呆滞的眼睛里重新有了光泽。

"你也是的。"马笑中忍不住嘀咕道,"你把大衣送给董玥,这没问题,你送一百件,我重新给你买一百件都成,问题是你提前打个招呼,我给你搭件衣服你再跳下车去找她啊……"

"你不懂……"郭小芬啜了一口水,低声说。

"我什么不懂?"

"你不懂,真的……"郭小芬慢慢地说,"你没有试过拖着箱子走在风雪交加的街道上泪流满面,你更没有试过躺在公园的长椅上把所有衣服盖在身上都挡不住的寒冷……你在一座城市里奋斗了很多很多年,然后,突然之间,你一无所有,无家可归,你才发现自己的卑微、渺小、可怜和可笑,这些,你都没有试过……"

高铁车厢里没有什么人,很安静,窗外的夕阳照在广博的平原上,一片金黄笼着一片枯黄,就这么随着列车和时间的推移,像底片一样一帧帧地变暗,变暗。

"是啊，一转眼，你工作了也有七八年了吧……"马笑中搓着手指头说，"你还记得咱们俩第一次见面的情形吗？"

"第一次见面？"郭小芬想了半天才说，"好像是在市公安局的楼道里吧，因为抢电梯，咱俩吵了起来，最后还是你赢了……"

"准知道你会记错！"马笑中歪着嘴巴一笑，"咱俩第一次见面是在椿树街果仁巷的胡同里，大半夜的，你把我当色狼，戳了我一电棍。"

郭小芬的嘴角不禁绽开了一缕微笑。回眸往事，年轻时代的一切况味，无论多少苦辣涩咸，也被时光酿成了酸酸甜甜。

"我们的专案组，蕾蓉、思纱、你、我、呼延，还有香茗……"郭小芬低声地念叨着，"时间过得真快啊，眨眼间，那么多事情发生了，过去了，先前听人说'好像发生在昨天'，还以为多么老土的一句话，可是现在，想起那些往事，真的是历历在目，好像……就发生在昨天一样。"

"我说——"马笑中突然叫了她一声。

郭小芬把纸杯放在前排的小背板上，望着身边低着头的矮胖子："你怎么了？"

"没什么……我在想该怎么说，妈的，我这张破嘴，平时胡扯八咧的时候溜着呢，一到关键时刻就张不开了。"马笑中郁闷地说。

一个乘务员推着餐车慢慢地走过过道，来到他俩身边时，问他们要不要晚餐，被马笑中狠狠地瞪了一眼，吓得赶紧推到别的车厢去了。

"你到底想要说什么？"郭小芬好奇地问他。

"那个……"马笑中不敢看她，眼睛盯着从前排座椅的背袋里露出半个脑袋的旅行杂志,"小郭,虽然咱俩当初见面,你戳了我一棍,我骂了你一句,开场有点儿锉,但我还是很早很早就喜欢上你了,这个你知道的,呃,不光是喜欢,比喜欢的程度高得多的多,那个字我实在说不出口,你知道就行了……不过,可能在你眼里我就是个烂人,长得敧里歪斜就不用说了,还油嘴滑舌、痞里痞气,一天到晚没个正经,像个正版渣男似的,可是咱们认识这么多年了,你最清楚:我老马骨子里要多正派有多正派,爱岗敬业,廉洁奉公,至于感情方面更是不掺一粒沙子。自从喜欢上你之后,就没有对别的女孩动过一点儿念头,我心里就你一个人,打碎了骨头也是这句话。"

郭小芬望着他,一声不吭。

"说了这么多,我其实就是想跟你正正经经地说一句:你做我的女朋友吧,你要是怕我这话不真,咱们回去就领证结婚!我的家底儿你也知道,我当警察十几年,小小所长一个,存款有二三十万,到现在还跟我妈住一套八五年的两居室,别的什么都没有,不算太穷,不过也够穷的……可是我会对你好,这辈子只对你一个人好,我永远不会脚踩两只船,除了咱俩将来生个闺女之外,我永远不会再爱上别的女孩,而且你也知道,把地球翻遍了也找不出敢欺负我马笑中的女人的人。我可以向你发誓,这辈子我绝对不会再让你受委屈,绝对不会再让你受惊吓,绝对不会再让你流落街头,绝对不会再让你找不到回家的路……"

说到这里,马笑中像等待判决的囚犯似的,低着头,等了很久很久,还是没有听到郭小芬吱声,他战战兢兢地歪过脑袋,才发现郭小芬望着他,满脸都是泪水。

他小心翼翼地抓住了郭小芬柔软的手,然而一旦抓住之后,就握得紧紧的,再也不肯松开。

郭小芬慢慢地把脑袋枕在他的肩膀上,泪水一滴一滴地滴在他的手背上,车厢里只有他们两个人。

第十章

1

"丁零零……"

咖啡馆门框上的铜铃清脆的一响,让正在看书的刘思缈抬起头来,往门口处看了一眼,见进来的不是郭小芬,而是一个戴着鸭舌帽的中年男子,便又重新低下头去读那本詹姆斯·艾尔罗伊的《无际荒原》,但视线却无法再集中到纸面上的文字里。

她轻轻地叹了一口气,合上书,将目光投射到明亮的落地窗外:深秋的一排梧桐树,残存的树叶蜷缩成了一个个黑黄交驳的小球,在夜幕初降的黑暗中仿佛一簇簇行将熄灭的火苗,楼下的人行道上,几对穿红着绿的情侣正挽着手慢慢走过,当他们穿过商家用投射光灯打在地上的光斑广告时,会有一瞬间显得那么鲜艳,但旋即又像被夜色吞没了一样消却了身影……

在那么多经验丰富的警员没日没夜地工作了那么久并付出了那么巨大的心血之后,整个扫鼠岭案件的侦讯工作像骨折一样中断了。一切证据都表明,此前嫌疑最大的周立平拥有充分的不在场证明,依法应当给予开释。尽管还有些警员心有不甘,带着某种发泄的情绪想找个理由再关他一阵子,但找什么理由却让他们头疼:把张春阳的尸体搬进冰柜涉嫌侮辱尸体罪?跟李志勇打架触犯了违反治安管理处罚条例？算了吧，算了吧，还是别给自己找不痛快了！

办理解除羁押手续的全过程，周立平都表现得非常配合和平静，正如一个无辜者早就对自己终有一日的洗白做好了心理准备。当然，他也很场面地说了几句感谢政府的话，然后走出了看守所的大门。按照相关法规，特大刑事案件的犯罪嫌疑人，就算解除嫌疑也要监视居住一段时间。据负责这一工作的刑警报告，周立平直接回到家中，没有再出屋，晚饭吃的是在楼下那家好邻居便利店叫的外卖。

周立平获释，不代表扫鼠岭上那四条人命可以不了了之，以杜建平为首的专案组受到了上级领导的严厉批评，虽然最终许瑞龙还是说了几句勉励的话，希望大家总结教训，转移方向，改变思路，寻求破局。专案组的成员也一个个的挺直腰板表示不怕挫折，从头再来，但是私下里都未免感到气沮。一场苦战，本以为功成在即，谁知到头来竟然攻错了山头，白忙活一场。现如今破案的"黄金期"已过，随着时间的推移，扫鼠岭之谜能否成功解开，恐怕只能看天意了……

这期间，泛起过一次小小的波澜，但又很快风平浪静。

就在专案组接受完上级领导的批评，走出会议室的时候，杜建平、楚天瑛和林凤冲不约而同地发现，调了静音的手机上显示：蕾蓉给他们打过电话，杜建平想着可能是蕾蓉那边从法医的角度对案件有什么新的发现，赶紧打过去，得到的消息是，尸检表明：张春阳是被冻死的。

"什么？"杜建平一愣，"冻死的？不是说他是马上风猝死的吗？"

"我调阅了张春阳此前在其他医院就诊的病历，因为他的心脏确实有问题,所以有可能在案发当晚发生过性交猝死,只不过性交猝死不一定是真的死亡,也有可能是昏厥或休克导致的'假死',表现为呼吸和心跳微弱到接近停止状态,加之邢启圣又不是心内科医生,所以造成了误判。"蕾蓉说,"我在尸检时,在张春阳的尸体内部发现多种器官非特异性改变,比如颅内容物冻结和膨胀导致颅骨骨缝裂开、心外膜下点状出血、肺充血、肾小血管上皮变性坏死并有血红蛋白管型以及髂腰肌出血等,都说明死者是冻死的,特别是还发现了维斯聂夫斯基斑——"

"什么斯基?"杜建平有些发懵,"你说慢一点儿。"

"维斯聂夫斯基斑。"蕾蓉解释道,"就是胃黏膜下有弥漫性斑点状出血,沿血管排列,呈暗红或深褐色,这种出血斑是冻死的典型征象。"

"怎么会是冻死的呢……"杜建平怎么都想不明白。

"比较悲惨的是,我认为张春阳在被冻死之前有过一段清醒的时间。"蕾蓉说,"他的手指指端磨破了,与此相应的是,我在存放过他尸体的那个太平间冷柜的内部上层提取到皮肤组织和血迹,证明张春阳曾经想挣扎着出去,可惜那个冷柜一旦放入尸体后,底板感受到压力,会自动上锁,太平间的大门隔音效果又很好,所以估计他呼救和挣扎都没有用,就那么被活活冻死了。"

想到张春阳在生命的最后关头,发现自己被置身于阴冷的冰柜里,宛如被活埋一般,恐惧、挣扎、嘶喊到最后的绝望,杜建平他们都不寒而栗……

杜建平突然想起了什么:"蕾蓉,有没有可能,是周立平在把张春阳的尸体搬进冰柜时,发现他醒了,然后把他打昏?"

很明显,他还是不甘心就这么把周立平给放了。

"突发情况下的致昏方式,一般来说有两种,一种是击打迷走神经或神经中枢所在的部位，一种是用乙醚、氯仿等吸入性麻醉药物。在尸检中，我没有在张春阳的体表发现任何击打所致的外伤，至于使用吸入性麻醉药物，前提是周立平必须预知或者猜测张春阳可能中途苏醒，做了准备，但目前的调查表明，那天晚上，周立平是个中途介入此事的人，何况吸入性麻醉药物并不是那么容易就可以得到的，所以从逻辑的角度，你的设想似乎不成立。"

因为杜建平开的是免提，所以楚天瑛在旁边插了一句："蕾主任，你在尸检中，是否发现张春阳在那天晚上真的发生过猝死？"

电话那端沉默了片刻，再一次传来了蕾蓉的声音，她的回答很谨慎："坦白地说，我在尸检过程中没有发现张春阳的冠状动脉有新鲜的血栓形成，但由于他以前有过心脏病，所以心脏表面有较多纤维瘢痕，冠状动脉及其分支也确实存在高度狭窄，加之他的尸体被发现的时候已经死亡多日，所以很难断定案发当晚他昏厥或休克的原因是否因心源性疾病引起，加之性交过程中导致昏厥和休克的原因有很多，除了心源性疾病外，还有呼吸系统疾病、中枢神经系统疾病以及过敏性疾病等，我无法一一排查……"

"我明白了。"楚天瑛说。

挂断电话之后，杜建平对楚天瑛说："你怀疑当晚张春阳和邢启圣做了个局骗陶灼天？"

楚天瑛慢慢地点了点头："我是有这个想法，但是再一想，觉得即便如此，对扫鼠岭案件也没有什么意义，尤其是周立平——蕾蓉说得对，种种迹象都表明，周立平仅仅是一个中途介入者，就算是他跟张春阳有什么深仇大恨，在将张春阳放进冰柜时发现他醒了,把他打晕再塞进冰柜,也无法推翻他在扫鼠岭案件的不在场证明,反而对这一不在场证明有了'加固'作用,更何况蕾蓉也说了,她没有发现张春阳存在人为致昏的情况。"

杜建平叹了口气,脸上浮现出不想放弃又不得不放弃的沮丧之情。

大约也就在给杜建平他们打完电话之后不久,蕾蓉去了一趟生物性检材实验室,回来的时候发现手机正在办公桌上嗡嗡振动,来电显示是呼延云打过来的。

她接听后,呼延云的口吻有些急促:"姐,有个事儿,跟扫鼠岭案件相关的,我想请你帮个忙。"

"什么事儿啊?"蕾蓉有些好奇。

"我想拜托你在给张春阳做尸检的时候注意一下,看看他真正的死亡原因,有没有可能是被冻死的。"

蕾蓉不禁"啊"地叫了出来:"你……你是怎么猜到他是被冻死的?"

电话那一端似乎早有准备:"我也是左思右想……既然他真的是被冻死的,那我现在就去一趟爱心医院太平间,看看我的一个推理能不能得到验证。"

"正好,唐小糖也在那边做一些收尾工作,我让她配合你一下——"蕾蓉的话还没讲完,呼延云就已经挂上了电话。

蕾蓉等了很久,都没有等到呼延云的消息。快下班的时候,唐小糖回来了,蕾蓉问她遇到呼延云没有,唐小糖说遇到了,但呼延云没跟她讲话,只是问了那两个太平间的工作人员一些问题。

"他都问什么?"

"我也没怎么听。"唐小糖说,"反正后来他钻到太平间旁边那个装有发电机的小屋子里,半天没出来……"

蕾蓉想了很久,也没想明白呼延云的葫芦里到底卖的什么药。

当天晚上,市里召开公检法机关精准打击金融犯罪工作动员会,蕾蓉也参加了,正好遇到了刘思缈和林凤冲。会议间隙,他们坐在一起闲聊,提及马笑中和郭小芬,说他俩应该在回来的路上了,然后蕾蓉随口提了一下呼延云的动向,刘思缈也想不明白他的用意究竟何在,倒是林凤冲提供了一个情况,说呼延云傍晚时给他打了个电话,落实了一件小事:"你们还记得吗,童佑护育院的门卫老徐头提供过一个线索,他说案发当晚十点半左右,看到邢启圣离开了护育院。"

"怎么不记得。"刘思缈说,"想起来就让人起鸡皮疙瘩,邢启圣那个时候应该已经死在扫鼠岭了吧。"

"对啊,但是令人感到古怪的是,那个保洁张阿姨也说过,当晚十点多,她上厕所的时候,看见院长办公室门里面亮着灯,屋里有走动的声音。"林凤冲不由自主地压低了声音,"老徐头的话,还可以当他老眼昏花看错了,张阿姨可是个靠谱的人,那么,当晚十点多在院长办公室里的那个人究竟是谁?这是专案组一直没有搞明白的事情,有人认为也许刚巧有个贼溜进去偷东西……"

"怎么可能?"刘思缈摇了摇头,"哪里有贼三更半夜去偷东西还把灯打开的。"

"对啊,反正是件令人百思不得其解的怪事。"林凤冲说,"不过你们也知道,刑侦工作中难免会遇到一些说不清道不明的诡异事件,所以后来我们也就没有再追究。傍晚的时候,呼延云打电话问我这件事的来龙去脉,我都有点儿记不清了,他还挺不耐烦的,我问他,这个事儿你打听那么仔细做什么?他来了一句'整个扫鼠岭案件破获的关键,就在这里'!"

蕾蓉和刘思缈不约而同地面露惊色："啊？难不成，这个案子他又能破了？"

"反正我听他是那个意思。"林凤冲说，"然后他跟我要了老徐头和张阿姨的联系方式，说是要去找他们当面了解一下。"

刘思缈托着腮帮子想了片刻，忍不住跟蕾蓉说："你那个弟弟，我也是服了，真不知道他到底长了个什么脑子……"

蕾蓉看了她一眼。

"怎么了？这样看着我？"刘思缈被她看得有些不自在。

旁边的林凤冲不禁一笑。

就在这时，突然有个高大魁梧的人在他们面前站定，嗓音洪亮地喊了一句："刘处长，好久不见！"

刘思缈一看，是A省公安厅负责经侦工作的汪副厅长，站起身跟他握了握手："早就听说你要来了，没想到在这里碰上了——那件案子是不是到了收网阶段了？"

"是，这次我过来，就是要跟部领导商议行动的起始时间，夯实行动的具体方案。"汪副厅长做了个瓮中捉鳖的手势，"一个都跑不了！"

2

女服务员将盛着花草茶的茶壶和茶杯放在桌子上时，不小心将这些玻璃器皿碰到了一起，发出了怪好听的"叮叮"声，打断了刘思缈的思路，然而当她捧起茶杯，望着漂浮在氤氲之上的一朵旋转摇曳的玫瑰花瓣时，不禁再一次陷入了沉思。

下午，她接到郭小芬的电话，说自己已经回来了，约她今晚七点在远洋时代广场二层的咖啡店见面，刘思缈正准备去给市中级人民法院送一份材料，算了算时间应该没问题，便同意了。送完材料，天已经擦黑，她开车往东走，突然发现马路对面的一家烧烤店里摇摇晃晃走出个人来，喝得满脸通红醉醺醺的，掏出钥匙打开了一辆黑色Jeep指南者的车门，就往驾驶位上爬。刘思缈赶紧在前面的十字路口掉了个头，一直冲到烧烤店门口，跳下车，一把拉开指南者的车门，对着里面那个攥着手机，闭着眼睛，把脑袋靠在车座头枕上的汉子低声而严厉地说："杜处——你给我下来！"

杜建平撑开沉重的眼皮看了她一眼，有点儿惊讶，又有点儿害臊："思缈……咋了？"

"什么咋了？！"刘思缈生气地说，"再晚一步你就酒后驾车了，退休金你不想要了？！"

杜建平从驾驶位上慢慢地蹭了下来，巨大的头颅耷拉着，半天没有说话，刘思缈冷不丁看到他攥着的手机屏幕上，居然显示的是自己的名字和电话号码："您找我？"

杜建平嘟嘟囔囔的，本来声音就含混，加上烧烤店和旁边几家餐馆门口，都有穿着各色制服的招待员此起彼伏地吆喝客人进店，导致刘思缈什么都听不清楚，她索性一指自己那辆凯美瑞："您上我的车，我送您回家吧！有什么事儿车上说。"

杜建平上了车，兴许是酒劲上来的缘故，他把皮衣的领子竖起来，遮住不断打嗝的嘴巴，巨大的身躯蜷缩在副驾上，再一次闭上了眼睛……刘思缈以为他睡着了，虽然心里还在纳闷他为什么喝醉了要给自己打电话，但出于礼貌又不愿意打扰他休息，只好发动了车子，在晚高峰的车流里穿梭。前面车辆尾灯的灯光和路灯的灯光交织着投射在车窗玻璃上，令夜幕中的树木、楼宇、桥梁、公交车站以及在站台上候车的人们，也像喝醉了一样，统统蒙了一层晕色。

"思缈,对不住啊。"杜建平睁开眼嘀咕了一句,又把眼睛闭上了。

刘思缈看了看他:"杜处,您到底怎么了?"

"没啥……"杜建平掖了掖衣服,再一次陷入了沉默。

刘思缈把车开到路边,缓缓地停下。

"杜处,您知道我这个人,从来不喜欢听半截话,而且据我所知,您也从来不是个话说一半就没有下文的人,您到底想说什么,不妨直截了当地说。"刘思缈盯着杜建平说。

杜建平慢慢地把窝缩在副驾座位里的身子坐端正,低声而缓慢地说:"思缈,其实有一段时间我对你意见很大,就是我的女儿去世之后,局里的兄弟姐妹们都来看望过我,只有你从没来过,连个问候的短信都没有发过,这让我非常心寒。真的,你看我就一个糙老爷们儿,可我也有心眼儿小的地方啊,那是我的女儿啊,我老婆死得早,就我一个人一把屎一把尿地拉扯大的女儿啊,好端端地在外地上着大学,突然学校打来一个电话让我认尸去,你肯定也听说了,当时我拿着电话,一屁股就坐在咱们食堂的地上了,整个世界就不是我的了,好一阵子我连哭都哭不出来,那心要是疼到极点,整个人跟烧焦了一样,想哭,干号就是没眼泪。后来去认尸,凤冲陪着我去的,等到了省里了解到整个事情经过,我才知道,那傻孩子是上了'钓鱼'的当,为了帮一个患了'绝症'的同学治病,用自己的身份证借了校园贷,结果那同学跑了,她欠的贷款,利滚利一个天文数字,把她连同我们这个家全卖了都还不上,所以才寻了短见……"

说到这里,杜建平用巨大的手掌咯吱咯吱地揉搓着眼眶,停了片刻继续说道:"出事之后,好多老哥们儿都在背地里埋怨我怂，觉得我一个刑侦处长，就应该把校园贷那帮幕后的恶棍和流氓全抓起来崩了，不怕告诉你，真有几个特别血性的兄弟说了，只要我敢动手，他们跟着我一起干！他们哪里知道，我早就合计清楚了，这个事儿我必须自己来，绝不能连累一个弟兄，我要不费一枪一弹，把'爱心慈善基金会'的陶秉、邢启贤、崔文涛、翟庆这几个王八蛋用最残酷的刑罚剥皮抽筋！就在我准备动手的时候，许局突然找我谈话，说上面正在对'爱心慈善基金会'涉嫌金融犯罪和刑事犯罪展开秘密调查，要把相关人等一网打尽，目前证据还不够充分，还要再过一些时间才能收网，所以，虽然他理解我失去女儿的悲痛，但还是希望我能严守组织纪律，暂时忍耐，不要进行私人报复，以免打草惊蛇，破坏整个调查工作，导致犯罪分子漏网或脱逃。"

杜建平使劲咽了几口唾沫，摊开了两只手："我当时就跟许局说，我十八岁从警校毕业，到现在三十年了，从来都是组织的人，从来都听领导的话，上级让我干啥我就干啥，一个磕巴都不带打的，可是现在让我不给女儿报仇，这我真的做不到啊！当时我坐在局长办公室，那泪珠子噼里啪啦地掉啊。我说许局，咱们当刑警的都知道，所有的案子都是'一等凉，一拖黄，一说改天算白忙'。杜莺可是你看着长大的，她妈妈去世后，你怕她一个人在家不安全，除了上学，特批我值夜班都可以带着她，开案情分析会的时候，咱们在会议室拍桌子瞪眼，你都不忘了给睡在沙发里的她搭个毛巾被。初中的时候她被校园流氓欺负，你安排俩刑警天天护送她上学——现如今你怎么能眼睁睁就看着她这么死了？许局那么个死硬死硬的、搁一斤酵母也发不起来的人，一听这话，也掉了眼泪，不停地说'老杜你要相信组织'……我一看就知道，不能再逼老头子了，老头子也有难处，我说那行，许局，我信你，但你要给我个准信儿，我要等多久才能等到那群王八蛋的下场？他伸了两根手指头，我说行，那我就等两年，说完我办了停薪留职的手续，就这么回了家……"

刘思缈望着他，沉静的目光中流露出一丝痛楚。

"你可不知道我这两年是怎么熬过来的，我翻女儿的照片，抄女儿的日记，叠女儿的衣服，一遍遍回忆着她小时候的样子，然后就哭得喘不上气来，一边哭一边用拳头哐哐哐地砸自己的心窝，我每天都这么过，我得让自己哭，不然活不下去，太痛苦了！我就像困在煤窑里永远出不去的矿工，心里被煤灰堵了个瓷实，哭出去了，心里能清爽一会儿，第二天就会重新堵上，就得再哭……就哭成这样，我都不忘了叮嘱自己，作为一个警察要知法守法，可到了晚上，梦里全都是怎么把那几个人渣挫骨扬灰！时间一天天过去，等得越长、越久，我越觉得这事儿肯定就这么黄了，凉了，没有人会再记得杜莺的死，没有人会再惩治那些害了她的人，就像这些年无数被校园贷逼死的年轻人一样，埋了，忘了，拉倒，而那些吸血鬼们照样逍遥法外，活得有滋有味儿的。然后我就特别恨我自己，我恨自己为什么那么听话，为什么那么懦弱……"

起初，杜建平还不自觉地揉搓着眼眶和眼角，渐渐地就开始擦拭顺着眼角不停流下的泪水，苦笑着说："嘀，一说到这个我还是老样子……前不久，市局因为警力不足，把我调了回来。扫鼠岭的案子发生后，一开始不知道案件的背景，许局还指名道姓让我当专案组组长，等到听说有'爱心慈善基金会'的事儿，他就跟我商量，想换上你，可是又得知主要的犯罪嫌疑人可能跟香茗有关，怕你感情用事，老头儿可就犯了难。这么大的案子，专案组组长必须是咱俩这级别的，他就还是让我先办着，千叮咛万嘱咐，让我只查周立平，别动基金会。我说行，反正我两年都忍了，不在乎多忍几天……那天在会议室，你说我是怕人家说我公报私仇，所以不敢查基金会；你说我胆小、懦弱、畏首畏尾、瞻前顾后，连女儿的死都不敢面对、不敢调查、不敢替她报仇，你问我到底还算不算一个父亲。你知道我听了，心里有多难受吗？但我没吭声、没辩解，因为我知道，其实你说得对，你说得都对——"

杜建平忍不住把脸偏转了方向，大声抽泣了起来，岩石一样的脸庞被泪水洗去了棱角，鬓角的白发和脖子上粗糙的褶皱，看上去都是那样的苍老而无助。

刘思缈从车窗前面的纸巾盒里抽了两张纸巾递给他："杜处，对不起……"

"不不不！"杜建平一边接过纸巾在脸上胡噜着，一边使劲摇摆另一只手，"思缈，直到今天下午，我才知道，我真的是误会了你、冤枉了你……Ａ省省厅的汪副厅长来了，部领导召集许局和他一起去开了个会，回来就向我传达了上级指示，通过两年来刑侦和经侦双管齐下的细致工作，相关证据已经搜集到位，可以对邢启贤等犯罪分子提起诉讼。据可靠消息，明天早上爱心慈善基金会的骨干将在市殡仪馆给邢启圣搞一次遗体告别仪式，本市和Ａ省两地警方届时将展开代号为'穿刺'的联合行动，把那些犯罪分子一网打尽，一个都不会让他们跑掉！我听说了这个消息，激动得握着许局的手一个劲儿地说感谢领导感谢组织，旁边的汪副厅长说'你还应该感谢一个人，她两年来给省厅和部领导多次打报告，要求彻查爱心慈善基金会的违法犯罪事实，后来部领导找她谈话，给她交了个底儿，她立刻请求从刑事技术的角度对证据搜工作予以支持，得到了批准'，我问是谁，许局才告诉我,这个人就是你。他跟我说'你不知道,杜鸢的事儿一出来,思缈专门找我拍了桌子,她说绝不允许有任何一个同袍的家属遭遇犯罪分子的伤害而善罢甘休——绝不允许'。"

刘思缈慢慢地将目光转移到车窗外面,夜色已浓,道路右侧的西郊珠宝城点亮了灯火,光与影在寒风中飘忽不定,犹如浮在海上的小岛一般。珠宝城二层的高思和学而思等培训机构刚刚下课,涌出来了好多孩子和家长,有个当爹的把穿着浅蓝色风衣的女儿抱上装有安全座椅的自行车后座,顶着风,推着车,艰难地从车前头走了过去。

"谢谢你,思缈,非常非常感谢……"杜建平低声说,"扫鼠岭案件也许是我做刑警办的最后一个案子,等'爱心慈善基金会'那些人被抓起来,我就准备向领导提出辞职了。我老了,也累了,许局长找我重新出山时,我心里头其实有个小九九,我想我在局长身边晃悠,无形中也会给他一些压力,提醒他不要忘记杜鸢的案子还没办呢。现如今,杜鸢也能瞑目了,我这身上就跟在冰箱里冻了三年终于见到太阳似的,化了,也泄沓了,一直绷着的那股劲儿没有了……思缈,也许你会觉得,对于扫鼠岭案件而言,我是个逃兵吧,如果你这么想,我觉得也没什么错,我对不起死在隧道风亭里的那几个孩子,但是你知道吗,其实,我的下半辈子也将像一个掉进隧道风亭里的人,就在井底那么孤独地坐着,寒冷、黑暗、绝望,直到自己被火化的那一天……"

说到这里,杜建平猛地捂住了脸,十根手指头几乎抠进肉里,身体微微颤抖着,他用尽全部力气才压抑住了哭声。

刘思缈看着他,仿佛看到了另一个顶着风、推着车,在黑夜里艰难前行的父亲,只是自行车的后座上,空空荡荡……

3

"在想什么呢?"直到郭小芬在对面坐下,刘思缈才回过神来,她望着郭小芬,觉得她跟往日好像有些不一样,虽然她的穿着得还是那么可爱,笑容还是那么妩媚,但神情没有了昔日作为一位新闻记者在工作重压之下掩饰不住的紧张,明亮的双眸放出的光芒也没有了总在观察和刺探什么的尖锐,而是显得泰然、温柔,甚至还有一些娇羞,在头顶那盏七彩琉璃灯的照射下,她的面颊像喝醉了一样微微泛红……

刘思缈使劲看了她几眼:"小郭,你是遇到什么开心的事情了吗?"

"就知道瞒不过你。"郭小芬咬着下嘴唇,微笑着从斜挎小方包里拿出了一张红色的卡片递给她,"那啥……我下午去领了个证。"

当看到金光灿灿的"结婚证"三个字时,刘思缈惊讶得瞪圆了眼睛,翻开,看到郭小芬和马笑中的合影时,更是半天合不拢嘴巴,好一阵子,她才如梦初醒一般,绽开了郭小芬从未见过的、发自内心而且充满欢欣的笑容:"太好了,小郭,祝贺你和老马,祝福你们!"

郭小芬不好意思地把两只手夹在腿弯弯里:"你瞧马笑中那个德行样儿,拍结婚照时,摄影师告诉他不要笑得那么傻,他说一回生二回熟,下次再改正,被我狠狠掐了一把!"

"好啦,好啦,这回老马算是修成正果了,不过,我看将来少不得被你修理——你可千万别手下留情。"刘思缈笑着说,"对了,婚礼什么时候办?"

"这个,我们还没商量好办不办呢……"郭小芬嘟起小嘴,

"我其实不大想办,可是老马非说婚礼有振兴民营经济的作用,政府的号召不能不响应"。

"要办!要办!"刘思缈说,"别看一场婚礼办下来,又累又折腾,但这可不是走形式、走过场,而是当着所有亲友面儿做了一次'公证',这对新郎是个约束,对新娘是个保护,老马嘴上胡说八道,其实他可比你明白多了。"

"没想到思缈你看得这么透彻啊!"郭小芬笑着说,"那你自己呢?"

"我?"

"对啊,你、你打算什么时候也像我和老马一样,找个人领这么一张证件?"

刘思缈的神情不禁有些黯然,脸上虽然还挂着笑,但笑得很勉强:"我这辈子,恐怕是没这个机会了……"

一时间,两个朋友陷入了沉默,安静的咖啡店里,原本袅袅的韩语歌曲有些清晰,在钢琴和黑管的伴奏下,吟唱着百无聊赖的寂寥。

"思缈,有些话我早就想说了。"郭小芬望着她说,"过去的事,过去的人,该忘记就忘记了吧,你还这么年轻,应该给自己、给别人一些机会……有时候,我们为一个人等待、守候了很久很久,到头来才发现,其实我们等待和守候的只是自己的那份孤独:对于被等待的人而言,没有意义;对于我们自己悄然流逝的青春,同样没有意义。"

刘思缈垂下长长的睫毛,掩盖住了美丽而哀伤的眼睛,很久很久,她端起茶杯啜了一口茶,才慢慢地说:"我只是不想妥协。"

"谁又不是妥协呢。"郭小芬低声说,"人生本来就是一个一边成长、一边妥协的过程啊。"

"那么，这个呢……"刘思缈伸出手，指尖指向了桌上那纸结婚证，"也是妥协？"

"也是。"郭小芬平静地说。

也许是没有想到她的回答是如此果断和坚定，刘思缈一愣。

"你知道的，我心里真正爱的那个人不是老马，我也等了他很久，但他心里真正爱的却是另外一个人。"郭小芬望着刘思缈说，"扫鼠岭上一把火，把咱们这些老朋友们重新聚在了一起，我才发现，原来这么多年过去，我们都在改变，有的成熟了、有的沧桑了、有的憔悴了，还有像我这样……说好听叫清醒，说不好听叫世故吧，我不再奢望什么惊天动地的爱情，不再向往能和自己最爱的人在一起生活，我只想有个家、有个窝、有个爱自己的人，好好地、踏踏实实地、不被人打扰地过我们的小日子，这就够了，足够了……"

说到这里，她的双眼浮上了一层水光。

刘思缈端起茶壶，给她的茶杯续了一些水，然后将茶杯慢慢地推到了她的面前。

郭小芬喝了几口水，咳嗽了两声，又用力清了清嗓子，把跟马笑中一起去省城寻找董玥的经过讲述了一遍，然后给出了自己的结论："通过这么长时间的走访和调查，我认为周立平是一个好人，一个正派的人，从十年前到现在，一直都是。至于为什么他走上了这样一条道路，我只能说，就算他行走的方向只有他一个人，但真正逆行的人，不是他。"

刘思缈神情严肃地点了点头。

"对了，思缈，我要跟你说一句对不起。"郭小芬说，"你委托我写的那篇调查报道，我可能无法完成了，一来，假如真的要办婚礼，我最近可能要做很多准备，未必抽得出时间和精力；二来……当我自己改变了方向的时候，我没有勇气书写一个继续朝那个方向执着行走的人。"

"没关系的。"刘思缈微笑着说，"对我而言，你已经完成了我托付的事。"

"啊？"郭小芬有点儿不明白。

"归根结底，我只是想证明，香茗当年没有看错人。"

离开咖啡店的时候，已经是晚上八点半了。她们刚刚走到电梯口，一个虎头虎脑的三岁小男孩就撞在了刘思缈的身上，他的妈妈直跟刘思缈道歉，小男孩却不管不顾地一边大喊着"姐姐"，一边冲到了早教中心门口，给一个拿着张大画纸走出来的女孩子来了个熊抱，女孩子大笑着搂住弟弟喊他的外号："臭破弟，你怎么来啦？"她的鼻头和脸蛋上挂着橙色和红色的颜料，笑起来好像点亮了一盏小橘灯，又好看又可爱。

郭小芬突然想起，上一次到这里来，她见过这姐弟俩。当时，那个"臭破弟"坐在早教中心的象鼻子滑梯上不敢下来，穿着粉色夹克的姐姐大声鼓励他要勇敢。

刘思缈却注意到了小女孩手中那幅水彩画，画的是一座直挺挺的、好像烟囱似的高楼，三个穿着五颜六色衣服的小朋友坐在楼顶，望着天空，但是当小女孩把刚刚完成的画作拿给弟弟看完，接过来重新捏在手中时，画纸倒了个个儿，三个小朋友的头都朝下，而且那座高楼，很像是一口深深的、嵌入地底的隧道风亭……

"小郭，你还记得吗，扫鼠岭案件刚刚发生时，我急于破案，怕引爆公众舆论危机，而你说不会，因为死掉的三个孩子都是出身社会底层的残障儿，作为社交媒介主要用户群的中产阶级，对这样一件与己无关的新闻，不会有持续关注的热情，现在看来，你是正确的。"刘思缈低声说，"市局新闻处那边的舆情显示，公众对这一案件的关注度一路走低，现在已经降至冰点了。"

"再过一个多月就是新年了，接着是春节，到那时，一片欢声笑语，谁还会记得那几个死掉的孩子……"郭小芬难过地说，"其实，不要说他们了，就连我，现在都回想不起那三个孩子叫什么名字了，没有人会再记得他们，没有人会再记得他们曾经来过这个世界……"

一瞬间，刘思缈的头颅像被什么狠狠撞了一下，因为她发现，其实自己也记不大清那三个孩子的姓名了……坐着滚梯一直往下走的时候，她使劲地想啊想的，直到走下滚梯的时候，还是没有想起来。

走出远洋时代广场，郭小芬叫了辆车。等车的时候，二楼的那家早教中心又放起了那首好听的主题歌，有许多正在里面参加合唱培训的孩子大声唱着：

小鸟说山顶的白雪悄悄化了，河流在叮咚唱着歌谣，奔跑的小鹿眼睛真漂亮。森林的花儿起得真早，春天的风儿暖得刚好，叶子在枝头向太阳问声好。

孩子们的声音虽然不够整齐，但是清脆而响亮。不知道为什么，两个人听了一会儿，都有些出神。这时，郭小芬的手机响了，她叫的车到了，就停在不远处的路边，她一边往台阶下面跑，一边跟刘思缈挥手再见："回头我给你发婚礼的电子请柬，你可一定要来啊！"刘思缈点着头大声答应着："我一定去！"

望着车子远去，刘思缈站在原地没有动，她有些伤感，又有些惆怅,就在这一瞬间,她觉得扫鼠岭案件已经结束了,虽然真相没有破获,虽然真凶没有抓到,虽然一切一切看上去都没有个结束的样子,但是,没有结束也是一种结束……

没有结束也是一种结束。

  松鼠说我家的松果味道最好,熊猫在树下伸个懒腰,一看到竹子就走不动了。大象在河边洗着澡澡,鱼儿在水里吹着泡泡,彩虹在天边笑成小酒窝。

孩子们的歌声充满了快乐,他们歌唱着童话一般美好的世界,歌唱着衣食无忧的幸福童年,歌唱着无限憧憬的未来和明天。听着听着,刘思缈想起了不久前在微信上看到的一篇刷屏文章,标题好像是"找到幸福的唯一办法,就是你不断想象幸福的样子",虽然她一向很讨厌这种鸡汤文,但在这个深秋的夜晚,她望着商厦大堂的灯光将自己投射在地上的一泓长影,忽然觉得那篇文章所说的并非全无道理:幸福是忘记,是妥协,是与众同行,是放声合唱,是不断想象幸福同时不去关心那些与己无关的事情,是该结束时果断结束而不再计较结束本该是个什么样子……

她把手揣进亚麻色风衣的兜里,走下台阶,一边往回家的路上走,一边跟着楼上飘来的童声轻轻哼唱起来,这么多年过去了,她的双肩第一次感到如释重负的轻松,就连脚步也随着歌声而变得轻盈:

  太多太多的欢笑,太少太少的烦恼,好多好多梦想去实现,好多好多的伙伴,幸福有你的陪伴,让我们一起把梦去实现。

走出了很远很远,在十字路口时,合唱的歌声已经听不见了,但她还在兀自哼着那首歌。不知道为什么,哼着哼着,她的脑海里突然浮现出了那三个孩子的名字:赵武、李颖、董心兰。这一下,记忆就跟开了闸似的,她想起了他们被烧焦的小小尸体,想起了他们仅仅在照片上留下的模样,想起了他们平时吃的泔水还有装泔水的方便面"餐盒",甚至还想起了他们的年龄:十二岁,九岁,最小的一个是五岁。他们活着的时候,是不是有太多太多的欢笑、太少太少的烦恼,是不是应该也有好多好多的梦想去实现呢……

想着想着,绿灯亮了,她没有动,一直这么站着,直到红灯亮起,不久,又是绿灯,又是红灯,又是绿灯,又是红灯……

来来往往走过十字路口的人们,好奇地望着那个一直站在红绿灯下面没有过马路的姑娘,不知道她为什么满脸都是泪水。

第十一章

1

一切都是黑暗的：坟样黑暗的是山，凸形黑暗的是墙，笔直黑暗的是树，条状黑暗的是路，不知从哪个黑洞里啐出了一口黑暗的风，在这黑暗的夜里越刮越大，咔哧咔哧咔哧咔哧，像一把黑暗的剔骨钢刀，一刀一刀地，剥皮一般，剥出了一个黑暗的人。他的色泽比其他的黑暗都要浅一些，更接近于一种铅灰色，凝重而模糊。他走得很慢，不时停下脚步，掂掂头顶黑暗的天，跺跺脚下黑暗的路，看似无意地侧侧身子，观察着身后有无跟踪的人，然后继续往前走，一直走进了通往扫鼠岭的那条黑暗的小巷。

小巷里没有人，两边的围墙泛着冷冷的光。路过露在围墙外面的地铁站口的时候，他眯起眼睛，看了看那扇厚厚的钢板防盗门，又往前走了几步，来到了通往苗圃的铁栅栏门前。门是半开着的，扫鼠岭案件发生后，这里被警方封锁了一阵子，但随着犯罪现场勘查工作的结束，又被打开了，原来在门上挂着的那根象征性的铁链子还挂着，只是旁边多了条禁止出入的黄色胶带，在风中飘得像风干了的猪大肠。

他没有犹豫，径直走了进去，沿着坑坑洼洼的土路往前走了没几步，就看见了那个站在隧道风亭旁边的人。

借着不远处公交自动化设计研究院的灯光，可以看出，那是个中等个子的男人，年龄在二十五到三十岁之间，不胖也不瘦，穿一身深灰色的连帽衫和同样色泽的弹力长裤，手插在裤兜里。他的腰板很直，昂首挺胸，干净的娃娃脸上有一双明亮的眼睛，神色沉静，好像正在思索着什么。

刚刚走进苗圃的人轻轻咳了一声，娃娃脸看到了他，端详了他片刻，嘴角露出了微笑："周立平吗？我是呼延云。"

周立平面无表情："你找我什么事？"

呼延云有些尴尬："那个……你肯定知道我吧？"

周立平点了点头。

"我和林香茗是好朋友。"说完，呼延云看看周立平的神色，觉得对方跟自己毫无谈兴，只好直入主题，"十年前，西郊连环凶杀案发生之后，香茗一直为你辩护，为此得罪了很多人，我很好奇地问过他为什么这样做，他不愿跟我说得太多。扫鼠岭上一把火烧起来，牵扯到了香茗，很多人都在说，都是由于他当年纵凶导致了今天的大案，而香茗现在又没法出来替自己辩解，于是我就得尽尽好朋友的义务了……"

"扫鼠岭的案子，跟我无关。"周立平说。

"这要看怎么说了。"呼延云说。

"怎么说？"周立平冷笑了一声，"你觉得咱们人民警察要是在我身上发现一根头发丝儿的嫌疑，能让我走出看守所的大门？"

呼延云摇了摇头："公正地说，恰恰是因为这几年国家加强法制建设，在各类案件中坚持疑罪从无的原则，才让你获释的。"

"这么说，你认为我还是有嫌疑的？"

呼延云望着周立平。十年了，这是两人第一次面对面相见。尽管呼延云早就知道他，知道他十年前牵涉的那场惊天大案有多么的血腥，知道他曾经被市民们描绘成怎样凶残的恶魔，知道香茗为了替他辩解几乎成为全社会的公敌，也知道他在扫鼠岭案件发生后从重大嫌疑到被释出狱的全过程……就在半个多月的时间里，呼延云仿佛把过去的十年重新走了一遍，虽然他揭开了很多尘封往事的谜底，但在这一刻，在他傍晚打电话把周立平约到扫鼠岭上见面，在周立平就站在他对面的时候，他忽然开始困惑自己做这一切的意义。十年前，他还是个大学生，意气风发、慷慨激昂，甚至于在走上社会、遭受无数的挫折和打击之后，他依然对自己的推理才能充满自豪和骄傲，那是一种坚信通过百折不挠的探求，终可以找到真相乃至真理的自信。但是最近几年，特别是在遇到了越来越多扫鼠岭这样的案件和周立平这样的人之后，他有了一种奇怪的感觉，那就是被他揭发的每一个真凶，归根结底都是为命运驱使而无能为力的可怜虫，他看到他们在命运织就的大网里受到重重的束缚，因困顿而挣扎，因窒息而疯狂，并在疯狂中伤害着同样在网中的其他困兽……他指证了他们，揭发了他们，但对那张铸就一切悲剧的大网，他可是毫无办法。

何况周立平又是那样的特殊，甚至连疯狂都算不上……

呼延云长长地出了一口气："周立平，我知道你被关了这么久，刚刚放出来，不想再提这件事，不想再到这里来，但是关于扫鼠岭这件案子，我还是想心平气和地跟你说一说我的想法。你问我是不是依然觉得你有嫌疑，实话实说，这个问题很难回答，因为我觉得：这个案子之所以破不了——正是因为警方在不遗余力地寻找你的嫌疑的缘故。"

周立平石头一样僵硬的脸上，不由自主地抽搐了一下。

"所有的案件，从案发的那一刻起，警方要做的最重要的工作就是寻找证据，锁定目标和抓捕嫌犯。扫鼠岭案件本来也不应该例外，但是当警方发现你的踪迹曾经在案发当晚出现在扫鼠岭下面那条公路上时，几乎所有人都不约而同地认定你就是真凶。尽管十年前的西郊连环凶杀案，你因为证据不足而只被判处有期徒刑十年，但在每位警察的心里，你就是杀死那些女孩以及房志峰的罪魁祸首，为了避免你脱逃，杜建平带队在第一时间完成了对你的抓捕——恰恰从这一刻起，正常的侦缉顺序被改变了，或者说正确的刑侦逻辑被扰乱了。从'一寻找证据，二锁定目标，三抓捕嫌犯'，突然变成了'一锁定目标，二抓捕嫌犯，三寻找证据'。说起来，十年前对你的抓捕，也是因为我的一个不够严密的推理帮助警方过早地完成了对你的锁定，这真是造化弄人啊！"呼延云苦笑道，"当然，警方很快就发现了这个失误，跟已经掌握的证据相比，对你的锁定和抓捕明显是过早了，接下来只能亡羊补牢，边审边查了，谁知你做出的口供，虽然不无荒诞可笑之处——比如你是从扫鼠岭跑着去杏雨路的，比如你去杏雨路的目的是跟李志勇打架，比如你在约架前还好整以暇地绕了个弯儿去太平间把张春阳的尸体放进冰柜——它们虽不合理，但是合情，本来人生就充满了合情不合理，何况你又是一位在众人眼中不按常理出牌的杀人狂，做出这些事是完全说得通的。不过警方并没有死心，他们依然坚信你就是扫鼠岭一案的真凶，并从此开始夜以继日、一丝不苟的缜密工作，希望能找到证据戳穿你的谎言、破解你的不在场证明，可惜半个多月过去，他们好像一群剥洋葱的人，你是被越剥越白，他们可就是泪流满面。这是怎么一回事呢？为什么会出现这种情况呢？警察们对此困惑不解，直到得知那三个孩子是受不了邢启圣的凌辱而自杀，他们才恍然大悟，原来你并不是真凶，原来你确实如你自己所言，只是一个半途介入案件，并被邢启圣利用来'顶锅'的人。"

"我想，这一点随着侦缉工作的进行，越来越成为所有警员的共识：你在案发当晚的六点左右，在家附近的便利店买了两罐啤酒，而且还把它们喝光了，这说明你并没有出车的准备，也就是说没有作案的准备；一位出租车司机证明，当晚九点左右在夏荷街道接到过一位打车的男子，一直开到了童佑护育院门口，出租车行驶记录显示耗时二十分钟，而那位司机从一堆照片中很快就找到了你，这再一次说明你当晚给邢启圣开车是个偶发的行为；还有，天眼系统已经把你途经的每一个路口的视频、照片都提取和加以分析，丝毫看不出你在开车过程中有任何躲避或遮挡摄像头的企图，甚至将你从前开车的监控视频进行了比对，证明你当晚的体态和神情一切如常；还有，那辆斯派被发现后，方向盘、车门把手被用消毒湿巾擦拭过，没有留下指纹，而这一点则又一次降低了你是凶手的嫌疑，因为假如你是真凶，则以你司机的身份，又经常开这辆车，在方向盘上留下指纹纯属正常，毫无擦拭的必要。"呼延云轻轻地甩了一下手，"与此同时，证明邢启圣是恶意陷害你的证据也一桩桩浮出水面：比如他在你开车的全程都躺倒在后排，用来遮蔽自己被摄像头拍到；还有，无论荷风大酒店一层酒吧的结账小票，还是尸检结果都证明，当晚邢启圣滴酒未沾，但乙醚空气探测仪显示，那辆即便是过了好几天才被找到的斯派车内，依然有名贵洋酒留下的浓重的酒精气味，而那种洋酒只在他自己的酒柜里有，结合他上车后躺倒在后座和你的相关供词，很明显他是在衣服上洒上洋酒后，装醉让你开车，这样天眼系统才能'记录'下当晚运尸的人是你，而且车中只有你一个人；当然还有最最重要的，他有焚烧孩子们尸体的动机，妄图用这种方法灭除自己奸污孩子的罪证，而你则完全没有这一动机。

"当这些被端上台面时，不要说警方，任何一个稍有头脑的人，都能做出判定：你可以从这个案件中被'剔除'了，尤其是你提供的那个非常有力的不在场证明：当晚十一点前，你曾经跑步到达爱心医院太平间，把张春阳的尸体搬进冰柜，计时系统显示那个T-E-3冰柜当晚只开关过一次，是在十点五十分，而且按照工人们的说法，'冰柜的计时系统是独立内置的，自带电池，就算停电了，冰柜也照常计时'——假如扫鼠岭上的案件是你所为，你根本不可能做到这一点。报警电话显示邢启圣十点半还活着，假如你杀了他，抛尸、焚尸，然后再挪动斯派，就算速度再快，完事你也不可能只用十分钟就赶到爱心医院太平间，而且由于是突发情况，你也不可能临时找个人代替你去搬尸，何况警方核实过你的手机通信记录，当晚，你除了接听邢启圣找你做代驾之外，只在十点四十分给李志勇打过一个约架的电话……当然还有一种可能，就是李志勇是你的帮凶，他帮你运张春阳的尸体，借此为你制造不在场证明，可是天眼系统拍摄到当晚他的行车记录，就是从家直接开到杏雨路，上述一切都说明了一件事——杀死邢启圣的另有其人！"

听完这句话，周立平的神情明显松弛了一些。

"是的，还有另外一个人，我们姑且叫他'X'吧！"呼延云开始习惯性地在分析案情时来来回回地踱步，"种种迹象表明，是他跟邢启圣合谋了焚尸并嫁祸于你的行动，因为邢启圣虽然卑鄙下作，但无能至极，案发那天的早晨发现孩子死亡之后，根据崔玉翠的供词，他惊慌失措，完全不知道该怎么办才好，以他的能力，根本不可能应对这一突发事件，他必须马上找到那个唯一能帮他出谋划策的人,而警方调出邢启圣的手机通话记录,他在那之后打通了一个电话号码,号码的主人就是张春阳。不久,邢启圣就开车前往荷风大酒店找张春阳商议去了。此后直到扫鼠岭上的大火熊熊燃起,邢启圣再没有长时间地和其他人通话或在一起。"呼延云说,"这说明,张春阳就是那个给他在幕后出谋划策的'X'!"

停了一停,呼延云接着说:"从诸多与张春阳接触过的人那里,可以得到对此人差不多的同一印象:这是一个'胆大妄为、自作聪明'的为非作歹之徒,他利用自己和陶灼夭的特殊关系,在爱心慈善基金会里捞到了不少好处,他也与邢启圣狼狈为奸,长期担任他的狗头军师,此外他曾经做过健身教练,身强体壮,无论是杀人的胆量还是能力,都没有问题。极有可能,他在听邢启圣说起三个孩子自杀不知道该怎么善后的时候,马上想出了一个办法。他告诉邢启圣,现在市里治安抓得很严,想运出本市几乎是不可能的,一旦走高速被抽检发现是要命的事,最好是运到西山找个人迹罕至的地方埋了,但是就这么开车去西山乱转,不一定能找到合适的地方,公路附近肯定不行,往没有路的山里走,三具尸体怎么运输是个大麻烦,所以折中的方法是就近找一处很少有人去的地方,把尸体一扔,一烧,一埋,完事。因为张春阳有健身的习惯,且经常到扫鼠岭来爬山什么的,所以知道那个隧道风亭,也知道这一带短期内没有开发或迁建的计划,抛尸后弄点儿土往下一盖,几年都不会有人发现,这么长的时间办移民都够了。邢启圣听了觉得很有道理,可是他担心这事儿早晚会暴露,一旦发现尸体,查出尸源,再一调天眼系统,肯定能发现是他开车运尸的,到时候就算他逃到天涯海角,人民警察也能把他给逮回来。张春阳说这有啥可发愁的,你眼前不就有一个现成'顶锅'的吗？你只要让他开车，或者说只要警察一看到他那张脸，百分之百会认定一切都是他干的。邢启圣一听，立刻明白了他所指的人是谁，不禁拍案叫绝。接下来就是具体执行了。邢启圣骗你开车带他上山，然后自己把车开进这个苗圃，与早已等候在这里的张春阳会合，抛尸过程中，也许是发生了纠纷，也许张春阳想连邢启圣一起杀了灭口，于是弄死了邢启圣，也抛进了隧道风亭……嗯，如果一切真是这样，那么整个案件就真相大白了——"

呼延云的声音戛然而止。

周立平望着他，目光阴冷。

"可惜。"呼延云摇了摇头，"可惜，偏偏有一件事，是怎么都说不通的，那就是张春阳当晚突然死亡，尸体被邢启圣运到了爱心医院太平间，在十点五十分的时候，他已经被你塞进了冰柜。"

2

风停了，苗圃里漂浮起了乳白色的暮霭，夜霭越来越浓，果树、土路、滑盖棺材一样的地铁站、隧道风亭以及隧道风亭边相对而站的两个人，都被笼罩在了谜一样的弥漫里。

周立平原本棱角分明的嘴脸，像隔了一层毛玻璃似的看不清晰。

呼延云却丝毫不在乎他现在是什么样的神情："下面，我想转换一下话题，说说张春阳之死，因为这件事跟后来发生的扫鼠岭案件有着千丝万缕的联系。对于张春阳的猝死到底是真是假，在警方内部是有争议的，从我调查的种种情况来看，我倾向于，当晚在荷风大酒店发生的'马上风'事件，其实是张春阳和邢启圣合谋导演的一出戏。

"对于将要结婚的陶灼夭而言，过去的性玩具张春阳已经失去了存在的意义和价值。这对张春阳而言可是致命的，假如失去了陶灼夭这座靠山，他算什么？说难听点儿不过是个'鸭子'，他过去能打着情人的旗号去基金会下属单位坑蒙拐骗，现在谁还会搭理他？所以张春阳肯定是急于挽救这段'感情'的，可是陶灼夭与未婚夫姜磊的婚姻有着多重目的，是关系到陶家能否继续在爱心慈善基金会立足的一桩'买卖'，出不得半点儿差错，所以任凭张春阳想尽办法也'春心唤不回'……不妨换个角度，设身处地站在张春阳的立场，想想他的处境，想想已经习惯了吃软饭的他脱离陶灼夭之后靠什么继续在这座大城市里生存，就知道他已经无路可走，唯一的办法就是最后敲诈陶灼夭一笔钱。"说着，呼延云举起右手，用食指和大拇指做了一个"圈"，"我在勘查荷风大酒店陶灼夭的卧室时，发现那扇隔开卧室和会客厅的实木推拉门打开时，在两个重叠的门框上方会出现这么一个透孔，和我同行的李志勇认为那是偷窥用的，其实他错了——那个孔洞是专门为了安装微型摄像机用的。

"我观察了一下透孔的内部，从边上碎碴儿的色泽来看，是新挖的，也就是说用拍摄视频来讹诈的阴谋是最近策划的。问题是，单纯拍摄和陶灼夭做爱的视频没什么用，实话说上层社会的那帮名媛，有几个私生活干净的？就算拿性爱视频讹诈，也诈不出几个钱来，而死亡就不一样了，一旦死了人，又把情人的尸体'私下里'处理掉，流传到社会上去，不仅淫邪还违法，这对陶灼夭可是致命的打击，就算结了婚也要离，他们陶家在爱心慈善基金会的地位肯定不保！"

说到这里，呼延云突然放低了声音："但是，这件事有一个关卡必须要过。监控视频好拍，让陶灼夭相信张春阳真的死了可不容易，肯定需要一个专业的医生来判定，而且假如陶灼夭稍有头脑，就算当场相信张春阳真的死了，保不齐冷静下来后，还会去进一步核实，所以最好是找一个真正的医生来充当这个'死托儿'，最大限度减少甚至消除陶灼夭的疑心。这个医生必须得是陶灼夭绝对信得过的，在发生'丑闻'时唯一能求援的，当然，他还得是跟张春阳穿一条裤子的铁杆朋友，这个人除了邢启圣，不做第二人想。

"但是——抱歉我又要说个'但是'。"呼延云望着周立平说，"但是不要忘了，邢启圣固然跟张春阳狼狈为奸，但是归根结底，陶灼夭才是他的真正靠山，他与弟弟邢启贤不和，又一屁股腌臜账，这么多年来都是陶家罩着他，才让他这么个烂货活得人五人六的。帮张春阳讹诈陶灼夭，对他邢启圣有什么好处？邢启圣龌龊，可是却不傻，这一点张春阳也很清楚。想让一个人就范，要么给他好处，要么抓他把柄，当邢启圣着急忙慌地把童佑护育院三个孩子自杀的事情告诉张春阳的时候，张春阳知道：把柄来了。他迅速帮邢启圣制订了毁迹灭尸、嫁祸于人的计划，但作为交换，邢启圣也必须当着陶灼夭的面给他做一次'死亡鉴定'，然后趁着陶灼夭不备拆走摄像机，等到把扫鼠岭的事情搞定再交给张春阳，张春阳从此隐姓埋名，假装死掉，再找个亲戚用视频敲诈陶灼夭，这可是一张提取金额不封顶、提取次数无限次的'超级信用卡'——当然，张春阳恐怕还有更加邪恶的计划，那就是事后不仅可以用视频敲诈陶灼夭，还可以用隧道风亭下面的尸体勒索邢启圣，一家两吃，到时候邢启圣只能自认倒霉，任凭他予取予夺。

"除了那个透孔外,还有一点能证明我的这个推测。案发当天,邢启圣早在下午两点半就已经赶到荷风大酒店,与张春阳汇合。等张春阳把陶灼夭约出来后,他就躲到荷风大酒店一层酒吧去了,并在七点多给陶灼夭打电话,以'汇报工作'为借口说要来见她,其实是暗示陶灼夭自己就在附近。酒吧的摄像头拍到,邢启圣在吃饭时,一直频频看手机,等到八点二十电话响起时,整场好戏就开演了。"呼延云做了一个拉幕的姿势,"事情发生得太突然,一切正如张春阳预料的那样,陶灼夭那个毫不经事的千金大小姐,面对床上趴着的一具尸体,惊慌失措、方寸大乱,不但打电话向邢启圣求援,还在邢启圣做出死亡鉴定后,决定坐飞机出逃,为了把戏演足,确保张春阳的死亡有其他人目击和作证,邢启圣先将张春阳运到爱心医院太平间,放在停尸车上,开具了死亡证明,然后开着那辆斯派回到童佑护育院,一边把三个孩子的尸体装进后备厢,一边打电话请你来帮忙代驾——"

"你的意思是说——"周立平突然开了腔,"邢启圣叫我去做代驾的时候,假死的张春阳溜出太平间,跑到这扫鼠岭上等着他,把剩下的'活儿'做完?"

"不不不!"呼延云大摇其头,"张春阳不可能是那个X!没错,等邢启圣离开后,他伪装成祭奠死者的家属走出了太平间,反正那两个值班工人每天喝酒喝得醉醺醺的,根本不会在意是不是有个'死人'活了过来——不过张春阳可没有去扫鼠岭,而是步行去了不远处的另外一个地方,这个待会儿再说……不要忘了,如果他真是那个X,那么他也存在着一个跟你一样无法克服的困难:他怎么可能在十点半杀死邢启圣之后,抛尸放火挪车,然后十点五十赶到爱心医院太平间,躺到停尸车上?要知道,在冰柜里发现了他的手机,当晚他并没有使用任何一款叫车App

的记录,警方调查了摄像头拍下的当晚所有途经扫鼠岭的出租车和黑车,也没有司机记得曾经搭载过这么一个人……我考虑过其他可能:比如十点半打给一一〇报警电话的声音是事先录制好的,只是在打通报警电话后播放,以制造不在场证明,但刑事技术处给出的鉴定证明,那个声音肯定是邢启圣的,而且肯定是自然条件下的同期声,甚至背景音还听得见那个(他指了指缠在树枝上的风车)发出的咔嗒咔嗒声,所以十点半的时候邢启圣百分之百还活在这个世上。还有其他类似的种种假设,但最终都被我自己推翻了……当然还有最要命的:张春阳回到太平间后,是谁、又是用了什么办法,把这么一个大活人搬进冰柜的呢?

"这真是一个让人头疼的案子啊!不过越是这样,反倒越激发了我挑战这个案件的兴趣。"呼延云敲了敲自己的脑瓜,把目光再一次对准了周立平,"我知道,你看过不少侦探小说,那么你肯定知道,刑警跟推理者是完全不一样的两种人,刑侦工作要求的是寻找完整、充分的证据,并根据这些证据构建起一条严密的、逻辑无误的证据链,顺藤摸瓜找到罪犯,而推理则不然。推理得以运用的前提,恰恰是证据不足、不够、不完整,于是在有限的嫌疑人当中,通过逻辑推演的方式寻找到口供和行为中的逻辑漏洞,迫使真凶缴械投降,这才是推理者的看家本领。所以当我介入这个案件的时候,我觉得特别好笑,怎么这一回警方干了推理者的事儿,而且居然越想找嫌犯的嫌疑,就越帮他洗得干净呢?那好吧,既然你们占了我的道儿,那我就到你们的道儿上去溜达溜达,当我按照警方本应采取的'正向'方式,从头开始对这一案件条分缕析时,反而发现了警方一直没有注意到的,一种贯穿了案件始终的——不恰感。"

3

咔叭!

一阵突如其来的夜风,将旁边那棵槐树上的枯枝吹断了,正好掉落在他们不远处。

呼延云走过去,将枯枝捡起,摸了摸它参差而锋利的断碴,继续对周立平说:"不恰感……这个词太文艺了,或者用个更加通俗的词汇吧,断裂,嗯,就是这个词,整个案件无处不在地充斥着断裂感……不过,在解释这种感觉之前,我们不妨分析一下张春阳给邢启圣制订的李代桃僵之计,也就是让你开车送邢启圣到岭下,全程让你的脸孔暴露在天眼监控系统下的做法,到底是妙计还是昏着。

"我相信,如果是一个普普通通的寻常人,或者因为对人类犯罪的神秘天性感到好奇而读了几本侦探小说的读者,一定会觉得,这个计策不错啊,至少使自己成功躲开了天眼的追踪,而且找了个替死鬼……可是,对于真正有经验的刑事犯罪分子而言,他们一定会对这个计划嗤之以鼻:真以为把孩子们衣服扒光泼上汽油一烧就查不出他们的身份了吗?真以为警方只凭天眼系统拍摄到的画面就会给一个无辜者定罪吗?真以为警察坚信你周立平是凶手就对你供出车后座上还躺着一个人不做任何调查吗?所以说,无论这个给邢启圣制订了计划的 X 是谁,他在邢启圣开车进入苗圃之前策划的一系列行为,说到底都是看似巧妙其实幼稚可笑、不堪一击的诡计。这个人也许比邢启圣高明一点儿,但绝对不是职业罪犯,顶多算是个'票友'。

"但是,接下来,在我们脚下,在这座苗圃,在这个隧道风亭边发生的案件,出现了一个令人震惊的大逆转。"呼延云用手轻轻地扫了一下隧道风亭冰凉的台面，突然提高了声音，"那个杀死邢启圣的凶手，处处表现出了'优秀'——抱歉我用词不准确——应该说是'专业'的犯罪素质：在时间紧迫、周围光照条件很差的情况下，他对犯罪现场足迹的清洁与打扫非常细致，他用火燎的方式消除了后背与隧道风亭水泥壁面摩擦时留下的微量痕迹，他不仅注意到了在抛尸前后拆卸和安装隧道风亭的防护网时不能留下指纹这一极其容易疏忽的细节，而且在用湿巾擦拭斯派车的方向盘和门把手以时也操作精确，毫无遗漏，还有最值得一提的，是他居然把那辆斯派开上扫鼠岭后绕了一个圈，又开回到了外面那条小巷子里，因为他清楚警方在犯罪现场进行勘查的前提是开辟无障碍通道，由于斯派堵住了道路，在一时找不到车主的情况下，肯定会被拖到交通队去，使警方囿于思维模式的局限，在最佳破案时间里找不到这辆车，这足以说明凶手具有非常丰富的反侦查经验！

"我不知道你听没听说过，现代刑侦科学特别强调'逻辑树'这个概念，就是说，几乎所有的犯罪行为都可以用树形图来标示和解构其内在逻辑，这是因为所有的犯罪行为，其无论在实施过程中出现怎样的偶发情况，犯罪分子都是遵循其初始的犯罪习惯和行为逻辑来处理这些情况的。"说到这里，他又用手慢慢地捋过那根枯枝的断碴，"只有一种例外，那就是这个犯罪原本就是——嫁接的。"

他抬起头看着周立平，周立平一直站在原地，保持一个姿势地望着他，脸上依旧毫无表情。

"所谓嫁接，就是说一个看似完整的犯罪行为，究其实，是两个不同的人分别完成的，当然，我说的这两个人绝不是什么同伙，因为同伙作案依然会遵循逻辑树的原则，表现出大致相同的犯罪习惯和富有延续性的逻辑轨迹。我说的嫁接,是指这两个人从一开始都对对方的犯罪动机、所作所为和终极目的毫无所知。这两个人不但不是同伙,而且可能完全是路人甚至仇人,只是因为非常偶然的原因,前者的行为被突然中止,后者继续实施前者未完成的犯罪——在扫鼠岭案件中,就出现了明显的嫁接特征,不错,看上去这的确是一根完整的树枝,可是只要细细一琢磨,就会发现清晰的断碴。"说着,呼延云把那根枯枝扔在地上,"而我要寻找的,就是那个截和了邢启圣的人。"

"你找到了?"周立平问。

"找到了。"

"他是谁?"

"你觉得他会是谁?"

"这我想不出来——也许是他的仇家,或者,干脆就是一个过路的,目睹到邢启圣抛尸,跟他发生了搏斗,失手将他杀死,然后惊慌中把尸体也抛到井下,放了一把火……"

"不是的,那个嫁接了邢启圣罪行的人,不可能是他的什么仇家,一来做这么惨无人道的事,他怎么会找自己的仇家来帮忙?二来哪儿有那么巧的事,他没通知仇家,偏偏抛尸的时候,被某个喜欢在月黑风高的深夜到扫鼠岭上散步的仇家撞上了……至于路人的说法,更是不值一驳,现场勘查表明,邢启圣遇害前,丝毫没有逃跑或反抗的迹象,就像见到老虎的小鸡一样乖乖地坐以待毙,这说明那个凶手一定是邢启圣早就认识并感到畏惧的人,这说明那个凶手一定早就置身于导致这桩案件的错综复杂的因果关系之中,这是一场动机明确的谋杀,而绝不可能是什么路人的偶然失手——凶手和邢启圣之间,实质是审判与被审判的关系,凶手在那天晚上,既是审判者,也担当了死刑的执行者!"

周立平沉默不语。

呼延云重重地拍了一下隧道风亭,拆去了防护网的洞口,黑暗而冰冷:"是的,就在这里,就在这个隧道风亭旁边,那天晚上发生了一场审判,一个无意中目睹了邢启圣把一具具赤裸的、小小的尸体扔进这黑窟窿里面的人,出于满腔的义愤,亲手执行了对邢启圣的死刑!凶手只能是那个人,那个社会的弃儿,那个时代的叛逆,那个警察眼中的恶棍,那个民众心中的公敌,那个为了保护心爱的女孩毅然肩负起一切的囚徒,那个用整整八年的牢狱都不能挫磨掉丝毫正义感的人!"

刹那间,周立平的眼中闪过一道光芒,红色的,好像一道伤口,然而又迅即黯然下去。

"张春阳,邢启圣。"呼延云念到这两个名字时,鼻子里轻蔑地一嗤,"不错,这两个人渣算得上是穷凶极恶、丧尽天良,一直以来无恶不作又屡屡得手的经历,让他们误以为只要心狠手黑就可以在这个世界上为所欲为,于是他们居然以业余选手的身份去横挑专业选手——虽然我从来不相信什么'犯罪是一种艺术'之类的屁话,但我得承认'犯罪是一种技术',职业罪犯都是把脑袋别在裤腰带上的赌徒,游走于生死边缘、一次失手就满盘皆输,在一次次'实战'中早已锻炼成了生存机器,他们两个算什么?一只鸭子加一个变态,竟然妄想把自己犯下的累累罪行,通过想当然的'诡计',嫁祸到一个差点被判处死刑、坐了八年大牢、在八年中接触到各类重刑犯的刑满释放犯的身上,这就好像两个蠢货,看了金庸的武侠小说就去挑战泰森,他们的行径无疑是一场亲手把自己送上绞刑架的自杀!"

一场狂风"呼"地袭来,很像是从隧道风亭的洞口里吹出的、源自黑暗的地底，潮湿而阴寒，冰冷而刺骨，却也吹散了夜霭，让对面的周立平变得明亮了一些，甚至能看出他那铲子一样外凸的下颌在微微颤抖。

呼延云伸出胳膊，手指着苗圃外面："那天晚上，在扫鼠岭下面的那个十字路口，按照邢启圣的要求，你走下了车，看着邢启圣坐上了司机位，把车往这条小巷里开了进去。凭着直觉，你预感到邢启圣要做什么见不得人的事情，而且他让你做代驾似乎别有用心，就跟了上来，当你悄悄地走进苗圃，当你看到邢启圣戴上手套，拆掉隧道风亭的防护网，把赵武、李颖、董心兰的尸体从后备厢中一个一个搬出来，往里面抛下时，你怒不可遏，挺身而出！邢启圣在你的脸上看到他见所未见的杀气，他恐惧极了，他知道自己的死期到了，他根本没有挑战你这个'连环杀人狂'的勇气，只能跪地求饶。他把一切都跟你讲了，孩子们的死因，让你背锅的诡计，甚至张春阳的诈死……只求你饶他一命，但你——"

"等一下。"周立平抬起手来，"呼延云，我们第一次见面，没想到你把我想象得这么英雄、这么高大，心领了，可我真的就是个普普通通的司机，跟扫鼠岭这桩案子一点儿关系都没有……你说了这么多话，我才听明白，你的意思是说，邢启圣是我杀的，这怎么可能？我是有不在场证明的。"

"是啊，不在场证明，不在场证明……"呼延云念叨了几遍，忽然昂起头，望着头顶那棵大槐树一根嶙峋的枝丫，不再说话了。

苗圃里死一样的寂静，周立平一动不动地站着，一言不发。忽然，公交自动化设计研究院的灯齐刷刷地熄灭了，他的身影瞬间为黑暗所吞没，呼延云眯起眼睛望了片刻，才看出他还伫立在原地。

他轻轻地叹了一口气:"周立平,说来你也许不信,扫鼠岭案件是我遇到的最令我费解的案子之一,这个案子庞杂、混乱、牵扯的人多,涉案人的关系又千头万绪,特别复杂,疑点一个接着一个,谜题一道接着一道……在所有的疑点和谜题中,最难解的一道,就是你是用什么方法,当晚十点半在这座苗圃里杀了邢启圣,又在十点五十赶到爱心医院太平间,把并没有死亡的张春阳搬进冰柜的,只要破解不了这个不在场证明,那么对你的一切指控都不成立。"

周立平的嘴角滑过一抹冷笑,黑暗中,呼延云看不到,但他能感觉到。

"你别笑,真的,我尝试着用逻辑来解这道谜题,可想尽了办法、穷尽了脑力,怎么都解不开,我觉得这不可能啊,还没有一个罪犯能够制造出我解不开的谜题呢,直到绞尽脑汁、山穷水尽的时候,我突然恍然大悟,是的,没错,你在逻辑层面上远远不如我,但有一点,你实在是比我、李志勇、张春阳、邢启圣乃至所有办案刑警加在一起都了解得更加透彻而深刻,那就是人性的黑暗——"呼延云停顿了一下继续说,"换句话说,你制造这个诡计并大获成功的方法,用的不是逻辑,而是人性。"

4

周立平的笑容凝固了。

"我在前面讲过,这个案子之所以破不了,不是因为调查的人群有多么广,侦缉的难度有多么大,恰恰相反,正是因为警方在不遗余力地找你的嫌疑,把精力过多地集中在你的身上,从而忽视了那些看似与本案无关的疑点。这些疑点就像是成百上千块乐高积木中微不足道的一小块,没有它,也能拼出个大致模样,但是少了这么一块,怎么拼都还欠那么一点儿,都还不够完整。比如,那天晚上,当邢启圣在扫鼠岭上抛尸的时候,在他的办公室里怎么还有一位'邢院长'?

"那个人当然不是小偷,他进了办公室之后不仅开了灯,还穿上邢启圣的衣服来回走动,这一切都说明,他希望所有人都知道'院长还在办公室',这样做的目的是什么,当然是在制造邢启圣的'在场证明',那么反过来说,就是为他制造另一个地点的'不在场证明',不在哪个场?当然是扫鼠岭!"呼延云竖起右手的食指说,"邢启圣帮张春阳诈死,张春阳帮邢启圣出谋划策焚尸灭迹,看起来是一场对等的利益互换,其实不然。张春阳的诈死,对他自身而言风险几乎为零,因为将来他拿着视频勒索陶灼夭,即便是陶灼夭发现他其实没死,也不敢报警,顶多猜中同谋的是邢启圣,把他开除;而邢启圣则不一样了,一旦隧道风亭下面的孩子尸体被发现,警方肯定会追查到底,拿你周立平顶锅当然是个好主意,但你一旦被捕,供出最后把车开上扫鼠岭的是邢启圣,到那时怎么办,邢启圣可没有顶住警方审讯压力的信心,最好的办法是提前制造不在场证明。所以,当晚十点多在院长办公室的'邢启圣',正是溜出爱心医院太平间的张春阳;而邢启圣趁陶灼夭不注意,把那个拍摄有'马上风'视频的微型摄像机摘下后,一定扣在自己手里,等张春阳到办公室假扮他,给自己制造完不在场证明之后才肯交给他。

"在这件小事中折射出的是什么?大部分人看到的是两个狐朋狗友在做一场利益的互换,但是你,几乎是在第一时间就看出了更深刻的东西,那就是张春阳和邢启圣都对周围环境保持着高度警觉，警觉到了神经过敏的地步，稍有风吹草动他们都会做出迅速反应。此外，这两个看似互相掩护的盟友，从内心深处都在提防着对方，都像商人一样一分一厘地算计，不能让你赚了，不能让我亏了，不能让你把我当替罪羊给卖了。我相信你在监狱生涯中，看到最多的就是人与人之间的尔虞我诈，真实的监狱可没有电影《监狱风云》那样的'友谊常在你我心里'，有的只是背叛和诈欺……在摩肩接踵的人群中道貌岸然，在没有阳光的角落里损人肥己，这就是人性！这一点邢启圣和张春阳彼此心知肚明，而你要利用的，就是他们对周围环境的过度警觉和对对方的小心提防！"

停了一停，呼延云接着说："当你看到那三个孩子的尸体的时候，几乎肯定对邢启圣下了杀心，还有张春阳这个帮凶，也必须受到惩罚！但是另外一个问题也是你必须考虑的，那就是杀了邢启圣之后怎么脱罪？这真的是非常困难的一件事，你的脸已经被天眼摄像头拍到，你对警方的刑侦水平和办案效率心知肚明，你知道自己很快就会被捕，这个无论如何也逃不掉的，所以你要考虑的，是再一次被法网罩住之后怎么脱身。这时，你的大脑像一架高速运转的发动机，瞬间，在西郊连环凶杀案受审时的经验，在与形形色色的刑警打交道时了解到的刑侦程序，在监狱八年跟各种重刑犯学习的反侦查技术，全都调动起来！你看着这苗圃里的一切一切：果树、土路、隧道风亭、作废的地铁站，你精确估算着警察们到来后会进行的每一步工作，你甚至能看到这里接下来会发生的所有场景：高高架起的警用卤素灯将这里照得恍如白昼，犯罪现场勘查专家低头弯腰一寸一寸地展开带状搜索，法医下到隧道风亭的底部进行验尸，刑警用静电吸附仪对小巷水泥地面的轮胎痕迹进行提取，方圆一公里的所有住户家的房门都

452

会被敲开接受调查走访，周围的每一条交通要道都驻守着荷枪实弹的武警，任何人的出入都会被反复盘查，市交管局和市网安办的值班人员已经洗去困意，全力调集和检查案发地附近的监控视频——扫鼠岭下，这座在夜色中酣睡的巨大都市将被彻底唤醒，利齿獠牙，雷霆万钧，而你无路可退，没有援军！"

周立平望着呼延云，被风吹打的双眼闪烁着凛凛的目光。

"面对孩子们的尸体，你愤怒，痛恨，面对邢启圣和张春阳的陷害，你有痛苦，也有恐惧，但你用常人无法想象的意志压抑住了所有的情绪，用惊人的冷静和理性思索着对策。从当天早晨开始：你说了哪些话，见了哪些人，工作状态什么样，你下班时间是几点，你回到家买的啤酒，便利店的购物小票扔在哪儿，你手机的通话记录，你打车到童佑护育院时坐在出租车上的位置，到达护育院的时间，你开车带邢启圣来到扫鼠岭的行车路线，你进苗圃后做过哪些动作，在什么地方可能留下指纹和足迹，还有，杀死邢启圣的方法，怎样处理这些尸体，回忆你参加越野跑训练时看到的附近单位摄像头的位置和方向，挪走斯派车并将之藏入视觉盲区，撤离犯罪现场的最佳路线……哪些有利，哪些不利，哪些能做，哪些不能做，在分秒必争的有限时间里，桩桩件件你都要考虑得一清二楚，半点儿纰漏也不能出！因为你将要面对的审讯压力，很可能比十年前还要巨大！当然换个角度看，这也未必是坏事，警方把所有的目标都集中到你的身上，反倒成了可以利用的最大破绽，这就好像射箭，当所有的箭都射向同一个靶心时，前面射中的箭反而会遮住真正的靶心，那么只要在时机适当的时候，亮出一个事先准备好的假靶心，所有的弓箭手都会以为，是自己的偏见导致瞄准时产生了视觉上的偏差，而这个假的靶心，就是你的不在场证明，就是躺在冰柜里的张春阳的那具尸体！"

沉默良久的周立平再一次开了腔，声音低沉："说了半天，你还是没有讲清楚：我是用什么方法，那天晚上十点半在这里杀死了邢启圣，却在十点五十分把活生生的张春阳搬进太平间的冰柜里的？"

"在回答你的问题前，我想先说一件小事，那就是为什么在杀死邢启圣之前，你要逼着他打一一〇报警。"呼延云说，"坦白地说，在相当长的一段时间里，我猜不透凶手的用意。把尸体抛进竖井并放火焚烧，目的不就是毁尸灭迹吗，可是一报警，不等于把罪行诏告天下了吗，这个行为跟毁尸灭迹的目的是完全相反的啊！还有，一一〇对所有的来电都有录音，一旦发现尸体身份，必定会根据声音核查出报警人就是死者之一，这不等于帮警方锁定犯罪时间了吗？后来我才渐渐明白，凶手要做的，就是要给警方一个精确的案发时间，因为他的不在场证明诡计，都要凭借这个时间才有效。"

呼延云望着周立平说："杀死邢启圣之后，你迅速清理了留在犯罪现场的痕迹，然后挪车，接着飞快地向山下跑去，你必须要用一个警方无论如何也想不到的交通工具，实现空间上的大挪移。十点四十分左右，你跑到李志勇所在的小区，打开他的捷达后备厢，藏了进去，并打电话给他约架：十一点整，在杏雨路。李志勇跟你是老仇人，被你用话一激，当然接招。他开车后，你用手机GPS定位，等车到了杏雨路附近停下，听李志勇下车后，你再从后备厢里钻出来，跑到和他约好的地点。这样一来，事后警方怎么都搞不明白你怎么用半个小时就从扫鼠岭赶到杏雨路的，只能相信你说的十点多就已经从扫鼠岭离开的言辞了——"

"呼延云。"周立平突然打断了他，"跑题了吧？"

"跑题？"

"对啊，我刚才问你的，是我怎么在十点五十分到爱心医院太平间把张春阳搬进冰柜的，不是我怎么样在十一点赶到杏雨路的。假如我用了你刚刚说的方法，藏在李志勇的车的后备厢里，你刚才也讲了，天眼系统查过，李志勇当晚开车去杏雨路，全程都没有改道，那我是怎么跑到爱心医院去的？难道我是趁捷达车等红灯的工夫，在爱心医院附近提前下车，去了太平间搬运尸体？可是你计算过时间没有，那样做的话可是绕了个大远，我是不可能在十一点到达杏雨路的！"

"我没有说你中途下过车。"

"我明白了，你是说我其实是在跟李志勇打完架之后，去太平间把张春阳搬进冰柜的，是吗？"周立平眯起眼睛，嘴角浮起一丝嘲讽，"可是——"

他的声音戛然而止。

"可是——"呼延云看着他，"你是想说，可是爱心医院太平间从晚上十一点锁门，到第二天早晨九点才开门，这个时间你根本不可能溜进去搬尸的，对吗？"

周立平把牙齿咔咔咬了两咬："东拉西扯了半天，一句有用的都没有，说到底你还是没法子在最关键的问题上自圆其说。"

"不，我能！"呼延云慢慢地摇了摇头，"我知道你是怎样做到在十点五十分把张春阳搬进冰柜的。"

他的口吻是那样沉着，又是那样坚定，这让周立平的心跳陡然加快，快到他自己几乎都能听到那一连串的"怦怦"声，也许正是为了掩饰这个声音，他故意装出一副满不在乎的样子，用嘲讽的口吻说："那你告诉我，我是怎么做到的——难不成我是让张春阳自己躺进冰柜的？"

呼延云的双眸，在暗夜中突然迸射出逼人的光辉："对！你就是让张春阳自己躺进冰柜的！"

5

死一样的寂静。

没有风声，没有草动，甚至连挂在老槐树上的那架破风车也停止了枯槁欲裂的咔嗒。

一瞬间，他头重脚轻、两眼发黑，仿佛被倒着抛进了隧道风亭，井口阴寒，井壁幽深，井底却深不可测，他在无可遏止地下坠，下坠……

不！他只是诈我一诈，他不可能猜到我到底用了什么办法！

"呼延云，你疯了！你说的什么胡话？我让张春阳自己乖乖地躺进冰柜，这怎么可能？他凭什么要听我的话？"

"他不会听你的话，但他会听邢启圣的话。"呼延云平静地说，"电话记录显示，邢启圣在生前最后几分钟，除了打电话给一一〇报警之外，还曾经打通过自己办公室的电话，这也再一次证明，办公室里有一个邢启圣事先安排好的'替身'——邢启圣之所以不打张春阳的手机，是因为他考虑到万一张春阳'死了'的事情将来泄露出去，警方一旦启动刑事调查，肯定会查通信记录，如果发现自己和'死后'的张春阳打通过手机，就穿帮了——邢启圣打给自己办公室座机的电话，通话时间虽然很短，不过这没关系，管用的话，一句就够了。"

"一句……"周立平使劲吞咽了两下喉结，"是什么？"

"你让邢启圣告诉张春阳：'陶灼夭好像有所察觉，已经把机票退了，要去太平间看看你是不是真的死了。'"

该死!

该死透顶!

整整一个晚上,仿佛是一只躲在地洞里的鼹鼠,听着镐头在地面上敲敲打打,一直为此前所做的一切加固和伪装而心存侥幸,但在这一刻,他清晰地看到了镐头凿穿地洞后,直射进来的那一束白光。

周立平闭上了眼睛。

"听到这句话,张春阳慌了,万一陶灼夭到了太平间发现他不在,或者发现他其实没有死,那这场戏可就算彻底演砸了。以邢启圣的为人,完全有可能分分钟反水,把真相告诉陶灼夭,到时候'马上风'的视频在邢启圣的手里,陶灼夭必定对他言听计从。以陶灼夭的势力,有的是帮邢启圣隐藏和处理那三具孩子尸体的办法,而且无论是从陶灼夭还是邢启圣的安全考虑,他们肯定会让翟庆派人杀张春阳灭口!我刚才说过,那天晚上,张春阳和邢启圣一样,精神处于高度紧张的状态,几乎可以说是神经过敏,稍有个风吹草动就会立刻做出反应,所以他决定马上赶回太平间去——这时,你又让邢启圣对张春阳讲了第二句话。"

周立平睁开了眼睛。

"这第二句话就是,让张春阳务必在二十分钟内赶回太平间,找个空的冰柜躺进去——"

"不对,这不可能,张春阳不会接受这个主意!"周立平说,"爱心医院引进那套冰柜,是张春阳找关系搭的线,他从中狠狠捞了一笔回扣,他知道那个冰柜有重力感应装置,只要躺进去了尸体就会自动上锁,启动冷冻程式,张春阳才不会找这个死呢!"

"看来你对这个冰柜的特征也很熟悉啊。"呼延云一笑。

"那套冰柜有一段时间出故障，找原厂修要花一大笔钱，爱心医院知道我在监狱学过冰箱冰柜的维修和保养，所以找我帮过忙。"周立平连忙掩饰道。

呼延云倒不在意："当我想出这个让张春阳自动躺进冰柜的方法之后，我专门给法医打了个电话，从她那里得到确认，张春阳是被冻死的，这更加让我相信自己的推理没有错。接下来就是解开最后一道难题了：张春阳可不是傻瓜，就算他不知道冰柜的结构，打开一看寒气逼人的，他也不敢往里面躺啊……直到我亲自去了一趟爱心医院太平间，才搞清楚是怎么回事。原来，爱心医院的那座大楼原本是栋商务楼，爱心慈善基金会为了办医院才租下，出租方出于避讳，专门要求太平间由爱心医院单独建造，且系统独立——包括电力系统在内。在太平间的旁边有一个小屋，里面装着发电机，墙上挂着配电箱。张春阳回去后，先溜进小屋，打开配电箱，把对应冰柜的那个电闸拉掉就行了，丝毫不影响外间的其他用电，甚至连冰柜室的照明用电都不受影响，所以那两个值班工人毫无察觉。接下来，他再次伪装成祭奠死者的家属进入太平间，躺进T-E-3冰柜，刚开始有一点儿冷，克服一下就没事了，冰柜的内部有空气循环，不存在窒息问题，就等着陶灼夭来'验尸'了。即便陶灼夭不来，因为断电的缘故，重力感应装置没有启动，冰柜也没有上锁，想出来随时可以出来。

"警方在调查太平间的时候，查出T-E-3冰柜只在案发当晚十点五十分开关过一次，这是因为，那个计时器是独立内置的，自带电池，所以它不受冰柜系统的停电影响——当然，对上述这一切，你也知道，不仅知道，你还准确地预测到了张春阳接下来要进行的每一步行动，从这一刻起，张春阳已经坐上了你给他设计好行程的死亡列车，每一站都是既定的，绝无中途下车的可能了……"

"胡说！"周立平的忍耐已经接近极限，"电闸已经拉掉，十一点整太平间又已经上锁，那么我是怎么杀死张春阳的？！"

"很简单。"呼延云盯住他的眼睛，一个字一个字地说出了终极答案——

"太平间上锁，旁边那间小屋可没有上锁，只要你和李志勇打完架分开后，走进小屋，把拉掉的那个电闸推上去就行了。"

周立平的视线一阵模糊，眼前的呼延云出现了重影……他看不清对手了，而对手却把他从里到外，连五脏六腑都看了个清清楚楚！

"冰柜的电力重启，重力感应装置立刻启动，T-E-3冰柜自动上锁，冰柜里的气温迅速下降到零下十八摄氏度，在这样的低温环境下，张春阳的意识不可能维持太久的清醒，他可能短暂地挣扎过，他可能大声地呼救过，但那两个工人喝多了酒，早就睡得像死猪一样了，何况冰柜室的铁门具有极好的隔音效果……"

周立平目视前方，在黑暗中看到了一个正在瓦解、粉碎、顷刻间就将全线崩溃、一败涂地的自己，他想用双手把自己重新收扫、聚拢、拼接、黏合，但是任凭怎样努力，依然无法消除那碎裂的纹路和破损的痕迹。

他恶狠狠地瞪向呼延云，尽管他的视线已经散乱到看不清呼延云是不是真的站在自己所瞪的方向："你刚才明明说那天晚上邢启圣和张春阳在彼此利用的同时，也互相猜忌，那么你又凭什么断定邢启圣让张春阳钻冰柜，张春阳就一定会钻，难道他不怕邢启圣从扫鼠岭办完事下来，到太平间旁边的小屋去打开电闸，阴他一刀吗？别忘了邢启圣跟爱心医院的关系非常密切，对太平间的电力系统，他未必不清楚——"

"果然……"

虽然只有两个字,但这两个字中所包含的沉着、镇定和堪破一切的自信,令周立平的声音有些颤抖:"什么?你说什么?"

"我说——果然。"呼延云说,"果然被我猜中了,你连这一点也想到了。"

"我……我想到什么了?"

"当你逼着邢启圣打电话给张春阳的时候,你就知道,张春阳是一定会提防邢启圣有诈的,可你并不担心,因为你知道张春阳照样会钻进冰柜里去,因为他自恃还有一着'后手',即便冰柜真的被人通电上锁,他也能逃出生天。"

"什么后手?"

"手机。"呼延云说,"警方在冰柜里找到张春阳的尸体时,发现手机没在他的兜里,而是在他的手边。刑警们以为手机是不小心从兜里滑出来的,其实不是,张春阳之所以敢钻冰柜,就是因为他认为万不得已时,还可以用手机打给外面求救……当张春阳发现冰柜上锁并开始迅速降温时,确实曾经拿出手机来想报警或求救——可惜,他千算万算,还是比你少算了一招。"

周立平抬起手,用手掌咯吱咯吱地揉着眼眶,以掩盖血液涌上颅骨几乎撑爆的剧痛……诡计被破解,只能说技不如人,可是连内心最深埋的意念都被对方挖掘出来,那种耻辱,真是锥心刺骨的痛苦。

呼延云看出了他的不堪,但还是要把话说完:"因为你见过他正在使用的手机——我并不是黑iPhone,但iPhone 8依然没有解决低温环境下自动关机这个bug……对于那天晚上在冰柜里瑟瑟发抖的张春阳而言,这真的是个要命的bug。"

完了。

彻底完了。

一切都完了。

自己在那个晚上的所有谋划、算计,在半个月拘押时间里的克制、隐忍,此时此刻,都像被洪水冲开的堤防一样崩塌……

不能认输,不能投降,因为,还没到时候!

他喘着粗气,使劲吞咽了几下,多少减轻了鼻腔里酸痛的溺水感,重新抬起沉重的头颅,甚至比先前故意昂得高了一点儿:"那么,你有证据吗?"

——那么,你有证据吗?

刹那间,他感到一阵惊喜,因为他不仅突然看清了对面那张娃娃脸,而且整个晚上,第一次在娃娃脸上看到了一丝沮丧。

"那么,你他妈的有证据吗?"

他向呼延云逼近了一步,恶狠狠地追问了一句。

呼延云耷拉下了眼皮,嘴唇撮成一个圆圈,轻轻地吐了个"呼"字。

"刚才我说的一切,都是纯粹的推理,没有丝毫的证据。"呼延云重新把目光投向他,"我确实尝试着寻找证据,比如在配电箱的电闸上,我试图找到你的指纹,可惜没有找到,你在那样紧张的情况下都没忘了擦拭指纹,我真的非常佩服你的沉着、勇毅、精细与无比强大的意志力。作为一个推理者,只做出推理而拿不出证据,是失败的,是不能让人信服的,对此我深感抱歉。"

周立平呵呵两声冷笑。

"我的话已经讲完了,只是有两个问题,我一直没有想明白,希望你能给我答案。"呼延云说。

周立平一言不发。

呼延云兀自道:"第一,你为什么要挪走那辆斯派?那上面并没有发现任何对你不利的证据,而且你应该明白,不管灯下黑这一招儿多么高明,警方早晚还是会找到它,你把车开上扫鼠岭,绕个圈再回到小巷里,是要花费一点时间的,而那天晚上,对你来说,没有比时间更宝贵的了。"

没有回答。

呼延云苦笑了一下:"第二个问题,恐怕你更不会回答我了吧……就是被捕后,只要你拿出搬运张春阳尸体这段供词,警方很快就会释放你,可是你一直没有说。当然,你说是因为邢启圣答应你,只要你帮陶灼天保密,他就帮你解决董玥的户口,但是在我看来,这是彻头彻尾的谎言……那么我就不懂了,为什么你宁可在看守所里戴着手铐脚镣苦挨了那么久,都不抛出这段谎言来自救,偏偏在前几天突然把它说了出来呢?"

仍然没有回答。

"你不说,就算了,但是有几句话,我还是想说。"呼延云凝视着他,严肃地说,"无论邢启圣还是张春阳,他们都是彻头彻尾的恶棍和人渣,他们凭借一定的权势和地位,为非作歹、巧取豪夺,肆无忌惮地侵害那些无辜者的权益乃至生命……但是,周立平,请你记住:一个社会的正义和公正,绝不能靠着私刑来实现。十年前你杀死房志峰,还可以说是正当自卫,但这一次则不然,这一次你是在对方完全没有反抗能力的情况下故意杀人!你的行为,是必须受到谴责且不可原谅的罪行!"

呼延云深深地出了一口气,继续说道:"作为推理者,我承认我没有找到可以指证你的证据,但作为一个法治社会的公民,我依然有必要提醒你,你接下来最正确的选择是去公安部门自首,诚实地供述出你的罪行。当然,也许你会嘲笑我的这个建议幼稚和可笑,也许你认为只有私刑处决了那两个人渣才是替天行道，但是你要知道，假如你那天晚上没有杀死邢启圣，而是把他和张春阳一起逮送司法机关，法律同样会还赵武、李颖、董心兰一个公道。"

周立平凝视着他，无声地凝视了很久很久，然后转过身，大步走出了苗圃，走下了扫鼠岭。

6

也许是走得太快的缘故，周立平出了一身透汗，他将衣领的扣子松开，还是觉得闷热，干脆把上衣的扣子都解开了，因为动作太猛，一颗扣子从他的指缝崩飞，他竟然毫无察觉。直到走出巷子，站在十字路口，他才停住脚步，注视着眼前空荡荡的街道。

那天晚上，他就是在这里下的车，本来一身酒气地躺在后座的邢启圣突然醉意全无地坐到了驾驶位上，还拿出一百元给他说："这边出租车很少，黑车很多，你直接打个黑车回家吧，不要用滴滴叫车，我这儿没法报销。"

他觉得奇怪，不是已经给我钱了，怎么又提报销的事儿？再说了，打黑车不是也没法报销吗？

在这番语无伦次的叮嘱中，在邢启圣突然消失的醉意里，他产生了一丝不祥的预感。

多年的牢狱生涯，毋宁说是一种最严酷的生存训练，无论是与几个甚至十几个穷凶极恶的歹徒同居一室，还是放风时多抬了一下眼皮就会招致头破血流的殴斗，抑或眼睁睁看着狱霸把冰溜子裹上泥土就能在深夜杀死狱友且不留任何物证，都早已使他对任何危险产生了野兽般敏锐的第六感。

所以，他跟了上去。

斯派开进了苗圃，停在了隧道风亭前面，却没有开灯。他小心翼翼地躲在一棵松树的后面，朝斯派的方向观望。很久很久，邢启圣才走下车，打开后备厢，往地上搬东西。起初他并没有看清邢启圣搬的到底是什么，说软不软说硬不硬的三个物体，好像树苗似的。直到邢启圣打开手机灯照明，拆隧道风亭的防护网时，光芒一倏的瞬间，他看到了仰躺在地上的其中一张脸。

没有血色、没有生气，眼睛还睁着，微张的嘴巴里伸出半截舌头……就是那个曾经无数次地找到他，痛骂邢启圣是"野兽"，骂着骂着就泣不成声的小赵武！

他猛地从松树后面站了起来。

邢启圣被吓坏了，手一哆嗦，手机掉在地上，光簇又照亮了另外两张小脸。

一个是李颖，他记得她只有五岁，智力发育有些问题，遇到任何伤害或病痛都会躺倒在地上，把身子蜷成一团，像一只祈求饶恕的小猫……此时此刻，她躺在地上的身体终于不再蜷起，永永远远地舒展开了。

还有一个是董玥的妹妹，名叫董心兰，今年九岁，因为嘴角有些上翘的缘故，看起来永远在微笑，哪怕命运对她那么残酷，她也总是微笑着的……就是他安排她们姐妹俩团聚，董玥抱着妹妹痛哭失声的情形，他一辈子都不会忘记。后来，他从赵武那里听说邢启圣对小心兰做过一些很坏的事情，他曾经想过报警，但小心兰患有轻度脑瘫，没法子把自己的遭遇讲出来，根本无法指证邢启圣。他窝了一肚子火，气得不行的时候曾经当着董玥骂过邢启圣，反而惹得董玥担心起妹妹来，自己安慰了她半天，才算把事情掩饰过去，并且拍着胸脯向董玥保证，绝不会让人伤害小心兰一根寒毛。

这个誓言在董玥突然离开本市以后，在他的心里变得更加坚定。

可是现在，躺在地上的小心兰，纤细而柔软的白色脖颈几乎扭成一个直角……她望着他，嘴角还挂着微笑，仿佛是在向他抱歉，自己跟姐姐一样，要不辞而别，去很远很远的地方，再也不需要他的照顾了……

邢启圣一边后退着一边说："立平，老周，这不是我干的，你听我解释，你听我说……"

他没有看清周立平是怎么冲到他身前的，小腹已经被重重地踹了一脚，厚厚的腹部皮下脂肪传来被踹得稀碎的水样声，巨大的疼痛使他瞬间昏死了过去。

周立平没有再管他，而是慢慢地走到了三具尸体的旁边，蹲下，一个接一个地轻轻拍着他们的小脸，嘴里呜噜呜噜地嘟嚷着根本不算是吐字的发音，好像是要唤他们醒来。当他明白他们再也不会醒来的时候，他又把他们挨个地抱起，搂在怀里，紧紧地搂着，用自己的体温给他们赤裸的尸体最后的温暖，他抚摸着他们的头发，泪珠子一滴一滴地滴落在他们冰冷的小脸蛋上……

最后一个抱起的是李颖，最后一个放下的也是李颖，五岁的小女孩，身体很轻，轻到几乎没有，不存在似的。当他把她放回地上的时候，他突然揪住自己蓬乱的头发，目眦欲裂地对着黑暗的天空大吼大叫起来，起初只是破口大骂，后来就变成号啕痛哭！从十年前他被捕入狱开始，他就再也没有流过一滴眼泪，一滴也没有！他已经给自己的人生选择了一条流泪无用的道路，那么他就绝不会再让一丝水光涌上眼眶！可是现在，面对着这三具小小的尸体，他把积蓄了整整十年的泪水一齐倾倒了出来！

但是，就算在情绪失控的时候，他依然不停地提醒自己：不能把撕扯下来的头发掉落在地上，一根也不行！否则会被警方提取，作为他曾经来过犯罪现场的证据。

大约也就在这一刻，邢启圣的死，已经是板上钉钉的事情——那个被世界误认为是杀人狂的人，终于要大开杀戒了。

邢启圣呻吟了一声，慢慢醒了过来。

周立平不打算拷问他，尽管那些折磨人的手段他样样精通，但是为了避免警方在侦讯中怀疑这是仇杀，他还是打算少用一些酷刑。好在邢启圣出于巨大的恐惧和强烈的求生欲，根本不需要他多问什么，就把三个孩子的死和与张春阳一起商量的抛尸焚尸并嫁祸于他的计划交代了个干干净净，甚至连张春阳的诈死以及现在在护育院院长办公室扮演他的替身的事情，也一五一十地说了出来，为了证明自己所言不虚，他还把那个拍摄有张春阳诈死的微型摄像机交了出来。

周立平静静地听着，头脑中的思考却犹如光速一般迅疾。邢启圣说的每一句话，他都想到了相应的对策，而且所有的对策都是双线的，一条线是要化解乃至反噬邢启圣和张春阳的构陷，这个不难，这俩蠢货简直把犯罪当成儿戏，所作所为破绽百出，足以供自己利用；另一条线是怎样应对必将到来的被捕，这个比较麻烦，眼下的局面对自己十分不利，一旦案发，警察是一定会找上门来的，所以必须尽快想到一个办法，一个既能杀死邢启圣和张春阳，又能给自己制造不在场证明的方法……

刹那间，数年前林香茗探监时对他说过的那句话，电光火石一般闪现在了他的脑海之中！

"最好的谜面，是从一开始就给出虚假的谜底！"

对！

对对对！

不要等待案发，而要主动案发！

因为，这个诡计能否成功，最关键的就是时间！

逼邢启圣打电话报警，他的声音一定会在一一〇留下记录，这样就可以"帮助"警方把犯罪时间牢牢地锁定在一个有限的区域内。

清理犯罪现场的所有痕迹，让一切都看起来像是个富有犯罪经验的老手所为。

抛尸、焚尸，当警方在隧道风亭下面找到孩子们的尸体时，所有人都会认为罪犯是个穷凶极恶的变态杀人狂——

一如他的"人设"。

警方通过天眼监控系统，很快会找到他这张脸，一旦看到他这张脸，他们会迅速认定这就是"谜底"。

随着犯罪嫌疑人的入狱，刑侦工作的重点将不再是勘查现场和搜集证据，而是对他的审讯。

这方面他有足够丰富的应对经验。

他会按照自己精心设计的计划，有条不紊、分毫不差地在每一个阶段给出警方需要的口供。那些供词，要荒唐却又可以查实、要虚假却又有据可查，既要确保每句回答的反应时间和语调语速都保持稳定和一致，符合他的"犯罪人格特征"，又要在适当的时机，用画蛇添足的言辞来暴露我的"心统失调"，让警方误以为抓住了破绽，从而转移勘查重点，展开对爱心慈善基金会的调查——特别是对陶灼夭和张春阳关系的调查，逐渐建立起扫鼠岭案件和张春阳失踪的逻辑关系。当他们隐隐然开始怀疑对他的抓捕是一场错误时，在潜意识中就会等待着那个"纠错"的机会。到那个时候，他不能着急，必须沉住气，像磐石一样等待，等到他们在审讯中突然反复提及陶灼夭和张春阳的名字时，他就提出要见一下陶灼夭才肯交代，如果警方的回答是"不行"（而不是"容后再议"），那就证明陶灼夭已经回国并正在接受审讯，那时他再抛出搬运张春阳尸体这个重磅炸弹，来一个彻底翻盘！

与其说是斗智，不如说是斗心！

呼延云说得没有错，由于法制建设的不断进步，司法部门在刑事侦缉和审判中越来越重视无罪推定，任何存在疑点的案件，最终的处理都会朝着对嫌疑人有利的方向倾斜。

最好的谜面，是从一开始就给出虚假的谜底。

接下来就是邢启圣的死，一切正如呼延云推测的那样，他逼着邢启圣打了两个电话，一个打给院长办公室，以陶灼夭生疑为借口，让张春阳回到太平间，拉掉电闸，钻进冰柜里装死，另一个打给一一〇报警……打第一个电话时，邢启圣恐惧极了，认为周立平是要杀死自己和张春阳了，打第二个电话时，邢启圣又面露喜色，以为周立平是让警方过来处理，可是接着又面如死灰，"扫鼠岭地铁着火了"，可他还没来得及抛尸和放火啊……

他还没有想明白这到底是怎么回事，已经被周立平的铁臂勒住了脖子……

望着地上的四具尸体，周立平知道现在是分秒必争的时候了，消防车很快就会赶到。

他迅速打扫了犯罪现场，不留一丝一毫自己曾经来过的证据。

然后，他把三个孩子的尸体扔下了隧道风亭——扔的时候他又流下了泪水，抱着孩子们的尸体，他于心不忍，可这又是没法子的事情，他不停地跟他们说着对不起，告诉他们这都是为了给他们报仇的无奈之举……

相比之下，扔邢启圣的尸体倒要痛快得多，只是他故意将这具尸体第二个扔下，避免警方从抛尸的顺序上觉察到什么。

最后是把邢启圣早已放在后备厢里的汽油倒进隧道风亭，再将他的Zippo打火机打开——

"咔吧"一声，清脆而响亮。

黑暗中猝然腾起的一簇火苗，在夜风中狂舞而不熄，火光照耀着周立平的脸，他感到温暖、熏然，甚至有点儿陶醉，他觉得那簇火苗就是他自己，在黑暗中隐忍、沉寂、坚守了那么多年，似乎就是为了等待这一刻的擦亮。

他把打火机扔了下去。

瞬间，犹如爆炸一般，"轰"的一声，翻卷着的火光和热浪仿佛一只被激怒的红龙，从隧道风亭的底部猛地腾起！

周立平慢慢地回过头，铁铲一样的下巴坚毅地向前凸起，神情严肃地望着扫鼠岭下那座正在酣睡的巨大都市，他知道，当明天早晨的太阳升起时，他将独自一人进行一场力量对比悬殊的决战！

他走向斯派，开出苗圃，穿过隧道一般黢黑的小巷，向苍莽莽的扫鼠岭上驶去……

那惊心动魄的一夜，虽然被拘押期间他曾经反复地回想，但此时此刻再一次在脑海中闪现，却是完全不一样的感觉。在看守所的时候，他精细地琢磨着扫鼠岭上的每一个细节，查找自己有无错误或疏漏，那种回忆是"技术型"的，而刚刚在与呼延云一番对话之后，他对那晚的回忆则是"情感型"的，是以胸中澎湃，久久不可抑制。直到他走上无定河引水渠上的那座汉白玉栏杆的石桥时，一阵伴随着夜风的汩汩声传来，仿佛抚慰的和弦，他的心才渐渐平静了一些。他向桥下望去，知道那声音是尚未结冻的河水在流动,但黑暗中什么都看不见,抬起头,远处的青石口水电站在茫茫夜色中好像一堵没有开窗的墙。

他见过这样一堵墙,但那一次,命运却为他打开了一道神奇的窗。

服刑到第五年的时候,他用一根长钉,扎烂了那个吹嘘自己强奸多名幼女的犯人"老黑"的阴囊,被上了脚镣,关进小号。

他开始绝食,水米不进,狱警告诉他,这种公然对抗改造的行为,只会招来加刑,他靠在冰冷的墙上,闭着眼睛一言不发……

几天后,紧闭的铁门突然打开了,狱警们掺着已经连走路的力气都没有的他,来到了审讯室。

审讯室没有窗。他瘫坐在椅子上,望着对面那堵铅灰色的墙,觉得自己可能要永远被封闭在这样一个水泥棺材里了。

一杯水。

一个装满水的纸杯放在了他面前的桌子上。

给他拿来这杯水的人,在他的对面坐下了。

他很想喝水,干裂的嘴唇忍不住对水的欲望,但他还是忍住了,他想对抗这一切:命运、脚镣、没有窗的墙,还有这杯水……

"周立平,你好,我叫林香茗。"

声音亲切。这个名字他非常熟悉,五年前,律师曾经告诉过他,如果不是一个名叫林香茗的警察力证他的犯罪证据不足,他会被判处更长的刑期——甚至死刑。

他抬起头来,看到了一张洁白、英俊的面庞,一双明亮的眼睛里放射出清澈的光芒,嘴角挂着他久违了的异常温暖的微笑。

他有些恍惚,不知道该怎样面对这个"恩人",有些手足无措,搞得脚镣哗啦啦一阵响。

接下来,林香茗对他说了一些话。他神志有些昏乱,想不起都说了什么,似乎是介绍自己正在做一个什么学术项目,希望能够得到他的配合,他稀里糊涂地点着头,但是当听到林香茗说出"变态杀人"和"变态人格"时,他突然抬起头来,内心一阵痛楚。这痛楚五年未有,似乎是因为林香茗居然也把他当成一个十恶不赦的坏人。

"你不要误会——这只是个借口。"林香茗指了指桌子上的那个牛皮纸文件夹,低声说,"我要是不拿这个学术项目当借口,也不可能见到你……你喝点儿水吧。"

周立平长出了一口气,赶紧拿起纸杯,把水喝了个精光。

"我是听说了你绝食的事情,专门来探望你的。"林香茗温和地说,"不要这样,也不应该这样。这个世界是一个天平,好人和坏人各自站在天平的两端,大部分人不好也不坏,站在天平的中间,整个世界到底向善还是向恶,其实是由两端的比重决定的,多一些好人,世界就美好一些,多一个坏人,世界就糟糕一些,你是好人,不应该故意惩罚自己,使这个世界向恶的一端倾斜。"

周立平呆呆地望着他。

林香茗站起身,走到门口,让门外的狱警给周立平拿来饭菜,特别叮嘱要一碗粥,别太烫。

等饭菜来了之后,他亲自端到周立平的面前,然后坐到他的对面,看着他吃喝。接下来他们又聊了很多很多,林香茗劝他马上结束绝食,好好改造,并承诺回头开一份精神鉴定报告,指出周立平袭击老黑是间歇性精神障碍导致的突发行为,可以免除刑事责任……关于西郊连环凶杀案,林香茗没有主动提起,倒是周立平忍不住说了一句，说没想到警方还真把自己当成真凶了。林香茗苦笑着说："最好的谜面，是从一开始就给出虚假的谜底……不管有意还是无意，你都给急于解谜的警方留下了太多指向你的线索。"周立平问他，据说是一个姓呼延的推理者通过漫画书帮警方提前锁定了自己，是不是真的。林香茗赶紧解释，说呼延云是自己最好的朋友。周立平看他有些紧张，忙说不会计较这件事，出狱后自己只想找一个人算账，那就是李志勇。"他是警察，他抓我，我没什么可说的，但是他后来毒打了我一顿，这个仇，我一定要报！"

林香茗沉默了片刻，告诉他，李志勇非常喜欢的一个女警，是西郊连环凶杀案的第三位受害者。

周立平愣了一下，埋着头，一勺子一勺子地把碗里的粥喝完了。

那天会面的时间很短，也许很长，但至少周立平觉得很短。有些人相处一辈子也形同陌路，有些人只见一面就觉得肝胆相照……后来他一直在想，假如自己在学生时代有林香茗这样一位同班同学，也许就不会对人生绝望到只能通过坐牢来逃避了。那间审讯室没有窗，但那天会面结束的时候，周立平的心里突然有了一些光亮。

临别前，林香茗对他说，自己把一样很重要的东西，寄存在一个物业的地下保险柜里了，已经缴了十年租金，然后把物业地址和保险柜的电子密码告诉了他："你选择囚禁自己，无论是因为对世界失望，还是因为想逃避现实，或者因为想保护自己深爱的人，我都尊重你的选择……但是，我想给你留下一个可以洗刷自己冤屈的机会，什么时候用，用不用，都在你自己。"

周立平有些茫然，但还是点了点头。

林香茗站起身，伸出了手，他也站了起来，紧紧地握住了林香茗的手。他的鼻子发酸，但他强忍住了泪水，他有很多话想跟林香茗说，有很多这二十多年都想不明白的问题要问，但最终化成一句："我不知道将来出去之后怎么活着……"

林香茗想了想，对他说："装一个坏人活给世界，做一个好人活给自己。"

然后，他就离开了审讯室。

刑满出狱后，周立平想去找林香茗，但打探了许久，都没有香茗的下落，就连警界内部也众说纷纭，有人甚至说他犯了重罪已经被处决，周立平不信，坚决不信，死也不信。

不久，他来到那家物业，找到保险柜，按下电子密码，打开了锁。保险柜里有一个铝质盒子，里面是一枚普普通通的U盘。

他把U盘带回家，在电脑上打开，里面只有一段视频文件，他点击了播放：一开始，画面乱糟糟的，好像是在一个广场上，男男女女，花花绿绿，万头攒动，人声鼎沸，后来猝然响起了一段口琴的声音——

广场上一下子安静了下来。

口琴声急促而反复，嘶哑而黏滞，仿佛一个渴望倾诉的人在剧烈的抽泣中再也说不出下面的话。

周立平的心，猛地揪起！

他想起来了：西郊连环凶杀案发生的那个深秋，雕塑公园举办过几场温拿演唱会，每次钟镇涛上台演唱《让一切随风》的时候，都会有这么一段口琴的前奏，因为声音特别悲怆，所以在演唱会门口卖黄牛票的他，迄今依然记得。

林香茗为什么要发这么一段视频给我？

正困惑间，舞台上的钟镇涛已经开始了沙哑的歌唱——

风中风中，心里冷风，吹失了梦，
　　事未过去，就已失踪，
　　此刻有种种心痛……

　　突然！
　　突然他在演唱会视频中，看到了自己！
　　未满十八岁的自己穿着一件黑色的夹克衫，站在听众席的角落，半张着嘴巴，呆呆地望着舞台，听着钟镇涛的演唱，仿佛听到了青春夭折的恸哭，神情痛苦而茫然。

　　心中心中，一切似空，天黑天光都似梦，迷迷茫茫，
　　聚满心中，追踪一片冷的风……

　　对了，那天自己把票卖得就剩下最后一张了，突然想进演唱会看看，听听口琴的抽噎，听听钟镇涛的歌声……高中即将毕业，大学很难考上，往后的人生道路到底该怎么走，他真的是"迷迷茫茫，聚满心中"，于是验票进去，站在离舞台不远处的角落里听歌，没想到被摄像机拍了下来。
　　林香茗找到这段视频的意思是——
　　明白了！
　　我明白了！
　　这场演唱会的举办时间是在女警高小燕遇害的那天，那首《让一切随风》是压轴曲目，演出时间是十一点二十分，而高小燕的遇害时间是十一点二十五分，自己无论如何也不可能在那么短的时间分身去杀人，也就是说，摄像机拍摄到的这段观众席的画面，恰恰可以成为自己绝非西郊连环凶杀案真凶的铁证！

周立平抱着腿枯坐了一夜，想先了解一下房玫的近况，再考虑是否向有关部门出示这段视频。

当他听说房玫快要结婚的消息时，立刻决定，先压下这段视频，将来再说……至于什么时候才是那个"将来"，他不知道，他也不想去想这件事。

而且，出于一种莫名其妙的心态，他把装有这段视频的U盘随随便便地扔在抽屉里，并没有拷贝。扫鼠岭案件被捕之后，他知道警方一定会在巨细靡遗的搜查中找到那个U盘，也一定会审查U盘中的那段视频，但恰恰是因为U盘放置得太随意了，毫无隐藏的迹象，所以警方根本不可能明白它的价值，更不可能看懂那段视频对发生在西郊和扫鼠岭的两桩惊天大案的意义……

获释后，他回到家，拉开抽屉，那个U盘果然被警方原封不动地放回了原地。

夜色沉沉，夜风如铁。

站在石桥上，周立平把手伸进上衣，从衬衫的兜里掏出了那个U盘。

小小的U盘那样轻，又那样重，这是唯一能还他清白的证明，这是他跨越了整整十年的宿命。

只是现在，已经不再需要它了。

他扬起手，把U盘远远地抛向了空中，黑夜吞没了它的身影，也吞没了它落在河水中的声音。

第十二章

呼延云走进小饭馆的时候,坐在桌子后边的李志勇站了起来招手:"这边,这边!"其实饭馆里除了他那一桌,根本就没有其他客人,但他还是热情地打着招呼,这让刚刚从扫鼠岭上下来的呼延云感到心中一暖。他掸了掸身上的寒意,走了过去,紧紧地握了握李志勇的手。

"你去哪儿了?手这么凉?"李志勇有些惊讶。

呼延云笑了笑。

刚才看着周立平走出苗圃,呼延云感到内心空荡荡的,有一种巨大的失落感和无力感,他靠着隧道风亭呆呆地站着,望着被夜风卷起后弥漫在空中久久不堕的枯枝、败叶和尘土,感到一切似乎还没有结束——以往,他推理出一个案件的真相,往往就意味着这个案件画上了句号,施害者伏法,受害者瞑目,但这回不一样,完全不一样,起点并非起点,终点不见终点……

所以,他不想跟李志勇讲他刚刚在扫鼠岭上和周立平见面的事。

"怎么想起约我喝酒了?"呼延云在李志勇的对面坐下,"还这么晚。"

他是在怀着沮丧的情绪走下扫鼠岭的时候,接到李志勇的电话的,说有事要跟他说,在青塔小区的小饭馆里等他。虽然时间已经是晚上十一点了,但呼延云还是同意了。

"有件好事想要告诉你。"李志勇对着柜台后面正在梆梆梆地敲着计算器算账的老板娘喊道,"上菜吧!"

这家饭馆很小,位于青塔小区门口的里侧。几年前这个小区发生过一起破镜凶杀案,呼延云来勘查过现场,并找几个目击证人了解过情况,小饭馆的老板娘也是其中之一。现在一眼望去,除了老板娘变胖了一些之外,饭馆里的陈设都没什么变化,灯光还是昏黄的,窗户还是模糊的,桌布还是沾满油渍的,遮厨房的布帘子还是蓝色的,就连那把白瓷茶壶的嘴儿还是豁着的……呼延云抬头看了看墙上的石英挂钟,一如既往地不走字,仿佛用这种自欺欺人的方式凝固了时光。

呼延云怔了片刻,才问李志勇:"什么好事啊?"

李志勇先给他倒了杯啤酒,然后端起自己那杯,跟他"砰"一声碰了一下,压低声音说:"明天一早,爱心慈善基金会的所有头目都会去冥山殡仪馆,给邢启圣那老王八蛋搞什么遗体告别仪式。本市和A省的刑侦、经侦会埋伏在附近,等他们聚齐了,一出殡仪馆就挨个儿铐上,通通锁大牢里边去!"

"这么大阵势?"呼延云很惊讶,"你怎么知道的?"

"凤冲傍晚跟我打过招呼了,抓捕完事后,审讯环节需要我出面做证,我当然责无旁贷!"李志勇又给自己倒了满满一杯啤酒,嘟嘟嘟地一气儿灌进了肚子,打着酒嗝说,"爽!顺气儿啊!我就知道,咱们政府不可能不收拾这帮孙子!只是现在依法治国,得等证据齐全了,才一把抓他个个儿大的!"

说着,他叉开五指,攥起拳头,狠狠一拧。

"是啊,这几年反腐倡廉,老虎苍蝇一起打,社会环境越来越好,社会风气越来越正,让老百姓心气儿顺的事情也越来越多了。"呼延云一边喝酒一边笑道,"特别是眼下的扫黑除恶专项斗争,多措并举全覆盖,有黑必扫、有恶必除、有伞必打、有网必破,像爱心慈善基金会这样拥有无数保护伞和关系网的黑恶组织,无论它过去怎样有恃无恐、逍遥法外,现在绝逃不过法律的制裁!"

"是啊……"李志勇端起酒杯,手突然停在了半空。

"怎么了?"呼延云问。

"没什么……"李志勇的眼里突然闪烁起了水光,"凤冲给我打电话时,我问他,说那三个死了的孩子搞不搞遗体告别仪式?凤冲说他们早就被火化了……没人会悼念他们,也没人会记得他们。"

呼延云轻轻地拍了拍他的手腕。

李志勇把酒杯里的酒一饮而尽。

这时老板娘把菜端上来了:豆豉鲮鱼莜麦菜、尖椒土豆丝、红烧带鱼什么的。两个人掰开一次性筷子,闷头吃了几口,李志勇突然说:"呼延,你知道我为什么大晚上的叫你来这里吗?"

呼延云摇了摇头。

"我想香茗了。"李志勇突然说,这句话说得好像很艰难,需要鼓足了勇气,所以他说之前和说之后,脸都涨得有点儿红,"你不知道,十年前,西郊连环杀人案结案之后,我就是在这里请香茗吃的饭。"他把目光缓缓地在小饭馆里扫视了一遍,仿佛香茗就坐在某个地方似的。

呼延云有些吃惊。

"我们俩,就坐在这里,就坐在这张桌子两边,像咱们俩现在这样,面对面坐着。我呢,一番好意,想他要回学校了,准备送送他,结果呛呛了几句。我听说香茗给上级打了报告,坚持说周立平不是西郊连环凶杀案的真凶,特别生气,问他什么意思,他给我掰开了揉碎了讲证据怎么怎么不足,我就是听不进去,逼急了我跟他说:'你连你最好的兄弟呼延云的推理也信不过?'他说你那个推理不充分,对于与凶手做同一认定而言,只有或然性没有必然性,经不起逆推——"

"现在看来,香茗说得是对的。"呼延云说。

"是啊!可那时我恨透了周立平,谁替他讲话,我都恨不得咬上几口!"李志勇怅然道,"我说不过香茗,就说他是妒忌老柴的心理画像做成功了,他当时也不生气,就是……怎么说呢,很伤感,很孤单的样子。"

呼延云望着他,没有说话。

"那话一说完,我就后悔了,真的呼延,我特后悔。"李志勇摇晃着囊囊的腮帮子,"香茗是我见过的最沉稳、最智慧的人,我跟他一起工作不久,就发现他有一种能看穿一切的魔力,什么事儿都瞒不住他,什么事儿都难不倒他。我觉得有这么一个朋友,心里特别的踏实,有啥想不开的、过不去的,人家一点拨,没准儿就想通了,说到底,人这辈子不就跟瞎子走隧道一样吗,手里头摸摸索索,脚底下磕磕绊绊,谁不希望有个能扶一把、照个亮的朋友呢……可是那话一说,我知道我和他的关系算完了,我伤到他了。"

"不是的,你不会伤到他的。"呼延云说,"除了他自己,谁也伤不了他的。"

李志勇望着他,怔了片刻:"你说的?"

"我说的!"呼延云很肯定地说,"我是他最好的朋友,我太了解他了,他的内心远比你想象得强大。没错,表面上,他是显得挺孤单的,那只是因为他太聪慧,好像俩人下棋,别人一次只能想到一步,他能一次想到十步,连对手的着儿都想明白了,所以绝大多数时间,他只是在袖手旁观,等着别人走出早在他预料中的那一步棋。说到底,他的伤感,也不过是等了很久很久,对方绞尽脑汁真的落子时,还是没有给他什么惊喜的缘故。"

听完这一番话,李志勇张大了嘴巴,半晌才渐渐露出笑容,举起酒杯跟呼延云的酒杯狠狠磕了一下:"多谢多谢!你这么一说,我这十年的心结就算解开了!"

呼延云慢慢地偏过头,把目光投向窗外,黑夜给模糊的窗玻璃做了底色,投映出了自己落寞的脸庞。

也许是酒喝得又快又急,有点儿醉了的李志勇没注意到他神情的改变,兀自说道:"我就知道,今晚叫你来能说出点儿宽心的话……对了,呼延,还有个事儿,我想拜托老弟你帮帮忙。"

呼延云一边给他倒酒一边说:"客气个啥,你说你说。"

李志勇犹豫了一下才说:"我想约周立平一起吃顿饭,你能不能来作陪一下?"

呼延云一愣,显然是没想到,不禁踌躇起来,刚才在扫鼠岭上那一番谈话之后,他不知道该怎样面对周立平。

李志勇误解了,解释道:"老弟,我不是想跟周立平再算什么旧账,要真算算的话,我们俩的账,我欠他的比他欠我的多……这段时间咱们俩走访了那么多地儿,见了那么多人,等于把西郊连环凶杀案以来这十年走了一遍,我才明白:周立平是个好人,是个正派的人,就是梗了点儿,迂了点儿,他就是那么个不管世界变成啥样,都要按照自己的想法和逻辑活着的人,这样的人,现如今是越来越少了。大家都扛不住各种各样的压力,都巴不得变成个变色龙,周围什么色儿自己就秒变什么色儿。可周立平呢,十年,整整十年啊,吃了那么多苦,遭了那么多罪,他愣就没变,愣就不变——"

呼延云叹了口气:"可是,他也付出了高昂的代价。"

"这个看怎么说了,值不值得,每个人衡量的尺度不一样。"李志勇揪了揪自己那件西便装的袖子,苦笑道,"你信不信,要是香茗现在回来了,见到我和周立平,一准儿觉得周立平活得比我更像条汉子!"

呼延云低着头,啜着酒,没有回答。

"香茗早就看明白了,那天晚上,他就告诉我'周立平不是坏人,他只是走了岔路,做了错事,可岔路不一定是错路,做了错事的人也不一定就是坏人'……回想起来,香茗应该是知道西郊连环凶杀案的真相的,只是不知出于什么理由,他帮周立平保了密,可我却没有听懂他的话。"李志勇叹了口气,"十年了,我压根儿就没有从西郊连环凶杀案中走出来,你知道的,那案子里有个受害者是个女警察,她是我这辈子唯一喜欢过的女孩,我到现在都不找对象,就是因为放不下她。每每想起那个女孩,我就加倍地恨周立平,我哪儿知道其实他已经给那个女孩报仇了,我不知道啊!我打过他,骂过他,我怀疑是他偷袭我并抢走了我的枪,就像个影子一样跟踪他,不分寒暑、披星戴月,最后干脆加入名怡公司,跟他一个办公室,就为了寸步不离地盯他的梢,寻找着那个只要有一线可能就重新把他送进大牢甚至送上刑场的机会,可这些完完全全都是因为一个误解——我用了十年光阴去恨一个根本不是坏人的人,他用了十年光阴去保护一个早已不爱他的人,我们都一样那么傻,你说可笑不?你说可笑不?"

李志勇扬起下巴,天花板上的灯光照在酒杯里,荡漾的酒光映照着他微醺的脸庞。

"就冲一样那么傻,我得跟他喝几杯。我欠他一句对不起,我得把这句对不起跟他说了，不然我心里老是有个疙瘩……"李志勇望着呼延云说，"我一个人不好意思见他，所以想拉上你一起，行不？"

望着他那双诚挚的眼睛，呼延云慢慢地点了点头。

李志勇的嘴角绽开了憨憨的微笑。

他们俩边吃边聊，聊起了这十年来的许多事，虽然他们共同认识的只有林香茗和周立平，共同的交集也只有西郊和扫鼠岭这两桩案件，但是由此说起的话题，竟是千丝万缕，绵延无限：除了聊那些宿罪悬案、旧雨新知之外，李志勇说自己最大的梦想就是能找到那把丢失的枪，重新回到警队，呼延云则在发愁不知该怎样跟暗恋多年的一个女孩表白，因为那女孩对自己厌恶至极，始终是冷若冰霜……

"别怂啊你，你得拿出点儿当年的傲气来啊！"李志勇攥着酒杯，大着舌头劝他，"我记得咱们俩第一次见面是在西萃路口那叫什么老谷烧烤店里吧，香茗向我介绍的你，不瞒你说，第一次见面，你给我的印象可不咋样，狂得不行，那时你要办一个什么杂志是吧，满嘴都是宏伟蓝图，我当时就想啊，你谁啊，一个还没走上社会的大学生，咋净整这些不切实际的呢？"

呼延云哈哈大笑，笑声一如十年前一样狂傲，只是也带了些许寂寥。

不知不觉，他们俩都喝得酩酊大醉，这个趴在酒桌上睡着了，那个还在絮絮叨叨，过一会儿那个撑不住了睡着了，这个又从酒桌上爬起来继续自斟自饮，自说自话。小饭店本来就二十四小时不打烊，老板娘又认识他们俩，所以就随他们俩喝了一夜，直到清晨五点多，他俩才从酒桌上一起爬了起来，互相搀扶着，跌跌撞撞地走出了小饭店。

风已经停了，黑暗的小街上寂寂无人，两边的树木叉着光秃秃的枝丫，没有一点灯光的矮楼仿佛一座座火烬坑冷的寒窑，通体都是死灰的颜色。

他们走到望月园那里的时候，李志勇突然停下了脚步，望着高台上那座汉白玉雕塑的"月亮公公"。

"你听到了吗？"他问。

呼延云茫然地摇了摇头。

"我好像听到了口琴的声音……"李志勇慢慢地说，"就一声，就没有了。那天晚上，我约香茗吃饭，给他送行，就在这里见面。深秋，天很冷，下着毛毛小雨，我推着车走进望月园的时候，他一直在用口琴吹着一个前奏，特别急促，反复不停，就像一个心里有很多很多痛苦的人，因为哭得太伤心，怎么都说不出一句完整话似的……十年了，我一直在想，他吹的是什么歌，我想找到那首歌，因为那个前奏跟我一样，不管怎么都努力，都找不到出路……"

呼延云默默地望着他。

"刚才好像又听到那个口琴声响起了，你真的没听到？"他见呼延云还是摇头，笑了笑，"也许我耳鸣吧，可是我突然想起那是什么歌了，费了十年劲都想不起来，一下子就想起来了，你说可笑不？就是温拿乐队在'真情廿五年'演唱会上演唱的那首《让一切随风》……"

　　风中风中，心里冷风，吹失了梦，
　　事未过去，就已失踪，
　　此刻有种种心痛，
　　心中心中，一切似空，天黑天光都似梦，

迷迷茫茫，聚满心中，追踪一片冷的风……

"我记得，咱们第一次在老谷烧烤店见面，你喝多了，我跟香茗叫了辆出租车，把你抱到后排，你满嘴醉话，还唱了两句那首歌。"呼延云说。

"是吗？"李志勇摇了摇鬓角已有白丝的脑袋，"太久了，我一点儿都想不起来了。"

突然，他看见通往望月园顶部的台阶，又想起了什么："呼延，我考你一道题，看看你能不能答上来。"

呼延云闭上眼，揉着太阳穴："你考吧，不过我喝多了，被冷风一吹，脑袋有点儿疼，不一定能答得出来。"

"哈哈，这可是你的好兄弟林香茗十年前给我出的题，我到现在还没琢磨明白呢。"李志勇说，"你说，一个人怎样才能一步就迈上十五级台阶呢？"

呼延云还在揉太阳穴，连眼皮都没有睁："这有什么难的，世界公园那微缩景观，好多还有二十层台阶的呢，每层五厘米，你还不是一步就迈上去。"

"啊？！"李志勇大叫一声，恍然大悟，"嘻！香茗当时是望着这通往'月亮公公'的台阶，问我这道题的，我就以为他说的十五级台阶就是指这个台阶呢！敢情他暗示了我一个条件，再告诉我谜面的啊，我这脑子又不会转弯，以为谜底就得朝眼前这个台阶上想，哪儿知道谜面和这个台阶根本无关呢！"

呼延云睁开眼，笑道："所以说，最好的谜面，是从一开始就给出虚假的谜底——"

猛地，一怔。

他抬起手臂，指着通往望月园顶部的台阶："谁告诉你……

这台阶是十五级的?"

李志勇一愣,用手指头点着数了两遍,也有些发蒙:"呀,明明是十八级,香茗怎么说是十五级呢?"

呼延云的脸色刹那间变得惨白。

目光恍惚,宛如被扔了一块石头的湖面,急剧扩散成一条条环状的波纹,继而纷乱成一片片支离破碎的涟漪。

他咬紧牙,狠狠甩了一下头,那些波纹和涟漪迅即收拢,重新凝聚于双眸之中,仿佛攒发的子弹,瞬间全部集中在汉白玉台阶的一个点上。

他拉起李志勇就跑!

"怎么的了?怎么的了?"李志勇被他拽得跟跟跄跄,有些发蒙。

"快走!希望还来得及!"呼延云大喊道!

尾　声

多年以后，目睹了惨剧全过程的人，说起那天早晨六点在冥山殡仪馆发生的事件，依然心有余悸。

最先看到周立平的，是殡仪馆私人物品保管部一位姓魏的女员工。这个保管部位于殡仪馆入口处的左侧房间，里面有好几排自助解码的寄存柜。当时姓魏的穿着一身灰色的制服，正靠在门口啃一根蛋饼油条，就看见"那个下巴像铲子一样的男人"擦着她的肩膀走了进去。据她回忆，周立平面无表情，走路的姿势并不显得急促，反而有些从容。"他走到最里面那列寄存柜，滴滴滴滴按了几个密码，就听见柜门'哐'一声弹开，很快又关上了。"片刻，周立平走出保管部时，右手揣在上衣的口袋里，口袋有些鼓。

魏姓女员工觉得他有些面熟，直到事件发生后才想起，大约半个月以前，也是这么个大清早，六点多钟，这个男人曾经来过一趟殡仪馆，把什么东西寄存在保管部柜子里，然后就走了。

照规矩，遗体告别仪式都是从早晨六点开始的，爱心慈善基金会提前预订了殡仪馆一号厅，给邢启圣精心布置了灵堂，灵堂里摆满了社会各界赠送的挽联和花圈，灵台上陈列着邢启圣的骨灰盒和巨幅黑白遗照，在鲜花和香烛的簇拥下，照片上的他笑得欣慰而慈祥。

哀乐响起的时候，爱心慈善基金会的大小头目陆陆续续走进了灵堂：陶灼夭搀着父亲陶秉走在最前面，其后跟着崔文涛、翟庆、老廖、老窦、爱心医院李院长等人，邢启贤和邢运达一身黑衣，胳膊上绑着黑纱站在灵堂的一侧，垂着脑袋，静候来宾的吊唁。

站在灵堂门口负责接待的郑贵看到周立平的时候，不禁一愣，虽然给邢启圣举行遗体告别仪式的时间和地点并没有对外保密，但基金会可没有通知周立平，他怎么来了？

心中陡然升起了一种不祥的预感，郑贵有些害怕。他目不转睛地注视着周立平，却不敢拦他，周立平神色平静，很场面地跟他点了点头，就走进了灵堂。

一开始没人注意到周立平。

陶灼夭搀着陶秉在第一排鞠躬后，正在挨个儿跟邢启贤和邢运达握手的时候，第二排鞠躬的崔文涛和翟庆刚好转过身来。翟庆眼尖，看到了周立平，他横眉立目地走了上来，满脸的横肉攒成一个个死疙瘩，指着周立平的鼻子骂道："你他妈的来干吗？给我——"

"滚"字还没有说出口，就听见一声巨响！

"砰！"

翟庆的天灵盖被炸开！脑浆和鲜血顿时迸溅起红白两色的一簇脏污，头盖骨的碎渣撒在地上，竟有噼里啪啦的声响！

直到这时，人们才看见周立平手中握着一把枪。

翟庆的尸身软塌塌地倒在地上。

枪声的回音袅袅。

灵堂里的所有人都死一样僵立在原地。

直到陶灼夭发出一声凄厉的惨叫，人们才像被唤醒一般嗷嗷大叫着向门口冲去!

周立平没有管李院长、老廖、老窦等人,任他们四散奔逃,径直往前走,崔文涛见势不妙,拔腿要逃,刚刚转过身,周立平扬起手"砰砰"就是两枪,正中他的后心。他像被巨石猛撞了一下,仆倒在地,挣扎了两下就不动了。

陶灼夭撇下父亲,往灵堂里面跑去,哗啦啦撞倒了一片花圈,自己也被绊倒,手脚并用地向前爬去。

陶秉惊恐万状地看着步步逼近的周立平,花白的胡碴乱颤,发抖的嘴唇似乎在求饶,却又发不出一点儿声音,他的膝盖软软地弯曲着,仿佛要给周立平跪下。

周立平毫不宽恕地就是一枪!

子弹打穿了陶秉的喉管,他捂着汩汩冒血的咽喉,咕噜咕噜地怪叫了两声,仰倒在地,断了气。

就在这时,令所有人都没想到的一幕发生了!

邢运达突然从腰里拔出了一把雪亮的匕首,"啊啊"大叫着飞扑了过来,一刀扎向了周立平,周立平毫无防备,没来得及闪躲,眼睁睁看着那把匕首"扑哧"一声扎进了自己的腹腔!

剧烈的疼痛使他"哎哟"叫了一声。

邢运达的手还握着刀柄,血红的眼睛瞪着周立平的眼睛。

周立平举起了枪,枪口对准了邢运达。

直到这时,邢运达的脸上才浮现出了恐惧。

然而周立平并没有开枪,只是用力推了他的肩膀一下,低声骂了一句:"滚开!"

邢运达经不住他这一推,往后倒退时,紧紧攥着的刀子猛地拔了出来,鲜血立刻从周立平的腹部喷出,在地上洒出一条红色的斑带。

周立平呻吟了一声，弯下腰，握枪的手撑着膝盖，另一只手捂住依然在汩汩冒血的伤口，喘着粗气，额头上冒出豆大的汗珠。

邢运达"扑通"一声坐倒在地，忍不住大哭起来，一边哭一边像个孩子似的喊着："周哥！周哥！"

趁着这时，邢启贤绕过侄子身后，朝灵堂门口跑去，他跑得飞快，距离门口只有三步了，只要跑出门口，就能逃出生天了！

可惜他命里少了这三步。

周立平抬起头来，望着邢启贤的背影，用尽力气撑直了身子，咬紧牙关，抬起手枪，腹部的剧痛使他的手臂颤抖得无法瞄准，于是他松开捂住伤口的那只沾满鲜血的手，猛地攥紧持枪的手腕，对准邢启贤的后背——

"砰！"

呼啸射出的子弹在邢启贤的后脑勺穿透了一个血窟窿，他踉跄着向前倾倒时，抓住了挂在灵堂门口的一块溅了无数血点子的白色布幔，巨大的力量把布幔生生扯了下来，蒙在了身上……

周立平这才慢慢地坐在了地上。

直到跑出很远，呼延云和李志勇才在路口打到一辆出租车。坐进车，呼延云想说什么，却呼哧呼哧地语不成声，喘了很久，才把自己昨晚在扫鼠岭上约见周立平的事情大致讲了一遍，李志勇听完目瞪口呆："这么说，邢启圣和张春阳都是他杀的？"

"对！"呼延云说，"而且，这事儿还没完！"

"没完？什么意思？"

"这个案件中的诸多谜团，绝大部分我都找到了答案，但有两点我始终搞不明白是怎么回事。"呼延云说,"第一,案发那天,在时间非常紧迫的情况下,周立平为什么要开走那辆斯派?那上面没有任何对他不利的证据,就算发现他的指纹,他本来就是那辆车的司机,完全解释得通,何必要多此一举呢?第二,他被拘押了那么久,始终没有说出搬运张春阳尸体这件事,为什么偏偏在陶灼夭回国受审之后,马上就把这件事坦白了呢?要知道这可是一枚重磅炸弹,周立平一定是精心策划,定时起爆的!那么他选择在那个时间起爆这枚炸弹,目的又是什么?我问过周立平,他没有说,直到刚才我才想明白!"

"你到底想明白什么了?"李志勇还是一头雾水,"我可是越听越糊涂。"

"周立平的整个诡计,一言以蔽之,就是在亮出谜面之前,先给了我们一个虚假的谜底。谁才是扫鼠岭案件的真凶?这是谜面。周立平作案之前就想清楚了,当晚他一路开车从童佑护育院到扫鼠岭,不可能逃避天眼系统的监控,肯定会被捕,所以干脆束手就擒,在受审时又编出自己跑着去杏雨路等荒诞不经的谎言,让警方认定他就是'谜底',然后他再一点点释放真相,淆乱警方的视线,动摇警方的意志,让警方随着侦查范围的扩大而逐渐产生自我怀疑,直到他抛出搬运张春阳尸体这个不在场证明,使警方彻底推翻了原来的谜底,从而脱罪。但是——"呼延云突然加重了语气,一个字一个字地说,"但是最最可怕的是——就像香茗给你出的那道题一样,周立平在这件案子里设置了两个虚假的谜底,而且,他用第一个虚假的谜底掩盖了第二个虚假的谜底!"

"两个虚假的谜底?!"李志勇惊诧极了,"那么……第二个虚假的谜底是什么?"

"第二个虚假的谜底,就是他让所有怀疑他的人——包括我在内,都以为:他制造不在场证明的目的,只是为了脱罪而已!"呼延云用力挥着手说,"根本不是这样!事实上他所作所为的一切,都是为了更加可怕的目的!这一点,只要搞清我刚才说的那两个始终没有解决的谜团,真相就可以浮出水面。首先,案发当晚他为什么不惜花费时间、冒着风险,也要藏起那辆斯派?因为如果不这样做,把车留在原地,就算摘去车牌,警方依然可以通过车内其他标志——比如发动机上的编码,迅速查出车辆的所属单位或个人,换言之,警方用不了三个小时就能锁定他,把他从被窝里掀出来,这不行,这绝对不行!因为周立平还需要一点时间,还有一些事情必须要坚持到第二天早晨才能完成,比如,趁着夜色尚浅,跑到刚刚开门的冥山殡仪馆,装成吊唁的人,把某样杀人的武器藏在寄存柜之类的地方,警方找不到,用的时候又可以顺手拿出。

"第二,周立平为什么选择在陶灼夭回国后亮出那枚重磅炸弹?因为他深知,他抛出自己把张春阳的尸体搬进冰柜这番供词之后,从一个侧面更加证明了陶灼夭无罪,她马上就能获释,而自己也可以很快获释,这样才能'赶上'那个至关重要的时间点!"

"时间点?"李志勇还是不懂,"哪个时间点?"

"只要陶灼夭一获释,有个她必不可少的活动就要启动——爱心慈善基金会无论怎样内讧,最终内部一定能从速达成妥协,而这种妥协往往需要争执双方的头脑人物携手出席某个公共仪式来加以展现,从而避免外部的种种猜疑。那么最合适的,正是邢启圣的遗体告别仪式。"呼延云长长地出了一口气说,"你还记得咱们在调查中不止一次听到的邢启圣生前最爱说的那句话吗?"

"你是说——'除了婚礼和葬礼,已经很少有什么能把咱们这些人聚到一起了'?"李志勇望着呼延云。

呼延云点了点头:"我相信这句话一定给了周立平启发,他在扫鼠岭上杀死邢启圣,绝不仅仅是一时的义愤填膺,而是要用一具尸体引来一堆尸体。"

"我的天啊!我的天啊……"李志勇喃喃自语。

他们冲进殡仪馆一号厅的时候,被眼前的景象惊呆了:

门口处,被血染红的白色布幔裹着邢启贤的尸体;削去了半个脑袋的翟庆躺在地上,剩下的半张脸血肉模糊,不成人样;在他不远处,崔文涛俯卧在地,鲜血在身子下面流成柏油般的一摊;仰面朝天的陶秉双手攥着自己的喉咙,两眼圆睁,仿佛是将自己活活扼死的;陶灼夭蹲在灵堂的一角,捂着脑袋不停地尖叫,精神已经崩溃的她,眼中迸射着可怖的光芒;还有一个邢运达,跪在周立平不远处还在一边哭一边喊:"周哥!周哥!"一把血淋淋的尖刀就滚落在他的脚下。

周立平坐在地上,背靠着倾倒了无数白色花圈的墙壁,嘴巴一张一合地喘着气,一只手捂着腹部,血水像溪水一样涌出他的指缝,一只手握着李志勇找了很多年的那把九二式警用手枪。看到李志勇来了,他使劲张了张嘴,似乎是有话要对他说。

李志勇木然走到他的身前,蹲下。

周立平慢慢地把腰撑起,也许是血快流光的缘故,这个动作虽然吃力,虽然触碰到了腹部的伤口,但在他那张苍白的脸上却没有显现出什么痛楚。

李志勇伸出手,扶住他,他把嘴贴在李志勇的耳朵边,使劲喘了几口气,低声说:

"他们……才是坏人。"

然后他那沉重的脑壳就耷拉在了李志勇的肩膀上。

"我知道,兄弟,我知道……"李志勇说,他怕周立平没有听见,就又重复了一遍,"我知道,兄弟,我知道……"

一直埋伏在外面,准备等遗体告别仪式结束后缉捕陶秉、邢启贤等人的警察们冲进殡仪馆时,看到满脸泪水的李志勇紧紧抱着身体早已冰冷的周立平,还在不停地说着:

"我知道,兄弟,我知道。"

图书在版编目（CIP）数据

扫鼠岭 / 呼延云著 . —— 北京：新星出版社，2020.6（2023.3 重印）
ISBN 978-7-5133-4062-5

Ⅰ.①扫… Ⅱ.①呼… Ⅲ.①长篇小说-中国-当代 Ⅳ.① I247.5

中国版本图书馆 CIP 数据核字（2020）第 085637 号

午夜文库　谢刚 主持

扫鼠岭

呼延云　著

责任编辑：王　萌
责任校对：刘　义
责任印制：李珊珊
装帧设计：人马艺术设计·储平

出版发行：新星出版社
出 版 人：马汝军
社　　址：北京市西城区车公庄大街丙3号楼　　100044
网　　址：www.newstarpress.com
电　　话：010-88310888
传　　真：010-65270449
法律顾问：北京市岳成律师事务所

读者服务：010-88310811　　service@newstarpress.com
邮购地址：北京市西城区车公庄大街丙 3 号楼　　100044

印　　刷：北京天恒嘉业印刷有限公司
开　　本：910mm×1230mm　　1/32
印　　张：15.625
字　　数：294千字
版　　次：2020年6月第一版　2023年3月第七次印刷
书　　号：ISBN 978-7-5133-4062-5
定　　价：58.00元

版权专有，侵权必究；如有质量问题，请与印刷厂联系调换。